春潮NOV+

姜立涵 ——

著

妈妈的 复出

中信出版集团｜北京

图书在版编目（CIP）数据

妈妈的复出 / 姜立涵著 . -- 北京 : 中信出版社，
2021.1
　　ISBN 978-7-5217-2196-6

　　Ⅰ . ①妈… Ⅱ . ①姜… Ⅲ . ①长篇小说—中国—当代
Ⅳ . ① I247.5

　　中国版本图书馆 CIP 数据核字（2020）第 166663 号

妈妈的复出

著　　者：姜立涵
出版发行：中信出版集团股份有限公司
　　　　　（北京市朝阳区惠新东街甲 4 号富盛大厦 2 座　邮编　100029）
承 印 者：北京盛通印刷股份有限公司

开　　本：787mm×1092mm　1/32　　印　张：15.75　　字　数：300 千字
版　　次：2021 年 1 月第 1 版　　　　印　次：2021 年 1 月第 1 次印刷
书　　号：ISBN 978-7-5217-2196-6
定　　价：59.80 元

目录

劫后余生

走错的岔路口，还可以重新来过吗？

这天是冬至。天空阴沉灰暗，浓郁的雾霾像幽灵的手，悄无声息地潜入这座现代化大都市的每个角落，再伺机钻进你的身体，把每一个鲜活的生命都死死钉在水泥钢筋的裂缝里。刺眼的白日光穿透充满土腥味的空气直击大地，光线里漫天飞舞的尘埃，像刚刚经历了某种大爆炸，余波震颤，寂静得一片虚无。寒风凛冽的北京街头，徘徊着一丝不易察觉的末世情绪，一种潜藏着狂欢而又悲凉的躁动跃跃欲试，企图打破秩序和规则。CBD（中央商务区）摩天大楼格子间里的小律师们，偷偷调大了电脑播放器里的音量，双脚躲在组合办公桌下不安分地律动着，重金属音乐撕扯着人的情绪，像要穿凿人心。

李艾从独立办公室的磨砂玻璃窗向开放办公区望去，刚想吼一嗓子，提醒他们注意点儿，就一眼瞥见丈夫伍迪中午发来的那条短信：

> 你要真想走我也不拦你，但起码回来把话说清楚，该怎样就怎样，否则对彤彤也没交代。

她下意识地把手机反扣在桌面，来不及整理心头奔涌起的落寞和浸入骨髓的伤感，就被"笃笃笃"的敲门声打断了思路。

"李律师，"三年级律师Jessie小心翼翼地挤进半个身子，"您还有什么工作要我做吗？要是没有的话，我今天想请个假，早点儿走。"

"《合伙协议》发给客户了吗？"李艾看了她一眼。

"发了。"

"检查了吗？"

"检查了。"

"检查了几遍？"

"……两遍。"Jessie 有点儿怯生生的。这个新来的李律师气场不小，金达律师事务所里有不少她的传闻。

李艾用余光瞟了一眼电脑屏幕右下角的时间，17 点 55 分，照理说也不算早退，但在律师事务所，很少有刚入行没几年的小律师敢在这个点儿下班。

"你要干吗去啊？"李艾的语气柔和了点儿。这问题可能涉及隐私，但倘若不问青红皂白就提前放她的工，口子一开，往后队伍就更难带了。

"那个，今天不是世界末日 4 周年嘛，我约了朋友去吃'然寿司'，订的是 6 点半，晚了就不给保留座位了。"

李艾盯着她的脸："你是在开玩笑吗？"

传说中的"灭绝师太"脸上并不见愠色，不明就里的表情中好像还透着几分单纯，反倒让一脸紧张的 Jessie 有几分不好意思地笑了："不是，李律师，真的是约了饭来请假的。"

"哦。"李艾端起桌上的保温杯喝了口水，扬扬下巴算是准了。喜形于色的 Jessie 刚要转身离开，又被她唤住："客户一会儿要是反馈《合伙协议》有问题，明年今日就是你的一周年啊。"

小律师收敛欢颜，吐吐舌头说了句"谢谢李律师"，低调地退出门去。看着她拿起背包，悄悄跟同组的 Jack 挥挥手，踮着脚离开安静中酝酿着躁动的公共办公区，李艾拿起桌面上的手机，打开大众点评搜索

"然寿司"，赫然看到"人均消费781元"的字样。这帮孩子真舍得，一个月也就两三万的收入，不想着攒钱吗？这倒真应了"末世"的情绪。

李艾叉着腰站起身，左右各扭了三圈，踱步到对着西山的落地窗前，从40层的高楼上望下去，平日里拥堵不堪的建外大街上竟然一辆车也没有，想来又是交通管制。依稀可见几个深灰色的小人在维持秩序，灰秃秃的盘桥两边除了水泥堆砌的同样灰暗的楼宇，看不到一点儿生机。

一切，都像是好莱坞灾难片里劫后余生的世界。

伍迪的那条短信，她还是没想好怎么回复。有些话即使在心底里想了一万遍，真到要开口的时候，还是难。

回到北京的这几个月，李艾在努力适应生活里原本习以为常的一切，可每当彤彤不明就里地问"妈妈，我们什么时候回家"时，她就明白脚下这条路比想象的还要艰难，刚被繁忙的工作磨蚀到麻木的情绪就会突然沮丧起来，真实得仿佛随时能滴下血。

所有的一切都逃避不了，面对问题不仅需要勇气，更需要时间和实力。

两年前的那个初春，李艾尚在东莞，三月的岭南进入梅雨季节，阴雨连绵不绝，人心也泛起潮气。

和伍迪的婚姻，在最初的轰轰烈烈之后，连平平淡淡都所剩无多。李艾心里曾经硬吞下去的那半条虫，在这场三个人的爱情中，逐渐腐朽溃烂。

"彤彤妈——"婆婆在客厅用生硬的普通话喊她，"我出去买菜，你看着点儿孩子！"

女儿彤彤正躺在李艾身边的小床里酣睡，婆婆的话其实是叫她盯着保姆。李艾关了FT新闻网页，蹑手蹑脚地起身，关门，走到客厅。

这是套 180 平方米的四居，赠送精装修、厨卫用具、铺装地板，表面光鲜亮丽，却经常反味儿漏水。基础施工的质量堪忧，像极了这个不忍细看的、粗糙的美好时代。

房子是婚前婆家付的全款，写着伍迪一人的名字。律师出身的李艾当然清楚这意味着什么，但她依然义无反顾地掏出了自己工作五六年攒下的 20 多万购置了全部家具，为自己在中国南方的家、为心里那个关于爱情的梦想倾尽全力。彤彤出生后，当年极力反对这门婚事的父母提出要掏钱为小两口买辆车。这其实是种示好的姿态，但对于这个提议，李艾在电话里生硬地拒绝了。母亲以为女儿还在对他们当年的反对耿耿于怀，从来不示弱的老太太，沧桑的语气里透出几分难过。李艾的情商其实挺高，平时和谁说话都能"顺风顺水"，唯独和自己的父母，要不就言简意赅，要不就词不达意。她原本想劝慰母亲，却适得其反，母女俩差点儿在电话里呛起来。李艾黔驴技穷地叹了口气，下了结论：你们别往我这儿贴钱了，将来怎么回事还不好说呢。母亲是过来人，一听这话苗头不对，想再追问，李艾已经换了副天下太平的腔调，死活不再接茬。

那大约是和伍迪第一次红脸。此前关于李晓雯的摩擦不是没有，伍迪自觉理亏，李艾也不是不依不饶的人，呛两句，沉默一会儿，换个话题就过去了。那一天早晨，伍迪上班前接了个电话，支支吾吾说马上下来，然后就匆匆换了鞋夺门而出，都没顾上和女儿说再见。李艾纳闷儿，抱着彤彤走到厨房窗口张望，一辆红色 Polo 停在单元门口，尾灯还亮着。伍迪拉开车门时，鬼鬼祟祟地抬头看了眼二楼。李艾赶忙向后闪身，心头一紧。

李晓雯是伍迪的同事，也是他的前女友。两人交往三年，正当谈婚论嫁时，伍迪和老同学李艾在大学毕业周年纪念的同学会上重逢，电光石火、山崩地裂。那一场相逢，改变的不仅是几个人的爱情，还有命运。那时的李艾信奉一句话：一个人不能总意气用事，可一辈子连一次意气用事都没有，才是枉费了青春。就凭着这个信念，她舍弃了大好的事业前途，抛下了年逾六旬的父母双亲，告别北京，独自一人来到东莞，只为了和他在一起。

"在一起"，不是言情小说里的半句情话，是青春之后半生的代价。

朋友们都说李艾疯了——确实是疯了，放着京城里前途光明的大律师不当，来东莞做全职主妇。她不敢说始终心甘情愿，激情冷却后，"在一起"更像是在履行一个承诺。夜深人静时，李艾睡不着，睁大眼睛望着天花板，身边的男人忽然陌生。承诺会不会其实是枷锁？这个念头吓了自己一跳，却已然没有回头路。平时还好，每当伍迪眼神中有闪烁、忧郁或寂寞，李艾就恨不得什么都不管，买张机票去流浪。然后孩子的哭声响起，婆婆训斥保姆的骂声响起，格调一下从法国文艺片掉落到国产肥皂剧。

眼前只有笔直的路一条，没有岔口，不是谁想放弃就可以放弃的。

还有一个没放弃的，是李晓雯。当年，伍迪第一次因为李艾跟她提分手时，李晓雯惊愕不已：平日里对自己千依百顺的男朋友，变心竟然毫无征兆。李晓雯哭过闹过，比伤心更甚的是强烈的挫败感：自己在这段关系中一直占上风，提分手也轮不着他啊。第一轮拉锯战，李晓雯到底凭着距离优势把伍迪拉了回来，两人小心翼翼修补感情裂纹，谁承想不到半年，当时还远在千里之外的李艾也不知使了什么招数，又把伍迪拉到了身边。这次伍迪越发坚决，连让李晓雯先说分手的机会都没给。26年，李晓雯的人生中没有过这种经历。伍迪和李艾结婚的那个十一假期，她独自去了拉萨，那是伍迪欠她没兑现的承诺。李晓雯咬着牙在大昭寺门口磕长头，从烈日当头，到夕阳西下，汗水湿透衣衫，直到虚脱被路人送去医院。泪水混着汗水糊了满脸，她带着笃定的神情在太阳下发誓：佛祖在上，今日我所受之苦，他日必叫你们加倍偿还！

比爱更久的，是恨。

回东莞后，李晓雯剪了头发，开了眼角，在姑妈开的美容院办了张钻石卡，上班时大大方方地找到伍迪：过去的事一笔勾销，我不想和你当仇人，怎么说过去三年你待我也算真心实意，何况还要继续做同事，别叫他人看笑话，你太太刚从北京来，人生地不熟，这张美容卡，就当我送你们的结婚礼物。伍迪羞愧难当，抬眼看她，新造型有种清新的洒脱和爽利。到底是自己对不起人家，她竟能一改往日的任性作风，如此宽厚释然，伍迪心底既感激，又感慨。

李艾坐完月子后，去过几次那家美容院，环境优雅，服务到位，她并不清楚卡的来历，伍迪只说是"开店的朋友送的"，她自然也不会多想。有次冲完澡出来，美容师一脸为难地提议：单人间都满了，你介意和别人拼双人间吗？李艾不是特别讲究的人，何况澡都洗了，现在穿衣服走人也不甘心，那么拼就拼吧。

一进屋，紫罗兰壁纸上的鹅黄色壁灯有点迷幻，房间里悠悠的音乐声和迷迭香的气味一起流淌。靠里那张床上，一个女孩正趴着做背部SPA，李艾轻轻躺下，听她用带着广东口音的普通话和美容师聊天。女孩说：刚才在路上看到个摆摊的，纸板上写着"情侣内裤，十元三条"，我问他，多的那条，是留给小三儿的吗？说完兀自大笑。美容师显然没听懂，心不在焉地敷衍两句，李艾却忍不住笑出了声。女孩于是和她攀谈起来，有一搭没一搭，翘舌音发得比一般当地人好，显然是受过高等教育的，家里条件应该也不差，有种与生俱来的自负和骄傲；年轻的声音干脆清利，对美容师也习惯性地颐指气使。好在她反应不慢，讲的话也还算有趣，对李艾这个"外来妹"似乎颇感好奇，不断挑起新话题。两小时很快过去，起身穿衣时，李艾不经意看了她两眼：胸大腰细，身材虽然娇小，比例却十分抢眼。那女孩先穿好衣服，也不离开，端坐在沙发上盯着李艾，一双丹凤眼像探照灯一样上下游移。李艾有点儿不自在，冲她咧咧嘴角。

"你生过孩子吧？"女孩突然开口问。她短发尖下巴，伶俐里透着些许寒意。

李艾看着身上尚未淡去的妊娠线和松松垮垮的小肚腩，有点儿不悦地微微点了点头，却不知该如何对一个略显锋利的陌生人摆脸色。

"生完孩子那里会松弛吧？"

"哪儿？"李艾一愣，不知她什么意思，眼前这陌生女孩怎么一改刚才的态度，变得如此莽撞没礼貌？

"阴道啊。"她一字一句地答，像是稀松平常的一句话。

李艾着实被惊到了，她也算见过些风浪的人，眼下却有点儿摸不清状况。过去两个小时里，她们虽称不上相谈甚欢，相处得却也很愉快，此刻这女孩是突然带了恶意，还是漫不经心没教养，她拿不准，更不知该如何应对。没等她反应过来，女孩已经挂着一抹邪恶的笑容起身走到门口，边走边说："听说有种手术可以缩阴，我建议你去试试，不然老公该嫌弃了。"

有病吧！李艾满脸不悦地穿好衣服到前台签字，发现短发女孩并未离开，正站在美容院大门外抽烟。她隔着窗向李艾挥手，嘴角的笑意有些瘆人，随即上了辆红色的 Polo。李艾留心记下了车牌。几个月后的那天早晨，伍迪上的正是这辆车。

晚上伍迪下班回家后，李艾在厨房似是不经意地问："上午来接你的人是谁？"伍迪拿着碗筷向餐厅走去，仿佛没听到。等他再进来，李艾又追问："跟你说话呢，上午开红色 Polo 来接你的是谁啊？"

伍迪躲不过去，轻描淡写地答："同事。"

厨房里只有炖锅咕嘟的声音，李艾一边剥手里的蒜，一边背着身自言自语："是李晓雯吧。"这个名字，她并不陌生。当年他们隔着半个中国打电话谈恋爱时，伍迪常提起李晓雯，反倒是她嫁到东莞后，这三个字像是凭空消失在了伍迪的字典中一般，成了家中某种隐秘的禁忌。

伍迪显然僵住了，厨房里陷入沉寂，只听得到他拿汤勺机械搅动瓦罐里煲汤的声音。到底不是个擅长说谎的人，伍迪沉默着，想装作没听见转身去客厅，却被李艾一步堵住去路。眼看躲不过去，他皱起眉头满脸厌烦地支吾了一声，算是承认了。

"那你为什么骗我？"李艾压着心头的怒火，直盯着丈夫的双眼。

"没骗你啊！上午出去办事，说好了她开车，早上顺路先来接我嘛。"

"你干吗非要坐她的车！"李艾压低的声音有点儿发抖。

"不坐她的车就是我开车，一样要去接她啊！我们是同事，这种事不可避免，你别无理取闹好不好！"伍迪本来还有些心虚，说了几句，觉得确实也就是这么回事，越发理直气壮，反倒为自己的窘境责怪起李艾来。

李艾蒙了，没想到"无理取闹"这样的指责竟会从丈夫曾经说过无数甜言蜜语的嘴巴里吐出。一万句反驳的话在脑海里闪过，但一想到正在客厅看电视的公婆，她就有种不在主场、施展不开的压迫感，何况隔壁书房里正传出小女儿和保姆嬉闹的笑声。李艾深深吸气，在心底劝自己不要冲动，咬着牙忍下来。

"你俩是同事没错，但不仅是同事，这点大家都清楚。这种单独接触的事，能避免就避免，这是对咱们家负责，也是对她负责。我觉得在这个问题上我们应该早有共识。更何况，不管你现在是怎么想的，李晓雯对过去都明摆着没有释然，这你应该比我清楚。希望你不要给她错误的信号，这也是耽误她。"李艾的话还没说完，婆婆就拉开嗓门在饭厅喊：菜凉了，快出来吃饭。

伍迪被李艾教训得面红耳赤，但妻子的话有理有据，也不是一般女人吵架的姿态，他实在找不出什么破绽，反倒越发恼羞成怒。老妈的救场非常及时，伍迪从鼻腔里哼了一声，撂下句话夺门而出："最受不了你这种语气，以为自己还是律师跟人辩论呢吧？可笑至极！"

窗口的灯光染亮了黄昏里淅沥不止的小雨，李艾僵住了，下意识地攥着压蒜器呆立在厨房，耳边不时传来那对母子用她听不太懂的广东话低声细语的交谈，土黄色的瓦罐还在火眼上咝咝响，溢出乌鸡汤独特的香气。她有点儿恍惚，那个曾经让朋友尊敬、让自己自豪的职业身份，那个她为了成全爱情而忍痛割舍的职业梦想，竟在这样阴霾的日子里变成了他人口中的笑柄，而这人不是别人，正是她在这座陌生城市里唯一的亲人、爱人、朋友、同学，是她头破血流放弃全世界，才换得的那颗红豆。

千里之外那个灯火璀璨的CBD，正是衣着光鲜的金领们下楼约会聚餐的时刻，那里依然还会有金湖茶餐厅的喧嚷，空气里还飘着比利时巧克力的香甜。可我呢？她转头看着厨房窗玻璃上自己的倒影，许久没有打理的长发胡乱盘在脑后，消瘦的身体有些微驼，因为哺乳而变得松垮的胸部罩在同样松垮肥大的家居服中，那件混杂着油烟、奶渍，还有彤彤口水的灰蓝色家居服。窗上的雨水洗过那个身影，冲刷着它，瓦解着它，扭曲着它，就像是无情的岁月在反复磨蚀着她眼中的光、心头的骄傲。那是我吗？被抛弃了吗？被家人、爱人、朋友、时代，被所有的梦想抛弃了吗？

整个夏天，李艾与伍迪没少磕碰，大半是因为李晓雯。李晓雯的反攻战斗全面展开，经常大半夜给伍迪打电话，以谈工作为名，东拉西扯就是不挂。李艾说不清伍迪是天性温和，磨不开面子，还是已经与李晓雯暗度陈仓，总之，态度暧昧是显而易见的。开始，李艾还碍着面了等伍迪挂了电话再跟他吵，几次三番，她也不再忍让，李晓雯的电话铃声就是他俩开战的号角。李艾活了30年，从不知道自己竟然还有这样一面，可以咬牙切齿地骂脏话，也可以摔摔打打甚至动手撕扯。卧室的花盆，被伍迪踹翻过；厨房的瓷碗，被李艾摔碎过；客厅通往阳台的玻璃拉门上有一道裂痕，是那次李艾和伍迪争抢手机，要看他一天跟李晓雯打了多少次电话时，手机从伍迪手中飞出，画了道完美的弧线，悠然砸在门上的战果。寒来暑往，那条扭曲的黑线从角落里一点点向上蔓延，就像是长在两个人心里的裂痕，越来越长，越来越深。

吵架已经足够令人沮丧，比吵架更噬心的，是孤独。

每次闹矛盾，婆婆都会拉偏架，之后的几天，公婆两人更是时不时地拖着伍迪在他们房间开小会，有时静悄悄的，有时传出几声争辩，有时还有隐隐的说笑声。窗外的天光暗下去，他们不出来，小保姆也不敢张罗做饭。李艾坐在客厅，不知自己算这家的客人还是用人。时间静默着，在光影间流过。和爸妈开完小会，伍迪走出卧室，看也不看李艾，穿衣出门，婆婆在身后拍着他的肩，叮嘱儿子少喝酒，气氛其乐融融。尔后，砰的一声门响，伍迪决绝地把李艾在这方天地里和世界唯一的联系斩断了。

孤独不是一个人的静默，是别人的寻常里，你的无所适从。

伍迪是本地人，随便一个电话，从幼儿园同学到单位同事，呼之即来。周一到周五，他回家吃饭的频率越来越低，公婆的普通话本来就不好，随着小两口吵架升级，也越发没有了和儿媳沟通的欲望。李艾像透明人一样在 180 平方米的世界里行走，除了和牙牙学语的女儿逗逗闷子，有时一整天也说不了几句话。实在憋屈的时候，她就给那帮老朋友打电话，可她们不是在帝都 CBD，就是在魔都陆家嘴，不是在开会，就是在机场，即便有谁难得能挤出时间和李艾煲电话粥，世界太不相同，她们也并不能真的懂李艾压在生活底色下的那份孤寂。

她越来越沉默，推着彤彤出门遛弯的时间也越来越长。有一次，李艾不知道自己在小区附近的体育公园坐了多久，天空落下的细雨滴在脸上，她才意识到女儿已经不知何时坐在小推车里睡着了，长长的睫毛温柔地卷曲着，阴影映在白皙的脸上，竟有些忧郁的神色。彤彤有着同龄孩子少见的乖巧，爸妈吵架时，她总是很紧张，可即便他们互相咒骂摔东西，她也会努力忍着不哭。和妈妈出门散步，是她每天最快乐的时光。李艾能感觉到女儿和自己一样不想回家，所以她总是很配合、很听话，就连妈妈发呆的时候，她也尽量不去打扰妈妈的沉默。雨水落在她的小脸上，彤彤睁开眼，微蹙的眉头舒展开，立刻给了妈妈一个笑容，那种小心翼翼讨好的神情让人心酸。吵了多少次架也没掉过眼泪的李艾，眼眶瞬间就红了。

不是没想过放弃。怀孕的时候李艾就逐渐意识到，她和伍迪之间的共同话题其实很有限。他们之间唯一的话题，就是大学时期的那些回忆，可残损的回忆支撑不了年复一年的日子。李艾关心时政喜爱潮流，在伍迪看来那是虚荣和不切实际；婚前的李艾很习惯出国旅游，而伍迪的职业让他们连香港都去不了；伍迪不太理解李艾为什么爱看美剧，那些煞有介事的台词和生活相差十万八千里，李艾倒是在伍迪身上发现了一条和美剧情节相同的特质，那就是全世界的警察都讨厌律师。

一开始，两人还尝试着走进彼此的生活，随着矛盾加深，所有曾经徒劳的努力都越发像是笑话。

现在的李艾，有大把的时间来审视自己过去的人生，仿佛只有看清来路，才能在眼下的桎梏里找到出路。不可避免地会想到历任男友，她在记忆深处，努力寻找他们被告知分手时的眼睛。她惊讶地发现，那些黯然神伤的眼睛中，有悲伤，有愤怒，有懊悔，甚至有恐惧，而自己，竟然是在事隔这么多年后，才第一次看清了那些失去光彩的眼睛。

所以这是报应吧，李艾不止一次地对自己说。她无数次地看向天空，想问未知的命运：如果这是一条偿还之路，何时才是终点？其实分手这件事，对她而言一直不算太难，即便是升级成了离婚，也并不会吓着自己。实际上，每当两人吵架或者冷战时，她只有拼命地去想离婚后生活的可能性，才多少能抚慰自己内心的痛苦，可彤彤的梦呓突然从卧室的小床上传来，她鼓足的气焰，像是凭空赶上一场冷雨，瞬间被扑灭。孩子，让一切变得不同。怎么能忍心让这样无辜善良的小生命，来承担我们这些有罪之人的错误？让她这么小就背负原生家庭的罪孽？一想到女儿，所有的计划和幻想就都变成无解。血脉是永远割不断的。看来这一生，无论以何种方式，都注定要和这座南方小城剪不断理还乱了。

　　生活像是沼泽，越挣扎便陷得越深。李艾找不到出口，只能继续忍耐退让，期待着岁月能让伍迪改变，或是突然绷断了自己最后的那根弦。

　　终于，退到无路可退。

　　转眼又是春节，伍家一众亲友照例约在酒店吃饭庆祝。这种时候，从北方远嫁而来的孙媳妇自然是配角，是大家庭"幸福生活"的装饰品。去程路过加油站，伍迪给车子加油，赶时间，让李艾先去缴费。李艾刚排到收银台，就收到伍迪一条短信："再帮我买张 500 的油卡。"她没多想，匆匆忙忙交了钱，三两步跑出来。伍迪已经把车开离了加油站，李艾踩着高跟鞋，走了几百米才到路边，远远便瞧见伍迪正开着车窗抽烟。

　　"你怎么也不等等我。"她没好气地说。

　　伍迪愣了愣，干巴巴地回答："没看见那么多车排队加油吗？给人家腾个地方啊，人要有公德。"

　　"借口，还不就是你想抽烟吗？说多少次了，孩子在车里，别抽烟！"那曾经令李艾心动的落寞侧影此时此刻却引起了她的反感。

　　伍迪从后视镜里瞥了她一眼，深灰的眼眸里是藏不住的嫌恶。自此，一路无语。

　　饭店人潮熙攘，欢腾的丝竹音乐声此起彼伏。李艾抱着女儿随伍迪穿过人群,一众亲友已落座包厢。推开门,呱呱的广东话扑面而来,她不自觉地蹙眉,当年彼此间的新奇热情,早被岁月磨蚀殆尽,只剩下习俗不同带来的龃龉。席间热闹无比,推杯换盏,偶尔有人转头用蹩脚生硬的普通话与李艾客套:带孩子辛苦哇,女人就不要出去做工啦,隔年生个男仔才好啊!李艾尽量客气地应付着,她明白自己在伍家人眼里也早不像当年婚礼上那样热情可爱。好歹保持得体吧。面子,是幸福的假象,也是生活的最后一道屏障。

热菜还未上齐,伍迪的手机已响了两三回。李艾忍不住斜睨,果然又是李晓雯。短信内容还没从手机屏幕上消失:"油卡你帮我买了吗?"李艾一愣,没来得及细想,李晓雯的电话就追了进来。伍迪下意识地看了她一眼,侧过身子压低声音接电话,声筒里传出明亮欢快的笑声。已经浑身不适的李艾打了个冷战,她只觉得大脑充血,转头狠狠盯着伍迪。他刚挂电话,脸上开怀的笑容还未收紧,故意回避李艾的目光,喝了口茶,又要举杯。

"她找你又有什么事!"李艾用最后一丝理智压低声音。

"过节嘛,问候一下而已,能有什么事?"他比她还要不耐烦。

"我问你,刚才你让我买油卡,是不是买给她的?"

伍迪愣了愣,随即颇不以为然地回答:"举手之劳,至于这么计较吗?前两天你要我下班带回家的那个什么奶茶,我忙不过来,还是人家雯雯帮你买的。她都没计较这些,你还真小气。"

一口气顶在李艾胸口,她瞬间觉得天旋地转。"雯雯"!如此亲切的称呼,在她听来却格外刺耳。这简直是种侮辱,侮辱着自己所有的付出和尊严。她不甘心,一把拽住伍迪的手肘,声音也不自觉地大起来:"你什么意思?什么叫她不计较?她是你老婆吗!你觉得是我没事找事吗!"

还好周围亲戚们的欢声笑语分贝也不低,李艾的质问,除了让紧挨他俩的堂兄堂嫂频频侧目，并未引起太多人关注。

伍迪紧张地环顾四周，脸色也越发不好。他压低声音说："'没事找事'可是你自己说的啊。说到底，当年要不是你插进来，我也不至于到现在都对人家有负罪感，你以为我想这样啊！"

话毕，伍迪甩脱被李艾拽紧的手肘，起身去给伯父敬酒，没走出两步，只听身后噼里啪啦一阵脆响，方才还喧嚷的包厢瞬间安静下来。两桌人都定睛看向李艾，看她因为愤怒而充血的双眼、手中还攥着的半截高脚杯，还有血一样顺着桌沿往地上淌的红酒……

"你疯了吗！"最后一丝颜面扫地，伍迪消瘦的肩膀在震怒下不自觉地颤抖。

"你刚才说什么，有种你再说一遍！"李艾一踹椅子站起来，已经顾不上考虑后果和周围人的反应。

"说就说，怎么了！"伍迪借着酒力，也把酒杯摔在地上，吓得周围的亲戚们一个激灵，"要不是你第三者插足，现在日子至于过成这样吗？这都是报应，报应！"

胸中的怒火和委屈烧得李艾脸都红了，她扑过去想要抽他的嘴巴，颤抖的双手却扑了个空，反倒被伍迪一把攥住纤细的手腕，就势将她推倒在地。周围吓蒙了的一众亲戚这才回过神，呼啦啦围上来，拉的拉，劝的劝。李艾半个屁股摔得生疼，眼泪在眼眶里打转。她咬紧嘴唇屏住呼吸，她不能哭，这里不是她的家，没有真正关心她爱护她的人，她不要让陌生人看到自己的软弱和笑话。突然，从嘈杂的人声背后，隐隐传出细微柔弱的抽泣声，李艾循声望去，是坐在儿童椅里的彤彤。孩子小脸憋得通红，乖乖地坐在那儿一动不动，瘪着嘴使劲忍着，不敢哭出声来，只能吭吭地吸气。她努力想做个乖孩子，以为这样爸爸妈妈就可以不吵架，这个世界就不会让她害怕。

李艾被愤怒灼烧着的心，瞬间碎了，她甩开那些搀扶的手，忍痛站起来，推开人群，一把抱起女儿。彤彤小小的身体也像是得救了一般，紧紧搂住妈妈的脖子，母女俩的眼泪同时决堤般喷涌而出。

　　一个月后，李艾左手抱着女儿，右手拖着只不小的行李箱，站在北京首都国际机场 T3 航站楼的到达出口。一切似乎都没变，那些欢颜、泪水、告别和重逢，和四年前离开的夏天没什么分别，淡淡的咖啡香气弥漫在巨大的玻璃穹顶之下，熙熙攘攘的人声伴随着此起彼伏的广播通知。然而一切似乎又都不一样了。那些麻木的、疲倦的、匆忙的身影，其实都是不完整的。三十出头的李艾，第一次看到了繁华背后的悲凉。阔别家乡四年，她的心和世界塌了大半，怀里却多出了个白生生软绵绵的小肉蛋儿。

　　"妈妈，这是哪里啊？"

　　"宝贝，我们回家了。"

中途返场

李艾在父母家浑浑噩噩地睡了三天，关于过去的冲突和未来的安排，老两口忍住了没有开口问，眼里却写满了焦虑。彤彤倒是迅速和毫无原则宠爱着自己的姥姥姥爷打成了一片，北京的一切都让她感到新鲜。第四天，李艾起得挺早，8点半就洗漱完毕坐在餐桌旁。李教授刚买了外孙女点名要吃的豆腐脑和糖油饼回来，李艾也凑过去吃了几口，还是小时候的味道。

"妈，咱们这片儿有比较好的幼儿园吗？"李艾从豆浆机里给自己倒了杯热豆浆，垂着眼帘问。

退休没几年的政法干部吴阿姨，正在给小外孙女扎她想要的"艾莎辫子"，抬眼看看女儿："咱们这片儿的幼儿园，那是西城最好的，"忍了半天，后半句话还是没忍住，"问题是你什么打算？"

"我啊，中午不用准备我的饭了，我一会儿出去剪个头。"要强的李艾盯着眼前那半杯豆浆，答非所问。

初春的北京让李艾备感亲切，湛蓝的天空，清爽的微风，空气里有淡淡的温暖的味道，街道两边的玉兰花次第开放，一簇簇粉白。以前常去的那家理发店还在，发型师却换了一茬。她看着镜中的自己，说不上哪里老了，但和记忆中的那张脸显然已有所不同。

来的路上去了趟银行，各种卡凑在一起，存款还有两万多。过去四年，李艾不工作，吃穿用度都由伍迪出，这些钱还是刚结婚时她用自己的积蓄买家具剩下的。老妈的问题很关键，接下来到底该怎么安排？

万千青丝随着发型师的剪刀落下，李艾看着镜中那个消瘦的女人，眼窝深陷，眼神中已经找不到当年的锐气。如此仓促地离开东莞，大概可以算作一时负气，可李艾心里也清楚，她和伍迪之间的问题，并不是一个李晓雯那么简单。他们的价值观、生活习惯，甚至是对女儿的教育理念都很不相同，激情退却后，两人还没来得及建立起夫妻间的恩情，就被外力撕扯得体无完肤。如果没有孩子，这段婚姻大概都撑不到现在；可毕竟有了个新生命，所有的决定就都不再是那么简单容易。

回北京已经快一周，有天晚上彤彤说想爸爸，李艾便拨通了视频电话。伍迪工作忙，过去几年对女儿也疏于照顾，父女两人盯着屏幕傻乐，爸爸除了嘘寒问暖的套话，诸如"你乖不乖""有没有按时吃饭"外，似乎也没有更多可说。没一会儿彤彤便失去兴趣，转头去找姥爷玩。李艾接过电话，把视频对话切换成语音。信号有点不稳定，她听到伍迪在电话那头喂了几声，并没有多等几秒的耐心，很快就挂了机。李艾原本以为他会再打过来，可等了整晚，也没有等来只言片语。

这段基础不佳的关系加速腐烂，结果大约也只能这样了。东莞是不可能再回去的，无论是考虑到年迈的父母、彤彤的教育，还是重新开始自己的事业，留在北京都是种必然。至于离不离婚，现在的自己似乎还没有足够的勇气和能力去直面这样血淋淋的抉择，那么走一步看一步吧。

既然想留下来，要不要搬出去租房住？李艾不想每天面对父母担忧的眼神，可她也实在潇洒不起来。这是哪里？帝都北京，三环内随便一套两居室，每月没有七八千租金根本拿不下来。她的存款连押一付三的头期都不够，何况找到工作后孩子谁来看？住在父母家，是眼下最经济安全的选择。自小家庭条件优渥的李艾第一次意识到，工作不仅仅和事业成就相关，还和彤彤的每一件衣服、每一节课外班，和自己出门是打车还是坐地铁，喝星巴克还是白开水相关。

好在是回来了，一班旧友的电话纷纷打来，吃饭唱歌泡吧，还是那些活动，似乎也没流行起来什么新玩法。她们大部分依然单身，聚在一起，聊你新买的香奈儿，聊她新交的男朋友。李艾在影影绰绰的灯光下，抿一口手中的莫吉托，像是看到当年的自己，又隐隐觉得渐行渐远。她曾经是这个圈子里的核心人物，叱咤风云、风光无限，如今却有些插不上话。她并不比她们年长，却像是凭空老了好几岁。哪怕依然踩着 Jimmy Choo 的高跟鞋，也勉强塞得回华伦天奴的小黑裙，但心态变了就是变了，想的事儿不一样了，感兴趣的话题也不再相同。

李艾似是不经意地问当年在金达律师事务所的同事兼闺密王妍：所里最近怎样？王妍哪里明白她是惦记着回金达，只一味抱怨工作辛苦，合伙人的压榨与日俱增，顺便兜售各类八卦。

"对了，你们房地产部那个林松杉，他回金达了。你俩当年不是还有点那个吗？"

"是吗？"李艾隐约回想起她与老同事林松杉之间那些模模糊糊的过往：初春雨夜里的涮羊肉，午夜办公室里的暖心咖啡……然而，被新生儿撕裂过的身体，被破裂家庭砸碎过的心脏，会凭空漏掉很多记忆。许多事，许多感触，都不那么真切了。

"他怎么回去了，他当时辞职不是去周游世界了吗？"

"那也不能老周游啊，回来赚够钱，才能再出发啊！"

"我是说，他闲了那么久，也没读书，也没去哪儿工作，金达怎么还会再要他？"

"嗐，你走了之后，杜律师手下一直也没个合适的人，刚毕业的得从头教，干了六七年的看升合伙人无望，都跳槽走了。谁还在金达待着啊？累死不说，给钱又少。不瞒你说，我最近就在面试一家公司的法务，待遇比金达好，也没那么累，关键还是家 500 强的机械制造公司，听说连女厕所里都弥漫着雄性荷尔蒙气息呢，"王妍眨眨眼，"就冲这个我也得去啊，赶紧把自己嫁了！天天在律所混，男女比例严重失衡，轮到我不知哪一天。"

李艾心里踏实了几分，看来回金达也并非全无可能。想起当年合伙人杜文强对自己的栽培，想起他专门飞到东莞参加自己的婚礼，李艾心里就涌起股热流，她决定改天约杜老大聊聊。正思谋着，喧嚷的酒吧静了片刻，现场的加拿大乐队弹唱起一首重新编曲的老歌《再回首》。

"天哪！"王妍在一旁没心没肺地喊起来，"这么老的歌儿还唱，老外也太二了。"

一丝不易察觉的尴尬从李艾脸上闪过，她刚想说这首歌好听，比闹哄哄一整夜的电子音乐强多了。

王妍像是看到了她的尴尬："我跟你说，你可真得好好补补课。你走之前这儿还没开吧？'秀'酒吧如今也是北京的一块牌子，外地来的都要来打卡呢。不过现在酒吧更新换代也快，过几天带你去对面国贸三期新开的'云酷'，比这儿好，没那么乱。"

李艾环顾四周，主吧古朴高悬的橡木色廊檐下，装饰着雕刻精致的中式木格窗，露天内院波光粼粼的水景倒映着周围摩天大楼的斑斓霓虹，白色帷幔掩映下，奶黄色的沙发卡座上烛火跳动，时尚动人的红男绿女在城市皎洁的月光下笑靥如花。这座仿宋式建筑的屋顶花园酒吧，初建时想必也有些野心，酒廊布局独具匠心，装饰风格也颇有讲究，无奈楼上的柏悦酒店近在咫尺，太容易让人直奔主题。

酒过三巡，王妍有点高了，在舞池里和一个陌生老外跳起了贴面舞。在这里，谁也无须认识谁，你尽管独自前来，总少不了帅哥美女搭讪，能否排解心头寂寞不好说，身体的空虚倒分钟可以填补。李艾留在卡座看包，有点无聊，想起几年前一时兴起报过个烘焙班，一万多的学费刷出去时眉头都没皱一下，结果刚上两节课就辞职去了东莞。那是种怎样的生活状态啊？她下意识地摇摇头，想着明天去试试把学费要回来。一抬头，只见王妍歪歪斜斜地朝自己走来，媚眼伴着酒气四面飘散："哎哟，不行了，高了高了，你怎么不去跳舞！"话音未落，她鞋跟一歪，重重靠在隔壁卡座一个白衬衫黑西裤的男子身上："服务员，洗手间怎么走？"王妍扶着男人的肩膀像是要吐，李艾连忙起身拦住闺密，转头向那男子致歉："不好意思，我朋友喝多了，您能帮我们看下包吗？我扶她去洗手间。"男人面带愠色撇撇嘴角，算是听到。

从洗手间回来，方才被王妍错认成服务员的男人正端站在一旁，守着堆满女士外衣和坤包的卡座。李艾见他已然套上了黑色的西装外套，像是怕再被错认作服务生，心底暗自发笑。

"谢谢您，刚才真不好意思！"

"她没事吧？"男人微抬下颌，面部线条僵硬，不可一世的样子。

"没事，就是喝多了些，坐会儿就好。"李艾扶王妍坐下，她还醉眼蒙眬地挥着雪白的手臂，冲男人喊 sorry。

男人并不睬她，目光冷漠地转头问李艾："你们一群小姑娘，跑这儿来买醉，有意思吗？"

李艾没想到，声色场所里还有如此"一身正气"的男人会摆出教条面孔训话。她决心逗逗他，打压一下他的嚣张气焰："和你们一群老男人跑来喝酒一个道理啊。"隔壁桌的五六个人都是男性。

男人明显愣了愣，不以为然地抽动了下嘴角："我们是来谈事儿的，而且花的都是自己的钱。你们这些小丫头，跑来这种地方大手大脚，现在很流行'啃老'吗？"

"这儿说话都得靠喊，你们谈事也挺会挑地方的。先生要想夸我们年轻，我笑纳就是。我生平也最见不惯啃老族，至于'买醉'的钱哪里来的，真不劳您多虑。"轻轻松松就扳回一局，不过太针锋相对，总是有失礼貌。李艾想收口，又觉得这样痛快地释放自己，已经很久没有过了。

男子被顶得有几分错愕，这才垂下眼细细打量：面前的女孩身材高挑，黑色裸肩小礼裙下一双大长腿，褐色的中短发松散地系在脑后，肩颈的弧度透着些冷峻。看她的气质，不太像夜场里寻常的柔媚身姿，一双眼炯炯有神，然而顾盼之间，又融化了些周身的凌厉。

"你是干什么的？"他好奇。

"我？律师。"李艾没想到他突然这么问，脱口而出。

"律师？"这个答案显然超乎男人的想象，他带着几分怀疑追问，"是吗？那是我失敬略，你哪个所的？"

李艾犹豫片刻，不知该如何作答。太久没人问这样的问题了，曾经觉得和自己不可分割的职业身份，竟然已变得如此陌生。

"……金达。"

"金达！那可是个牛所啊。杜文强你认识吗？"男子一脸惊讶的神情，态度有了明显的转变。

李艾笑笑："太熟了，房地产部的大合伙人，我老板啊。"

"哈，世界真小，怪不得你这么厉害。真是女律师啊，你是房地产部的？我是你们大客户，我去老杜那儿开会，怎么没见过你呢？"男子的脸色变得柔和起来，方才的傲慢和不屑已不见踪影。

李艾一时语塞，大概犯不着和这种场合里遇见的陌生人说那么多没头绪的过往，可再敷衍下去，刚才的话像是要穿帮。

"你是做房地产的？"她调转话题。

"对。"男人欠欠身，从西装内袋里掏出名片夹，泛着深棕色的木纹理上镶嵌着银色的亚光标识，"这是我的名片，幸会，刚才唐突了。"

李艾双手接过细看：沈挚，同德置业有限公司，副总裁。同德她当然不会陌生，2010 年，同德集团在香港 H 股上市，也引起过业界不小的轰动。作为曾经由中央部委直管的大型房地产集团，经过十多年发展，同德的业务遍及地产开发、商业综合体运营、酒店运营、建筑装饰、物业管理，这两年又开始涉足地产金融。李艾不免抬头再看眼前人：身材高大挺拔，小平头宽肩膀，皮肤很白，冷峻的面部线条，喜怒皆不形于色，一副无框眼镜架在高挺的鼻梁上，像是刻意想隐藏眼里的犀利与傲慢。

"幸会，沈总。"李艾伸出右手，迅速调动身体内的职业细胞。这样的场合和相遇，已有几分尴尬，再不"引入正途"，将来若真有工作上的来往，岂不失体统？沈挚伸过手来，指尖相碰的瞬间，李艾越发确定了他国企领导的气质。

不同性质企业背景的男人，与女性握手的方式也截然不同：外企男领导，大抵是最谙熟这套西方礼仪，力度和时间都掌握得恰到好处；国企领导与政府官员相似，公开场合忌讳与女性过从甚密，总是指尖轻轻一碰，草草了事，正如沈挚刚刚伸出的那只手。

"幸会。"沈挚等了等，看对方没有后文，追问了一句，"你的名片是不是也该赐我一张？"他收起了傲慢，口气却依旧不冷不热。

"抱歉，跟朋友出来玩没带名片，我拨个电话给您吧。"

"好啊。想不到，金达的女律师下了班也喜欢来酒吧坐坐。"他的语气听不出态度。

"也不是，我们也是来聊事儿的。"李艾指指已经昏睡在沙发卡座上的王妍调侃道，语气收敛了很多。

"哈哈，所以你们也是边喊边谈？"现场乐队奏起一首劲爆的歌曲，沈挚也提高了声量。

李艾当然明白这话是回敬她的，这男人倒也有几分幽默。周遭喧嚷的音乐恰如其分地化解了尴尬，沈挚掏出香烟，夹在指尖，将要点燃时，转过脸看看李艾："介意吗？"

她注意到他手指纤长白净，指甲修剪得短而整洁。她微笑着摇头，沈挚调转指尖，用眼神询问李艾是否需要一支，她再次摇头。沈先生似乎满意地点点头，自顾自地点评道："女孩子还是不抽烟的好。"烟雾缭绕着他线条清晰的脸颊，李艾却不合时宜地想起了伍迪。那故事的开头也算动人，可惜任何关系都有保质期，如今，只剩没有说出口的再见了。

李艾后来常会想起与沈挚的第一次见面，总觉得有些不伦不类。两人对话的内容、语气，既不像酒吧里邂逅的寂寞男女，也不像正经的客户与律师，可的确就是那么认识了，在她重回北京的第二周。

沈挚这个人算得上少年得志，生于20世纪70年代，当年从北大经济地理专业毕业后被分配到某中央部委，平步青云，28岁已做到正处级；而后调任北京市建委，实权在握，一手操办了几个叫好叫座的百姓工程，社会资源也网罗不少；之后又参加"国家青年干部人才计划"，公派到美国杜克大学读MPA（公共管理硕士），回国后加入同德集团，是五个副总裁中最年轻的那个。

但凡事业顺利，家中似乎便难以和谐。沈挚很年轻时便经前辈介绍结了婚，岳父是某文化单位的领导。总有人揣测他平步青云是靠岳丈提携，其实不然，文化单位没什么实权，更是清水衙门，沈挚不到30岁时，逢年过节别人送的礼品券购物卡，就整摞整摞往岳丈家拿了。太太和他也有过几年幸福时光，却在沈挚去美国读书那年戛然而止。怪就怪距离伤感情，男人又总爱红颜不老。沈挚和一个留学生打得火热，本来也没想真要怎样，消息却不慎传入家人耳朵，闹得天翻地覆。太太年轻气盛，一时冲动吃了安眠药，抢救过来后身体总是不好，常年精神涣散、情绪抑郁。不只如此，原本在仕途上大有可为的沈挚，也多少受此影响，离开政府去了企业。好在这些年同德集团发展迅猛，总算可以慰藉他的凌云壮志。

沈挚的愧疚，在经过沉重的代价和岁月的磨蚀后，渐渐变作疲倦与冷漠。前几年一头扎进工作，逃避家庭生活，如今年过四十，膝下依然无子，夫妻也形同陌路，他总在无人处暗自落寞。周围劝分的比劝和的多：被憎恨和痛苦湮没的婚姻，该如何维系？这两年，他终于下决心不再逃避，开始认真考虑离婚这件事。太太自然是不同意，那么就先从分居做起。搬出家门的那个周末，各种玻璃瓷器在身后碎了一地，沈挚提着只不大的皮箱，独自在电梯里想起许多弄丢的好时光。

世面上风光无限的红男绿女，背转身去，谁没有几段不能提的往事？歌舞升平间，谁不曾在心底最柔软的地方埋下刺？

一个月后，李艾到底回到了金达律师事务所的房地产部，但显然没有想象的顺利。

昔日亦师亦友的大老板——合伙人杜文强对李艾的回归表示了欢迎。两人吃饭时，他没有乘机揶揄李艾当年的幼稚冲动，甚至连她的家事都没太多过问，算是给足了面子。李艾犹豫良久，似是无意地提起当年辞职前，杜老大已将她列入合伙人候选人之事。话头刚挑起来，杜文强就放下手中缠绕着黑色墨鱼汁面的叉子，拿餐巾纸擦擦嘴角，直言不讳地对李艾说："这件事现在肯定不宜再提。你离开的这几年，专业上必定有所退步，原有的客户资源也丢得七七八八，关系网要重新建立，新的业务模式、市场热点也都得从头学。另外，你现在一个人带孩子，还能不能像以前那样加班出差都不好说。所以，一切从头来吧，你要有种就还能冲上来。让你回金达，待遇还和当年一样，已经是我能帮你的极限了。"

李艾明白，杜老板说的没错。作为朋友，请你吃多贵的大餐都没问题，但作为雇主，他必须理智客观，为股东利益服务。李艾也是在CBD里混大的人，市场什么逻辑，她最讲道理。尽管如此，走出国贸三期冷气弥漫的大堂时，她还是禁不住打了个战。玻璃门外的水泥森林，初夏的炎热让人窒息，回头看看插入云霄的摩天大楼，喉头不禁有些发紧。身畔，摩登男女正步履匆匆地经过，个个脸孔都呈 45 度角扬起，那是自信自足的角度，是名利场里该有的气度。

谁说青春漫长，怎么挥霍都无需代价？

李艾正式入职那天，勉强算是太平。原属于自己的办公室早已被人占据，这倒在她的预料之中，出乎意料的是，那人不是别人，正是林松杉。四目相对的瞬间，李艾有些尴尬，林松杉倒显得从容，语气寻常地问候一番，便领她去了新座位，又安排行政搬来两盆绿植。李艾趴在地毯上插电脑插销时，他将一杯咖啡轻轻放在她桌上，口味一如当年，只不过那时她是这里毋庸置疑的"女主人"，而他是从上海分所调来的"客人"，如今，却恰恰相反。

李艾呡了口咖啡收敛情绪，拍拍桌起身去杜文强的办公室找活干。

"老大，忙呢？"她敲敲门，杜文强正埋头看手机。

"来啦！进来进来。怎么样，都挺好的吧？"

"挺好的，熟门熟路，没问题！"李艾努力绽放出一个爽朗的笑容。

"那就好，你原来那屋松杉正坐着，我也没让他再折腾。新的那间呢，虽然小点偏点，但是安静，正好你可以静下心来看看这几年的卷宗。要学的不少，赶紧迎头赶上。"

"嘻，您还不了解我吗，什么时候计较过这些？放心，我会让那个角落再热闹起来的。"

"哈哈，行，有这个劲儿就行。"

"可您得给我派活儿啊，我不能白拿钱是不是？"

杜律师点点头，顺手在电话机上按下几个数字，正是李艾当年的分机号。电话刚响一声，林松杉的声音便从扬声器里传来："老大？"

"松杉，李艾回来了，你把同德发基金那个案子交给她做一些，你

025

多带带她，我让她现在去找你。"

"没问题，不过我 10 点有个电话会，马上到点了，一会儿我开完会去找她吧。"

听着电话里传出的声音，李艾心里有点儿发涩。想当年，都是她派活儿给林松杉，还时不时说他几句，嫌他出活儿慢。如今等他派活儿不说，还得凑人家的时间。他们之间曾经的那点温存，在这样尴尬的关系里，越发模糊了。

杜律师的声音打断了她的思绪："那我先大概跟你说说吧。同德集团准备在境内发一只人民币基金，专投商业地产，一期规模大概 40 个亿，先帮他们做基金管理公司，注册资本金 1 个亿。从管理公司设立，到基金发行，同德都交给咱们做了，等到基金设立好了，他们对外投资肯定还有大把的活儿，一定要把这个客户维护好，是条大鱼。最近这几天正在选注册地，你一会儿先查查哪里的优惠政策比较有优势。"

李艾有点发蒙，当年她辞职时，中国几乎还没有人民币地产基金，刚修订过的《合伙企业法》实施尚不足一年。她还记得某家外资投行有志在中国发起第一只人民币地产私募股权基金，曾委托金达咨询相关部门的审批流程和注册方式，李艾当时动用各种关系打听了一圈，连工商局的人都不知道具体该怎么批。谁曾想，短短几年，国内地产基金就已如雨后春笋般破土而出。她知道自己错过了很重要的几年，差点就错过了整个时代。

李艾回到办公室，来不及感慨，也没心情跟所里的老相识们"报到"，匆匆忙忙开通了邮箱，设置了签名档，就开始 legal research（法律调研）。莫名有几分紧张，很久没干过这样初级的活儿了，恍惚间，像是回到了刚毕业那年。约莫中午 12 点时，林松杉的电话终于打来：不好意思，刚开完会。中午一起吃饭吧，边吃边说说案子的事儿？

这理由，李艾不能不答应。

两人并肩走进电梯时，气氛略显尴尬，不知沉默的林松杉在想什么，李艾却不合时宜地想起那年春天，北京落下第一场雨的夜晚：林松杉开着新买的白色 CRV，载着李艾穿梭在湿漉漉的北京城，两人围着烧炭的铜炉喝小酒、吃涮肉。尔后，在李艾租住的公寓电梯间，她与他十指相扣，双唇相抵……

"叮"的一声响，地下一层到了。电梯门徐徐开启，李艾下意识地抿起嘴，她已经记不清和林松杉亲吻的味道了。她突然意识到，自己已经记不起任何和男人亲密的感觉了，闭上眼，只能想起女儿粉嘟嘟肉乎乎、充满奶香气的小嘴巴，除此之外，空无一物。

在地下食堂陆续遇到了许多熟悉面孔，同事们都心照不宣地不问李艾的家事，说来给她留足了面子，却也意味着李艾中途返场背后的故事已是尽人皆知。有个当年和她一起进所的男人，从前论资质业绩都比不了李艾，如今俨然已是新晋合伙人。年轻的小律师们见了他毕恭毕敬地点头让座，却视李艾为空气般昂首飘过。

"回来，没礼貌！"老同事摆出威风，"给你们介绍介绍：李艾，李律师，当年咱们金达的风云人物。你们还在学校背法条的时候，人家就在这儿挑大梁了。"

"李律师好——"齐刷刷的声音中透着虚情假意。"您是刚从香港回来吧？"有人追问。

李艾有点儿纳闷："香港，为什么？"

"听说所里新来了个美女合伙人，是从香港 Linklaters（年利达）跳过来的，不是您吗？"

李艾连连摆手："搞错了，不是我。"

"哈哈，"旁边那位老同事突然大笑，"香港回来的美女律师啊？那你们得问林律师，他最了解。"

"别闹了你们，"林松杉打断他们，"开一上午会还没说够，话可真多。"

在林松杉的哄赶下，一群小律师麻雀般喳喳散去，李艾虽没听太明白，大抵也猜到了几分。她倒真有兴趣看看这位和林松杉关系特殊的新来的女合伙人长什么模样，但比八卦更要紧的是尽快参与到房地产部现在所有的项目之中。尊重也好，青睐也罢，任何一种良性关系的背后都要靠实力，她恨不得立刻全身心投入工作，把原本属于自己的光荣与阵地统统夺回来。

"跟我说说最近这些项目的情况吧。"落座后李艾直奔主题。

林松杉反倒笑了："这么多年了，难得你倒没怎么变，跟老朋友连叙旧的时间都不留。"

"老朋友"，这个定位不错，免得彼此尴尬。"变化还是有的，找机会细聊吧，你见过什么青年男女在食堂里叙旧的？"李艾环视周围弥漫着油烟味道的嘈杂环境。

"幽默不减当年。那个，你女儿还好吧？"林松杉试探着问。

他怎么知道是女儿？李艾愣了愣，想必是杜律师广而告之了。所有的风平浪静之下，其实都暗流涌动。她拿起手机，想找彤彤的照片给林松杉看，但终于还是若无其事地把手机放回了桌面。早晨出门时母亲特意叮嘱过，跟同事千万别没完没了地说孩子，没人会真感兴趣，只会觉得你这几年果真成了家庭妇女。

"挺好，我带回来了，父母帮忙看着，我出来赚奶粉钱。"她轻描淡写道。

林松杉点点头："这几年……唉，找机会再聊吧。"他扒口米饭进嘴，欲言又止。原本想说"你也不容易"，可他深知要强如李艾最恨别人同情，而自己无论站在什么角度，都没资格对同事的私生活评头论足。很多关系，很多定位，时间过了，就真的只能 move on（过去），当年你可以坦然说出口的话，不见得今天说出来还有同样的效果。

"先跟你说说同德项目的事吧，正好下午两点他们要过来开会，你也一起参加吧。"

"是那个在香港上市的同德集团？"李艾故意忽视林松杉只说了半句的话，她不需要人理解，更不要人同情，她已经做好准备把自己包裹在钢铁战衣里，谁也别想撬开。

"没错。他们这两年开始涉足地产金融，去年在香港发了只美元基金，做得还不错，今年准备在内地发人民币基金，年限 7 年，专投商业物业，为以后发 REITs（房地产信托投资基金）做储备。"

"明白。"李艾若有所思，早上从杜文强那里听到"同德"两个字，她心里就一直在打鼓：对接的客户不会是沈挚吧？转念想想，同德集团上上下下一万多人，哪有那么巧的事。"上午我整理了一份各地注册基金管理公司优惠政策的比照表，一会儿发给你看看？"这么说有点别扭，但林松杉 project leader（项目负责人）的身份是毋庸置疑的，李艾不能不懂规矩。

"发给我就不用了吧，你我还信不过吗？李师太！"林松杉和李艾一样，也在努力适应着两人之间的新关系，"下午开会的时候一块儿说吧。让他们先确定注册地，咱们才好推进后面的工作。"

午饭不咸不淡地结束了。除了工作和几句老同事的近况，聊天内容再无其他。那种熟悉亲切的感觉始终在他们身边萦绕，可谁也不敢伸手触碰。李艾匆匆赶回办公室，调研各地文件、做表格、调整格式，她现在没有助手，事无巨细都得亲自动手。转眼就到了两点，秘书踩着高跟鞋来敲她的门："林律师通知你到 6 号会议室开会，知道怎么走吧？39 层，前台进来左手第二间，快一点，客人提前到了。"秘书的语气冷冰冰的，与她刚才和林松杉打招呼时的样子判若两人。李艾没见过她，心想这是从哪儿新招来的小秘书，仗着有几分姿色盛气凌人。转念一想，又错了，在人家眼中，你李艾才是新来的呢。顾不得计较这些，她整理好资料，冲下楼去。

几乎是在推开门的第一秒，她就看到了沈挚，他的状态与那天在酒吧遇见时没太大分别，依旧是黑西装白衬衫、喜怒不形于色的一张脸、犀利傲慢却从不涣散的眼神。过于理性、冷静、擅长自我控制的男人通常都不好对付，他们有极其强大的内化系统，任何挑衅、刺激、痛苦，都可以迅速在心里消化，使得对手无从判断其情绪，反而乱了阵脚。

沈挚看起来就像是这样的男人。

众人已经落座，李艾轻手轻脚地走到林松杉旁边的空位上坐下。

"沈总，我介绍一下，这位是我的同事李艾，从今天开始，她也加入我们这个团队为同德服务。"

林松杉介绍完，沈挚点点头，算是听到。他左右两边的同事起身向李艾递名片，说着"幸会"。

"不好意思，我今天刚入职，名片还没印出来，稍后我会把联系方式短信发给各位。"李艾起身，隔着宽大的会议桌躬身接过名片，略带歉意地解释。

"刚入职啊，李律师原来在哪里高就？"一直没开腔的沈挚突然发问。

"这个，说来话长，我10年前就加入金达了，中间出于一些个人原因离开了几年，现在又回来了。"他大概是觉得我那天在酒吧撒了谎吧？李艾心想，不能给客户留下这样的印象，因此她特意强调了"10年前"。

"李律师原来是我们房地产部最优秀的律师，没有之一。她能重回金达，是我们的荣幸。"林松杉并不看李艾，面对沈挚语气诚恳地补充道。李艾心底涌起一阵温暖。

会议如常进行，基本是沈挚与林松杉对话，有问有答。林松杉不知何时已褪去了当年的文青气质，举手投足越发稳重专业。李艾仔细听着，不放过每个细节。大约半小时后，林松杉总结道："所以沈总，为了节省时间，还是要请同德尽快确定注册地点，我们好开展后续工作。您知道各地金融办的政策千差万别，有很多地方公司的设立文件都有固定范本，最好是以他们的版本为基础，我们来做调整和补充，免得我们这边全写好了，拿去不能用就浪费了。"

沈挚点点头："你们有什么建议吗？关于在哪里注册。"

"要不请李律师给我们介绍一下各地对注册基金管理公司的政策？"林松杉转头看着李艾。

"好！"好几年没有这样和客户"短兵相接"了，曾经最爱开会的李艾突然有点紧张。她迅速将投影仪连在自己的电脑上，又将提前打印好的政策比较表分发给客户，有种大战开始前的兴奋。

表格第一栏写着"天津"，大量篇幅也都集中于此，李艾正说着，安静的会议室里响起沈挚的声音："李律师，我打断一下，现在还有必要研究天津吗？不是上个月刚出了文件，所有在天津注册的股权投资基金都必须到国家发改委备案吗，我们恐怕等不了那么久。"

李艾有点发蒙，沈挚说的这个文件她没有查到。她的印象还停留在几年前，那时天津是全国唯一可以登记有限合伙制基金的地方，政策灵活，税收优惠。

"沈总说得对，天津现在的确没有太多优势了，咱们节省时间，就不说天津了。李艾，重点讲讲无锡、宁波吧，正好同德在江浙地区的资源也比较丰富。"林松杉急忙圆场。

李艾的双颊火烧火燎，却也只能厚着脸皮敢作镇定地往下说。想起刚才林松杉对自己的介绍——房地产部最优秀的律师，没有之一，真恨不得有地缝可以钻。

会议拉拉杂杂开了两小时，直到散会送沈挚一行出门，李艾都和他再无正面交流，自然更不可能提起在酒吧的初遇。李艾心中充满懊恼，想起那夜在酒吧的音乐声中，沈挚的某个眼神还曾令她有些许悸动，现在颇有些无地自容。

晚上 6 点半，准备下班的林松杉绕道经过李艾办公室，看她正专心致志地伏案阅读，还勾勾画画地做着笔记，桌子上摊着厚厚一本所里新出的《2015 年全国金融政策汇编》。

"第一天，悠着点儿。"林松杉轻轻叩门。

太过专注的李艾猛地抬起头，呆了两秒才回过神："哎，今天真是太丢人了，我落下的功课实在是太多了。"她一连说了两个"太"，沮丧地摇摇头。

"没那么严重，这些政策天天变，尤其金融口的，一天一个说法，谁也搞不清楚。你回来适应适应就好。"林松杉安慰她。

"你这么早就走？"李艾没过脑子，脱口而出。

"我……今天早点走，晚上约了饭。你也早点撤吧，女儿还等着你呢。"林松杉果然面露尴尬，事务所从来不公然鼓励加班，但总是按时下班的人，一定找不到自己的前途位置。

女儿。忙碌了一天的李艾，这才想起了彤彤娇憨的模样，心底一阵酸涩。女儿长这么大，还是第一次和妈妈分开这么久，也不知道她这一整天是怎么过的。这个念头一旦涌上心头，李艾便坐立不安，心里对女儿愧疚，又为一桌子尚未读完的资料不知所措。李艾皱着眉收拾，咬着牙把三四本汇编都塞进大包里，算计着熬通宵也要一口气读完。大都市最流行的焦虑，如此轻易就占据了她的神经。

北京初夏的傍晚透着清爽，走出办公楼的四季恒温，李艾才想起了时下的季节，想起很快就是自己 32 岁的生日了。转眼，离开东莞已经两月有余，手机上几乎不再有那边的信息传来，看来伍迪不是沉得住气，而是决计放弃了。那座湿漉漉的南方小城，像梦魇一样越来越模糊，越来越不真实。栽满梧桐树的金桐西路上走着步履匆匆的行人，街边的"多乐之日"里传出叮咚欢快的音乐，五颜六色的灯箱把红砖房照映得如童话世界一般。随着客人的出入，一阵烘焙面包的香味飘出，李艾也忍不住推门进去，挑了女儿最爱吃的草莓甜甜圈，又给爸妈买了切片面包，希望能略略弥补家庭变故为幼女带来的伤害，慰藉年迈父母的担忧。尽管，现在她所能做的一切，其实都太过无力。

生活的艰涩开始露出棱角，再充分的思想准备，也难抵每一秒纠结痛心的挣扎。那么，咬着牙熬吧。

地产论坛

31 岁这一年，有许多事不在李艾的计划之中：当初为爱痴狂远走他乡，到头来只剩支离破碎的心痛；曾经她叱咤风云的办公室，如今留给自己的只有偏于一隅的逼仄角落；原本暧昧亲密的"男下级"，成了负责给自己派活儿的"老朋友"……

世界瞬息万变，却不给人按暂停键的机会，除了努力去适应，还能逃到哪里？

生日当天，李艾独自坐在律所的资料室里，翻看这三年来房地产部的所有案卷。她现在没那么多会要开，也没有回不完的邮件，不再是当年那个高跟鞋踩得铿锵有力，训人声高亢嘹亮，电话响不停，会开不完的李律师了。中午时分，李艾收到林松杉的一条短信，上面是无比简练的四个字：一起吃饭？

"不了，我在资料室查文件，自己解决。"她得巧妙地告诉松杉自己虽不在办公室，却依然在工作，没有磨洋工，更没有溜回家。纵然林松杉还算不上她名正言顺的上级，但自己不再拥有当年不受管束的地位已是事实。

过了不知多久，早上在楼下买的三明治快要吃完时，安静的手机"嘀嗒"一声，依旧只有四个字：生日快乐。

夏季明媚热烈的阳光从落地窗倾泻而下，像只温暖的大手轻抚后背，李艾的嘴角抽动了下，面包噎在喉头有点咽不下去。五年前的那个生日，是林松杉带她在北大静谧的校园里度过的。她记得，那是他们之间离说爱最近的时刻。也正是在那晚，伍迪飞来北京，想要重新开始，而她最终做出了选择，一个让自己付出沉痛代价、头破血流的选择，一个事到如今不得不承认错了的选择。

有那么一瞬间，李艾的心动了半下，与年轻时的冲动不同，不再是迫切想要吸引男人对自己着迷的念头，而是在思考一种可能性——在种种客观条件相加之后的可能性。结论当然是不可能的，李艾摇头对自己说，有感动的那半下就够了。

快下班时，走廊里响起嗒嗒的脚步声，是纤细的金属鞋跟与大理石地板撞击的声音。循声望去，一个大波浪卷发美女正从门前经过，精致的小脸毫无表情，下巴45度角扬起，一身铅灰色香奈儿套装看来价格不菲，非常标准的职场金领形象。她走路带风，不由得令人目光追随，李艾见她径直走向林松杉的办公室。

"叶律师，等一下！"那天对李艾很冷淡的小秘书，手里拿着本花花绿绿的宣传册追了过去，过分热情的声音隔着整个公共区都听得到，"您昨天不是说下午茶订的cupcake（杯子蛋糕）好吃吗，我今天特意去他们店里拿了宣传册。您看看，想吃什么告诉我，下次我再去订！"

"好的，你真有心啊，谢谢啦！"美女的声音传出来，南方口音，语速很快，纤细温柔中却透着干脆利落。

没有悬念，想必这位就是从香港回来的新合伙人了吧。李艾下意识地叹了口气，她想让自己尽量客观公正、不带偏见，可这样的女人谁能不羡慕妒忌呢？侧过头去，落地窗的玻璃里依稀看得到自己的身影：被家庭、孩子、工作搅得神情憔悴的一张脸，灰暗平庸的职业装，中年女人最爱的坡跟鞋，怕划到女儿许久不戴首饰的耳与颈。老板残酷直接的"谆谆教诲"，旧情人同情怜悯的眼神，都不及女人间哪怕最不经意的一瞥来得有效。李艾咬咬牙，有点嫌弃地看着自己藏在套裙里的小肚腩，恨不得立刻就冲去健身房。

正发呆，手机在桌面上振动起来，竟然是沈挚的电话。她犹豫片刻，按下接听键。过去两周，沈挚的团队又来金达开过一次会，再算上一起开过的电话会议，两人的接触也算频繁。然而随着逐渐熟悉，彼此间的界线和沟通模式也越发确定下来，客套里藏着无法逾越的距离，似乎已经没人记得他们初相遇时的情景，以及在灯光旖旎中的那一点暧昧。

"晚上请你吃饭。"没有开场白，也不像是询问，电话那头的沈总不知是在赶时间，还是颐指气使惯了。

"啊？"李艾有点发蒙，一时不知该以何种语气回答，"为什么啊沈总，公事吗？"话一出口，李艾就开始后悔，仿佛不经意间暴露了自己的心思。

电话里沈挚意味深长地笑了："当然是公事啊，所以你不能拒绝。"

这语气跟前几次开会时不太一样，不按常理出牌不像是沈挚一贯的作风。李艾摸不着头脑，觉得还是要谨慎些，毕竟自己是乙方。

"沈总具体是什么安排？公事我得先请示下我老板。"李艾想回家和家人过生日，准备把球踢给杜文强。

"林松杉啊？问过了，他跟老婆有约，让我直接问你。"

李艾在电话这头皱皱眉，这一句话里藏着两根刺，如鲠在喉："沈总，林松杉不是我老板，我说的是杜文强。"到底吐出了一根。

"嘿，你们金达律师的面子真大，本来这种事我让秘书问问就完了，今天我亲自打电话邀请，还推三阻四地踢皮球。"沈挚的语气听起来像玩笑，但话已经不轻了。

既然也邀请过林松杉，想来的确不是私事，毕竟是大客户，不能得罪，何况人家半天连什么事都没说呢，就被她顶到了千里之外。李艾想想，若不是因为有酒吧偶遇的那一遭，自己怎么能和大客户的大老板如此造次，杜律师要是知道，还不得把她拆胳膊卸腿。

"沈总别生气。您说吧，什么局？"

电话里传出一阵笑声："我们同德搞了个小规模的养老地产论坛，请了几家代表参加，都是圈子里做得不错的企业，有投资的、金融的、运营的。今天晚上办答谢晚宴，请你们过来坐坐，多认识些朋友，也从法律角度跟我们分享分享。"

果然是公事。李艾不免兴奋起来，这是重建人脉、挖掘潜在客户的绝佳机会，真是感谢沈挚还来不及。她瞬间忘记了今天是自己的生日，一口答应下来，两人约好晚上7点在东三环威斯汀酒店宴会厅碰面。

时针马上指向6点。一小时的时间在北京这座"堵城"最尴尬，回家换衣服肯定来不及，可如果就这样蓬头垢面地去赴宴，那还不如不去。思前想后，李艾咬咬牙，决定立即去楼下的国贸商城采购。这样的事搁在以前很正常，别说是有正式活动，哪怕只是晚饭吃多了想散步消食，揣张信用卡去国贸刷两件衣服也是常有的事。可惜今时不比往昔，原本六位数的存款，被失败的婚姻吞噬之后只剩零头，怎么也得撑到下月初发工资。何况自己也不再是一人吃饱全家不饿的状态：彤彤吃喝虽都在姥姥家，却总要买件衣服，买个玩具，报个特长班，样样都得花钱；年过六旬的父母，虽有比寻常人家更高的退休金，但身为独生女，非但不能为父母养老，平日里买点好茶好酒都要犹豫再三，想来实在可悲；再说伍迪，他当然有抚养彤彤的义务，可两个相隔万里冷战闹离婚的人，难道要自己主动开口问他讨营生？不可能，绝不可能，输人不能输阵，饿死也不能跟他开口。当然，饿死之前，也还得顾着脸，谁让你在CBD混呢。

李艾拿起钱包，脖子一横，赴刑场一样走向电梯。要死不死，电梯门口端端站着一对璧人，还面朝自己，想掉头都来不及。

"哟，这么早就撤了？"既然躲不过，李艾索性满面春风地打招呼，不知哪里钻出的一点儿怨气，话里带上了套儿。果然，正在不远处送客户的杜律师往这边投来目光，那眼神俨然在询问：谁这么早就下班？

"今天家里有点事。"林松杉面露尴尬，"你也走吗？"

"我哪有那么好命？同德沈总不是搞了个养老地产论坛的活动吗，你着急回家，他就翻我牌子啦。"李艾话里有话。

"什么活动啊？沈总的事儿你们可别怠慢，他是咱大客户，后头还跟着好几单呢。我可听说他脾气不好，都给我仔细点啊！"杜文强刚刚满面笑容地送走了一拨客户，凑过来压低声音瞪了他们两眼，俨然是大内总管教训小太监的范儿。

林松杉越发尴尬，还没等他鼓起勇气解释，杜老板的身影就已经消失在走廊尽头。

在旁边观战的美女一抹意味深长的笑挂在嘴边："早就听说李艾厉害，果然不是等闲之辈啊。"

李艾听出她话里带刺，但自知是心理失衡使绊儿在先，也不好多说，只得明知故问："这位是……松杉不介绍一下？"

"嗯，这是叶惠，金融部的叶律师。"

"完了？"

林松杉红着脸没接话，叶惠倒主动伸出手来："还是林律师的未婚妻。久仰大名，李艾。"

"未婚妻"三个字重重砸在李艾心坎上，比方才从沈挚嘴里听到的"老婆"还别扭。"老婆"这个放之四海皆准的笼统称谓，连风月场所里都频繁使用，早已不算什么；未婚妻可不同，高端霸气、不容侵犯。她无话可接，有气无力地伸出手。电梯门在身后"叮"的一声开了，第一场正面交锋，完败。

6点钟的国贸商城热闹非凡，有赶着下班的，有赶着吃饭的，却少有逛街的。李艾目标明确，专拣挂着黄色"SALE"（特价）标签的衣服看，边试边琢磨，方才那一仗，本该是旗开得胜，怎么最后铩羽而归？转念想想，只觉得自己无聊，里外里跟你有什么关系？都是当妈的人了，有本事在工作上逞强去，逞一时口舌之快算什么能耐？何况叶惠大小也是领导，何苦自找小鞋穿？你到底嫉妒她什么？身边有林松杉？名片上印着"合伙人"？浑身上下的名牌套装？还是她未来无穷无尽的可能性？这些，都是你李艾曾经拥有，或者唾手可得的东西，可惜，你没有好好珍惜。她想起自己当年离开金达时跟杜文强说过的话："对了我赚了，错了我认了。"难怪杜律师当时痛骂她不识好歹，真是一语成谶，看来自己真要做好准备用 30 年去认这个错。

预算有限，好在如今的国贸也不再仅仅是土豪的购物天堂，2000块钱，搞定一身行头，虽谈不上高端奢华，在五星级酒店幽暗的灯光下虚晃一枪充面子，倒是勉强够了。7 点钟，李艾准时出现在威斯汀酒店，顺着"同德集团 2016 年养老地产论坛"的指示牌，七拐八拐，走进二楼的小型宴会厅。旁边大宴会厅的工作人员正在撤台，看来下午正式论坛时参会人员不少，留下来吃饭的应该都是跟主办方关系亲密的合作伙伴。

推开门，三张圆桌摆在临时搭建的小舞台前，却尚未有人入席。客人们都三三两两地分站在宴会厅中，有的低声交谈，有的戴着耳机打电话，放眼望去，没有一张熟悉面孔。侍者端着托盘走来，杯中饮料红黄黑白，一应俱全，李艾挑了杯香槟靠墙站立，正无聊，一个身材发福头发稀疏的中年男人前来搭话。李艾注意到他手腕上的万国金表，价格不菲，交换名片再看：新盛银行北京分行资金市场部总经理，朱海平。身为律师的李艾，虽然搞不太清楚这个"资金市场部"老总有多大权力，但银行既然贵为金主，这样的人物也不可小觑。两人客客气气地聊天，朱海平语气虽谦和——一个南方人，开口闭口都顶着舌尖称"您"，不经意中却透着自负的神情。这自负与沈挚的又不同，沈挚的自负类似桀骜不驯，他就显得有几分自以为是了。

正聊着，小宴会厅大门开启，三四个西装革履的男人走进来，打头的正是沈挚。客人们都停下交谈投去微笑，有性急的直接冲过去跟他握手寒暄。略略应付过后，沈挚面带微笑地招呼："留下的都是老朋友，别客气，今天辛苦大家了，都请入座吧！"难得见他这么放松的神情，李艾竟有种如沐春风的感觉。她在厚实的地毯上慢慢挪动脚步。该坐哪里呢？主桌上放着名牌，另两张配桌上没有。李艾自知是无名小卒，拎着包向其中一张配桌走去。没想到的是，路过主桌时不经意地一瞥，竟然看到了自己的名牌，还高调地摆在沈挚的旁边。她有点不敢相信：该不会是重名吧？倘若坐下再被赶起来可就尴尬了。沈挚正被几个人团团围住，也不便询问，她踌躇半晌，直等到客人差不多都落了座，那个位子依然空着，才惴惴不安地坐了上去。

这个沈挚，到底什么意思？他是一早就断定我横竖得来，还是利用刚才那一小时安排秘书临时做了名牌？他没有安排下午论坛的重要嘉宾坐在身边，却把自己这个临时来"打酱油"的乙方安排在侧，用意何在？李艾让自己不要多想，却不免对这男人投去两眼，他笃定霸气的外表下，似乎还有颗细腻缜密的心。

待众人坐定，沈挚站在主桌前即兴开讲："今天没请主持人，我临时客串一下。同德集团举办地产论坛已有三年，从'土地二元管理改革'，到'旅游地产的运作模式'，再到今天这个'养老地产'专题，已经是第三届了。非常感谢在座的各位，无私地把自己宝贵的知识和经验分享出来。同时，同德地产论坛，也为老朋友们提供了一个聚会交流的好机会。我们一定会把这个传统坚持下去，发扬光大，让它为业界的同仁们创造更大的价值！再次感谢大家的到来，祝朋友们身体健康，事业有成！"沈挚端起面前的红酒一饮而尽，各桌嘉宾也都起身鼓掌碰杯，晚宴正式开始。

事业不仅仅是男人的春药，同样也是女人的迷幻剂。仰望着身边的沈挚侃侃而谈、风流倜傥，感受着众人投来的仰慕目光，有那么一瞬间，李艾想到了"英雄"这个词。

她定了定神，把自己从不切实际的浪漫幻想里拉回来，将目光投向铺着猩红色地毯的舞台上。趁沈挚讲话的空当儿，小舞台摆上了一张玲珑精巧的木质香案，旁边支着一架木色古琴，古香古色，相得益彰。两名衣着古典的女子分坐其后。沈挚再次起身，抬手示意大家安静："各位来宾，今晚为大家准备了一个小节目，很荣幸邀请到咱们国家著名的香薰大师刘老师和古琴演奏家王老师做现场表演。让我们用热烈的掌声欢迎二位老师！"

刘老师用富有磁性的声音从四大名香"沉檀龙麝"讲起，边讲边演示香案上香器的用法。今天现场品鉴的是四大名香中最为名贵的沉香，四下寂静无声，只听到悠远的琴声流淌。李艾坐得端正，目不转睛地看着台上的一举一动。

"见过吗？"耳边一个低沉的声音传来。

李艾一惊，转脸正对上沈挚那双明亮的眼睛。她微笑着摇摇头。

"怎么样，辛苦李律师跑一趟还值得吧？"沈挚的声音里，透着不同寻常的轻松和快乐。

"附庸风雅。"她于是也跟着放松了些，低声笑着逗他。

沈挚也笑，摇头靠向椅背，一手托着下颌静静观看。礼仪小姐已将燃好的沉香端下来供客人们传递品鉴。半个巴掌大的青瓷小盅下嵌三足，品鉴者持盅时要 足朝外，以示尊重。李艾依照老师的演示，左手托盅，右手拢起，将银片上幽幽飘起的沉香聚集，微闭双眼细细品味。初闻，似一股大自然的清新木香，继而逐渐浓郁，伴着馥郁的果香，然后有明显的甘甜，味道深处，竟传来薄荷般清凉舒爽的气息。果然层次分明、沁人心脾。

　　表演结束后，四下响起掌声，酒菜也陆续上桌。主桌 10 个人，有同德集团的沈挚、新盛银行的朱海平、北清大学房地产金融中心的夏教授、金达律师事务所的李艾，还有来自人寿保险、医疗机构、设计院、地产公司的朋友。沈挚一一介绍后，话题慢慢展开，还是从当日的论坛主题"养老地产"聊起。李艾出门前抓紧做了功课，从中国步入老龄化社会讲到她擅长的领域——养老地产的相关政策、投资中常见的法律风险等等。在一群陌生人面前侃侃而谈，即便是自己不那么熟悉的领域，也能迅速收集信息，整合分析，结合自己的专长给出观点，这是李艾天赋异禀之处。在众人的关注与提问中，她逐渐找回了些当年的感觉，这种被尊重被信任的状态太令人怀念。

　　几杯红酒下肚，气氛也越发活跃，话题从业务领域拓展开来。朱海平端起酒杯向夏教授敬酒，笑得格外谄媚："教授，我得敬您一杯。我跟您学知识总也学不够，总不想毕业，您说怎么办哪！"

　　夏教授哈哈大笑："你又留了一级吧？我看你这个学上得性价比真高，一样的钱，别人上两年，你上四年！"

　　"教授我跟您说，去年确实是忙，天天出差，周末老是赶不回来上课，现在缺勤率一超 10% 就不给过啊！项目办管得越来越严了，以前是签到，还可以找同学代签，现在要查身份证，明年不会刷指纹吧？"他说话的语气抑扬顿挫，表情也格外丰富，活脱脱一个喜剧演员。

　　"哈哈，刷脸都应该！"夏教授笑着喝下半杯酒，"这么好的学习机会，配备的都是那么优秀的老师，周末回学校上上课，多好！我知道你们都不差钱，不心疼学费，但好歹也要对得起自己的选择啊。"

　　"是是是！"朱海平使劲点头，一改先前和李艾交流时的自负神态，格外谦恭，后退的发际线更显得额头油光闪亮。

　　"教授，我看他哪里是舍不得您，他是放不下小师妹们吧！"沈挚在一旁打趣。

"欸，沈总，您还真说对了，现在咱们项目在这方面的标准绝对拔高了。我入校那会儿，最小的学生85年，现在89年的都有了，数量也有明显提升！以后质量再提高一下，大家上课就更有积极性了！"朱海平的豆豆眼放着光，笑得横肉都挤了出来。

李艾听得有些糊涂，低声问沈挚："上什么课？"

"北清大学的金融MBA（工商管理硕士），夏教授是项目发起人之一，老朱这家伙留了两级了。"

"你也在读？"

"我？"沈挚摇摇头，低声回答，"没那时间。"

这话却被一旁的朱海平听了去，他扭动着圆润的腰肢撒娇似的说："哎呀，沈总，时间就像那什么，挤一挤总会有的！您今年也来吧，我当伴读，夏教授您说是不是！"桌上爆发出一片哄笑。

"欢迎啊，沈挚你要是愿意来，我给你奖学金，不用你出学费！"夏教授大手一挥，看得出来很器重他。

沈挚不能驳教授的面子："感谢教授抬举！不过我这岁数有点大了吧？"

"不大不大，我们班最大的68年，比您年长的一大把呢！"朱海平使劲敲边鼓，大概是想通过读书拉近和沈挚的距离。

"一般来说，像你这样功成名就的，读EMBA（高级管理人员工商管理硕士）的多，轻松一些，圈子的价值也更大。FMBA（金融工商管理硕士）是这几年才在国内兴起的，特别适合金融领域，或者想要转型到金融领域的人。咱们北清FMDA的课程设置还是有深度的，专业性很强，现在很多开发商都在转型布局地产金融，你们同德也是啊。咱们这个课有个模块，就是专门针对地产金融的，像下午论坛上有人问到的REITs、ABS（资产证券化），课程里都有详细的内容。我倒是觉得，你有时间真应该来听听，对你们的工作肯定有帮助。"夏教授如数家珍地补充道。

"教授您可别这么说，我离功成名就远着呢。无论在哪儿学习，只要能跟夏教授学习，都是我的荣幸！来，咱一起敬教授一杯，地产金融圈的学术泰斗、领军人！"沈挚听得很认真，却也不想立即表态。他打了个马虎眼，又捎带着吹捧了教授一番，七分真诚、三分调侃，聪明地转移了话题。

李艾一饮而尽，脸上浮起笑意。没看出来，这个沈挚平时不苟言笑、傲气十足，恭维起人来也是把好手。转念想想也对，他年纪轻轻做到这个位置，又是政府、央企背景，真本事要有，做人的学问也要谙熟于心。酒过三巡，与一帮大佬换过名片，李艾惦记着该回家了，朱海平却热情地张罗起第二场：去隔壁嘉里中心的"炫酷"酒吧，还非要拉着沈挚和李艾。李艾推托，沈挚却不动声色地摆出了一副"李艾不去我就不去"的架势，周遭立时涌起一片起哄之声，似乎李艾如果"不从"，就会从座上宾瞬间沦为人民公敌。思前想后，于公于私，李艾都不愿得罪沈挚，大客户不论，这男人本身也确有魅力。李艾想起在"秀"酒吧邂逅的情景，尽管初见的感觉已快要在严肃的会议室和世俗的酒桌间磨蚀殆尽，但隐约中，又有种蠢蠢欲动在勾引着她向前试探。就这样半推半就着，李艾在一群人的簇拥中走进了"炫酷"酒吧，颇有些众星捧月的感觉。只是她心里明白，月亮的光芒无非借自太阳，若因此而飘飘然，实在有愧于自己的年龄和经历。

北京五星级饭店里的高档酒吧大都差不多，这家"炫酷"不及"秀"风雅，人也没那么多，却同样被现场乐队的节奏鼓动，被酒精混合着香氛的气息裹挟，被充满欲望的暗涌迷醉。酒过三巡，沈挚身上锋利的东西柔和了许多，他推过来一杯"大都会"，馥郁的果香扑面而来。沈挚也端起自己的威士忌："来，敬你一杯。"

李艾靠坐在吧台椅上，腿部越发显得修长。她举杯致谢，微笑着呷下一口，思忖片刻后开口问道："你今天到底为什么请我来啊？"

沈挚歪头一笑，下意识地转动着手中玻璃杯里琥珀色的威士忌："女律师，总是太直接。"

李艾抬手看看表："沈总，我现在正在 31 岁的尾巴尖上急速奔驰，没时间可以浪费，再过俩小时我就 32 了，青春就只剩鱼尾纹啦。"

"真的假的，今天是你生日？"沈挚有点怀疑地看着她。

李艾点点头："有故意要把自己说老的女人吗？"

"嘻，不早说，这么重要的日子，得给你张罗张罗啊！"沈挚回头寻找消失在舞池里的朱海平。

"别别别，沈总，先回答我刚才的问题好吗？到底为什么叫我来啊？"李艾借着几分醉意，语气也变得大胆起来。

沈挚转头直视她的双眼，犀利的目光里带着微醺："为什么？你想听什么答案？因为你漂亮有魅力，还是因为我对你有好感？"

李艾没想到他会这么直接，不知是酒精上头还是怎么，面颊竟发起热来。

沈挚却哈哈大笑："这有什么不好意思的？没错，就是这个原因。上次在'秀'遇到你，对你印象不错，一直想约你出来坐坐。当然，你这样的女人，又忙，想法又多，烛光晚餐、名包名表，估计也没什么用。正好今天有这么个你会感兴趣的活动，又不算太正式，可以聊聊天，就叫你一起呗。"

他的回答相当坦诚，字字切中要害，却让人像扒光了衣服被审视一般如坐针毡。李艾喝下 大口酒反问："你凭什么觉得我会对这种活动感兴趣？"

"那还用问吗？你这么有野心的女人，肯定对这种商务活动有兴趣啊。"

"我！"她的尴尬里带着浓浓的好奇心，"我有什么野心？"

"哈哈，你野心大了，你想做金达的合伙人，你想有一天能取代林松杉。所以你需要圈子、需要客户、需要名气，所以你肯定会来。怎么样，我说的没错吧？"沈挚笃定的笑容里带着几分得意。

李艾调整了下坐姿，情不自禁扬起了嘴角，白皙脖颈上的青色血管微微跳动。她抿下一口热烈的调酒，回味着身边这个男人聪明武断又直接的挑逗。"对也不对。"李艾的大眼睛在流转的灯光里透出几分迷离。

"哪儿不对？"沈挚挺直胸，歪着头，意味深长地望着她笑，做好了打击她"垂死挣扎"的准备。

"林松杉才不是我的目标，我要取代的，是杜文强。"李艾一字一句地回答。

过去几年里，婚姻捆住她的那张网，正在一寸寸地撕开，她好久没有这样说话了，曾经那个自信倔强，甚至嚣张跋扈的李艾，那个她都快要忘记了的自己，在这个夏天慢慢苏醒过来。而身畔的男人，也在女人撕开那张网的瞬间，被她周身散发的光彩迷住了心。

初试锋芒

　　李艾 32 岁的生日过得匆忙却有意义，沈挚的那个局让她找回了些自信——做律师的自信，还有做女人的自信。原来还是会有男人对自己感兴趣，尽管这好感是基于对她"单身母亲"身份的不了解，但也足够让她在 CBD 的红男绿女中挺直腰杆扭两步。爱情是女人的春药。沈挚给予的虽然谈不上爱情，好歹也能当杯冰镇可乐，在这个炎热的夏天里提提神。

　　然而，这种快乐只发生在小小的虚荣被满足后的一瞬间，更大的阴霾笼罩过来，仿佛西山顶上密密匝匝的乌云，从容不迫地压在 CBD 的摩天大楼上，卷起中服地块建筑工地里的灰土，钻进含混着汗渍的发丝、鼻孔，或是踏着凉鞋的脚趾缝中。

　　一场瓢泼大雨从天边奔涌而来。

　　李艾坐在金达古香古色的会议室中，花梨木大桌隐隐散发着沉香气息。她看看落地窗外天空灰暗、狂风大作，会议室暖黄色调的灯光丝毫也不能减弱空调寒冷的侵袭。她其实不太清楚自己为什么会坐在这里，杜律师打电话时只说让她马上去 3 号会议室开会，电话那头嘈杂一片，没说清楚就挂断了。此时此刻的李艾，坐在大会议桌的把角处，略略撤出座椅，想努力显示自己与这场会议的联系并不紧密。侧边正中的位置上坐着一身猩红色套装的叶惠，长卷发松散地编成麻花辫搭在身后，干练的职业气质中，又透着几分美艳。

她是这场会议的主持人，也是这间会议室中独一无二的女主角。

李艾来时，会议刚刚开始。她勉强找了个边角位置坐下，没人介绍她，她也没有机会和对面的客户交换名片，甚至，都没有什么人注意到她的到来。会开了半程，李艾才算搞清楚主题：客户要为青岛的两个房地产项目发一组集合信托产品。来客一行是信元资本股权投资部的，负责人陆云帆看上去也就三十四五岁，眉清目秀、文质彬彬。陆总说话前总是先谦和地笑笑，语速不快，声音不大，却很有条理，用词也讲究，不像是混金融圈的，倒像是大学老师。

叶惠与他交流默契，彼此神情中都流露出欣赏与肯定。李艾默默观察她：的确不是绣花枕头，往往话说七分留三分，不显得强势，也不输立场。比如她说项目涉及一二级开发，时间衔接未必能严丝合缝，是不是考虑做两级流动性，长短钱匹配，以免资金占用时间过长，徒增成本。说完，她还会补充："当然，这只是建议，我们做律师的不懂金融，这方面你们是专家，得等你们梳理过项目之后再做探讨。"笨人会以为她真的不懂，聪明人却清楚她说中了项目要害，尽到了提醒义务，又给客户留足了面子。

她有多大？在哪里读的书？以前是干什么的？李艾在心中揣测，这么年轻就做到了金达的合伙人，绝非等闲之辈。那么，李艾脑海里盘桓出另一个问题：为什么我会坐在这里？是她让杜律师叫我来的？金融我才真是一窍不通，难不成她是记恨那天我的出言不逊，想让我当众出丑？想到这儿，李艾的身体又往后缩了缩。所幸两个多小时的会议中，叶惠的丹凤眼从来没有飘向过她所坐的角落，仿佛压根不知道她的存在。但女人的直觉告诉李艾，叶惠分明知道自己在那里，她与客户的谈笑风生，对自己的不闻不问，其实都是在传达着一种情感——高傲的漠视。

会后，叶惠去电梯口送客户，李艾起身回了办公室。屁股还没坐稳，座机就嗡嗡地响起来，一个陌生而紧张的声音说："李律师你怎么走了？叶律师回来还要给大家分配工作呢，你快回会议室吧。"李艾皱皱眉，只得重回 39 层的会议室。偏就那么不巧，迎面撞上了送人回来的叶惠，身后还跟着个男律师。李艾顿了顿，驻足请她先走。叶惠看了她一眼，意味深长地笑笑，一言不发走进会议室去。

三下五除二，叶惠庖丁解牛般把一项庞大复杂的工作梳理开来，李艾被分到了其中一大块——两个房地产项目资料的整理分析，其中一个是位于青岛市中心区的超高层综合体项目，一个是位于黄岛的大型住宅开发项目。

"李艾你是房地产部的，这次叫你来，也是想让你在项目层面多把把关，你看有问题吗？"叶惠说话一如既往地不温不火，紧贴椅背的坐姿和微微交叠的双腿，却显露出霸气的女王范儿。

李艾有点为难：首先，这活儿虽不复杂，工作量却不少；此外，给别的部门干活，billable hour（计费时数）不好计算，自己部门的领导又不清楚自己在忙什么，难免再安排其他工作，时间冲突怎么解决？

"这个，没什么问题，就是时间可能不够。我刚回所没多久，手上还没有助理……"李艾想推托，话还没说完就被叶惠打断了。

"No problem（不要紧），用我的就行，需要做什么直接跟他们说。"她用纤细的手指划拉了一圈，李艾看到了三张面无表情的脸。

"杜律师那边——"李艾搬出挡箭牌，却再次被叶惠打断。

"杜律师那边我已经打过招呼了，他同意，或者说其实是他非常希望你这段时间在这个 case（案子）上跟我做，反正你现在手头上也没什么特别重要的项目。另外，杜律师的意思是，你金融方面是短板，这也是个学习的机会。"

李艾被顶得哑口无言，还没等她想出新说辞，叶惠就用笔头轻轻敲了几下桌面，转头做了总结陈词："还有问题吗？没问题就散会吧，后天碰头会前大家把初稿给我。"说完，她收起笔记本，起身往外走去。

后天！李艾心头一紧，想起手头还有同德集团的一堆事，连忙追出会议室："叶惠——"

对方顿了顿脚，却没转头，继续和身边的男律师边走边讨论。李艾知道自己又犯了忌，连忙改口："叶律师，后天确实太紧了，我现在手下一个人都没有，所有的活都得自己干。"

"我说了啊，你可以用我的助理。"叶惠转身看着她，表情有点不悦。

"叶律师，你……不明白吗？我怎么可能用你的人，他们怎么会听我的呢？"李艾慌不择言，把顾虑直说了。

叶惠的丹凤眼眯成一条缝，透出冷冷的光："我是不明白，他们为什么不会听你的？Have you tried？（你试过了吗？）"

李艾语塞。

"李艾，我们每个人手上都不止一个案子。如果你觉得我分配得不公平，你可以和 Michael 换。"她指指身边的男律师，"你来写信托计划，怎么样？"

这不是明知故问吗？李艾从没写过信托计划，连样本都没见过几份。

"总之，希望你不要 take it personally（感情用事）。"

李艾张了张嘴，彻底被将在了那里。真没想到，叶惠倒先把这话毫不遮掩地说出来了。无奈官大一级压死人，她也只能咬牙点点头："那，好吧。"

叶惠没再说什么，带着在一旁冷眼观望的男律师 Michael 离开。

第二天午餐时，王妍来找李艾，她刚从深圳出长差回来，迫不及待想见面，听听李艾重返金达的感受。两人没去食堂，在楼下的太平洋咖啡拣了个能晒太阳的角落，把自己扔进松软的懒人沙发。李艾要了金枪鱼芝士帕尼尼、一份培根马铃薯沙拉、一杯冰拿铁；王妍减肥，只点了草莓香蕉汁和一份恺撒沙拉。

"说说吧，阔别几年，感受如何？"王妍晃着腿，兴奋的脸上藏不住对八卦的渴望。

"感受嘛，很复杂。一切看起来差不多，其实都变了，确实需要时间去适应。我得恶补这几年落下的功课，尤其金融这块，要学的新东西太多了。"李艾又想起昨天叶惠在会议室侃侃而谈的样子，她明白，她们之间的差距，让她们根本就没有了角力的可能。

"嗐，谁问你这个了？业务上的事有什么好担心的，换汤不换药，什么信托、基金、直投、资管，听着高深，无非换个渠道找钱而已。你很快就会重新适应哒。我是问你，见了林松杉什么感觉？你对他还有feel（感觉）吗？"王妍探过身子，嬉皮笑脸地问。

李艾无奈地笑笑："要让你失望了，当年我们俩就不是你想象的那样，更别说现在会有什么感觉。顶多就是从谈得来的好朋友，变成了有点陌生的老朋友吧。"李艾顿了顿，接着问："叶惠以前是哪儿的啊？什么背景，这么年轻就能做到合伙人？"

王妍冲她挤眼睛："还说对林松杉没feel，那你那么关心人家叶惠干吗？"

"我关心她还真不是因为林松杉。你不知道吧，我现在正给她干活呢，金融部给信元投资发了一个房地产信托，把我'抓壮丁'了。了解女上司的脾性背景，难道不是必修课吗？"

王妍叼着塑料吸管睁大了眼睛："咦，她不会是故意的吧？难道，她知道你跟林松杉以前的事，要给你穿小鞋？天！那你可得小心点。叶惠这个人，看着温柔，其实狠着呢，你这种锋芒毕露直来直去的性格，真要跟她掐起来，未必是对手。"王妍有点一惊一乍，"我听说，她从香港回来也是有高人推荐，不知道家里什么背景。一开始，管委会也没想让她回来就做合伙人，毕竟她那么年轻，跟咱们差不多大吧，结果她跟汪律师吃了顿饭，这事就成了，不知道是给老汪下了迷魂药，还是咋回事儿。"

"你放心，我哪有跟人家打擂台的实力啊？这么说，她来金达并不是林松杉牵线的？"

"哈，林松杉算老几，哪轮得着他说话？不过叶惠倒的确是为了他才来北京的。听说，他们准备结婚了，你知道吧？"王妍瞄了一眼李艾的脸色，倒也平静。

"叶惠一直在香港？内地法她懂吗？"李艾的关注点似乎完全不在男女关系上。

"没有，人家本科复旦的，毕业后一直在君合，几年前去美国读了个 MBA，然后就去香港 Linklaters 干了几年，做的多半也是内地业务。现在她可是金融部的红人，号称'复合型人才'，法律、金融、管理，全都懂。"

李艾若有所思地点点头："对了，她手下那个男律师 Michael，也是这几年才来金达的吧，我以前应该没见过。"

"Michael Tan？"王妍坐直了身子，"谭永辉，他是叶惠带来的，也就来了几个月。据说他们是本科同学，关系一直很好，原来也在君合，这次叶惠来就把他也挖来了。"

王妍的这番话倒勾起了李艾的兴趣，男女之间真能有这么长久又纯粹的友谊吗？她不信。"什么关系能这么好，跳槽都一起？林松杉不吃醋吗？"

"没没没，"王妍连连摆手，"不是你想的那样。我一开始也怀疑他俩暧昧，后来打听了一圈，确实就只是好朋友，没别的。叶惠看不上谭永辉的。"

李艾从王妍急于辩解的神情中洞察到一丝紧张："嘿，你挺关心Michael啊，还专门去打听，你不会是对人家有意思吧？"

王妍放下手中的玻璃杯，歪着脑袋看李艾，挑挑又黑又粗描得有点用力过猛的眉毛："别说，我还真觉得他挺cute（可爱）的，黑框眼镜配张国字脸，表情永远都像别人欠他钱一样。哈哈，你不觉得吗，特逗！"她情不自禁笑了起来。

李艾苦笑着摇头："你现在口味这么重啊？我记得你以前喜欢的不都是那种面孔白皙、身材羸弱，混合着沦落的美和尼古丁味道的男人吗？"

"哈，还真是，你总结得挺到位。不过大姐，"她突然严肃起来，"连你这么不靠谱的人都当妈了，我33了，想settle down（安定）了。你看新招的那些小助理，个个水灵的，所里办个单身派对，90后的实习生都来凑热闹，我说：你们急什么啊？犯得着和我们这帮老女人抢男人吗？你知道人家怎么说？王律师啊，男人是你们的，也是我们的，但早晚，都是我们的！"王妍翘着兰花指，学着小女生的样子尖声尖气。

李艾哈哈大笑，差点把咖啡喷出来："谁这么有才，跟前辈这么说话，不想混了！"

王妍笑着白了她一眼："咱们当年不也一样？就这种噎死人不偿命的话，你以前说得还少？青春不在啦，人就要现实点，像谭永辉这样适龄，单身，不难看，有良好教育背景、稳定职业，关键还比较正常的男人，在律所绝对是稀缺资源！你现在不是跟着他们team（团队）做事吗？帮我盯紧他，姐嫁出去，绝对有你的好处！"

"喊，能有我什么好处？"李艾逗她。

"起码我不会周末一喝多就打电话跟你哭啊，让你连陪娃的时间都没有。"

王妍的玩笑在五光十色的CBD里听起来有几分泄气，李艾转头看向窗外，夏天的阳光无比明媚，她心底却莫名泛起隐隐的凄凉。

晚上 10 点，李艾依然在办公室整理材料写报告，这是她一天中效率最高的时刻，因为彤彤已经睡了，她不用再牵肠挂肚不踏实，不用再在电话里骗女儿说"妈妈一会儿就回去"，也不必忍着心疼听女儿哭着说想妈妈。安静的世界里除了工作，连感慨都剩不下。下午，李艾打电话给叶惠手下一个女助理，要她帮忙整理青岛综合体项目的租金收入表，以及重点租户的租赁期。那女孩推说手头有事，稍后再给她弄。快下班时依旧没有回复，李艾多了个心眼，发了封邮件给叶惠手下另一名男助理，同时抄送了先前那位女助理，请他们二人协同整理。眼看时钟指向 11 点，还是没反馈。哼，李艾心想，这回可赖不着我了，反正我"try"过，还"try"了两回呢，想欺负我，没那么容易。她啪的一声合上卷宗：交出去的活我才不会自己再揽回来，报告里开天窗就开天窗，错过了时间，得罪的又不是我客户，谁怕谁。

李艾草草整理了桌上的文件，关灯走出办公室。公共区的灯都黑了，越发显得林松杉屋里透出的灯光温暖熟悉。是的，是熟悉。那曾是她的办公室，夜晚自窗口望出去，看得到东三环川流不息的车辆，像两条不同颜色的河流，一条泛着银光，一条泛着红光，如同方向不同、永远不会交会的男人和女人。夜空很少晴朗，或厚或薄的云层，总被摩天大楼的霓虹映衬出魔幻般的色彩。有时能看见月亮，在东边遥远的夜空中，美玉一般清润孤独的城里的月光，看尽人世间的聚散离合、喜怒哀乐。

在过去那些加班的夜晚，林松杉曾为她端来过无数杯咖啡，坐在桌上和她聊天，用脚尖轻轻踢她的转椅，跟她聊他的过去和未来的梦想。有一次，林松杉拿着单反相机过来拍夜景，他关掉办公室的灯，自言自语地说："总得留下些什么，帮我们记住这一刻。"在那团静谧的夜色里，李艾从身后环住他的腰，轻轻靠在他肩上，看着夜色里的CBD……后来，她在林松杉的 Facebook 上看到过那张照片，就叫《城里的月光》。

突然，办公室的灯黑了。李艾从回忆中惊醒过来，林松杉提着笔记本电脑走到办公室门口，被静静站在黑暗里的李艾吓了一跳。

"你，才下班？"他打破沉默，顺手带上办公室的门。李艾依稀看到地毯上的那缕月光被掩在了门后。

她收敛情绪，笑着点头："是啊。你也才走？"

林松杉也从刚才的惊讶中缓过神来，调侃道："超级辣妈满血复活了，牛！走吧，我送你。"

"你不用等叶惠？"

"你见过'剥削阶级'干到 12 点的吗？她晚上请客户吃饭，早走了。您操点咱们'被剥削阶级'的心吧！"

李艾笑笑，林松杉还是老样子，职业外表下藏着玩世不恭，玩世不恭里又藏着真性情。"听你这话有点不平衡啊。说实话，她比你级别高，你是不是特有压力？"李艾逗他。

"你还不了解我吗？我最善于平衡的就是这种局面，这个时代的女人太伟大了，不给你们当垫脚石，我的存在都没意义。"两人已经走到办公区大门，林松杉拿工作牌刷门禁，静夜里"哔——"的一声响，"当年，您老人家不也比我级别高吗？"他冲李艾挤挤眼睛。

当年。

他就这么举重若轻地挑破了那层纸，如果注定无法回避，索性就坦然面对吧。李艾松了口气，绷了好久的神经似乎终于舒展了些。他们之间的问题，不是怕谁忘记过去，而是怕谁不敢记起过去。如此看来，坦荡些倒好。两人并肩走进地库，李艾又看到了那辆白色的 CRV，许多已经褪色的往事突然间又清晰起来："还是这辆车？"

"是啊，想换没钱哪。对呀，说起来你还是莅临这辆车的第一位女领导呢。"林松杉接着调侃，掩饰那点游荡在二人之间的尴尬或者暧昧。

"哟，那我可太荣幸了。这么晚送我回家，你们家叶总知道了不会有意见吧？"

"不能，她不是那么小气的人。再说，这三更半夜、黑灯瞎火的，你不说我不说，谁知道，是吧？"夜色里的林松杉松弛了很多。

她不是那么小气的人？李艾可不信。要不说异性看人从来不准呢，有太多非理性的因素存在。

"我不管那么多，反正我现在就是给你们两口子打工，你们谁送我都是应该的。"这句话说出来，李艾心里的那一点温存也就彻底放下了。

"给我俩打工？此话怎讲？"车子驶上东三环，林松杉随手打开音响，正是汪峰的《北京北京》。

"可不吗？给你干完同德的活儿，再给她干信元的活儿。要不你当我忙活到这么晚是干什么？"

林松杉没说话，似乎正在专心致志地开车，午夜的三环畅通无阻，一脚油门就到了团结湖。

"欸！别从这个口出，我现在跟我妈住西边，早不住这儿了。"李艾看林松杉又循着她当年租住的公寓方向去，连忙提醒。看来他也没忘记，连路途都记得清晰。

半晌，林松杉似是不经意地问："怎么信元的项目你也在跟？"

"是啊，我也纳闷呢，跟咱们部门有什么关系？你们家叶总点的我啊，你不知道？"

林松杉未置可否，眉头微蹙，专注地看着前方："信元那个事挺复杂的吧，你负责哪一块啊？"

"信托计划不用我管，我负责两个底层标的的整理分析。"

"青岛那两个项目，就你一个人？"

"可不吗！我现在手底下连个孤魂野鬼都没有，除了自己，还能指望谁？"

车内又陷入沉默，子夜的长街上开始浮现出隐隐的忧伤。

"有没有什么我能帮忙的？"林松杉的问话打破沉寂。

李艾转头看他："哪方面？"

他扑哧一声笑了出来："还能哪方面？帮你带孩子，我也得会啊。信元的事儿，你弄不完就扔给我吧。你每天这么晚回家，女儿怎么办？"

李艾笑着叹气："我先替彤彤谢谢你啊。其实我明白，你们谁也帮不了我，自己欠的债，就得自己还，青春不是随便挥霍的，是要付出代价的。当年我走得太冲动，如今从头开始，无论多辛苦，也都活该自己承受。"她沉默了片刻，鼓起勇气问了一直想问的那个问题："那时候，你为什么不拦着我呢？你明知道不会是个好结果，对吗？"

林松杉眉头又蹙起来，他沉默许久："如果那时，我能看到是今天这样的结果，我一定会拦着你，即便我们也不一定会有结果。"他沉默了片刻，"可是，我那时候真没那份勇气。你那么坚决地要去广东，而我们之间，又算什么呢？我有什么资格拦着你，我就一定能让你幸福吗？或者说，你需要吗？所以我最好，还是选择也离开。"

车里静得让人不敢大声呼吸，沉默良久，林松杉先开了口："你和他之间，完全没可能了吗？"

李艾叹了口气，心里百转千回："没有必要了，那本来就是个错误，我现在是在改错。你或许不能完全理解，再糟糕的婚姻，到分手那天也要再脱层皮，何况还有孩子，解脱的感觉可能只是在某个瞬间吧。自打回金达，我就已经不可能再回东莞了，我们之间，现在就只差他一个签字。"

林松杉不再言语，李艾的经历一直让他觉得难过，今夜她或许无心的一问，更加深了他的自责。如果当初他劝她，如果当初他能更勇敢一点开口留她，李艾或许就不会走，那么今天，即便他们也已经分道扬镳，李艾至少不会失去事业、亲人、朋友，不会在 32 岁这一年独自承受这一切，从头开始。他突然意识到，自己竟然是当年唯一有可能阻止她跳下深渊的人，而那时的自己，却什么也没有做。

第二天就是叶惠任务的截止日。下午 5 点，一班人马围坐在中型会议室的椭圆桌前，一边看报告一边讨论。李艾的报告里开了天窗，《租金收入及重点租户分析》一章只有标题。叶惠没说话，一双丹凤眼盯着李艾等她解释。李艾不慌不忙打开邮箱，她的电脑正连着投影仪，所有人都清晰地看到了她头天下午发给叶惠两个助理的邮件。

"数据没有整理出来，就没法写分析结论。我中午 1 点打电话说过一次，下午 5 点 40 分又发邮件催过。你们明确告诉我这活儿你们没时间干，也行，至少我可以再做安排。遗憾的是，直到开会前，也依然没得到任何反馈。"李艾淡淡地说。

叶惠什么都没说，只把那双透着寒光的丹凤眼平移到两个助理脸上。男孩子低着头不敢说话，女孩子胆子大些，张嘴解释："叶律师，我们在帮谭律师写信托计划，昨天都写到 12 点了，确实没抽出时间。后来李律师也没再问，我们以为她都弄好了呢。"

"好了闭嘴吧。"女助理话没说完就被叶惠打断，语气平静到听不出任何情绪，出口的却是杀伤力极强的词，"我现在去吃饭，给你们一个半小时整理数据，7 点钟我回来，接着讨论。"

李艾有点尴尬地别过头，心想：比我当年骂人还难听。正欲起身，却听到叶惠温柔的声音响起："李艾你想吃什么？给你带点。你留下来和他们一起弄吧，他们整完数据，还得辛苦你写分析结论呢。"

李艾语塞，眼看叶惠带着谭永辉和另一个助理离开，自己却和那两个倒霉孩子一起被关在了会议室。她算是见识过叶惠的厉害了，不过这一仗打得有趣，看来对手也是个讲规矩的人，李艾嘴角浮起一丝笑意。

会开到晚上 11 点，叶惠温柔纤细的声音在会议室萦绕，李艾每次抬眼都看到她 10 厘米高的高跟鞋挂在染着朱红色趾甲的白皙脚趾上晃悠。她陷在靠背椅里翘着兰花指指点江山，谭永辉卖力地在黑板上连写带画。关于两个项目的问题，李艾对答如流，但信托结构的事就不便发话，尤其 ROI（投资回报率）、IRR（内部收益率）之类的财务数据，更是完全插不上嘴。一场会开完，叶惠心情转好，大概是对报告充满信心，仿佛已经看到了客户肯定的微笑。她伸了个懒腰，笑眯眯地问屋里的人："差不多了，有没有人想去喝一杯？我请客。"

几个助理都面露难色，谭永辉严肃的大方脸上依然没有表情，却坚定地迎合叶惠："好啊，喝点好睡觉。"

李艾觉得这里没她什么事了，起身准备离开，却被叶惠唤住："怎么要走？不是说好一起去喝一杯吗？"

李艾一愣，心想谁跟你说好了，这女人真能偷换概念，刚才还觉得她讲规矩呢。她笑着推托："女儿还在等着我呢，你们去吧。"

"哎呀，走吧，小朋友这个点早睡了，就去'谜'，半小时内搞定。Crazy work, crazy fun（拼命工作，拼命玩）嘛。"叶惠竟主动挽起李艾的手臂，就像是亲密无间的闺蜜一般。李艾有点别扭，但转而想想也是：自己非要走，不但扫了大家的兴，还好像专门和叶惠作对似的——有过上一次别扭，再留下这样的印象可不好。于是，她就这样半推半就地被他们二人"绑架"到了嘉里中心。

"谜"酒吧灯光幽暗、酒香弥漫，美女服务员们清一色高挑身材，黑色一字裙包臀，个个犹如模特。李艾回想起当年的自己，也常常在这些场所流连忘返，恍如隔世。别看叶惠身材纤弱，酒量却不小，转眼两杯 Tequila Shot（龙舌兰）下肚，还不过瘾。李艾只象征性地要了杯莫吉托，小心谨慎地与叶惠"漫谈"。叶惠先从女儿问起，大概谙熟这是所有母亲最爱的话题。在她的强烈要求下，李艾翻出了手机中彤彤的照片。叶惠眼中竟真的散发出些许温柔的光辉："好可爱，脸像个小苹果！但愿我将来也有个女儿，我要把她打扮成芭比娃娃，也不用担心宠坏了。"

"嗯，你那些奢侈品包包就后继有人了。"谭永辉在一边插话。在香烟缭绕的酒吧里，他坚硬的脸部线条终于也舒展了几分。

"你那时候，就是为了彤彤爸爸离开金达的？"叶惠没搭理谭永辉，猛地调转话题。

"呃，算是吧。那时候年轻，太冲动。"李艾知道自己的风流韵事当年就是金达人茶余饭后最热门的谈资，时至今日，她灰头土脸地折戟而归，并不愿意谈太多过去，尤其是跟眼前的女人。

"说实话，我挺佩服你的，为了感情，做那么大牺牲。换了我，不一定做得到。"

"怎么做不到，你不也为感情回北京了吗？"李艾笑着挤眼睛，找准机会把球踢回去。

叶惠挑起嘴角，脸上掠过一抹淡淡的笑："别人那么以为而已。香港嘛，适合工作挣钱，生活就不见得有多舒服。尤其内地人，到底不那么惬意。我早就想回北京了，松杉只是个合适的契机。"

李艾听她话里有话，又担心是挖了坑等着自己跳。怎么说，头一夜和林松杉话离殇，这一晚又与叶惠诉衷肠，都着实是件怪异的事，还是就此打住的好。

"对了，我一直想问你，你在哪儿读的 MBA 啊？看你金融那么厉害，好羡慕。"

叶惠顿了顿："在美国。嘻，能有多厉害，你读一个不也一样？现在做非诉业务，完全不懂财务金融也不好做。我其实也没多精，搞得懂些专业名词而已，总之跟客户交流要在一个频道才好。"

"那也是有先见之明啊，我倒有心去美国读 MBA 呢，带着个拖油瓶，还得养家糊口，哪儿那么容易。"李艾说的也是真心话。

"你读个 part-time（在职）的呗，上班读书两不误，现在这种课程挺多的。"叶惠对这个话题似乎不太有兴趣，说完就招呼侍者买单，多一分钟也不想浪费。

倒是谭永辉在一旁接话："part-time 挺好的，学员多半是在工作上有些积累的，没大块时间辞职读书，也是个拓展圈子的好机会。我前几天刚报了名，你要有兴趣，我把资料转给你看看。"

这下轮到李艾惊讶了，没想到谭永辉一张冷脸下还藏着古道热肠："好啊，哪个学校的？"

"北清大学的和几个商学院的我都研究过，最后还是报的北清。其实课程、师资，这些都差不多，我主要是比较向往校园的感觉。"

"你说的，是那个 FMBA 吗？"李艾心思一动，这不就是上次和沈挚参加活动时听他们聊起的那个项目吗？

"对，就是那个。现在有 FMBA 课程的商学院不多，大部分都只有 MBA 和 EMBA。MBA 呢，基本都要'脱产'，而且大部分学员都是刚刚工作三四年的年轻人；EMBA 是老板俱乐部，要看企业规模、职位，我们这样的人家不要，学费也太贵。FMBA 最合适，part-time 上课，不耽误工作，金融口的人还特别多，听说学费所里能报一些，多合适。"谭永辉一听李艾竟然也知道这个项目，就滔滔不绝地讲起来。

"你说这个 FMBA 的学费金达给报？"李艾瞪大眼睛，心里快速地盘算起来。

"我入职的时候，听 HR 提过有个'培训计划'的福利，具体什么条件就给报销学费，我还没研究呢。你要真有兴趣，先抓紧报名，北清大学的这个 FMBA 项目竞争挺激烈的，还要考试，马上就到报名截止日了。"

李艾和谭永辉聊得热闹，那边叶惠已经结完了账，三人并肩走出酒吧，远远看到路边停着的白色 CRV，叶惠踩着高跟鞋快步迎上去。李艾和谭永辉在酒店大堂前等出租，与叶惠挥手告别时，依稀看到驾驶座上的林松杉正向他们点头致意。

瞬间，李艾有些恍惚，那车不是等着她的，很多年前就不再是了。

　　李艾的成与败，大半都源于她旺盛的生命力，有冲动就立马行动，想不了得失结果那么远。性格决定命运，这样的性格注定很难安稳，在别人看来却是十足的精彩热烈。李艾横冲直撞地活了 30 多年，折过跟头，也收获过幸福。她的生命触角在这个夏天又不安分地躁动起来，仿佛那些若隐若现的伤疤都不复存在。

　　在收到谭永辉转发的 FMBA 招生资料的第三天，李艾就利用午餐时间，顶着烈日冲到了北清大学 FMBA 招生办公室。接待她的是个学生模样的小伙子，热情中透着单纯。他自我介绍叫刘鑫，刚研究生毕业留校，是 FMBA 项目的联络人、助理班主任。听了李艾的情况，小刘老师神情凝重了许多。他拿着笔在白纸上认真描画，一条条分析李艾的劣势：数学基础一般，准备时间仓促，职业背景单一……越说越沉重。李艾心底暗暗发笑，对于年轻的刘鑫来说，上北清的 FMBA 大概算是人生头等大事，必得以一百二十分的严肃对待。他哪里知道，30 多岁的单身母亲，人生的伏线大部分都尘埃落定，上了也不至于改变命运，顶多算是锦上添花。

　　李艾顺手拿起印制精美的招生简章翻看，第二页上，夏教授的大名与照片赫然映入眼帘。联想起那天在威斯汀酒店吃饭的情景，她嘴角浮起一丝笑意：机会果然无处不在，谁知道哪片云彩会下雨。李艾仿佛已经看到录取通知书在向自己招手了。

在回办公室的车上，李艾拨通了沈挚的电话。这还是上次吃饭后两人第一次单独联系。

"沈总，忙呢？"

"难得啊，李律师主动打电话。"

"别寒碜我了，有个私事想请教一下，方便吗？"

"你说。"

李艾在电话这边苦笑，果然是直男，对自己正"有好感"的女人都没半句废话："我刚从北清出来，有心报他们今年的 FMBA，就是夏教授负责的那个。想跟你打听点具体情况，比如学生背景、师资配置什么的，你了解吗？"

电话里传出沈挚不冷不热的笑声："你是想找关系进去吧？还学生背景、师资配置，这些问题不问项目办，问我？"

李艾揉着额头尴尬地笑，但做律师这么多年，她的心理素质也非一般人能敌："沈总，我还以为你是个有点情趣的人呢，没想到这么不留情面。"

"哈哈，"这下轮到沈挚发自内心地笑了，他喜欢跟李艾聊天，喜欢她的豁达和幽默，"我不是担心你瞎兜圈子，耽误了正事吗？那项目据我了解还不错。说吧，怎么个情况，需要我做什么？"

李艾心中升起些许感激，他虽然总是傲慢冷漠，关键时刻还算给力。"我知道得晚了，他们3月、5月已经招过两轮，下周六最后一次补录，上午笔试，下午面试。据说我这种小律师，职业背景单一，笔试又要考高数，恐怕不占优势。你有没有可能说上话？"

"行，明白了。这样，你该报名报名，该复习复习，流程总是要走的，我这边先了解下情况，你等我信儿吧。"

李艾还没来得及客套，沈挚就匆匆挂了电话。也是，都是忙人，事说清楚就行了，他断不会计较别人那几句虚情假意的恭维和感激。

一周后，星期六一大早，李艾精神抖擞地出现在北清大学弘毅楼一层的阶梯教室，桌上已经提前贴好了所有考生的姓名条，隔空坐开。进考场前，谭永辉还悄悄拉着她嘀咕："高数部分互通有无啊！"一进门，看到堪比高考考场的布局，大家都有些傻眼，李艾和谭永辉被分到教室两端，前后左右都是陌生面孔。根据监考老师的要求，李艾掏出身份证和手机放在桌子右上角。怎么办？硬着头皮上吧。

厚厚一沓卷子发下来，和这几天李艾突击做的模拟试题结构一样，有英语、数学、逻辑三部分。英语李艾不怕，逻辑也是法学院毕业生的强项，最担心的是数学。答完英语和逻辑部分，李艾开始死磕数学，但凡能想起来一点的，绝不让它空着，把所有可能有关系的公式列上去再说。就这样，抱着"不抛弃，不放弃"的态度，上午三个半小时的考试终于结束。很多年没手写过那么多字了，李艾只觉得右臂痉挛似的发抖。

阶梯教室里又恢复了生气，谭永辉灰头土脸地走来，与早晨意气风发的样子判若两人："怎么样？"

"凑合吧。英语和逻辑还行，数学我反正没让它空着，胡写一通呗。"李艾一边收拾包，一边回答。当年被称作"学霸"的她，应付考试的能力还依稀健在。

"我真佩服你，话说我上次坐在教室里答数学题，可以追溯到十二年前的7月8号了！这之后，吃火锅算账就是我接触到的难度最高的数学题。今天废了，肯定没戏了。"

"那也不一定。"李艾瞟了眼隔壁桌正高谈阔论的大叔，压低声音说，"这卷子对咱们难，不信对他们不难。好歹英语还算咱强项，我看他们恐怕连题目都看不懂了。"

谭永辉竖起耳朵，只听见大叔说："整啥玩啊，管他的呢，我所有的都选C（xī）。吃饭吃饭，下午还面试呢。"他脸上终于露出些许轻松的表情:"也有牛的,我前面那女的,答得特快,全写满了,早早儿就坐在那儿环视四周,看得我那叫一个压力大。"

"是吗?什么高人,这么牛?"李艾也好奇。

谭永辉伸长脖子四下张望:"喏,门口那堆人围着的就是。你看,还讲题呢,这姐们儿不会是老师吧!"

顺着他的下巴望去,李艾看到人群中那个被包围的女子:中等个头,身材圆润,水嫩的皮肤白里透红,弯弯的眉眼搭配一头细碎卷发,笑容永远挂在脸上,透着股与世无争的温柔;谁问她,她都耐心讲解,声音纤细,口音里带着南方腔。李艾和谭永辉经过门口时,正对上她的眼睛,她面带笑意,条件反射似的微微点头,李艾脑海里冒出两个字:温润。

北清大学东门布满了林林总总的小吃店,李艾和谭永辉就近钻进一家陕西面馆,店内人声鼎沸,谭永辉呆立在门口,皱起眉头。

"怎么了?"李艾看他动也不动,有点着急。

"要不咱换一家吧,太嘈杂了。"

"嗐,中午都差不多,1点半就开始面试了,哪有时间吃大餐?就在这儿将就下吧。喏,你去窗口那个空位先坐着,我去点吃的。"

谭永辉接过李艾的包,十分不情愿地点点头,一步步挪到了窗口的空位。李艾来回张罗,点了肉夹馍、面皮,又点了凉菜,没一会儿工夫,就端着一大托盘汤汤水水挤过人群。

谭永辉似乎缓过点劲儿,有些不好意思地帮李艾擦了擦凳子:"辛苦你啊,我这人有密集恐惧症,一看到人多、嘈杂,或者不干净的东西,心里就发急。"

李艾正麻利地拆分着一次性木筷,嘿嘿乐:"什么'密集恐惧症'?这么高级的词。你就说你见不得脏乱差呗。你这病在这儿是好不了了,到了美国，立马就能根治。"

谭永辉腼腆地笑笑，小心翼翼地反复磨蹭李艾刚递过来的一次性木筷，生怕有残留的小木刺刺进皮肤："你们这些女人啊，个个都是女汉子，生存能力都比我强，我自愧不如。"

李艾看了他一眼，顺着他的话聊下去："我是女汉子我承认，生活所迫啊！你们叶律师那么温柔，怎么能说是女汉子呢？"

谭永辉瞪大眼睛："她？她是——面若桃花心似刀！哈哈哈。"

李艾没想到他会这样说，有些诧异地看着谭永辉。

"开玩笑啦！"谭永辉把那双经他细心打磨过的木筷递回给李艾，又把李艾手里的那双拿过来接着磨，"叶惠比她看起来要坚强得多。说她温柔吗？也不错，但那只是她的表象。"

"你们认识很多年了吧？"

"可不是嘛。"谭永辉眯着眼抬起头，"我们是本科同学，说起来都认识十几年了，真快。"

"叶惠在复旦的时候，一定特多人追吧？"李艾对叶惠很感兴趣。

"那是。人家那时候是我们法学院的院花，请她吃顿饭要提前一个星期预约的。"

"可以想象，"李艾挑起一根面皮，却味同嚼蜡，"叶惠一看就是那种，在特别优越的环境里长大的孩子，从小品学兼优，家庭条件一定也不差，一直是众星捧月，一路顺风顺水的。"

"李律师，"谭永辉打断她，狡黠地笑了，"你这是在说你自己吧！"

"我？"李艾诧异，转念想想，这么形容自己倒也不错，至少在辞职离开北京前，她的状态的确如此，"几年前，也许吧；现在，太不同了。"

谭永辉未置可否地笑笑："叶惠也不像你想象的那样。她的外在看起来确实和你说的差不多，可生活都是有假象的，就像别人看你光鲜亮丽，也不会知道你心里的不容易。"

"天！"李艾不服气，"我还不够表里如一吗？我就差没带着我家小拖油瓶去办公室蹭饭了！哪还有什么光鲜亮丽啊？"

谭永辉有些歉疚地笑笑，眼里充满同情："说起来，你确实挺强悍的，让人佩服。不过，人都有自己的不容易，叶惠也不容易。她上初中时，父母离婚了，她判给她爸。虽然她爸很有钱，物质上都满足她，但毕竟弥补不了母亲的缺失。再加上那时候她青春期，人很叛逆，也没人关心她。叶惠自己跟我说，她爸当年找的女朋友，有一个算一个，全叫她给搅黄了。结果她爸对她也有怨气，父女俩经常很久不说话，一直到她大学毕业，关系才有所缓和。"

"叶惠还有这么想不开的时候，都离婚了，她还干涉她爸找女朋友干吗？"李艾觉得挺逗。

"女孩不都这样嘛，当心你将来找男朋友，你家闺女跟你捣乱！我们上大二那年，叶惠又把她爸一个准备结婚的女朋友搅黄了，那次她爸真气彪了，把她的银行卡全停了，家门钥匙也换了，不让她回家，让她去跟那女的道歉。结果她比她爸还犟，把她爸送给她的一块卡地亚表给卖了，跑去当家教打工，就是不服软。你说上学期间倒也罢了，到了寒假，学校人走光，食堂都关了，她还是不认错，大年三十没地方去，就坐长途车跑到我家蹭年夜饭去。唉，前后折腾了快一年，到底还是她爸先来看她，她还不依不饶呢。"

李艾听得入神，早感觉到叶惠虽然看似温柔，却有着利剑般的心，可听到她少年时跟父亲斗气的这一段，多少让人心生怜悯。如此跌跌撞撞走来，想必夜深人静时，也独自掉过不少泪。

"我说你俩关系不一般哦，"李艾眨眨眼睛，掉转矛头，"大年三十都去你家过。你们俩，那时候是一对儿吧？"

"哪有！"谭永辉白了李艾一眼，"我们是纯洁的男女关系啊，当年叶惠眼光不要太高，大学四年，她就没谈过恋爱。"

"啊，林松杉不会是她的初恋吧？"这下轮到李艾大跌眼镜了。恋爱经验丰富的她，完全想不到千娇百媚的叶惠大学时代的感情竟是空白。

"那不至于。她……"谭永辉欲言又止，突然警觉起来，"李律师，你这么关心叶惠，是因为关心林松杉吧？"

"我至于吗！"李艾嘴上这么说，心里却多少有点不好意思——对叶惠感兴趣，绝对不全是因为林松杉，但跟林松杉多少也有些关系，"我就是对她挺好奇。我对优秀的美女都有兴趣。"

谭永辉意味深长地看了她一眼，低头啃起了肉夹馍。李艾决定就此打住关于叶惠的问题，凭老谭和叶惠的关系，转过脸一定会把今天的谈话告诉她。不能让叶惠觉得自己有什么不良企图，倒是该替王妍打听打听谭永辉的情况。

"欸，Michael，问你个私人问题呗？"

"什么？"谭永辉警惕地看着她。

"你有没有女朋友？"

"干吗？"

"哈哈，我能干吗？给你介绍对象呗。说说你喜欢什么样的，帮你物色物色。"

"哎哟，我发现你们这些个妇女，一旦结婚生子，都特别爱给别人当月老，请问这是什么心态啊？"

"这有什么不好理解的？自己没的折腾了，就撺掇别人折腾呗。"李艾被自己逗得哈哈大笑。

"受不了你了！你跟她们情况不一样啊。你自己还单着呢，赶紧先给自己张罗一个，别操心我了。"

"不碍事，咱俩目标又不一样，不存在竞争。"看着谭永辉哭笑不得的脸，李艾接着逗他，"哦，明白了，你该不是一直暗恋叶惠吧？那我告诉你，你趁早算了，男女之间就是30分钟的事，过了那30分钟，关系就定型了，很难改变了，你都混成叶趴[1]的男闺密了，不可能翻身的。"

"天哪，李律师，我发现你原来是个人来疯啊！我求你了，快吃饭吧。别涮我了，一会儿面试该迟到了。"

一顿午餐，让李艾和谭永辉的关系拉近不少。李艾发现，他那张总是过于严肃认真的大方脸下，有颗淳朴热忱的心。另外，拿他开涮真是件开心的事，难怪叶惠去哪儿都拽着他；当然，他们之间，也一定有着更深刻的情谊和默契。

下午的面试分为两轮：小组面试和个人面试。个人面试相对简单，主要是基于你提交的申请资料和简历，问你的工作性质、过往经验、职业规划等。小组面试就没那么容易了，考生们抽签随机分为六人小组，自行选出组长，代表小组抽取两道题目。两道题目各自有冗长的阅读材料，组员需要根据材料讨论，回答问题，再做总结陈述。整个过程都在三位评审老师的注视之下，每个人的一举一动都有可能成为打分依据。

李艾所在的小组中有两女四男，选组长的时候就出了岔子。大家就座后，都先礼貌地互相微笑，李艾第一个自我介绍，自然就成了现场的主持者。她心里是想当组长的，但碍于环境陌生，自己又是女生，就没有开口。等大家都自我介绍完，李艾接着说："大家看看，咱们组谁来当组长？"几秒钟的静默后，一个纤细的女声说："我看就你吧，律师口才好，挺合适的。"说这话的不是别人，正是刚才那位全身上下都透着"温润"的"学霸姐"。李艾冲她会心地笑笑，还没等开口，就冒出

---

1 趴："partner"（合伙人）的谐音。

了个嗡嗡的男声："我看还是我来当吧，男人的逻辑分析能力强；女孩子嘛，胜在心细，李艾，你来当'组秘'，负责记录吧。"

说话的男子头发卷曲浓密，四方的下颌和鬓角都呈深青色，虽然戴着黑框眼镜，却丝毫不显得文雅，颐指气使的神态反倒透着几分张扬和鲁莽。

"组秘？什么东西？"看来不光李艾不解，旁边也有人低声询问。

"'组秘'就是小组秘书嘛，写个纪要什么的，肯定得找个女生干啊。"方才提议的男子不假思索地回答。

他的话语和态度激起了李艾心中的反感：难道他的职业素养和领导能力，只能通过任命一个"组秘"来体现？再说，谁说男性逻辑分析能力强？有科学依据吗？这不是赤裸裸的性别歧视又是什么？李艾想怼他几句，又不愿各位考官觉得自己太 aggressive（富于攻击性）。要知道职场对女性的要求实在太多：要有魄力，但不能强势；情商要高，又不能被定位成"小秘"；要能吃苦受累，但不顾形象蓬头垢面也难以被重用；要有学历有能力，还要谦虚谨慎懂得察言观色。男人傲慢强势，别人会说他霸气有魄力；女人态度稍微生硬一点，就会被称作男人婆，成为不受欢迎的另类；男人沉默迟钝，别人会说他有大将风范城府深，女人说话声音小点语速慢点，话没说完就会被打断，瞬间被遗忘在角落。久而久之，大多数职场女性自己也会先习惯性地后退三分：开会拣不重要的位子坐，没人问就不发言，活不少干，汇报总结邀功的时候却大多是男人出面。

"什么'组秘'？咱们有要求任命秘书吗？"李艾问道。

大家都看向评审老师的方向，中间那位老师不动声色地回答："考试只要求选出组长，是否还需要设置其他职位，由你们自己讨论，我们不干涉。"

李艾不打算妥协，就算被评委老师们认作是斤斤计较或太过强势，她也绝不接受这样的安排。女人一旦惦记着讨好男权社会，就活该自贬身价了。她看了看男人身前的名牌"章冉"，盯着他的眼睛微笑却笃定地说："我不建议设您所谓的'秘书'。咱们今天是一场模拟讨论，每位同学都是这场讨论的主角，都要百分之百地投入进来，充分地思考，充分地发言，充分地展示自己。让任何一位同学担任'只负责记录'的秘书，对他都是不公平的。毕竟我理解的商学院入学考核内容，是思辨能力，而不是字写得好不好看、笔记做得全不全。章同学可能在公司用秘书用得比较习惯，今天不妨自己拿起笔来写一写，也是一种锻炼。"

其余四个人都呵呵笑起来，李艾感觉到人心在向自己靠拢。她定了定神接着说："我们既然是来寻求学习机会的，就应该拿出更开放的心态。比如章同学刚才提到'男性逻辑分析能力强'，很巧，我昨天刚刚看过一篇科学报道，这属于典型的偏见，并没有基于对大数据的科学分析。学习，能使我们更睿智；开放的心态，能让我们更谦和。虽然我不太同意章同学刚才的说法，但我也非常尊重你毛遂自荐的勇气。见贤思齐，我也来举个手，申请当组长。"李艾举起一只手，迎面对上了"学霸姐"含笑的眼睛。"我是一名律师，从事法律工作将近10年了。我希望，也相信，自己能在接下来短暂的40分钟里，为大家组织好模拟讨论，让每位同学都有充分展示自我的机会。而且我也非常期待听到在座各位背景不同的同学的精彩分享，我们一定会碰撞出精彩的火花。希望大家能给我一个机会，谢谢！多说一句，关于选举方式其实有很多实践，简单多数制的民主投票，被普遍认为是最直接、最能体现集体意志的方式，所以我提议，我们的组长也由投票选举产生，公平、公正、公开。"

李艾的话说到一半，章冉脸上已是阴晴不定，等她全部讲完，考场里陷入沉默，其余几位男性候选人，包括三位男性评委都不动声色。"学霸姐"见状，率先打破了沉默。

"好呀，那我们就开始投票吧。我同意李艾当组长。"说着，她举起一只手。

陆陆续续，又有两人举起手，已经三票，李艾也毫不犹豫地举起了自己的手——没有悬念了。章冉面子上挂不住，沉着脸说："那就这样吧，我们在选组长上已经浪费太多时间了，赶紧往下吧。"

不知是不是受到了选组长一事的影响，会议室内的气氛有点奇怪，小组讨论也并不十分顺利。"学霸姐"还在积极和李艾互动，但几个男生都显得有些消极。李艾代表本组抽到的两个讨论题目分别是"三农经济对国民经济的影响"和"房地产业发展现状、调控政策与效果，及其对 GDP 的影响"。有关房地产业的话题大家都比较关注，多少能结合自身的工作或生活经验给出不同角度的见解。讨论过程中，李艾发现"学霸姐"记忆力超群，张口闭口 698 号文、59 号文、105 号文……从国家层面到地方层面，这 10 年来与地产开发、投资、销售、企业兼并重组相关的各类财税文件都能如数家珍。不单背得清晰，"学霸姐"还能结合实际案例解读国家政策，并对未来做出合理预期，大脑简直就像台活电脑，储存、检索、分析功能都强大得令人发指。她说话细声细气，脸上总挂着笑，但语速很快，脑子转得也快，稍不留神就可能跟不上她的思路。李艾又看了眼她面前的名牌"何欣安"，好一个温婉的名字，与她的气质很相符，想起她自我介绍时说自己在某国际四大会计师事务所工作了 10 年，好感之上不由得又萌生了一层敬意。

另一个有关"三农经济"的题目就比较偏门了，大家明显都没有什么接触，只能生硬地套用些"三驾马车"之类的经济学原理。发言的人一少，讨论几乎就成了章冉的独角戏。他一会儿说"家电下乡"，一会儿说"农村医疗保险"，思路很发散，感觉是把报纸上瞥过一眼的、电视里听了一耳朵的，但凡和"农"沾边的新闻都拿出来讲了。李艾不好打断他，怕他觉得自己是针对他，何况有个人讲也好过冷场。

章冉这人的气质有点奇怪，自我介绍时，说来自新加坡一家也算一线的大型房地产咨询顾问投资集团，可他浓重的京腔、张扬的个性、情绪化的表达都透着股"原生态"，不像是受过多年外企文化的熏陶，或者说，流水线般的打磨。想来这也是他的优点吧，李艾思忖着——非常坚持自我。一个愣神儿，时间就过去了，李艾偷瞄三位考官，发现他们都已开始低头翻阅手中的材料，没人继续听了。她意识到再让章冉这样无所顾忌地漫谈下去，就是自己这个"组长"的失职。李艾好不容易逮了个空打断章冉，想迅速把皮球传给何欣安。对她，李艾是抱有很大希望的："欣安有什么见解，和我们分享一下？"

何欣安做了个吃惊的表情，捋了捋额前的小卷发，又低头看看桌上的材料，一脸为难地苦笑："这个我真不懂欸，完全没接触过。"李艾有点愕然——这是什么场合？面试啊！不懂也要天南海北地扯两句，哪有就这样直接放弃的？这女人是太实在还是太无所谓？李艾后悔让她自暴其短，赶紧把话题收回来，匆匆做了总结陈述。

下午6点多，十几组面试全部结束，三位考官还关在考场里讨论。李艾在门口徘徊半天，拦住出门倒水的助理班主任刘鑫，想探探口风。

"小刘老师，今天真辛苦你啦，我看你从早忙到晚！"

刘鑫对李艾印象挺深，大概也是憋了一天无人说话，三两句间就和她攀谈了起来："没事，都是应该的。今天第三批，人算少的，前两批面试都到晚上9点才完！"

"哟，竞争这么激烈！我以为走走过场就行了，还真淘汰啊？"

"那可不真淘汰啊！历年的录取比例都是二十比一，我看今年得突破三十。咱们北清的offer（录取通知）可不是随便发的，学生生源可是品牌的有力保障。"刘鑫不愧是北清毕业生，语气里都带着骄傲。

"那是，那是，我们也是冲着北清的牌子来的，别的MBA，全奖咱

074

都不一定去呢！小刘老师，你看我们组下午表现如何，有戏没戏？"

刘鑫抬头回忆了片刻："你们组还成，组织发挥得不错，老师们打分应该不会太低。"

"选举环节还成吗？我担心一开始我毛遂自荐做组长，显得有些强势，别给老师们留下不好的印象。"

"你强势，有吗？"刘鑫上下打量了李艾一番，"没觉得啊，我觉得你说得挺好的。倒是你们组那个会计师，第一个问题回答得特好，第二个问题却一句话没说，太消极了。这种面试其实不只是考察你们的专业知识储备——都会了还来学什么啊，关键是管理能力、逻辑思维，表达、性格因素也占很大比重，我都替她可惜。"

"可惜"，李艾心头一紧，当时就后悔自己把球抛给何欣安是害了她，这下更自责了："难道她被刷了？但是她专业能力真的很强啊，语言表达、分析能力、条理性都非常好！也怪我，人家还没组织好思路，猛地被我一问，有点蒙吧。"

"你还挺仗义，"刘鑫呵呵笑，"刷没刷的我说了哪算，结果都还不知道，只是三位老师之间有些争议，不过我觉得你俩都有希望。我也挺期待你们能成为我班里的同学。我要多向你们学习，都很优秀！"

听到这话，李艾心里多少有些安慰。刘鑫着急倒水，也不便多聊，两人告别后，李艾独自走出弘毅楼。天色已经暗淡下来，火烧云漫卷在天边，夏季凉爽的晚风正吹过栽满梧桐树的甬道，一群骑单车的男生飞驰而过，校园里慵懒的气氛令人流连忘返。

"李艾——"人群里传来一声呼唤，李艾循声望去，有个女生拎着包从法学院前气派的阶梯上站起来，不是别人，正是何欣安。

"咦，你怎么在这儿坐着，还没走？"

"没有，等我老公来接。你也才走？"

"哦，碰上个熟人，聊了两句。"李艾搪塞，终于得空细细打量这位"学霸姐"：铁锈红的镂花中袖连衣裙是圣罗兰今夏的主打款；黑色的 BV 包不显山不露水，价格却绝对不菲；一双黑色鱼嘴皮鞋中，隐约透出银红色的脚指甲。非常得体又低调的打扮，搭配栗红色的卷发越发显得皮肤白皙，露出的半截手臂和小腿圆润丰盈，像刚出水的莲藕。

"刚才真不好意思，猛地点你发言，我也没想到你没做好准备。"

"那个呀，你真客气，没事的啊！我知道你是想给我个表现机会，无奈我对'三农'真的是完全搞不懂。我这个人吧，就只对我干的事情知道些，知识面特别窄，平时也不关心那些。怎么能怪你呢？我都无所谓，能上就上，上不了更好，省得以后每周末都搭进去，还得做作业。"

听她爽朗的笑声，真不像是有所谓的样子，李艾心里好受了几分："你都上不了，我们就更没戏了，你那么优秀。"

何欣安不好意思地笑笑，脸颊上的小雀斑挤成一团："哪有，你太抬举我了。说起来我们和金达合作过好多次呢，主要是证券金融那边，你是房地产部的？"

"对，说不定什么时候有机会咱也能合作一把。"

"是啊是啊。你一会儿去哪儿啊？我老公到了，我送你吧。"两人边走边聊，很快到了东门，一辆香槟色的宝马轿车停在路边，何欣安朝那边招招手，车子发动起来。

"不用，我约了人来这儿吃饭。别客气，咱以后见面的机会多着呢。"李艾不习惯麻烦别人，推托道。

"那我不和你客气啦，改天一起喝咖啡，咱俩办公室多近啊！"

李艾微笑点头，目送何欣安上了车，等车子走远了，才匆匆去路边打车，女儿一定在家盼她好久了。

开学典礼

　　见识了考试的难度，李艾对自己能否被录取一事并未抱太大希望，所以一周后接到沈挚的短信时，她一时还有些没反应过来："一切OK，9月开学。"

　　这几个字太过抽象，李艾也没觉得有多高兴。是自己考上的？还是凭沈挚的关系？他在这其中到底出了多少力？果然，第二天就收到项目办的电子邮件，通知她已被录取，8月底前须交齐20万学费，9月3日正式开学。李艾的注意力很快转移到新问题上：20万学费。她在公司内网上翻看人事制度，竟还真有"培训计划"一章，其中一条是这样写的："在本所工作满三年的员工，经由主管合伙人批准，根据业务需要，可自行拟订培训计划，报人力资源管理部门审核备案。培训费用经由主管合伙人审定，本所酌情予以报销，原则上单人单次费用不超过人民币50万元。"

　　李艾心头一块石头落地。她打印好文件所附的《培训方案》，认真填写，赶在下班前溜进了杜文强的办公室。

　　"老大，有空吗？想跟您聊点事儿。"回所后没创造收益就先花钱，李艾多少有些心虚。

　　"说。"杜文强抬起头靠在真皮座椅上。

　　"您最近不是安排我跟着金融部做信托项目吗，确实受益匪浅。金融业改革创新，我看是未来中国发展的主要动力。就连咱房地产部，现在高端业务也都集中在地产金融领域，纯粹的开发业务利润率越来越低，cover（覆盖）不了大额律师费用，这部分生意以后恐怕都得让小所抢了去。大所要想维持优势地位，在细分市场里找准定位，金融知识真是太重要了！"李艾故意用戏谑的语气兜着圈子说。

"直接说事，扯那么远！"杜律师跟她多年交情，太了解她的路数。

"我为了强化自己在金融方面的知识，报了北清大学的 FMBA，没想到还真让我考上了！9 月份开学，part-time 的，周末上课，也不耽误工作。"

"哟，不错啊，北清的牌子很硬。结了婚，当了妈，还有这份拼劲儿，不错！"杜律师推推眼镜，赞赏之情溢于言表。

"嘿嘿，是吧？那您给我把学费报了呗？"

"哦，在这儿等着呢。"杜文强狡猾地笑起来，"先别着急谈钱，跟我说说怎么回事，之前都没听你提过。"

"这不今天才刚拿到录取通知书嘛，之前怕没考上被大家笑话，所以没提。"李艾把来龙去脉说了一遍，也顺势把 20 万的学费金额透露出来。

杜文强听完点点头："确实是个好事，20 万也不算多。按规定呢，这个钱有一半是从我今年的成本费用里扣，另一半是从所里的大池子里扣，所里可能要跟你签个三年内不许辞职否则出赔偿金的合同，这你也都明白，但问题是，"杜律师顿了顿，"你毕竟刚回来，要是之前，以你的情况肯定没问题，可现在所里怎么看这个事，我还真没把握。这样吧，我先给你批了报上去，有什么情况咱们再去沟通。"

李艾连忙点头，有这番话，她已经很感激了，至于"三年内不许离职"这样的限制性要求，她才不会在意。如今，她需要这份工作，比所里需要她更甚。

时针马上指向 6 点，杜文强签完字，李艾三步并作两步地冲向人力资源部——后台部门的同事通常不需要加班，都是卡着点儿走。HR部门的开放办公区里坐着的几乎都是生面孔，好不容易看到了个半熟脸，她凑过去晃晃手中的《培训计划》："哈喽，这个东西交给谁？"男人客气地站起来，接过去翻翻："先放我这儿吧，这个得总监签字。"他指指一间关着门的独立办公室，"她刚走，明天上午我拿给她。"李艾顺势看去，小办公室外边的门牌上赫然贴着"王敏英"三个字。

王敏英，当年人力资源部分管培训的女生，如今已经混到了总监职位，真是时过境迁。李艾过去同王敏英交情不深，隐约记得她父亲是外省某市级法院的副院长，当年金达去那个城市开分所，只有专升本文凭的她就是凭着这层关系进了律所，好在是后台部门，也没什么人指摘。

李艾把文件放下的瞬间，手机响起来，来电人是"何欣安"，她连忙接听。

"李艾，是我，没在开会吧？"还是让人如沐春风的声音。何欣安一张口总是先笑，透着和气。

"没有，你最近怎么样？正想给你打电话呢，北清的 offer 下来了，你收到了吗？"

"收到了，昨天收到的邮件。真没想到我居然能考上。"

"过分谦虚等于骄傲啊！我早说过，你要考不上那就没人能上了。"

"真不是谦虚，我这人其实挺没自信的，慢慢你就了解我了。晚上有时间吗，一起吃饭？"

李艾看看表，6 点半，还要赶份合同才能回家，正好可以先吃顿便饭："好啊，就 B1 的茶餐厅吧，我晚上还得回来干活，不能走太远。"

"没问题，10 分钟后见！"

人与人之间确有磁场，磁场相合的人即便刚接触，也能敏锐地察觉到对方身上散发的亲切。面对何欣安，李艾就有这样的感觉。虽然同为资深专业人士，何欣安身上却丝毫不带职场中人惯有的那点做作和自负。不是说话方式的问题，也无关衣着打扮，就是那种与生俱来的慵懒随和，或者漫不经心？李艾说不清。比起四大会计师事务所高级经理的身份，她更愿将何欣安看作隔壁令人信赖的姐妹。两人守着一桌小点心，话题很快从商学院、职场，转移到家庭生活上。早年间，四川姑娘何欣安以当地理科状元的身份考进复旦大学财务金融系，本科毕业后，追随早两年北上发展的男友来到北京，加入了这家全球连锁的大型会计师事务所，一晃就是 10 年。如今，男友早就晋升为老公，自己也从当年事务所里 SA1[1] 的"小朋友"晋升为高级经理。老公曾是自己同专业的师兄，如今在投资公司担任高管，家庭生活平静安稳。

"别看我老公是北方人，心特别细，我们家东西在哪儿收着，钱存在什么地方，都是他操心。你知道吗？我的工资卡都在我老公那儿，每月发多少钱我自己都搞不清。我老公定期会往我的钱包里放钱，赶上他出差没顾上，我早晨打车上班，经常走到楼下才发现身上只有几块钱了，只好打电话向手下的小朋友求救。"何欣安捂着嘴笑，另一只手上的榴梿酥碎屑洒了一腿。"哎哟，你瞧，"她拍拍腿，"我就是个漏嘴巴，要是我老公在，肯定又得唠叨我半天。不过也不能怪他，我家衣服都是他洗。"

桌对面的李艾笑得五味杂陈，不知何欣安上辈子积了多少德，才能修来这样的缘分和爱护，难怪她笑容清澈、心地单纯，一看就是被好生"圈养"着的幸福女子。

"真羡慕你，老公疼爱、工作优秀，多少人求之不得。你们有小孩吗？"

"唉，别提这件事，"何欣安叹了口气，背也弯了下来，"刚结婚那

1　SA1：Staff Account 1，外企职级，指刚入职员工。——编者注

会儿没想要，四年前怀过一个，六个多月掉了，然后就一直没再怀上。现在好了，大家都更忙了，经常周一到周三他出差，周三到周五我出差，恨不得在机场才能见到面，你说还怎么个要法？如今眼看老了，可能我们命里就注定没有孩子吧。"

"哪儿至于！"李艾安慰她，"既然怀过，就说明你和你老公都没问题，那就等时机呗。女人一生要排上百个卵子，咱就只要一个孩子，还怕碰不上？你看那么多明星折腾半辈子，40多岁才生，不也都顺顺利利？"

何欣安被李艾的劝慰逗乐了："那倒是，其实我这人最简单了，啥也不求。工作嘛，当一天和尚撞一天钟，我从来不真往心里去，钱多发少发，级别早提晚提，都无所谓。"

"如此说来我倒纳闷，你这样的性格怎么还想着上商学院呢？不嫌折腾？"

"真心折腾！"何欣安皱着鼻子眨眨眼睛，"那天在学校我不就跟你说了吗，上不上我真的无所谓。主要是我老公担心他经常出差，我一个人周末闲得无聊，让我多个事分散一下注意力，也多交些朋友。他去年刚从这个项目毕业，就推荐我去了。"

一顿饭笑声不断，何欣安陶醉在自己虽有遗憾却充满温暖的幸福生活中，李艾拥有她最想要的那件东西，其他却一无所有。得知李艾是单亲妈妈，何欣安马上提议"方便时去看看彤彤"。李艾欣然答应，心里却有几分落寞。回到办公室，她再也无心加班，脑海里全是彤彤的小手小脚。早晨闹钟没响，连日辛劳的李艾睁眼已快8点，躺在身边的女儿早醒了，睁着大眼睛安静地注视着妈妈的脸。李艾手忙脚乱地起身，责怪彤彤怎么不唤醒自己，小丫头不情愿地瘪着嘴，语气里充满失落：你一起床就要上班，一整天都见不到，我想多跟妈妈待会儿嘛……

我们每一天的选择，都决定了未来若干年的生活，有时，甚至不止一个人的命运。

正想着，母亲打来电话，说彤彤肚子疼，哭着找妈妈。李艾慌了神，草草结束了手头的《股东协议》和《公司章程》，心急如焚地往家赶。到一楼才发现，方才淅淅沥沥的小雨此刻已变作瓢泼大雨，写字楼大堂里挤满了排队等车的男女。李艾蹭到楼边，透过落地窗向外看，金桐东路上的积水已有二三十厘米深，半小时也没来一辆出租车。正踟蹰着要不要冒雨去地铁站，忽闻身后有人议论："雨太大了，地铁口跟瀑布似的，地铁都临时关闭了！"回头看那人，西装湿透了不说，价格不菲的皮鞋也已经泡变了形。这可怎么办？李艾急得挠头。四下张望，并没有认识的同事，窗外的雨势丝毫也没减弱的意思，不仅如此，还变本加厉地下起了冰雹。北京城瞬间变作一片汪洋，CBD 的摩天大楼像一座座孤岛尴尬地矗立其中。万般无奈的李艾，仓皇发了条朋友圈：被困在国贸三期，十万火急去西直门，求拼车！不到三分钟，提示音响起，一条微信跃入眼帘：

"我在附近，一会儿去接你，少安毋躁。沈挚。"

李艾松了半口气，马上给沈挚拨了过去："沈总，真是太感动了，你在哪儿啊？"

电话通了，却无人说话。

"喂，沈总，听得到吗？连着欠你两份人情了啊！"

电话那端终于传出声音，竟是个女人："你是谁啊？"

李艾吓得一激灵，举过手机看了眼，确实是沈挚的号码没错："我，呃，你是哪位啊？这不是沈挚的电话吗？"

"我是他太太，你找沈挚什么事？"对方很不客气。

太太！李艾眼冒金星。什么情况？第一天在"秀"酒吧遇到沈挚时，他就看似不经意地提过自己是单身，难道这也可以骗人？幸亏自己还没和他发生什么，不然岂不是才出狼窝又入虎穴？李艾定定神："不好意思打扰了，我是同德集团的律师，找沈总有事，等他方便时我再打吧。"

雨不住地下，李艾的心也变得潮湿。人生不是电影，街头转角从来不会有惊喜。有时你以为上帝打开了一扇窗，其实窗外不过是又一层栅栏。正想着，电话响起，还是沈挚。李艾盯着手机犹豫许久，终于赶在铃声停息前的最后一秒，接起了电话。

"沈总？"她试探着问好，怕又是"沈太太"。

"你在大堂等我，10分钟后到。"这回真是沈挚，他并不解释什么，仿佛方才的一切都是李艾的幻觉。

"要是麻烦就算了，沈总，等雨小一点我再走。"李艾客气地推辞。

"这雨要连下三天，难不成你还定居办公室了？"沈挚充满磁性的声音听起来波澜不惊。

"刚才什么情况啊？"李艾心里的委屈和不满终于溢了出来，"沈太太批准你来接我了？"

"行了，见面跟你解释，还有点事要咨询你。快下楼吧，马上到。"

彤彤病了，又打不到车，单亲母亲的现实世界里容不下一点矫情。李艾咬咬牙，自己什么姿态都不重要，有车能搭，就感恩戴德吧。

不一会儿，一辆黑色沃尔沃S80停在写字楼门口，李艾在众人羡慕的眼神中蹚水钻了进去，五六米而已，已浇了个半湿。车内一片祥和，淡淡的轻音乐伴着似有若无的香氛，把风雨都关在了门外。

"擦擦。"沈挚拉开副驾驶位前的抽屉，拿出来一条雪白的毛巾。

李艾放在脸前嗅嗅，一股干燥温暖的气息："这是擦什么的，不是抹布吧？"她明知故问，好让气氛显得轻松一些。

沈挚正盯着被雨水冲花的后视镜并线，看也不看她："我的抹布也比一般人的洗脸毛巾干净。"

李艾情绪复杂地笑笑，这种与生俱来的自负，一般女子大抵会觉得男人味十足，在她眼中却有几分孩子气。正想着，只见沈挚解开安全带，迅速脱下西装外套递给她："搭在腿上，车里空调冷。"

"那把空调关了呗。"李艾看着自己湿漉漉的双腿，有点不忍心把高档西装盖上去。

"关了太闷，我不喜欢车里有汗味。"

车里的气氛很怪，李艾的玩笑与故作轻松，对上沈挚的沉默和严肃，越发显得暗流涌动。"是沈太太不喜欢车里有汗味吧？"她还是没忍住，率先挑起了话头。

沈挚转头看她，这还是李艾上车后，两人的第一次对视，他却没了后文。

"我没记错的话，你不是离婚了吗？"她尽量让自己的语气听起来只是在随意聊天。

"准确地说，是正在办理离婚。"沈挚板着脸回答。

"真逗，离婚还有进行时的。"话一出口，李艾心下一惊，这话简直像是在说自己。

"我们分居已经两年多了，她就是不肯签字，刚才我回去取东西，又吵起来，拖得我筋疲力尽。我一直想找机会跟你说这事儿，没想到今天以这样的方式告诉你。"

"你干吗要告诉我？"李艾抢白他，"这是你的私事儿。"她心中的忐忑一半源于对或许即将明晰的某种关系的不确定，一半源于对自己掩藏的婚姻状况的不安。等他和盘托出，是不是该轮到她如实交代了？别说孩子，沈挚大约连她结过婚都想不到。

沈挚尴尬地笑笑："是，你说得没错，这是我的私事……我只是想咨询你，像我这种情况，是不是可以直接走法律程序，你不是律师嘛。"

气氛压抑，二人都有些口不对心。李艾被将了一军，正琢磨该如何作答，电话响起，是母亲。

"李艾，到哪儿了？彤彤肚子疼得不行，我们现在去儿研所，你直接到医院会合吧！"

李艾一下慌了神："彤彤怎么样了，很严重吗？下这么大雨，你们怎么走啊？"

"闹得不行，都哭不动了，也说不清楚哪儿疼。我叫了辆车，你别管我们了，自己赶快想办法过去。"

"沈总，麻烦你，我不回家了，快送我去儿研所吧！"李艾的声音有点发抖，顾不得解释什么，这下她是真着急了。

李艾母亲的话断断续续地从听筒传出，沈挚看看她，什么也没问，立即调转车头，飞奔在雨夜的北京城。二人一路无语。

20分钟后，车子停在儿研所门口，李艾说了声谢谢，便冒雨冲进急诊大厅。一回头，迅速停好车的沈挚也跟了进来。李艾没心情也没工夫再阻拦或是客套，只能任由他跟着自己。父母正在一楼的急诊室，李艾进去时，彤彤蜷着身子歪在狭窄的单人病床上，已经不哭了，蔫蔫儿地冲着妈妈张开双手，眼睛里布满血丝。

"怎么回事？"李艾心如刀割，一把抱起彤彤。

"根据姥姥讲的情况，饮食排便都很正常，那么有可能是生理性腹痛，"医生边说边写，"再去拍个片子吧，排除一下肠套叠。不用这么多人跟着，妈妈抱小朋友去拍片子，爸爸去交费。"

说着，大夫扯下手里绿色的单子递给沈挚。沈挚表情平静地接过来，径直向交费大厅走去，留下一脸错愕的李家人。

"这是你同事吗？"等沈挚的身影消失在视线中，老太太虎着脸问，"你不是在加班吗？"

"客户。"李艾心乱如麻，无心和自己的"虎妈"纠缠。

"客户？"吴老太摆出"老公安"阅人无数的派头，压低声音狠狠地说，"别把我当傻子啊，孩子这么小你不管，扔给我跟你爸，出点事我们可担不起责任。我告诉你，你跟伍迪的事还没办利索，不许瞎折腾！当年你要跟伍迪好，我就坚决反对，你这一跟头折得还不够疼？还不吸取教训？一个人在同一个问题上错两次，那就是实实在在的愚蠢！今天我跟你表个态，你跟伍迪离婚，我们支持；你要再找对象，我们也支持。前提是要把彤彤的问题处理好，绝不能伤害到孩子的感情，对孩子不负责任……"

"哎哟，妈，那真是我客户！"李艾按捺不住，吴老太一发言就像在做报告，一套一套的。彤彤大概疼过了劲，恹恹地趴在妈妈肩上，李艾穿着高跟鞋，抱着三十斤重的女儿来回奔走，汗水打湿了前襟，脚步也变了形，狼狈不堪。等做完各种检查，已近10点，沈挚始终跟随左右。每当李艾说"沈总你回去吧，太不好意思了"，他就沉默地扬扬下巴，示意她该忙什么忙什么，别管自己，然后照旧帮着交费、取药。沈挚从没和这么小的孩子打过交道，彤彤也鲜少见到这样的中年男子，两人好奇地彼此打量，偶尔也生硬地互动几下。

雨势较晚高峰时小了些，却更透出种绵延的坚决。沈挚冒雨去自己车里取了伞，遮在抱着彤彤的李艾头上，送他们一家上了叫来的专车，看着车子发动才挥手离去。李艾透过被雨雾打湿的车窗，看他被浇湿的白衬衫，看他安静的双眼，忘记了几小时前自己还纠结于他的"离婚时态"，心中竟有种久违的温暖和不舍在滋长。仿佛有点在乎了，在乎他的想法，和那个更加不确定的未来。

而他，到底在想什么？无从得知。整整一晚，他没再问过一个问题，他是不以为然，还是不再关心？那双波澜不惊的眼睛里隐藏着多少心事和秘密？车里空调太猛，李艾打了个冷战。她宁愿是感激，而不是爱上这样深不见底的男人。她害怕爱上任何人，在这样的雨夜，在她丢尽了所有爱的筹码时。

一个月后，北清大学 FMBA 项目 2016 级学员正式入学了。李艾赶在最后期限交足了学费，经历了不小的波折。源头是 HR 总监王敏英，她不同意在李艾递交的《培训申请》上签字，理由是李艾回所工作尚不足三年，不符合规定。李艾拿着所里发布的《培训计划》去找王敏英——的确，那上面只写了"在本所工作满三年"，而非"在本所连续工作满三年"。王敏英态度很好，憨厚的笑脸上挤出两道横肉，她说规定可能没写清楚，但意思就是"连续三年"，我们 HR 没有你们律师严谨，以后一定改正，至于你的情况比较特殊，按规定确实不能报，但或许可以特别申请，看看有没有破例的可能。李艾满心感激地走了，还为之前跟王敏英沟通时语气有些生硬而内疚。没想到两周后，王敏英突然告诉李艾，经过讨论所里决定不能出学费，而在此之前，每次李艾前去询问，她都爽快地回答说问题不大，就等大老板签字了。李艾被打了个措手不及，她去找杜文强求情，杜老大也很为难：我能支配的那 10 万，肯定给你报，可该所里出的那 10 万，我说了也不算啊。

"那您帮我跟汪律师说说呗，你们关系那么好！"汪律师是金达律师事务所的创始合伙人、灵魂人物，也是杜文强的本科师兄。杜文强摆摆手压低声音："我明告诉你，老汪一天多少事，怎么可能关注这点小破事儿？HR 要是真把材料报给他了，他没理由不签字，你还是琢磨琢磨是不是得罪了什么小鬼儿吧。"李艾恍然大悟，气得牙根痒，却也无可奈何。隔天，林松杉不知从什么渠道得知了这件事，下班后到李艾那间憋屈的小办公室找她聊天，还像以前一样倚在桌沿儿上跷着脚。

"那怎么着，你还真打算自己去找汪老板吗？"他的声音听起来有些沙哑，像是没休息好。

"没想好，"李艾靠在椅背上，下意识地转着笔，锁着眉头望向窗外，"老大建议我别去。也是，我跟汪老板又没什么交情，他也不可能为我无缘无故开绿灯，估计还是让我去 HR 走程序，反倒显得我事事儿的。"

"那你准备不读了？"

李艾瞟了他一眼："你觉得我是那么容易放弃的人吗？"

"呵呵，我觉得你不是。没打算让你妈支援点儿？"

"快算了！"李艾摆摆手，"黑社会都怕我们家老太太。她的钱可不是白拿的，现在每天都在'严打'我，要开口跟她借钱，我宁可不读了。"

林松杉被她逗得哈哈大笑："你呀，别太要强了。"

"我要强？"李艾自嘲地笑笑，"我要强能让人这么欺负我？我现在的人生哲学就是——认怂！"

牵扯到一个所里的同事，林松杉也不便多说什么，况且叶惠的高跟鞋声已经在走廊里响起，他敲了下李艾的桌面，起身准备离去："有什么我能帮忙的，尽管说，车到山前必有路，别太担心。"

李艾心不在焉地点点头，想着该怎么变出来剩下的 10 万块。让她开口和人借钱，真不如杀了她。几分钟后，手机收到条微信，是林松杉：

"办公桌旁边的纸袋里有 5 万，别当垃圾扔了，抱歉能力有限。"

李艾噌地一下跳起来，地毯上果然有个金达律所的手提纸袋。不知刚才林松杉是何时悄悄放在桌边的，里面静静躺着五沓捆绑整齐的红色大钞。李艾鼻子有点发酸，拿起手机回复。

"你让我说什么好呢……利息按 PBOC（中国人民银行贷款基准利率）算给你吧。"

"还是跟 LIBOR（伦敦同业拆借利率）挂钩吧。什么也不用说，好好学习，天天向上。"

有了这 5 万，李艾更坚定了读书的信念。剩下的 5 万怎么办？好几次，她拿起手机调出沈挚的电话，最终还是没有播出去。自那个暴风雨夜之后，沈挚再没出现在李艾的私生活里。工作上，他们却依然保持着密切的交集。某天李艾同杜文强、林松杉一起去同德集团开会，沈挚手下新上任的法务总监不太客气地批评了金达的律师，理由是他们起草的《基金管理公司股东协议》和《章程》里有逻辑上的前后矛盾之处，比如董事会法定最低出席人数小于决议通过的最低表决人数，投资决策委员会个别决议事项超出董事会授权范围，等等。这些错误都很不明显，不仔细审查不会看出来。李艾想起来，这正是下暴雨那天她在匆忙中完成的"杰作"，顿时一身冷汗。好在杜文强在客户面前把错误都揽在了自己身上，只是不经意间投来淡淡一眼，只这一瞥，已足够自尊要强的她难受半个月。

整个会议，沈挚都没主动看过李艾，两人在业务交流中有过两三回短暂对话，他冷峻的眼神里没有任何超越工作的表达。开始，李艾还试图用眼神传达些许美好温情，却没有得到任何回应，再加上自己业务上的失误，整个人都开始颓丧，双眼也随着窗外的天色暗淡下来，不再主动看他的脸。散会时，沈挚送客人到门口，站在夕阳的逆光里微微点头，李艾最后一次看向他，却看不清他的眼。

"这个夏天的风云流转，不过就是误会一场。"周末晚上，李艾发了条朋友圈，回头看看安睡中的女儿，又有些泄气。青春与幼子似乎对立，爱情之于单亲母亲也略显矫情，子夜长街依然熙攘，隔着浓重夜色，便不再真切。朋友圈终究是个公开场合，你想让那个人读到信息，对方却不见得读得到，其他人却没准会看个正着。李艾是职场上的专业人士，想想不妥，还是决定删掉这条内容。就在删除的瞬间，她收到了一条评论："怎么了，心情不好？"可爱的小熊头像旁显示着名字"但求心安"。哦，是何欣安。李艾发微信给她：

"没有，难得不加班，抒情一下。"

"我这周也不加班，明天去看你女儿吧？"

"大周末的来我这儿，你老公没意见啊？"

"哈，他在厦门出差呢，这周不回来。我一个人好无聊，你就收留我吧 :)"

周六下午，一身休闲装的何欣安提着水果、蜂蜜、茶、玩具，出现在李艾家门口，粉紫色的 Juicy Couture 短袖 T 恤衬得她皮肤白皙、温暖可亲。一进屋，乖巧的何欣安便叔叔长阿姨短地嘘寒问暖，平日沉寂的房间也在笑声中明快起来。彤彤站在卧室门口盯着芭比娃娃大礼盒，眼睛都不舍得挪开。李艾招呼她出来跟阿姨问好，何欣安蹲下身拉着小姑娘又亲又抱。看得出来，她是真喜欢孩子。不一会儿，李艾的父母去了书房，彤彤睡午觉，两个女人盘坐在沙发上聊天，天南地北东拉西扯，又说到了 FMBA 面试那天的事儿。

"都忘了跟你说，咱们组那个章冉，就是跟你抢着当组长那个，他其实是我老公的本科同学。"

"是吗，也是你们复旦的？"

"不是，我老公本科是外经贸的，后来去复旦读的研究生，但是人家对北京感情深啊，所以毕业后还是回北京了。章冉跟他一个专业，好像还是一个宿舍的，这几年联系也不算多，各忙各的。他今年报这个 FMBA，也是我老公推荐的。"

李艾惊讶得睁大了眼："真的？那你那天选我当组长，不是很不给人家面子？好歹你们也是旧相识。"

"咳，没事儿，我跟他又没多熟，再说了，"何欣安眨眨眼睛，"我也不太喜欢他身上那个劲儿，太自以为是。"

李艾被何欣安逗笑了："后来想想，我也有点后悔。其实何必呢？没必要那么当真，能不能上都还不一定。"

"怎么不一定，你不是已经拿到 offer 了吗？"

"唉——"李艾摇摇头，将所里不肯将她的学费全部报销的事和盘托出，"搁着平时不给报就不给报吧，我也不是计较的人，可现在我不是正跟她爸谈分手吗，"李艾压低声音，怕女儿听到，"手头一点富余没有，真叫屋漏偏逢连夜雨。"

"想个办法呗，这个困难是暂时的，就算你们真分开了，你带孩子，怎么可能净身出户？不至于卡在这几万块上。你差多少，我借给你，我正好有个理财产品到期了，钱最近也没用处。"

李艾一愣，连连摆手："不行不行，你头一回上我家来，我就开口跟你借钱，成什么了！"

何欣安还要分辩，被李艾按住："你的心意我领了，真的，特感动，但不行就是不行，再说我跟你急啊！我说你也是神人一个，咱俩才认识多久，你就敢借给我钱，不怕我是骗子啊？"

何欣安哈哈大笑："不怕，我知道你办公室在哪儿，家在哪儿，还怕你跑了？其实我这人吧，特别懒，本来就一直在犹豫到底要不要上这个学，好不容易遇到个投缘的人，想着跟你做同学还挺好，周末也有个伴，你要因为这个事不读了，那我也不想上了。"

李艾被她的真诚感动，却也被她孩童般的逻辑逗得哭笑不得："欣安同学，上商学院那是为了学习，你这个出发点严重有问题，我怎么觉得你是抱着去拼小饭桌的心态？"

"哈，你还真说对了！我们这些投行家属、留守女人，老公一出差就动辄半个月，有个孩子还好，否则周末真是寂寞难耐，可不得找个地方拼小饭桌吗？"

两人聊得投机，不觉天色已晚，在李艾全家的热情挽留下，何欣安吃了晚饭才走。李艾一直送她到楼下，回家一进门，却见父母一脸严肃地端坐在沙发上："李艾，你过来。"

"怎么了？"李艾有点丈二和尚摸不着头脑。

母亲用眼神示意她坐下："我问你，你最近经济上是不是有点紧？"

"还……好吧。"跟父母谈钱，让向来独立的李艾有些局促不安。

"下午你跟小何聊天，我跟你爸在书房都听到了。学费不够，为什么不跟我们说呢？学习是好事，从小到大，我们什么时候因为读书的事为难过你？我知道你要强，我的女儿就该这样，但你不要忘了，我们不是别人，是你亲爹亲妈。你现在也当妈了，如果彤彤遇到困难宁可跟外人求助也不愿意告诉你，你会怎么想？我知道，伍迪这个事，对你多少有些打击，你嘴上不说，可我们看得出来，你没以前那么自信了。我跟你爸看着，"她顿了顿，"也心疼。"

李艾低着头，紧紧抿着嘴，喉头僵硬。她尽量控制，不想让母亲看到自己含泪的双眼。恍惚间，却听到灯光阴影里，父亲正压抑地低声叹息。空气死寂，快要不能呼吸。李艾的眼泪到底流了出来，从轻轻啜泣到号啕大哭只用了半分钟，仿佛半年来所有的委屈都在此刻倾泻而出。

到底是输了，输了青春、爱情、事业，还输了自信、勇气、洒脱。输得那么明显，人人都看在眼里，想不认输都难。

"妈，你放心，我不会一直这样。无论是工作上，还是生活上，我一定会漂漂亮亮地赢回来。我发誓，这一次，我不会再搞砸了。"李艾擦干眼泪，恨恨地说。

开学典礼那天，李艾穿了条海军呢中袖及膝连衣裙，左肩不规则的金色纽扣设计，搭配镶嵌白色珍珠母贝四叶草的耳环，洋溢着浓郁的英伦范儿。她踩着高跟鞋铿锵有力地走进小礼堂时，分明感觉到了久违的注目。李艾面带微笑，登上小礼堂的台阶，像走上了一条鲜花铺就的小径。突然之间，那些热情的目光涣散开来，伴随着轻轻的嘘声，重新聚焦在她身后的什么地方。李艾回头，只见一位窈窕淑女正立在门口，有着不亚于自己的身高，却比自己婀娜有致，A 字裙下一双腿又直又长，白皙里透着光泽。她走进教室时，依然戴着香奈儿经典的山茶花墨镜，巴掌大的瓜子脸生生被遮住了一半。她身上的杏色套装李艾认得，正是国贸商城 Prada 橱窗里摆出的秋季新款，能把这么有设计感的衣服穿得如此妥帖得体，还真要几分功力。被这样的女人抢了风头，实在是在情理之中。正思忖着，李艾听到有人唤自己，是坐在后排角落的何欣安，笑得一脸灿烂。

"来得真早。"李艾穿过几名同学，挨着何欣安坐下。

"我也刚到一会儿，你打车来的？"

"嗯。"李艾心不在焉地点点头，重新理了理头发，"那是谁啊？好像很有来头。"

那女子正站在讲台前，已有三五位男士将她团团围住，又是递名片，又是握手，好不热闹。她终于除去墨镜，一双杏眼秋波流转，苹果肌饱满，黑色长发如瀑布般散在一侧肩头，美艳动人。

"江姗。你不认识？财经频道的主持人，主持《财经连连看》的那个。"

"哦，怪不得有些面熟。她也是咱们同学？"

"对呀，我老公他们那级还有知名演员呢！"

李艾压低声音问何欣安："难道他们也考过逻辑、高数、英语？"

何欣安眯着眼笑起来："估计是特招的，人人都有受教育的权利嘛。他们愿意花这个钱，学校也愿意拿他们做广告，互相成就。"

她的善意，让李艾有几分难为情："我这不是嫉妒嘛，她一来，还有我什么市场？"

"哈哈，"何欣安笑出了声，"别担心，你俩的细分市场肯定不同，喜欢她的看重外在，喜欢你的看重内在。"

李艾佯怒："请问你这是在夸我还是骂我？"

9月，是这个城市最美好的季节。老舍先生留在《四世同堂》里的北平城早已变了味道，即便如此，住在京城的人们对秋天还是有自己的期待。秋风褪去燥热，天不短日不长，四环匝道上的金菊盛放，西山层林尽染，空气中飘散着糖炒栗子的甘甜，餐桌上又添了道膏满黄肥的大闸蟹。北清大学的校园，算得上京城秋色的臻品，李艾向教室窗外望去，大簇大簇烟粉的秋海棠压低了苍绿的枝头，隆重中略显颓势；远处朱红色的仿古教学楼掩映在整片金色的银杏林里，阳光一晃，耀眼夺目。

李艾隐约想起过去几年在东莞的闷热潮湿里度过的秋天，想起那些熟悉又遥远的南国风情，竟像是一场梦。她打了个冷战，从梦里醒来，正听到开学典礼的主持人——班主任刘鑫热情洋溢的声音："下面有请 2016 级 FMBA 新生代表，同德集团副总裁沈挚发言！"恍惚中，一身铅灰色西装的沈挚从小礼堂第一排站起身，向后微微鞠躬，转身大步流星走向讲台，挺拔得犹如秋天里的一株白桦。

他怎么来了，该不会是因为我吧？

　　大多数女人，过了三十便不再相信浪漫，何欣安是个例外。她始终眼神清澈、笑容恬静，接近她的人，也都有如沐春风之感。在很年轻的岁月里，她便遇到了能和自己牵手一生的爱人，于是，就像我们熟读的那个童话：爱一个人，走一条路，唱一首歌，过一辈子，她做到了，心安理得地享受着那被唤作"唯一"的幸福。她从不觉得自己单一的感情生活有所缺憾，迈出去一步不难，可那些已经迈出了步子的人，想要再退回这单纯的境地谈何容易？单纯也是一种选择，非此即彼的选择。何欣安单纯却不幼稚，她有种与生俱来的灵性和通透，这一切，让她的和煦里又平添了几分清凉。

　　然而和所有人一样，何欣安心里有个填不上的黑洞，不是亲情的缺失，不是暗恋的仓皇，而是那个未及睁眼看世界便匆匆离去的孩子。那是个女孩子，眉目清秀的女孩子。听老公说，她从子宫滑出后，小手小脚尚在挣扎，直到一切停止。何欣安不能看，饶是不看，躺在病床上的她也已哭得撕心裂肺，护士紧紧握住她的手，陪她掉眼泪。何欣安想不通，为什么老天要让她经历这样一场诀别？为了保住这不足七月的婴童，她连打了一周的保胎针，直到双腿麻痹，孩子还是没保住。医院又紧急改成催产针，和其他女人一样，何欣安经历了撕裂般的生产剧痛，但和其他女人不一样，她始终没等来那个属于自己的天使。之后几周，何欣安挺过了涨奶、乳腺炎、持续低烧，多亏老公悉心照料，他是她的精神支柱，亦是她生活中的依靠。他请了长假，端水喂饭，按摩擦身，每天陪她聊天，回忆他们当年恋爱时的小甜蜜。某天夜里，何欣安从梦中醒来，看见背对自己的老公正蜷缩在暗夜里低声啜泣，她噙着泪伸手去抚摸他："孩子总会有的，我们还年轻，以后一定有机会。"老公转过身，紧紧搂住她："我是心疼你，你太受罪了……"寂静的午夜，小两口抱头痛哭。

和平盛世，鲜有坎坷，这一劫，是他们夫妻共赴的难关。

33年前，何欣安出生在四川秀雅安宁的小城——雅安，故乡四面青山环抱，青衣江穿城而过。5岁那年的夏天，青衣江畔尚未修起水泥岸堤，傍晚时分，父亲常牵着她的小手，带她去清澈见底的江水边拣鹅卵石。高大的黄桷树树冠彼此相连，树下躺椅上纳凉的老爷爷，抿一口江水冲泡的蒙顶山绿茶，伴着小收音机里缓缓流出的《小城故事》，悠闲地摆起龙门阵。小欣安聪明过人，随便什么歌，听一遍就会，半壶茶工夫，她已经能奶声奶气地给爸爸唱："小城故事多，充满喜和乐……"父亲笑弯的双眼，老爷爷的白眉毛，冰灵清澈的青衣江水，哧哧啦啦的收音机电波声，是何欣安闭上眼就能触到的童年。

何欣安外公家是雅安几代闻名的书香门第，读书人不问政治，中国近代史烽烟滚滚，却不妨碍祖上代有人才出，而这一切中断在1966年的"文革"。家里被抄，几代人传承下来的字画被付之一炬，外公不堪凌辱投江自尽，外婆悲愤交加脑出血去世，母亲自然也被剥夺了受教育的权利，初中毕业就被安排在街道的食品加工厂做工。母亲性格内向偏强，身体却孱弱，这让她在那个时代磨难重重，注定讨不到好。所幸，有个出身好又正派的小伙子不畏人言，常常出手相助，为母亲免去许多不堪。这个人，就是何欣安的父亲。

一场政治运动可以改变人的境遇，却改造不了人的思想。那场婚姻，终归是门不当户不对：母亲爱读书，父亲爱做饭；母亲爱清静，父亲爱热闹，抛却最初的冲动与感激，两人的共同语言越来越少，时代回归常态后，这种差距就越发明显。1978年，全国恢复高考的第二年，何欣安的母亲以雅安市文科状元的身份考进了复旦大学英语专业。母亲用这样的方式报复了那些曾将她和她的家人踩在污泥里的人，然而火力太猛，难免误伤无辜，当父亲看着她单薄的身影决绝地登上东去的火车时，憨憨的笑容中藏着几分凄凉。何欣安5岁那年，父亲的担心终于成真，本科毕业后留校的妻子，收到了她梦寐以求的那张来自美国的录取通知书。飞越重洋前，她回到故乡，祭拜父母，告别亲人，还要办一件难以启齿的事——离婚。

成年后的何欣安总在猜想，当年父母的婚姻到底是怎样的，妈妈是不是很不甘，爸爸是不是很无奈？可惜，她的记忆都模糊了。和许多离异家庭的孩子不同，何欣安从没恨过离开家的母亲，这要归功于她的父亲。爸爸总是对欣安说，我们不能怪妈妈，每个人都有追求更好生活的权利，爸爸追不上妈妈的脚步，就不应该拖累她，妈妈虽然离开了爸爸，但她依然很爱你，你看这满屋的衣服、书，哪样不是妈妈从美国寄给你的？你要好好读书，好好读英文，将来去美国找妈妈！

小欣安在父亲构建的童话里幸福地生活，从未觉得缺失了什么。上小学时，班上有刻薄的同学骂她是"妈妈不要的野娃娃"，何欣安受了伤害，回家哭着质问父亲。爸爸用粗大的双手揽住她单薄的双肩，盯着她的眼睛紧张地说："安安，你千万不要这么想。妈妈没有不要你，妈妈每次给爸爸打电话都说想接你去美国，是爸爸舍不得你。你愿意留在中国陪爸爸吗？你是爸爸最亲的人！"再大一些，何欣安就不问这种傻问题了，她不忍心看父亲努力编造这个美丽的谎言时藏不住的仓皇。母亲其实从没给父亲打过电话，她每年会定期给何欣安写两封信，生日一封，春节一封，有时写英语，考查女儿的英语水平。每次在信末，母亲都会让欣安代问父亲好，嘱咐她要听爸爸的话，仅此而已。

18岁那年，何欣安没有辜负父亲的期望，以雅安市理科状元的身份考入了复旦大学财务金融系。父亲别提有多高兴了，逢人便吹嘘：自家祖坟冒青烟，娶了个文科状元，生了个理科状元！邻居们逗他：你又要送走一个状元咯？父亲像是听不懂其中的暗讽，笑呵呵地答，要送要送，这次我要亲自送她去上海！整个夏天，父女俩都沉浸在巨大的快乐中，爸爸送女儿到复旦，置办床被文具，又带她到苏杭游了一遍。第一次，何欣安从心底里觉得，有没有妈妈无所谓，爸爸给予的爱，已足够温暖她的整个世界。父亲临走前一天，要女儿陪他去英语系宿舍看看。何欣安当然明白为什么，她挽着父亲的手，走在遮天蔽日的梧桐树下，不敢侧头看他鬓角藏不住的白发，亦不敢开口说半句轻松的笑话。爸爸要独自回去了，回到青衣江畔，回到那个没有家人的故乡。

转眼何欣安大学毕业，母亲回来了，那是她阔别祖国17年后的第一次回归。她力劝女儿去美国读研究生，她来资助。何欣安去机场接母亲，请她吃南翔小笼包，也同样挽着她的手臂，陪她漫步在复旦校园。但是最终，欣安谢绝了妈妈的邀请，她说妈妈你放心回去吧，我哪儿也不去，我要留在中国陪爸爸。母亲眼眶湿润，问女儿是不是责怪她。何欣安笑了，如和煦春风，她说妈妈我从来没有怨恨过你，我理解你也尊重你的人生选择，但是，我更爱爸爸，他渐渐老了，我是他唯一的亲人，他不能没有我，何况，欣安笑笑，我已经找到了生命中值得托付的男人，我要和他一起留在这片土地，这里有他的事业，有他的理想。何欣安说的人，就是她后来的老公——信元资本股权投资部总经理陆云帆。

陆云帆说不清到底喜欢何欣安什么，是温柔大方，还是通透伶俐？在美女如云的复旦校园，她显然不算非常出众，温文尔雅、清秀帅气的陆云帆倒一直是抢手货。陆云帆生就一张娃娃脸，皮肤白皙，眉目清秀，加之成绩优异，又打得一手好篮球，这样的男生在大学，特别容易招惹到那些自信大胆香艳火辣的极品美女。何欣安的室友就是那众多被他勾了魂魄的女生之一。这室友当年在系里也算得上是万人迷，不乏英俊少年围追堵截，可偏偏就看上了研究生院的师哥陆云帆，喜欢他的单眼皮，喜欢他的小鼻子，喜欢他和煦谦逊的模样，喜欢他被女生一逗就脸红。陆云帆打比赛，"万人迷"买了饮料送过去；陆云帆上自习，"万人迷"背着书包凑过去；陆云帆去打饭，"万人迷"多点一份小炒倒在他饭盒里；陆云帆回宿舍，发现"万人迷"已经和室友打成一片——是啊，谁能不卖美女面子呢？至于陆云帆是怎么想的就没人知道了。他每次都在起哄声中面红耳赤窘迫地笑，却从来没说过行还是不行，喜欢还是不喜欢。要说忍耐力和涵养，大概没人能和陆云帆比，在这种猛烈的追求中，他依然礼貌得体，以不变应万变，直到"万人迷"忍无可忍的那一天。

那是个临近期末的夏夜，上海的天气和人心一样燥热不堪。"万人迷"在图书馆门口堵住下晚自习的陆云帆，借着点儿晚饭的酒劲盯着他的眼睛问：你到底喜不喜欢我？今天无论如何要跟我说清楚！陆云帆抓耳挠腮，怕伤了她面子，又怕被她误会，似乎拒绝比接受还让人为难。"万人迷"不服气：你说话啊，我不相信你不喜欢我！陆云帆被逼到墙角，憋红了脸摇摇头：对不起，你确实挺好的，但，不是我喜欢的类型。"万人迷"浑身哆嗦，鼓足的气焰像被针扎了一下的气球，彻底泄了劲，她拖着哭腔挣扎：那你说，你喜欢什么样的，我不信我做不到！陆云帆无奈地低下头，等他再抬起头时，目光轻轻投向不远处路灯下正为室友表白被堵担心着急的何欣安。

陆云帆喜欢何欣安，是那个夏天最劲爆的新闻。何欣安这个名字，以前只出现在奖学金得主的红榜上，如今却频繁地出现在女生宿舍的夜谈中。何欣安这样的乖乖女哪有做大众情敌的勇气，众目睽睽之下，不得已要路过研究生宿舍，她都绕着远儿走。陆云帆也是自尊心极强的人，他把何欣安的沉默误会为拒绝，为自己的莽撞冲动感到后悔，避免出现在任何可能会遇到何欣安的公众场合。最后，竟然是"万人迷"看不下去，约了他俩一起吃饭，才算挑破了这张纸。渐渐地，人们发现，他们两个人，仿佛上辈子就应该在一起。他们的气质何其相似，都是不温不火的慢性子，待人都真诚善良礼貌谦和，喜欢读书，喜欢安静，喜欢上自习。这样的学霸组合，谈不上光彩夺目，却让每个人都觉得岁月静好、现世安稳。

何欣安大三那年，陆云帆研三毕业，一路北上，回到他读本科的城市。很多人为他们的异地恋担心，何欣安却整天乐呵呵的，打心眼儿里没把这当回事。两年的朝夕相处，没人比她更了解陆云帆，她知道她爱着一个值得爱的人。一年后，成绩优秀的何欣安毫不费力地申请到了人人向往的在国际四大会计师事务所北京办公室工作的机会，陆云帆回上海接她，帮她收拾宿舍打点行李，带她去淮海路买价格不菲的职业装。工作后的陆云帆戴上了金丝眼镜，比学生时代更多了几分沉稳自信。几年的职场生活让他从青涩的高才生变成了标准的高富帅，女生们都羡慕得要死，不知道何欣安是几世修来的福气。

回到北京，陆云帆早已把新租的两居室收拾得温馨雅致，何欣安里里外外转了一圈，心满意足得止不住笑。"其实租一居就够了，我们两个人住这么大的地方浪费，省点钱以后还要买房子呢。"何欣安跳到陆云帆背上，甜蜜地说。"不够，"陆云帆把何欣安背到沙发上，"我们把爸爸接过来吧，他一个人在雅安，你不放心；他来了，有人照顾你，我出差时也放心些。"何欣安眼眶湿润，却还强忍着逗他："哟，工作以后嘴巴也变甜了，你刚才喊什么？爸爸？谁爸啊？"陆云帆憨憨一笑，不知从哪里摸出了一个粉蓝色的小盒子，打开，黑丝绒里嵌着一枚白金指环，六只精致的小爪托起一颗晶莹剔透的钻石。陆云帆就势单膝跪地："嫁给我吧，去年的全部奖金就换了这么个小盒子，你可千万别让我白买了。"何欣安惊呆了，盘腿坐在沙发上又哭又笑，那抹蓝色在视线里渐渐模糊，却住进了心里。

后来听陆云帆说，那叫作 Tiffany Blue。

转眼已到锡婚，10年来，二人事业蒸蒸日上，他们有了自己的第一套房、第二套房，第一辆车、第二辆车。当许多同龄人还在为生计奔波时，小两口已经凭着自我奋斗扎扎实实地过上了中产阶级生活。陆云帆把自己的父母从西安接到北京，住进新买的房子；何欣安的父亲每年秋天北上，和他们住在一起，等开春了再回雅安。他说他总惦记着蒙顶山的明前茶，更看不够青衣江水由绿变蓝。何欣安明白，父亲爱热闹，有自己的老朋友，和女儿住在一起虽没什么不方便，但毕竟不是他自己的"家"。总之，小两口生活风平浪静、幸福安康，当然，除了孩子这件事。

孩子的事，不只是生活中的遗憾、夫妻俩的隐痛，还逐渐变成一种无形的压力，压得何欣安透不过气来。眼见着已过三十，什么工作忙、婚龄短，所有的借口都不再好用，何欣安只好缴械投降。但凡有人问，她就老老实实交代：怀过一个掉了，后来再没怀上。她不想被人同情可怜，更不想让这隐痛成为别人茶余饭后的谈资，可她没办法，比起那些不堪，被人反复拷问你为什么不要孩子，才更令她心力交瘁。然而，全世界好对付，有一个人她却怎么也对付不过去。这个人，就是陆云帆的母亲，何欣安的婆婆。

陆云帆的父亲一直过着闲云野鹤的生活，年轻时从事地质工作，常年在荒郊野外考察，远离人间烟火；如今退休了，爱旅游、爱摄影，梦想是用双脚丈量祖国大好河山，却依旧习惯独行。因为他常年不在家，陆家母子便格外亲近。从小到大，儿子的衣食住行、学习社交，陆云帆的母亲均要过问。丈夫的人和心，常年不在这方圆咫尺的小家之内，云帆，就是她生活的全部。为了儿子，家里十几年来从不开电视，陆云帆做作业，她就在一旁织毛衣；只要有同学给云帆打电话，不论男女，她一律盘查到底，至于偷看日记、私拆信件，就更是家常便饭。暗夜里，她时常会在儿子遭袭或病危的噩梦中惊醒，她无法想象生命里没有他。好在老天眷顾，陆云帆顺顺利利地长大了，烧都没发过几回。不仅如此，儿子还格外优秀：读书好，气质佳，懂事听话，还特别孝顺。陆妈妈从忐忑到满足，到引以为豪，再到居功自傲，也就是几年的工夫。

陆云帆工作后，母亲没什么可操心的了，上门介绍对象的人络绎不绝，正当她对着一桌子的美女靓照挑三拣四时，儿子突然带着何欣安回来了。也说不上哪里不对，可陆妈妈第一次见何欣安就隐隐不满。这个小何，论长相身材学历工作，哪样都不如云帆，特别是不如陆妈妈心目中的陆云帆，还一看就是个衣来伸手饭来张口的大小姐，将来谁照顾谁还不一定。最可气的是，儿子从前跟自己无话不说，谈起恋爱，竟把这何小姐"雪藏"三年，等领回家时，手指上已然戴个不知价值几何的大钻戒，明晃晃地刺人眼。

陆妈妈心里的失落和不满一点都藏不住，儿子去厨房给何欣安盛饭，她狠狠夺过他手中的饭勺，冲着餐厅喊：小何，你吃多少啊？自己来盛吧。饭桌上，陆云帆给何欣安夹菜，被陆妈妈用筷子敲回去：想吃什么自己夹，你这筷子来回串，也不怕人家嫌你不卫生。云帆出门办事，陆妈妈把何欣安叫到客厅，给她看别人送来的美女靓照，一边看一边感慨：陆云帆能有现在，你问问他，谁功劳最大？养这么个孩子不容易，打他上学，我就没看过一天电视，没出过一趟差，好在云帆没辜负我的辛苦，街坊邻居、老师同学，哪个不夸他？我一直想让他在家门口谈个对象，这还没说呢，他就把你领回来了。当今社会，谈婚论嫁都是自己说了算，我们做父母的别说干预，过问的权利都不敢要。横竖他是看上你了，这也就是缘分……何欣安虽然单纯，却也不傻，当然明白准婆婆对自己的不满。她一厢情愿想把陆妈妈当亲妈对待的念头，在现实面前栽了跟斗。

待到正式结婚时，向来随和的何爸爸并没提房子车子的事儿，定金聘礼也没让男方出，鉴于"两家三地"的客观情况，连男方上门提亲等传统习俗也一概免去，一个人来到北京和准亲家碰面。陆云帆何欣安把双方家长攒在一起，请了同事同学，自己张罗了婚礼酒宴，在当时租住的房门上贴上红双喜，这婚就算是结完了。在何爸爸看来，只要云帆待欣安好，小两口恩爱和睦，其他什么都不重要。然而这些考量在陆妈妈看来，就是另外一个意思了：谁都知道自家儿子条件好，眼见着他从潜力股变成绩优股，何老爹显然也明白自己女儿资质平平，能攀上陆云帆已是幸运，当然不敢再要求什么了。爱情是两个人的事，婚姻却截然不同，好在何家父女都随和迁就，陆云帆也情商颇高，稳定是压倒一切的大局，至少看起来，这场婚姻还算举案齐眉、阖家欢乐。

结婚几年，陆云帆事业平步青云、节节高升，35岁就做到了信元资本股权投资部的总经理，不算奖金年薪业已过百万；何欣安也不示弱，大概好女儿、好学生做了太多年，不当好员工自己心里都过不去。聪明、勤奋、严谨、低调，在事务所严苛的竞争中，三十出头的何欣安已做到了税务部的 senior manager（高级经理），年薪七八十万。这样的组合令周围一干同学羡慕不已，然而，却始终难讨婆婆欢心。对于儿媳的人生价值事业发展，陆妈妈并不关心，她的注意力都集中在何欣安的肚皮上。起先还只是口头上的循循善诱谆谆教诲，那个孩子掉了以后，婆婆就开始广寻大卜名医，求神拜佛，中西药结合，直接插手何欣安的饮食作息。又过了几年，何欣安让各类十全大补药催得腰也粗了，屁股也圆了，肚皮却还是没有任何动静。陆妈妈的嫌恶与烦躁写在脸上，暗地里劝陆云帆休妻再娶。这一切，何欣安都假装没看见。孝顺的老公虽然嘴上从不肯说婆婆不对，待自己却始终如一、丝毫未变，这还不足以让人欣慰吗？何欣安怀着内疚与感恩的心情，享受着这并不太平的和睦生活。

秋去春来，烦恼没有冲走烦恼，却堆积在心头，成了顽疾。陆云帆的工作越来越忙，经常扎在待融资企业，大半个月回不了京，看着何欣安的情绪每况愈下，他也心里不安。那日回北清大学领毕业证，他心思一动便给老婆报了名。一方面可以弥补何欣安没有硕士学位的缺憾，有利于她的职业发展；更主要的是，她也能有个转移注意力的机会，自己不在的周末也有个去处。何欣安当然不会让老公失望，区区入学考试，对于学霸出身的她丝毫不是事儿。在常怀愧疚之心的她看来，对老公言听计从，是回报他多年不变爱意的唯一方式。

周末，FMBA 课程正式开始，第一周进行的是拓展训练。

校方派出了两辆大巴车，100 多个座位，上座率却只有一半，青龙湖拓展训练中心的停车场上，停满了奔驰宝马雷克萨斯，在一片黑灰银色的高级座驾中，一辆嫣红色的保时捷格外抢眼。何欣安撩开大巴窗帘向外看："我说大巴上怎么才这么点人，原来大家都是自己开车来的啊。"坐在她旁边的李艾循声望去，一眼瞧见了停在角落里的那辆黑色沃尔沃 S80，沈挚已经到了。

"哇，保时捷 911，谁这么有钱，这得一两百万吧？"李艾也注意到了阳光下那抹鲜亮的颜色。

"那不是 911，是 Boxster，没有 911 贵，好像也就七八十万。"何欣安压低声音。

"想不到你对车还有研究？"

"没有啦，给我买车的时候，我老公有一阵对这款车很感冒，我们还去试驾过，所以略知一二。"

"那后来怎么没买？"

"我不喜欢，太高调了，我长得这么低调，不和谐！"何欣安冲李艾挤挤眼睛。

两人前后脚走下车，根据引导牌走进了事先安排好的宿舍。推开门，两个女孩正坐在两组高低床的下铺面对面聊天，其中一个长发披肩，正是美女主持江姗，另一个皮肤黝黑，一头造型感极强的短发，五官醒目。

"你们到了？"看到李艾她们进门，江姗起身问好，笑容可掬，"我先把包搁下铺了，想等你们来再分铺。"话音未落，那个盘腿坐在另一张下铺上的短发女孩迅速扫视了她一眼，有点尴尬地把腿移下床。

"没事没事，不就一晚上嘛，我们就睡上铺。好多年没睡过上铺了，过过瘾。"李艾一抬手将背包扔上了床。

何欣安走向对铺，慢悠悠地卸行李，还不忘向短发女孩打招呼："你好，我是何欣安。"

那女孩有点矜持，冲李艾和何欣安招招手："嗨，我是祁安娜，你们可以叫我 Anna。"她讲话一字一顿，腔调有点奇怪，而她接下来说的话就给出了解释："我刚从美国回来，还没有开始正式地工作。之前，在美国，我是做 hotel management（酒店管理）的。"

"哦，你好，你好，我是李艾。"李艾热情地伸出手，"所以你是……ABC（美籍华人）？"

祁安娜耸耸肩："Sort of（差不多吧），我大概三岁的时候和父母搬到美国。你是做什么的？"她说话间又把腿盘上了床，很自在的样子。

"律师。"李艾简短地回答。

"美女律师！"江姗在一旁含笑补充。

"美女不是职业。"李艾讪笑道。江姗脸上掠过一丝尴尬，正欲开口，就听到走廊有人大声通知："请各位同学换好统一的 T 恤，10 分钟后在楼下小操场集合！"

果然，每张床头都整齐摆放着一摞还未拆封的崭新衣服，最上面的是黑色短袖 T 恤，左胸口上还印着"北清大学 FMBA2016"几个字，拓展训练正式开始了。

上午出发前，何欣安问老公：拓展训练是不是特可怕，要不我还是请假算了？陆云帆安慰她，不可怕，跟做游戏差不多，你就当秋游，那儿青山绿水，环境不错。何欣安半信半疑地来到青龙湖，才发觉上了老公的当。刚开始的项目还好对付，六七十个同学围成大圈，随着培训师一声令下，大家要根据他所报出的数字迅速抱团，每个男生相当于1，女生相当于 0.5，抱错的，或是落单的，就要罚做俯卧撑。几轮下来，何欣安侥幸过关，李艾就没那么幸运了。有一次培训师报了 4，李艾看到祁安娜正朝三个男生跑去，于是也拔腿向那边跑。可就在这时，另一个男生以更快的速度冲了过去。李艾认出来了，他正是面试时和她抢着当组长的人——章冉。眼看培训师要过来点数了，章冉扯着嗓门喊起来：你们两个女生来得晚，我们这儿都已经满员了，没事儿，你们出去，教练不会惩罚女生的，快快，不然大家都得受罚！祁安娜和李艾面面相觑，正犹豫着，有个男生什么也没说，主动退了出去。

李艾斜了一眼章冉，低声对祁安娜说："肚子那么圆，还不抓紧机会做做俯卧撑？"

祁安娜呵呵笑了："还是这位比较 gentleman（绅士），难怪身材好，锻炼得多！"

她用尖下巴指指正在罚做俯卧撑的男生，他皮肤黝黑，T 恤下隐约可见紧实的肌肉。

第二个项目，全班同学分成四组，围小圈，每人依次做自我介绍：姓名、职业、籍贯、爱好。后一个人除了介绍自己，还要复述前边所有同学的介绍内容。排在前几位的还好说，五名开外难度就大了。祁安娜排第七，前边六个人的爱好不是旅游，就是看电影，很多交集，她全都说乱了，在大家的起哄声中轻松地做了十个俯卧撑。何欣安紧张得满手是汗，目不转睛地盯着每个人，她排倒数第二，前边有十一个。终于轮到自己，何欣安发挥学霸专长，咬着牙一个一个说下去，竟然全对！"太牛了，"人群中爆发出掌声，"记忆力超群啊！"何欣安松了口气，排在她身后的正是上轮项目中主动退出的男生，只见他做了个投降的手势，直接走到小圈中做俯卧撑，同学们被逗得哈哈大笑。男生起身后开始做自我介绍："大家好，我叫倪一冰，在 JHR 不动产投资基金工作。我在美国长大，祖籍苏州，今年初刚回国，喜欢跑步、旅行，对了，还喜欢吃。"

一上午，李艾多少有些心不在焉，她像是潜伏在人群中的卧底，眼神闪烁着寻找她想要找的人。然而，沈挚始终没有出现。半山上的拓展训练营，掩映在高大茂密的树林中，山脚下的青龙湖波光粼粼，开阔的湖面上有白帆点缀，垭口的码头处隐约可见几朵撑开的红色太阳伞，在秋水长天中分外抢眼。李艾有些拿不准自己的这份心思，更猜不透沈挚的想法。她显然已过了一咬牙一跺脚，就能不管不顾去问对方要答案的年龄。有些事，20 多岁的女人做起来是孤注一掷的决绝，是凛冽的背影，是撕心裂肺的勇敢，过了 30 还这么干，就是矫情和失态，比如狠狠吸口烟、咬牙切齿地来句国骂，或者，为了爱情不计代价。

简短午睡之后，新一轮训练开始。如果说上午是"文训"，下午就是不折不扣的"武训"了。一群睡眼惺忪、大腹便便的"伪青年"被带到一个叫"垂直天梯"的大型训练设备前。只见六根直径大约 20 厘米、长两三米的圆木，被系成绳梯状，最高一根悬于 12 米高空，最低一根距地面有 1 米多，圆木的间距自下而上逐渐拉大，第五根与第六根的间距已接近 2 米。训练要求学员们一男一女组队，除腰间保险绳外不借助任何工具，在相互配合下攀登到第六根圆木上。

何欣安倒吸一口凉气，抬头看看在风中摇晃的三四层楼高的软梯，只觉得头晕目眩。正在这时，顺着山路走来一群人，都是酒足饭饱的懒散样子，在午后的阳光里十分扎眼。走近了再看，是夏教授和项目办的若干老师，还有两个同样穿着黑 T 恤学员服装的人。班主任刘鑫冲他们招手，满面春风地迎上去。

"训练得如何？"夏教授脸颊通红，看来中午没少喝。

"挺好的。给您介绍下，这位是拓展训练的总负责人，刘教官。这是我们项目的发起人，夏教授。"刘鑫热情引荐。刘教官是山东来的退伍军人，除了训练，谁都不睬。他皮肤黝黑，墨镜遮脸，和教授简单握手后，就扬起脸冲着穿黑 T 恤的一男一女说："这也是我的学员吧，为什么不参加训练？"

"是是，"刘鑫忙着解释，"这不中午陪老师们吃饭吗？回来晚了。"

"吃饭可以，训练也得参加，这么多同学们看着，不能搞特殊啊！"

"没问题！"男的伸伸胳膊，"我们就是赶回来参加培训的。刘教官，您说怎么训练，我们服从。"

"爬天梯，就你们俩一组吧，个儿都挺高。"

"行！"男的二话不说，拉着女的走到队伍前列，"要不我们带头先来，将功补过？"

众人齐声鼓掌，说话间，男的已经套上了保险绳，摩拳擦掌跃跃欲试，女的扭扭捏捏，到底也把散在肩头的长发整齐地系在了脑后开始热身。二人酒气未消，实在勇气可嘉。人群里起哄声叫好声一片，唯独李艾满脸藏不住的别扭：那男子不是别人，正是她找了一上午的沈挚；而此刻架在沈挚肩头，踩着他的大腿用力向上爬的女子不是自己，却是美女主播江姗。

周年庆典

　　"哗——"江姗拉开步入式衣帽间的丝绒帘子，镜前灯和顶灯同时亮起，正对面的穿衣镜里映出个身材高挑、比例匀称的长发美女，黑色真丝吊带睡裙越发衬得她皮肤白皙润滑。她胸有成竹地拉开一扇柜门，径直取下其中一条连衣裙，摘下防尘袋，金紫色细碎的小光斑瞬间洒满红木色地板。这条手工刺绣的长袖露背及膝裙是两年前主持台庆活动时定做的，杏色的裙身上绣满了大丽花般绽放的金丝线，放射的线条在腰间聚集收紧，绣上小粒的紫色珍珠，越发显得腰身纤细，胸部以上的裙身呈裸色，让丰满身材的韵味若隐若现。上过一次镜，这衣服便不能再登台了——这个圈子里，不管里子如何，面子是绝不能掉的。不过，像今晚商学院的内部活动，它倒正好能派上用场。江姗迅速换装，对着梳妆镜熟练地化妆梳头，不过半小时工夫，一个惊艳的美人就出现在镜中。下午 4 点 10 分，她抬头看看客厅墙壁上的挂钟，手脚麻利地收拾好米色迪奥包，抄起门口衣柜里的 MaxMara 白色羊绒大衣匆匆出门。

　　已是初冬。走进电梯，只穿着丝袜的江姗打了个寒战。她深吸了一口气，束起大衣腰带，戴上墨镜，径直走向地库里停着的那辆嫣红色保时捷。伴随着马达轰鸣声，车子风驰电掣地驶上东三环，冬日暖阳斜挑在枯树枝头，大地一片灰红色。这里的冬天，远不及故乡透彻，无论落雪还是晴日，都隔着些模棱两可、不温不火，没有记忆里那般彻骨的冷，或是暖心的晴。

故乡，江姗已经好多年没回去过了，自从把妈妈接到北京，故乡就只是她在填各类表格时写下的那几个字。当庞龙高唱着"我的家在东北松花江上"时，江姗却恨不得将故乡雪藏。每逢有人夸她细腻灵秀，一看就是南方人时，江姗总是莞尔一笑，并不予以纠正。几乎每个人在青春期时，都不愿承认自己身上的某些特质：不喜欢自己的家庭，不喜欢自己的方言，不喜欢自己的民族，不喜欢自己的家乡……江姗的青春期，有那么一点长。

　　向往不属于自己的一切，是江姗整个青春岁月的主题。

　　江妈妈年轻时，性格外向活泼，算得上是文艺爱好者，也跟着工宣队跳过几年集体舞，在江姗的描述中，她成了"专业舞蹈演员"；妈妈守着机械厂的机床干了大半辈子，江姗却说她的工作是"工会的文艺宣传主任"；就连妈妈下岗后为了谋生开的小裁缝铺，也被江姗说成了"小型服装加工厂"。于是，被家庭变故和艰难生活摧残得粗鄙暴戾、腰圆膀厚的母亲，在女儿江姗口中变成了另外一个女人，一个坚毅执着、美丽隐忍、独自撑起家的有故事的女人。

　　江姗的父亲原是机械厂运输队中一个"精明能干"的帅哥司机，只可惜能耐过了头，不知何时盯上了仓库里存着的废材和原料，伙同仓库保管员监守自盗，趁夜拉出去卖了变私财。江姗10岁那年父亲东窗事发，故事却才刚刚开始。警察追缴赃款，把江家翻了个底朝天却还是一无所获，对于父亲近两年的违法行为，母亲一无所知，因为从来也没见他往家里拿过一分钱。江妈妈笃定地认为是警察抓错了人，拉着一众亲戚去保卫科闹事，却不曾想，最终还是警察帮她找到了答案。

　　江姗记得那是个初冬的下午，天阴，早上飘过的小雪存不住，化成乌黑的泥水淌过铅灰色的老工业城市。黄昏时，天空依稀有了些放晴的念头，厚重的云层中辗转透出殷红色的光芒，让机械厂家属院中的水洼依稀映出了城市的倒影。

那大约是个星期二，成年后的江姗回想，所以自己不在学校，而且家里那台 18 寸小电视的各个频道都是色块拼成的地球图案。正昏昏欲睡时，家属院里传来了喧嚷声。江姗跑到阳台上看热闹，只见二三十个人正围着斜对面的单元楼，院子门口停着的警车敞开门，车顶的红灯一闪一闪。也就几分钟工夫，三个警察押着个穿灰黄色棉袄的男人走出了单元门。男子蓬头垢面，原本魁梧挺拔的身材也佝偻了几分。四楼阳台上的江姗心里一哆嗦：那男子不是别人，正是半个月前被警察带走的父亲。

父亲此时为什么会出现在家属院？到了家属院不回家，去斜对面的单元楼做什么？江姗踮起脚尖仔细看，父亲应该是戴着手铐，正被左右两个警察驾着胳膊朝那辆闪着灯的警车走去。她心里又惊又怕，父亲却突然抬头向自家阳台投来目光，江姗条件反射地向后一闪，一脚磕在地上的酸菜缸上，脚后跟生疼。她猫在阳台一角不敢动，鼎沸的人声中传出妈妈的声音。少女江姗小心翼翼地贴着阳台边儿伸出脑袋向下张望：母亲不顾几个街坊大婶连拉带拽，指着正徐徐离去的警车边哭边骂，听不清她们在说什么。眼见着警车拐上了家属院门口的大路，母亲突然调转方向，朝着斜对面父亲刚刚走出的单元门张口大喊，比之前愤怒更甚，声音也更大，以至于江姗可以清晰地辨别出一些词汇：骚货、婊子、不要脸！

之后几年里，江姗渐渐摸清了故事的来龙去脉。父亲早在几年前就和机械厂广播站的广播员林阿姨"搞在了一起"，那是在林阿姨老公因车祸去世前还是去世后，坊间传闻莫衷一是。他们的私情本可以一直是个秘密，如果那个监守自盗的案子没有东窗事发的话。公安局坐实了整个犯罪行为，唯一找不到赃款的去向，最终还是江爸爸扛不住自己交代了：所有赃款都悉数交给了他的秘密情人，对面楼上的林阿姨。

111

这件事成了机械厂家属院里那几年最热门的话题，江姗漫长又叛逆的青春期，大概也自那时开始。每天放学，当她走进这个铅灰色的、压抑的厂区家属院时，就能感到无数双眼睛正盯着自己，背后藏着嘲笑、鄙视、恶意。每当母亲为了一两毛钱的公共电话费，或是谁的自行车停错了地方和邻居口角起来，这件其实从未褪色的旧事就会被重新摆在光天化日之下。少女江姗不明白，为什么父亲犯的错与罪，却要由母亲和自己承担。这像是刻在她们脸上的耻辱，时不时就要被人拿出来指摘，似乎永远也洗刷不掉。和妈妈时刻准备投入战斗的亢奋状态相反，出落得越来越水灵的江姗却变得越来越沉默怯懦，避免和任何人发生矛盾，避免给任何人羞辱自己的机会。

父亲还没出狱，母亲就办结了所有的离婚手续，但那个年代，换房子是比登天还难的事，所以无论多么难堪，她们也得继续和对面楼上的"秘密情人"过着低头不见抬头见的日子。受母亲的影响，江姗把自己晦暗的青春期，都归咎于"对面楼上的女人"。似乎环境带给她和妈妈的压迫与伤害，都要变本加厉地报复给"姓林的婊子"才算公平。无数个夜里，她都在脑海里一遍遍练习和"姓林的"正面交锋的场景，虽然直到离开故乡，她也没能鼓起勇气这样闹上一次。对父亲的情感就更加复杂。她可以陪母亲一起咒骂他怨恨他，却又止不住地幻想他出狱后或许会突然出现在学校门口……

寒来暑往，18岁的江姗终于为自己赢来了一次"离家出走"的机会，她凭着出众的外形和一口流利的普通话，考取了江南那所著名的广播学院。出发前夜，为自己打包好行囊的母亲，坐在昏黄的灯影里抽着烟，反反复复看着女儿的录取通知书，常年缝补洗涮的手上布满了皱纹。她眉头紧锁，眼神浑浊，终于还是没忍住，狠狠抽了口烟，自言自语道：学个啥不好，非当个广播员。

转眼，阔别故乡十多年，江姗算是走上了自己人生的坦途。松花江和钱塘江，都已成了青春记忆里的模糊背景，脚下这座北京城，不是故乡，也不算他乡，而像一艘渡船、一所驿站，至于通向哪里，她也还在寻觅的途中。江姗其实可以更风光些的，但那样要付出的也会更多，要耐得住更大的委屈和寂寞。她有点犯懒，过了最想出人头地的年纪，30岁的她和所有女人一样，想结婚，想有个归宿、有个知冷知热的男人、有个家。

如今的江姗，举手投足间都是电视台当家主持的风范，端庄大方、温和有礼，和传统媒体主持人普遍寡淡正经的面孔相比，她又多了几分艳丽。从知名度更高的综艺类节目转到财经类节目，就是她提升自己、落实归宿的第一步。而选择读北清大学的FMBA，她却有着更多的考量。

下午4点半，江姗嫣红色的保时捷缓缓驶入东三环凯宾斯基酒店地库，她停好车，拎着化妆包和衣袋，直奔三层的宴会厅。今天是北清大学FMBA项目开办10周年的庆祝晚宴，她是电视台的专业主持人，又是2016级新生，今晚的舞台非她莫属。江姗走进宴会厅，20多张圆桌已经布置齐整，按要求，每个年级的学员都要出一个代表节目，那些有演出任务的"师兄师姐"正在酒店的各个角落抓紧最后的时间练习。远远的，一位挺拔帅气的男士正站在化妆间门口向她招手致意，他是今晚的男主持人，也是她的同班同学倪一冰。

班上的男生里，倪一冰绝对是数一数二的红人，身高形象学历收入样样出众，最难得的还是单身。可能是从小生长在国外的原因，他的谦虚礼貌中，还蕴含着些与众不同的气质。江姗颔首微笑间，倪一冰已帮她拉开了化妆间的门，又顺手接过了她手中的衣袋。

可惜，倪一冰那种令人着迷的风趣与自信并不是江姗的菜。相比他这样的"假洋鬼子"，土生土长的东北大姐江姗，要找的是疼她爱她、舍得给她花钱、恨不得连她家的七大姑八大姨都能养起来的传统中国男人。那种吃顿饭还要 AA 制的"西式独立",她可受不了。至于她刻意表现出与倪一冰亲昵熟稔,无非是要做给另一个人看,一个她真正在乎的人。

FMBA 项目 10 周年庆典热闹非凡,请回了许多知名校友,都是当今工商界有头有脸的人物。各级校友的文艺节目虽说外行,难能可贵的是态度认真:比不了 20 岁的小青年,商学院这帮多少有些身份地位的"老家伙",伸下胳膊动下腿,豆大的汗珠就在毛发稀疏的头顶上滚动,爱马仕皮带在浑圆的肚皮下紧绷,但一招一式中透出的同自己较劲的执着,以及不惧台下一片哄笑的坦然,大抵也勉强称得上有几分企业家精神。

李艾挨着何欣安坐在 2016 级的圆桌上,另一边是刚和自己表演完节目的祁安娜。假小子安娜五官伶俐,没想到还弹得一手好吉他,两人代表 16 级唱了首粤语歌《祝福》,现场效果一般。那是首很有意境的老歌,李艾一早就料到在这种连吃带喝、满场都是喧闹音乐的场合,没人会静下心思听这样一首歌,可到底拗不过安娜,没想到她瘦小的身体里,有种特别温和的坚持,一遍遍不厌其烦地和李艾练习,还一字一句抠李艾的粤语发音。节目效果虽然一般,但经此一番,两人倒觉得彼此投缘,走近了许多。李艾外向热情、精明风趣、锋芒外露,安娜内敛低调,单纯也犀利,有种少年般的清澈和赤诚。

一小时的文艺演出终于结束,早就按捺不住的社交达人们纷纷手执名片冲向主桌,各桌之间也开始了互动交流、觥筹交错。相较之下,李艾她们所在的角落就略显冷清,神经大条的何欣安出门时根本没带名片,用她自己的话说,"项目周年庆不就是吃吃喝喝看节目吗,还要换名片那么复杂?"祁安娜刚回国不久,还没正式开始工作,没有名片。

114

至于李艾，她怎么看都觉得自己的名字后面该跟着"合伙人"，而不是早已看厌了的"律师"，因此，除非有人来这边主动交换名片，她也懒得去满场飞。三个人定定坐在桌前聊天喝酒吃东西，仿佛局外人一般不时点评场子里的红男绿女，倒也自在。主持完文艺演出，刚刚谢幕的江姗、倪一冰二人，还没来得及回到16级的圆桌前，便被项目办的老师推去主桌敬酒，活脱脱一对"新人"的样子，牵引着全场的目光。

"商学院还有这样郎才女貌的组合，真是赏心悦目。他们要真能成，咱们班也算是'IPO'[1]成功了一对啊。"何欣安抿了口葡萄酒，满眼笑意。

"他们？不像。"祁安娜摇摇头，把一只晶莹剔透的虾仁扔进嘴里，"看起来般配的通常都不般配。江姗不是和沈挚走得挺近吗？"她又压低声音追问了一句。祁安娜私下和倪一冰关系不错，大概因为他们身世背景相似，两人在一起时都用英语交流。

李艾看了她一眼没说话，目光却被主桌上沈挚似笑非笑的表情勾了去。自开学到现在，两个月过去了，除去每周末上课见面，两人在公司也见过几次，每次都礼貌热情，在会议室聊聊学校的事，在班上又说点公司的事，看起来比普通同学或者客户亲近几分，然而李艾深知，有些感觉像北京初冬的雪霁，夜幕下美如蝉翼，日出时便荡然无存。她几乎都确定自己和沈挚就是误会一场了，不想听到祁安娜把江姗和他的名字连在一起时，心头还是隐隐不悦。

"沈挚不是结婚了吗？"何欣安低声问，"总不见得要'重组'吧？"

"谈什么业务呢？哪个公司要重组啊？"有个男声在身后响起。

"吓我一跳，你怎么过来了？"何欣安转身问那个斯文白净的男子，

---

1 商学院语境中，将"原本单身后来结合为情侣"戏称为"IPO"（首次公开募股），将"与原配偶离异后再婚"戏称为"重组"。

又回头带着几分羞涩简略地向大家介绍:"陆云帆,2014级的,那个,也是我先生哈。"

几乎同时,李艾惊声道:"这不是陆总吗!原来你和欣安是……"

"哇,好巧,李律师!总听欣安说班里有个美女律师是好朋友,没想到是你!"

李艾跟着叶惠的金融部在信元资本的项目会上见过陆云帆两次,泛泛之交,话没说过三句,所以无论如何也没把他跟何欣安那个"师兄老公"联系起来。本来对陆总的知性谦和就印象不错,回想起何欣安所说的那些和丈夫共渡的难关,更觉得陆云帆斯文的外表下,有着真汉子的勇气和担当。

"缘分,敬你们夫妻一杯,真是神仙眷侣!"李艾端起酒杯,内心颇有感触。说话间,江姗一步三摇地走回座位取包里的充电器,不胜酒力的她脸颊绯红,黑土地孕育的泼辣和市井快要从她精心打造的知性形象里跳脱出来了。

"哎呀,这位帅哥是谁?欣安不介绍一下?"说着,她抄起桌上也不知有没有人喝过的两杯酒走了过来,硬塞进陆云帆手里一杯,"来,干一个!"

何欣安两口子被她搞得好不尴尬,只得红着脸将就喝了几口,总算打发眼皮都开始泛红的江姗去了别桌。

足足吃了三小时,10点来钟,北京城里飘起小雪,凯宾斯基酒店门前的大理石地板上落了薄薄一层,开始打滑。意犹未尽的同学们又相约去KTV,李艾看沈挚和江姗都在其中,就找了个托词退出来。正发愁这样的天气该到哪里去打车,一辆金色路虎就停在面前,副驾驶的车窗摇下来,是倪一冰。

"李艾,没跟他们去唱歌啊?"

"唱什么歌啊,我闺女等着我回家唱摇篮曲呢。"夜风一吹,李艾冻得哆嗦。

"哈哈，我送你回家吧。"倪一冰说话间从副驾驶的位置上跳下来，拉开后排车门，"走吧，别客气啦，这样的天气叫不到车的。"

简直是天降救兵。倪一冰扶着李艾的手臂将她送上车，关好门，自己又从另一边上来。车里暖和多了，李艾细细端详他：怪不得这男孩子讨人喜欢，眉清目秀不足为奇，但"举止得体"这四个字，在当今男人中是多么难能可贵。

"有钱人啊，这你司机？"李艾用下巴指指前边，低声问。带着寒气进车的倪一冰系好安全带，凑到李艾耳旁答："代驾。"语气中透着股调皮劲。

"车不会也是租的吧？"李艾逗他。

倪一冰想也不想就接话："贷款的。"

李艾哈哈笑起来："真的假的，你不据说是高富帅吗？"

倪一冰满脸无奈的笑："哪有，高负债是真的！"转脸又换了种兴奋窃喜的表情，"无息贷款欸，谁还要付全款？做金融的，要懂得用杠杆。"

李艾的笑声还没停，倪一冰电话响起，他接听后声音低沉，微闭双眼，手肘撑在车窗上，另一只手反复摩挲着紧蹙的眉头。李艾从断断续续的对话中听出是一起项目投资的对赌条款出了岔子，倪一冰代表的投资方和被投资公司已经翻脸，准备对簿公堂。这种事在2016年的中国屡见不鲜。金融危机后，很多公司为了活下去，多苛刻的融资条款也取签。时过境迁，等公司业务发展达不到预期，或者远超预期，就想翻脸不认账，重利之下甚至不惜以诉讼方式解决。

倪一冰挂了电话，看着车窗外陷入沉思。

"怎么了，项目出状况啦？"李艾试探着问。

他这才还魂一般转过头来："哦，抱歉。是啊，出了点状况。两年前我们投了一家地产公司，做了业绩对赌，结果对方连着两年都没有实现业绩预期，当初签的现金补偿他们不肯，回购也不说拿不出钱，本来还想看诉讼有没有用，刚才我们的 legal counsel（法务）打电话来，说甘肃那个对赌案，最高院已经给出了再审判决，对投资方不利，这对我们这个项目的影响会很不好。唉，头疼。其实这个项目本来不是我的，最早投他们的那个 VP（副总裁）早就离职了，中间换了好几拨人，我年初刚回国就丢给我，一个烂摊子。"

甘肃某恒的案子，号称中国 PE（股权投资）对赌第一案，官司打了几年，一审二审的判决结果相互矛盾，直打到最高法院启动了再审程序，备受业界关注。最高法院到底会肯定一审判决，还是二审判决，还是一个都不认，自己重新判？学术界、实务界对此一直纷争不断，做出了各种预测。李艾总听王妍提起这个案子，她是金达诉讼仲裁部的，本科时的师兄正是这个案子最高法院的审判法官之一。法律界关心不奇怪，没想到投资圈对此案也如此重视，日日跟进。

"当然关心啦，对赌条款在国外很通行，否则如何保护财务投资人的投资利益呢？毕竟我们和公司实际控制人信息不对称，被动管理公司。法律界关注的是法理，真金白银亏进去的可是投资人，我们这个案子不知道下一步会怎样。我担心项目公司看到这个再审判决后，很快会有所行动。"倪一冰垂头丧气地说。

"他们会主动起诉？"

"不排除这种可能。李艾你是律师，最高法院的案例一旦形成，是不是以后中国都必须这么判了？"

"嗯，这样说吧，个案的判决并不具有普适性，但最高法院的再审判决所反映出的考察方法和价值衡量，肯定会有很重要的指导意义。"李艾看看愁眉苦脸的倪一冰，"不过你也别太悲观，判决书反映的只是结果，但过程和依据我们尚不清楚，很多时候并不仅仅是案情本身，跟你诉什么、用什么样的方式诉、在什么时间诉都有关系。这样吧，下周你要是有时间，我介绍个人给你认识。我们诉讼仲裁部的同事，也是我很好的朋友，她师兄就是这案子的审判法官之一，所以她也了解些内情，你有兴趣的话，可以见面聊聊，以备不时之需。"

"哇，太好了！李大律师果然侠肝义胆、古道热肠，那我就拜托你啦。要是这项目折在我手里，以后都别在 JHR 混了！"倪一冰双手抱拳，不中不洋的腔调就像是老外在学李小龙。

李艾被他逗得直乐："别巴结我，我请客，你买单啊。我那同事能免费出台，那就是给我面子。"

"必须，必须！那就'北京亮'吧，李大律也要赏光让我再单请你一次哦，江湖规矩我懂的。"倪一冰到底年轻乐观，方才满面的愁容，似乎已烟消云散。

几天后，三人如约坐在国贸三期一楼的必品阁，倪一冰翻翻菜单，还是有点不好意思。

"真在这儿吃啊？'北京亮'的座位我都订好了，这么麻烦你们，会不会太简陋？"

"没事，这儿挺好的，一会儿吃完还得回办公室加班，腿着就上去了。去'北京亮'难不成我还得去补个妆？我们女律师很随便的，不像男律师那么麻烦，你别客气。"看来王妍对倪一冰印象不错，傻大姐姿态上身。

李艾笑着摇头：谁随便啊？趁倪一冰去洗手间的工夫，王妍扶了扶黑框眼镜，夸张地瞪大眼睛："小鲜肉啊，早说我戴隐形下来！"

"行了行了，人家才多大，跟你有关系吗！"

"86 的，刚等你的时候就问过了。正好，女大三，抱金砖。"

"你现在怎么这么直接，'动物世界'吗？求偶心态太过明显！话说'动物世界'也不对啊，这大冬天的，早了点吧？"李艾就喜欢和王妍贫嘴。

"我要移民澳洲了你不知道吗？现在正是我们新西兰草原的春天。"王妍一本正经地开玩笑，"对了，小谭最近怎么样啊？好久没见着他了。"

李艾哈哈大笑："你这是吃着碗里的，看着锅里的。他能怎么样？商学院没考上消沉了两天，最近又开始热火朝天地周末蹭课了，学习热情高涨，看样子无暇谈恋爱。"

"嗯，你给我盯紧点，可别让你们班上那些狐媚子给勾搭走了！"

石锅拌饭刚端上桌，王妍就已经沉浸在甘肃某恒案的论述之中。优秀的律师都有个特点，一说到业务，专业自信、有条不紊的气质便立刻彰显出来。倪一冰认真地听，积极地讨论，也不敢动筷子——"老师"都在专注地讲，"学生"哪好意思边吃边听？李艾对这案子也颇感兴趣，这种民事诉讼和自己所从事的非诉业务联系密切，直接反向指导他们在投融资项目中给客户的法律意见。

"对赌本是个舶来品，最早由几家外资大投行引入中国，国外叫估值调整机制，对吧？主要是投资方和出让方在达成并购或者融资协议时，对于未来不确定的情况进行一种约定。如果约定的条件出现，投资方可以行使一种权利；如果约定的条件不出现，融资方则行使一种权利。所以，对赌协议实际上就是期权的一种形式。"王妍看着倪一冰说。

"没错，Valuation Adjustment Mechanism。2003 年 Morgan Stanley（摩根士丹利）投资蒙牛应该是中国最早的案例。"倪一冰也没少做功课。

"是的，由于估值调整机制是基于对企业未来的判断，因此有不确定性。不知道是不是因为这种不确定性有点'赌博'的味道，有人就把它翻译成对赌。对赌在创业企业、成熟企业的收并购中都有应用，甚至在股改时期，非流通股股东对流通股股东也做过对赌，比如华联综超。那么赌什么呢？最常见的就是赌净利润、业绩增长率，或者是某个时点完成上市，当然我也见过赌销售额、赌市场份额的。最奇葩的，我还听说有人赌公司的行业排名，这种指标根本没法取证，真是弱智青年欢乐多。"王妍手舞足蹈，越说越兴奋。

大家都笑了。倪一冰频频点头："是，其实赌什么，主要是看投资人的利润实现方式啦。如果是长期持有的战略投资，多半会赌业绩，就类似于净利润之类的指标，因为投资人要靠企业盈利分红实现收益。如果是以上市为退出渠道的财务投资，多半就会赌净利润增长率这些和上市挂钩的指标，不过也不绝对。"

"其实很多时候，王妍你们在诉讼阶段看到的所谓'奇葩'的对赌指标，也是投资阶段双方谈判僵持不下的无奈选择。"非诉律师李艾决定为自己的同行"辩护"几句，"我之前有个客户，投资一家当时市场上炙手可热的地产公司，因为追的人多，赌净利润，赌业绩增长率，对方都不接受。最终双方妥协的结果是，赌年销售额。但是地产公司的销售额可做的猫腻太多了，'高级黑'的咱都不说，你们知道，地产项目一般都是分期开发，投资人投资的时候，地上基本都还是坑呢，地产公司做的营利预测，都是基于每一期的销售额假设的。等真正开始开发的时候，有很多因素会导致分期变化，政策因素、市场因素都有可能。比如一期开了独栋，突然政府要求价格备案，'限卖'，那一期就囤着吧，先卖二期的高板；或者市场不好卖不动，那就饥饿营销，把一期拆成两期卖。每次调整前，还逼着投资人签 waiver letter（豁免函），等合同约定的退出期到了，原来的五期都变成八期了，年销售额和当初给的预测根本对不上，完全落不了地。好在人家投资人也想得明白：有时候对赌就像聋子的耳朵，聊胜于无。说白了还是为了敦促项目公司快速发展。毕竟结婚的时候，谁也不是奔着离去的。"李艾摊摊手，补充道。

"对啊，投资人有时候很被动的，以原始股东几十倍甚至上百倍的高溢价取得公司股权，又几乎不参与经营决策，对赌无非是为了保护投资人在信息不对称，还要被动管理公司的情况下的投资利益。"倪一冰为投资机构叫屈。

"商业上的事情我不懂，但投资人肯定也没你说的那么弱势。不参与管理是你们自己的选择，一个机构投那么多公司，挨个儿管哪儿管得过来，你信任依赖的正是被投资公司在所属行业的专业经验和资源。这就是被投资公司的价值嘛。"王妍各打五十大板，"话说回来，甘肃某恒案里那个投资方确实有点悲摧，不知道他们当时对赌业绩的这个 3000 万是怎么算出来的，实际上只完成了 2 万多，差距也太大了。结果官司打了三年，咱们吃瓜群众看着热闹，但耗时这么久，天知道最终还能执行出多少钱来。"

王妍扒了口饭，着急忙慌地咽下去，接着说道："这几天各种报道层出不穷，媒体也是逗，对同一个判决，报道的结论截然相反，也不知道有没有认真读过判决书，有的叫'最高法确认 PE 投资对赌有效'，有的又写'高法出手，对赌条款被判无效'。"她拿出手机随便一搜，五花八门的报道标题涌入视野，"你说大家都是干服务业的，能不能有点职业操守和专业精神？判决书初中以上文化程度的人都应该看得懂，特别是咱们最高法的再审判决书，引证论据、条理清晰，堪称经典。"

"知道是你师兄写的，别吹了。"李艾逗她。

"当然，他可是我校的骄傲啊！咱一轮一轮地看，一审判决，驳回投资方的全部诉讼请求，16 万的受理费用还要他们来承担。这还不算律师费。我估计投资方那时候死的心都有了，仅仅一年半，2000 万投资打了水漂，还惹了一肚子气。这个判决，说实话，有些过于随意了，如果都这么判，中国 PE 投资市场分分钟进入寒冬，以后哪个投资人还敢来中国投资？"王妍伸出右手食指，推推滑到鼻尖的黑框眼镜，"甘肃高院的二审，能看出来，合议庭还是很认真地研究了案子，希望能在一定程度上保护信息不对称的投资者的利益，所以撤销了一审判决，要求甘肃某恒和它的原始股东共同返还当初记入资本公积金的1885万投资款，理由是'名为投资，实为借贷'，但没写法律依据，因为他们不可能找到法律依据，《公司法》和《会计准则》都说得很明白，资本或者股本溢价的部分记入资本公积，股本溢价当然是投资啊，怎么可能是借贷呢？所以，这个看似一定程度上保护了投资人的判决结果，由于判决依据站不住脚，有明显的法律漏洞，甘肃某恒势必会申请启动再审程序。"

"烫手山芋扔给最高法，听说当事各方都调动了媒体资源企图施压。他们不明白这招最没用。经济纠纷，又不是刑事案件或者政治案件，在网民眼里，这就是你们有钱人之间的'狗咬狗'，看热闹而已，根本形不成舆论压力。你看，最高法的终审也是开了先河，坊间的各种分析预测总算是尘埃落定。最高法再审时第一个漂亮的逻辑，是确认诉讼主线，回归投资方诉求本身。第二个逻辑——注意啊，重点来了！"王妍用手指敲了敲早就打印好的《再审判决书》，"针对投资方和项目公司的业绩对赌条款，'这一约定使得投资公司的投资可以取得相对固定的收益，该收益脱离了项目公司的经营业绩，损害了公司利益和公司债权人利益'，blablabla，'因此，原审法院对这部分条款无效的认定是正确的'。也就是说，最高法在结论上确认了投资人和被投资公司，或者叫项目公司之间有关业绩的对赌条款无效。第三个逻辑——往后看，转折出现了，'但是，在《增资协议书》中，原始股东公司对于投资方的补偿承诺并不损害公司及公司债权人的利益，不违反法律法规的禁止性规定，是当事人的真实意思表示，是有效的'。这句话有很重要的意义，首次以判决的形式确认了投资人和被投资公司原股东之间的对赌有效，很多投资人都等着这句话呢。"

李艾接过王妍手中的判决书仔细研读，频频皱眉："裁定投资人与项目公司对赌无效的原因到底是'这一约定使得投资方的投资可以取得相对固定的收益'，违背了股权投资回报具有不定性的原则，还是因为'该收益脱离了某恒公司的实际经营业绩，损害了公司利益和公司债权人利益'，这其实是两件事。如果满足其中一个条件，比如投资人虽然通过对赌取得了相对固定的收益，但该收益并没有脱离项目公司的实际经营业绩，没有损害公司或者公司债权人的利益，那应该有效还是无效呢？"李艾抬起头看看王妍，又看看倪一冰，两个人都沉默不语。

"还有一个问题，"李艾接着说，"确认了投资人和原股东之间对赌有效，那原股东在签署这类对赌协议的时候，其效力相当于或有负债、对外担保，还是什么？如果原股东是自然人，对赌一旦失败，原股东要拿个人资产来承担补偿吗？"

"这不太合理吧，"倪一冰皱着眉接话，"业绩对赌的赔偿款并不是拍脑袋拍出来的，补偿测算通常都是和项目公司的营利预测挂钩的，跟原股东并没有关系。很多公司的原股东就是个壳，对赌失败的话，原股东根本不可能有资产来赔偿。"倪一冰双手交叉在胸前，皱着眉低下头，等他抬起头，眉头更紧了，"如果，并没有像这个案子里的投资方那样在协议里明确'当甘肃某恒未能履行补偿义务时，由原股东来履行'，而只是跟项目公司签了对赌，是不是相当于判了死刑？"

李艾平静地看着他，并没有大惊小怪地表示同情或者盲目地预判。就像医生见惯了死亡，律师们也见惯了人间悲喜，理智冷静客观，是这两种职业都必须具备的素质。一旁的王妍趁他俩说话的工夫，大口大口地把已经半冷的石锅拌饭往嘴里扒，稍有饱腹感便停下筷子——请客归请客，减肥大业可不能半途而废，她喝了口水，故意拿腔拿调地说："法律需要进步，进步需要时间，特别需要倪总你们这些战斗在投资一线的同志的努力。金融市场上每天都有五花八门的新事物，需要你懂法律、懂金融、懂财务、懂税务，甚至要懂实业本身，对司法人员的要求越来越高。只根据某一条法律很表面化地去裁判，势必会错判误判，造成想象不到的负面影响。当然，这一切，都需要个过程，法律要维护它的尊严和权威，一定是被动的，古今中外历朝历代的司法改革，都是无数个体付出很大代价后才推动的结果，这也是正常现象。"

人心难测

这一年的冬天没什么寒意，越来越猖狂的雾霾让冬天变得脏兮兮的，银装素裹都成了奢侈的期待。入冬以来，伍迪打过好几次电话，说爷爷奶奶想孙女，李艾明白，这件事不可能一直逃避下去，是时候带女儿回东莞了。

春节放假前，北清大学 2016 级 FMBA 的学员们终于焦头烂额地对付完了第一学期最后一门课程"概率与统计"的考试。正巧是腊月十六，班长沈挚张罗全班同学和任课老师一起尾牙聚餐，包下了二环护城河东河沿南门涮肉二楼一整层。窗外夜风凛冽飘着小雪，窗内热气升腾羊肉飘香，同学们大口吃肉大碗喝酒，热闹非凡。

李艾脑门正中顶着颗又红又肿的青春痘，奋力往嘴里塞蘸着麻酱香菜冒着热气的羊羔肉，她迫切地需要用胃里的充实来温暖身体和灵魂。坐在一旁的何欣安低声问她："这次回东莞，真准备离了？"李艾边吃边点头，头天晚上收拾行李时户口本和结婚证已被她装了箱。

"唉，其实很多夫妻之间都是将就，结婚日子久了，哪儿还能像当初一样情投意合？对付个几十年，也就成了典范。"何欣安还是劝和不劝离的态度。李艾目光涣散地咀嚼着塞了满嘴的肥膏嫩脂，抬起眼盯着墙上的壁挂电视一口喝下半杯啤酒，半晌抹抹嘴说："是啊，很多女人都是对付将就，没几个是真的心甘情愿。说到根儿上还不是经济不独立，没有安全感嘛。要是兜儿里揣着 400 个亿，青春韶华，谁还舍得对付？"她用下巴尖指着电视自语，正在播报的新闻标题是：龙湖集团主席吴亚军离婚，丈夫分走逾200亿资产。

工作和财富，的确换不来爱情和婚姻，但毫无疑问能带来自信和安全；反之，缺乏信心和安全感的爱情与婚姻，也没什么理由值得珍惜。

大年二十八，李艾带着女儿飞越半个中国，重走了这段曾牵动她心弦的路。当伍迪站在她面前的那一刻，这大半年里李艾不敢确定的那些感觉又被突兀地放大。重回北京、重回金达之后，东莞的四年仿佛是个旧梦，遥远又陌生。面对伍迪，她不再怨恨，不再心疼，亦不再难过，所有的痛苦不知何时起已化作了倦怠和平静。他没怎么变，似乎还发福了些，看着他薄而阔的嘴唇，水一样清澈的眼睛，李艾尝试在心底寻找当年那份戒不掉的悸动，却惊讶地发现竟然空无一物。放下，其实也就是一瞬间的事。当初的自己为什么会对他动心，就像今天的自己为什么会对他毫无感觉一样令人费解。然而，无论怎样的感怀，曾共度过的一千多个日与夜，还有七十亿人群之外多出的这个小生命，已成为那场莫名的心动抹不去的结果，或者代价。

伍迪抱起女儿，眼圈的红像潮汐一样泛起来又退了。他把眼神重新移回李艾身上，犹豫片刻，带着微笑说了句，"回来了"，平静的语气里竟然还有些许温柔，似乎努力想要抹平妻子记忆里关于他的不堪和丑陋。然而，这话在李艾听来，已有了缅怀和祭奠的味道。

李艾的无情与决绝是伍迪没有想到的。对于妻子此次回东莞的用意，他其实没有太多预判。分居半年，他们之间的矛盾与不和谐都清晰了很多。伍迪的想法是：继续过下去没问题，但你得回来，不回东莞至少也要回广州；不得已非要分手，我也能接受。李晓雯的"反攻计划"就快要大功告成，这半年里给了伍迪不少甜头，让他对未来有了些不切实际的期待。伍迪像几年前一样被动等待，等着用力更猛的那个女人夺得他这个战利品。

李艾的手腕抖了抖，握着钢笔的手停在了半空。今天是几号来着？她自言自语了一句，接着很快就签上了日期。伍迪竟突然萌生了种受骗的感觉：她没有掉一滴泪，也没有一个眼神的挽留。她的平静不是温柔，不是隐忍，竟是忘却。这忘却嘲笑着他的置身事外，更刺伤了他的自尊。然而，这个故事，已到终点。

鸡年春节的东莞之行，像是对过去那段生活的告别。经过大半年的分居，两人都接受了现实，平静地在离婚协议上签了字。没什么共同财产需要分割，房子是婚前买的，一辆20多万的车三年折旧也没剩多少钱。伍迪的公务员工资每月几千块，理论上不可能有什么存款，但在当地做生意的公婆家境其实颇为殷实，然而李艾也无心恋战，只想赶在开春复工前结束这幕尾声，所以几乎净身出户。伍迪心中有愧，主动提出要一次性支付给她50万补偿费，再每月支付1万元抚养费给彤彤，将来孩子上学读书的钱再根据情况另算。这点钱对伍家是九牛一毛，公婆虽然对离婚表现得痛心疾首，但也并未坚决反对。李艾明白，倘若彤彤是男孩，老人恐怕不会那么轻易就同意把孩子给她。人与人之间的关系其实就是这样脆弱，同床共枕一千多个日夜，转眼间也就形同陌路。她看了一眼鞋柜，自己许久未穿的拖鞋竟然还一尘不染，想来是已经有了新主人。李艾挑了几张彤彤小时候拍的艺术照装箱，牵起女儿的小手头也没回地转身离开。活着已是不易，何苦太过清醒徒增悲伤。至于这段故事是否还有番外，她也不再关心。

开春之后一切照旧。李艾已经重新适应了金达的工作，过了忙着"补课"的阶段，所里也为她配备了助理，虽然是和林松杉共用，身为单亲妈妈的她也终于可以松一口气，在工作和家庭中寻找些许平衡：早晨心照不宣地迟到半小时，午餐时和几个金达"老人"聊聊八卦，除非有特别重要的事，一般都能在晚上 9 点前赶回家哄彤彤睡觉，等女儿睡着再起来工作一两个小时。日子忙碌充实，有条不紊。

这段时间，李艾最大的乐趣就是查询自己的银行账户余额，还完了林松杉和母亲垫付的 FMBA 学费，预交了彤彤幼儿园新学期的学费，伍迪的 50 万已经到账，再加上过去大半年的工资和年终奖，卡里的余额已经从当初离开东莞时那可怜巴巴的几万块向百万冲刺，一路飘红。每当李艾疲惫、烦躁或无聊时，她就拨打 95555，不等语音提示说完，便轻车熟路地连按几个数字，等着嗲嗲的女声响起："尊敬的客户，您的账户余额为……"

有一次从客户公司开完会出来，趁林松杉去洗手间的工夫，李艾又拨通了银行客服电话，听那段电子音回荡在空旷的电梯间。

"又听！"林松杉拿肩膀顶顶李艾后背，示意她快进电梯。

"累了困了查余额，这就是我的红牛。"李艾心满意足地挂了电话。

林松杉感慨："女人啊，本来就是种可怕的生物，一旦和金钱产生化学反应，就演变成生化危机了。"

"哈哈，是叶趴又刺激你了吧？"

林松杉摇摇头："不敢，只是感慨下。你说连老大这样段位的人，一旦女人和钱搅在一起，也会乱了方寸。唉，真不该啊。"

嗯？李艾原本疲惫的神经突然兴奋起来："什么情况？老大怎么了？"

"你不知道？"林松杉诧异地看着她。

"知道什么？什么事啊？对哦，好像有几天没在所里见到他了。"

"那……就当我没说吧。"林松杉拉开车门。

李艾迅速跳上副驾驶位，此时坐在这里，和半年前、四年前的感受又有不同：二人已各撑半边天，通力协作，有时也会暗中较劲。抛开工作不谈，此刻与林松杉这样平等又互相体恤的哥们儿状态，正是当下令李艾最放松最享受的关系。李艾开始相信，男女之间可以有纯粹的友谊，哪怕曾经有过肌肤之亲。

"不行不行，必须得说，哪有这样开了头又憋回去的！"

"不应该啊，咱部门出了这么大的事，下边小孩们都传遍了，一姐居然不知道？"

"差不多就行了啊，再装我还不问了，憋死你。"

林松杉讪笑几声："你是不是不怎么玩微博？"

李艾想了想，确实很久没登录了：微博上能有什么新段子？

"你回去搜个名字'爱杜菲菲'，看看她的微博就知道了。"

"完了？等于没说啊？"李艾伸手捣他一拳，平淡无奇的生活太需要一些劲爆八卦来刺激神经。

"你看你，一说八卦就来劲。其实也没什么，这个'爱杜菲菲'是个空姐，是老大的女朋友，两人好了几年后来分手了。也不知道老大当时怎么想的，答应给那女的400万，还白纸黑字地写下来了，可能回去一想又觉得不值，或者一时也拿不出这么多钱，总之后来只给了150万。那女的不干了，注册了个微博，'艾特'了一圈金达实名认证的律师，还'艾特'了律协，把两人之间的短信截屏、照片，还有那张所谓的'欠条'都发了上去。这么一闹，老大的媳妇也知道了，以此为证据告到法院要起诉离婚，扬言要让老大净身出户，真是悲凉啊。"

"×，这都什么女人。"李艾情不自禁骂了句，"不过老大挺有钱啊，小蜜都能给出这么良心的价，我都结婚生孩子了，我老公才给我50万，不对，应该是前夫。"

对于这句黑色幽默，林松杉想表现得沉痛点，却忍不住笑出了声："这个……很合逻辑啊。所谓'妻不如妾，妻不如偷，偷不如偷不着'嘛，用户体验和付费意愿成正比。"

李艾白他一眼："那老大怎么办？他现在是腹背受敌呀，还都是亲密敌人。"

"这种事没法问，大家都是私下传，表面装作什么也不知道，就算是现在对他最好的关心吧。我就是想不通，以老大这样'万花丛中过，片叶不沾身'的段位，还是资深执业律师，怎么会亲笔写下那种东西？平时找他签个字都一百个谨慎、千难万难的，他难道不知道留下文字证据意味着什么？"

"不会是伪造的吧？"

"应该不是，老大的字你最熟，晚上回去看看就知道了，一笔一画工工整整，也不像是喝多了写的，况且还有那么多封不同时间的情书，全是手写的，我都多少年没手写过那么多字了。想来想去我觉得只有一种解释。"

"什么？"

"真爱。"

李艾沉默不语，想起当年自己不顾一切要嫁给伍迪时杜文强劝她的话："我从来不相信一见钟情这种事。见一个人有点感觉，想跟她发生点什么，这种概率太高了，我这岁数一年还有两三回呢。这样的人随便挑一个处几年，分开肯定不舒服，那是时间的价值，不是他的价值，换谁都一样……"

一个如此练达老成的男人，居然会为了个 250 万就能翻脸的女人付出真心。看来人最看不透的，其实是自己。

林松杉突然看看李艾："我明白你为什么不知道这事儿了。"

"为什么？"

"大家都是晚上 10 点以后才敢说这些八卦，您老人家现在的铁律不是 9 点前下班嘛，所以……"

"林律师，请问你是在暗示我工作不勤奋吗？"

林松杉深沉地摇摇头，一字一句地说："绝、不、敢。"

忙忙活活就到周末，北清大学 FMBA2016 级第一学年第二学期的课程正式开始。一个多月没来，校园里的红白玉兰开得繁盛，一片片簇拥着向阳盛放。天空清朗如水洗一般，一冬的阴霾总算过去，城市又恢复了生机。李艾一进门就吓了一跳，上学期空着一半的阶梯教室坐满了人，都是从四面八方赶来旁听的。这学期一开场就是重头戏——著名经济学家、FMBA 项目的发起人夏教授担纲主讲的"金融工程"。2014 级的陆云帆、连留两级的朱海平都出现在了教室里。李艾把书包放在何欣安旁边，趁上课前 5 分钟去楼下买咖啡。一走进咖啡店，就看到沈挚高大的背影独立在点餐台前，她猛地止住脚步，正犹豫要不要转身离开，沈挚却突然转过了头。

"早啊，买咖啡？"

"嗯，没事，你先来。"

"喝什么？我来买。"

"不用，真不用。"李艾使劲摆手。

沈挚并没有要让开的意思："美式？摩卡？"

李艾知道，想要犟得过他也不容易。"一杯美式，"她顿了顿，"一杯摩卡。"

沈挚刚转过去的头又转了回来。

"还有一杯是何欣安的。"她尴尬地笑笑。

等待的时候两人没话找话。

"春节过得怎么样？"

"还行。"

"一直在北京？"

"没有，去了趟广东。"

"哦，在广东过年也不错。"

李艾没再解释。怎么解释呢？说顺便去广东离了个婚吗？

还好，咖啡来了。沈挚递给李艾一杯，自己端着另外两杯向电梯走去，边走边说："玩得开心吧？三十儿也没给我发条祝福短信，等了一晚上。"

自从去年夏天那个暴雨夜后，整整一个学期，虽然和沈挚不时在教室或办公室相遇，两人却已从最初的眼神躲闪略有尴尬，平稳过渡到从容淡定保持距离。成年人的情感大抵是这样，不需要发问，也不需要解释，很多事只需要跟自己沟通，给自己一个理由，说服自己。李艾给自己的理由是：沈挚在没有任何思想准备的情况下撞破了她的"妈妈"身份，无论她是否已经离异，他肯定都无法接受。这很正常，李艾对自己说，换了我是他，也会做同样的选择。就这样，李艾接受了现状，也慢慢淡忘了自己最初的悸动。

年轻的时候，什么事都想不通，上点儿岁数，什么事都很容易想通。

是因为春天就容易躁动吗？李艾和沈挚沉默地站在电梯里，看着红色数字一格一格变化，她反复咀嚼着他刚才所说的话：是随口一说，还是别有用意？电梯很快到达四层，沈挚侧身请李艾先走，两人礼貌地相视而笑，再无多言。一进教室，发现夏教授已经站在讲台上，李艾快步向何欣安走去，坐在第一排的江姗朝沈挚招手，洋红色的 V 领亚麻衫有春天的味道，瀑布似的黑发拢在一侧肩头。

"金融工程"不是门容易的课，夏教授天马行空，并不按教材顺序讲，文科出身的李艾本来听着就吃力，思绪又总被前排江姗和沈挚窃窃私语的背影打断，一上午下来，头昏脑涨。中午饭通常是以学习小组为单位，组团解决，但今天的旁听生格外多，小组格局眼看要被打乱。原本 2014 级的朱海平和陆云帆是同学，也算旧相识；章冉和陆云帆本科就是同学，更加熟悉，此刻正拉着云帆两口子说一起吃饭有要事商议；

其他同学也都和自己带来的为睹夏教授风采的朋友相约而行。李艾正犹豫该和谁"拼桌子"，只见倪一冰单肩背着书包，从阶梯教室最后一排一步两跳地穿过人群朝她走来："李艾，中午一起吃饭吧，有事请教！"

倪一冰是真有事，青春阳光的脸上有掩饰不住的忧郁。两人开车找了家离学校远点儿的清静馆子吃日餐，一落座，倪一冰还来不及翻菜单就开始吐槽："上次和王律师见面后，唉，真应了你当时说的，他们竟然先把我们告了！"

李艾喝了口水笑笑："先点菜，下午两点还上课呢，咱们边吃边说。"

原来，2013 年，倪一冰所在的 JHR 集团投资了 1.5 亿元给碧城集团的项目子公司碧江锦城苏州房地产开发有限公司，并与苏州公司和股东碧城集团签订了《增资协议》，针对苏州公司的经营状况约定了业绩承诺条款和股权回购条款。

根据业绩承诺条款，苏州公司"碧江锦城"2014 年税后净利润低于 1.8 亿，2015 年税后净利润低于 5.04 亿，2016 年税后净利润低于 4.2 亿，就应按照 8% 的年化收益率对投资人进行现金补偿。股权回购条款中约定，苏州公司任何一年净利润低于业绩承诺标准的 80%，或连续两年净利润低于业绩承诺标准，控股股东碧城集团有义务按 12% 的年收益率受让 JHR 所持有的苏州公司股权，此前已支付的现金补偿款从股权回购款中扣除。

2014 年，"碧江锦城"的经营状况不佳，税后净利润仅完成了 1.5 亿，按照合同约定，"碧江锦城"应支付给 JHR 协议补偿款 1200 万元。但出于种种原因，项目公司并未在 2015 年初支付这笔补偿款。到 2015 年底，苏州房地产市场由于限购政策急转直下，公司全年只完成了 3.5 亿净利润，远低于 5.04 亿的约定，投资方 JHR 遂与目标公司协商解决方案，却一直未能达成一致。2017 年春节前，苏州公司及其大股东碧城集团向中国国际经济贸易仲裁委员会提起仲裁，请求确认业绩承诺条款和股权回购条款无效。

"你说我是不是命不好？毕业那年赶上金融危机，好不容易拿到Lehman（雷曼兄弟）的offer，还没来得及报到，它就倒闭了。然后又好不容易进了BGC，把我派到悉尼，干了两年，刚做出点感觉，BGC就把澳洲业务整体给卖了，新东家JHR接手一年，就决定退出澳洲市场，匆匆忙忙收了尾。去年初把我派回来，我还挺高兴——中国机会多，我又是中国人，天时地利，谁想到，丢给我的第一个项目就是这个'碧江锦城'。"倪一冰摇摇头，夹起一块寿司到嘴边又放下，"私下跟你说，李艾，我干了五年投资，第一次遇上官司。哇，从来没进过法庭，我这样的良民，居然被人告了！"倪一冰苦笑着说完，惆怅中似乎又有几分兴奋。

"放心，你进不了法庭，你们这是仲裁，跟法院不是一个门。"李艾安慰他，"碧城集团肯定是看到了最高法针对甘肃某恒的那个再审判决，觉得对他们有利，才赶在你们之前先下手了。"

"他们简直是恶人先告状！按照合同，前年1月他们就应该把2014年业绩对赌失败的1200万付给我们，当时他们账上趴着1个亿现金，就是不给。但那个时候他们还是认的，一直跟我们谈可不可以晚点儿给，还主动提出未来按照年化12%多给点。我们想毕竟合作做生意，也不好逼得太紧，说到底作为投资人，和项目公司签业绩对赌也不是为了赚那8%的钱，大家看的都是更长远的利益。去年10月过后，基本上已经能看出来2016年的业绩目标肯定也完不成了，我们跟碧城谈回购，他们不接茬儿，说第四季度还有机会，销售再冲刺一把，要是年底真的没完成，同意按合同履行回购。谁想到，那是他们的拖延战术，转过年就把我们告了。春节我回了趟美国，开工第一天就收到了仲裁通知书。当年《增资协议》里的contact person（联系人）早就离职了，大老板和我们香港的 legal counsel 一通电话，说让我代表公司去答辩，我还没想明白怎么回事呢，授权书就都给我准备好了。"

通过倪一冰的叙述，李艾已经大概摸清楚了案子的来龙去脉。案件事实并不复杂，麻烦的是，在最高法院以再审判决书的形式明确了投资人与项目公司对赌无效的当下，想在仲裁庭上扳回一局，确实不是件容易的事。碧城集团的法律团队自然也是看明白了这一点，才迅速出击，占领先机。

"那你们现在是怎么考虑的呢？答辩是必需的了，是否准备请律师？"

"肯定要请啊，我们 legal counsel 是老外，还在香港，在北京的只有投资团队。上次跟王律师聊过之后，我觉得她蛮厉害的，请她可以吗？"

"可以啊，王妍专业上你不用担心，但金达可不便宜。从朋友的角度呢，我建议你们多问几家，也可以通过询价和不同的律师接触下，看看你更喜欢怎样的风格。"

"不用询了，就要金达。贵没问题，就喜欢你们的风格！咱们商量商量怎么快点推进吧，留给我们的准备时间也不多了。"

李艾托着下巴笑笑："你这是属于年轻任性，还是有钱任性呢？"

一顿午餐，初步确立了时间安排，李艾当场电话王妍，约好了下周在金达办公室见面详谈。不知不觉已快两点，两人起身离开，刚转过屏风，就看到窗边的座位上有个熟悉的身影。

"沈挚！"倪一冰已经大大方方走向前，李艾也只好跟随其后。

沈挚抬头看到这二人，眼中也闪过一丝讶异："你们俩好会挑地方哦，找这么僻静的地儿吃饭？"

"跟美女 date（约会）当然要挑个好地方咯！"倪一冰挤眉弄眼地

看看沈挚对面的女人。

那女子一身素白布中式衣服，黑色长发随意散在肩头，颇有些不食人间烟火的仙气。说话间，她已经起身，向着倪一冰和李艾礼貌地微笑。对面的沈挚只好也跟着起身，似乎有点不情愿地介绍道："这是我太太，陈怡。这两位都是我同学：投资精英倪一冰，"他停顿了片刻，"美女律师李艾。"

李艾的脑袋"嗡"的一声，这是半年前那个雷雨夜里接了沈挚电话的"沈太太"吗？面前素净的女子和电话里那个犀利的声音完全对不上。她知道我就是那晚打电话的人吗？李艾想着，下意识地往倪一冰身后躲了躲。

"你们好，很荣幸，"陈怡微微颔首，语速很慢，透着与世无争的淡漠，"我在《九天》杂志社工作，二位方便赐张名片吗？希望有机会可以采访你们，都是业界精英。"

李艾的眼神迅速扫过沈挚，他心不在焉地四下张望，似乎眼前的一切都与自己无关，还好倪一冰反应快，已将名片掏了出来："幸会幸会，沈太太您太客气了，沈大哥才是业界精英啊！"

李艾也赶紧跟着掏出名片，双手递上。

"叫我陈老师吧，比较习惯。"陈怡淡淡一笑。

简单打过招呼后，双方都没有深聊的意愿，就匆匆告了别。下楼时，倪一冰自言自语："两个人怪怪的，看来真有问题哦。"

"什么问题？"李艾明知故问。

"嗯"，倪一冰仔细想了想措辞，"听说沈挚和他太太关系不太和睦。"

"听谁说的，你们消息怎么都那么灵通？"

"道听途说啦，不过刚才看起来倒有点像真的。你说他太太要我们名片做什么？奇怪哦。"

"人家不都说了吗？要采访你这样的业界精英啊，又帅又能讲！"李艾其实也百思不得其解，心不在焉地回答。

"那倒是，可为什么也要你的名片呢？"倪一冰一本正经地说。

李艾刚想答"是啊"，突然意识到这是倪一冰给她挖的坑。她猛地站住，眯起眼睛盯着倪一冰，小伙子已经笑得前仰后合。

开车回学校的路上，倪一冰突然问："你先生是做什么的啊？都没听你提过。"

李艾沉默了片刻："我前夫是警察。"似乎还不太习惯这样的用词。

倪一冰侧头看看她，做出个很夸张的惊愕表情："美女都是抛弃男人的高手吗？"

李艾笑起来，内心感谢他这个善意的玩笑："哪有那么狗血？两地分居，慢慢就淡了。"

"嗯，完全理解，这就是为什么我不谈恋爱。这几年东奔西跑的，谈了也得分。"

"年轻的时候不谈恋爱纯属浪费生命。分手怕什么，不分手怎么能多谈几个呢？"

"哇，果然是坏女人！"倪一冰虚张声势地喊起来，两人嘻嘻哈哈地走回了教室。

下午是房地产金融课，教室里空了一半，沈挚、江姗、陆云帆、朱海平、章冉都不见了踪影。正趴在桌上休息的何欣安看到李艾回来，伸个懒腰坐起来。

"人都去哪儿了？"李艾放下书包问。

"一大半都是为了跟夏教授换名片来的，夏老走了，大家自然也就散了。"

"陆师兄呢？也换完名片了？"李艾逗她。

"哈哈，他前年就换过了。"何欣安挤挤眼睛，"唉，吃个中午饭也不清静。"

李艾看她还有话想说，顺势问道："章冉中午找你老公什么事啊？"

"章冉说手里有个特好的商业地产项目，需要融1个亿，3年退出，IRR25%，他自己已经找了2000万，让云帆帮忙再找8000万。朱海平说手里有资源，几千万不是问题，但得有个由头和通道。三个人越聊越热闹，一顿饭聊出个地产基金来，课也不上了，现在还在楼下咖啡厅继续呢。"

"什么商业地产项目，25%的回报可不低哦。"李艾顿了顿，"云帆在这方面是专家啊，他觉得靠谱吗？"

"谁知道呢，陆云帆同学就是这个性格，跟谁都合得来。你知道吗？"何欣安压低声音，"中午吃饭的时候，朱海平把他小三儿也叫来了，弄得我好尴尬。同学之间吃个午饭，又不是晚上在酒场，也不注意点影响。我跟云帆说，朱海平带二房的场合可别再叫我了，要不以后见到他老婆多心虚，好像我也成了共犯似的。"

李艾咧咧嘴角："男人都这样，兄弟比是非重要。话说你们家陆同学，真是出淤泥而不染，濯清涟而不妖。"

何欣安哈哈大笑："真不愧是律师，用词这么稳准狠。妖不妖的，恐怕只有他自己知道。"

春日午后和煦的阳光暖暖地照进教室，伴着教授清雅悠长的语调，像一首催眠曲。豁亮宽敞的阶梯教室里，"上了岁数"的同学们体力不支，纵有浓郁的咖啡飘香，还是有个别人流着哈喇子，趴在桌上昏睡了过去。在北清大学的春季校园里，他们梦到了什么？是重返青春、"恰同学少年"的日子？还是踌躇满志、血脉偾张的激情岁月？

星期一通常是每周最忙的一天，李艾在客户办公室开了一上午会，中午一点半赶回国贸，在楼下买了咖啡三明治，左肩挎着皮包，右肘下夹着客户给的资料，步履匆匆地冲出电梯：下午2点半还有会，还有很多准备工作需要完成。刚走进金达律师事务所香槟色大理石铺就的气派大厅，身着黑色套裙的前台就起身叫住了她。

"李律师，有位陈女士在6号会议室等您，上午10点多就来了。"

"陈女士？"李艾迅速在大脑里过了一遍，想不到会是谁，"有预约吗？"

前台摇摇头："她说也不是特别重要的事，我问她要不要给您打电话，她说不用。"

李艾皱皱眉，踩着高跟鞋向会议室走去，心里纳闷：谁啊？这么执着地等了三小时，也不联系我。用肩膀顶开门的瞬间，李艾愣住了，背光坐在小会议室白色皮沙发上的不是别人，正是沈挚的太太陈怡。陈怡抬头看见她，放下正在翻阅的杂志，面带微笑地缓缓站起身来。

"陈老师……是您啊，怎么也没给我打个电话，等半天了吧？"李艾迅速调整状态。

"没事，我也不赶时间。看你们都挺忙的，没耽误你工作吧？"

"没有，没有，"李艾把咖啡和三明治放在白色茶几上，"您没吃午饭吧？想吃什么，我叫秘书去买。"

"不用客气，我中午一般不怎么吃东西，"陈怡看看李艾的午餐，"老喝咖啡对身体不好，特别是女人，咖啡性寒。"

李艾抬头看看她，一身蛋青色棉布长裙，披一条靛青色羊毛披肩，素净的面孔看起来与这间办公室里的一切都格格不入，却透着股笃定。

"哦，我也不是每天都喝，下午要开会，早上起得太早，怕一会儿犯困。"李艾客气地解释。

"李律师一会儿还有会啊？那我也不能耽误你太久，今天来确实有些冒昧，你别见怪。"陈怡看李艾面带微笑，接着往下说，"是这样的，沈挚和我结婚快 10 年了，原本感情一直不错，遗憾的是这几年出了些问题。他这个人吧，其实也不算花心，只是男人稍有些成就，就有一堆一堆的女人往上扑，赶不尽杀不绝的……差不多两年前，他从家里搬走了，最近约我见了几次，很正式地跟我说离婚的事儿。"陈怡顿了顿，拿起茶杯喝了口水，手有点抖，李艾也赶紧端起咖啡抿了一口，颇有些尴尬，"这么长时间了，其实我的生活里有没有他也就那么回事，只是，我们的婚姻走到这一步，他要负全责，不是签个字换个证就可以画句号的。"

陈怡又停了下来，仿佛陷入了回忆之中。李艾微微颦眉，腰背僵直，猜测着她此行的真正目的，却也不好发问。会议室内一片死寂。

很久，陈怡才又开口道："不过沈挚倒也说了，该承担的责任他都会承担，让我提个方案。这就为难我了，这方面我什么都不懂，这种事也不好随便问人，传来传去都成了笑话。沈挚建议我找律师，我想电话里也不方便说，索性今天就直接过来了，希望你别见怪。"

李艾悬着的一颗心总算略微放下了些，可依旧觉得蹊跷："是……沈总让您来找我的？"

"那倒也不是，主要是我周围一个当律师的朋友都没有，那天吃饭正说起这事呢，就碰到了你们。我听说律师都是按分钟收费的，怕自己随便找一家，事儿还没说清呢，就被人开出个天价账单来。你毕竟是沈挚的同学，不至于蒙我，我就想不如先来咨询你。"

"不至于，陈老师，律师虽然是按时间收费的，但没有电视剧里演得那么夸张。进门就按计时器那是捏脚的，不是律师。"李艾尽量想让气氛轻松一些，陈怡却只是淡淡一笑，"您说的情况我了解了，感谢您的信任，但是真的很抱歉，我可能帮不上您什么忙。一来，我是做公司业务的，婚姻法很多年没碰过了，真不敢给您乱出主意；二来呢，我和沈总虽然谈不上交情有多深，但毕竟是同学，他还是我们所的客户，我如果代理您，很多事情要为当事人考虑，信息也要为当事人保密，跟沈总那边多少会有利益冲突，不太方便。"任凭李艾怎样用"利益冲突"这样的专业字眼掩饰情绪，那急于摆脱烫手山芋的态度还是一目了然。

陈怡定定地看着李艾，双手下意识地绞在一起，许久才开了口："那抱歉了，李律师，给你添麻烦了。我不知道你还是沈挚的律师，知道的话，肯定就不来了。"

这下轮到李艾尴尬了，心里竟觉得有几分对不起她似的："我倒也不是沈总的个人律师，应该说同德集团是我们的客户。这样好不好？您要是真需要找这方面的律师，我可以帮您介绍。都在这个圈子，也有同学朋友是做这方面业务的。"李艾顿了顿，"或者您要是有什么着急想问的，也可以随时给我电话，一些基本的法理方面的东西，我也可以回答。"

李艾还想再找补几句，陈怡却已经拎着包站了起来："好的，知道了。谢谢你，李律师，今天打扰你了。快吃饭吧，胃都搞坏了。"

李艾赶忙起身相送，刚走到门口，陈怡又回头指了指桌上散放着的几本期刊："你们所的内刊做得不错，就是副刊的内容简单了点，以后这方面有什么我能帮上忙的，随时联系，就当交个朋友。"

李艾连忙应承，一直把陈怡送到电梯口。看她努力掩饰着失落，在电梯里费力挤出笑容向自己挥手，李艾始终紧绷的情绪突然涌上了几分潮湿。她的处境和挫败，李艾并不陌生，承认那个男人不再爱你，有时比承认自己错了还难。转念想想，陈怡口中那些"赶不尽杀不绝往上扑"的女人都是谁？自己又算不算这大军中的一员呢？

金融工程

夏教授的"金融工程"是北清大学 FMBA 的主打课程，校方格外重视。这门课上起来轻松，既不点名也不提问，作业却十分不好对付。在此之前，同学们根据自己的办公位置，已自发组成了不同小组，比如国贸组、金融街组、中关村组、望京组等等，一学期下来，各组同学之间都形成了默契，每个组都有一两位同学专门负责完成作业，其他人"共享"就行。比如李艾所在的国贸组，何欣安作为班上的学习委员当仁不让地承担了这项任务。每次以小组为单位的作业，大家出去吃顿饭的工夫，何欣安就一个人不声不响地搞定了。

可夏教授偏偏不按常理出牌，他站在讲台上笑眯眯地说："我知道你们小组做作业欺负老实人欺负惯了，这次咱们不这么玩。不按小组，重新组合，我让助教随机分组，新组同学在一起嘛，大家总还是要装一装，不能太不绅士，也不能太不专业，对吧？这样才能让每个人都发挥作用。学费大家都交了，不能只让那几个人得到锻炼吧！"

夏教授得意的笑声在教室回荡，台下叫苦声一片。一门课要连上一个月，这才刚刚第二周，后边可怎么整？

"第六组，组长沈挚，组员祁安娜、倪一冰、朱海平、李艾……"李艾心里咯噔一下，回头往沈挚所坐的方向望去，发现他也正看着自己。

新上任的组长沈挚，义不容辞地承担起了组织大家同吃同喝同学习的"重任"。

"下周咱们找个晚上碰碰，一起讨论，再分分工。大家看哪天方便？地方我来安排。"

"最好在前半周吧，这次作业量不小，得多留点时间。"祁安娜把厚厚一本教科书塞进书包，商学院女生像她这样每次上课都背着学校发的双肩包的，还真不多见。

"看沈总时间，我都行，随时待命！"朱海平积极表态。

商学院里有个不成文的规矩，同学之间互不称"总"，无论对方是多大的老板。在公司开会时，李艾躲不过要叫沈挚一声沈总，但在学校还是更喜欢跟大家一起叫他老沈，或者沈班。朱海平却是个例外，无论何时何地，总是毕恭毕敬字正腔圆地喊"沈总"，给他敬酒敬茶，让电梯拉车门之类的就更不在话下。同学们常拿朱海平开玩笑，他也并不在意，仿佛在同学们的哄笑声中劲头还更足了：屁股夹得更紧，笑容也堆得更灿烂。反倒是沈挚越发不自在，应也不是，不应也不是，总被弄个大红脸。久而久之，他也不试图纠正朱海平了，因为毫无作用。

"那周二好吗？周一估计大家事都不少。"倪一冰建议。

"我 OK。"祁安娜举手。

"李艾呢？"沈挚没表态，他担心自己先说好，李艾有事也没法改时间了。

李艾没回答，却转头问倪一冰："你周二下午不是还要来我们所开会吗？"

"是啊，周二下午 4 点去你们所开会，6 点结束正好捎你过去，你不是不开车嘛。"

"哦，对啊，小伙子想得蛮周到！"李艾对他的细致生出几分好感。

沈挚脸上的肌肉紧了紧："一冰，你现在也是李艾的客户了？李律师这个商学院真不白念啊。"这话就有几分噎人了，他也不清楚自己为什么会这样说，眼见着李艾的脸一下子红了半边。

"No, no, no，是我不白念，否则李律师这样的京城名律，我去哪里认识呢！"倪一冰忙着解围，心下有几分不解：沈挚在班里从来都是老大哥形象，仗义有担当，今天难道是心情不好？

周二下午4点，倪一冰如约来到金达律师事务所，王妍和李艾已经在会议室里等他了。一周前，倪一冰所在的JHR投资集团正式与金达律师事务所签署了《代理协议》，因为项目涉及房地产，王妍所在的诉讼仲裁部拉着房地产部共同参与，客户是李艾介绍的，杜文强理所当然派出了她。

李艾回归金达已快一年，CBD摩天大楼的办公室里，每天都看得到她忙碌的身影：开会、写文件、做项目、拓展客户，还要挤出时间来写专业文章，脑力和体力都发挥到了极致。如今的李艾渐入佳境，会议室里传出的笑声越来越自信，走廊里的高跟鞋声也越来越笃定，她没用多少时间就找回了自己当年在房地产部的位置，只是这样的位置如今已不能令她满足。有一次，杜文强路过李艾角落里的办公室，听到她正低声训斥一个坐在对面哭泣的小助理："你要是实在没用，至少也要穿得看起来有些用，花瓶起码还有点观赏价值，女人不给自己打气，指望谁挺你呢？"杜文强摇摇头，内心感叹：发动机噪声小了，马力却比当年还大。

你不知道她们到底经历了什么，你也无须知道。

倪一冰来前，李艾和王妍已经查阅了若干相关案例，组织项目组开了几次讨论会。接这个案子很冒险，最高法院做出再审判决之后不久，就想让仲裁庭认可JHR和项目公司的对赌有效，成功的概率看起来微乎其微。通常在这种情况下，律所倾向于按小时收费，旱涝保收，李艾却似乎另有打算。给JHR发代理协议前，李艾坐在王妍的小办公室里问她:"关起门来说,你觉得这个案子咱们有多少胜算?"

王妍转着手里的签字笔摇摇头:"小于50%。"

李艾一把抄起桌上的计算器,噼里啪啦地按起来:"如果按小时计费,咱俩的费率都是3000元/每小时,还得被下面的小孩平均一下,正常的话这案子算400小时,大概也就是100万左右。又是熟人,再给打个折,90万差不多了。但是,如果按base(基础)收费加提成的话,基础先收个20万,这案子标得那么高,1.5亿的投资款,提成按3%算,就有450万了,这可不是小数目!"

"数算得是没错,但这案子赢的概率不大啊,按基础收费可就亏了。"

"干咱们这行的,说白了亏的就是时间,都是人力成本。这才4月,要是真输了,大不了下半年给老板豁出去干,多接活,年底奖金也别要了,不让老板亏就行。"李艾慢悠悠地说,眼睛里却有种笃定的神情。

"我发现这么多年你这家伙赌性不改啊!可问题是,为什么要这么逼自己呢? 90万是不多,但是稳赚,完成今年的业绩够了。"王妍摆摆手,规避风险是她一贯的选择。

李艾重重地靠向椅背,跷起二郎腿:"王妍同学,在金达工作有8年了吧? 我问你,明年提合伙人有希望吗?"

王妍不知道她葫芦里卖的是什么药,笑眯眯地回答:"肯定没戏!"

"为什么啊? 是你不专业、工作不努力,还是学历背景不好、资质不够?"

"当然都不是,接客我是我们部头牌你不知道啊!学历背景虽然算不上最牛的,但也绝对不差,至少比你这个本科生强,哈哈。"王妍顺便涮涮她。

李艾丝毫不恼,继续面带微笑地发问:"是啊,那为什么总不提你呢？叶惠工作时间不比你长吧，凭什么一来就是 partner ？更别提那些男生了，他们都干过什么啊？"

王妍不以为然地挑挑眉毛："我还真不稀罕那个合伙人的 title（职称），你看我们部门去年提的那个彼得张，接了案子搞不定，不还得巴巴地来跟我讨主意！"

"你说得太对了！不提你，既不是因为你能力不够，也不是因为你不勤奋，嗐，你自己都说了，是因为你不稀罕啊。可你是真不稀罕吗？我看未必吧。谁不想当老板，怎么可能甘心一辈子被'剥削'呢？前几年就算了，这几年跟咱们前后脚进所的都开始提合伙人了，再过几年，当年你带过的人都成了你老板，你还能说自己'不稀罕那个 title'吗？"李艾凑近她，嘴角挂着一丝挑衅的笑容，眼睛里像点着了火。

王妍不作声，薄薄的嘴唇抿起来，双手交叉在胸前，有点坐立不安。

"上周我被拉去做校园招聘，一看成绩单，女生个个比男生强。坐下来一聊，男生们有的说自己就是奔着合伙人来的，有的说自己打算先干几年律师再去做投资；女生呢，有一个算一个，都说自己没想那么多，只想认认真真地做好律师，将来去大公司做法务也不错。我不是说做法务有什么不好，我只是纳闷，咱们的教育出什么问题了，为什么性别成了职业选择的主导因素，甚至是唯一因素了？女人就该选择安稳的人生吗？男人就注定更 ambitious（有进取心）吗？"李艾顿了顿，目不转睛地盯着王妍，"我知道你是怎么想的，你没比那些刚毕业的女孩子出息到哪里去，你不也在偷偷面试法务呢吗？可你不觉得亏吗？在这儿奉献了这么多年的青春，结婚生孩子都让金达给耽误了，给所里打了无数胜仗，终于到了可以为自己战一场的时候，号还没吹呢，就举白旗退出吗？"

王妍挺起后背，僵直了几秒钟，终于还是深呼一口气泄了下来：

147

"唉，术业有专攻，可能我真的不太适合做合伙人吧。让我做具体的案子我绝对能胜任，可合伙人需要的能力很多元，要 social（社交），要 marketing（拓展客户），这些我确实不擅长。不过话说回来，如果有一天真要离开金达，或者彻底不做律师了，肯定还是会舍不得。其实吧，这些年这么累，这么大压力，我也没什么想要功成名就的野心，之所以还能一直坚持，说白了，还不是因为真心喜欢那种打仗的感觉嘛，号角一吹，大家就都跟打了鸡血似的全力以赴，在办公室里通宵达旦，定方向、定策略，跟对方律师在法庭上短兵相接。全中国有咱那么多同行，不是每个人都有机会参与这么多又精彩又经典的案子，想起这些，还是挺过瘾的……"王妍仰起头，深深叹了口气，"李艾同学啊，不是每个头牌，都有机会有资本混成老鸨的，找个富贵人家收了当妾，才是大部分人的出路。"

李艾被她的比喻逗乐了，哈哈笑着耸耸肩："这也无可厚非，只要真想明白了就行。怕的是临阵怯场，将来又不甘心。我还告诉你，妾也不是那么好当的，法务在企业里那是中后台，要配合前台工作，受重视的程度不会太高，接触的案子也有限，可不比律所，律师就是最前台，就是核心资产，就是生产力。反正我是想明白了，我就是要拼一把合伙人，咱也不怕谁笑话，像你说的，我想当老板这事都在脸上写着呢，也没什么可藏着掖着的，无论输赢，绝不能不战而逃。"

王妍看着面前的李艾，感慨万千。当年李艾和自己前后脚进所，一来就是最光芒四射的那个。从来没见她服过谁，从来没见她认过输，仿佛天生就是个战士。就在所有人都认定她前途坦荡、直登巅峰时，她又做了件让大家瞠目结舌的事：为了爱情远赴他乡。这件事打从一开始就不被所有人看好，男律师们暗自庆幸少了强有力的竞争对手，女律师们却私下羡慕李艾的"浪漫人生"。痛失爱将的杜文强在各种场合拿她的故事说事儿，还扬言房地产部从此再不招女生！就在她的事迹已被人逐渐淡忘时，消失在大家视野里四年的李艾，又带着一身故事和一个孩子卷土重来，以常人无法企及的拼搏，快速回归头牌律师战队。与四年前相比，经历了重大坎坷的她不再把野心和勇气挂在嘴边，收复战场的决心却更坚定了。搭上了事业的失败婚姻，足够一个女人躲在角落里舐舐伤口三五年，她怎么能如此轻描淡写就翻了篇？即便是跟自己这样的闺密，也顶多自嘲几句，从没有哭诉过，也没说过后悔，甚至是这道别人都急于掩饰的伤痕也成了她人生的徽章。李艾有时会开玩笑说：我是失过业离过婚的单亲妈妈，你们吓唬不住我。

大概有些人生来就是要成为传奇的，而我只要踏踏实实地见证传奇就好，王妍经常这么想。

"李艾，我特别好奇你妈当年是怎么把你养大的，这个教育方法应该大力推广啊。将来我要有个女儿，就去拜你娘为师！"

李艾哈哈大笑："你不会想知道的，你也舍不得。说正事，明年如果想提合伙人，90 万的收入算不上什么，但如果赢了，拿到 500 万就不一样了，所以这个案子我需要赌一把，它也值得赌，本身意义重大。输了，大家会说正常，没人怪我们；赢了，那可是名利双收。怎么样，赌不赌？"

王妍被李艾的勇气打动，竟然也有了种头皮发麻的兴奋感："好吧，好吧，跟着你刺激一把，大不了'晚节不保'，今年没奖金了。你记着，明年我要是'没出息'地跳槽当了法务，就是让你给逼的！不过话说回来，万一赢了呢，咱也体会一下当传奇的感觉，谁叫我交友不慎呢。"

倪一冰刚在金达律所的会议室落座，就在桌上发现了一沓厚厚的文件，有几个相关判例的资料，还有"碧江锦城"的初步案情分析，以及相关协议条款的附件。李艾没给倪一冰看资料的时间，开门见山地说："甘肃某恒的案子判完，我们并不占先机，但这个案子咱们还是有机会。香港几个和我们类似的案件，投资人与原股东的对赌、投资人与项目公司之间的对赌，都得到了法律支持。这些判例虽然没有直接的参考意义，但法理是相通的。对赌就是估值调整，在经营状况与预期发生重大变化时，做出估值调整，是双方在投资前都认可的方式、真实的意思表示，受到合同法保护。另外，正如上次你自己说过的，在实践中，估值调整的基础和依据，是和项目公司的收入直接挂钩的，不认可投资人与项目公司的估值调整条款，与原股东之间回购款的测算也就缺少合理依据。"

"那为什么最高法的再审判决里，投资方和项目公司的对赌被判无效了呢？"倪一冰还是不解。

"最高法这么判，自然有它的道理，但每个案子都有自己的特点，并不完全相同，所以结论也不会完全相同。一冰，你看最高法再审判决书第十二页第二段第六行，我们已经 highlighted（高光标记）了，'该收益脱离了某恒公司的经营业绩，损害了公司利益和公司债权人利益'，这句话很关键。某恒案，投资人与项目公司约定 2008 年实现的利润是 3000 万元，而 2008 年项目公司的实际利润只有 2.6 万，根据合同约定的估值调整条款，项目公司应支付给投资人 1998 万的补偿款。一个只有 2 万块利润的公司，哪里付得起这样的补偿款？势必也会损害公司其他债权人的利益。但'碧江锦城'的案子不同，你们 JHR 和项目公司的约定是，'如果未能实现约定净利润，项目公司应根据投资款实际使用时间，按照年化 12% 的回报率补偿投资人'。也就是说项目公司和碧城集团，应该补偿 JHR 自 2014 年 4 月 1 日起至今的资金使用费用，本金和利息合计大约 2 亿人民币，相较于项目公司 2014 年和 2015 年总计 5 亿元的净利润而言，补偿款并没有脱离实际经营业绩，也不会损害公司利益和公司其他债权人的利益，换句更直白的话讲，这个钱，他们完全赔得起。"

听完李艾的分析，倪一冰有点振奋地坐直身体："这么说，我们还是有希望赢的咯！"

"总之还是值得拼一把。咱们现在利益高度绑定，这个案子的代理费，base 只收了你们 20 万，要是输了，我跟王妍也不用在金达混了，到时候还得请倪总在 JHR 给我们俩找个端茶倒水的活儿。"李艾扭头看看王妍，打趣道。

"不会输的，有二位出马，我就有信心。再说我们也不是敲诈他们，签合同的时候他们都算过账，这基本是他们自己提的方案。说好的又不算数，赔得起却不赔，那不是赖账嘛。"

"是，不过占占理也要讲究方法，每个案子都有自己的特点，我们律师，就是要根据案件的实际情况进行动态分析，不能思维固化，要有谋略、有技术、有手段，有时候，还要讲点艺术。"王妍的声音抑扬顿挫，像是粉墨登场的演员。

"全凭二位做主！"倪一冰不知最近看了什么剧，学着古人的模样作了个揖，模样滑稽。

王妍李艾相视一笑，将她们的办案思路详细说给倪一冰一行人听，并吩咐参会的助理律师根据既定的策略忙活起来。转眼就到了 6 点半，会开得差不多了，倪一冰的手机也适时地振动起来，原来是沈挚电话询问他们到哪儿了。倪一冰一边接听一边起身收拾电脑，示意李艾也准备出发。李艾凑到王妍耳边："王大律，这儿就交给你了。请个假，我得乖乖写作业去了。"

"走吧走吧，明天晚上我相亲，你替我值班哈！"王妍冲她挤挤眼睛，低声道。

李艾拎着包和倪一冰并肩走出会议室，刚到大堂，迎面就碰上了一身白色套装的叶惠。"下班啦？"叶惠甩了甩长卷发，挂着一抹意味深长的笑容，似是无意地问。

李艾指着倪一冰说:"这位是 JHR 的倪总,还得跟他去开个会。"

等叶惠走远了,倪一冰扯起嘴角低声打趣:"女人之间斗狠真可怕。"

"什么女人之间啊?人家是老板,我是打工的,不能给老板留下不勤奋工作的坏印象是不是?"

走廊尽头,看着李艾和那个年轻帅哥的身影消失在视线中,叶惠轻叹一口气,向林松杉的办公室走去,远远瞥见房地产部的小秘书正站在他办公桌旁指着桌上的文件说着什么。小姑娘见叶惠进来,满脸堆笑地打招呼。

"看什么呢?"叶惠也凑过去。

"我们部门今年 outing(出游)的 schedule(日程安排)。"

"天,你们杜律师真有意思,这种事情让男生定,不怕连日子都会算错啊?"

"杜律师本来让我找李律师和林律师一起商量,李律师一直在开会,请林律师定就行了,"小秘书笑嘻嘻地奉承道,"我们都说林律师比李律师还细心呢!"

"行了,就按这个安排吧,最后一晚坐晚班机回来,在清迈多玩半天,也省点钱。"林松杉合上笔帽,把日程递给秘书。

等小秘书走出办公室,叶惠皱着眉关上门:"你也真是,操这些闲心,有时间你写点文章好不好?这些事李艾怎么不管,你一个大男人跟一帮小丫头弄这些没用的。"

"嘻,几分钟的事。李艾又要上课,又要管娃,也不容易。何况这几年她不在,这些事也一直都是我操心,轻车熟路了。"

"你是真傻还是假傻啊?李艾上 MBA 那是给自己贴金,她管的也不是你的娃,你瞎积极什么?你们房地产部好几年没提合伙人了,本来今年就该轮到你,杜文强为什么不报,还不是为了给李艾机会嘛!全所的人都看得出李艾是奔着什么来的，明年你们两个人只可能提一个，就你自己跟没事人似的。"叶惠压着心头火。

林松杉最了解李艾，怎么会不明白这个，他只是不愿意去想这些恼人的纷争："该提谁提谁呗，把自己的工作做好就行，提不提合伙人对我来说也没那么重要。"

"对我来说很重要！"本已坐进单人沙发的叶惠噌地站起身，声音控制不住地高起来，"你比我挣得少，比我级别低，我可以陪着你无所谓，你觉得我爸会无所谓吗？我在我爸面前从来没低过头，你不要成了我的短板！"

叶惠顿了顿，看林松杉被自己说得面红耳赤，方觉得话重了。她叹了口气转了话锋："如果有一天，你和李艾都成了合伙人候选人，要我投票，我还真不知道该投给谁。你知道为什么吗？不是你没有能力，而是因为你没有欲望，对什么都无所谓，更别说野心了。松杉，你是个好人，可这是职场，没有欲望，就等于没有进取心！"

7点半，李艾和倪一冰匆匆赶到同德集团北京项目公司售楼处改建的会所，其他小组成员都已到场，沈挚体贴地为大家准备了简餐。整个晚上，李艾和同学们谈笑风生，却始终回避和沈挚四目相对。周末上课时，李艾本想找个机会跟沈挚聊几句，说说陈怡找过自己的事，但沈挚的态度始终忽远忽近，自尊心极强的她也不想让他觉得自己是在找借口套近乎。工作已够费神，这男人的心思也懒得去猜，那么就兵来将挡水来土掩吧。晚上10点，作业讨论得七七八八，大家各自领了分工，准备散去。朱海平在会所的真皮沙发上伸个懒腰，又重新跷起二郎腿，一副依依不舍的样子。

"还是我们组幸福，沾沈总的光，这儿环境多好，又没人打扰，还有吃有喝，其他组还不知道在哪个咖啡厅里蹭 Wi-Fi 呢，要是以后别的课也按现在这个组来就好了。"

"人家'沈总'本来和班花一组，现在跟你分在了一起，不知道多郁闷呢，你还想赖着不走，要知足哈。"倪一冰逗朱海平。

"班花？谁是班花？难道不是李艾吗，不是安娜吗？"朱海平夹紧屁股微微欠身，反将他一军。

倪一冰方觉得自己语失，脸立时红了："海平你别挑拨我们啊！李艾和 Anna，不是简单的好看，她们是有独特气质的！"

"你小子当心把自己绕进去，"沈挚笑起来，"这言下之意，有人只是简单的好看咯？"

"我可没这么说啊！"倪一冰连连摆手，"不可以这样欺负国际友人，我中文不好，有本事咱们说英文。"

祁安娜一本正经地说："Okay, you can explain in English now."（好呀，你现在可以用英文解释一下。）

倪一冰朝安娜清瘦单薄的后背拍了一巴掌："Don't play with me okay? Thanks!"（不要耍我了好吗？谢谢！）

大家笑作一团。朱海平凑到沈挚身边问："沈总一会儿怎么走？我看你让司机先走了，我送你吧！"

"不用，不用，我自己开车，"沈挚连声拒绝，"一会儿我还要跟李艾顺道说点公司的事儿，约李律师时间也不容易。"

李艾一愣，不知该如何接话。

"沈班原来也是李大律的客户啊？"朱海平追问。

"我是老客户啦。李艾，去年找你们金达注册的那个基金管理公司，当时不是说有税收返还吗，现在当地政府换班子了，落实不了，这个算不算他们违约呢？"

"这个，我得回去看看政府当时出的承诺函，看他们具体是怎么写的。着急吗？"面对沈挚突然踢来的球，李艾有点摸不着头脑。

"这事儿有点复杂，我送你回家吧，路上边走边说，也不早了。"

夜幕里，几个人在同德会所门口道了别，倪一冰送祁安娜，沈挚送李艾，其他人也各自散去。初夏的夜色清爽，李艾突然意识到自己已很久没有坐进这台黑色沃尔沃了。车内依旧一尘不染，手边的白色方巾依旧散发着清香。沈挚自从上车就一直沉默，李艾决定还是由自己来打破尴尬。

"你刚才说的情况，要看他们当初文字上是怎么承诺的，但这种事多半还是得靠协商解决，毕竟在人家地头上，赢了官司输了关系，以后很多事都难办。"李艾看沈挚沉着脸不说话，只好先开口，"当然，像你们同德这样的大国企例外，估计小地方的政府也不敢得罪你们。"

沈挚淡淡一笑，终于开了口："嗯，你最近，怎么样，家里还好吗？

他这突然的一问，倒弄得李艾有些回不过神来。

"这大半年你也不理我，学校里装得不认识一样，累不累啊？"

"没装不认识啊，这不该说说、该聊聊嘛。"她沉住气，决心把球踢回去。

沈挚了解李艾，不过上几个回合，她是不会主动卸下盔甲的，那还是自己缴械投降吧。

"陈怡上周找过你，是吧？那我们的情况，你也知道了。我跟她分居两年了，现在是时候做个了断，我本来想找个合适的机会自己跟你说，没想到她竟然去找你了，"他自嘲地摇摇头，"这样也好，这事儿现在还没什么人知道，我也不想闹得满城风雨。你知道，就够了。"

沈挚这话模棱两可，好在李艾也算是经历过世事的人，何况与沈挚之间也过了最想不通放不下的阶段，还有什么情爱上的诱惑能让她放下自尊盲目冲动呢？

"放心吧，我不会乱说的，为当事人保密这点职业操守还是有的。

另外，我也并没有做陈怡的代理，毕竟还有你的关系，多少有点利益冲突。"

沈挚看着车窗外浓重的夜色兀自笑起来："确实有利益冲突。陈怡也是傻，怎么会想到去找你？"他似是不经意地瞟了她一眼，"说说你的情况吧。我听说你离婚了，最近的事儿？"

李艾挑起嘴角："消息挺灵通啊，春节我回东莞就是去办这事的。"

沈挚故作沉重地应了声，车内静下来，只听得到转向灯"嗒嗒"的声音。车里有点闷，李艾挪了挪位置，似乎还是不舒服，又抬手按下车窗。哪怕如坐针毡，她也不想主动打破沉默，这是场角力，为什么不重要，但输赢很重要。

"彤彤还好吗？"终于还是沈挚没沉住气。他拧开收音机的瞬间，李艾听到了一声叹息。

"挺好。上次去医院，谢谢你啊。"她轻描淡写地回答。

"别客气。"沈挚又像是自嘲地笑，夜色里有了音乐声，他方向盘打得流畅了些，人也变得柔软了些，"这句感谢我等了好久啊。"

"一直没机会说嘛。"李艾语气轻快，带着刻意的客套和疏离。

"那今天也不能算，太不正式了，周末下课请我吃饭吧，吃顿贵的，看看你有没有诚意。"

李艾斜睨他，脸颊上终于浮出了带点嗔怪的笑意。他们之间，原本有千言万语可以讲，错过了一个路口，又兜兜转转这么多日夜，还找得到来路吗？过去他为什么疏远，此刻又为什么接近？李艾明白，他和沈挚之间还有很多未解的谜题，不过她不打算问，因为答案，也并不见得能帮他们找到未来。

眼看到了小区门口，黑色沃尔沃徐徐停下，沈挚抬起的手在半空中停顿了片刻，最终只是轻轻拍了拍李艾的肩膀，眉眼间的温柔和笑意像是要给两个闪躲的人打气，又像是取得小小胜利后的得意："早点回去休息吧，别给自己太大压力了，还是需要对话的，不对话，误会就会越来越多，你说是不是？"

李艾不搭他话，高手过招，谁先动谁就输。何况太快有答案的，大都经不起时间的考验。

"好，你也早点休息，周末请你吃饭。"

目送黑色轿车消失在夜色里，李艾收起旌旗轻声叹气。她到底不再是二十啷当岁了，人生的谜题太多，凭谁也要不到所有答案。这个故事太多气场太强的男人，这个事业有成风度翩翩的男人，他心里也许有答案，也许没答案，然而都不重要，因为选择，其实只在自己心里：李艾啊李艾，你还有没有勇气，重整旗鼓披挂上阵，和这样一个势均力敌的男人，玩一场叫作爱情的游戏？

李艾自己，也没有答案。

启航 1 号

　　自从被北清大学拒之门外，谭永辉久久不能释怀，每次见到李艾都要念叨几句：你说咱俩背景一样，本科都是学法律的，毕业后又都一直在律所，工作年限也差不多——不对，你中间还歇了几年，我可是一直埋头苦干，凭什么要你不要我呢？难道就因为你长得比我好看？这也太不公平了吧！李艾每次都逗他：你有没有听过一句话，美貌是一种最直接的天才？其他方面的天才都很难立刻被验证，颜值却是一目了然，要不然怎么会有那么多人花大价钱整容？这你要服气。

　　谭永辉不服也没办法，好在北清大学的 FMBA 课程是在大学校园里授课。与一些在写字楼授课的相对私密的商学院不同，你要真有心学知识，教授也不会拦你。谭永辉已经跟着 2016 级的学员蹭了一学期的课，除了不参加考试外几乎什么也没落下，上课认真听讲做笔记，课后主动参与到小组作业中贡献力量，久而久之，成了班里人人认可的编外成员，班级搞活动也少不了会叫上他。这当然得益于谭永辉执着踏实的性格，但他和班主任刘鑫的熟人关系也帮了不少忙。

　　刘鑫和谭永辉是多年老友，当初他报考北清大学的 FMBA，也是刘鑫建议的。两人身材气质都有几分相像，又有很多共同爱好，经常一起打排球、骑行、健身，犹如兄弟一般。刘鑫"利用职务之便"告诉谭永辉他所带班级的课表。有了班主任的暗中支持，这课蹭得就更加顺理成章了。不过李艾还是很佩服谭永辉：在繁忙的工作中坚持每周末都来上课，本就是件需要毅力的事，更何况无论谭永辉怎样努力，两年之后，他都不能像其他同学一样拿到毕业证。如果不是真心渴望学习知识，很难坚持下来。

"金融工程"课程过半，同学们已经深刻领教了夏教授和蔼可亲笑容背后的严格，文科出身的李艾越来越力不从心。她看看旁边认真做笔记的谭永辉，内心涌起万千感慨："老谭，我们是没办法，你说你图什么呢，这不是自己折磨自己吗？"

谭永辉合上笔帽，凑到李艾耳边低声说："图个痛快。"

"痛快？"李艾不解。

"看到你如此痛苦，下个月还有闭卷考试等着，我就无比痛快，哈哈！"

李艾一胳膊肘捣过去："老谭，我发现你这人长得一脸'严肃紧张'，内心却相当'团结活泼'，典型的闷骚！"

谭永辉一乐，整整衣领，李艾突然想起了王妍交代给她的"正经事"。

"说真的老谭，上次我跟你说介绍女朋友的事，你考虑得怎么样啦？"

谭永辉不耐烦地摆摆手："李艾，你说你这么有传奇色彩的女人，怎么也自带一股浓郁的中年妇女气质呢？"

"随便你怎么说，反正今天你得给我个交代！"

谭永辉转头看看她："你要给我介绍什么人啊？收了人家多少钱，这么执着？"

机会来了。李艾连忙掏出手机，翻出一张王妍戴着墨镜坐在海边的侧影，故作神秘地说："我给你介绍的人肯定靠谱啊，怎么样，不错吧！"

谭永辉扶了扶眼镜凑近端详，突然像触电一般瞪大了眼睛，猛地向后闪身："这不是……她呀！"

"怎么了？至于反应这么大吗？"李艾有点莫名其妙，心想即便是同事也不至于如此吧。

"这个……哎呀，"谭永辉纤长的手指指着手机屏幕欲言又止，看李艾一脸不解，终于还是凑到她耳边说，"你们杜老板家里出事你不会不知道吧？"

"连你也知道这事儿了？"

"全所都知道好吧！你是不是很久没关注那个'爱杜菲菲'的微博了？"

"我关注她干吗？一个小空姐骂街，既没营养也没创意。"李艾一脸不屑。

"你不知道，这故事已经发展到第二季啦！小空姐不知从哪儿搞了好多杜文强和他若干前女友的照片，上周全发微博上啦！杜老板生性风流，大家也都知道，可怎么能让人抓了这么多把柄，真让人费解。"谭永辉努力压抑着激动的声音。

李艾皱了皱眉，回想起杜文强最近经常外出，心思也都不在案子上，鬓角露出的白发也没顾上染，心里有几分不忍。所谓"真爱"和"丑闻"，其实只有一线之隔，这个危险的游戏，控制不好心态和节奏，随时有可能跌入深渊，万劫不复。

"不是，这跟王妍有什么关系啊，怎么扯到这儿来了呢？"

谭永辉一拍大腿，两条眉毛快要拧在一起："王妍也在那照片上啊！你跟她关系那么好，你不知道？王妍和杜老板有一腿呢！"

嗡的一声，李艾蒙了。

"叮——"，下课铃声响起，夏教授在讲台上风度翩翩地布置作业，台下一片哀叹，李艾却一个字也没听进去。王妍和杜文强？这是什么时候的事？如此不堪地被牵扯进来，王妍知道吗？正想着，手机传来微信提示音，她心不在焉地拿起来看：

一会儿请我吃饭吗？

她握着手机发呆。一个尚未离婚的男人，一段同样危险而敏感的关系，这诱惑里本来就充满不确定，此刻似乎更嗅得到血腥。李艾不知该如何回复，更不知该如何选择。

"同学们，耽误大家两分钟！"章冉洪亮的声音在讲台上响起，打断了李艾的思绪，"有个好消息跟大家报告一下。是这样，咱们读北清的 FMBA 呢，一方面是为了学习，另一方面也是希望通过这个优秀的平台，和业界的各位翘楚资源共享、建立合作。我们在这方面呢，走得快了一些，和 14 级的师兄陆云帆，还有咱们班的朱海平筹划发起了一只地产基金，今天是正式启航的日子，搞了个小小的发布会，就在旁边的文津酒店，一是为了感谢北清为我们提供了这么好的一个平台，二来也是希望日后同学们大力支持，多多合作！我在此呢，诚挚地邀请同学们移步文津，给哥们儿捧个场，好不好！"章冉两手一挥，颧骨上的横肉都挤了出来，一张厚嘴仿佛要咧到耳根。

"好！"台下不少男生跟着起哄。章冉虽然不太招女生待见，在男生里人缘还算不错。

"李艾，一起去吧。"前排的何欣安转过身来轻声说，"要不然我无聊死了。"

陆云帆的主场，何欣安肯定得去，正好，李艾也想看看他们这只快速落成的地产基金究竟是怎么个玩法。

"陆总的项目，必须去捧场啊！"李艾说完，突然觉得有道目光穿过人群投向了自己。是的，她还不确定是否做好了和他单独相处的准备，这样喧嚷热闹的集体场合也不失为一种保护，可以给自己多一点时间思考。

李艾拿起手机回微信:"今天不行,要去给欣安捧场,先记在账上吧。"

文津酒店虽然挂五星,装修却不算十分富丽堂皇,建在高校云集的五道口,客人大都是来此访问讲学的高级知识分子,因此也自带了几分清雅的文人气质。北清大学商学院的同学们三五成群,步行来到文津酒店二层的宴会厅。厅内装饰一新,正中间的小舞台上摆着个镂空冰雕,隐约看得出写有"启航 1 号"四个字。门口的长条桌上铺着雪白的桌布,淡紫色的兰花旁放着木色圆盘,红纸签上印着"请赐名片"。两个身着白色套裙的高挑美女一一为来宾分发伴手礼,胸前淡紫色的工作吊牌上赫然印着"鑫鼎资本"。

"美女助理都是你们公司的?"李艾接过纸袋,看里面有一份"鑫鼎资本"的简介、一份"启航 1 号"的项目介绍、一份游艇俱乐部的会员资料、一张高端住宅项目的广告、几张有机蔬果餐饮公司的代金券,外加一只外观精巧的 U 盘。

"不是,临时租的,他们哪雇得起这么好看的女秘书?"何欣安挤挤眼睛。

"他们动作挺快啊,这才两个月,已经干起来了。你们家陆总是全职干这个了吗?"

何欣安摇摇头:"信元资本是这个基金的基石 LP(有限合伙人),在管理公司也占了股份,所以云帆相当于股东派到鑫鼎资本的董事。"

"那章冉和朱海平是什么角色?"

"章冉 full-time(全职)了,他现在是总经理,也是管理公司和 GP(普通合伙人)公司的股东。朱海平跟基金没什么关系,就是帮着融资,他在银行渠道多嘛。"

"帮忙帮得这么积极？"李艾看着朱海平夹紧屁股忙前忙后的身影，自言自语道。

何欣安犹豫了一下，低声跟李艾说："他融到的钱也会给他返点，而且他也有点股份，由章冉代持着，否则哪有动力啊？"

"难怪了，朱海平一看就是无利不起早的人，可是他代表新盛银行给鑫鼎募资，难道没有利益冲突吗？"

"当然有了，所以股份要代持嘛，这样从法律关系看没有利益输送的基础，返点的事也不能对外讲，保密啊！"何欣安压低声音。

"放心吧，我嘴紧。其实哪家都这么干，只是谁也不公开说，这就是这行的潜规则吧。"李艾转念一想，陆云帆把信元资本拉来做基石LP，还投了管理公司，贡献最大，想必章冉那部分股份里也少不了有为他代持的。想到这一层，也不便和何欣安再深聊下去。

半小时后，仪式正式开始，江姗穿着藕荷色小礼裙，步履轻盈地走上台，大概是看在同学情谊上客串了主持，专业人士出场，档次立现。夏教授被首先邀请致辞，核心团队都是他的学生，自然亲切有加。夏教授讲了宏观经济、市场走向，又讲了北清校友间的友谊与合作，虽然几乎没怎么涉及鑫鼎基金本身，也算给足了面子。紧接着，陆云帆作为信元资本的代表讲话。稿子是精心准备的，有温度也有力度，一身浅灰色西装的他儒雅知性、风度翩翩，台下的何欣安也笑得一脸幸福。

终于到了揭幕"启航1号"基金的时候，主持人江姗邀请夏教授、陆云帆以及鑫鼎资本的总经理章冉上台，礼仪小姐已经端着红酒瓶翩然而至。三个人一起对着冰雕的入口倒酒，红色的线条在透明的冰骨中迅速奔跑，串联出一个清晰的"启航1号"来，台下照相机的闪光灯伴着掌声响个不停。最后，章冉代表鑫鼎资本发言，他不知何时换了套靛青色的双排扣西装，双鬓的胡须显然也精心修剪过，举手投足都透出自信。章冉讲话完全脱稿，看起来意气风发、踌躇满志。

仪式结束后是自助酒会，夏教授还有活动要赶，匆匆离席。饥肠辘辘的同学们都不见外，会场立刻活跃起来。

"恭喜啊，云帆，你们效率真高！"李艾端着一杯红酒向陆云帆走去。

"主要是章冉执行力强，我就是做些支持工作。"

李艾注意到，何欣安走到老公身边后，两人很自然地牵起了手，丝毫不显得做作甜腻，倒让人如沐春风。

"还要敬你们二人一杯，真正是琴瑟和鸣的神仙眷侣，好让人羡慕。"李艾由衷感慨。

"没错，这杯酒值得敬。知音难觅，你们这是难得的福气，让人羡慕！"一个声音从身后传来，是沈挚。李艾并未回头，却能感觉到他的目光短暂停留在自己的脸颊。

四个人刚碰完杯，就看到章冉拉着江姗穿过人群朝这边走来。"老陆，老沈！Stay hungry, stay foolish, be successful, be rich!（保持欲望，孤注一掷，终将成功，财富自由！）"他的口音很蹩脚，嗓门又太大，沈挚哭笑不得地摇摇头，陆云帆两口子也只好尴尬地微笑。

"来，咱几个干一杯！干了啊，必须都干了！"章冉的脑门鼻尖都红了，越发显得脸颊油腻腻的。他顺手从身旁走过的侍者托盘中拿起两杯红酒，一杯递给江姗。

江姗连连摆手："我不喝酒，就意思一下吧。"

"同学之间不许装！今天是好日子，对我和云帆是多么重要的一天。这面子你必须给，干了！"章冉已经有些飘飘然了。

江姗秋水含烟的大眼睛里浮出几分愠色，她扫过章冉，又看看陆云帆，到底还是摇了摇头："我今天身体不舒服，改天吧，改天单喝。"

陆云帆有点看不过去，拦着章冉："人家不想喝，你就不要强求，哪有灌女生酒的？"

"哎呀，江姗今天在这儿是装矜持呢！她什么量你不知道？她喝倒咱们两个都没问题，这一杯红酒算啥！关键还是我说话不好使，云帆要不你劝劝，或者沈总说两句，肯定都比我强！"

陆云帆面露尴尬，局促不安，沈挚倒笑着打趣："我这是'躺枪'啊，江大美女喝不喝，我说了怎么会好使呢？"

没想到刚才还板着脸坚决推辞的江姗，突然摆出凌厉的假笑拿起杯子："沈班的面子当然要给，沈班让我喝，我就喝！"

她一仰脖干掉了一整杯红酒，李艾隐隐觉得那笑容里有几分怨怼，与她平时温柔客气的样子很不同。

这下轮到沈挚尴尬了，他下意识地看了李艾一眼，表情有些紧张："江姗咱不敢乱开玩笑啊，都是同学，来来来，大家一起意思下，重在氛围，重在氛围。"

觥筹交错间，李艾总觉得气氛微妙。何欣安向来害怕冲突，此刻盯着自己手中的红酒杯，保持着息事宁人的微笑。他们六个人站在一处，看似谈笑风生，实则暗流涌动。

晚上9点，客人们陆续散去。沈挚凑到李艾身边，似是不经意地问："我送你回家？"

李艾四下看看，还未等开口，何欣安就过来招呼："走吧，李艾，我捎你回去。"人多眼杂，两人目光交汇的瞬间又迅速躲开，沈挚也不好多说，只能眼看着李艾跟随他们夫妻钻进那辆金色宝马，消失在滚滚车流之中。

夜色里的西三环车水马龙，沉默地坐在轿车后座上的李艾，看着前排有说有笑的夫妻二人，心绪不宁。逃离了不快乐的婚姻枷锁，李艾有种重获自由的轻松，可眼角的鱼尾纹、脸颊上的细斑似乎也在时刻提醒着自己，不要对感情生活有不切实际的期待。

她时不时拿起手机，沈挚却并没有发来只言片语。李艾说不清自己究竟在等待什么。春节和伍迪办离婚手续时，她身心俱疲地认定自己三五年之内都不会再碰爱情，可当他默默走到自己身后，当他投来欲言又止的眼神，当他们在轿车内狭小的空间独处，流光让这个世界转了颜色，那是跳动着玫瑰色光斑的金色流光，让夜色也在朦胧里变得温柔起来。

是春天的缘故吗？有些沉寂了许久的心情，又隐隐跟着悸动。李艾看着窗外，眼前挥不去的，却是他站在人群中的颀长身影。方才那一刻，那个向来波澜不惊的男人却流露出了少年般的焦灼和无奈，显得有几分寥落。李艾想看清他在夜色中的眼睛，却似乎越来越看不清。

何欣安的声音打断了她的胡思乱想："欸，李艾，沈挚是已经离婚了吗？"她侧过身子问坐在后排的李艾，不知他们刚才在谈论什么。

"呃……"李艾心头一紧，像是心事被人窥见似的。她顿了顿，轻描淡写地回答："应该还没有吧。"

"没有吗，你们确定？"正在开车的陆云帆接话，"那肯定也是分居很多年了。"

"你跟沈挚熟吗？"李艾换了个坐姿，身体不自觉地往前欠了欠。

"我跟他不熟，但我有个朋友跟他挺熟的，之前也在同德，前几天吃饭聊起来，说他挺不容易，一直一个人，心思全在工作上，有时候应酬晚了，就在办公室睡，喝多了也没人照顾。他哪年的来着？岁数应该不小了，没个正经家，也没个孩子。"说到这儿，陆云帆突然卡住了，下意识地转头看了一眼何欣安。何欣安原本正专心地听八卦，看到丈夫歉意的眼神，一下也不知所措。

李艾见状忙岔开话题："沈班这样的男人，想要再找个女朋友还不容易吗？"这话，多少也带着几分发自内心的感慨。

陆云帆从后视镜里投来一眼："你们女的，是不是都觉得男的找女朋友特容易啊？"他兀自笑着摇摇头，不等李艾发问，接着说下去，

"哪那么容易呢？我倒是挺理解沈挚的，找个20多岁的小姑娘吧，谈谈恋爱可以，组织家庭生活，想想都觉得不对劲；成熟一点的想法又太多，谁心里都藏着一堆事，瞻前顾后，也凑不到一块儿。特别是像他在央企做到这个位置，哪敢随便乱来？这个年纪的男人，事业没了，就什么都没了。"

"嘿嘿，没看出来，你还挺有研究呀！"何欣安已经从方才的情绪中缓过神来。

"没吃过猪肉，还没见过猪跑吗？我也在国企，比较理解他而已。"

两口子有一搭没一搭地聊到了别处，李艾又陷入沉默。夜空中的明月在一栋栋摩天大楼间穿梭，霓虹染红了天边，让月光也黯淡下去。人因为有了心事，繁华喧闹的大都市仿佛突然就远了，只看得到城市边缘那清冷的月影。此刻，他应该正独自一人驾着那辆黑色沃尔沃，或许听着电台情歌，或许把自己关在寂寥里，偶尔，会不会也抬起头，看一眼天边的月亮？那样清澈、遥远，又孤独的月亮。

金色宝马停在世纪城门口，李艾下车和陆何二人告别，看着车子徐徐离开，她才转身往小区里走。世纪城挨着玉泉河，小区路两边的杨树都有了年头，密密匝匝地直入云霄。开春才长出的叶子泛着新绿，又轻又薄，夜风里轻轻摇摆，时不时带起几片杨絮，伴着河水淡淡的潮气，飞舞在夜色里。

幽暗的路灯照着蜿蜒的小路，路两边停满了不愿去地下车库缴费的汽车。不远处一辆黑色轿车的黄色尾灯闪了两下，车门开了，走下一个男人。他挨着车站着，有点局促地把双手插进裤子口袋，路灯下的影子被拉得好长。李艾愣住了，她下意识地放慢脚步，月亮偏偏就在这一刻从游云深处探出头。月光瞬间倾泻下来，照亮那个身影，也照亮了她的心。

"你怎么……在这儿？"李艾压着步伐向那个身影走去。

沈挚嘴角牵起个笑容，右手拇指反复摩挲着车钥匙，竟有几分藏不住的紧张："跟你说话不容易啊。"

　　也是答非所问。

　　李艾笑起来，不是笑他少见的局促，而是发自内心的、藏不住的快乐。

　　"哪有那么夸张？关键还是看你想不想和我说话嘛。"

　　沈挚有点尴尬地低头微笑，男人和女人，原本就不在一个频道，这时候说什么其实都不太重要。

　　"你今天是不是误会我了？"他终于想起了来这儿的初衷。

　　"误会？"

　　"我跟江姗真的没什么，我也不明白她刚才为什么那么说，你可……千万别误会。"

　　李艾愣了片刻，咯咯笑了起来。女人的心思已经翻过千山万水，男人却还停在简单的因果关系里。

　　"你觉得我是那么小肚鸡肠的人吗？"

　　"那，那你为什么整晚都不理我？"

　　李艾不知该如何回答他这个问题，却把脑海里蹦出的第一句话脱口说了出来："我理不理你，有那么重要吗？"

　　沈挚的眼睛直盯着她，紧张地清清嗓子："……重要啊。"

　　这算不算表白？这样让人脸红心跳的话，好久都没有听到过了。

　　"你这半年，都干吗去了？"李艾接着点酒劲，把盘桓在心头许久的问题问出了口。

　　"我？"沈挚一脸不解，"这半年，不是你一直不搭理我吗？"

　　"啊？"李艾有点哭笑不得，"明明是你躲着我好吧！"

　　"我……我没有啊。"沈挚顿了顿，叹了口气，"不过确实，之前我也不知道你跟你老公，不对，前夫，是什么状态。破坏别人家庭的事儿，还是不要做吧。"

李艾总算是听懂了一点他的逻辑，她尝试着往下问："那现在呢？"

"现在，现在你们不是分开了嘛，那我追你就不犯法了吧？"他故作轻松地笑笑。

"所以你现在，是在追我？"总算让李艾抓到了把柄。

沈挚转过脸兀自笑起来，有几分尴尬、几分羞涩，他又清了清嗓子，抬头看着她问："行吗？"

李艾走到了他身边。她不想再纠结他可笑的逻辑，却被他双眼里闪烁的勇气和不安晃了神。月光明媚起来，她暗自祈祷它躲进树影，最好让整个世界都静静睡去，让两个缺少勇气的孤独的灵魂靠得近一点，再近一点；让这一刻长一点，再长一点……

男人身上清爽的气息让她安心，当她把头埋进他的胸膛，似乎能听到心跳的声音。他身体里满溢出来的快乐和激动，也让她感觉到了幸福安全。其实还有很多问题想问，可这一刻，和久违的心动相比，答案又有多重要呢？

2017年仲春的夜色里，他们相拥着站在吹碎了月光的春风中，呢喃着少年般动人的情话，小心翼翼地维持着成年人才懂得的爱情的边界。

北京负我

又到了杨絮纷飞、丁香开放的 4 月，这是王妍来北京的第 15 个春天。

15 年前的秋天，朴实单纯的济南姑娘王妍来北京读大学，以全省文科第 7 名的成绩考入了那所全国知名的政法院校，事迹在她的高中校园里被传颂了好几年。山东妹子本来淳朴，王妍的父母也都是中规中矩的中学教员，王妍糊里糊涂就学了法律，研究生毕业后，又糊里糊涂地进了金达律师事务所。之所以说"糊里糊涂"，是因为王妍对自己的人生向来缺少规划，却总能随大溜把别人预期的都做到最好。登上金达这座摩天轮，她看到了五光十色前所未见的精彩世界，也见识了各种各样光怪陆离的世界观。每天，她抱着"客户虐我千百遍，我待客户如初恋"的信念，兢兢业业地工作，不辞辛劳地出差加班；每天，她穿着套裙，化着淡妆，步履匆忙地和这座城市里面孔模糊又相似的陌生人抢座位、抢出租车、抢车牌号，抢各种似乎能通向幸福的捷径。偶尔，她也会一咬牙买双 7 厘米高的 Jimmy Choo，和闺密同事们一起泡吧旅游；偶尔，她也会谈场都市流行的速食恋爱，爱上一个不太该爱的人。

生于大时代，我幸亦我命。

30 岁之后，父母已经不再把结婚生子这件事时时挂在嘴边，取而代之的是看着王妍儿时的照片长吁短叹；老朋友见面，没人再咋咋呼呼帮她张罗相亲，反而有意无意地回避起这个话题。这几年，王妍常想起中学班主任最爱讲的那句话：说你，是因为觉得你还值得说，什么时候都懒得说了，你就彻底没希望了。

虽然有几个常常厮混的闺密打发时光，但王妍明白，自己和她们到底是不同的：Alice 未婚却不单身，有个关系稳定的德国男友；Wendy 比自己还大几岁，男朋友换得比包还勤，但她是澳洲长大的香港人，婚恋观到底是不同的；和自己文化背景最为接近的李艾，好歹已经结过一次婚了。王妍某次和新招的男助理聊天，有意无意地问起：如果有人给你介绍对象，都是 30 多岁，一个有过短暂婚史，一个一直单身，你选哪个？小男生心无城府：还是有婚史的那个吧。为什么？王妍不解。现代社会，结了离离了结挺普遍的，一直没结婚的老姑娘，怎么都感觉有点怪，小助理不假思索脱口而出。

其实，她明白自己和她们最大的不同在内心。王妍摸不准 Alice 和 Wendy 是不是真的像看起来那么无所谓，但李艾强大的内心她是领教过的。李艾 20 多岁时，就有种天不怕地不怕的混不吝，经过了失败婚姻的洗礼，颇有些大功修成的架势，张弛有度、收放自如，貌似铜头铁臂、无懈可击，她却不同。王妍认真思考过，自己的人生是不是必须有个男人来支撑，结论似乎也不一定，可为什么还是恨嫁呢？想来，还是她的内心没有强大到可以承受自己的人生与别人的有着显著的不同。过去十几年里，王妍曾想过自己考不上重点大学怎么办，通不过司法考试怎么办，找不到工作怎么办，唯一没想过的就是在适婚年龄找不到人结婚怎么办。如今这个现实来得好突然，突然到她连个备选方案都没有。

周一中午，李艾坐在办公桌前盯着电话发呆。她纠结了一上午：要不要给王妍打个电话，打了又该说什么呢？周末谭永辉带来的消息太劲爆，李艾有点回不过神。王妍和杜文强？凭她再怎么疯狂想象，也无法把这两个人联系在一起。王妍外表开朗，内心保守，她在"万花丛中过，片叶不沾身"的杜文强那里能讨到什么好？正想着，桌上座机铃声响起。

"李律师你好，我是敏英。提醒你一下，明天上午 9 点 50 在政法大学大礼堂集合，所里对这次活动挺重视的，别迟到了。"

"好，我知道了，谢谢。"李艾淡淡应声，自从上次申请培训费的风波之后，她总觉得王敏英看似憨厚的笑脸下藏着狠狠的阴郁。

"对了，还有件事，这次政法大学导师计划的小组长临时改由你来当，明天的拜师仪式上，你得准备个发言。"

"我？为什么，组长不是王妍吗？法大是她母校，上次开会的时候不是都宣布过了吗？"李艾很诧异。

"王妍，我们讨论了一下，还是决定换下来了。最近发生的这些事，大家感觉她不太适合再当青年导师了，毕竟生活作风这块儿对女律师来说也挺重要的。"王敏英语气绵软，却针针带血。

"我觉得这样不合适吧？都已经宣布过的事，要变，也得征求下当事人的意见吧。"

"这个你放心，我已经跟王妍沟通过了，她肯定是没意见的，所以李律师你尽快准备一下，政法院校女生多，希望你能给她们一个正确的引导。"

李艾端起咖啡杯，呷了一口："敏英啊，不好意思，我刚发现明天上午律协有场要杜律师参加的会，他有事不能去，让我替他点个名，政法大学那边还真去不了了。要不你找个男律师吧，他们比较适合当道德楷模。"

挂了电话，李艾犹豫着拨通了王妍的手机，很久，电话那端才传来了没精打采的声音。

"哪儿呢，中午一起吃饭？"李艾故作轻松，仿佛什么都不知道。

"你自己吃吧，我今天请假了。"

"你怎么了?"李艾的小心翼翼显得有些刻意。

"……你都知道了吧?"

李艾握着电话陷入沉默。

"唉,别人都知道咱俩关系好,有什么事儿也不会跟你说,现在连你都知道了,估计全世界的人也都知道了。"果然,王妍在电话那头深深叹了口气,声音越发低落了。

李艾不知如何作答,只能继续沉默。

"我这么多年兢兢业业、谨小慎微,不作弊、不早恋,唯一就糊涂了这么一次,还被人抓了个正着,你说,这是不是命?"

"你们俩什么时候的事啊?我怎么一点都没感觉到!"李艾压低声音,到底把盘桓在心头许久的疑惑问了出来。

"你不在的那几年,有次出差喝了点酒,就发生了。很短,前后不到三个月吧,没人知道。"

"可是,为什么呢?"

"为什么?因为我喜欢他啊,你不记得了?"

李艾搜肠刮肚,终于想起刚进所那年的年会上,杜文强一身黑大衣白围巾,和一位女律师合唱《上海滩》,台下一脸胶原蛋白的王妍花痴地看着那时还不到40岁的杜老板,尖叫不止。

"猴年马月的事儿了,你可真长情。跟他肯定不会有结果啊,同事这么多年你还不了解他吗?"

"我知道!可我从20多岁起就开始要结果,要了10年都没要到,你不是还经常教育我不能太功利吗,那我就不能只要一次过程吗?"

李艾愣住了,竟无言以对,她握着电话,听那头传来的叹息声。

"你说我现在该怎么办?"

"什么怎么办,不是都已经过去了吗?"

"是过去了,但现在不是又让人翻出来了嘛,你知道别人说得有多

173

难听？"

"那是别人的事，与你无关。我去年刚回来的时候，每天一进公司大堂就有人在背后指指戳戳，恨不得戳到 40 层，还不是一样？"

"那是他们嫉妒你恨你，觉得你凭什么出去晃几年说回来就能回来，刚回来半年又能做到头牌，可说我的人是笑话我瞧不起我。被人恨不怕，怕成了笑话。"

李艾无言以对。他人眼中，男女苟且，哪有真爱，同样是"奸情"，权色交易总是比'真爱'更为群众喜闻乐见，换了谁是看客，都一样无情刻薄。

职场如战场，你刀快气足，哪怕屡战屡败，别人尚敬你三分。一旦你举起白旗，自贬身价，就谁都能推搡两把。

就在李艾跟王妍打电话的空当，斜对面林松杉办公室的座机也嗡嗡响了起来。

"林律师，不好意思打扰您工作。"王敏英语气温柔。

"别客气，敏英，有什么事能帮你？"

"哎，林律师，真得请您救个急。明天上午咱们所不是要在政法大学办'青年导师计划'的开幕式吗？所里特别重视这个事，还请了电视台去。"

"知道啊，我们部门不是派的李艾吗？"

"别提了，刚才李律师突然跟我说她明天去不了，我想了想，你们部门还有资质做青年导师的，也就是您了。林律师，您可不能拒绝我啊，要不我明天可没法交代了！"

林松杉皱了皱眉，他顶烦这种场面应酬的事儿："怎么会突然不去了呢，你们这事不是早就定好的吗？"

"谁说不是啊！当初房地产部的代表本来报的是您，后来也不知是哪位老板打了招呼，说李艾有个性、形象好，是咱们所最具有偶像潜质的明星律师，非要换成她。她也早就答应了，结果到了正日子，刚才突然跟我说不去了，非说要替杜律师去律协开会。您也知道，李艾跟老板们走得近，这会儿把杜老板都搬出来，我也不好说什么，所以只能来求您救场了。"

林松杉的眉头皱得更紧了，努力保持着平和的语气："她让你来找我的啊？"

"是啊，她说她忙，让我找您，说您最近没什么安排。"

林松杉沉默着，抬头正看到步履匆匆穿行办公区的李艾，高跟鞋铿锵有力。他迅速按下静音键唤住了她，又指指电话，说了句"王敏英"。

李艾立刻明白是什么事了，她皱着眉头摆摆手，低声说："你替我去吧，明天实在不想去。"还没等林松杉回答就已匆匆走远。

理智上，林松杉当然明白，李艾回归金达，对自己提升合伙人有非常重大的影响，可在情感上，他从未把她当作"竞争对手"。一来，林松杉天性就不是好斗之人；二来，与李艾曾经的暧昧、当下的亲切，都让他"恨"不起来。李艾回来后比从前更加努力，旁人也许会被她披荆斩棘的阵势吓住，林松杉却将她的艰难和委屈都看在了眼里。她深夜接到女儿的电话，却不得不继续加班时默默流下的眼泪；她筹不到FMBA的学费时愁眉不展的无奈；她若无其事地结束了四年的婚姻，却没给自己留半个疗伤的下午；一起外出开会时，原本爱贫爱笑的李艾，头挨在副驾驶靠背的瞬间就能睡过去……别人眼中的李艾或者带着光环，或者带着荆棘，林松杉眼中的她却并没有那么强大。

李艾就像辆坦克，认准了目标就会勇往直前。本来无可厚非，可与她同行的人，总难免在她的冲刺中吃一嘴灰。林松杉有时自问，如果真有狭路相逢的那一天，她会退让吗？这简直是不用思考的问题。在通往 2018 年金达律师事务所合伙人大赛的赛道上，李艾谁也不会让。

在职场上，没有欲望，真的等于没有进取心吗？林松杉不喜欢被人强迫，可自己真的对职级收入不在乎，对未来岳父妻子的看法无所谓，对那个亦敌亦友的女人的所作所为全然不放在心上吗？他不敢细想。明年夏天答案揭晓时，如果他跟李艾的位置再度反转，李艾使唤起自己干活，可绝对不会不好意思。

倪一冰的金色路虎已在国贸高架桥上一动不动地堵了 20 分钟，是前方有事故，还是又遇到了交通管制？还好此刻云淡风轻，被雾霾笼罩数日的北京城，天空难得透出了湛蓝。倪一冰打开车窗，浓郁的汽车尾气夹杂着漫天飞舞的白色杨絮扑面而来，他条件反射地打了两个喷嚏，还是舍不得把这难得的灿烂春光关在窗外。从这里俯瞰 CBD，有种"登高望远，指点江山"的快感。鳞次栉比的摩天大楼仿若舞台上的立柱，四周拔地而起的立交桥像升降舞台一般把人和心一起送上半空。银泰中心、国贸三期、直插云霄的中国樽，都成了这出大戏的精美布景，冷眼旁观这浮城中上演的一幕幕悲喜剧。

一年前主动请缨来北京追求事业，如今看来只是自己的一厢情愿。外资在国内的投资优势越来越不明显，北京的机会虽多，竞争也异常激烈，"野蛮生长"了几十年，眼看要建立起新秩序新阶层，人人都杀红了眼。要么你出身名门，要么你手段辛辣，总之等闲之辈，非请莫入。自己尚未建功立业，却无端赶上了这个恼人的对赌案，一个多亿的投资，JHR 绝不会轻言放弃，碧城集团也不可能痛快地吐出来。这个案子的仲裁结果会让谁一战成名，谁一败涂地，大家心里都没数。

好在金达还算给力。李艾和王妍说起专业知识头头是道，分析起贸仲的仲裁风格、每位仲裁员的背景偏好，甚至是来路不明的"内部消息"，也都有理有据。倪一冰心里踏实了很多，用李艾的话说，能遇到这样值得被载入史册的大案，是我们的挑战更是机会，只有全力以赴，才不枉大时代。倪一冰越来越享受和李艾并肩作战的感觉，她幽默的表达、快速的反应、稳健的情绪、举手投足间传递出的自信和力量，让人常常忘记了她的外表和性别，令人踏实更让人信服。正想着，连接车载屏幕的手机铃声响起，是李艾。

"倪总，到哪儿了？我已经在会议室等你了。"

"抱歉，抱歉，国贸桥堵死了，我遥望你们会议室的窗户20分钟了。"倪一冰望着不远处的国贸大厦，无奈地说。

"哦——"听声音，李艾像是起身走到了窗边，金达律所在国贸三期的豪华办公室正对着国贸高架桥，"我看你一时半会儿是动不了了，要不找个弹弓把自己射过来吧，车就别要了。"李艾一本正经的声音从音响中传来。

倪一冰哈哈大笑："我才不上你当，把你们律所的玻璃打碎了，我可赔不起。对了，李律师，晚上有安排吗，开完会请你吃饭？"

"跟我开一下午的会还不审美疲劳，还要请我吃饭？"

"怎么会，百看不厌呢！"倪一冰说完瘪了瘪嘴，觉得自己有点酸。他也说不清这是什么感觉，有事没事总喜欢和李艾通个电话逗逗闷子，本来让人头疼的对赌案，因为有她的参与，似乎也没那么郁闷了。倪一冰怕自己刚才那句半真半假的玩笑让李艾敏感，连忙补上一句："何欣安是不是也在国贸上班，晚上叫她一起吧，我请客！"

"欣安今天来不了，她父亲病了，这几天请假回四川老家了。晚上还是我请你吧，陪客户吃饭也是我们的本职工作嘛。"李艾毕竟是见过世面的女律师，无论有什么波澜荡过心底，表面上都能礼貌专业、云淡风轻。

挂了倪一冰的电话，李艾拨通了沈挚的号码，自打一个月前捅破了窗户纸，两人的恋情像眼下的天气一样步步升温。沈挚只要晚上没有应酬，几乎每天都会开车来找李艾吃饭，或者送她回家。李律师也没想到，离婚尚不足半年，她就又能这样热火朝天地投入新恋情。人哪，看来最不了解的就是自己。

"今天晚上你别过来了，倪一冰来我们所开会，我得请他吃个饭。"李艾放慢语速，语气比起刚才温柔了许多。

"这小子怎么总往你那儿跑，是不是有什么想法啊，看来我得找个机会宣示一下主权了。"

李艾抿嘴笑："人家'小鲜肉'怎么可能看上我们这样的'老腊肉'？别瞎开玩笑了。"

"腊肉怎么了，你看西班牙 Iberico 火腿就是老腊肉，薄薄 4 片卖880，可以当期货炒的。你以为谁上了年纪都能混成腊肉吗？大部分鲜肉直接奔着臭肉去了，根本没有变成腊肉的资本和造化。"

"哈哈哈，"李艾捧腹大笑，沈挚和自己谈恋爱之后好像比以前也活泼了许多，"没看出来，你这么懂外国腊肉啊！"

"那当然，要不怎么能欣赏得了你的美呢！"沈挚也被自己逗笑，没多想这话是否妥当，"不过说实话，我这是现学现卖，今天中午有人请我去瑰丽酒店吃饭，就点了那个西班牙腊肉，现场普及的知识。你想不想猜猜是谁？"

李艾挑挑眉毛，他这么问想必对方是自己也认识的人，这样细心又爱风雅，大抵不会是男人，她心中已经模模糊糊有了名字，又怕沈挚觉得自己太过聪明，扫了兴致，就生生咽了下去："我猜不出来，肯定是有钱又有品位咯。"

"哈哈，吃火腿就有品位啦？好了，不逗你了，今天中午江姗突然跑来找我吃饭，非要拉我去瑰丽。我以为她找我有什么事，结果一顿饭吃完了也没说出个一二三，就是闲聊，有意思。"

李艾心想，既然无求于你，就是想泡你呗，男人是真不懂还是假不懂？不过这话她也没有说出口，眼下沈挚虽已是自己的亲密爱人，但很多话还是不可以随意说出的。他不同于倪一冰那样的男人，他是有威严、有架子的，有男人的固定思维，多少也有些距离。李艾猜想，在他交往过的女人中，自己大概已经算是特立独行、离经叛道，他被她的独立、幽默、要强、勇敢吸引，这种吸引是因为不同，但能否和平共处长期共存？她还没有答案。

"她请你吃这么贵的火腿，你打算如何投桃报李啊？"李艾避重就轻地开玩笑。

"嘻，她说要请我吃饭，怎么可能真买单。女人嘛，请男人吃饭只是个说辞，是给男人一个和自己吃饭的机会才对。"沈挚丝毫没有觉察到李艾心里的百转千回，自顾自地说了下去。

"谁说的，我今晚请倪一冰吃饭一定是我买单，要不要打赌？"

沈挚从鼻子里挤出一声冷笑："我才不跟你赌，真要是你买了单，也只能说明这小子太不懂事，算不上个成熟的男人。"

李艾心里并不以为然，男人不买单绝不意味着不男人，女人买单也绝不意味着不女人，但转念想想，犯不上为这点小事和沈挚较真，于是马上换了话题。挂了电话，李艾看着落地窗外拥堵的三环，蓦地有几分怅然：前夫伍迪生活上无法和自己相互支撑，精神上也没什么默契可言，如今已是过去时；从前的暧昧对象林松杉，言谈间似乎还能感受到那种久违的心有灵犀，可毕竟已时过境迁，彼此都点到为止；至于沈挚，他的冷峻、他的包容、他的男子气概虽让此刻的自己着迷，但他是不是可以与自己携手度过余生的人，此刻的她好像根本想不了那么远。

李艾想起刚离婚不久时，王妍有次认真地给自己介绍对象，她笑得眼泪都快出来了："你自己都没结婚呢，还有工夫操心我？我现在有女儿，经济独立，婚姻是怎么回事我也知道了，瘾也过了，干吗还要再结？婚姻从来都不是女人的最终归宿，我现在最大的兴趣是事业，在不耽误工作不伤害彤彤感受的情况下，谈谈恋爱还行，再结婚？快算了吧，好不容易离了，先让我享受几年单身生活吧，求你别操心我了。"如今呢？她叹了口气，理智上，她明白这段关系能否让自己更快乐才是眼下最值得关注的，可为什么夜深人静时她总忍不住凭窗而立，想要看清朦胧的未来？爱情难道一定要与结果相关吗，那么这个结果又该通向何处呢？

晚上 10 点的北四环，一天的拥堵刚刚缓解，稀疏的车河中有一辆单车如雨燕般穿梭。王妍戴着头盔拼命蹬腿，汗水浸湿了速干衣。她也不知自己是怎么了，一个恍惚就骑上了主路。骑单车是自己近年来唯一和运动沾边的爱好，刚上初中时，12 岁的她第一次跨上那辆红色的 24 寸女车，就爱上了这种迎风飞驰的感觉。这个喜好陪着她度过了青春期，又一直跟到了北京的大学校园。工作后很少有骑车出行的机会，她恋恋不舍地把那辆承载着无数回忆的单车送给了师妹，几年后却又忍不住购入了全套骑行装备。脱掉套裙，跨上单车，这一刻的北京让她觉得亲切可爱，让她在无数个动摇想要离开的瞬间又坚定了留下的信念。

这是怎样的一座城啊。15 年前，王妍怀揣着那张红色的录取通知书，意气风发地走进北京。她还记得火车驶进西客站的瞬间，初秋殷红色的夕阳穿过高大的灰色顶棚洒在站台上，深绿色的车皮都镀上了一层金。因为高考成绩优秀，一向勤俭的父母破例为她买了软卧车票，18 岁的王妍昂起下巴走下车厢，似乎已是这座城市的主人。

大学生活不像高中那样顺遂，这座人才济济的国际大都市，校园里的竞争也毫不逊色。王妍很快意识到，变成这座城市的主人，只是自己一时的错觉，她得拼命努力，才能在每一轮的竞争中不被淘汰出局。学了 7 年的法律，该考的证书一张没落下，终于通过了公务员笔试，却在最后的面试环节败下阵来。绝望之际，竟然误打误撞收到了金达的录取函，律所虽然解决不了户口，但到底能为她提供留在这座城市的衣食保障。王妍忘不了自己的户口从大学所在街道迁回济南的那天，母亲满眼忧愁，而父亲只是想不通：好不容易考上了那么好的大学，待了整整7年，怎么能就这样被撵回来了呢？王妍劝他们：现在谁还把户口当回事，有工作才是最重要的。其实她心里明白这只是自欺欺人。拥有北京户口何止意味着生活便利，那简直就是身份和底气的象征，而自己早已不是那个被人仰慕的全优生了。

这座承载她青春与梦想的城市，到底露出了势利又冷酷的一面。

初夏的晚风吹起她被汗水打湿的碎发，王妍大口喘着粗气。硕士毕业时的那轮"大逃杀"，有一半同学选择了离开，有人洒脱，有人无奈。又过了8年，留下的同学中又有半数离开，王妍攥着那张永远攒不齐首付的工资卡，越来越不确定自己能不能终老于此。工作数年如一日，朝九晚十，兢兢业业；老朋友们多半已成家立业，城市太大，奔忙间似乎也渐行渐远；恋爱谈得小心谨慎，却到底都还是无疾而终，就任性了那么一回，过程已着实让人伤心，哪知道尘埃落定后还要落得如此不堪。王妍又看了眼手机，仍然没有杜文强发来的只言片语，她不敢再抱任何贪念，不敢贪他的余情，不敢求他的解释，只想听他说一句"对不起"，只可惜就连这三个字也终究是等不到的。

王妍把车停在高架桥边，摘下头盔看夜幕下灯火灿烂的城市：她看起来还是那么美，一如15年前的初见，只可惜，她容不下那么多庸人，那么多泛滥的赤子之心。15年来，我勤奋执着、诚心诚意地待她，连玩世不恭游戏人间的念头都不敢有，却终于还是连一个肩膀一片屋檐都换不到。

王妍摸摸干涩的眼角，给李艾发了条微信：

> Sorry，JHR 的案子以后就靠你一个人了，香港的那个 offer 我接了。

耳机里不失时机地响起首老歌，直到这一刻，她才终于听懂了歌词里的韵味："繁华闹市灯光普照，然而共你已再没破晓……传说中痴心的眼泪会倾城，霓虹熄了，世界渐冷清……"

为什么要走？

李艾的回复在夜色里莹莹闪亮。
王妍盯着手机良久，写下四个字：

北京负我。

螳螂捕蝉黄雀在后

已是盛夏。

北清大学校园里一簇簇浓墨重彩的油绿之中，躁动的蝉鸣声此起彼伏。星期六一早，李艾踩着上课铃跑进教室，T恤前襟被汗水浸湿了一片。早上出门时，她又为了彤彤上钢琴课的事和母亲吠吠起来。周末要上FMBA的课程，李艾没时间再送彤彤去练琴，母亲埋怨她："当时一起报班的隔壁单元小姑娘，都会弹一整首《公主圆舞曲》了，彤彤却还在练音阶。你奔事业我们支持，但不能以牺牲彤彤的未来为前提！"

彤彤头天晚上闹肚子，凌晨5点哭着从梦中醒来，昏昏沉沉的李艾半闭着眼抱起女儿冲进厕所，摸黑开灯的工夫，她就拉在了裤子里。等给女儿冲洗干净，打扫完厕所，洗完衣服，天空已泛起鱼肚白，李艾睡意全无，只得接着给彤彤刷牙洗脸做早饭。她顶着黑眼圈生自己的气，如果不是开灯耽误了那十几秒，彤彤就不至于拉在裤子里，这样上完厕所至少还能再睡一小时。多睡一小时，哪怕10分钟，对此刻的自己有多重要。

本来就因为没睡好窝火，老太太一批评，李艾的怨气也直往上蹿。她看着梳妆镜里的自己，朝半空狠狠撊了几下香水，手里机械地忙着，一边嘟囔："总说支持我，也没见您落实在行动上啊。要真担心彤彤落课，您帮我送她去不就得了吗？"

老太太岂是能轻易服软的人，站在卫生间门口就打开了机关枪：

"我们每周六上午合唱队活动，你从东莞回来前就是这样，几年了，就靠我组织，我能不去吗！你平时天天加班，周末还要上课，要不是我跟你爸，彤彤每天幼儿园谁去接送！何况现在的情况不同于以前，你这刚办完事儿，"她回头看了一眼正在客厅听姥爷讲故事的彤彤，压低声音说，"一定要多关注孩子的情绪，不要让她心里留下阴影。母亲的陪伴不是姥姥姥爷能代替的，我提醒你，这个问题解决不好，你要还一辈子债。"

"哎哟妈，我知道了。"李艾抄起梳子胡乱在头上刷了几下，"我这不是尽量在陪她了吗？以前都是她自己睡小床，现在不都跟我睡嘛！"

"李艾，我跟你说，你不能用这样的方式去讨好她。规矩还是要有的，三岁以后就应该自己睡，不能说白天你忙见不到她，晚上就把她弄到大床上去，彤彤最近越来越娇气了，总想黏着你，这可不是什么好现象。独立性要从小培养，你像她这么大的时候，别说睡小床，都在幼儿园全托了，周末才接回家！"老太太一路追着李艾到了大门口。

李艾想回嘴，又怕引起更大规模的反扑，生生把话咽了下去。

"彤彤，妈妈上课去了，晚上早点回来陪你，你乖乖的哈！"李艾朝客厅热情洋溢地喊道，坐在地毯上的彤彤抬眼看了看她，却像没听见似的，继续跟姥爷讲"巧虎"的故事。"彤彤，彤彤，妈妈跟你再见呢，怎么不理我啊！"李艾不甘心，扒在门框上喊，电梯已经"叮"的一声打开了门。

"走吧走吧，生你气呢，嫌你不陪她。我要关门了，一会儿蚊子该进来了！"老太太挥挥手，李艾只得臊眉耷眼地进了电梯。

北清大学弘毅楼的418教室里弥漫着浓郁的咖啡香，在资本市场摸爬滚打战斗了一周的老同学们，扶着宿醉未消的脑袋或是椎间盘突出的老腰，靠一杯咖啡提神，放弃了一周中难得的休息时光，准时出现在课堂上。李艾环顾四周，没见到何欣安的身影，却看见陆云帆和章冉坐在最后一排，正低头窃窃私语。李艾掏出手机给何欣安发微信："你还没回北京吗？光看见你们家陆总了。"

半晌，手机嗡地振动了一下："我爸的状况不太好，我得下周才能回去，云帆怎么去学校了？"

李艾一愣，原来何欣安并不知道陆云帆来了学校，她怪自己多嘴，连忙补了一条："他跟章冉不好好上课净说话，师兄怎么不起表率作用呢？"

何欣安发来一个笑脸："回头我批评他！"

李艾放下手机又忍不住回头看，正巧陆云帆也看了过来，目光相遇的瞬间，李艾连忙报以微笑，有点打小报告似的心虚。

课间，连同刘鑫在内的若干人将陆云帆和章冉团团围住。

"章冉，你们这个基金到底怎么样啊？"

"高收益，零风险！"章冉厚实的手掌在半空一挥，自信满满地回答。

人群中爆发出哄笑："一看你就没好好学习，这世界上哪有高收益、零风险的产品啊，你这是在忽悠大妈啊！"

章冉还要解释，陆云帆红着脸拦住他："实打实说，风险肯定是有的，但基金投资的成都地产项目在核心区域，未来现金流很稳定，公司层面的收益率目前测算能达到 30% 以上，基金可以选择未来分红，也可以随时行使 put option（出售期权），按 IRR 的 15% 让大股东回购基金投资的股份，这样基金的 LP 们 10% 的 hurdle rate（门槛收益率）还是很有保障的。"

陆云帆天生带有一种令人信服的诚恳和克制，他的话同学们都很听得进去。

"你们信元是不是做劣后？"有人问。

"是的，信元出一个亿做劣后，其他投资人先分，信元最后分，对其他投资人等于又是一层保护。"陆云帆在信元管理层多年，信元的牌子在金融圈更是无人不晓。

话至此，一股金钱的味道开始在人群中悄悄蔓延，每个人心中的小算盘噼啪乱响。这些被金融知识全副武装起来的弄潮儿，此刻忘记了潜在的风险，只想起了乔布斯的那句话：stay hungry, stay foolish。

"10% 的收益还是挺有吸引力的，最近银行理财回报最多也只有5%，没什么好产品。"刘鑫嘀咕。

"哥们儿，我跟你说，银行理财一大半也都是投给我们这样的项目。银行在中间又挣手续费，又挣利差的，可不是到投资人手上就只剩5% 了嘛！何况我们这个 10% 只是基础，还有 carry（超额收益）呢，五年后退出的时候我有信心让投资人们挣到 20% 以上！"章冉拍着胸脯打包票。

"你们起投是多少啊？"越来越多的同学围了过来。

"100 万。"陆云帆温和地微笑。

现场的气氛有些微妙。

"必须是 100 万吗？没那么多钱怎么办？"祁安娜到底是在美国长大的，问出了很多人想问却又不好意思开口的事，即便在商学院，她也从不觉得需要把自己包装成有钱人。

"没有 100 万，我们帮你想办法啊！这就是我们的增值服务嘛，哈哈。不带谁玩也不能不带同学玩，是不是？"章冉闻到了钱的味道，整个人越来越兴奋。

陆云帆再次伸手拦他："安娜，这个 100 万不是我们定的，是咱们国家关于私募股权基金合格投资人的规定。当然，解决的办法也不是没有，有兴趣的话咱们可以私下交流。"

"不过要快哦，我们第一期的募集很快就要关门了，其实现有项目信元的钱基本也够了，只是信元的牌子往这儿一放，就有很多好项目来找，我们项目池要拓宽，就多出了一点份额，天予不取，天必诛之，是不是！哈哈，有兴趣的同学可要抓紧啊。"章冉适时启动了饥饿营销策略。

伴随着上课铃声，江姗的声音在人群中响起："章冉，给我留一份，回头你把合同发给我。"

"还是我们江大美女有钱又有眼光啊，100万那都不是事！"章冉的大嗓门在教室里回荡，江姗一出手，更多的人坐不住了。

祁安娜看到李艾，趁课间拿着书包坐到了她旁边："你说他们那个基金靠谱吗？"

"应该不错吧，信元不也投资了吗？"

"不知道为什么，总觉得章冉有点不靠谱。"安娜捂着嘴笑了笑。

"嗯，管理人当然也很重要。"

"陆云帆，你跟他是不是比较熟？我觉得他看起来还挺专业的。"

"也不算很熟，信元有个项目请了我们所律师，但是陆云帆的专业性和人品应该都还是靠得住的。"都是同学，还是好朋友的老公，牵扯到钱的事，也不好随便评论。

"你不打算投点儿吗？"安娜用肩膀顶顶李艾。

"我哪有钱啊？有钱我就买房子出租，租金还能还贷款，绝对保值增值，哈哈。"

"那倒是，可惜我买不了，我是外籍，只能买一套。"祁安娜遗憾地耸耸肩，"刚才章冉说没有100万也能投资，会不会有法律风险？"

李艾顿了顿，想着该如何回答。这是她的专业，不能避而不谈，可说重了会拆陆云帆他们的台，说轻了又怕将来万一有问题祁安娜会怪罪。

"这个怎么说呢，法律上合格投资人的限定，主要是从风险承受能力的角度考虑。能拿100万投资的人，多半是通常意义上的有钱人，即便亏了，也不至于跳楼。拿两三万去投资的，多半是老头老太太，那都是棺材板钱，亏了是要跟你玩命的，容易酿成社会事件。说到底，PE是高风险投资，哪个国家的政府都不鼓励穷人去玩这个，所以就会有'合格投资人'的规定，这是对风险承受能力比较低的人的保护。咱们国家现行的办法是拿100万做门槛，但实践中呢，确实也有人会通过代持，通过一层一层设立有限公司来规避这个规定。章冉说的，我猜就是这种所谓的'拆标'，或者叫'嵌套'，至于有没有风险，不出事一般都不会有人查，说白了私募不同于公募，监管机构也没工夫管那么多，但要是出了事呢，管理人肯定也是要承担法律责任的。"

"那投资人呢？会不会也要承担责任？"

"真要出了事，多半是资金兑付有问题，无论你是'合格'的还是'不合格'的投资人，都要拿自己的真金白银来承担责任啊！不过，像你这样有钱的美国人，亏个百八十万的，那都不是事。"李艾调侃祁安娜，也是不想让气氛太严肃。

"得了吧，你当我是江姗啊，有钱任性，brochure（手册）都不用看，一挥手就投了！"

整个上午，沈挚的眼神都在教室前后寻觅，每当和李艾四目相对时，一种隐匿的甜蜜便自心底蔓延。本来是因为两人复杂的背景不便公开，不想却成就了某种类似"偷情"的快感。快下课时，沈挚发短信给李艾："一会儿我先去车里等你，在弘毅楼后边的停车场，你慢慢来。"

李艾当然明白沈挚是想约自己吃午饭，却对他的自作主张有些无可奈何。"好吧，中午去哪儿吃？"

"带你去个好地方，快来吧！"

李艾能感到他文字里的快乐，摇头笑笑，谢绝一众同学约饭的邀请，悄悄溜出了教学楼。弘毅楼后的停车场离教学楼有点距离，想来沈挚把车停在那里也是早有预谋。李艾远远看到那辆黑色沃尔沃，正欲招手，突然有人在身后唤她名字，是倪一冰。

"走那么快，着急去哪儿啊？"

"哦，中午约了朋友吃饭，怕晚了下午会迟到。"

"有约啊？我还说要请你吃饭呢。那我送你吧，约在哪里了？"

"不用，不用，"李艾连忙摆手，"他开车过来接我，应该就在附近，我正要打电话呢。"

倪一冰有点不解李艾急于摆脱他的情绪，好在他也是识趣的人："那好吧，下午你还来上课吗？有点案子上的问题请教。"

"肯定来啊，下午还点名呢，一会儿详聊！"

看着倪一冰的身影消失在视线里，李艾松了口气，四下观望后才小心翼翼地钻进了黑色轿车。

一扇车门将暑气隔绝在外，车内凉快多了。

"刚才好险，差点被倪一冰看到。"李艾还沉浸在方才的紧张中。

"看到就看到呗，你还怕他知道不成？"

她这才觉察出沈挚语气里淡淡的酸味："我已经是离异人士了，无所谓啊，关键沈班你不是不方便吗？大中午约我来，是要带我去哪儿啊？"

沈挚揽过李艾的肩，在她额头上轻吻一下："你下午下课就急着回家陪彤彤，我倒是想约你晚上吃大餐呢，你肯赏脸吗？"

倒真是难为他了。李艾刚要开口，一辆红色保时捷从停车场角落疾速驶出，从他们面前掠过。

"是江姗的车吧？"

沈挚没答话，欠身向前，看着车子驶离的方向。"螳螂捕蝉黄雀在后啊。"他自言自语。

"你说她刚才看到我们没有？"李艾隐隐不快。

"应该看到了吧，我都没看见她什么时候上的车，可见她一直在车里。"

"啊，那么久！她不会在偷窥我们吧？"

沈挚缓缓发动车子，若有所思地回答："那不至于。你看清她副驾驶座上的人是谁了吗？"

"她旁边有人？"李艾不开车，对和车相关的一切也都不敏感，"谁啊？咱们同学吗？"

沈挚摇摇头："看清了我还问你干吗？"

"沈总，江姗是不是对你有意思啊？"李艾打趣他。

沈挚未置可否，半晌才回答："说不好，我觉得她对我倒是蛮热情，但好像也不是那种意思。"

"那如果她确实是那种意思呢？"

"我有你了啊。"沈挚转头看看李艾。

这回答显然不是李艾想听的，但无论如何，这种没养分的对话再继续下去，只会浪费生命外加扫兴，李艾转移话题："今天课间章冉他们说基金的事你听到了吗？没看出来江姗这么有钱，100万眼都不眨就投了。"

沈挚从鼻子里哼了一声："你怎么知道是她自己的钱？"

"她一个女孩，还能偷能抢不成？"李艾不喜欢沈挚语气里的不屑，"甭管人家靠什么挣的，都是自己努力的结果，也没听说她有个富爹啊。"

沈挚被李艾的话弄得有些尴尬，倒像自己是小人了。

"我不是那个意思，我是说，江姗的社交圈子里有不少有钱人，她投的那100万，有可能不是为她自己投的，我觉得她是在帮章冉他们融资，给他们当broker（捐客）。"

"broker？那岂不是还能提点？"

"肯定啊，不然谁有动力？这都是市场规则，很正常。"

"能提多少？"

"不一定，通常两个点左右，也要看金额，看钱的条件。怎么，"沈挚瞟了她一眼，"你也想挣这个钱？"

"我觉得靠谱啊。沈总，不然你投个100万，算我介绍的。你挣你的大钱，我捎带脚也挣个2万的零花钱，何乐而不为？"李艾故作认真。

第二天，李艾翘掉了半天的课，赶去机场送王妍。周末不限号，机场高速比平日更加拥堵，李艾赶到时，王妍已经办完登机手续托运好了行李，正握着红色的登机牌，垫着脚尖朝落地窗外眺望。看着王妍纤瘦的身影立在汹涌的人海里，李艾想起那夜她发给自己的微信，心中涌起伤感。

生活匆忙，李艾已许久没有窥探过自己的内心。回京已经一年多，工作生活都愈加规律：彤彤适应了新的幼儿园，自己也回归了旧日的轨道，拿到FMBA课程的毕业证指日可待，感情也算有了新的开始，然而这所有的一切都汇成一种巨大的力量推着自己拼命向前，消耗着她的全部精力，让她来不及仔细感受，更来不及思考。李艾时常觉得自己就像舞台上抛着彩球的小丑，无论台下的掌声喝彩声有多热烈，稍有不慎就会满盘皆输。所以，她无暇顾及彤彤想找爸爸、想去动物园的心情，无暇享受陪父母聊天吃饭的天伦之乐，无暇热情满满地配合沈挚的时间表约会、制造惊喜，甚至连单位组织的员工体检都拖过了时间……脚下这座城市也像是上了发条，这样的日子什么时候是个头，她自己也不知道。

没时间吃饭了。王妍和李艾在熙攘的人群中随便找了张长椅，坐着说了几句话，权当告别。王妍很有些伤感，她走得形单影只，和15年前来的时候一个样。

"你说我是不是走得挺狼狈？唯一一个送我的人还迟到，仓皇得连顿告别饭都吃不了。"

"我的姑奶奶，实在实在抱歉，没想到今天这么堵，要不然我给你行个大礼？"李艾心里自责，嘴里却调侃着，缓解悲凉的气氛。

"你没看到我刚才托运的行李，刚好两箱，跟当年来北京读大学时一样多。你说，这15年，我到底都干吗了？"

"那能一样吗？当年你提的是编织袋，现在是Rimowa（日默瓦）。"

王妍没笑，认真地点点头："是，可那又怎么样呢？到死的时候，换个骨灰盒，谁还在乎是什么牌子的？你记得咱们上学那会儿看《东京爱情故事》吗？大家都特别喜欢莉香，可现在回头想想，像莉香那样活太辛苦了，你说她心里得多悲凉，无论生活还是情感，都始终漂泊着。一只箱子浪迹天涯，20多岁时是浪漫，人近中年依然如此，那就是失败了吧？"

李艾沉默着，不知该如何回答。

"你看北京这座城，像不像个驿站？去年你回来了，今年我又要走了，匆匆忙忙，都是过客。再过三五十年，等我们都老了，不知道还会有谁在这里。我曾经有种错觉，以为这里就是我的家，结果发现只是一厢情愿。你看，办个香港签注，因为户口不在这儿，我还得回趟老家。"

"别这么想，你什么时候这么悲观了？香港花花世界，多少人想去还去不了呢。"

王妍苦笑着摇头："那里更不是能安定下来的地方，我都33了，去那儿晃荡几年再提着箱子走人吗？唉，想想自己真的挺失败，在北京拼搏了15年，没房子没车子没户口没老公，灰头土脸地走了，估计以后这座城里也不会有人想起我。"

"谁说的，把我不当人啊！"李艾说着，手机上的短信提示音却响个不停，"稍等啊，我看下手机。"

滑开屏幕的瞬间，李艾眉头紧皱，神情也变得紧张起来。王妍看她不对劲，好奇地问："谁啊？"

"沈挚他……老婆。"

"啊！你怎么跟他老婆还有联系，难不成被他老婆发现了？"

"咳，不是你想的那样。"李艾把她和陈怡相识的过程简单讲了讲，"我以为没事了，她这又突然发短信说明天想到办公室找我聊聊。"

"千万别，赶紧找个理由拒绝！她该不会是发现了蛛丝马迹想去所里闹你吧？"王妍的警觉冲淡了离情别绪。

"应该不会，他们分居都那么久了，我和沈挚就是最近的事，而且我工作独立经济独立，也不图沈挚什么，她说不着我啊。"

"哎，这种事儿，当事人可能觉得自己很坦荡，感情也挺纯粹，但其实别人八卦起来，那就是'奸情'，是'贵圈很乱'，根本说不清。难道你还要发个微博去跟全天下解释，他们在 divorcing（离婚中）？"王妍加重了语气，"谁会听你说啊？沈挚这情况在人家眼中就是婚内出轨。再说了，哪个男人找外遇的时候，不说自己是婚姻不和？换了他们老婆的立场，肯定又另有说法了。"王妍有点激动，李艾明白，她并不是针对谁，只是想到了自己的痛处。

李艾侧脸看她："那在你眼里，我算是小三儿吗？"

"李大律，你不必问我，我马上要去花花世界了，但你要记住：国人呢，在很多问题上，男女是有不同标准的，对女人要严厉刻薄得多。我知道你不是一般的女人，敢作敢当，无所畏惧，我恨不得全天下都是你这样的人，可作为在这种事上吃过大亏的'失足妇女'，我还是要劝你，有些时候要低头认怂，才能让自己少受伤。"

这样的话作为分手寄语，着实有些煞风景，无奈时间太少，两人也只得挥手告别了。回程的路上，李艾想起许多儿时背过的送别古诗，首首情真意切、志存高远，怎么轮到自己"送别"，就变成了这般仓皇颓唐？她不喜欢这样的感觉，像是一条蛇赶着你往平庸市侩里钻，待你淌得一身泥水，它再笑你辱你。生活有很多不易，可要是随波逐流一路妥协，只会更加满目疮痍。李艾也是受过教训的，现在的她就是要抬高了头做人，无论结果好坏都是自己的选择。她掏出手机给陈怡回短信："陈老师，我明天在所里，你可以下午过来。"

　　陈怡想找李艾聊聊不是一天两天了。上次见面后，李艾的专业干练让她印象颇深。这样的女人和自己截然不同，她身上有种自我又理性的气质，陈怡的直觉告诉自己，这正是丈夫欣赏的类型。陈怡想再会会李艾，如果对方回避，那她与沈挚之间闹不好也有问题；如果她坦然面对，也不失为一个打入丈夫圈子的好渠道。

　　这场漫长的离婚战役，陈怡觉得舆论的天平不知自何时起，在慢慢向沈挚一方倾斜。他们当年共同的朋友，早都日渐疏远。曾经义愤填膺和她一起指责丈夫的闺密，如今也都婉转地劝她放手。似乎每个人都在向前走，只有自己还留在原地。陈怡不甘心这样的现状，她要闯进沈挚新的朋友圈，用手中的"制胜法宝"赢回原本就属于自己的道德高地。

　　陈怡跟着前台小姐向李艾的办公室走去。上次来金达，只在前台旁的会客室等待，并没机会深入其中，陈怡没想到，一个律所竟然可以这么大，上下几层楼，足有好几百人。前台带着她兜兜转转，上了一层铺着高级地毯、格调高雅的内部螺旋楼梯，又走了四五分钟，终于到达了楼角里的一间办公室，磨砂玻璃门上红木质地的名牌上写着"李艾"。陈怡紧张的心情放松了点，她本来担心李艾会坐在一张120°转角的老板台后等自己，还好，比起刚才路过的那些装修气派的独立办公室，李艾这间算是很小的，总算在气场上没有出师不利。

"陈老师，不好意思，我办公室比较乱，您请坐。"李艾归置着桌上的文件，腾出能放茶杯的空间。陈怡在对面落座，仔细打量着房间，除了公司标配的桌椅电脑书柜绿植，没有任何能透露李艾个人信息的装饰，墙上没有装裱过的学位证书，桌上没有照片，书柜里没有摆设，办公桌上、文件柜里，甚至是地上的打印纸盒中都乱糟糟地堆满了各种合同文件，还有翻开的书。

沈挚那么爱干净的人想必是看不上这种女人的，陈怡的心情又放松了几分，主动挑起话题："李艾，不好意思打扰你工作，上次见面后，我回去想了想，我也不是一定要和沈挚闹到打官司的地步。其实这次来，我是有些问题想跟你交流。你是沈挚的同学，又是女人，也许你能理解我。"

李艾未置可否，上次见陈怡时，她和沈挚顶多算是曾经有点暧昧的普通同学，而此刻，她却已成了他不折不扣的女朋友。

"其实，我跟沈挚走到今天这一步，我是有责任的，但他的责任更大。不怕你笑话，沈挚去美国读书的时候交过一个女朋友，那时候我们才结婚没几年，本来感情很好的，结果让那个女人搅和得鸡飞狗跳，再也回不去从前了。

"所以，我为什么要离婚？离婚成全他们吗？我们结婚十几年了，我明年就40了，离了婚他可以再找，我呢？我把这么宝贵的青春都给了他，什么都没剩下，凭什么要我放手？"陈怡的身体微微发抖。李艾拼命摆正心态：自己只是在听当事人陈述的律师，而不是对方口中那个等着被"成全"的女人。

"陈老师，你先喝口水，别着急，慢慢说。"正好助理推门送茶进来。

陈怡欠欠身，咽下一口茶，情绪平稳了些："李艾，你还年轻，我不知道你结没结婚，我说的这些，你可能不太能理解，那种被自己最爱的人欺骗背叛的感受，那种——恨。"她咬着牙，拖长最后一个音。

"陈老师，其实你说的这些，我都理解。"李艾沉默了片刻，想到那段已经被自己斩断在身后的婚姻，"不瞒你说，我今年春节的时候刚办完离婚。"

陈怡一愣："什么原因呢？"

李艾淡淡一笑："都差不多吧，当然主要还是我们自己有问题。"

陈怡显然来了兴趣。大多数女人诉说自己婚姻失败的原因时，都会用"我们自己也有问题"做开场白，让听者觉得自己还算冷静客观，后边却往往会跟着"但是"——那才是症结所在。陈怡等了半天，李艾却没说"但是"。

"离婚是他提的？"陈怡小心翼翼地问。

"我提的。"李艾摇摇头，她不想过多地谈论自己，"女人惩罚男人最好的方法，不是拴住他不给他自由，而是要过得比他更好。糟糕的婚姻状态就像是沼泽，越挣扎陷得越深，不如快点摆脱那些不愉快的过去，尽早开始新生活。这跟炒股票亏了一个道理，一定要及时止损。"

陈怡有几分犹豫地看着李艾："是啊，你比我年轻，可以再嫁，还有重新开始的可能，可我就不同了。"

"你错了，陈老师。你大概不知道，我女儿都 4 岁了，按照世俗的观点，我带着个拖油瓶，再嫁人的概率怕是比你还低。我想说的是，在经历了男人的背叛和失败的婚姻之后，我们对明天的期许如果还只是再找个人嫁了，那过去的痛苦和挫折又教会我们什么了呢？我们没有从痛苦中领悟到活着的智慧，又如何能保证下一段婚姻不会依然是悲剧？希望不是男人或者婚姻给的，希望跟青春也不挂钩，希望是自己给的。当你越来越有力量掌控自己的人生、做自己的主人时，你自然就会看到希望。而只有这样，那些男人，无论是曾经辜负过我们的，还是未来会遇到的，才有可能会尊重我们，甚至爱上我们。你说呢？"

李艾一口气把憋在心里的话都说了出来，有那么一瞬间，陈怡眼中似乎也有火苗闪烁了几下，但很快又熄灭了。

"还有，陈老师，别拿他的错误惩罚自己。我理解，沈总过去的事你一直耿耿于怀，但其实爱和激情真的不是一回事。在经过了那么多之后我才发现，刺激、激情、占有欲，这些都不是爱。我敢肯定，沈挚当时是爱你的。他之所以骗你，是因为他并没有想过要和那个女生有结果，感情的天平上，他绝对是倾向于你的。陈老师，那场纠缠里没有赢家，但至少，你始终是沈挚想要保护、想要尊重的那个。所以翻篇吧，原谅他，也放过自己。"

陈怡心中那个被冰封的世界一瞬间坍塌了，她的眼泪毫无征兆地流下来。这些年，她心里满是孤独、仇恨和嫌弃，却早已没有了温暖和爱。李艾的话是对的，如果当年的自己能听到这番话，或许如今就不会是这样的局面。可惜这场仗打了太久，已经没什么需要"止损"的了。

"李艾，我明白，你说的是对的，我回去会好好想想。"她用手抹去眼角的泪水，吸了口气，"但说到底，他是婚姻里有过错的一方，该他负的责任他是要负的。"

"那是当然，我相信沈总也不是个逃避责任的人。"

"嗯，"陈怡似乎放下了心中最后一点怀疑，用力点点头，"那如果我能证明他现在还跟那个小三儿在一起，他承担的责任是不是就应该更多？"

李艾有点发蒙，以为自己听错了："你是说，你能证明，他还和当年留学时的那个女朋友在一起？"

"是的！"怒火又在陈怡眼中燃烧起来，她伸手从大背包里取出了一个牛皮纸袋，"那个女的当年来找我谈判，我永远都不会忘记她的样子。这几年我一直在悄悄关注她的 Facebook、微博，发现去年她回北京了，我就感觉沈挚跟她没断，否则为什么现在那么坚决地要跟我离婚？所以我找了个私家侦探，你看，果不其然，他们还是在一起。"

陈怡一边说一边伸手掏出文件袋里的照片，李艾只觉得心跳加速、头晕目眩。

照片不太清楚，李艾的眼睛也一阵模糊，她深吸一口气，看到有一张是沈挚打着伞在雨中等红灯，和他共撑一把伞的女人低着头，很自然地挽着他的手臂；还有一张是在某间星级酒店的餐厅，摄影师应该是站在街道上拍摄的，天气很冷，落地窗玻璃起了雾，一片氤氲，看不清女人的脸，却能感到他们的快乐；第三张最清楚，女人正从那辆黑色沃尔沃的副驾驶位下车，沈挚在车里探过身子，和她说着什么。照片中的地下车库很眼熟，墙上有黄色的熊猫涂鸦——这不正是公司的楼下吗！她倏地一个寒战，又定睛看了看照片里的女人，没错，正是刚才从她大脑里闪过的那个名字——

叶惠。

黄色玫瑰

何欣安回北京了。带着大包小包的腊肉、泡菜、花椒、黄粑，还带回了头发花白走路颤颤巍巍的老父亲。陆云帆不放心，专门请了假去雅安接他们。幸亏他去了，已经处在阿尔茨海默病中期的岳父，眼前的事常常转脸就忘，有时连人都认不清。何欣安照顾父亲已是分身乏术，根本没有精力打包行李。在成都双流机场的头等舱休息室，父亲一趟趟地往洗手间跑，一会儿说忘了戴手表，一会儿说忘了拿手机，一会儿又非要顺走一大摞卫生纸，说去北京要坐好几个小时的飞机，用得着。何欣安进不了男厕所，每一趟都是陆云帆陪着，等他们翁婿二人第四次从洗手间出来，何欣安终于控制不住，对着落地窗外的停机坪抽泣起来。

陆云帆安顿好岳父，何欣安就势靠在他怀里哭了起来。

"你说爸爸怎么突然就这样了？以后怎么办？我连个兄弟姐妹都没有，就算我辞职不上班了，24小时跟着他，也不能陪他进男厕所啊。爸爸真的太可怜了，他一辈子对谁都那么和善、那么宽容，为什么要让他得这种病？"

陆云帆搂着媳妇安慰："你别太担心了，这不还有我嘛。再说人老了总是要得病的，要我说这个病其实是个有福气的病，只是我们做子女的辛苦点，老人不受罪啊，你看爸自己坐那儿听广播多开心。"欣安扭过脸看坐在按摩椅上插着耳机的父亲，果然正微闭着眼怡然自得地摇头晃脑，丝毫没意识到女儿正在三米开外的地方痛哭流涕。

"这不就跟小孩一样吗？有自己的喜怒哀乐。虽然旁人可能会越来越不懂他，但这不妨碍咱们照顾爸的生活起居，不妨碍咱们尽孝道，也不妨碍老爷子开心，这不挺好嘛。不用哭，有我呢。"陆云帆拍拍她的后背。

"再这样发展下去，家里恐怕是离不了人了，咱俩都得上班，怎么办呢？"

"别那么悲观，医生不是说了吗，按时吃药、积极的康复训练，是有可能控制住病情的。等回了北京，咱们找最好的医院复查，我都安排好了，你不用担心。好歹咱经济上没问题，你这么悲观，那困难家庭的人得了这病不是更没活路了？离不了人也不怕，该请人请人，你要是不放心就辞职回家照顾爸，或者我辞职回家也行，别担心，都能解决。"

何欣安知道，陆云帆不是轻诺寡信的人，这番话他一定已经做好了履行的准备，她紧紧依偎着丈夫，把脸埋在他怀里。只要云帆在，似乎所有的困境都能解决，她永远不必有后顾之忧。

这时，陆云帆的手机振动起来，他松开怀里的妻子，盯着屏幕却没有接听，何欣安用余光扫过：一个陌生号码。陆云帆皱皱眉头按下拒听键，自言自语道："估计又是房产中介，天天打电话，真烦。"两人刚刚坐在父亲身边，陆云帆的手机就又响了起来。何欣安有点莫名的不安，但以他们夫妻二人一贯的相处模式，她也不会主动开口询问。陆云帆像是猜出了妻子的心思："是章冉，这小子别又出了什么问题。"说着就接起电话来。何欣安心中的不安却没有减轻，丈夫和章冉的"启航1号"基金状况不断，虽然丈夫总说这是"好事多磨"，但审计出身的何欣安又怎么会看不清真相。头等舱休息室不大且安静，所以无论陆云帆走到哪个角落，她还是能从他略显紧张的声音里断断续续听出信息。

十几分钟后，陆云帆坐回到何欣安身边，还是那样云淡风轻的表情，只是喝水时呛了一口，咳嗽了半天。

何欣安一边给他捶背，一边轻声问："怎么了，没什么事吧？"

陆云帆摇摇头，沉默了一会儿后又忍不住开口："朱海平那边掉链子了，本来说新盛银行用理财资金出钱，现在突然变成了一堆自然人，金额也比原来说的要少。"

"啊，怎么会这样？"

"谁知道，海平说这些人都是他们的私行客户，做决策快。银行走审批有很多不可控因素，我猜他是在卖飞单，搞不好两头拿钱。"

"飞单？"何欣安没听懂。

"就是利用他们新盛银行的客户资源，打着新盛的旗号，卖非新盛的产品。"

"这不合规吧？"

"当然，我刚才跟章冉说了，务必要和这些客户面谈，把来龙去脉都讲清楚，如果他们有意愿，可以直接跟基金签合同，不能让朱海平在中间隔着一层，到底跟投资人怎么讲的都不知道。而且我担心，这100多个投资人中，闹不好还有人在帮人代持，牵扯不知道多少人。"

何欣安越听越紧张："你们当初干吗要找朱海平合作啊？上次吃饭我就觉得他不靠谱，同学聚餐还带着个……小三儿。"

陆云帆摇摇头："那倒罢了，我当初想，他在新盛北京分行也算是有头有脸的人物，何况有信元的钱做劣后，找银行放个杠杆也不是多难的事，哪知道他路子这么野。"

"那现在怎么办？"何欣安着急地问。

"我刚才的态度很明确，这笔钱最好不要拿了，实在不行也要重新跟这些投资人签合同，做尽职调查。"

"那章冉同意了吗？"

陆云帆下意识地摩挲着早已空了的矿泉水瓶，半晌没接话，直到何欣安推推他，他才答非所问："章冉压力也很大，项目上call（召集）

钱 call 很久了，按说这一个亿上个月就该打过去。基金实际上已经违约了，再拖下去，他担心已经投进去的那一个亿要出问题。"

何欣安心里咯噔一下，虽然身处金融圈，这样的故事也听过不少，但自家人赶上还是头一回。她手心冒冷汗，端起热茶刚喝了一口，一个更可怕的念头就从心底冒出来："已经投出去的那一个亿里，是不是还有咱们同学的钱？"

陆云帆没说话，向来波澜不惊的脸上阴云密布。湿冷的空调房里有种氤氲的气息挥之不去，广播适时地响起："从成都飞往北京的CA4109 次航班已经开始登机了，请各位贵宾带好行李物品准备登机。"

自从上次陈怡来访，李艾就陷入了巨大的矛盾之中。如果说沈挚的婚姻状态和陈怡的登门拜访已经足够让她焦虑，那么叶惠的凭空出现就完全打得她措手不及。沈挚的面孔她越来越看不透了，然而，无论是出于职业操守，还是自尊，她都没法直接质问。李艾内心的这番挣扎，沈挚全然不知，只觉得她最近阴晴不定、忽远忽近。他向来不善于哄女人开心，再加上本来就忙，盛夏的北京连降暴雨，热恋的温度也跟着降了下来，莫名就有几分疏离了。

李艾不愿多想，正巧，JHR 和碧城集团的对赌案开庭在即，有充足的理由回避沈挚，投入到工作中。王妍走得匆忙，他们部门一时派不出合适的主办律师，临时抓了两个三四年级的小律师撑场，李艾虽不是诉讼仲裁案件的专家，但案子涉及投资、合同、对赌，又是房地产行业，都是她的专长，此前的许多策略也是她同王妍一起定的，如今接过手，并没有想象中那么困难。加上客户代表倪一冰对李艾绝对的信任支持，一个碧城集团重金聘请律师队伍眼中的"菜鸟组合"，就这样诞生了。

骄阳似火，又是周末。北清大学 FMBA 第二学期最后一门课程"公司财务"的结业考试即将到来。头天晚上，沈挚不知从哪里搞到了这门课去年的期末考卷，要开车给李艾送去。李艾先是加班，到家后又推托说彤彤不舒服，硬是把沈挚晾在了一边。周六下午一到教室，沈挚似是不经意地走到李艾身边，轻轻在她桌上放下考卷，却并不看她。李艾刚想对他微笑，叶惠挽着他手臂的照片就在脑海里浮现，挥之不去。她还没想好该如何面对沈挚，这熙熙攘攘的教室倒是个不错的掩护。考卷刚看了几行，一个声音在耳边轻轻响起，吓了李艾一跳。

　　"哇，这不会是今天的考卷吧？沈班对你这么好！"是倪一冰。

　　李艾一阵紧张，各种情绪一起袭来，说不清是隐秘恋情被人发现的兴奋，还是不确定的关系被人窥探的烦躁。

　　"想看吗？掏银子！"她啪的一声合上卷子，摊开一只手掌。

　　"银子好说，快给我看一眼，这到底是什么啊？"

　　李艾重新打开试卷，低声说："这是去年的考卷，低调啊，万一要是和一会儿考的一样，你一嚷嚷，咱好不容易能考一回 A+ 的机会可就作废了。"

　　倪一冰连连点头，索性搬了书包坐到李艾身边，边看边皱眉："李大律，你确定咱们能考 A+ 吗？这些题我们两个人一起翻书答，恐怕也不可能全对吧。这卷子是沈班从哪里搞的，他有没有答案啊？"

　　"年轻人，怎么那么贪得无厌呢！"李艾并不正面回答他的问题，她知道，沈挚如果有答案一定会给自己的。

　　倪一冰眯起眼睛若有所思："李大律，我怎么觉得沈班对你有意思呢？他这么帮你，你打算怎么报答啊？"

　　李艾斜睨他一眼，慢条斯理地说："倪总，卷子我也给你看了，受了我如此之大的恩惠，你又打算如何报答我呢？"

　　倪一冰皱眉看看窗外，故作严肃地考虑了片刻："要不，我以身相许？"

李艾呵呵笑了起来，这时课程主讲老师刘教授的身影已经出现在了讲台上。

"同学们，请入座。今天是我们'公司财务'的最后一堂课，这堂课的主要内容是期末考试，不过在考试之前，我还想跟大家唠叨几句。很高兴和同学们度过了难忘的两个月，分享了很多和公司财务相关的知识与案例。与其说我教授了很多知识给大家，倒不如说，通过和在座的各位在金融界有着丰富实践经验的同学切磋，教学相长，我们彼此都有所进益。我知道你们当中卧虎藏龙，希望和大家建立长期的联系，欢迎大家随时和我分享来自一线的实践经验。我衷心地希望，在座的每一位同学不管是否从事和公司财务相关的工作，都能从这门学科中吸取到养分，也衷心地期望你们能为中国的金融改革事业做出自己的贡献。最后，我想再和大家分享一个段子，我知道你们背后都叫我段子手。"教室里响起笑声，"其实不是段子啦，是金玉良言。大家知道吗，财务报表呢，就像比基尼美女，看似穿着很暴露、很迷人，但其实没露出来的那部分，才是你们真正想看的。"台下爆发出哄笑声，刘教授扶扶眼镜，表示话还没说完，"所以大家要记住，无论你是并购还是投资，要想和对方在一起过日子，看不到没露出来的那一部分，都是圆不了房的。"

阶梯教室里的男生们已经笑得前仰后合，有些矜持的女生哭笑不得地低下了头。

"好啦，我就讲这么多，现在开始考试。"刘教授挥挥手，示意助教发放考卷。教室渐渐安静下来，坐在前排"学霸区"的同学们奋笔疾书，后排的却大多愁眉不展，有人已经伸长脖子四下张望起来。

李艾刚落笔写下名字，坐在她斜前方的章冉就转过身来东找西找。他本来就块头大，加上午餐时的酒气未消，格外引人注目。只见他抬起手来，对助教高声嚷嚷："服务员，忘带笔了，帮我找根笔。""服务员"？话音未落，原本紧张的考试气氛马上被沸腾的笑声融化，有人捧腹，有人摇头，有人趁机凑到隔壁去看答案。一片哄笑声中，李艾的手机"叮咚"一声，是沈挚：

> 考完试别走，晚上一起吃饭。

他的语气一贯如此，总会替你做好所有决定，不容商量。李艾皱皱眉，回复他：

> 今天不行，形形不舒服，我答应她晚上回家吃饭。

短信刚发出，李艾突然想起另一件事，转头对倪一冰说："昨天我们已经递交了《仲裁申请书》，下周你一定要抽个空来所里，咱们商量下仲裁员的人选问题。"

"好，那就周一吧，下午4点可以吗？我1点半有个会，开完就过去。"倪一冰半趴在课桌上，侧仰着头回答。李艾觉得这个姿势与他平日的帅哥形象不符，禁不住笑着点头。

这一切都被教室后方正握着手机发呆的沈挚看在眼里，他的眉头也跟着锁起来。

两小时后，考试结束，北清大学2016级FMBA第一学年的课程也随之全部结束。为了避嫌，也为了逃避内心的矛盾，李艾依旧没坐沈挚的车走，而是和祁安娜一起蹭倪一冰的路虎回了家。

沈挚穿过弘毅楼，闷闷不乐地往停车场走，却见前边不远处的朱海平正拉着江姗边走边嘀咕。两个人一个满脸堆笑殷勤有加，一个柳眉微吊爱答不理。头发稀疏的朱海平比穿着高跟鞋的江姗还矮半头，江姗的水红色连衣裙在阳光下格外醒目。盛夏的校园里没什么人，此起彼伏的蝉鸣衬得周遭更加寂静。沈挚想逗逗他俩，蹑手蹑脚地走过去，刚要开口，却听到江姗说："这钱你给他去，我不要。我是看他面子，也不是帮你。"沈挚犹豫了一下，这话显然不该被自己听到，他一时进退两难。朱海平并没觉察到身后有人靠近，心急如焚地拉起江姗的手臂，恳求道："哎呀，姑奶奶你就赏脸陪我去一趟嘛，你不出马，他肯定不收啊！"

沈挚皱皱眉，故意咳嗽了一声，两人像触电一般弹开，齐刷刷地向后看。江姗明显很尴尬，朱海平的面孔倒变得很快，他热情洋溢地咬着舌尖说："沈总，您没跟刘教授他们去聚餐哪？"

"哦，我家里有点事，今天去不了了。"

"家里有事？我看你是佳人有约吧，嘿嘿。"朱海平的小眼睛发出贼溜溜的光。

沈挚拿不准他这话的意思，难道自己和李艾的事被朱海平觉察了？沈挚毕竟还没离婚，同学之间有这样的关系实在解释不清。他赶紧转移了矛头："佳人不正陪着你吗，你们俩准备去哪儿约啊？"

"哎哟，沈总，可不能这样说。我求江女神给我一个感谢的机会，人家还不肯赏脸呢！"

"沈班，别听他瞎说，就是他们那个基金的事，我帮忙介绍了几个投资人，也不是什么大忙，不值一提。"没等沈挚接话，江姗有点刻意地转头对朱海平再次表态："大热天的吃什么饭啊？你要真想谢我，就放我回家吹空调睡觉吧！"说完，她"哔"的一声摁下电子车锁，不远处那辆红色保时捷的车灯闪烁起来。

"拜拜，我走啦各位，有空再约！"她踩着小碎步向车子跑去，留下朱海平一脸无奈。

半小时后，朱海平的白色奥迪 TT 驶入了金融街威斯汀酒店的地下车库，他满头大汗地直奔大堂酒廊，香槟色的大理石砖蔓延到猩红色的地毯边，一个身穿白色 Polo 衫、米色休闲长裤的男子正坐在黑色真皮沙发上，是陆云帆。朱海平往前赶了几步，可惜身前的肚子和口袋里的车钥匙太过碍事，伴着手中的黑色大纸袋哗啦作响，他只好又放慢了脚步，向陆云帆招招手："抱歉啊，陆总，久等了！"

陆云帆起身招呼他，看他衬衣湿了一片，情不自禁地笑道："不着急，喘口气再说，今天外边够热的。"他抬抬手，一个穿着猩红色旗袍的女孩带着职业笑容快步走来。"拿条小毛巾来。海平，你喝点什么？"

朱海平等不及上毛巾，拿起桌上的餐巾纸擦了一把脑门上的汗："云帆啊，我们去餐厅找个包间吃点东西嘛，也到饭点儿了。"

陆云帆摆摆手："真的不用客气，我家里老人病了，离不了人，晚饭得回去吃。你这么急着约我出来，到底什么事？"

看他如此坚定，朱海平只得落座，要了杯冰咖啡，"其实也没什么事，就是想约你出来聚聚，道个谢。这次给基金融资，我也没帮上太多忙。"话说到一半，朱海平的小眼睛越过金边眼镜的上沿望向陆云帆，似乎在等他的态度。

"怎么没帮上忙？还是融了 1 个亿嘛。海平你太客气了，都是大家自己的事。"

早在几个月前策划这只基金时，朱海平就夸下海口，说只要陆云帆能带来信元 1 个亿的资金做劣后，他就能搞定新盛银行 2 个亿的资金来放杠杆。结果信元的 1 亿到账许久，新盛的 2 亿却迟迟批不下来，章冉找的项目不等人，朱海平只好在新盛银行的高净值客户身上打主意，终于弄来了 5000 万，成本和还款方式都远不如银行资金。江姗、陆云帆、章冉几个人又通过各种渠道融来了 5000 万，好歹把项目的口子堵上了，但距离要把头一年利息超募出来的原计划显然不够，还不知道半年后第一次付息时该去哪里找钱。朱海平的临时掉链子把章冉气得半死，不同意付给他事先答应好的融资中介费，甚至连帮他代持的股份都不想认账。要不是陆云帆一直从中调解，两人差点撕破脸。

好在风波过去，"启航1号"也算是颤颤巍巍地启航了。朱海平终于拿到了100万的中介费，他明白这事如果没有陆云帆，肯定黄了。陆章二人是大学同学，交情不浅，章冉这个家伙看起来敢想敢做，其实有勇无谋，虽然代持着另外两人的股份，但私底下还是听陆云帆的。至于基金里最值钱的无形资产——信元的品牌，也由陆云帆一手促成。显而易见，争取不到老陆，他朱海平以后在基金的好处就到头了。

"是是是，都是自己的事，按说我这100万真不该拿，但确实融资那头也有不少开销，几个跟着跑的小兄弟不能让人家白干，有些客户还要返点，都不好对付。"朱海平讪讪地笑。

"明白，钱还是要接着融，新盛银行那边你也别放弃，有钱就不愁没有好项目，没钱什么也干不了。"陆云帆不想听他那些故事，急着回家给老丈人做饭。

"没错，没错，银行那边我在盯着，风控也没说就枪毙了，只是还在走流程，等批过了，我们把散户的钱置换出来也是好的啊！"朱海平留意到陆云帆已经是第二次看手表了，只得硬着头皮直奔主题，"云帆，这次多亏你照应，要不是你，别说中介费，可能基金都黄了，这些我心里都是有数的。这是我给嫂夫人准备的一个小礼物，您千万不能客气。"他说着把脚下的黑纸袋推到陆云帆旁边。

朱海平一进酒店大堂，陆云帆就留意到了他手中那个印着双C标识的黑色大纸袋，心里多少也猜到了七八分。"海平你太客气了，大家都是为基金。"陆云帆不想恋战，客气下就可以提包走人了，这个香奈儿包目测三四万，收了也没太大问题。

"应该的，应该的。"朱海平又把手伸向黑纸袋，捏了捏套在香奈儿皮包外的黑色防尘袋，低声说，"云帆，这个包包是好东西，千万自己留着，不能送人啊！"

陆云帆马上意识到这包里有东西，但酒廊人多眼杂，不好打开来看，更不能直接问。他喝了口水，换了个话题："你不是说，江姗要跟你一起过来吗？"

"唉，江女神说不舒服不想来。人家是腕儿啊，我请不动，得你出马才行！"

"这不合适啊，同学之间还这么大架子。我打电话问问她，说好了来的，什么情况？"陆云帆说着就拨通了江姗的电话，寒暄两句后，起身向洗手间走去。

不一会儿，陆云帆回来，笑呵呵地说："她一会儿过来。放同学鸽子，不像话。"

"看，我说吧，还是你有面子，哈哈！"朱海平乐得有美女作陪，约莫20分钟后，戴着墨镜的江姗果然出现在酒店大堂，引得众人注目。

江姗落座后先拿朱海平开涮："朱老板，你就那么舍不得我啊？在学校刚见完，这会儿又非要见！"

看到江姗，朱海平也放松了些："哎哟，我是想见你啊，但是我请不动你啊。你看，云帆叫你你就来，同学之间不好这样厚此薄彼呀！"

三个人玩笑几句，惦记着回家的陆云帆急着转入正题："江姗，这次融资你立下了汗马功劳，海平想要谢谢你，你给他个机会呗。"朱海平一愣，不明白陆云帆这话的意思，江姗倒是一改之前的态度，扭头看着朱海平说："好啊，那就给你个机会，你准备怎么谢我？"

"这……"朱海平被这突如其来的问题搞晕了，手头上也没有现成礼物，总不能掏钱包给现金吧？"女神，那我请你吃晚饭吧！"

"喊，谁稀罕你的饭啊？我减肥，晚上从来不吃饭！"

这下朱海平是一点没辙了，不明白陆云帆葫芦里卖的什么药，转头求救似的看着他，额角又渗出了汗。陆云帆笑笑，提过脚下的香奈儿纸袋,递给江姗:"海平,你送我的这个东西挺好,可我们家也没人用,不如我今天借花献佛,把这个送给江姗好了。江姗,这个就当作海平对你的感谢,你经常要抛头露面,估计用得着。"

朱海平彻底蒙了,不知该如何接话,他大脑飞快地旋转,突然像悟到了什么似的嘿嘿一乐,接着陆云帆的话说:"云帆说得对,这礼物啊,送江女神最合适!"

"好,既然你们都这么说,那我也不客气,笑纳咯!"江姗也不来虚的。三个人又闲聊了几句,就各自推说有事散了局。

陆云帆开着香槟色的宝马上了西二环,一路狂飙,快到小区时拨通了江姗的电话,一开口就直奔主题:"包里有什么?"

"2万美金。"江姗慵懒的声音传来,"你自己干吗不收?非要我人老远跑来接。"

2万美金,再加上包,得有小20万,陆云帆在心里飞速地计算着。"这钱你收没问题,但我是信元的人,收下就有问题了。"

电话里传出江姗不以为意的鼻息声:"那这钱我怎么给你?"

"就放你那儿吧。"

"好,知道了。"江姗沉默片刻,换了种语气问,"你什么时候还出差?"

"最近都没安排。我先不跟你说了,到家了,进了地库就没信号,你也早点回家吧。"陆云帆匆匆挂了电话,眼看已快到8点,何欣安没打过一个电话,想来是已经给父亲弄了吃的,但自己十有八九还在饿着肚子等丈夫回来。车里的音响发出"嘟嘟"的忙音,陆云帆熄了火,呆坐在与世隔绝的车库里,世界静下来,只听得见他的叹息。做男人很累,想做个好男人就更不容易,陆云帆眼看着自己背上了越来越多卸不下来的责任,却依然常常陷入自责与无奈中。他有时羡慕父亲,可以挣脱所有世俗的桎梏,过真正自由的生活,可他也明白,自己没有那样的福气。想要自由，首先要懂得无情，而他或许永远也达不到那样的境界。

　　星期一下午，倪一冰如约来到金达律师事务所，商讨仲裁员的人选，还要再和李艾落实几项需要在开庭前和对方交换的证据资料。自从王妍离职，这两次来金达开会，李艾都会直接带倪一冰去自己的办公室。用她的话说，坐会议室太见外，都感受不到同学的温暖了。这一次，倪一冰也不例外，在前台给李艾打个电话，就轻车熟路地直奔她的办公室了。推开门的瞬间，倪一冰一愣，不大的办公室里还坐着一男一女两个年轻人，李艾正抱着一大堆文件夹往书架上放，头也没回地说："倪总请坐。Jack，去帮倪总拿罐苏打水来。"客户的习惯她都铭记于心。

　　Jack 忍着笑出去，李艾感到异样，转过身来自己也愣住了：穿着淡蓝色衬衣的倪一冰面露尴尬地立在门口，怀里抱着一大捧鲜黄的玫瑰。

　　"这……"饶是一贯精明的李艾，此刻也不知该说什么好了。倪一冰的面孔越发通红："那个，我，我刚才在一层看到很多人买花，记得你办公室里也没什么装饰，就，就帮你买了把花上来。"他有点语无伦次。

　　"哦哦，好啊好啊，谢谢谢谢！"李艾用刻意的爽朗掩饰自己的手足无措，"哎呀，可是你看我这么糙的人，连个花瓶都没有。Jessie，你那儿有花瓶吗？快去找一个来。"

　　坐在办公桌对面的女孩憋着笑摇摇头："我又没男朋友，没人给我送花，怎么会有花瓶呢？"

　　"没事，那我再下去买个花瓶好了，花店里也有，怪我没想周到。"倪一冰顺手把花塞进拿水回来的 Jack 怀中，不顾李艾在身后唤他，落荒而逃。

进了电梯才总算喘上一口气来，倪一冰想起方才的一幕，禁不住又脸红起来。的确是觉得李艾的办公室太素净了，路过花店一时兴起才买了这束黄玫瑰。倪一冰隐约记得黄玫瑰的花语是"纯洁的友谊"，那饱满高贵的花苞也像极了李艾的姿态，没送错啊，可为什么自己会那么紧张，像是突然被人窥探到心底的秘密一样？

李艾的办公室里，两个小律师忍着笑收拾电脑往会议室搬，Jack装出一副忠厚老实的样子问李艾："这花也拿到会议室去吗？"李艾瞪了他一眼，旁边的Jessie笑得一脸花痴："李律师，倪总是不是在追你啊？"

"别瞎说，人家是客户，又是我同学，你要对他有意思，我给你俩创造机会。"

"倪总才看不上我呢，现在就流行姐弟恋，像倪总这样的青年才俊肯定喜欢李律师你这样有故事的人。"

有故事的人？李艾心里一颤。第一次走进这间律所，距今已有10个春秋，那时的她和Jessie一样，满脸胶原蛋白伴随着止不住冒出的青春痘，笃信自己有一天能闯出一番天地，羡慕那些资深的女律师有头脑、有胸怀，更有魅力。如今10年过去，李艾不知道自己在Jessie和Jack眼中是什么样的前辈，在倪一冰和沈挚眼中又是什么样的女人。成长，总得先学会和自己和平相处，懂得欣赏自己、体恤自己，也原谅自己。

会开了将近四小时，李艾把每位候选仲裁员的职业背景、以前参与的裁决情况，甚至是在其他场合发表过的相关言论都整理成册，和倪一冰一条条地过，才最终确定了首选方案以及两个备选方案。大家在会议室里吃了点儿赛百味，算是对付了晚饭，不知不觉已到9点。倪一冰说要送李艾回家，却被她以加班为由谢绝了。

送走客人，李艾回到黑着灯的办公室，月光恰好透过落地窗洒在那束黄玫瑰上，饱满的花苞像喝足了水，正努力吐出玉色的芬芳。李艾立在门口发了会儿呆，打开灯，又回到写字台前。这个点儿，彤彤已经上床睡觉了，李艾又掏出手机看了一遍幼儿园老师下午发来的照片。对面大厦的霓虹灯转动，流光淌过她的脸，李艾的嘴角跟着扬起。这样奢侈的放松时间并不太多，她深呼吸，放下手机，打开电脑。

两小时后，沉浸在各种邮件合同中的李艾，被静谧办公室中响起的短信提示音拉回到现实，她揉了揉眼睛，拿起手机。"睡了吗？"是沈挚。电脑屏幕右下角显示着时间11:43，李艾迟疑地按下回复键，脑海里却又猛地浮现出陈怡给她看照片时的情景。疲惫不堪的她把手机扔回桌面，将椅子转向身后的落地窗。夜色笼罩下的城市与白天很不同。下班时间，大厦的中央空调不开，办公室里闷热难耐，CBD的摩天大楼多半是玻璃幕墙，所以那些看似透亮的大落地窗其实是打不开的。李艾叹了口气：自己的爱情好像也是这样，看起来气派，却不知冷暖，没有呼吸。叶惠在照片里的样子看起来很快乐，完全不同于平时的高冷。她突然意识到，这场纠缠里，自己可能并不是最大的受害者，还有一个她早该想起的名字：林松杉。

李艾走出办公室，开放办公区那头的灯果然还亮着。林松杉最近也很拼，手上同时做着几个项目，还在不断地约见新客户。

"叶老板又给你派活儿了？这么晚还加班，她不心疼吗？"她若无其事地走到他办公室门口。

"她晚上跟客户有饭局，这会儿估计都到家了吧。"林松杉疲倦地笑笑，女朋友比自己级别高，常有人这样开玩笑，他也习惯了。

"话说，你和叶趴是怎么认识的啊？"

"你今天怎么突然有兴趣八卦这些了，不着急回家陪娃？"

"娃早睡了，我就是突然想起来，回所这么久，还没认真关心过你的私生活呢。"

林松杉抬头看了李艾一眼，笑了笑："很庸俗的套路，我在美国读

213

'老流氓'（LLM，法学硕士）时有个哥们儿，他女朋友在杜克读MBA时和叶惠是同学，有几次叫出来一起玩，就这么认识了。"林松杉保存文件关了电脑，想安安静静地和李艾聊会儿天。

"嗯，挺好，历史反复证明，套路越传统，成功率越高。"李艾想起来，沈挚正是在公派去杜克大学读MPA时和同校的一个中国留学生发生了那场不伦之恋，"她之前不是在香港吗，是为了你回北京的？"

"也不能这样说吧。我们北京香港两地谈了一阵，也并不是特别serious（认真），后来她决定回北京，才算真正settle down。"林松杉很坦诚。

李艾点点头，一时找不出什么委婉的方式，决定直奔主题："那她来金达，是你安排的？"

"我哪有那么大面子？要能安排合伙人，我肯定得先把自己给安排了啊！"林松杉的笑声收得有点仓促，他突然觉得这玩笑开得似乎有点不合时宜。

李艾倒不介意："那她挺厉害啊。叶惠跟你同年吧，一回来就能当金达的合伙人，一定是有高人支持啊。"

林松杉挠挠耳后，方觉得李艾话里有话："那我就不清楚了。"

李艾不是没感觉到林松杉的情绪变化，但她"捉贼"心切，也顾不得许多了："很多人都在传，她这么快当上合伙人，是因为带来了很重要的客户资源。客户不但有实力，还力挺她，所里必须给面子，这你知道吗？"

林松杉冷笑一声，从写字台后的扶手椅上站起来，一边收拾电脑包，一边淡淡地说："你怎么也跟他们似的，相信这种市井传言。叶惠这么年轻就当上合伙人，长得又不难看，难免会有人在背后说三道四，你以为你当年风头正盛的时候，就没人在背后说你闲话吗？"

"我？"李艾被这话刺得难受，刚要反驳就被林松杉抬手打断："我觉得你跟叶惠应该不至于有什么私人矛盾，如果之前她对你有不太礼貌的地方，我替她跟你道歉。当然，她是合伙人，又有资源，如果你觉得我和她的关系会对我们俩未来的……竞争造成不公平的话，也请你相信我的为人，或者申请让她回避都没问题。"

"林松杉，你在说什么啊！你觉得我跟你说这些，是因为忌惮我们之间的竞争吗？叶惠一个小小的初级合伙人，在合伙人大会里能有什么话语权？你们也太把自己当回事儿了吧！我跟你说这些，是因为我当你是我最好的朋友，没想到你一个大男人，如此小人之心！"

"当我是最好的朋友，还是当我是最大的敌人？"林松杉也激动了，音量不自觉提高了很多。

这一句顶得李艾前胸发闷，无言以对。安静的办公室让她渐渐冷静了下来，是自己太着急，也是对林松杉太信任了，无论如何，她捕风捉影的担忧都不该直截了当地向他和盘托出，这不仅会暴露自己和沈挚不清不楚的关系，更有可能会伤害林松杉和叶惠即将步入婚姻殿堂的恋情。

林松杉噼里啪啦地收拾了文件，气呼呼地往外走。

"你别走，咱们把话说清楚，我不想让你误会我！"李艾一时情急，拉住正要夺门而出的林松杉。

他侧过身子眉头紧皱，一点点凑近她的脸，怒视着她的眼睛说："李艾，别跟我玩心眼好吗？有时候我真看不懂你。我宁可不要这个合伙人，也不想让我们之间沦为……沦为我们曾经最不齿的样子！"

办公区黑暗的角落里，有个人正呆呆地看着他们，表情从困惑变为愤怒。林松杉办公室的玻璃门关着，她听不清他们在说什么，但那样激烈的情绪、亲密的动作，绝不是普通同事间会有的。李艾的手正拉着她男朋友的手臂，而他也不躲，还一点点逼近了李艾的身边……

盛夏的午夜，写字楼里闷热潮湿，叶惠却禁不住打了个冷战。她突然没有了冲上去质问的勇气。那是他俩的战场，那间先后被他们二人拥有过的办公室，早在自己出现之前，就隐藏着很多不为人知的往事和秘密。叶惠站在黑暗中，觉得自己像个多余的人，她双手颤抖地摸出手机，想做最后的挣扎。

李艾看着林松杉的眼睛，那双眼睛里有别人能看懂的愤怒和烦躁，还有别人看不懂的痛心和害怕。一瞬间，李艾的双眼潮湿了，就像是因为被亲人误解而委屈，同时又在心疼着因为误会受伤的亲人。一片寂静中，林松杉的手机振动起来，叶惠正在屏幕上笑盈盈地望着自己。他盯着手机看了好久，却没有接电话，不知是没有勇气听到叶惠的声音，还是没有精力应付眼下的局面。

看到林松杉握着手机的手臂缓缓放下，黑暗里叶惠的心也一点点冷了下去。

女性直觉

　　自从何欣安把患病的老父亲接回北京，她和陆云帆原本清静的二人世界就发生了翻天覆地的变化。老爷子身边不能离人，女儿女婿请了全职保姆，可太平日子没过几天就状况频发，先是保姆要涨工资，何欣安给了；没过一周，病情越来越严重的父亲突然不认识阿姨了，非说家里进了贼要报警，搅扰得邻居不得安生。除此之外，父亲每周都要去医院做两次康复治疗，按北京的交通状况，往返路程要两小时，排队治疗还得另外再花两个小时，一整天基本就搭进去了。保姆不会开车，没办法独自带老爷子去医院，女儿女婿只能轮番请假，饶是如此，依然有照顾不到的时候。尽管夫妻俩都已是公司的中高层，时间相对自由，却也架不住这么三天两头地缺勤。

　　入夜，何欣安躺在床上和陆云帆商量，要不自己辞职算了。陆云帆正开着床头灯看圈子里很火的新书《金融的本质》，听到这话，他靠在枕头上看着媳妇："我觉得咱们应该再雇个护工，跟李姐两个人互相配合，互相监督。人都是这样，有竞争才有效率，照顾得肯定比现在好。"

　　"再雇个人住哪儿啊？这么小的房子，现在住四个人都挤得慌。"这间120平方米的两居室住两口人绰绰有余，但住四个成年人就有些拥挤了。

　　"我正想跟你商量呢，咱们把这套卖了，趁着现在楼市低迷，添点钱再买套大的。眼下银行也没什么好理财，这几年攒的钱投在房子里，总比放在银行强。"陆云帆把书放在床头柜上，侧过身子看着太太。

家里的大事向来都是陆云帆拿主意，这几年他们攒了多少钱，何欣安心里也不太有数，她更关心眼下的困境："房子你看吧，可我到底辞不辞职呢？换房子也不是一天两天的事儿，现在家里的条件肯定没法再住更多的人了。"

陆云帆看着天花板，未置可否。何欣安觉察出他的情绪，试探着问："你是不是不赞成我辞职？"

"也不是不赞成。我是觉得，照顾人是很辛苦的事，你也不擅长，真要辞职回家，每天对着爸，你的情绪肯定好不了。现在上着班，好歹还能分散点注意力。你在专业上一直很优秀，真的放弃了回家来，不可惜吗？"

何欣安明白老公是在为她着想。其实她自己也没有信心，辞职回家就能让混乱的状况有所好转吗？过去几年，都是陆云帆操持家事，她连水电费该怎么交都搞不清。除了读书和工作，自己好像真没什么擅长的。

"这样吧，咱们先租个三居室过渡一下，再请个会开车的护工，房子的事明天我就跟中介联系，等卖了这套腾出了资格就买新的。你放心，不用辞职回家，咱也能把这些事都安排好。"

何欣安把头埋进丈夫怀里，温顺地点点头，有云帆在身边，天塌下来似乎都不用害怕。

第二天下午两点半，何欣安刚走进会议室，陆云帆的电话就打了过来。她以为是说房子的事，就按下了拒听键——当着客户的面，何欣安还是很在乎自己的职业形象的，但没过几分钟，陆云帆就又打了过来。看来是有着急的事，她只好连连道歉，走出会议室接电话。

"小安，跟你说个事，你别着急。"陆云帆的声音听起来倒还算平静，不过他一贯都是这副波澜不惊的样子，"爸上午出去了一趟，可能是去散步。他自己走的，没拿手机，现在还没回来，李姐有点不放心，你要不一会儿也回来看看？"

何欣安脑袋轰的一声："怎么能让爸一个人出去呢！李姐没看着他吗？几点走的？"

"上午10点来钟吧。李姐当时在厨房做饭，以前也没发生过这样的事，可能就是去散散步。这样，你在公司要是没有特急的事儿，就先请个假回来，我已经到家了。你别着急，路上慢点，我先四处找找。"

这个消息来得太突然，何欣安完全没有思想准备，整个人都蒙了。等上了出租车，她才慢慢回过神来。父亲来北京之后，尽管已托人安排在最好的医院治疗，病症却依然没什么起色。他特别爱说何欣安小时候在雅安的旧事，还经常提到欣安的母亲，仿佛一切历历在目；眼前的事却越来越记不住，记不住吃药，记不住家里的地址，穿错衣服是常有的事，也曾午睡醒来不记得保姆是谁，但走失却是第一次。

北京这么大，父亲又没拿手机，要到哪里去找呢？何欣安越想越害怕，抄起电话又拨给陆云帆。

"找到爸了吗？"她急迫地问，声音都在发抖。

"我正在物业这儿看监控呢，爸穿着上次咱们在香港给他买的那件蓝色短袖T恤，下边穿的白色长裤，从小区北门出去的，往西边走了。"

"往西边走了……"何欣安自言自语，又猛地大声追问，"之后往哪儿走了能看到吗？咱要不要报警啊？"

"出门之后物业的监控就看不到了，除非是调市政监控。110我打过了，人家说没到24小时不给立案，咱先自己找吧。你别着急，注意安全，过马路别慌慌张张的。"

何欣安失神地挂了电话。出租车拐过路口，停靠在凤凰城小区的北门，她下了车，站在路边发蒙。正是酷暑难耐的季节，下午 4 点的阳光白喇喇得刺眼，柏油路上蒸腾起热气，深黑色的路面仿佛被晒得渗出了油。路两旁的杨树直插云霄，聒噪的蝉声此起彼伏，叫得人心烦意乱。有个穿着红色 T 恤的快递小哥，正撅着屁股躲在一片树荫下翻找快件，汗水滴在摊了一地的纸盒上；一旁推着三轮车卖糖水菠萝的男人，卷起辨不清本色的 T 恤衫擦汗，三五只苍蝇围着他晒得黝黑的肚皮和沾着糖水的大玻璃罐口上下飞舞。

何欣安顺着小区北门往西走，双眼无助又紧张地四下张望，运转了大半天的北京城已快要进入晚高峰，街道上的行人越来越多，穿着校服的中学生三五成群、你推我搡；去接孙子的老头儿骑着加装了顶棚的三轮助力车，逆行在人行横道上。笑声、电话声、吵架声、喇叭声不绝于耳，城市像刚刚苏醒过来，开始蠢蠢欲动了。

父亲往西走，是要去哪儿呢？沿着这条小路走两三百米，就到了东三环，人仿佛一下子置身于后现代的汽车城中，巨大的马达轰鸣声瞬间掩盖了一切声响。何欣安第一次感受到了这座钢铁森林密不透风的恐怖，任何生物在其中都渺小脆弱不堪一击。她顺着过街天桥一级一级往上爬，一边慌乱地四下张望，三环路上由北向南的车辆尚在缓慢运行，由南向北的已是纹丝不动。何欣安套裙的背后已被汗水打湿，在冷气充足的写字楼里待惯了，她几乎都忘记了北京夏天的酷热。

雅安的夏天也热，却与北京热得不同。她还记得父亲给自己买的那双西瓜红色的塑料凉鞋，穿着其实并不怎么舒服，一出汗便觉得脚底打滑，和同学跳皮筋时会有灰尘钻进脚趾缝中，汗津津地磨着最细嫩的皮肤。可何欣安打心眼里喜欢那双鞋，恨不得从清明穿到中秋，小了也不肯脱。不奇怪，从小跟父亲长大，虽然衣食无忧，可其他女同学拥有的花裙子、红皮鞋、蝴蝶发卡……便是她只能奢望的美好了。于是那双西瓜红凉鞋就成了何欣安夏天里最幸福的回忆。放学路上脚跑出了汗，去青衣江边冲一冲，那清澈冰凉的江水伴着江面上吹来的凉爽湿润的微风，使她整个人都清爽起来，抬眼便是郁郁葱葱、雨雾迷蒙的蒙顶山。

那时的夏天是饱满的、丰润的、充满生机的，适合睡懒觉，抑或是做白日梦。

"嘀嘀——"一连串尖厉的鸣笛声把何欣安拉回了现实，堵在东三环上的汽车此起彼伏地宣泄着身处这个超级大都市的压抑和烦躁，她下意识地动动脚趾，皮鞋底被烤得发热，脚趾缝里却感觉不到一丝汗。刺眼的日光把人身体里的水分一点点烤干，过街天桥下的钢板也仿佛被暴晒得弯曲崩裂。何欣安的双手被天桥的钢栏杆烫了下，情不自禁后退了两步，定了定神，才意识到手机正在提包里振动。她连忙掏出来，是陆云帆。

"欣安，刚接到电话……"陆云帆话没说完，就被周遭又一波尖利的鸣笛声盖过。何欣安顾不得形象，堵着另一侧耳朵，冲着电话大吼起来："你说什么？大点声，我听不见！"

"你现在直接去中日友好医院吧，爸找到了，让三轮车剐了下，没什么大事。咱们在那儿会合，见面再说！"陆云帆也难得地提高了分贝。

父亲找到了。何欣安拐着高跟鞋站在三环路边打车，皮鞋边缘已经把脚踝磨出了血。滚滚车流中，她的血肉之躯显得渺小又无助。然而谜底还是没有揭开。父亲干什么去了？为什么会在两三公里以外的新源里小学门口被三轮车剐倒？他现在是什么状态？

何欣安揣着一肚子的担忧和疑问赶到医院急诊室，陆云帆已经先到了。远远地，便看到西装革履的他正和对面的警察说着什么，双手环抱胸前，眉头紧皱，仿佛正努力抑制着愤怒。一旁穿着快递制服的小伙子灰头土脸，想必就是剐倒父亲的三轮车司机了。

"爸爸呢？"何欣安三步并作两步赶过去。

陆云帆扭头揽过媳妇，走进急诊病区，硕大的房间被绿色塑料帘子围成了若干个小空间，他径直走向其中一个，小心翼翼地撩起围帘。何欣安看到躺在病床上的父亲，右腿的白裤子被剐破了，沾满了血迹和泥水；皮肤松弛、布满老年斑的手臂上被蹭破了好几处，血污混着灰尘；另一只手臂上插着输液管，透明的液体滴滴答答地流下来。老父亲紧闭双眼，不知是睡着了，还是不情愿再睁眼面对这个世界。面孔显然是被擦拭过的，却擦得敷衍潦草，鼻翼上的灰尘还若隐若现，灰白色的头发一绺一绺散乱在头顶，前额那块新贴的白纱布下，隐隐约约有鲜红色渗出来。

病床上的父亲瞬间就老了七八岁，何欣安憋了一路的眼泪奔涌而出。她心里发苦，脑海里全是过去30多年里父亲的不易和委屈。她不知道还能做些什么让父亲感到快乐，仿佛这些灾祸皆是因为自己的不尽心。她抽抽搭搭地哭起来，身体像筛糠一样发抖。陆云帆扳过她的肩膀搂住她，轻轻拍着她的后背，什么也没说。

警察在急诊室门口探头探脑，何欣安擦了把眼泪，跟着老公走了出去。司机小伙子垂头丧气，灰黑色制服背后满是泛白的汗渍，微卷的头发汗津津地贴在前额，隐约看得到头盔压出的印子，束缚在帆布凉鞋里的那双大脚晒得黝黑，指甲缝里黑黢黢的都是泥。

陆云帆贴在妻子耳畔说："算了吧，他也不是故意的，人没跑还主动报了警，就算不错。你去和李姐陪着爸吧，这边我来处理。"何欣安想看看那小伙子的脸，他却眼神闪躲，透着胆怯和紧张。何欣安叹了口气，转头对警察欠欠身："谢谢您了，人没大事就好。"

警察摆摆手："别客气，这是我们应该做的。人上岁数了，容易糊涂，做儿女的一定要多留神。"转头又对快递司机说："我告诉你啊，遇上他们这么讲道理的家属，那是你运气好。你呀，好好跟人家道个歉。"小伙子愣愣地来辩白："我真不是故意的！我都开过去了，没看见就碰到他了！"

"打住啊！"警察厉声呵斥，"你把人家老爷子撞到医院来了，还有理啦？你车是在马路上开的，还是在人行道上开的啊？人家家属还没说什么呢，你哪儿那么多话！这位先生宽宏大量，刚才表态了，不用你赔偿，你赶紧道个歉这事儿就算了，别自己找别扭啊！"

小伙子像霜打的茄子一样软了下来，拧着眉头，搓着衣角，痛苦万分地从牙缝里挤出一句对不起。陆云帆叹了口气，算是接受了他的道歉，转头对何欣安说："也是咱爸运气好，二楼丁丁奶奶正好去学校接孙子，看见一堆人围在校门口，认出是爸来。爸说不清他住哪儿，又没拿手机，也记不住咱俩的号码，丁丁奶奶就给物业打了电话，正好我在物业看监控，否则还没那么快能找着呢。"

警察让何欣安签了字，带着快递司机做笔录去了。陆云帆忙前忙后，给岳父办了住院手续。老爷子多处软组织挫伤，右脚跖骨骨折，鉴于他患有阿尔茨海默病情况特殊，医生建议老人留下来做个全面检查。头天夜里两口子商量的换房计划，此刻倒显得毫无必要了，120平方米的大房子又恢复了往日的寂寞。

车祸之后，父亲的病情恶化得更快，保姆李姐不愿意也不方便陪床，没多久便辞了工，两口子又在医院请了护工。何欣安总觉得是自己没照顾好父亲，内心有愧，把能请的年假事假都一起请了，准备在医院打持久战。

一停下来，何欣安才发觉，自己已经好些年没有这样陪伴过父亲了。大四那年寒假，已在北京实习的何欣安回雅安和父亲过春节，那是父女俩最后一段独处的时光。父亲怕女儿从干燥有暖气的北方回来不适应，买了电暖气，又加了床电褥子。早上，无论何欣安睡到几点，父亲都从不打扰她，天天排队去买女儿爱吃的油茶、豆腐脑，眼看着它们放凉，呼噜呼噜灌进自己嘴里，再系上围裙轻手轻脚地为女儿准备中午的丰盛大餐。下午，何欣安挽着父亲的手臂，陪他去喝茶或是走亲访友，父亲脸上从来都洋溢着藏不住的骄傲和满足。何欣安会跟父亲念叨许多学校的事、工作的事，她是个乖乖女，和长辈之间并没有太多不能谈的"秘密"。父亲向来听得认真，答复却总是那三句："人家也不容易。""吃点亏没坏处。""滴水之恩当涌泉相报。"

何欣安有次和父亲打趣："爸，我发现这三句话就是你的人生观哦，怪不得别人都说你太老实。"

"老实没得错哦！"父亲双手插在灰黑色的羽绒服口袋里不住点头，"这个世界坑不得老实人，你看你爸爸，一辈子从来没做过亏心事，没和哪个争过啥子，一直都过得平安快乐，还有你这么孝顺又优秀的女儿，我好知足！"

22 岁的何欣安很认同父亲的话，她想到自己的母亲，一辈子争强好胜，去美国再婚后不久又离婚，膝下再无儿女，母女通信中，何欣安丝毫感觉不到她的快乐或满足。于是，父亲的人生观，也渐渐成了何欣安的人生观。

何欣安趴在病床边，初秋的阳光穿过病房窗户，照着父亲越发苍老消瘦的脸。他入院已经两个月了，原本偶发的车祸昏迷，竟变成了一睡不起。何欣安流连在刚才那个模糊的梦中，不愿意醒来。梦里，二十出头的自己挽着父亲的手臂在冬季的青衣江畔散步，蒙顶山一片苍绿，天空阴沉欲雪，父亲笑得很满足，皱成一团的红鼻头在冷空气里呼出一团团白气。他语重心长地对何欣安说：以后你妈妈老了病了，如果在美国没人照顾，你还是要管她哦，毕竟她是你妈妈哦……

何欣安分不清那是回忆还是梦境，泪水顺着脸颊洇在床单上，她勾留在梦里不愿醒来。眼前的父亲和记忆中已判若两人，他几乎已经不认识自己了。何欣安觉得，有一双无形的手正拖着他离开，只留下一具躯壳。而父亲也不想走，他拼命想挣脱那双手，逃脱的片刻就是他难得清醒的时刻。他会主动去拉女儿的手，说不出话，却止不住地流眼泪。如果这是一场角力，何欣安恨不得搭上一切把父亲拖回来，可惜，她连对手都找不到。

床头柜上的手机振动起来，何欣安这才彻底清醒。那是陆云帆的苹果手机，丈夫不在病房，什么时候来的她也不知道。电话执着地响了一遍，又开始响第二遍。何欣安探头去看，是一个陌生号码，却隐隐又觉得眼熟。正纳闷，那号码发来条短信："你再不接我电话，我就去医院找你。"

何欣安心里咯噔一下，电话尾号"9478"像刺一样扎进眼中。她盯着它，犹豫着，要不要趁老公还没回来，迅速搜索一下这个号码在手机中的蛛丝马迹？这个有点不堪的念头吓了她一跳，正犹豫着，病房门开了，陆云帆拿着老丈人的夜壶走了进来。

"你醒了？护工干活还是不细啊，爸这些东西都只是随便涮了涮，根本没刷干净，是不是吵着你了？"他压低声音说话，蹑手蹑脚地把夜壶塞在病床下。

"没有，你电话振了……"何欣安努力平静下来，尽量轻描淡写地说，"振了好几遍。"

陆云帆擦干净手，拿起手机看。何欣安觉得心跳加速，倒像是自己做了亏心事。

"不认识的号码，估计又是广告吧。下次我调成静音，免得吵到你。"陆云帆神情自若地回答，一边把手机揣进西裤口袋。

病房里静得令人窒息，只听得到氧气瓶咕噜噜的声响，就在那个瞬间，对数字向来敏感的何欣安突然意识到了这号码为何眼熟；这正是在双流机场头等舱休息室时，被陆云帆拒接的那个所谓的"房地产中介电话"。

看来一切都不是巧合，那条短信恰恰说明，这个人不但认识陆云

225

帆，甚至对他的行踪都了若指掌。而自己的丈夫为什么故意不存下这个号码，只将之牢记于心，在方便的时候和对方互动，却不留痕迹？

何欣安突然觉得呼吸困难、手脚冰凉。不用说，即便自己有勇气趁丈夫不注意时翻查他的手机，所有相关的短信、通话记录也十有八九都被删得一干二净了。她了解陆云帆，这个冷静缜密的男人如果决定背着自己做些什么，她大概永远都抓不到把柄。何欣安闭上双眼，听到心脏"突突"地跳。她脑子很乱，有很多乱七八糟的念头冒出来，同时又似乎一片空白。她转头看陆云帆，他正跷着二郎腿坐在墙角的单人沙发上，指尖在手机上灵活地跳动，没有一丝一毫的慌张。何欣安转过身，情不自禁地握住了父亲的手，那只手还是那样僵硬无力。她多么希望父亲能醒过来，用他那宽厚包容的笑容，说服她不要去计较，凡事睁一只眼闭一只眼就好，可眼前只有那串号码在不断跳动。这是一道无解的高考题，不会有答案。她害怕。她慌了神。

何欣安突然被强大的恐惧和无助包围，生命里最重要最亲近的两个男人，似乎一夜之间，都变得遥远又陌生。

自打何老爷子住院，连工作都顾不上的何欣安，自然也无暇顾及北清大学商学院的课程了。9 月第三学期开学以来，她几乎没在教室露过面。周末下课后，李艾捧着鲜花，拎着新发的教材和班级定制的 T恤衫来医院看望何欣安。沈挚开车送她到医院门口，想了想说还是不上去了，下周班委要组织全班一起来看，到时候他再来。

李艾当然明白他的顾虑，这其实也是她自己的顾虑。随着夏天过去，陈怡和叶惠的名字逐渐隐匿在那些焦灼烦躁的午后。她希望沈挚能给自己一个解释，但又不知该从何提起。隐隐的不安像阴影一样弥漫在他们本来就不够坚定的恋情里。沈挚熬过了最初的猜疑和较劲，却始终也不明白到底发生了什么，同样敏感自尊的他只能选择缄默。

两个人都在等对方先开口，日子久了，没有等到敞开心扉的契机，却也生出了嫌隙。这座城里的男女，身世都太复杂，藏得住前尘往事，也藏起了自己的心，谁还敢再轻易尝试坦坦荡荡、心无芥蒂的恋爱呢？

李艾深呼吸了一下，调整情绪，推开病房的门。何欣安正坐在床边给父亲喂粥，头发随意地拢在脑后，面色憔悴不堪。看到李艾进来，她眼睛亮了亮，却也顾不上起身招呼。李艾连忙挥手示意她别管自己，蹑手蹑脚地走到了床边。老人浑浊的目光随着李艾的身影动了动，却也没有更多反应。

何欣安喂完粥，李艾借机凑到床边提高声音和老爷子打招呼，却发现他目光呆滞，嘴里呜呜咽咽不知在自语什么，似乎已经接受不到外界的信号。李艾有点尴尬，冲何欣安笑笑，转而问道："云帆呢？"

"今天星期天，去我婆婆家了。"看得出何欣安不只是疲惫，神情也很落寞。

李艾点点头，想着该如何安慰她："这种病不能急，慢慢来。医生怎么说？估计什么时候能出院？"

何欣安深深叹气："唉，现在麻烦的是有好多并发症，之前是肺部感染，这周尿道也有感染症状了。医生也没说什么时候能出院。我感觉，不太乐观吧。"

李艾不知该如何接话，她每天都经历着涉及上亿资产的大案子，却从未经历过生死："叔叔年纪还不算大，怎么会得这个病呢？"

何欣安的眼眶一下红了："我爸今年刚满六十。他这辈子真是太苦了，我五岁那年我妈就去美国了，他一个人带我，把我养大，怕找个后妈对我不好，从来也没想过再婚。刚到了能安享晚年的时候，就得了这个病。"她抹了把眼泪，低声说，"医生说这种病，病因不清楚，可能跟我爸老一个人待着有关系吧。从我去上海读大学后，我爸除了上班，就一个人在家待着。他退休又早，白天也就是跟老邻居下下棋，晚上经常坐在电视前就睡着了，半夜冻醒了才回床上睡。我特别后悔，那时候应该硬把他接到北京就对了，起码守着我还有人跟他说说话，不至于这么年轻就得这个病。"

何欣安哽咽着说不下去，李艾的眼眶也湿了。父母老去的速度比我们想象的更快，也远没有我们以为的坚强。他们倒下来，就像是一堵城墙轰然倒下，迎面而来的是没有了滤镜的世界，荒芜、寒凉，便终于看到路有尽头。

李艾把手搭在何欣安的肩膀上，这种时候，什么样的劝慰都显得苍白无力，旁人即便理解，始终也无法感同身受。

何欣安啜泣了一会儿，逐渐平静下来。她擦干眼泪，望着床上的父亲深深叹气，摇摇头说："都是命，在我最需要你的时候，你却不认识我了。"

李艾不明白她话背后的深意，轻声开解："这种时候你可不能倒下，调整好心情，身体也要照顾好。我看这是持久战呢，你不放弃，你爸就不会放弃。你们家真的算不错了，云帆顶得上大半个儿子啊。我们家要是赶上这样的事儿，上有老，下有小，没任何人能帮我，天都得塌下来。"

何欣安眼睛里藏着深不见底的忧郁，她看看李艾，欲言又止地摇摇头："很多事情，可能和我们以为的并不一样。我不傻，我只是没心，一旦有心了，也不是什么都看不见。"

李艾方觉得她话里有话："怎么了，听你这话不对啊？"

何欣安的眉头拧成一团，像用尽了全身的力气，低声说："你觉得云帆这个人，真的，有那么简单吗？"

李艾愣住了，她与陆云帆接触不算多，但对他印象颇佳，一方面是因为陆云帆身上有种知性内敛的气质，但更重要的是在何欣安口中，他是那么重情重义、堪称完美。以何欣安低调谨慎的性格，她这样问，想来是遇到了什么自己无法化解的大事。金融圈在世人眼中算得上光怪陆离，离钱太近，人性的欲望和弱点就暴露得更加充分无遗。仔细回想，陆云帆虽然实在谈不上有什么破绽，但与他走得近的朋友，却都在这个圈子里如鱼得水，谙熟声色犬马之道。

"云帆我真的不了解，在所里跟他开过两次会，也就是点头之交，基本都是听你说的。我觉得他人很好啊，只是，他身边那几个朋友，和他风格迥异。"李艾故作轻松地打趣，不想让气氛太沉重。

"人以群分，物以类聚。也许，他们才真的了解他。"何欣安的脸上浮起失落。

"没你说的那么夸张，算上大学谈恋爱，你们俩在一起都十几年了，谁能比你更了解他？不要因为你爸病了，你自己状态不好就疑神疑鬼。"

"我真的不是因为心烦才迁怒于他，"何欣安烦躁地摇摇头，"他对我挺好的，对我爸也没的说。没错，我是了解他，可人是会变的。仔细想想，这几年他好像是把我藏在了一个安乐窝里，给我看的都是他想让我看到的，所以我认定他还跟读书时一样。可这怎么可能？我早就该觉察到的。他现在到底在做什么、想什么？每天那么忙，真的都是在忙工作吗？"

何欣安低下头，揉搓着刚刚给父亲擦完嘴角的毛巾，病房里陷入寂静。

"我不是傻子，我真的不傻，我只是太相信他了。"

"也许这才是智慧吧，夫妻之间，只要你还想跟他过，最明智的不就是选择相信对方吗？"李艾回想起自己的婚姻，人世间所有的一切，或许并无所谓的真相，无非是信与不信的选择。只是眼前的何欣安还不会这样想，她机械地摇着头，李艾忍不住问："你到底发现什么了？"

何欣安的眼圈又红了："陆云帆，他可能，有外遇。"

李艾看着被痛苦扭曲了面孔的何欣安，轻声问："你是听到了什么吗？"

"直觉。"何欣安想了想，坚定地回答。

女人的直觉很神奇，与其说它验证了某种真实，不如说它验证了你的潜意识。女律师李艾不喜欢直觉，她喜欢一切有证据、有逻辑的理性判断，可是，她也并不能抗拒自己的直觉。当何欣安的直觉告诉她，自己的生活圈子里，有个躲在黑暗中的女人正和丈夫分享着不可告人的秘密时，李艾的心底也有个声音在问：看似完美的沈挚，真的是能让你幸福的那个人吗？

移动课堂

　　金秋十月，丹桂飘香，北清大学商学院的同学们向着南方出发，堪比天堂的苏州城，是他们这次移动课堂的目的地。

　　对绝大多数同学而言，这几年经济发展迅猛的苏州并不陌生，那是他们出差办公常去之地，可抱着轻松愉快的心情和同窗结伴游学，便是种难得的体验。中国的商学院大都有这样的传统，要么是在草长莺飞的春季，要么是在层林尽染的金秋，选个风景秀丽的地方，邀教授、携同学，把课堂搬到山麓湖畔，指点江山、舒畅情怀，聊聊青春的故事，也谈谈明天的理想。

　　班委们提前一个月就开始筹备：选住处，安排行程，还要提前预定大闸蟹和游船。集合时间定在十一长假结束后的第一个周五，去程由同学们自行安排，在苏州的吃喝住行，以及返京的高铁票，则全由班费承担。李艾一直犹豫着没有报名，一来是担心长假刚过会积攒下许多工作需要加班；二来何欣安不去，她的兴致也减了一半。

　　十一长假，恋爱中的情侣按说该有些安排，沈挚提过几回，怎奈李艾心结未解，反应也并不热情。再加上都忙，就这么拖到了9月底，远处来不及安排了，两个人商量着驾车去秦皇岛海边散散心。一号当天，全国高速公路免收路桥费，京秦高速瞬间堵成了巨型停车场，原本三个小时的路程，现在八九个小时也未必到得了。看着现场的新闻报道，电视机前本来就心劲不足的两个人不约而同打起了退堂鼓，于是调整计划，选来选去，长假已然过半，索性放弃了出游的想法。沈挚载着李艾，去北五环新开的高尔夫球场挥杆，望望绿色出出汗，也勉强算是个应景的选择。

李艾已有很多年没下过球场。嫁去东莞前，跟着前男友打过几次，总觉得节奏太慢，没有蹦迪唱K来得痛快，也就不了了之。这次沈挚相邀，李艾的兴致倒是比当年浓了一些，不仅是因为年龄渐长心性也更加稳健，更重要的是高尔夫已成了国内商务社交的必备项目，不会打球，真有可能错过商机。早上临出门，李艾翻箱倒柜，发现当年打球戴的手套皮质已经老化，套在手上皱巴巴的。岁月真是把杀猪刀，不放过任何一张皮。一路上，沈挚兴致颇高，车窗外秋高气爽，常年拥堵的四环路此刻也畅通无阻。他随手打开车载音响，贝多芬的《田园交响曲》飘荡起来。沈挚难得地打开车窗，让和煦的阳光和略带干燥的澄澈空气一起流淌进来。

"北京要是每天都这样，估计也不会有那么多人想移民了。"他兀自笑笑，戴上墨镜。

"我记忆里的北京就是这样啊，以前哪有那么多人。"李艾顿了顿，"谁想移民了？你吗？"

"我？"沈挚笑着摇头，"我一个国企干部，怎么可能琢磨这些事儿。倒是周围有些朋友，这几年都嚷嚷着要逃离北京呢。咱们同学中就有不少人在计划啊，放假前我们小组聚了一次，章冉就在准备雅思考试呢。"

"章冉？"李艾不屑地挑起嘴角，"他考得过去吗？他自己都说现在能完整拼出来的英语单词还不到100个。再说，他基金做得好好的，怎么想起移民了？"

沈挚哈哈大笑："是啊，我们那天也逗他呢。谁知道，可能是投资移民吧，考多少分无所谓，他不太愿意说，我们也没仔细问。"

不知为何，李艾突然想起了何欣安在医院里说起的关于陆云帆外遇的话，两件看起来风马牛不相及的事，此刻却让她有了种不好的联想："章冉他们那个地产基金，现在怎么样？你投了吗？"

"我没有，我哪有钱投啊！"沈挚狡黠地笑笑，不同于私企老板同学，央企高管的身份让他说话做事都格外谨慎低调，"说到他们那个基金……这话也就咱俩私下说，哪儿说哪儿了，我觉得，他们那个基金不是特别靠谱，还是有挺大风险的。"

"怎么个不靠谱？你是听到什么风声了吗？"李艾好奇地侧过身，等着沈挚的下文。

"听到什么不能跟你讲，只是他们募资的时候就打了擦边球，好多所谓的高净值客户，其实风险承受能力都很低，有个风吹草动就会恐慌，并不是所谓的'合格投资人'。你是做律师的，这个应该比我更清楚。"

李艾"喊"了一声："我哪清楚他们融了什么钱，谁都没有你知道的多。"

沈挚看了她一眼，呵呵笑起来："哎哟，心眼还挺小。不是不跟你讲，是因为我的消息也不见得就准，都是熟人，牵扯到谁都不好。我觉得他们有风险，倒还不是因为资金端。我要说的恰恰是项目端，他们重仓投资的那两个四川的房地产项目，听说问题不少，地产圈核心的很多人都知道，所以没人敢碰。章冉也好，陆云帆也好，毕竟都是金融出身，也许并不能完全摸透其中的门道。欸，这话，你可别跟你那个好闺密讲啊。"沈挚突然想起李艾和何欣安私交甚笃，连忙嘱咐了一句。

"沈总，你当我是三岁小朋友还是家庭妇女啊，我也是混社会的，没那么傻白甜好吧。你要真顾忌我和何欣安的关系，说之前就该考虑清楚，说完才想起来，倒真该反省一下自己是不是周全呢。"李艾顶了他一句。

沈挚无可奈何地笑着摇头："唉，跟女律师谈恋爱真是烧脑，嘴边得留个把门儿的。不过也好，这么锻炼下去，我们公司的法务以后就可以回家了，我也能干。"

李艾扑哧笑出声，算是给了沈挚一个台阶下："对了，这次苏州游学，你到底去不去啊？"

"我是真不想去，可没办法，刘鑫专门给我打了电话，说游学是今年班里最大的活动，你是班长，要起带头作用，你要不去，估计很多同学要请假，我们工作就没法开展了。人家都这么说了，我好歹支持一下吧。去呗，反正也就是个周末。"

"哦，我也没想好到底要不要去，周末家里还有好多事儿，连轴转也挺累的。"李艾靠向真皮座椅，黑色的墨镜反射出金色的阳光。

"不想去就不去呗，在家休息休息挺好的。"沈挚似是不经意地说。

"我怎么觉得，你好像有点不希望我去呢？"

"哪有啊？"沈挚一边打转向灯，一边懒懒地回答，"我是觉得，大家要在一起待两天两夜，你说我天天看着你，连手都不能拉一下，不是也挺煎熬的嘛。"

李艾摇摇头笑起来，真是个"直男癌"，想问题永远从自己出发，可自己又何尝不是"直女癌"？别人听起来甜蜜动听的情话，换了自己，就总能挑出毛病来。说话间，金色的银杏树丛中露出一个石青色的牌子，看起来低调神秘——新开的高尔夫俱乐部已经映入眼帘。

李艾在洋溢着淡淡幽香的更衣室换好球衣球鞋，束起马尾，戴好遮阳帽，又涂了层防晒霜，镜子里的她看起来青春洋溢。她精神抖擞地走到出发站，一身白色球衣的沈挚已经在那里等待了。她笑容灿烂地迎上前，突然意识到沈挚旁边还站了个至少有一米七的长腿美女，满脸职业化的微笑。

"准备好了？"沈挚的笑容有几分拘谨，"你说多巧，小赵以前在

234

CBD 球场那边就给我做球童，没想到跳槽到这儿来了。小赵，这位是李艾，"沈挚顿了顿，"李律师，她不常打球，你今天多陪陪她。"

李艾方才灿烂的笑容突然有点僵硬。她早已想到沈挚不会跟别人说自己是他的女朋友，可此时听到"李律师"这个称谓却觉得好官方。她劝慰自己，他们的关系没必要跟一个球童讲太多，但转念想想，会不会这个球童见过太多像她这样身份暧昧的女伴儿来打球，而沈挚只是怕尴尬？甚至，谁知道这个挂着神秘笑容、眼神犀利的女孩和沈挚又有怎样的交情呢？

"砰——"开局不利，初秋一个美好的下午就这样变了味道。新开的球场由国际设计大师规划，乍看很美，但细节就有些不尽人意：远处的山峦掩映在杂乱无章的楼宇之间，一望无际的绿草坪也依稀能嗅到杀虫剂的刺鼻味道。是不是一切美好的背后都有着不堪的真相，所谓幸福只是自己吞下的"迷魂剂"，好打起精神面对所有残缺与不堪？

李艾到底还是去了苏州，倒不是因为贪玩，而是 JHR 对赌案涉及的房地产项目"碧江锦城"就在苏州，倪一冰提议，不如游学结束时顺道去看看项目现场，反正也是早晚躲不掉的功课。既然如此，李艾就没理由推托，踏踏实实订了车票，周五提前两小时下班赶去幼儿园接彤彤，把她送回家后就直奔高铁站了。等折腾到苏州平江府酒店已接近午夜时分，早到的同学们晚餐便聚在一起，此刻酒兴正酣，几乎没人回房间睡觉，霸占着酒店的中餐厅迟迟不肯散去，此时李艾推门进来，正好又多了个起哄的由头。男同学们都从椅子上蹦起来，借着酒劲热情地上前拥抱：

"李大美女，千呼万唤始出来啊！"

"怎么才来，等你等到花儿都谢了！"

"别妨碍人家服务员下班休息了，咱们赶紧第二场吧，去哪儿你们到底商量好没有？"

穿过热情喧嚷的人群，李艾看到坐在餐桌主位上的沈挚正醉眼迷离地望着自己，眼神充满暧昧，看样子没少喝。

"同学们，我有个提议，今天到此为止好不好？明天一早还要上课，魏教授的课可是要点名的！快12点了，大家今天赶过来都很累，还是回房间好好休息吧。"人群中响起一个声音，不用看就知道，是不胜酒力的倪一冰。

"欸，一冰，你别扫兴啊！愿意回去睡觉的就回去睡觉，不愿意睡觉的，跟我唱歌去！我带你们去苏州最好的酒吧，绝对不虚此行。"章冉眨眨被酒精熬红的眼睛，大手一挥，还真有好几个男生积极响应。"李艾，你不许走啊，迟到的必须参加第二场！"已经朝门口走去的章冉像突然想起了什么似的，掉过头从人群中一把拽过李艾，"我早听说李大律唱歌很专业，今天你必须给咱来一段！"

同窗已经一年，随着对彼此了解的加深，曾经的芥蒂也冲淡了许多。章冉这个人虽然粗鲁莽撞、大男子主义，遇事倒也有几分豪爽仗义。他为人直率简单，喜怒哀乐都写在脸上，两杯黄汤下肚就容易得意忘形。李艾哭笑不得地挣脱了他的手掌："今天就算了，我这一路折腾，现在只想回房间睡觉。明天不是还聚呢吗？明儿晚上咱再好好唱，行不行？"

"你这家伙最滑头了，明天晚上谁知道你又溜哪儿去了？不行，今天就跟我们走！"章冉借着酒劲不依不饶，李艾差点被他的蛮力拉倒。

"章冉，人家女同学不愿意去，你干吗强迫啊？"倪一冰上前一步，挡在李艾和章冉面前，虽然面带笑容，但语气十分坚定。

"走吧，一冰，我知道你早就想听咱们艾艾唱歌，我这是给你创造机会呢，还不赶紧跟哥走，别不好意思！哥教你个真理啊，"章冉突然压低声音，眼珠上下翻动，"女人说 no 的时候，其实就是 yes。你千万记着，该出手时就出手！"最后一句，章冉几乎是喊出来的，把周围的同学都吓了一跳，他却被自己逗得前仰后合，横肉堆了一脸。

"就是，一冰，关键时刻光英雄救美不行，得主动点儿！"人群里有人跟着起哄。

夹在中间的倪一冰脸唰地红了，眼神也闪烁起来。本来已经被章冉弄得有些不耐烦的李艾，突然注意到酒后的倪一冰竟然不经意间流露出了几分少年的羞涩。她一愣，一个长久以来的疑惑又在心中盘桓：难道他对我真有好感？不应该啊，他那么年轻、阳光帅气，这样的男生在任何地方都是抢手货，怎么会看上我？李艾啊李艾，宁可装傻，也千万别会错意，30多岁的单亲妈妈自作多情，就太尴尬了。

正在李艾犹豫的片刻，起哄的人群中闪出一个高大的身影，二话不说，一把拖过李艾的左手，不容分说就往大门走去。本来还紧紧扯着李艾右臂的章冉见状也只好松开了手，因为这个人不是别人，是大家都有几分敬畏的班长沈挚。诧异和兴奋的表情偷偷爬上了同学们的脸，纵然沈挚喝了酒，沉稳如他，也不会平白无故当着众人的面和哪个女同学表现得如此亲密。

除非，真应了个别人私下猜度的，他们早就暗度陈仓。

走出去十几米远，同学们才回过味儿，人群中爆发中热烈的起哄声。沈挚也不去理会，带着几分得意拖着李艾的手向掩映在竹林桂树中的住宿楼走去。

苏州的秋夜湿漉漉的，李艾跟跟跄跄地跟着他，惊得嘴都合不上，回头看看人群已远，才转身低声问："你今天喝了多少啊？不怕别人看出来吗？这么冲动！"

沈挚反倒变本加厉，一把搂住李艾的肩膀："不喝酒也得出手了，再不冲动，你都让别人抢走了！"

李艾看着他醉态里的认真，心里也柔软起来，眼中的夜色突然变得澄明，虽然明天可能要面对许多恼人的流言，但一贯自制的沈挚难得流露出的真性情和冲动，倒令她心中升起隐隐的甜蜜。

两个人趁着如水的夜色在小桥流水间散步，约莫一小时后才溜达回住宿楼门口，沈挚紧紧拥抱着她，又说了会儿话，才依依不舍地道了晚安。

为了节约班费，也为了低调行事，本次出游班委会订的都是双人间，分配给李艾的室友是祁安娜。一个暑假没见，安娜瘦了黑了，黑色的眼眸藏在凌乱的长刘海后，越发生机勃勃。此刻她已经冲完了澡，穿着宽大的 T 恤，盘腿坐在床上弄电脑。李艾同她寒暄几句，隐隐觉得她言谈间似有几分疏远。想来是因为刚才的风波，安娜平时算和她走得近的，现在都难免尴尬，那么明天还不知会面对怎样的流言。李艾已从方才的甜蜜中醒来，心事重重地起身去洗手间冲澡。

20 分钟后，李艾洗完澡，安娜已经合上了电脑，正往脸上敷面膜。没等李艾找到合适的话题，她先开了口："你手机刚才响了好几遍，快看看吧，不知道是倪一冰还是沈挚，别让人家等着急了。"说完兀自笑了起来。

方才略显尴尬的气氛终于缓解，李艾也放松下来，摊开手无辜地说："亲爱的，拜托不要这样戏耍我好不好，我们岁数大了，禁不起逗。"

"我哪有耍你？嘿，我发现你这个人很会隐藏哪！之前我一直以为沈挚是和江姗有什么，没想到，你才是幕后高手！"

"真不是你们想的那样。"李艾顿了顿，看来还是需要个解释，她也不想这几天里被女生们孤立，"其实我跟沈挚因为工作关系，上学之前就认识，彼此有些好感，但那个时候，我上一段关系都还没处理完，根本也没心思想这些事，也就是这两个月才走得近了点，还没来得及正经发展呢，就被你们发现了。"

"这是好事啊！"安娜看她如此坦诚，也兴奋地坐起来，"我觉得沈挚跟你挺配的，真的，他不是也在办离婚吗？那你们俩应该是认真的咯！"

李艾连忙打断她："停！他离婚可不是因为我，虽然这样背后谈论人家私事不好，但是他跟他太太分居已经很多年了，这事应该不少男生都知道。至于什么叫认真、什么叫不认真，我真没想那么多。唉，总之我们这种失婚人士面对感情的心情，你们这些还在憧憬婚姻的年轻人真的很难理解的。"

"哈哈，可不是所有单身的人都憧憬婚姻哦，我就一点不憧憬。那倪一冰又是怎么回事？对了，江姗呢？我觉得她对沈挚也蛮有好感的。"

"倪一冰就是瞎起哄呗，他们公司最近有个案子在我这儿，平时接触多一些，说话也就随便一些。至于江姗，"李艾想了想措辞，"我跟她接触也不算多，但是班里对她有好感的男生本来就不少，我要是男生，没准儿也追她呢。对了，怎么今天没见到她，她没来吗？"

"没来，说是要录节目，明天下午才赶得过来。我还有事想请她帮忙呢，也不知道人家会不会给面子。"祁安娜若有所思地说。

正对着镜子梳头的李艾把目光投向祁安娜，庆幸自己刚才没说什么贬损江姗的话："什么忙？我还想问你呢，你最近在忙什么啊？"

这句话戳到了安娜的兴奋点，她倏地坐直了身子："你不知道吗？我在创业啊！暑假我回了趟美国，见了几个硅谷的老朋友。哇，他们带我去看了很多创业项目，都好棒。你有听过一个项目叫 Airbnb（爱彼迎）吗？"

"我知道啊，共享闲置住宅的平台嘛。"

"没错，可以共享一个房间，也可以共享整栋 house。游客到陌生的城市旅行，不见得要选择住酒店，也可以选择住在这样的民宅里，又便宜，又能做饭，还可以和当地人交朋友。我觉得这个商业模式在中国也很适合，而且市场很大，特别是像三亚、厦门，就包括苏州，都有很多闲置住宅，游客也很多。你想象一下，下次我们再搞游学活动，不一定要住这种酒店，也可以去旁边的平江路租一整套 villa（别墅），大家在客厅喝酒聊天，想玩到几点都可以，也不会像今天一样被服务员赶，那不是很惬意吗！"

李艾有点疑惑地看着她："所以呢？你说你在创业，难道是加入Airbnb 了？"

安娜哈哈大笑："我现在加入 Airbnb 也只能是给别人打工啊，顶多给我点期权，有什么意思？要干就自己干。我做了那么多年的 hotel management，还是有这个'基因'的。现在国内都鼓励创业，这么好的时机当然要抓住咯。咱们校训的第一条不就是'取势'嘛，取势很重要，风来了，猪都能飞起来！要对自己有信心，我好歹比猪聪明点儿，是吧？"

"哈哈，猪的智商很高的，你们别老污蔑猪！"李艾逗她，"但我还是没听明白，就你一个人干吗？"

"那怎么可能？中国那句话怎么说的来着，一个好汉，三个帮。我找了两个合伙人，一个 CTO（首席技术官）是从硅谷回来的，负责开发 App；一个专门管人的，是我以前公司的 HRD（人力资源总监），负责团队搭建和公司内部管理。市场和运营本来就是我的强项，所以我来当 CEO 咯！"

李艾听得也兴奋起来，心底升起敬佩："哇，可以啊你，这么年轻就当 CEO，真行！所以你是不打算回大公司工作了？"

祁安娜摇摇头："那有什么意思？跨国公司都做过了，看起来风光，还不是在熬年头，天天都有 office politics（办公室政治），还要突破女性天花板，没劲。自己干累是累，但自由啊，我的地盘我做主，输了赢了，都没什么不甘心。"

李艾看着她因为梦想而发亮的眼睛，周身有种过电的感觉，没想到安娜瘦小的身躯里竟有这么巨大的能量。她情不自禁地伸出大拇指："了不起，我佩服你！等哪天你的公司要上市了，我免费给你当律师！"

"别等那时候啊，我现在每天都有很多法律问题想咨询你，又怕你太贵我请不起，所以也不知道踩了多少坑了。李艾，说真的，你要是有空，每周哪怕就抽一个小时，帮我盯下公司的那些法律事务，我就真的太感谢了！"

李艾想了想，这承诺不好随便做，每周一小时倒不多，问题是法务工作会牵扯很多责任，这么少的时间还不够了解公司情况呢。

"这样，安娜，你无论是合同上还是公司有什么具体的法律问题，都可以随时来问我，我不收你钱，但是我劝你，还是要有一个固定的公司法务。我这样的，顶多能给你一些咨询意见，因为我对公司的情况不了解，给的意见也不一定就适合。我见过很多公司，一开始没重视法律问题，后边花了好几千万去补窟窿。你既然是奔着做大去的，这些基础工作就更要重视。"

"你说的这些我都懂，但你不知道创业公司是什么样子的，每一分钟、每一分钱都要掰成几瓣花，顾得了东，顾不了西。"祁安娜耸耸肩，一脸无奈的苦笑，"不过谢谢你啊，李艾，你能这么爽快地答应给我咨询，我已经很感动了。你放心，即便是咨询，也不能让你白干。纯帮忙的事情都不能长久，这我懂得。"

李艾摆摆手："对了，你刚才说想请江姗帮你什么忙？"

"这个忙说大不大，但对我们还蛮重要的。你知道四季投资吗？"祁安娜靠向床背。

"知道啊，VC（风险投资）圈里算是一线的投资机构吧。"李艾擦完了晚霜，也脱鞋爬上了床。

"没错，他们蛮喜欢投这种共享商业模式的，据说在衣食住行各个领域都要有布局。我们这个项目就是'住'里的共享模式，应该和他们蛮对口的。可惜我们团队和资本圈都不熟，只有 CTO 和他们的一个投资经理以前见过几次，就先把 BP（投资企划书）递过去了。可是这都快一个月了，也没什么消息。打听了一下，别人都说，最好是能有渠道直接跟合伙人聊，成与不成很快都会有结论。下边的小朋友，一是没什么权力推不动，二是很多东西自己也看不懂，反倒耽误事儿。可我实在想不到有什么渠道能接触到他们的合伙人，那天在网上搜他们大合伙人的名字，突然发现，他以前上过江姗那个节目《财经连连看》。我专门去找了那期看，感觉他们还蛮熟的，访谈的时候像老朋友一样。"

"这是好事啊，让江姗引荐一下。能直接和大合伙人对话，效率肯定高。"

"是啊，明天她来了，就想跟她聊聊这事。其实我们目前还接触了另外几家 VC，对我们的项目评价都很不错，有一家已经给 offer 了。我们也是对四季的品牌和投资布局很认可，所以才想等一等，如果能跟他们合作当然更好。"

"嗯，千里马更得配好伯乐！"李艾明白，祁安娜作为创始人姿态也不能太低，融资跟谈恋爱差不多，小伙子太上赶着，姑娘也害怕，"我觉得没问题吧，引荐一下举手之劳，等你们将来成了像 Airbnb 这样的大公司，四季还得好好感谢江姗呢！你明天大大方方跟她提就是了。"

"是吧？"祁安娜若有所思地点点头，突然看到床头的荧光表已经显示 1:25，"哇，都快 1 点半了，快睡吧，明天 8 点半还要集合呢。"

房间里的灯光暗下去，李艾又看了一遍母亲发来的彤彤吃晚饭做鬼脸的照片，带着满满的思念和爱意睡了。

苏州的秋天有一种澄净的美，天平山的怪石、清泉、红枫，三山岛的金橘、桂花、芦苇，道前街的银杏，上方山的墨菊，重元寺的归鸟，石湖的秋月，悠然地吐露着秋的芳华、润泽、丰富，还有寂寥。走在这样的秋色里，心也静了，眼也明了，时光也慢了。北清大学商学院FMBA16级的同学们，坐在中式园林酒店的大会议室里，注意力时而集中在教授精彩的讲述上，时而被窗外射进来的一道秋光迷住了眼，随着一跃而起的画眉钻入层层竹林中。就连最不喜欢读书的学生也在这秋色里感叹起了校园时光的美好，恨不得时间驻足，就停在这一刻。

沈挚和李艾刻意拉开了距离，平时总凑在李艾身边的倪一冰，此刻也远远躲在了会议室最后一排。清早的气氛有点微妙，酒醒了的沈挚意识到自己昨晚的冲动明显低估了流言的威力，早餐时他给李艾发短信："同学们看我的眼神都很怪异啊。"

李艾自尊心很强，想也没想就回道："那今天还是保持点距离吧。"

沈挚没回复，一直到魏教授都开始上课了，才收到一条他迟来的短信："我还是早点把我自己的事办利索，否则对你也不公平。"

他所指何事，李艾当然清楚，可与陈怡有过几面之缘后，李艾更加明白，这件事想要办利索，恐怕也不是那么容易。

下午的课上得稀里糊涂，有人按捺不住，中午就多喝了两杯女儿红，此刻乌木雕花窗沿下的桂花香气一阵阵袭来，沁人心脾，就连魏教授都放下了《社会主义经济理论与实践》，心猿意马地背起了《秋词》：

山明水净夜来霜，数树深红出浅黄。

试上高楼清入骨，岂如春色嗾人狂。

下午4点，课程提前一小时结束，大家簇拥着魏教授，坐上了提前安排好的大轿车，开始了移动课堂的重头戏。今晚的安排颇为丰富，观前街太监弄的名店松鹤楼有着250年历史，班委们提前订好了五个包厢，将中庭的隔挡打开，全部连通，形成一个通透敞亮的临时宴会厅。菜也是祖籍苏州的朱海平和几个资深吃货一起精心挑选安排的，力求让同学们尽兴而归。无酒不成席，姗姗来迟的江姗赞助了四箱陈年女儿红，章冉也毫不示弱地联系了当地一个朋友，又火速送来了两箱梦之蓝。胖墩墩的贴着烫金红纸的上釉红彩瓷坛，并着线条流畅的瘦高幽蓝色玻璃酒瓶，一齐摆上了雪白的餐桌，落地窗外的小桥流水、古井竹林，伴着留声机里传出的似有若无的评弹声，酒宴开席前隐秘的紧张兴奋随着同学们越来越近的欢声笑语慢慢滋长开来。

"砰"的一声，大厅古香古色的雕花大门被打开了，一群人簇拥着魏教授和刘鑫老师有说有笑地走进来。李艾躲在人群最后，尽量和处在"权力中心"的沈挚保持距离。提前在餐厅张罗的几个同学迎了出来，身穿橘红色呢子连衣裙的江姗笑得面若桃花。

"哈哈，你们白天不上课，原来是躲到这里来啦！游学游学，光有游，没有学啊！"高大魁梧的魏教授带着西北口音的普通话在大厅里回荡。

"哎呀，教授批评我了。我这是牺牲了个人的学习时间，来给同学们搞好后勤服务嘛，教授你不表扬我，还批评我！"江姗嗔怪道，顺势挽着教授的手臂往主桌走去。

一旁的刘鑫也连忙解释："江姗早上在北京有个活动要主持，中午一结束就赶过来了，还是很重视班级活动的，这不，还为咱们赞助了女儿红！"他指指摆在每张餐桌中央的两小坛黄酒。

教授哈哈笑着摆摆手，不露声色地把手臂抽出来："考勤从来不是我关注的重点，那是教务处一个没办法的办法。你们都是有社会工作的人，不是在校学生，百忙之中还愿意抽出时间来学习，那就是值得肯定的事！"

一片欢声笑语中，同学们纷纷落座。晚上6点整，晚宴正式开始。

李艾的情绪并不太高，一整天，沈挚和她彼此疏远，偶尔目光相交的瞬间，像是藏了千言万语。她当然明白沈挚的顾虑并不完全是为了他自己，可如此暗流涌动又时常被流言蜚语困扰的恋情，已经不是她这样的女人有耐心隐忍的了。李艾藏着几分落寞坐在靠近角落的一桌，远远望了眼主桌上情绪也并不高涨的沈挚，索性背转过身去。

说话间，服务员端着各色菜肴鱼贯而入，打头的举着今日晚宴的"重头戏"——几篓红亮饱满的大闸蟹。一股鲜美至极的香气扑面而来，令人食欲大振。蟹子是阳澄湖的珍品，肉质洁白细嫩，膏似凝脂，黄油醇厚。有位同学是阳澄湖最大的食品加工企业的老板，托了他的关系，大家才有如此口福。同学们个个事业有成、神通广大，抛开城府利益，聚在一起享受淳朴的同窗情，又有丰沛的物质资源做后盾，的确是乐事一桩。

朱海平算得上半个东道主，被大家多灌了几杯，此刻酒精上头，兴致颇高，俨然是主人的姿态，挨桌为同学们讲解各道菜品背后的典故，或是指导不会吃蟹的北方同学如何借用巧劲剥蟹。李艾所在的这桌多是女生，酒下得慢，气氛自然也清静些。朱海平满面通红地走过来，几缕稀疏的头发已被汗水打湿，活脱脱一只刚出炉的大闸蟹。

"女神们，对菜品都还满意吗？"他扶着李艾的椅背，弯下腰笑容可掬地问。

"满意，满意！海平最会点菜了。"大家纷纷开口道谢。这种时候同学的面子是要给足的，人家也是一片热心。

"我这个人嘛，大家知道的，比较注重享受生活，我跟你们讲，我点的这几道菜，一般人来松鹤楼是不晓得点的！"在家乡暖风的熏陶下，朱海平的南方口音比在北京时更重了几分，"其实松鹤楼这几年有点落寞了，名头大，多半是游客来吃，咱们今天毕竟是第一顿正餐嘛，还是要带大家体验一下。明天中午那一家，我安排的，是我们本地人才晓得去吃的苏帮创意菜，肯定比今天这个味道好。今天是重在体验！

哎呀，你们这桌酒下得太慢啦，来来来，大家一起碰个杯，我陪女神们喝！"

朱海平好吃好玩，同学们都早有耳闻。也是在场面上混惯了的人，他只要有心，一定能将你从头到脚都安排得妥妥帖帖。放下酒杯，朱海平还恋恋不舍地站在一边，又闲谈了几分钟，突然指着李艾的盘子惊叫起来："啊哟李艾，你这是暴殄天物啊！那么肥的蟹膏你吃都没吃就扔掉啦！"

他这样一喊，几乎半个屋子的人都看了过来。李艾被大家盯得不好意思，讪讪地笑着自嘲："咳，我这个人，平时就没耐心，再好的东西，要抠啊抠啊掏啊掏地弄半天还吃不到嘴里，也就不想要了。"

"哪有那么麻烦，是你不会吃。来来来，我给你剥一个。"朱海平说着挤着肚腩弓身从桌上的竹篓里取过一只螃蟹，翘着肥胖的兰花指，三下五除二，庖丁解牛一般把一个蟹子完完整整地卸了开来，"看到没有，要用巧劲，很容易的。喏，中间这个六角形的，注意看啊，这个是蟹心，寒凉的，不可以吃的哦，特别是女孩子！"他用筷子尖挑起来向周围的人展示，"哎，接下来就可以享用了。李艾你真不像个女生，我们大家都晓得你没耐心，再好的东西，等太久也不想要了，是不是，班长？"朱海平将话头抛给沈挚，在众人的哄笑声中带着颇有成就感的笑容，花蝴蝶一般飞向其他桌了。

李艾有点尴尬，倒不是因为朱海平嘲笑她不会吃螃蟹，而是最后那句捎带上沈挚的笑话。同学们表面客客气气，其实都不傻，这些敏感的关系、暗流涌动的事，都悄悄看在眼中、记在心里。成年人，尤其是这些事业有成的商学院学生，个个城府颇深，不提不代表不知道，不问不代表不关心。李艾自嘲地摇摇头，硬生生把话题岔开："这个朱海平，手是真巧，只是他把我奚落半天才给我剥了一个，我怎么觉得我有点亏啊！"

"你放心，海平才不做亏本买卖，彰显完手艺他就撤了，真等着他给你服务，哈哈，那就等到花儿也谢了！"有的同学跟着打趣，笑声连着笑声。

坐在一边的祁安娜始终有几分心不在焉。她先是进进出出地打电话，去其他桌敬了几杯酒后，脸上的愁容就更深了。

李艾用茶水洗了手，又用散发着茉莉清香的白手巾拭干，和螃蟹的大战总算告一段落。她端起黄酒杯和祁安娜碰了下，看着她干干净净的吐碟说："你怎么不吃，是不是怕暴露自己比我手还笨呢？"

祁安娜愣了片刻才反应过来："哈哈，比你手笨的女生应该不多！不过我以前在美国很少吃这些，手法肯定也不怎么样，好处是我没你馋，所以不会暴露。"她抿了口黄酒，四下看看没人注意，才凑到李艾耳边说，"我刚才问过江姗了，介绍四季投资合伙人的事。"

"哦，她怎么说？"

安娜若有所思地蹙着眉："我也说不好，开始她说她跟那个合伙人也就是工作之交，做节目时有过几面之缘，私下说不上话，但刚才她又专门把我叫到外边，说等回了北京会想办法帮我引荐。"

"这是好事啊！"

"是啊，可我总觉得她躲躲闪闪的，不知道他们到底什么关系，心里没底。"

"嗐，你管他们是什么关系呢，先办好自己的事儿再说。江姗既然这样说了，就肯定会帮你联系的，万一要是没后文了你也不少一两肉，有什么损失？"

祁安娜点点头，眯起眼睛笑着看李艾："我发现你也蛮有创业潜质的，特别有……要性！"

"要性？什么意思？"李艾从没听过这个词。

"哈，创业圈里比较流行的一个词，就是那种想要赢，想要成功的信念和决心。我理解的就是乔布斯他们说的 stay hungry, stay foolish，不要想太多。哲学家、教授什么的都当不了创业者，因为他们总在思考，思考太多就会怀疑，就会觉得成功啊、财富啊，这些东西对人生、对世界的意义好像也不怎么大，哈哈。所以书别念太多，念完这个 FMBA 咱们就到此为止！"祁安娜的兴致终于渐渐高涨起来。

"这个 FMBA 能顺利毕业我都要烧高香了！"李艾感慨道。她远远看了一眼沈挚，他正被五六个人围着敬酒。沈挚今天明显是有备而来，虽然没少喝，却依然保持着良好的风度和矜持的气质。李艾从鼻孔里轻轻笑了一声，突然觉得这场恋爱，竟像高中生一般躲躲闪闪，只是少了几分甜蜜和悸动，多了些无奈和猜忌。

"怎么一直没看到倪一冰？"祁安娜环视一周，同学们都颇有些醉态了，三五成群地拥在一起，吹牛瞎侃，或是忆苦思甜。

李艾早就发现倪一冰没来参加晚宴，本想发个短信问他，但想到昨晚的尴尬，又打消了这个念头。她甚至隐隐在想，倪一冰今日的躲闪和缺席，是否与昨夜自己和沈挚的行为有关。她又在脑海中梳理了一遍倪一冰这几个月来的表现：并肩作战也好，相谈甚欢也好，送黄玫瑰花也好，关键时刻挺身而出也好，都无疑在诠释着一种好感，一种李艾不敢也不想面对的好感，而这好感离爱情有多远，她也没有答案。

正想着，沈挚的声音在宴会厅中响起："同学们，咱们把桌上的酒菜都清一清，不要浪费，该准备奔赴下一个目的地了。感谢海平兄弟帮大家联系了夜游古运河的活动，画舫已经在码头等着我们了，据说非常风雅啊。咱们9点开船，8点40大巴准时从餐厅楼下出发。大家抓紧时间，女同学们都带好外套，晚上水面上还是有些冷的。"

"哎呀，没带外套怎么办？"有女声在人群中喊。

"没事的，我给大家包的是有顶子带玻璃窗的船，不是露天的，不会太冷的。实在要冷嘛，哪个男同学脱件衣服，正好有机会表现一下！"朱海平臃肿的身体被两个凳子卡住，一时半刻挤不到场地中间去，着急地站在餐桌边解释。

同学们在沈挚的号召下一起鼓掌感谢了朱海平，便陆陆续续起身离去。李艾登上大巴车，拣后排的座位坐下，暗夜里，手机的提示灯光亮起来，打开看，果然是沈挚。

"你带外套了吗？"

"没带你脱给我吗？ ^-^"

沈挚不再有回音。李艾发的是句玩笑话，怕他有压力，还专门贴了个笑脸，心中却也难免有隐隐的期待。一路上，沈挚坐在前排和几位教授老师聊着中国经济的未来走势，相谈甚欢，李艾在黑暗的角落里远远看着，突然觉得他离自己越来越远。

夜晚的古运河别有一番风情，古城与新城的灯光散落在水面，交相辉映，流光溢彩。同学们三五成群地在运河码头合影，李艾紧了紧衬衫，酒劲散去，晚风袭来，的确有些凉。等人差不多聚齐了，大家陆续走进金碧辉煌的画舫，比起船外雕龙画凤的精致，船内的装潢就显得有些简陋。一组组相对而设的卡座，铺着镂花桌布的长条桌上有各色茶果，还有包着玻璃纸、尚未开封的茶碗。舱内靠近船头的位置，开辟出了一块两米见方的小舞台，立着根话筒，角落里年头已久的大音响上落了层灰。

舱内倒是暖和了几分，有几个男生挤在角落的卡座，为了方便抽烟推开了玻璃窗，一股凉风顷刻灌入。女生们叽叽喳喳地抗议，章冉酒后越发洪亮的声音在角落响起："坚持一下，坚持一下，抽完这一支！再说哪有那么冷啊？我们都出汗呢，而且我告诉你们，拉着玻璃窗没法自拍，反光！不信你们试试。"

朱海平翻了个白眼，压低声音，对坐在对面的李艾和祁安娜笑眯眯地说："一点没有绅士风度，都不晓得照顾女生。烟本来就不应该抽，还开窗户！是吧？"

"那是，哪有我们海平心细啊，又会剥螃蟹，又晓得订带顶子的船！"安娜学着他的口气，咬着舌尖说。

"欸，安娜，我发现你这一年的学上下来，中文水平进步很大嘛。这样，我教你一段苏州话，你要能说下来，那你中文就算厉害！"

"哈哈，你别教我，你先去教章冉，他要是能学会，我再来学！"

朱海平扶扶金边眼镜，小眼珠滴溜儿转着："不教他，他笨得很，上回自己说英文字母有 26 个还是 24 个都搞不清，语言能力，零！"说完用肥肥的手指圈出一个零来。

祁安娜乐不可支，李艾却隐隐觉得朱章二人不似前阵子那般往来密切，都有些刻意回避对方，难不成生了嫌隙？

船头有些小沸腾，原来是沈挚提着新买的十几条丝巾上了船："别着急，别着急，女生人人有份，男生别伸手啊！"

"哎哟，还是沈班长懂得怜香惜玉。我说刚才找不到你，原来去买丝巾了。"朱海平冲着走到他们桌边的沈挚起哄。

"很多女同学没带外衣，怕大家冷啊。"沈挚看了李艾一眼，"喏，挑一条。"

李艾的手刚挨到杏黄色那条，沈挚的声音又传过来："淡紫色这条配你！"

"安娜，转过去，转过去，我们什么都没听见哦！"朱海平故意起哄。

李艾犹豫片刻，还是拿起了杏黄色的丝巾："我还是更喜欢这条，谢谢啦！"

"哈哈，你跟他还客气什么，我们谢一谢也就算了。"祁安娜也跟着起哄，沈挚一脸尴尬，往下一桌走去。

一圈走完，朱海平旁边的座位明明还空着，沈挚看了一眼，却还是坐去了江姗那一桌。

还有几分钟船就要开了，船头突然传来急促的脚步声，随着同学们的欢呼声响起，慌慌张张的倪一冰出现在船舱里。

"这下好了，人全到，开船吧！"小刘老师高兴地宣布。

船上几乎已经没什么空位，倪一冰看了看，犹豫片刻，坐到了朱海平身边。

船开了，夜色弥漫，华灯初上，古运河上一片桨声灯影。方才还空着的小舞台上款款走出个身穿青花色旗袍的姑苏女子，手持琵琶，软软地唱起了《枫桥夜泊》。两岸斑驳的竹影、阑珊的灯火都倒映在潺潺水波之中，琵琶弦动，一船过客的心弦也动，欢歌笑语在灯火摇曳的船舱内流动，小心翼翼地掩藏着秋风里的孤寂与萧瑟。

李艾发现倪一冰自始至终都在回避她的眼神，有时跟大家打趣几句，却从不与她正面交流，下船时，她追着倪一冰的背影赶了两步："一冰，周一我们还要去看'碧江锦城'的项目吗？"

"看你时间吧。"倪一冰低着头回答，有点躲闪。

"我就是为了跟你看项目才来苏州的啊，我时间当然没问题了。"

"哦，那就去看看吧，项目公司那边我也打过招呼了。"

"那就好，跟你确认一下。工作还是最重要的嘛，对吧？"李艾坦荡地对他笑笑，倪一冰也只好点点头。

刚刚10点，姑苏城仍旧人来人往，一帮爱热闹的同学张罗着要去第三场。魏教授毕竟上了年纪，玩不动了，连连摆手："我先回去啦，明天上午9点还要上课呢，你们迟到我顶多睁一只眼闭一只眼，我迟到，那是要扣工资的！"李艾正想跟几个女生搭魏教授的车回酒店，就被一帮同学拉住："昨晚说好了去唱歌，说话要算数啊，再说沈挚都没走，你着急什么！"

"别这样，别这样，让人家女同学多难为情！"躲在人群后的沈挚

251

有点不淡定了。这一解释，倒像是此地无银三百两，更引得大家一番哄笑。

"你们两个一个也不能少，走走走！"生活平淡，就怕没热闹，起哄的同学不在少数，他们唱着歌，说着醉话，勾肩搭背地向不远处的酒吧街走去。

李艾一直在刻意放慢脚步，想要和沈挚拉远距离。她越来越清晰地意识到了一个问题，在这一班同学的心目中，她和沈挚，已经彻底被流言蜚语绑在了一起，然而他们心照不宣的一个事实是：虽然沈挚本人鲜少提及，但他的确尚处在一段受法律保护的婚姻关系中。那自己在大家心中又算什么呢？沉不住气想要鸠占鹊巢的小三儿？迫切地渴望用新恋情弥补上一段失败婚姻的笑话？

不管哪个形象，都并不是真实的自己，更不是她想要得到的评价。

唉，怎么会这样？李艾轻轻叹气，才发现自己已经落在队尾，她索性顿住脚步，想趁没人注意偷偷溜掉，省得在酒吧里更加尴尬。她佯装在接电话，向远远回望的祁安娜挥挥手，示意他们先走。等人群渐渐远离视线，她才放下手机，疾步向反方向走去。

一群人晃晃悠悠走了10多分钟的步行街，一个人步履匆匆5分钟也就走到了头。李艾赶到公路旁的的士站，周末这里热闹非凡，十几个人在排队，却不见有出租来。李艾左顾右盼，突然隐约觉得队首有人正望向自己。她循着目光看去，正是倪一冰，夜幕下的两个人都明显一愣。

"欸，你……你不是跟他们去了吗？"倪一冰磕磕巴巴地说。

"哦，我刚才接了个工作电话，有点着急的事，得回酒店去处理个文件。"李艾张嘴就来的本事可比倪一冰老练许多。

说话间，终于有辆出租车缓缓驶来，还没等车里的客人下来，的士站等车的队伍就把倪一冰挤到了车前。倪一冰拉开车门才回过神，对

252

还站在队伍外的李艾说："那，那就一起走吧，我也是要回酒店。"

来不及多犹豫，李艾便跟着他钻进了狭小的出租车。司机师傅问："去哪里？"

"平江府。"两人异口同声地回答，接着又同时陷入了沉默。车窗外五彩斑斓的流光像水一样漫进车内，快要湮没两个心事重重的人。半晌，还是李艾率先打破了沉默。

"你怎么没跟大家去酒吧玩？"

"挺累的，我对酒吧没什么兴趣。"倪一冰没精打采地说，和平日阳光开朗的形象判若两人。

"你晚饭怎么也没来吃？行踪诡秘啊。"

"晚饭……"他换了个姿势，转头看看李艾，这还是他今天第一次迎上她的目光，"你居然注意到我晚饭不在啊？"

"哈，"李艾挑挑眉毛，神情自若地打趣道，"我们不在估计没人发现，但你这个颜值担当不在就太明显了啊！"

"什么颜值担当？"倪一冰无奈地摇头，"你半路溜回来，班长没给你打电话吗？"

"唉，一整天没见，咱能不能别一开口就互相涮啊？"李艾叹了口气，车里的气氛似乎终于松弛下来。

"你跟沈挚，你们什么时候的事儿啊？我怎么一点儿都没看出来？"倪一冰终于吐出了憋在心里一整天的问题。

"也就是这个暑假的事儿，这不刚开学嘛，你们没看出来也正常。"虽然这段恋情还有太多的不确定，但对朋友，特别是倪一冰这样的朋友，李艾不打算隐瞒。

"那你们俩，是认真的？"倪一冰若有所思地问。

李艾扑哧笑出声来："你说你也不小了，说话怎么跟中学生似的！"

"本来嘛！"倪一冰神色有点不悦，"如果是玩一玩呢，就不应该让这么多人知道，否则将来怎么收场？如果是认真的，那沈挚就应该尽快离婚啊，否则对你很不公平！"

这话戳到了李艾的心坎上，她沉默片刻才开口："他是想离婚，但是……你不是也见过他太太吗？都已经拖了那么久，没那么容易吧。"

倪一冰不屑地"哼"了一声："只要够坚定，离婚哪有那么难？你可以说我不懂啦，但你自己不也是说离就离了吗？你还有孩子呢，沈挚和他太太除了点儿共同财产哪有什么分不清的？分居都那么久了，怎么会离不掉？除非是根本没下决心。"

李艾并不想为沈挚辩解，倪一冰所说的也正是她心底的话。

"其实说实话，他离不离婚，除了多些流言蜚语外，对我倒也没什么实质性的影响。我这么说别人可能不信，但你应该了解我，我真的没想过要这么快就进入一段新关系，更别说是婚姻了。所以说离不掉也有离不掉的好处，大家彼此都多个退路，也不伤面子。"

"是啊，所以昨晚我很震惊啊，我一直觉得你很洒脱很自由的，怎么会突然就变成了谁谁谁的女朋友？"

"哈哈，人嘛，有情感需求不是很正常嘛，做别人的女朋友和做自己也并不冲突啊。况且，"李艾压低声音说，"心底里，我还真没觉得我已经是他女朋友了，听你这么讲，觉得好奇怪。呵呵，昨晚纯属意外。你呀，别担心我了，操心一下你自己吧！周一去看项目，还有很多功课要做呢，这可是场硬仗，不能掉以轻心。"

出租车缓缓在平江府酒店门前停下，两个人沿着铺满鹅卵石的竹林小径往住宿区走去，月色穿过斑驳的树影洒在水榭上，阵阵幽香隐隐袭来。这是昨夜和沈挚走过的路，此刻和倪一冰走在这里，彼此背了一整天的包袱，终于都卸了下来。

庞氏骗局

入秋刚一个月，章冉已是第三次飞往蓉城。

他步履匆匆地穿过双流机场汹涌的人潮，顾不得"打望"甜美靓丽的川妹子，也顾不得留意落地窗外阴云密布的天空，一路眉头紧锁地往出租车等候区赶去，耳郭上蓝牙耳机的光一闪一闪的。

"天府新区，麓湖。"章冉砰的一声关上出租车门，一把扯下耳机。说完目的地，他便皱着眉闭上眼，疲倦地向车座后背靠去。

约莫十来分钟，车窗外噼里啪啦的雨声伴随着雨刮器有节奏的摆动声才把章冉从满脑子的官司中拉了出来。他微微睁开眼，侧过头看窗外，机场高速两边茂密的银杏树叶子已开始泛黄，在雨水的冲刷下露出几分斑驳来。

秋天来了。

出租车司机一直在后视镜里打量这个客人，看他终于睁开眼，便主动搭起话。

"老板，你经常来成都吧？"司机操着口音浓重的"川普"客气地问。

章冉从后视镜里看了他一眼，微微点头："你怎么看出来的？"

"嘿嘿，你上车就睡觉，根本不看窗外的风景，我们成都秋天多美哩，肯定你是经常来噻。"看他果然是常客，司机师傅放弃了"椒盐普通话"，索性说起了方言。

章冉没心思和他闲扯，从鼻孔里"哼"了一声，就掏出手机来看。

"我不但晓得你经常来成都，我还能猜到你是干啥子的！"司机师傅并没有打住的意思。

这话倒勾起了章冉几分兴致："哦，你说说看，我是干什么的？"

"你——不是房开公司的，就是搞投资的！"师傅看起来胸有成竹。

"哈哈，"章冉大笑两声，没想到这司机还有点道行，说得八九不离十，"有意思，你怎么看的？"

"你先说我说得对不对嘛。"司机急于求证。

"嗯，确实差不多！"

"嘿嘿，我一般都不得看错。你看你嘛，从机场出来没得行李，只有一个手提包包，肯定是经常飞来飞去。我拉过好多做投资的客人，基本都像这样。然后你又说去麓湖，麓湖现在是我们成都最大的建设区啊，听他们说，里边有百十来个房开项目。所以我说你不是搞房地产的，就是做投资的。再说不管是做房地产还是做投资，都是有钱人，看嘛，你的包包、衬衫、手表，全是名牌，那都更不会错了嚓！"

"哈哈哈，"章冉再次开怀大笑，先前满脸的阴云散去了几分，他很享受被人看作成功人士的感觉，何况自己也确实算得上，"分析得挺有道理嘛，你们这些出租车司机，也算是阅人无数啊。"

"唉，我们看人还可以，其他的就都不懂了。老师你是做投资的，我请教你个问题嚓？"

"你说。"章冉跷起二郎腿，想听听他葫芦里卖的是什么药。

"现在有好多网上卖的理财产品，也不是银行，也没得门店儿，但听说回报还是多高哩，这种可不可以买？"

"回报多少？"

"说是一年有20%，可能还多。"

"投什么啊？"

"啥子投啥子啊?"司机从后视镜看了他一眼,显然没听懂。

"他们把你们的钱以每年 20% 的利息融过来,肯定要再投到回报更高的项目里去啊,否则拿什么还你?"

"这个……那我都不晓得咯,好像也没有写。"

"你说的这个产品叫什么名字?谁卖的?"

"好像是叫啥子宝,网上下个 App 就可以买,晓得是哪个在卖哦!"

"扯淡!"章冉一脸不屑,"我跟你说,现在这些互联网金融,坑多得很,市场上哪有那么多年回报率超过 20% 的项目。真有这样的好项目,信托、资管、基金都上了,还轮得到你们这些小散户?你们挣点钱不容易,别给人家当韭菜割!"

"是嚏,我们找钱好不容易哦,起早贪黑的全是辛苦钱!可是老师,"司机从后视镜里投来讨好的目光,"我们有几个要得好的朋友都买了,确实分到那么多钱了哦!"

"那你知道他们分的钱是从哪儿来的吗?"章冉故意卖关子,看司机摇头,才不以为意地开口,"庞氏骗局听说过吗?"司机更加茫然了,"拆东墙补西墙总听过吧?告诉你,他们分的钱,十有八九,就是你们这些后来的买家投的钱!这种事,早晚都要爆。"

"哦,你这样一说我就明白了,老师你们专业的就是不一样哈,听我一说就晓得了。那是不是说,只要赶到它爆之前我们把钱取出来,就连本带利都安全咯?"

"你能掐会算啊?你知道什么时候爆?爆之前谁还能通知你不成?别贪这种小便宜,老老实实去银行买点理财产品,虽然回报率低,但最起码稳定啊,那些高风险的游戏,不是你们这些……"章冉硬生生把"穷人"两个字咽了回去,"普通劳动人民承受得了的!"

"确实是啊,我们找钱好辛苦的嘛。老师,谢谢你哟。唉,我特别羡慕你们这些搞投资的,又有钱,看起来还多有智慧哩!将来我娃儿上大学，我也喊他去学金融，那相当于搬了个印钞机回家哦……"

司机又喋喋不休地说起了子女教育，章冉却因为方才那番话陷入了沉思，直到一个电话响起，才打断了他的思路，是陆云帆。

"怎么样，到公司了吗？"一向波澜不惊的陆云帆语气也显得有几分急躁。

"没有，飞机晚点两个小时，正在高速上呢，快了。"

"哦。你估计他们这次要谈什么呢？"

"不知道啊，上次工作组来，了解了一些情况，主要是问徐总他们当年拿地的事儿，也没找我。你说老周把股份转给咱也才半年，再以前的事儿，咱哪清楚啊？"

"话是这么说，但这次紧急叫你回去，肯定也是有事要问。总之，还是谨慎点，你也理一理当时和周总买股权时的来龙去脉，实话实说呗。"

"周家老爷子的事到底怎么样？有结论了吗？"章冉压低声音问。

"不知道，他那个级别，不会这么快有结论。电话里不说这些了，你那边开完会有什么情况，赶快跟我说一声。"

匆匆挂了电话，出租车也到了目的地，缓缓停靠在一片工地边缘的三层小楼前，财务部的田大姐正撑着伞在楼门口等章冉。

"章总，实在抱歉，今天车子都派出去了，没能去机场接你！"田姐五十开外，矮墩墩胖乎乎的，笑时鼻子皱在一起，一口川音浓郁的普通话，透着热情和朴实。

章冉摆摆手，随她登上楼梯，往二楼的会议室赶："他们都到了吗？"

"到啦，到半天啦，刚跟徐总聊完，正等您呢！"田姐压低声音，临时搭建的工作楼显得很空旷，窗外的大雨把残留的暑气都逼进屋，楼里一片氤氲。

大约一年前，经由朋友引荐，章冉认识了在四川做房地产开发的周总，据说周总神通广大，背景了得，因为业务上的一些安排，他想要出手成都一个住宅项目的股权。章冉去考察了几次，项目的位置、规划、产品都非常不错，特别是当年取得土地的价格远远低于周边地块，预期收益十分不菲。周总提出的转让价格也很合理，虽有溢价，但比照项目的评估价值已有不小的折扣。周总只有一个要求，一次性付款，手快者得。这个项目还有个本地合作伙伴徐总，当地资源也不少，占股60%，出于资金周转的原因，虽然对项目未来十分看好，却一时筹不出钱收购周总所持有的40%的股权。

　　那个时候，章冉还在一家国际房地产投资机构做事，公司全面评估后，觉得项目本身确实不错，但担心有法律和政治风险，最终决定不予跟进。章冉在办公室拍桌子跳脚，骂管理层那帮老外不懂中国市场，到嘴的肥肉都不知道吃。骂着骂着突然醒悟，这难道不是上天给了自己一个完美的创业机会吗！他立马拉着几个哥们儿商议，计划以成都项目为标的，发起一只地产基金。好女不愁嫁，有好项目就不怕筹不到钱。老同学陆云帆相当给力，拉来了业内颇有影响力的信元资本做基石投资人，不到一个月，鑫鼎投资成立，专项基金"启航1号"也正式问世。

　　一切都算平稳推进，周总公司的股权顺利转让至"启航1号"基金名下，朱海平在融资过程中掉的链子，最终也通过"化整为零"的方式及时补救，虽然打了法律的擦边球，但好歹没耽误项目的开发资金到位。就在章冉觉得自己终于要挖到第一桶金时，项目公司突然接到了纪委工作组要求配合调查的通知。一次不够，还来第二次。章冉很清楚调查是冲着周总的，而周总家犯的事可不小，可他就是闭着眼睛不愿意醒来，总觉得这些噩梦都会过去，不是配合调查吗？配合完一切就会回归正轨。明年春天，项目开始预售，公司就会有回款，不但自己能一步到位实现财务自由，基金的投资人——那些同学朋友也都会有不菲的收益分成。市场信用一旦建立，就一定还会有第二只基金、第三只基金，从此他便是带有传奇色彩的人生赢家了。

简陋的会议室里一片寂静，只听到立式电扇嗡嗡的转动声。大会议桌上堆着高高低低的许多文件，三个人背对着门围坐桌旁，正专心致志地翻阅资料，时不时在面前的笔记本上做记录。徐总站在长长的走廊尽头抽烟，朝疾步赶来的章冉使了个眼色，简单寒暄两句，就把他引入了会议室。章冉这才看清，对面两男一女的面孔何其年轻，黑框眼镜和深色制服都藏不住他们青春的气息。然而他们的眼里又有种与年龄不相衬的犀利和冷漠，自诩为老江湖的章冉也不免一震。

没有太多客套，工作组就把话题引到了他和周总的相识以及项目股权转让的事情上。时间已经过去了一年多，很多细节，比如在哪儿见的面、什么时间见的、都有谁参加、聊了什么，章冉确实记不太清了，但在对方怀疑的眼神中，自己倒仿佛是在企图掩饰什么，不过，他也的确有心虚的地方。为什么能以如此便宜的价格拿到项目，大家都心照不宣，但如今同样的问题摆在桌面上，凭他如何解释，都显得欲盖弥彰。潮热的会议室让章冉透不过气，没几个回合，汗水便顺着他叠满了肉的脖梗淌下来，打湿了衬衫。

下午5点，工作组的调查总算告一段落，他们带走了很多文件，还有公章、财务章和法人的人名章。徐总还在满脸堆笑地打圆场，恳请工作组把财务章留下，否则公司的日常运营就会陷入瘫痪。为首的小伙子看了他一眼，面无表情地解释说，他们回去跟领导汇报完工作，没有问题的话，公章很快就会返还。至于有多快，小伙子摇摇头，那不好说，有两三天的，也有两三年的，总之你们等通知就好。

章冉呆立在原地，对于一家高速运转的房地产公司而言，印鉴被收意味着什么，他当然清楚。然而他不比老徐，后者在本地还有不少关系，他在成都没什么朋友，更谈不上资源，只能被动地等待。

老徐愁眉苦脸地蹲在小院洇湿的水泥地上，打了将近半小时的电话，不知什么时候又踱到了在院子里发愣的章冉身边。

"章总，"他递上一支烟，表情凝重地开了口，"信元资本在北京那么叫得响，应该有不少关系吧？你问问陆总，能不能找人帮咱们说说情。我成都的朋友说了，这个事的根子还在北京。项目要是这么卡着，不出三个月就得黄啊，到时候别说咱们几个人血本无归，你们投资人的钱也要打水漂了哦！"

章冉眉头紧皱，只觉得耳朵里嗡嗡作响，基金发行时承诺的第一次分红时间很快就要到了，原本计划超募一部分用于付息，但朱海平募资时掉链子，募到的钱根本不够付息，谁承想项目也出了岔子，这下拿什么钱分给大家呢？不行，绝对不能让投资人知道项目出事的消息，否则后果不堪设想。想到这里，章冉猛地睁大双眼，仿佛已经看到了自己被亲朋好友围攻的场面。

章冉蹚着院子里的积水，找了个背人的角落，心急火燎地拨通了陆云帆的电话，极尽夸张地把下午发生的一切说给老陆听。表面霸气的他并不是个沉得住气的人，潜意识里，他期待陆云帆能用一向的冷静和智慧舒缓自己内心的忐忑。

电话那头的陆云帆等章冉发泄完才终于开了口："不管怎么说，我们当时把股份买过来，也是做了评估、尽调，走了程序、签了合同的，这都是受法律保护的市场行为，不能说清算就清算吧？至于当年他们是怎么拿的地，跟哪些官员有牵连，我们确实不清楚。回头再跟律师确认下，我们是善意第三人，这个责任不应该由我们来承担。"

"哎呀，现在没人跟你讲法！章都收了，项目分分钟就要瘫痪了，当年德隆系的事情前前后后查了三四年呢，咱们这项目搁在这儿，别说三年，三个月就他妈烂尾啦！你到时候官司打赢了又有什么用啊！再说了，"章冉四下看看，压低声音说，"当年这项目拿地的时候，到底有什么猫腻，我觉得老徐心里肯定有数，他可不是什么'善意第三人'，我看他早晚得被查，这项目也肯定得牵扯进去，咱一个小股东能有什么办法？"

电话里传出陆云帆的声音："你说的这些都没错，可现在不是发泄的时候，得有解决问题的方案，死马也得当活马医。虽然股权投资有赚就有赔，但信元是什么企业，国企的钱敢随便亏吗？何况还有那么多小散户的钱，人家可不管你是不是受害者，到时候搞出个社会群体事件来，咱们所有人，没事都得有事。"

"都怪朱海平这个王八蛋，他妈的就只想着分钱，当初他要不掉链子，按计划募到银行的钱，大不了再喝几顿酒，勾兑勾兑，发个二期，把这个雷先扛过去。就算募不了二期，起码也能把明年春节前那次付息对付过去，不至于让咱们现在这么被动，眼见着就要违约了！"

"行了，现在还不是互相埋怨的时候。"陆云帆打断他，"工作组走的时候，也没说项目要停工吧，只是把章拿走了？"

"那倒没说，可是把章都拿走了，还怎么干哪！"

"项目原计划不是明年五一开始预售吗，所以我们只要把明年春节前的那次付息对付过去，在五一预售前把工程款筹到，理论上，就还不至于死。"陆云帆的声音里透着笃定。

章冉听得一头雾水："理论上是没错，可现在公章都收了，咱去贷款，连给合同盖章的东西都没有，怎么整？"

电话里传来漫长的沉默，章冉"喂"了几声，才听到陆云帆的声音："也不见得就是死路一条，总得做些困兽之斗吧。你回北京咱们见面谈，电话里不多说了。"

心急如焚的章冉不知道陆云帆那颗漂亮脑瓜里又绕了几个弯儿，他匆匆收了线，直奔双流机场。

北京的秋天已经笼罩着萧瑟的寒意，李艾跳下出租车，紧了紧已穿了五六年的卡其色巴宝莉风衣，冲进国贸写字楼大堂。连日劳顿，腰间似乎又松垮了几分。彤彤的幼儿园通知家长们准备万圣节活动，每个家庭要制作一盏南瓜灯、一袋不含反式脂肪酸的糖果，还要给小朋友和自己准备好活动当天的服装。彤彤从半年前就嚷嚷着想要《冰雪奇缘》里艾莎的蓝色纱裙，李艾左耳进右耳出，距离周末活动只有几天了，她才想起所有的东西都还没来得及准备，南瓜灯和糖果都好说，艾莎的裙子却只能在淘宝上现买，还不知道要几天才能送到。

白天一整天，李艾带着 Jack 和 Jessie 跑了四五个地方做财产保全，法院执行庭的法官带着他们查封了碧城集团银行账户 2000 多万现金，还有两辆奔驰 S600、一辆迈巴赫。虽然倪一冰与对方管理层提前沟通过，现场还是乱成了一片。先是配合工作的老财务闹情绪，到了银行就说要去洗手间，怎么打电话都不接，折腾一上午才搞定了查封；下午去集团总部地库提车时，几个司机围上来推搡，差点和 Jack 动起手来，幸亏法官经验丰富，随行都带着法警，才算及时制止了一场群殴。

饶是思想准备充分，早晨出门便换上了慢跑鞋，奔波了一天的李艾此刻还是觉得腰酸腿疼、筋疲力尽。Jack 和 Jessie 已经奔赴火车南站，赶下午 5 点的高铁去苏州和倪一冰会合，明天去项目公司查封部分在售房产。李艾则要赶回公司再完善一遍证据材料，仲裁开庭在即，不敢有半点差池。她低头捧着手机，一边和艾莎裙子的淘宝卖家掰扯"'差不多三天能到'的'差不多'是什么意思"，一边步履匆匆地往电梯间赶，分身乏术。

"叮——"电梯抵达的铃声轻轻响起，李艾低头往里冲，却被里边走出的人拦住，抬头一看，竟然是陆云帆。

"欸，陆总，你怎么在这儿？"

"我来和叶律师开个会。你最近特别忙吧？都没在所里见到你。"

陆云帆的谦和得体总让人如沐春风。

"唉，别提了，确实是忙到脚不沾地。叔叔怎么样了？上次去苏州，有校友送了大闸蟹券，我还说哪天给欣安送过去呢。"

"并发症控制住了一些，慢慢在恢复吧，这种病也是急不得。你要是有时间就给欣安打个电话，不用去医院，太折腾了，陪她聊聊天，给她宽宽心就好。她挺信任你的，总跟我说很佩服你呢。"

"天，我有什么可佩服的，每天都焦头烂额。"李艾摇摇头，说话的工夫手机已经收到了五六条短信，"欣安的工作怎么办，也不能一直请假吧？"

"他们公司挺人性化的，给她办了留职停薪，但她自己有点不想做了。其实我是建议她先保持现状，不要着急辞职，欣安在工作上还是很有能力的，人总要有份自己的事业，至少有个自己的社交圈。当然这只是我的想法，不见得对，男人嘛，总是会误会女人。"陆云帆推推眼镜，自嘲地笑笑，左腮上的小酒窝露出来，有种少年般的羞涩。

"哪有？云帆，我很赞同你的想法，男人要都像你这么想就好了。不知道为什么，现在好像很多男人都觉得，对女人最好的方式就是娶她回家当太太。No！女人和女人是不一样的，也许有人愿意去过那种日子，但更多的人，至少是在这里奋斗的女人，没几个真会那么想。"李艾旋起手腕朝天指了指，"欣安其实是很有事业心的，可能是最近压力太大了吧，真要让她回家待着什么都不做，我看她也未必受得了。"

"是啊，是啊，所以说你有空给她打打电话，开导开导她，她的状态或许会好一些。"陆云帆顿了顿，"对了李艾，还有个法律问题想请教。"

"没问题啊，你说。"

"如果一个公司的公章、财务章、法人章都丢了，该怎么办呢？"

"都丢了，那就只有法人拿身份证和营业执照去公安局补办，之后还要登报声明原章作废。"

"要多久才能办一套新的出来？"

"这要看具体的地方，北京大概一两周吧，外地或许会慢一些。你说的公司在哪儿？我让 paralegal（律师助手）去查一下，他们主要就是跑工商税务这些事，比我清楚。"

"哦，没事，我就是先问问，"陆云帆若有所思，"如果有一些特殊的原因，没有办法去公安局补办，还有什么其他的办法吗？"

"这个……"李艾皱着眉想了想，"派出所的流程肯定绕不过去，无论如何都要有的。"说话间手机振了一下，她滑开瞥了一眼，是淘宝的客服小妹："亲，'差不多三天能到'就是不出问题三天应该能到。"律师李艾被如此不严谨的表达搞得哭笑不得，晃晃手机对陆云帆说："还有一个办法，找万能的淘宝，一套萝卜章估计也就 200 块，说不定还包邮呢，哈哈！"

陆云帆一愣，瞬间反应过来这是句玩笑，便也随着李艾笑起来："是啊，万能的淘宝啊。"

"你们什么情况啊，也太不小心了吧，丢章丢全套的！"李艾有点好奇。

"嗐，不是我们自己的公司，是我们投的一个小公司，财务拿着章去银行办事，结果把包给丢了。没事，我先问问他们是什么情况吧，主要是有个合同着急盖章，怕走公安局的流程来不及。谢谢你李艾，耽误你这么久，赶快忙去吧。这都 5 点了，现在回去，晚上又得耗到半夜了吧？"

"好啊，那我先上去了，有需要帮忙的随时联系，你也多保重啊。"说话间，李艾退进电梯，朝陆云帆挥挥手。没行握手礼，表示对方是朋友而非一般客户。

随着电梯门徐徐关上，一个念头在李艾心中升起：陆云帆不是才和叶惠开完会吗，这个法律问题不问她，却来问自己？李艾前思后想，找不到什么合理解答，也许是他下了楼才突然想起了这件事？电梯到达40层，这个念头便自心底消失了。

走出电梯，弥漫在金达律师事务所办公楼层的咖啡香气迎面扑来。一帮年轻的小律师，穿着轻奢品牌服饰，正兴奋地沿着前台的旋转木楼梯跑上跑下。临近下班，一股压抑不住的轻松快乐在空气里飘荡。

"这干吗呢？"李艾冲两个猫在前台后窃窃私语的小姑娘丢过去一句。

其中一个新来不久的立刻直起腰，认真又兴奋地回答："咱们请'咖啡大师'来做咖啡品鉴会，有好多种咖啡，还有下午茶，特别棒。李律师你没收到邮件吗？周一行政部就发了。"

"哦，应该收到了，没太注意。"

"快去看看吧李律师，就在1号会议室，下午还有个咖啡讲座，刚刚结束，点心也挺不错。喏，我还是第一次喝到真正的'猫屎咖啡'呢。"一旁年龄大些的前台明显放松得多，她满脸欢愉地举起手里的小咖啡杯，一股透着点酸味的奇香飘上来。

李艾瞪大眼睛，做了个吃惊的表情，信步往那间最大的会议室走去。大会议室仿佛过节一般装点一新，中间的白色大理石会议桌上铺着镶金丝边的雪白桌布，一边摆着五颜六色的马卡龙、红丝绒蛋糕、黑森林、拿破仑、司康，另一边则是三文鱼配哈密瓜、小番茄夹芝士片、黑鱼子酱面包、西班牙火腿配奶酪等各色咸点。会议室的座椅不知被搬去了哪里，靠墙的边桌上也铺着雪白桌布，上面放着高矮不一造型独特的四台咖啡机，两个高大帅气的小伙子一袭黑衣，系着印有logo的棕色围裙，一边为客人们调制咖啡，一边讲解着品鉴咖啡的各种知识。侧边桌子上摆满了各种袋装瓶装的咖啡豆，束着马尾辫的销售小姐正热情地为客户精心包装。

266

会议室的落地窗外风景独好，目光所及，正是隐在云雾中的西山，一眼望去，古都的秋色缠绵着难以形容的美与寂寥。湛蓝高远的天空被卷着边的火烧云晕染，一树树金色的银杏装点在长安街和朱红色的宫墙两边。鸽群自眼前翩然而过，空留一串鸽哨声在鳞次栉比的楼宇间回响。

年轻的律师们多半是端了咖啡茶点就走，顶多再转过头来买两袋咖啡豆，凭窗而立独享那片秋色的，大都是资深合伙人。这是他们创建的律所，他们是这里无可置疑的主人，站在哪里都泰然自若。李艾顺着咖啡香气走进来，一眼便看到了站在创始合伙人汪律师身边的叶惠和林松杉。叶惠穿着一件焦糖色的真丝长袖衬衫，两条顺滑的飘带在领口打了个随意的蝴蝶结，下半身是一条深咖色毛呢一步裙，将身材包裹得玲珑有致。她卷曲的长发被一只淡黄色的水晶发簪松散地盘在脑后，两颗精致的钻石耳钉在夕阳下闪着斑斓的光。这一身打扮与她手中的咖啡、窗外的秋色十分相衬，明媚又温暖。

李艾肚子咕咕作响，顺手拿起一只精致的白瓷盘，踱到桌边去取散发着烘焙奶香的司康蛋糕，远远便听到叶惠略带嗔怪的声音响起："是啊，汪律师，您说得太对了，专业重要，这些社会活动也是必不可少的。松杉这个人就是这样，完全埋头在专业里，什么活动都不参加，特别高冷，我劝他也不听。是不是你们北大毕业的男生都是这个风格啊？"

对哦，林松杉跟汪律师也算是同门师兄弟，虽然年级隔得很远，要硬拉起关系也算有凭有据。李艾竖起耳朵仔细听他们在聊些什么。

"哈，你别说，我们学校的人吧，倒还真都有那么几分傲气，现在有些社交活动也确实是没意思。"这马屁明显拍到了点子上，汪律师颇为受用，"不过我听说松杉上次在政法大学的那个演讲反响很不错，我还专门让人把那篇稿子登在了咱们所的内刊上呢。"

"是吧，汪律师，您也发现啦！他其实是完全有这个能力的，文笔很好，演讲也有自己的风格，下次您有什么圈子里的活动要带着他哦。让他帮您写稿子也行，绝对一流。"叶惠卖力地推销着未婚夫，一旁的林松杉却自始至终挂着尴尬的微笑，一言不发。

"好啊，正好年底有个清科办的股权投资论坛请咱们所参加，松杉你们部门现在代理的那个对赌案很有代表性，你好好整理整理，准备下发言材料。不要涉及案子的具体情况，重点说说司法实践和观点，到时候就派你去。"

李艾心里一惊，正琢磨着该怎么不露声色地加入这场谈话，一直没怎么出声的林松杉却突然开了口："那个案子是李艾在跟，她比较清楚，回头我跟她说说，让她准备一下吧。"

话说到这个份上，再假装自己是局外人猫在角落就有点说不过去，李艾转过身，端着点心走上前去。最先看到自己的是叶惠，她表情平静，丝毫没有尴尬，很自然地开了口："说曹操曹操到，哟，你今天怎么穿得这么 casual（随意）？"她盯着李艾的九分裤和慢跑鞋问。

"别提了，今天跟着执行庭去做我们那个对赌案大股东的财产保全，跑了好几个地方，差点没打起来，幸亏我早有准备穿了这一身，要是穿高跟鞋肯定废了。"

"做财产保全你还亲自去啊？"汪律师接过话问。

"今天客户不在，专门委托了我们，光让助理去不放心啊。这个案子现在各方都很重视，我是一点不敢马虎。"

汪律师露出欣慰之色："确实是，这个案子影响很大，多少人等着看结果呢，你们也不要太有压力，无论输赢，都会是很经典的判例。刚才我们还在说，年底清科有个论坛，想请咱们所去讲对赌，你跟松杉一起整理下相关资料，不要涉及案件，但要有我们自己的观点。最好能事先准备个发言稿，质量好的话咱们也可以在刊物上发表。"

"没问题，案子方面我比较清楚，但松杉的文笔确实比我好，我们一起准备！"李艾看了林松杉一眼，他似笑非笑地牵动了一下嘴角。自从那晚在他办公室争执起来，两人还没有好好说过话。

"好，那我就把这事交给你们俩了。你们一个能写，一个能讲，都挺能干，真是一对儿好 partner，加油！"汪律师的笑容意味深长，partner 一词更是一语双关。

时针指向 6 点，人群陆续散去，李艾正准备上楼回自己的办公室，却被叶惠从身后唤住："等一下李艾，占用你 5 分钟好吗？"

李艾愣了愣，叶惠的语气有点不同寻常，但她还是爽快地答应了。林松杉一脸狐疑地盯着女朋友，叶惠笑着拍他肩膀："你先忙去吧，我们有点女人之间的私房话要讲。"

等林松杉迟疑的背影走远，叶惠转身走进旁边空着的一间接待室，李艾也只好跟了进去。

"叶律师找我什么事？"

"私事。"

"好吧，私事，你说吧。"李艾尴尬地笑了两声。

"李艾，我知道你跟林松杉曾经有过一段暧昧的关系，我也知道那是好几年前的事了，我无权过问，也不感兴趣。但现在，我和松杉是奔着结婚去的，都已经订婚了，我不希望你们之间的交往方式，或者说关系，让大家有误会。"

李艾微微一笑："你是误会了吧？你放心，我跟松杉现在就是同事、朋友，绝对没有其他的。"

叶惠盯着李艾的眼睛，和刚才会议室里风情万种的状态判若两人，此刻她目光锋利得像刀片一样："我也希望是这样。"停顿半晌，她双手环抱胸前，再次开了口："上个月有天晚上，你们俩加班的时候在他办公室门口聊天，聊了挺久，还拉拉扯扯的。不好意思，我当时碰巧就在走廊里，你能给我个合理的解释吗？"

李艾吃了一惊，面前这个娇滴滴的女人果然是个狠角色。她不哭不闹，不使性子耍心眼儿，把问题光明正大地抛到自己面前，毫不示弱，却也有礼有节。李艾突然有点想笑，虽然这笑很不合时宜，但说不清为什么，眼前的叶惠，突然让她觉得很熟悉，仿佛看到了另一个自己。

李艾不再紧张，她知道该如何跟这个温柔又霸道的女上司沟通了："看来这里的误会真的挺多的，确实需要解释清楚。首先，如果我那天的举动让你不舒服了，我向你道歉。那天我跟松杉发生了一些不愉快，确实不是因为公事，但也不是你以为的那种私事，而是……"李艾顿了顿，"因为我有个心结，又不能直接跟他讲。我本来想侧面提醒他一下，结果被他误会，以为我在诋毁你，所以他就像个河豚一样，炸了，为了维护你，和我吵起来了。"

听到这话，叶惠母狮子一样的情绪也有了些许转变，却还是一脸狐疑："他为了维护我，和你吵起来了？"

"对，就是这样。"

叶惠愣了半天，心里大约是欣慰的，脸上却保持着高冷和敌意。她拉过座椅，舒服地仰在白色真皮靠背上，踩着七寸高跟鞋站了那么久，也确实需要休息了。"那……你的心结是什么，以至于他会以为你要诋毁我？"

李艾有几分迟疑地看着她，阴影遮蔽了叶惠半张小巧的脸，窗外暮色四合，东三环上的车流也变得缓慢起来。

"好啊，你要是真想听，我也不妨把这个'心结'说出来。"

叶惠跷着腿点点头，左手中指上的订婚钻戒在暮色里闪出一道光。

"同德集团的沈挚，你和他是什么关系？"李艾同样单刀直入。

会客室里的空气突然凝固了，两个人都在心底评估着对方所掌握

270

的信息。叶惠重新将双手环抱在胸口："沈挚，他不是你们的客户吗？"

"没错，他是我们的客户，也是我在北清大学商学院的同学，但这些都不是重点。重点是，你和沈挚，现在，是什么关系？"李艾特别强调了"现在"。

"什么意思，你到底想问什么？"叶惠神情紧张，语气充满防备。

这番对话已经变成了一场"真心话大冒险"，谁也不能主动叫停。李艾小心地措辞，防备着不让自己再度陷入被动："沈挚的太太找过我，他们在闹离婚，她希望我能做她的律师。"

叶惠皱着眉头眯起眼睛，刚想发问，李艾便伸手拦住了她："我和她以前并不认识，有一次我们周末上课，她来找沈挚吃饭，被我们几个同学碰到，也就只有这一面之缘。我也不明白她为什么要来找我做代理，可能全世界她就只认识我这一个律师吧。"她无可奈何地摊摊手。

叶惠不声不响，这沉默反倒让李艾有些紧张，不知她要抛出什么武器。

"不对，她还认识一个律师，我。"半晌，叶惠终于开了口。

李艾扑哧笑出声，气氛缓和了一些，有种隐秘的默契开始在她们二人之间流动。叶惠这句话，就是变相承认了她和沈挚家千丝万缕的联系，自嘲的语气更暗示着这种联系背后的尴尬与无奈。

"所以你代理她了？"叶惠追问。

"我？你不会以为我离过一次婚，就成了婚姻法的专家吧？"

"嗯，你这是对当事人负责的态度。"松弛下来的叶惠也恢复了幽默感。

"看来你们之间的芥蒂很深啊？"李艾挤挤眼睛。

"我很好奇，她都跟你说什么了？"叶惠并不直接回答。

"等一下，"李艾摆摆手，"她跟我说这些的时候，我并不知道那个人就是你。所以你听的时候也不要有预设，好吗？"

叶惠点点头，李艾才讲了下去："她跟我讲，她跟沈挚的婚姻当年是如何因为一个留学生破裂的，但这还不是重点，重点是她问我，如果她能证明这个 home wrecker（第三者）至今还和沈挚保持着不正当的关系，沈挚作为过错方是不是应该承担更多的赔偿责任？"

"What?"叶惠惊得差点从椅子上跳起来。

李艾盯着她的反应，这确实不是假装出的惊讶。她为林松杉和自己悬着的心，多少放了下来。

"我当时也很诧异，但是她拿了些照片给我看，全都是沈挚和一个女生在不同场合的近照。当我发现那个女生竟然是你时，我的反应就跟你刚才差不多。"李艾舒了口气，总算跨过自己和沈挚的关系讲完了这个"心结"，现在就看叶惠如何解释了。

叶惠在黑暗里托着腮皱着眉，半晌，她叹了口气起身朝门口走去，李艾以为她要离开，没想到她只是按下开关，打开了会客室的灯。重新走回座位后，她才终于开了口："我跟沈挚当年在美国的时候，确实有过一段感情。当时大家都很认真，后来因为他离不了婚，就分手了。那时候闹得挺大的，我知道他太太一直都很恨我。这件事松杉也知道，他只是不清楚那个人就是沈挚。我没告诉他，是因为我怕他会尴尬，毕竟沈挚是你们部门的客户，经常要见面的。"

一直靠在会议桌沿的李艾点点头，表示理解，顺手拉出把椅子也坐了下来。

"去年我从香港回来后，确实见过沈挚，但除了第一次只有我们两个人外，其他几次都不止我们俩，我不知道他太太找的私人侦探是怎么拍的照片，但这些都是可以找到证人的。我没怎么在北京待过，沈挚知道我要来这边发展后就主动帮我介绍了些朋友，还有客户，大概也是觉得当年亏欠过我吧。除此之外，没有其他了。事情过去七八年了，大家又各自走了那么远的路，感情早变了。只有一个人至今都没有 move on，那就是陈怡。我有时候很可怜她，女人没有自己的事业，没有自己的生活，真是件可悲又可怕的事。"

眼前的叶惠，敢于面对自己过去的失败和仓皇，也清楚知道此刻的自己想要什么、能得到什么，一个念头突然浮现在李艾脑海，原来沈挚和林松杉欣赏的始终都是同一类女人：有着炽热的生命力，也有着把握生活的智慧和勇气，只是，或许，他爱的，不见得是他要的。

"所以那天晚上你其实是想去跟林松杉说这件事，对吗？"叶惠的提问将李艾拉回了现实。

李艾点头又摇头："我没打算直接跟他讲这件事，因为我觉得这其中可能有误会，但作为朋友，我不想让他因为误会而受到伤害，更不想让它影响你们的婚姻大事。所以我只是想侧面提醒他一下，结果他两句话就把我骂走了。"

叶惠嘴角浮现出一丝温柔的笑意，果然只有爱情才能让女人卸下浑身铠甲："那我要替他向你道歉咯。你放心，沈挚只是我的过去，林松杉才是我的现在和未来，我不会糊涂到拿自己的幸福当儿戏。也请你相信我。"

"我相信你，因为你足够坦诚，也足够聪明，你当然知道自己要什么。"

"谢谢，不过下一次，有什么怀疑你可以直接来问我，不用侧面提醒他。"

"好，不用等到下一次，我现在就建议你，还是要把沈挚是谁告诉松杉，免得他将来从其他渠道听到，觉得你故意瞒他，更容易胡思乱想。"

叶惠想了想，点点头："我会的，但我需要找个合适的时机，所以也请你先替我保密。"

李艾点点头，笑着说："当然，老板吩咐，我一定照办。"

7 点整，对面摩天大楼的霓虹灯瞬间亮了起来，会客室的玻璃窗上倒映出两人的身影，叶惠率先站起来，带着一丝俏皮又神秘的笑容看着李艾："你什么时候当老板？"

　　李艾明白是时候结束对话了，也微笑着起身："那要看你们了啊。"

　　"你很棒！"叶惠双手搭在李艾肩上，和她一起走出会客室，"给松杉留条生路吧。"她凑到李艾耳边忍着笑意低声说。李艾一愣，走廊里旋即响起两人心照不宣的笑声。

秋风又起

晚上 10 点，章冉乘坐的航班降落在北京首都国际机场，飞机还没停止滑行，他便迫不及待地拨通了陆云帆的电话。机场探照灯刺眼的光芒射进飞机舷窗，几个身着橘色安全背心的地勤人员正指挥行李车向飞机驶来。机舱里到处是疲惫的叹息声和哈欠声，有几个同样归心似箭的，已经解开安全带站起了身。电话依然处在无人接听的状态，章冉的思绪被拉回到了十几年前。读本科时，陆云帆就是宿舍里的智多星，成绩优秀、为人谦和，难得的是身为学霸却不呆板。无论是谁遇到烦心的事儿，找老陆聊聊，或许就有解决的办法，至少能得到宽慰。难怪他威信高，当了四年班长，CS 没少打，入党评优奖学金，又什么都没落下。大四那年，当别人焦头烂额地考研找工作时，他已被保送到上海一流的大学继续深造，十足的人生赢家。

按说章冉这样的性格和陆云帆很难成为朋友，当年刚住进一个宿舍时，他们也确实矛盾不断。章冉是北京本地人，又生得五大三粗，认定自己是老大。陆云帆这个从西北考来的小伙子文文静静、细皮嫩肉，总是面带微笑的一张脸，却隐隐透出不容小觑的威严。第一次期中考试结束，陆云帆全班综合测评第一，看谁都不顺眼的址王仕老师却对他青睐有加，任命他当了班长。官派干部向来在群众中威信不高，章冉对他的看不惯又多了几分。

对陆云帆的印象是一点点改变的，比如章冉考试作弊他不告密，

275

比如有人偷偷回家赶上半夜查寝，他会帮忙撒谎找借口。突变也有一次。大二那年，章冉在网上认识了一个北广的姑娘，彼此颇有好感，请人家吃了几次饭，还看了一场电影，没想到那姑娘的男朋友突然带着五六个人直杀到学校来。章冉说话冲，嘴里像涂了大粪，三两句便动起了手。当时临近暑假，宿舍里只有陆云帆在，章冉觉得指望不上，敌我力量悬殊，眼看要吃大亏。不想老陆不问青红皂白，抄起凳子就过来帮忙，平时打篮球都极斯文的人，下手之狠，让章冉这个打群架长大的孩子都心里发怵。自那以后，他对老陆的认识有了根本的改变，嘴上不说，心里却把他奉为偶像，干什么事都愿意拉着陆班长，十几年以后发基金也不例外。

电话终于接通了。

"喂，老陆，我刚落地，你在哪儿呢，我找你去！"章冉的声音里是压不住的焦躁。

"我刚在医院接上欣安，正往家开呢。这样吧，你去我家楼下那个漫咖啡等我，我把欣安送回去，咱们在那儿见，见面再说。"

声音有点缥缈，他应该在车里开了公放。陆云帆方才那番话，无疑是暗示他何欣安此刻就坐在副驾驶座上，不该说的话别说。章冉动了动嘴皮，硬是把顶在唇边的话头儿咽了回去。相识快20年，这点默契还是有的。

老陆对他媳妇好，那绝不是装出来的，可老陆也有很多他媳妇不知道的秘密。虽然章冉有时不太理解，何欣安到底有什么过人之处，能让青年才俊陆云帆这么死心塌地——生不出孩子，老娘反对，似乎都不足以让他有所动摇，不过哥们儿不想让老婆知道的事，身为兄弟打死都得保密，这个基本原则章冉还是懂的。他挂了电话，拎起随身的电脑包，匆匆忙忙往机场外的出租车等候区赶去。

最近这一阵何欣安有点怪，夫妻做久了，谁有些风吹草动，都瞒不了对方。陆云帆转头看了她一眼，还是疲惫不堪百无聊赖的样子，有时她刻意把眼神投向窗外，陆云帆明白，那无非是想回避自己询问的目光。他又仔细回想了一遍近来的种种，按说风雨都已被自己小心翼翼地挡在了门外，无论工作还是情感，应该都没有什么值得妻子怀疑的破绽。大约只是因为岳父的病吧？他这样自我安慰，却也深深明白，妻子和他一样，看起来单纯，其实丝毫不傻，也颇沉得住气。或许自己更老成世故些，可何欣安毕竟也在人精扎堆的 CBD 混迹多年，都见识得不少。很多时候，信任是一种充满智慧的主动选择，而不是被动的无可奈何。

陆云帆关上副驾驶座位上半开的车窗，但没到一秒钟，何欣安又伸手将它按了下来。

"霜降了，晚上的风凉得很，别吹着你。"

"我想透透气。"何欣安的声音听起来有点不悦，表情却依旧平静。结婚 10 年，她这样的状态不多，大多都是夫唱妇随。

陆云帆看她一眼，也不再强求，车里又陷入沉默。半晌，还是何欣安主动开了口："章冉去成都了？"

"对，刚回来，说有事想跟我商量。"

"怎么样，项目还顺利吧？"

"总体还不错，明年春天就预售，周边的项目都卖到两万了。他们的产品做得很不错，我觉得卖两万五应该没问题。"

"那章冉那么慌慌张张地找你干吗？"

"嗐，你还不了解他吗？他干什么事不慌啊？你记得咱俩婚礼那天吗？他这个伴郎临上台钻戒盒子找不到，咱俩都还没慌呢，他在那儿急得跳脚，结果戒指就在他手包里。"

何欣安的思绪好像飘去了很多年前，眼神里泛起些温柔："这个项目可不能做坏了，咱那么多同学老师的钱都在里头呢。"

"放心吧，我怎么可能拿自己的声誉开玩笑。不管他们靠不靠谱，我都必须拉回到谱上来。"陆云帆淡然的微笑里掩藏着沉重的心事。

"我还有个事想跟你商量呢。"他抻抻脖子，颈椎酸痛不已。

"什么事？"何欣安侧着脑袋看向他，莫名有几分警惕。

"你最近每天在医院陪爸，可是爸现在这个状态也没法跟你交流，我倒觉得你不如找点事做，分散下注意力。"

何欣安深深叹气，父亲躺在病床上已有两个月，无论自己怎么努力——陪他聊天、给他讲儿时的旧事、唱家乡的歌，好像都作用不大。眼看着父亲的眼神越来越恍惚、越来越陌生，她熟悉依赖的那个灵魂仿佛渐渐从躯体里飘走了，越飘越远，找不到回来的路。

"你发现没？最近很多人离开北京，隔三岔五就有送行宴，近的有去杭州深圳的，远的索性就移民了。"

"你这么一说好像还真是。我们公司上周还有个合伙人走了，去澳洲了。你说他们是为什么啊？"这个话题让何欣安松弛了几分。

"各家有各家的原因吧，有因为工作走的，有因为子女教育走的。我有个哥们儿特逗，说担心收遗产税，移民美国了，可美国遗产税不是更高吗？"陆云帆呵呵笑起来，何欣安也跟着乐了，车里的气氛终于轻松了下来。

"不过后来我想想，多个选择也不错，你看现在北京的天气，去年一冬天都没怎么下雪，我看今年也好不到哪里去。"陆云帆看着车窗外，白天还晴朗的天空此刻变得灰蒙蒙的，不知是雾还是霾，"你身体一直也不太好，多个选择，多条路呗。"

何欣安没接话，她其实很少生病，每当有家人说她"身体不好"时，大多是暗指她要不上孩子这件事。"移民，去哪儿啊？"她自言自语似的嘀咕了一句。

"美国我觉得就算了，税率那么高。加拿大和澳大利亚倒是都可以考虑，你妈妈现在是在加拿大吧？我觉得你要是能去加拿大也挺好。"

"什么叫我去，你不去吗？"何欣安尽量让自己的语气听起来很平静，心里却还是咯噔一下。

"我当然去啊，但是得有一个人做主申请人，那肯定得你来啊。你想，你英语本来就比我好，又那么擅长考试，雅思什么的看看书应该都不在话下。而且你们所是外资所，做职业评估很方便，老外也认。信元这种国企，恐怕不好弄。"陆云帆摇摇头，"我当副申请人，等你申请通过了，我自然也就有身份了。"

"移民要花很多钱吗？"何欣安已明白丈夫并不是一时兴起，而是真的有这个打算。

"花不了多少钱，花钱那是投资移民。咱们的职业背景、教育专业都符合要求，走技术移民就行。省得把钱都锁在老外的国债里，每年那点回报还抵不上通货膨胀呢。"

何欣安从来不向往国外的碧海蓝天，也没想过要和已经离开她30多年的母亲重聚，但如果能从眼前的荆棘是非中逃离出去，倒也不失为一个选择。

"那我需要准备什么呢？"这么多年，她早已习惯对丈夫言听计从，而这一次的顺从，更像是陆云帆开启了她心中潜藏的希望。

"最重要的就是英语成绩，你这个专业好像要求还不低。其他的我回头找个移民中介，资料他们都会帮咱准备的。你也不用有压力，就当找个事解闷儿，能拿到 PR（永久居留权）多个选择最好，拿不到也无所谓。"陆云帆给太太宽心，他心里明白，以何欣安的实力和做事的认真劲儿，这事多半会成功，自己也暗暗踏实了几分。

深夜，当何欣安打开卧室的电脑搜索雅思样题，想看看多年没参加过语言考试的自己现在功力如何时，章冉已经在灯火通明的漫咖啡看了三次表，镶着宽厚原木边的玻璃门"吱呀"一响，陆云帆终于走了进来。他急忙起身招呼，其实咖啡店里统共就只剩三桌客人，他大可不必如此大张旗鼓，陆云帆明白，他是真的慌了。

"你怎么这么慢？我从机场赶过来，都到了快 20 分钟了。"章冉皱着眉头埋怨。

"医院附近太堵了，开出来就花了半小时。"

章冉这才觉得自己有点焦躁过头，好歹也该先问候下老朋友的家事："哦，何欣安她爸怎么样了？"

"还那样吧，没有恶化，就算是好消息。"陆云帆轻描淡写了一句，他知道章冉的问候只是礼貌，不必多谈。

果然，章冉压着性子故作沉重了三秒钟，就心急火燎地回归了正题："老陆啊，这次咱这个项目是真遇到麻烦了，你赶紧想想办法，看能不能找到纪委的人，给打个招呼啊！"

陆云帆似笑非笑："这是全国的大案，你别觉得咱在北京就能通天。好，就算能找到人，谁会管你远在成都一个项目上的破事，你又拿什么去和人家换交情？"

章冉张着嘴呆坐在对面，这个老陆，说话总能一语戳中要害。没错，眼下这摊事若没有足够硬的交情，谁敢出来说话？人托人的，还不知要欠多少人情。

"你喝的那是什么？"陆云帆看了一眼他的杯子。

章冉愣了愣，才反应过来，不耐烦地回答："谁知道什么玩意？咖啡吧，随便点了一个。"

陆云帆点点头，起身向吧台走去。毕业多年，同学里就属他身材保持得好，只是肩膀比 20 岁时结实了许多，其他地方完全没走样。不一会儿，他不慌不忙地回来，看样子是点完了。

章冉迫不及待地追问："那你的意思是，咱就只能这样坐以待毙了？上亿的投资，眼见着就让它打水漂？这可是咱融来的钱，真赔了，人家能放过我们吗？"他右手的食指关节在木桌子上当当地敲。

"你小声点，别影响别人！"陆云帆的声音压得很低，却有种不容置疑的威严，"首先，老章，有件事你得立场明确，咱们发的是股权投资基金，股权不是债权，没有刚性兑付的义务，亏了赚了，投资人都得愿赌服输。我们比谁都不愿意看到这样的局面，但既然赶上了，就得认。如果基金赔了，咱几个顶多是名誉扫地，在圈子里混不下去，但不至于有法律责任。"陆云帆盯着他的眼睛，目光炯炯有神。

章冉似乎平静了些，但很快又坐立不安："是，没错，不可抗力嘛，也不是咱有啥猫腻。可问题是，唉，说到底还是朱海平那个王八蛋，他给咱融的那些钱里，好多都是不到 100 万的小散户，这不是不符合那个'合格投资人'的要求吗？"章冉压低声音弓下身子说，"真要出事了，就这帮人，才不会管你什么股权债权呢，就要钱，不给钱，就上街游行，就打横幅，就把你家房子围了！你没孩子你不怕，我还担心我儿子的安全呢！维稳是第一要务！搞不好给咱扣个非法集资的帽子，那可不是不要脸不要钱这么简单了！"

陆云帆看了他一眼，欲言又止，正好服务员端着一壶普洱茶走来，两人都心照不宣地息声。一直到服务员的身影远了，陆云帆才慢悠悠地给自己倒好茶，仔细品了品，压低声音开了口："事到如今，可能只有一个办法了。"

"什么办法，你快说！"

"工作组把章收走的时候，有没有说项目要停止开发？"

"那人家没说！"章冉记得很清楚，"但是把章收走了，跟把项目停了也没有区别啊。咱们工地上每天都有大量的采购，银行贷款也马上要到期了得办续期，还要三天两头申请这个批件那个批文，多少合同多少文件都要敲章啊，没章那是寸步难行。"他掰着手指头说。

"章收了的事儿，有多少人知道？"

章冉想了想："下午就我跟老徐、他秘书，还有财务那个田姐在，别人应该都不知道。"

陆云帆点点头："除了你们四个，项目上不能再有第五个人知道。章没了，可以再刻一套，只要人员不变，老徐还在那儿坐镇，谁也不会有怀疑！"

"再刻一套？上哪儿刻去？"章冉紧皱眉头，有点发蒙。

陆云帆冷笑一声："满大街不都是刻章的吗？不想露面，用淘宝也可以。我查过了，两百一套，加急三百，五天到货，包邮。"

章冉半张着嘴梗了梗脖子，半晌才咧着嘴角歪着脑袋感叹了一句："我 ×，你牛 ×！"想了想又眯起眼睛问，"靠谱吗？"

"靠不靠谱，得试试才知道。多花点钱，什么假的做不成真的？"陆云帆微微蹙眉，端起茶杯轻饮一口，"如果最后没事，过阵子工作组把章还回来，这一切就可以瞒天过海，谁也不清楚这中间有多少是真章，有多少是假章，工程还可以继续。"

章冉脸上的肌肉终于放松了几分，他瘫向沙发靠背，跷起二郎腿，哈哈笑起来，用手指点点陆云帆，就去摸桌上的手机。

"你干吗？"陆云帆截住他。

"给老徐打电话啊，他急得跟什么似的。赶紧让他跟秘书说说，任何人都不能把收章的事儿透出去。"

"你等会儿，"陆云帆打断他，"听我把话说完。"他慢悠悠地给自己蓄满茶水，才又开口，"这一招最多能撑三个月，三个月以后，银行贷款到期要办续期，用假章闯不过那一关。"

"为什么？"章冉不解。

"银行可不是工程队，他们预留印鉴的比对都是电子验印，假章不可能和真章完全一样，十有八九过不去，到时候事情闹大了就彻底不可收拾了。"

"那你什么意思，不去办续期吗？那不行啊！到明年5月预售还有好几个月呢，银行贷款一停，现金流立马就断啊！"

"是的，所以一旦我们走了这步棋，就还得做另外一件事，找一笔6个月左右的过桥资金，一方面补项目上的缺口，另一方面，付咱们基金明年春节前需要支付的那一笔'固定收益费'。"

"你说得轻巧，这马上年底了，各个金融机构都是'关门'的时候，根本没指标，上哪儿找这么一笔钱去？何况就算真有机构愿意放贷，咱不还是没章嘛，过不了他们的风控。"章冉刚刚鼓舞的士气又像被霜打了一般。陆云帆却不说话，好像在等他自己找答案。

"难道，你是说……去借高利贷？"章冉把身子使劲向前探了探，压低声音问。

"你就只知道高利贷吗？你忘了，咱们自己有募资能力啊。"陆云帆看了他一眼，不动神色地说。

章冉皱着眉头想了想，噌地一下坐直身体："你是说再发一只基金，用来还'启航1号'的钱，同时把项目的资金缺口撑过去，也不用惊动银行！可以啊，你这招绝妙，一举三得！"

"绝妙？魏教授没给你们讲过'庞氏骗局'吗，这不过是人家100年前玩剩下的。"陆云帆冷笑一声，看不出什么情绪，倒像是局外人一般，"我今天下午大概算了算，如果明年5月顺利开盘，相当于把当初测算的一部分银行贷款替换成成本高一些的基金，项目本身的回报还是可以支持的，所有的套儿都能自然解开，但这只是财务上的情况。如果这中间有任何一环出了状况，或是老徐那边查出来有更大的问题，我们现在所做的一切就是万劫不复。"他的眼神突然变得肃杀起来，"章冉，你要想清楚，现在的局面顶多是赔光了钱、赔光了脸，职业生涯可能也赔进去了，但如果真要那么做，就是把下半辈子赔进去了。现在我们还有选择，真走了那一步，咱就没有回头路了。"

章冉一时不知该如何作答，陆云帆果然没让他失望，把整件事前前后后想了个通透，却把最后的选择留给了自己。这的确是个艰难的选择，可眼下的自己还有退路吗？正思忖，咖啡厅的服务员轻声走到桌边："不好意思先生，我们马上要打烊了，您看还需要点些什么吗？"

"不用，不用。"章冉粗鲁地摆摆手。"憋得慌，走，咱出去抽根烟。"他提起电脑包，起身拍拍陆云帆的肩膀。

夜凉如水。

街对面的烧烤店灯火通明，炭火烧烤的香味穿过熙攘的街道往人鼻孔里钻，上个月还摆在人行道上的桌椅此刻都被搬进了屋，一阵夜风袭来，带来几丝秋雨的气息，意兴阑珊。章冉紧了紧西装，掏出一根烟递给陆云帆。

"你最近见江姗了吗？"

陆云帆接过烟，把头凑到章冉的打火机旁，深吸一口，冲着夜色慢慢吐出一团白烟，才微微摇头。

"我说呢。前天她给我打电话，东拉西扯半天，说要叫上你一起吃饭。我还纳闷，你俩见面用得着通过我吗？"章冉给自己点上烟，吸了一口，看陆云帆不接茬，又跟了一句，"你就打算这么躲下去吗？她好像一直没死心。"

陆云帆叹了口气："她也是钻了牛角尖了，等想通了就会明白，我这样的凡夫俗子，她上哪儿找不着？"

"你这么躲着不是事儿啊，躲得过初一，躲不过十五。她为什么去北清读 FMBA，说白了还不就是赌着一口气想看看你媳妇长啥样吗？女人疯狂起来很可怕的。"

陆云帆若有所思地摇摇头："她要去读，我也拦不住。我还能怎么办呢？给她车也买了，房也供了，能给的都给了，再多，我也没那个能力了。"

"人家说了，追她的比你有钱的多得是。你还不明白吗？她就是看上你这个人了。"

"那就是她不讲理了。"陆云帆打断章冉，似乎不想再听他说下去，"打从一开始我就说得很清楚，我不可能离婚的。我跟她，根本不合适。"

章冉看着几片黄叶从路边的杨树上萧萧落下，似笑非笑地感慨："感情的事，哪有什么理可讲，你当签合同呢？说到底，还是你魅力大。"

接近午夜时分，这条街道依旧车水马龙，汽车的鸣笛声伴随着醉酒男人的歌声，让二人之间的沉默越显寥落。不知过了多久，还是章冉先开了口。

"老陆，刚才你说的那个方案我想了，咱只能这么办。眼下其实也没有退路。就像我刚才说的，'启航1号'要是烂了，那些小散户饶不了咱，到时候，你们信元还要不要给他们兜底赔钱？你也难逃干系。不过，说到底，我是基金的大股东，又是法人，明面上你只是个董事，就算咱发了第二只空标基金，拆东墙补西墙，你也可以假装不知情，即便有一天东窗事发，你也不需要负主要责任。最坏的结果无非是你被信元开除了，但以你的实力，再找份工作不难。我是横竖没退路了，家里的钱都压在这儿，只能赌下去。刻章的事儿我会跟老徐谈，牵扯到项目公司，还得是他牵头，我也肯定不会跟他提是你的主意。基金还真得现在就开始筹备，等春节再发，那会儿裤子都输没了，想翻盘都没机会。资料我会去准备，我也会跟朱海平谈，让他务必再去融一笔钱。你就装什么都不知道，该走流程的时候睁只眼闭只眼配合我们就成。"尼古丁让他比刚才平静了许多，语气里透着点悲壮和大义凛然。

陆云帆变魔术一样从休闲西装的内袋里掏出一条手帕，摘下眼镜擦了又擦，终于叹了口气说："都是一条船上的人，我想装不知情也不可能。跟老徐谈的时候，别打电话，这些事还是当面说稳妥。朱海平那边，我先去跟他谈，你们俩一见面就戗戗，别外头没事，咱自己先内讧了。"

"唰——"漫咖啡的店员们下班了，拉下卷闸门，上了锁，转头冲还停在路边抽烟的两位客人笑笑，互相打闹着消失在马路尽头。青春和财富相比，有种同样隐秘的魅力。

秋风起。

何欣安做完了一套雅思阅读样题，对对答案，在没有任何准备的情况下竟然都考到了 7.5 分，她对着发出幽幽蓝光的电脑屏幕露出了久违的笑容。这么多年过去，她还是那个擅长学习、擅长考试的"别人家的孩子"，可惜父亲已无法再为她露出一次骄傲的笑容，帮她厘清人世间的纷扰，听她诉说内心的彷徨和不安，然后用洪钟一样的声音对她说："没啥子的，都会过去的。"

一代人渐行渐远。

午夜的钟声响起，又是一日。房间里空荡荡的，丈夫还没有回来，窗外的秋风更紧了。

为你而战

  2017年11月14日，当全国人民还沉浸在网络购物狂欢节的余波中时，李艾踩着古驰黑色仿鹿皮高跟鞋，跳过金达律师事务所前台堆积如山的大小快递包裹，冲向了她回归职场后最重要的一场战役。被舆论广泛关注的著名外资房地产投资基金JHR，与国内首屈一指的开发商碧城集团的对赌仲裁案，在这一天上午9点半正式开庭。

  连着下了几天秋雨，天气彻底凉下来。清早出门时，李艾专门挑了套巴黎世家的猩红色呢子裙，剪裁流畅的西装领衬得她修长的脖颈白皙光滑，黑色真丝无领衬衫打底，让她看起来既有气势又沉稳内敛。她在御木本的白色珍珠项链和宝格丽的玫瑰金镶红玉髓项链间犹豫不决，一旁观望的女儿毫不犹豫地伸出小手："红色项链好看，妈妈你不是去'打仗'吗？红色代表胜利！"

  连裤袜太紧，李艾有点吃力地弯下腰，在彤彤白嫩的小脸蛋上连亲三下："没错，红色代表胜利，妈妈听你的，我的幸运小女神！"

  "妈妈，律师是负责抓坏人的吗？"几周前，幼儿园组织小朋友们开展过一次"职业体验课"，分享父母的职业。李艾发现，在一片"全职妈妈"的包围下，要向一个5岁的孩子说清楚自己的职业可不是件容易的事儿。

  "律师不管抓坏人，负责抓坏人的是警察，爸爸和姥姥负责抓坏人。"

"那律师是干什么的呢？"

李艾迟疑片刻："即便是坏人，也有被公正对待的权利，律师就负责帮助他们，还有其他的人知道自己可以做什么、不可以做什么。有了平衡，好人，才能真的是好人。"

彤彤似懂非懂地点点头，突然露出狡黠的笑容："我明白了，所以你就是负责和姥姥还有爸爸作对的！"

李艾一愣，母亲爽朗的笑声先自洗手间传来："哈哈，彤彤，你说得太对了，你妈就是负责和我们作对的。所以以后，你是不是应该让妈妈多听姥姥的话啊？"

"不对！"彤彤生气地噘起小嘴，不知自何时起，她有了维护母亲的强烈意识，谁说妈妈不好都不行，"妈妈最勇敢了，虽然你们俩都有大盖帽，有枪，但妈妈不怕你们！"

李艾的喉头突然发紧，不知被女儿的哪句话戳中了泪点。她扶着彤彤瘦小的肩膀，温柔却充满力量地说："妈妈有你，就什么都不怕！"

中国国际经济贸易仲裁委员会为这次对赌案指定的仲裁秘书是李艾的大学学妹，起先李艾并不知情，因为每次见面女孩都是一副严肃谨慎公事公办的样子，直到有次 Jessie 去仲裁委提交证据材料，女孩才私底下悄悄跟她讲："我跟李律师是同一所大学毕业的，她在我们学校可有名了，迫不及待想看看她在庭上的表现啊。"

这话传到李艾耳朵里，她感慨了半天。李艾还记得，她当年跟林松杉说过，自己的律师梦想就启蒙于香港、美国的律政剧。她喜欢那种短兵相接的感觉，而缜密的逻辑、快速的反应、雄辩的口才，似乎也是她与生俱来的天赋。然而，当她在这条令人羡慕的康庄大道上飞驰向前时，那个叫作"爱情"的岔路口却那么偶然地改变了一切。四年，一千多个日夜，这条路并没有通向所谓的幸福彼岸，却只留下一道伤痕、一个孩子，连记忆都像褪色的旧梦一样变得模糊不清。

回京后的这一年半，日子过得飞快。繁重又充满挑战的工作、多姿多彩却也烦恼不断的生活、全新的社交圈和朋友让李艾明白，北京还是那个北京，CBD还是那个CBD，自己却已不再是当年的自己。这座城市在不同时代留下不同底色，像古老的壁画一般，一层层覆盖，一层层交融，一层层斑驳，它的复杂与深刻，冷漠与包容，都令人难以忘怀。

手机的振动声打断了她的思绪，一条微信跃入眼帘。发件人是"Gloris_Wang"，来自香港中西区：

Battle Day. Please kick them ass for me.（大战之日，请替我扁得他们满地找牙。）

有那么一瞬间，李艾的眼里泛起潮湿，两千公里外的那座城市没有冬天，那个带着一颗破碎的心远走他乡的女孩，到底还是放不下这座城，放不下这座城中她留下的青春岁月，还有原本也属于她的战场与光荣。虽然她们不能再并肩作战，但她的勇气和执着也时刻在给予自己力量。李艾定了定神，认认真真地打下了四个字：

为你而战！

黑色专车在早高峰的二环路上来回穿梭，提前一刻钟到达了位于桦皮厂胡同的国际商会大厦。这座四四方方的高层建筑，与周围林立的高楼看上去并无二致，秋日湛蓝的天空倒映在玻璃幕墙上，让空气里的干爽显得越发清冽。一身石青色西装的倪一冰正在贸仲前台来回踱步，看到身着火焰般套裙的李艾光彩夺目地走进大门，他愣了片刻，随即绽放出了笑容。李艾、倪一冰、JHR 的法务，以及 Jessie 和 Jack 五个人简单问好后，便一起向仲裁厅走去。

商事仲裁不同于法院，并没有气势恢宏的法庭，5 号开庭室就是他们今天的"战场"。倪一冰还是第一次走进仲裁庭，看起来与公司会议室差别不大的开庭室朴素得出人预料，三位仲裁员平易近人，而他们丰富的实践经验和务实的态度也令他感觉良好。李艾和团队的准备工作十分充分，不仅对案件事实、《合同法》仲裁规则都了如指掌，给出的证据清单更是无懈可击。除了 JHR 与碧城集团以及项目公司签署的所有文件外，苏州"碧江锦城"到目前为止的销售情况、项目公司和集团过去三年的财务状况，甚至是这三年里碧城集团与 JHR 团队成员的重要往来邮件，全部都作为证据被一一呈上，直截了当地说明碧城集团在引入 JHR 投资时，对于双方约定的对赌方式、内容有着充分的理解，并且也完全有能力在不对任何债权人产生不良影响的前提下，根据协议对 JHR 做出补偿。

其中有一封邮件是一年半前碧城集团的财务总监发给倪一冰的前任的。显然那天下午他们刚刚开过会，财务总监在邮件里写道：

> 对于协议的内容，我们肯定是认可的，现在公司的财务状况也完全可以根据协议履约，你们不用担心。虽然我们今年确实没有完成对赌业绩，但是中国房地产市场正在快速回暖，这点大家都有共识。我们应该把目光放得长远些，追求更大意义的双赢才是共同的目标。

看到这封邮件被打印成白纸黑字摆在桌面上，倪一冰都忍不住笑了。他猜李艾大概是从 JHR 的法律总监那里拿到了授权，加上 IT 部门的同事配合，才找到了这么一件早就"石沉大海"的关键证据。可她是怎么想到去查离职人员的往来邮件的，又做了多少海量的基础工作才找到了这封邮件？想来必定伴随着无数个不眠不休的夜晚。国贸大厦那间小办公室里的灯光此刻也仿佛照在他心上，倪一冰情不自禁地转头看向李艾：她正皱着眉头，身体微微前倾，眯着眼睛盯着对方律师，像只随时准备捕捉猎物的豹子。每当她格外专注时就会露出这样的表情，完全无视周围的一切——无论是异性赞赏的目光，还是自己漂亮的套裙。倪一冰突然有些羞愧，他迅速低下头，脸颊微微发热，仿佛自己思想的游弋侵犯了这位散发着魅力的女律师，他为自己没能像她一样专注职业而感到内疚。

仲裁庭开了整整一天，午休一个半小时，几个人在国际商会大厦附近随便找了家咖啡厅，就着冷餐对付了午饭。李艾坐在塌陷的旧沙发上一边吃，一边查看 Jack 电脑里的开庭记录，像是要把上午三个小时重温一遍。其他人见她目不转睛一言不发，聊天也不好太肆意。倪一冰不断给李艾的水杯续上柠檬水，她并没有像往常那样客气地致谢，注意力始终在那台笔记本电脑上，他几乎都可以听到她大脑高速运转的声音。倪一冰心底暗暗佩服，一个人的注意力竟然可以如此长时间地高度集中。可怜的 Jessie 和 Jack 大概早就习惯了李艾的这种工作方式，在她抛来问题的间隙大口吞咽着帕尼尼和三明治，像是握着球拍随时准备接球的选手，倪一冰不禁担心起他们的胃来。

下午 5 点半，仲裁总算结束，神经高度紧绷了一整天，一旦松懈下来，身体就立刻觉得疲惫。对方的律师主动过来打招呼，其实也都是"红圈所"的熟面孔，立场归立场，姿态归姿态。一行人乘电梯来到大堂，谁也不聊案子，客客气气地握手告别后，李艾才得空掏出手机看。一整天有好几个未接来电，她先挑沈挚的那个拨了回去。

"嗨，刚开完庭。"她的声音里透着舒畅。

"开了这么久！怎么样，顺利吗？"

"感觉还可以，不过结果没出来之前，谁也说不好。"她终于舒了口气。

"听你状态还不错，肯定差不了。那我们今晚是不是该庆祝一下？我也有好消息跟你说。"

"是吗？好啊，什么好消息？"李艾在电话这头笑了起来。自打从苏州回来，他们的对话还从来没有这样轻松过。

"见面说。我订了和芳苑6点半的位子，需要我去接你吗？"

"不用，我搭……同事的车过去，离得不远。"李艾把滑到嘴边的"倪一冰"三个字硬吞了回去，虽然道理上没什么可回避的，但好不容易才重新回归了轻松的氛围，还是谨慎些好。

李艾挂了电话，发现倪一冰一行人还站在大堂门口等她，赶了两步迎上去。

"李律师这段时间辛苦了，晚上请你们吃饭，给你们庆功！"趁着心情不错，JHR的法务一改平日里的严肃，颇为热情地邀请。

"别别别，庆功还为时太早，最近这段时间大家都很辛苦，倪总为这个案子都熬瘦了，我建议今天大家都早点回去休息，等结果出来了，咱们再聚不迟！"

一直在看表的Jack使劲点头，看来他是新交了女朋友，着急下班去约会。倪一冰自始至终都挂着微笑沉默，他猜到李艾或许另有安排，再加上这么多同事一起吃饭，也不可能有太多交流，因此并不强求。法务看大家态度都不积极，只好作罢。几个人在大厦前握手告别，各自散去。

"李艾，你一会儿去哪儿，我捎你。"看其他人走远，准备往停车场去的倪一冰转身问道。

"就等你这句话呢。阜成门新开的和芳苑，方便吗？"

"方便，只要你说，天涯海角也方便啊。"倪一冰调侃道。话毕，他迅速扫了李艾一眼，暗自揣摩自己的玩笑是不是有点太暧昧了，李艾一整天严肃认真的状态让他有点拿捏不准该怎么说话了。

还好，李艾似乎还在回味白天仲裁的情形，只是笑笑。登上那辆金色路虎后，她一边系安全带一边对倪一冰说："这个案子要是赢了，你在JHR也算是立下了汗马功劳，估计很快就要有promotion（晋升）了吧，到时候可真得好好庆祝下。"

"是吗？我倒不觉得。这个案子拖了三年多，劳民伤财的，就算赢了，也只是挽回损失，挣钱可谈不上。JHR的文化向来都是奖励'攻城'，不奖励'擦屁股'的。何况外资在国内越来越不好混，今年总共也没投几个新项目，大势不好，我个人能有什么发展？"倪一冰从战斗状态中松懈下来，又想起了这些恼人的状况。

"别沮丧嘛！你看你这么年轻，能力也在这儿摆着。打官司虽然不是件开心的事，可这种经历也不是人人都有的，中间有多少教训多少坑啊，这些经验难道不是你个人的财富吗？"李艾一拳打在他手臂上。

"那倒是。我们干投资的常说，在一个economic cycle（经济周期）里，只经历过upside（上升期），没经历过downside（下行期），不能说你真的懂行。大环境好的时候挣钱不是本事，大环境不好还能逆势而为，那才叫厉害。倒是你啊，"倪一冰看了李艾一眼，"打赢了我们这一仗，你是不是就该提合伙人了？"

"哈哈，那谁知道？要先赢了才行啊！"李艾虽然这样说，脸上却写满了喜悦。

"别谦虚了，升职了别忘了请我吃大餐。"

"吃饭还不是随时的事，真有那一天，你就是我的第一个大客户，得多多照顾我生意才是王道！"她冲他挤挤眼睛。和倪一冰方才的略带沮丧不同，李艾从高度紧张的战斗状态中放松下来后，逐渐兴奋了起来。

倪一冰微笑着点头："我一定尽力，但说实话，我是真的不太想继续在JHR做了，越做越没劲。"

"那你想去哪里呢？"李艾看他的样子不像是在说笑。

"不知道，还没想好，等明年春节拿到bonus（奖金）再说吧，好歹都坚持到年底了。"

看着倪一冰茫然又年轻的脸，李艾突然想起了几年前的林松杉："你该不会也要说'世界那么大，我想去看看'吧？"

"看世界？没有啦，我没那么潇洒，我想挣钱。中国市场现在有这么多机会，你看安娜，每天像打了鸡血一样，我坐在办公室里都觉得是在浪费生命。"

"哈哈，年轻就是好啊，敢想敢为！"

倪一冰瞟了她一眼："说得那么夸张，就好像你比我们大很多似的！"

"那可不是嘛，三年一个坎儿，何况我拖家带口的，心态更是不同。你让我现在去琢磨创业的事，天，那简直就跟安娜·卡列尼娜一样！"

"安娜·卡列尼娜？怎么讲？"

"在不合时宜的年龄，冒不合时宜的风险，成为不合时宜的笑话。"李艾也被自己的妙语逗笑了，"咱们的安娜最近怎么样，融到钱了吗？"

"我看差不多了。她跟四季资本的那个创始合伙人王总都聊过两轮了，尽职调查也做完了。上周四季资本组织了一个德扑的局，安娜专门叫我去，帮她聊聊估值、对赌、ESOP（员工持股计划）这些事。看得出来，四季对她的公司确实蛮有兴趣的，按现在给出的估值，安娜很快就身价五千万咯！"

"哇，那要恭喜安娜了。小姑娘真棒，没准咱们同学当中第一个实现财务自由的就是她了！你确实应该去帮她聊聊，毕竟你是做投资的，这些事儿你最懂，投资人的心态你也了解，别让安娜被你们这些万恶的投资人给坑了。"李艾心情不错，故意逗倪一冰，"看来江姗也很给力，这么快就帮她引荐了王总，咱这些同学真是没白同窗一场。"

"是江姗帮她介绍的吗？我还以为是何欣安呢。"

"欣安，为什么？"李艾一脸狐疑地扭过头。

"德扑那天，我跟王总聊得挺开心，就说到了北清商学院。他说他跟咱们那个学长陆云帆是很多年的朋友，所以我还以为安娜是通过欣安才联系到他的。"

不知为什么，一股隐秘的怀疑像蛇一般突然游过了李艾的身体："那这个王总跟江姗又是怎么认识的呢？"她追问道。

"也是通过陆云帆吧。王总说他两年前去江姗的节目做过嘉宾，当时本来不想去，是看陆云帆的面子才去的。结果上节目没多久，税务局就去了他们基金重点排查，哈哈，所以他现在什么节目都不上。"

李艾敷衍地笑笑，很多已经模糊的记忆慢慢浮上心头：去年这个时候，在凯宾斯基酒店庆贺 FMBA 项目成立 10 周年的晚宴上，她第一次得知，信元资本的陆总，竟然就是闺密何欣安的老公；也是在那场晚宴上，当他们正要举杯时，有个醉醺醺的身影冲到角落这一桌，搂着何欣安的肩膀，要她引荐身边的"帅哥"，还非要和他们两口子喝一杯。按照倪一冰刚刚转述的四季投资王总的说法，陆云帆和江姗两年前就彼此熟识。王总也好，倪一冰也好，都没有说谎的动机，那么去年秋天陆云帆和江姗假装不认识的那出戏，又是演给谁看的呢？

李艾心里咯噔一下，回想起何欣安在病房里跟她说过的话。此前李艾一直以为何欣安是被父亲的病折磨得精神衰弱，现在看来她的直觉是对的，陆云帆真的没有看起来那么简单，而那个秘密故事的女主角，很有可能就在他们周围。李艾下意识地掏出手机，点开了何欣安的微信，想想，又退了出去。这种话，朋友之间最难启齿——不说，觉得自己有责任；说了，可能会引来更大的麻烦。该怎么办？李艾陷入沉思中，突然意识到身边的倪一冰正用手肘顶她。

"嘿，梦游呢？刚跟你说话听到了吗？"

"啊，对不起，刚想起个事儿。你跟我说什么了？"

倪一冰笑着摇摇头："沈挚的车刚从咱们旁边开过去了，原来你是要跟沈班约会啊。"

"啊，他看到我们了吗？"李艾完全没有思想准备，吃了一惊。

"看到了啊，还跟我打招呼呢。"

李艾下意识地皱皱眉，说话间，挂着"和芳苑"牌匾的朱砂色四合院大门就出现在眼前。这里原是清末同治年榜眼谭宗浚的府邸，据说1949年前阎锡山也曾在此居住。如今，这个中式四进四合院被改建成了美食会所，专司高雅奢华的宫廷京味菜。四合院大门常年关闭，只留一扇小门进出，从外边看起来低调神秘，院内却是亭台楼阁、雕梁画栋、山石嶙峋、幽泉潺潺，格调甚是风雅。

"不跟我们吃饭，原来是跟沈班庆功啊。"倪一冰用下巴指指四合院大门，玩笑听起来有些不自然。

"没有，是他说有好消息要跟我讲。咱们案子的仲裁结果还没出来，我怎么会跟别人乱讲，这点职业操守还是有的好吧。"李艾怕倪一冰误会，连忙解释。

"哦，那我知道沈班的好消息是什么了。"倪一冰故作神秘的脸上小心翼翼地掩藏着几分沮丧。

"什么？我都不知道，你怎么会知道？"李艾不以为意地笑。

"值得你们俩庆祝的好消息，真不知道吗？"

李艾摇摇头，倪一冰压低声音说："十有八九是离婚谈妥了，要不要跟我赌？"

"喊——"李艾白了他一眼，拉门下车，嘴角却浮现出一丝笑容。

走出五六步远，她下意识地回头望去，倪一冰还没走，一只手搭在完全摇下的车窗上，另一只手扶着方向盘，正默默看着自己。这个突然的回眸令他猝不及防，慌乱又落寞的神情被一览无余。倪一冰定了定神，才说出了那句萦绕在心头的话："Congratulations！"（恭喜！）

金色路虎映着秋日余晖的最后一道光，树杈上斜斜挑着橘红色的落日，这个真诚纯净的男人望着自己，努力掩饰着无奈和失落，小心翼翼地维持着"朋友间"的距离。这一切，她看在眼里，像生命中不能回响，又不想忘记的一首诗、一幅画，遥远而美丽。

"谢谢。"李艾冲他绽放笑容，转身走进了那道红门。

院角里几棵柿子树的叶子落光了，枯枝上却挂着十来只火红的柿子，远远望去格外醒目。二进院里的彩陶水缸里移走了锦鲤，放干了水，闲闲地立在秋风中，等着第一场冬雪来覆盖。服务员都换上了夹棉袍，各个厢房的炕桌和八仙椅上也拿掉了夏日的苇席，铺上了簇新的明黄刺绣枕头和银红色的丝绒垫子。李艾深吸一口气，看着木雕窗花格上隐约映出自己昂首挺胸的身影，那身猩红色的小洋装，倒真像是战袍一般，伴自己拼出了一方天地。

沈挚也刚落座不久，包厢里按位配菜，倒省去了自己点菜的麻烦。服务员拎着铜壶往景泰蓝的茶盅里倒入滚烫的枣茶时，李艾掀开深蓝色印花的棉布门帘走进来，带着一股清凉微甜的秋日之气。眼前这个女人和自己的妻子有太多不同，她开朗、聪明、有主见，20多岁时的特立独行已被岁月和挫折磨砺成知冷暖亦知世故的人生智慧，令她在这世间的种种关系中都从容不迫、游刃有余。他不确定自己是否真的懂她，这场恋爱始终像隔着点什么，分寸感比冲动更明显。他看不到她的破绽，看不到她的仓皇，好像，也看不清她的心。然而，正因为如此，她似乎比以往那些女人更多了几分神秘和不可把握。

服务员在侧，两人也不好太过亲密，拥抱一下就被分在了方桌两边。李艾神采奕奕，看来经过一天的对战，状态依然兴奋。她随手拣起果盘里的榛果松子，一边吃一边笑嘻嘻地说起今天仲裁庭上对方律师是自己大学同学的前男友，估计看到自己，他心里先就虚了两分；又连珠炮一样地说早晨出门时自己还很紧张，但一进仲裁厅的大门，瞬间就进入了状态，满脑子只有案子了。

沈挚一直笑着听她讲，不时给她添茶。李艾喝第二杯时才低头看看茶杯："这是什么茶，这么甜？"沈挚笑起来，她就是这样的女人，对生活没什么精致的要求，一说到工作却格外忘我。

"枣茶，补血补气，这个季节喝正合适。"

"这么讲究。"李艾挑挑眉毛，算是自嘲了下自己的"迟钝"。

"我看你这是胜券在握啊。"

"那真不好说，你千万别被我的状态蒙蔽了。我之所以看起来兴奋，是因为还沉浸在开庭时的状态里，但绝对不代表仲裁结果。"她依然保持着理智。

"不管怎么说都要祝贺你，恭喜你重新回到了自己的光荣战场！"沈挚端起茶杯，以茶代酒敬李艾。

"这话倒是没错。咱今天是不是得来点酒啊，你不是也有好消息要分享吗？"李艾眨眨眼睛。

"哈，女士主动要酒，这是我的失职啊。对，差点忘了你还是个小酒鬼，咱们第一次见面，不就是在酒吧吗？"

一句话让两人的思绪一起飘回到了一年多前的初夏，那时的李艾刚刚分居，独自带着幼女回到这座她熟悉又陌生的城市，迫切地想找到一个机会，重新跳上这趟高速前进的列车。人生与未来对那时的她来说，有着太多的未知和不可控。她其实不太喜欢那时的自己，不喜欢那时的踌躇、茫然，甚至还有一点点的不自信。

"是啊，还好这两年很忙，来不及想太多就过去了。现在回头想，那时的状态真不好。"她摇摇头感叹道。

"没有啊，我倒觉得那时候的你很可爱。"沈挚握住李艾的手，"你知不知道李敖追胡因梦的时候说过一段话，说她'又漂亮又漂泊，又迷人又迷茫，又优游又优秀，又伤感又性感，又不可理解又不可理喻'，你那时给我的感觉就是这样。"

"是吗？"李艾被他恭维得不好意思，却并不太以为然。她当然明白这段话是溢美之词，却总觉得这是男性站在自己的立场上，对女性充满了预设和价值评判的"赞扬"。"那么，按照这个逻辑，现在的我是不是有点太不迷茫，太不伤感，过于笃定，也过于用力了？"

一句话说得沈挚不知该如何作答，他愣了片刻，摇着头自嘲道："哎呀，女律师的这张嘴啊。拍马屁拍在马蹄子上了。对了，我一直有个问题很好奇，你是不是女权主义者啊？"

李艾哈哈大笑："我还真不知道什么叫'女权主义者'。你是想说，我现在就只剩下'又不可理解又不可理喻'了吧！"

沈挚也发自内心地笑了起来，无论什么主义，她的智慧、自信和幽默，无疑让这个秋日的黄昏温暖明媚起来。说话间，菜品也陆续上桌，宫保虾球、果木烤鸭、砂锅豆腐、葱爆羊肉，还有摆在澄黄色镶蓝边的小碟儿里的宫廷点心，红绿黑白，甚是可爱。李艾方觉得自己是真饿了。她顾不上卷饼，先夹起两片烤鸭，油脂在口腔里爆出来，润泽饱满，鸭肉更是焦香酥脆。李艾深吸口气，西厢房的窗格外一只麻雀嗖的一声掠过，直入被火烧云浸透的天边。

"对了，你不是说有好消息要跟我分享吗，什么事啊？"李艾用冒着热气的手巾沾沾嘴，喝下一口浓郁香甜的枣茶，抬头问沈挚。

"的确是个好消息，算是这几年里，最值得期待的事了吧。"沈挚握住李艾的手，双眼也炯炯地透出光来。自打倪一冰说了那个关于好消息的猜测后，李艾就不免隐隐有些忐忑。不能说自己一直盼着沈挚离婚，但毫无疑问，如果沈挚能就此解决掉这个麻烦，无论他们二人未来会怎样发展，对李艾来说都是心里的一块石头落了地。

李艾换了个坐姿，也情不自禁地握紧了沈挚的手，充满鼓励地看着他。

"你知道我来同德之前是在哪儿吗？"

李艾一愣，摇了摇头。

"看来我们俩还得加强交流，你要对我的过去更了解，才能更懂我这个人。你看，你的职业履历我都很清楚，大学毕业就来了金达，中间辞职离开了几年，然后又回到了这里。所以你想什么、要什么，我都知道。"

李艾脸颊上滑过了不易察觉的一丝笑意：她的职业经历很简单，了解不算难事，但眼下不是逗闷子的时候，她没有接话，示意沈挚接着说下去。

"加入同德之前，我一直是公务员，大学毕业后就被分到了建设部，后来又调到市建委。你知道吗，我29岁就已经是正处级了，当年在圈子里还是有点小名气的。"穿着靛蓝色夹棉袍的服务员用白手巾包着刚烫好的一壶黄酒进了包厢，一阵秋风跟进来，比起白天更多了几分寒意，两人这才注意到窗外已是暮色四合，只能隐约看得到院子里新张起的红灯笼和偶尔在游廊上闪过的人影。沈挚顿了顿，不知是在等服务员出门，还是在等李艾的评论。

"厉害啊！"李艾夸张地挑挑眉毛。她不是公务员，但有个当公务员的妈和一帮在体制内的同学，大抵也明白29岁做到正处级是怎样的成绩，虽然不能感同身受，但工作这么多年，什么环境中有什么样的不容易，心里还是有数的。

沈挚被她那点藏不住的混不吝逗得直摇头，也说不清她是真佩服还是瞎起哄，只能兀自说下去："我当时去同德，其实状况有点复杂，多少也有点不得已。一方面，我们董事长是真的器重我，几次三番找我谈，希望我能去帮他——公司那时候正要上市，上上下下确实需要人；

300

另外一方面，唉，当时家里出了点事，陈怡三天两头闹，有几次还跑去了我的办公室。你知道，在体制内最怕这些事了。虽然只是私事小事，但防不住有人拿这个做文章，那就麻烦了。"

沈挚微微蹙眉，似乎重新回到了那段不堪的岁月。他举起斟满黄酒的景泰蓝酒盅，和李艾轻轻一碰，一口饮尽。一两的杯子不大不小，李艾也一口干掉，只觉得一股热流顺着食道流进胃里，不一会儿手指尖儿都热乎过来。

"就喜欢跟你喝酒，不用劝。"沈挚把玩着酒杯，笑容中似乎也透出了酒意。

"劝也没用。"李艾也笑，骨子里的傲气顺着酒劲儿散发出来。

"嘿，你这人真是很有意思。我有时候觉得你老练、世故，有时候又觉得你单纯、很有个性。你到底是什么样的？"沈挚微微俯下身，好奇地看着李艾。

"今天不是来分享你的好消息吗，怎么又扯到我了？先说你，省得你一会儿又说我不够了解你了。"

沈挚笑起来："是啊，好消息，确实是好消息。你不觉得，人在年轻时待过的环境，对自己的影响会特别大吗？"

李艾眯起眼睛想了想，好像有点道理。

"比如你，二十出头就到了律所，现在从头到脚、从里到外怎么看都是个女律师。我呢，一毕业就被分到机关，我觉得我骨子里始终还是个体制内的人。你看我在同德这几年，虽说工作成绩也过得去，但私下里说啊，我是真不喜欢做生意，我觉得自己也不是这块料。"沈挚像吐出了一句憋了许久的秘密，舒口气，又喝下一盅。

"沈总太谦虚了，您这几年的工作，怎么能说是'过得去'呢，那是'卓尔不凡'啊！"李艾给沈挚斟满酒。

沈挚哭笑不得地摆摆手："别贫了，正经跟你说话呢。其实我刚到同德半年就有点后悔了，可是既然来了，总得把领导交代的这些工作，什么改制、上市先做完吧，但工作是没有头的，干完了这件还有那件等着。我们是央企没错，但本质上还是企业，企业的首要价值是什么？股东利益最大化啊。我们又是上市公司，大股东、小股东，都得负起责任。每年的业绩指标、预算核算，哪一样不跟钱挂钩？可我这个人从小对钱就没感觉，没缺过钱，也不爱钱，有时候真不明白自己是为了什么工作、价值在哪儿，没劲。"

　　眼前的男人有几分醉意了。趁着沈挚说话的当儿，李艾吞下一口宫保虾球，虾油的醇香还在口腔回转。她端起酒盅和沈挚干掉一杯："你别说，你这个体会跟我妈还挺一致的！"

　　"你妈？"

　　"对啊，我妈也是公务员，她老觉得就她做的事情有意义，除暴安良、匡扶正义。我们当律师的，在她眼里都是利益驱动，为了钱。"

　　"那她当年还让你学法律？"

　　"她当初让我学法律，是想让我当法官、当检察官，没想让我当律师。哪想到我剑走偏锋，受了我们大学很多法学教授的影响，发现不掌握公权力的律师才是司法三角关系里最难做、最勇敢、最必不可缺的一环。"

　　"哈，看来我以后得多跟你妈聊聊啊，我们应该有共同语言。"

　　"是啊，这么多年，因为我她好像才多少有点转变吧。不过我倒觉得，每个职业都有自己的荣誉感，绝对不单是为了钱、为了生存。不管是做生意的、端盘子的，还是当律师的，职业荣誉感是在维护职业的专业性、秩序和尊严中建立的，哪怕是梁山好汉呢。"

　　沈挚托着下巴笑起来："我不是说做生意不好，只是我不擅长吧。生意的本质是什么？交换。高明的生意，是把二元的交换关系变成多元的交换关系，能促进社会资源的有效流动，还能实现共赢。可只要是交换，就会存在利用信息不对称、资源不对等的情况，这其中又隐含着多少策略、技巧？"沈挚摇摇头，"我不喜欢的大概就是这些部分，而我在政府的时候，恰恰是不需要过多去考虑权衡这些的。"

李艾若有所思地点点头："我有点明白了，你是不喜欢求人，也不喜欢……"她想想措辞，伸出两只手的食指和中指弯了弯，比了个引号，"'忽悠人'吧。当公务员的时候，你就是权力和资源的掌握者，不需要去过多地揣摩别人的心思，更不需要放低姿态去做什么事，那种状态让你很自在，对不对？"

沈挚沉默片刻，点了点头："有点道理。而且，对于我负责组织分配的资源、我的工作，我肯定能做到既对得起专业，又对得起良心。"他又从靠背椅上立起身，神情中带着几分肃穆。

李艾有点懂他了："那你有机会真应该回到体制内去。中国的公务员，要是都像你跟我妈这样，有能力有原则，还不忘初心，我们当老百姓的可就踏实了。"

话音刚落，李艾突然愣住了，她从沈挚神秘的微笑里读懂了什么："你今天要跟我说的好消息，不会是……你要回政府了吧？"

沈挚爽朗地笑起来："哈哈，不好吗？你不是刚刚才说我有机会应该回去嘛。"

李艾好半天才回过神儿来，原来这个"好消息"和他的私生活一点关系都没有："哇，你这个圈子绕得可真够大的。说说看，到底是什么情况？"

"慢慢说，不着急。来，先喝点汤，夜还长着呢。"沈挚给李艾盛了一碗砂锅豆腐汤，窗外的天空全黑了，不远处的高楼大厦都亮起了霓虹灯，映着院角的一树枯枝，像天边狰狞的怪兽。

沈挚把事情的来龙去脉娓娓道来，其实早在去年初夏，他们相遇没多久后，这个去地级市挂职分管城建副市长的机会就已经出现了，中间也是沟沟坎坎不乏曲折。沈挚谨慎，事情没确定之前从未向周围任何人提起，即便是父母也不例外。直到这个月，组织上的各种考察、讨论都已经走完，调令也正式发出，他才终于松了口气。

"所以，你这就要去四川了？"李艾睁大眼睛问。消息来得太突然，她有点发蒙。

"对，但也没那么着急。赶明年春节报到，公司这边也还有很多事要交接，走不了那么快。"沈挚红光满面，不知是酒精还是这个消息让他兴奋。

"那你去挂职要待多久啊？还回北京吗？"李艾有些好奇，同时也在心里揣测这件事会对他们的关系产生怎样的影响。

"至少两年，两年以后怎么样，现在说不上。有可能调回来，也有可能留在当地继续干，要看具体情况了。等等，你是问，这中间我会回北京吗？当然啊！我又不是被发配到那儿。周末、放假，甚至是出差，回来的机会多着呢。你有空也可以随时去看我啊，你不是在重庆读过书嘛，肯定很适应。到时候我带你去吃他们当地的盐帮菜，又便宜又好吃！"

李艾机械地点点头，脸上虽然还挂着微笑，心里却忍不住有点失落。她猜不透沈挚是故意在回避，还是线条太粗没考虑那么多。异地恋对于爱情至上的年轻人都是一场巨大的考验，别说是各自拖家带口、事业繁重的他们了。何况这么大的事情，半年来沈挚都对她只字未提，那么在他心中，这段关系到底有多少分量？对未来他是否还有所期许？女人敏感的天性，让她觉得这场本来就像是隔着点什么的恋情就要钻进一条没有出口的死胡同了，然而这一刻，她还不想放手。

一个激灵，酒醒了，李艾竟然觉得背后传来阵阵凉意。暖气还没来，老四合院的木格窗也不挡风。秋夜深了，几声寒鸦鸣叫，想来霜也起了吧。李艾盯着玻璃窗上自己隐隐约约的倒影，只看到一团火，燃烧着最后的青春。

勇往直前

北京的秋天很短，巴宝莉的风衣和华伦天奴的羊毛套裙没穿几日，就明显挡不住呼啸的北风了。蔚蓝色高远的天空不见踪影，取而代之的是阴沉的灰色苍穹，裹挟着塞外荒芜气息的干燥凛冽的风。连着数日重度污染，淘宝上的 3M 口罩已经脱销，彤彤幼儿园里一多半的小朋友得了流感，学校不明着说闭园，但建议家长把孩子们都领回去。单亲妈妈李艾最怕幼儿园放假，父母年龄大了，也并不是那种甘心沉浸在含饴弄孙之乐里的传统长辈，把彤彤托给他们，不出三天，老妈肯定怨声载道。

前一天下午，李艾接到了一个座机电话，是友谊医院体检中心，提醒她周五之前再不来体检，今年的预约就要作废了。李艾这才想起去年就忙得错过了体检的最后期限，好歹这也是所里的一项福利，趁着 JHR 的案子告一段落，先把这事办了吧。因为要空腹抽血，李艾原想着早起早去，却一觉睡到了 8 点半。不用上班的日子就像是奢侈的假期，多一分钟的睡眠都让人贪恋。

又是个灰蒙蒙的上午，全城堵得几乎瘫痪，嘈杂的鸣笛声、吵架声、叫卖声、剧烈的咳嗽声充斥在钢铁城市里，让后工业文明的剪影多了些杂乱无章。等李艾饥肠辘辘地冲进体检中心，已经是 10 点 1 刻。好处是错过了体检高峰，每个检查室门口都没有几个人在等待，反倒节省了时间。接待的护士很热情，一边嗔怪着："您怎么现在才来？空腹久了怕您撑不住，要做好多检查呢。"一边麻利地帮她建好档案，贴好一长串检查项目的条码，又拉着她一溜小跑先去抽血室。

李艾踩着高跟鞋紧跟着她，一脸歉疚地笑着。这边量完了身高体重，抽完了血，做完了心电图，小护士把餐票发给她："您先去吃点东西垫垫吧，多喝水，一会儿还有憋尿的项目。您吃完了，看哪个门口人少，就先查哪儿吧。"

李艾道过谢，踏踏实实地去吃早餐了。餐厅环境不错，简欧风格的灰色沙发围着白色圆桌，桌上还插着新鲜的康乃馨。旁边两三个人都各自低头在看手机。早餐有中式，有西式，李艾要了份中式的：小米粥，荤素包子各一个，煮鸡蛋，外加一碟咸菜、一杯热豆浆。她先打开手机回了封邮件，又点开微信刷了刷朋友圈，一刻钟就过去了。她两三口喝完了豆浆，起身回到检查区。已过11点，除了超声诊室门口还有两三个人外，其他诊室门口的长椅上都空空荡荡的。李艾轻轻推开外科的门进去，一个戴着眼镜半谢顶的中年男医生正百无聊赖地瘫坐在沙发上刷手机。听到门响，他有点疑惑地抬头看看李艾，直到发现她手里扬起的检查表才站起身来。

"哦，我以为今天早上都结束了呢。来，不用脱鞋，躺那张床上，把表给我。"他坐回到办公桌旁，对照表格笨手笨脚地拖着鼠标，在电脑键盘上敲动了几下，才起身朝床边走来。医生侧着身，先压了压腹部的肝脏、脾脏之类，很快，那双微凉的手就移到了颈部，左边摁摁，右边摁摁。

"B超查过了吗？"医生并不看她，眼神聚焦在她头顶上方30厘米的位置。

"还没。"李艾躺着寻找他的目光，发现很难。

"这里偏大，有个结节。来，你自己摸摸。"

李艾顺着他的手摸了摸自己的脖子，好像哪里都疙里疙瘩的，也搞不清到底什么偏大，况且凭自己的知识结构摸了也是白摸，还是关注结论吧。

"您说的是哪里啊，淋巴吗？"她搜寻仅有的一点医学知识试探着问。

"甲状腺。"医生回到写字台前，低头在她的体检表上写字，"你这个体检套餐包括甲状腺 B 超，一会儿做的时候让他们给你仔细看看。"

"这有什么问题吗？"李艾还是很蒙。

"这个，要看 B 超结果。结节嘛，在中年女性里还是挺普遍的。你还是先抓紧去做一下 B 超吧。"

"中年女性"这个词让李艾很不舒服，至于"结节"是什么，反倒没有引起她的太多关注。李艾并没太当回事儿，走出外科诊室，看到旁边的耳鼻喉科和眼科都开着门，就挨个进去查，体检表上贴着的条码撕去了多半，才终于到了甲状腺 B 超诊室门口。以前体检时没见过这一项，听 HR 的同事说，这是所里 32 岁以上的女性职员才有的"福利"。

原来年龄也是有歧视的，只是说不清，这到底歧视了谁。

小屋里挺黑，李艾递过体检表，烫着卷发的中年女医生正义愤填膺地和旁边负责记录的年轻医生聊小区地库漏水，物业光收费不作为的事。李艾兀自笑笑，不等医生招呼，她先爬上了床。

"我们业委会里有个做律师的，听他安排吧，不然怎么办？"女医生总结了一句，转过头来招呼李艾："把领口的扣子解开，对，往下拉拉。"

她右手拿着个白色探头，在李艾的脖颈上来回移动，眼睛直盯着电脑屏幕，还说着些听不懂的专业术语让旁边的年轻医生记录。沉默的时候，只听得到机器嗖嗖啦啦的声音。这样的氛围让李艾很放松，不觉有几分困意袭来。

"你左侧这儿有个结节。"医生的声音突然打破静谧，"以前查到过吗？"

"没有。"她摇头，"我是第一次做这种脖子的 B 超。"

"别动。"医生又晃了晃探头，"还不算小呢……甲状腺左侧叶内，实性低回声结节，7 乘 8 毫米，考虑 Ca 可能。"女医生低沉着声音让旁边的助理记录。李艾忍不住打断她："您说的 Ca 是什么意思？"

"嗯，"医生目不转睛地盯着屏幕，像是在反复确认自己的判断，终于，她把探头从李艾的颈部移开，递给她几张纸巾说，"你这个不排除恶性的可能，抓紧去医院做个复查，把甲功五项也查一下。如果确诊是恶性的话，得尽快安排手术。"

"恶性，有这么严重？"李艾机械地擦着脖子，脑袋发蒙。

"目前看，不太乐观。你最好下午就去检查，别拖延。没问题咱们皆大欢喜，有问题就抓紧治疗，甲状腺癌的预后还是不错的。"

"癌"！这是李艾第一次从医生口中清晰地听到这个字，不是说别人，却是在说刚刚 33 岁的自己。她站起身，大脑一片空白，不知该问什么，也不知该说什么。接过体检表后，她还是习惯性地道了谢，木然地退出了 B 超室，满脑子都是 B 超医生和外科医生的话。体检表上还有三四个项目没做完，在诊室门口等待时，李艾掏出手机开始百度。网络上的信息量很大，透着绝望又恐怖的气息，李艾告诉自己要镇定，像做 legal research 一样集中注意力在海量的信息里检索分析，等体检表上的最后一张条码被撕下，她才终于意识到这个普通的上午发生了什么。

已过 12 点，体检大厅里空空荡荡，和上午熙熙攘攘的场景形成了鲜明对比。李艾只觉得被巨大的沮丧和疲倦包围，她随便找了张长椅坐下，攥着手机，盯着窗外被雾霾挡住的惨白日光，突然有些不知所措。

癌症，我怎么会得癌症？我身体一向很好啊。会不会是误诊？应该去哪家医院复查呢？有没有什么朋友同学是当医生的？对了，我是不是应该给谁打个电话？爸妈？不行，他们年龄大了，父亲最近心脏还老不舒服。伍迪吗？那个曾经朝夕相处，如今却形同陌路的前夫？不行，打给他有什么用，别叫人家误会我是想要他来照顾，搞得彼此尴尬。那么，是不是该告诉沈挚一声？好像也不妥，一来还没确诊，即便确诊了，对于一个才交往了几个月，马上又要去外地走马上任的中年男人来说，这种事只会让他们原本就微妙的关系变得更加复杂，甚至脆弱不堪。

李艾的心一点点往下沉，才发觉比在这个年龄得了癌症更可怕的是，在这个有着几千万人口的超级城市里，她竟然活成了孤家寡人。自己的手机通讯录里有 930 位联系人，而此刻，却不知道有谁能分担她的惶恐和委屈。

手机突然在渗出冷汗的手心里振动起来，是 Jessie。

"李律师，下午您来办公室吗？"

"我……有什么事吗？"李艾还在犹豫下午要不要去复查。

"上午接到仲裁委秘书的电话，说 JHR 的案子上次还是有些情况没了解清楚，要求再开一次庭。"

"啊？"依照上次开庭的情形，李艾以为最多也只需要再提交些书面材料，没想到这么快又要重新开庭，"有没有说什么时候开？"

"说了，两周后，12 月 2 号星期二上午 9 点。"

"对方律师提交了什么新证据吗？"李艾觉得蹊跷。

"目前是没有。"

"有没有说具体是什么内容委员们觉得还需要了解？"

"电话里没说，我约了秘书明天一起喝咖啡，到时候可以打听打听。"

"好。下午我有点事，暂时还回不去，你跟 Jack 把那天的开庭记录再过一遍，看看有什么问题，另外跟 JHR 的倪总和法务也说一声，让他们有个思想准备，但是也别吓唬他们，就说这么大标的的案子开两次庭能结束就算是快的了。"

"好的，那我们先过资料，有什么问题再给您电话。"

"对了，杜律师上午找过我吗？"李艾追问了一句。

"没有，杜律师上午没来。林律师找过您一次，好像有什么案子想和您碰。"

"哦，你跟他说我去体检了吧？"

"说了，他没说什么。"

李艾沉吟了一下，接着就挂了电话。自从上次和林松杉在办公室冲突起来，两人的关系就变得很微妙，在外人看来，他们还是私交甚笃，工作上也配合默契，可两个人彼此都很清楚，心里有扇门悄然关上了，纵然无奈，也无力再去推开。跟叶惠那次开诚布公的沟通，曾让李艾抱有了些不切实际的幻想，以为她和林松杉之间的关系也能恢复如初，然而事实并非如此。叶惠当然不可能主动和林松杉提起她俩的交流，而对李艾来说，和叶惠坦诚相待也就意味着要保守她的秘密。情人有时亦是对手，你选择了一边，无形中也就疏远了另一边，哪怕这并不是你主动的选择。

还有一个大家心照不宣的原因，就是她与林松杉之间那场关于合伙人的竞争。这场拉力赛已经进入了最后的冲刺阶段，无论如何都难以回避，非此即彼的竞争过后，注定会有人失落，甚至黯然退场。李艾当然不希望这个人是自己，可她也不愿多想，如果这个人是林松杉，未来该是怎样的局面。

"还不走啊？该吃饭了，作息不规律，身体就是这么搞坏的。"操着山东口音的保洁大姐捡起旁边座椅上的空矿泉水瓶，打断了李艾的思绪。

她把思绪从十几公里外的CBD摩天大楼拉回到眼前，突然有种恍如隔世的感觉，如果真得了绝症，几个小时之前她无比在乎的这一切还有什么意义？原来谁也做不了自己的主人，所谓岁月静好，不过是危机在路口虎视眈眈地看着你，而你却还没有看到它。

李艾木然地走出医院大门，天光比早晨亮了些，北风也更加肆虐。萧条的街道边稀稀落落停着两三辆出租车，穿着黄衬衫黑棉袄的司机们缩着脖子，围着落光叶子的杨树，端着大保温杯抽烟聊天。

"走吗，师傅？"李艾凑近了问，声音有点提不起气。

"走！"排头的壮汉掐灭了烟，原地跺跺脚，边走边问，"去哪儿您？"

李艾愣了愣，去哪儿呢？北京的好医院不少，但哪家的甲状腺科最好她完全不了解。脑海里突然冒出了上个月去探望何欣安父亲的那家医院，想来何欣安长期守在哪里，对医院情况多少也有些了解。

"中日友好医院。"

黑铁塔一样的司机从后视镜里看了她一眼，一边发动车，一边自言自语："从医院出来又奔医院。得嘞，咱走着"。

李艾没心情和他贫，她呆呆地望着窗外，冬季的北京没有雪，光秃秃的只剩灰色，裹得严严实实的男女老少都在北风中步履匆匆，偶尔从路边飘来煎饼果子热气腾腾的香味，尚未吃午饭的李艾也丝毫没有食欲。车开出去十多分钟，她才想起来该给何欣安去个电话，打声招呼。

"欣安，最近怎么样？你这会儿在医院吗？"

"最近……还行吧，我在医院呢，怎么了？"

"哦，我一会儿要过去做个检查，做完去看看你，你不着急走吧？"

"不着急，护工6点才来换班。你做什么检查啊？"

"没什么，常规检查。那你等着我啊，咱们见面聊。"李艾强打精神。

何欣安听起来又恢复了往日的平静，不像上次见面时那么忧郁不安。李艾想起几天前从倪一冰口中听到的事情，始终犹豫不决。何欣安的父亲正在重病之中，真相对她而言可能比粉饰太平更残忍。这座大都市，像风平浪静的海面，隐藏着太多不为人知的暗流，日升月落，秘密沉入海底，而所谓对错的标准，也变得前所未有的复杂。

李艾很少来医院，眼前这所比刚才那家更大也更杂乱，瘫坐在角落的男女老少操着各地口音，无一例外蓬头垢面精神萎靡。拥挤的门诊大厅，混杂着泡面、消毒水、廉价香水，甚至是厕所的气味。午休刚结束，大厅又聒噪起来。

挂号窗口前的队伍排得很长，护士坐在低矮的玻璃窗内，扩音器里传出断断续续的声音。李艾渐渐意识到，同样是北京，这里和国贸大厦却有着完全不同的生存规则，那些穿着高档套装、受过良好教育、说话彬彬有礼的人，到了这里也同样得屈下身子、扯开嗓门、放下尊严、忘记自己。好在每一个人似乎都能在这些身份中灵活转换、泰然自处。

"你好，请问看甲状腺应该挂哪个科？"李艾也鼓起中气，扯开嗓子。

护士头也不抬地回了一句，她完全没听清。

"什么？"李艾顾不得形象，弯腿弓腰，使劲往玻璃窗前凑。

"五官科、外科都有，你要挂哪个？"护士不耐烦地抬了抬眼。

李艾蒙了，看病还能挑？犹豫片刻，后边排队的人已经大声催促起来。好歹是打过上亿标的的官司、见过不少大场面的李律师，却被眼下的气氛逼得慌乱起来。"甲状腺长了个结节，不清楚什么性质，应该挂哪个科？"这下不仅顾不得尊严，隐私也顾不得了。

"那你挂个甲状腺的特需门诊吧，200元一个号，不走医保。"护士面无表情地回答，双手噼里啪啦地在键盘上打着什么。

"好，就这个！"直觉告诉李艾，高价差是逃离眼下这种窘迫的唯一途径。

终于从人群中挤了出来，李艾按照医院的指引牌搭乘电梯，径直来到了门诊大楼的最高层——特需门诊部。果然贵有贵的道理，十倍的挂号费意味着有沙发坐，有矿泉水喝，有轻柔的音乐声，还有超过三分钟的问诊时间。这就是规则。

坐诊的是个戴眼镜的老太太，严肃又自信的表情让李艾备感亲切。她很快讲完了上午体检的情况，老太太伸手在她脖子上摸摸，转身在电脑上填写信息，很快吭哧吭哧地打印出了几张黄色绿色的纸。

"你先去拍个 B 超，那儿人多，得抓紧去排队。然后再去抽血，查个甲功五项。结果出来之后直接拿单子到我这儿来，不用再挂号。"

"好的，这些检查完，就能判断是良性还是恶性了吗？"

"你别着急，一切要看检查的结果，到时候是观察、穿刺，还是手术，咱们再好好研究。先抓紧去把 B 超拍了，我今天肯定等你。快去吧。"

特需门诊没有超声室，还得回到楼下的兵荒马乱之中。李艾排上号，发现前边还有四五十人，决定利用这个空当去抽血。杂乱的环境让她暂时忘记了沮丧，又激发起了战斗欲。等她右手揽着大衣、夹着 LV 包，费力按住左臂上的止血棉，一路小跑冲回到超声科时，正好听到护士在叫自己的号。根据护士的指引，李艾排进一支全是女人的队伍，站在最后一个。对比前边形形色色十几个人，自己还不算最年轻的。这个队伍被带到超声室门口停下，一次进五人，其余的继续等待。站定下来才觉得穿着高跟鞋的双脚隐隐作痛，她来回转换着支点，默默观察着从房门紧闭的超声室里走出来的人。队伍里最年轻的那个姑娘大约也就二十出头，从 B 超室出来时，她母亲搀着她，眼泪糊了满脸。

等在门外的人很难神情自若，李艾深呼吸，定了定忐忑的心情。前边一位 50 岁上下的老大姐几次转过头，此刻终于找到契机攀谈起来。

"唉，你说现在这个病真是，这么年轻的也得。"

李艾看着那个年轻的身影蹲在窗边号啕大哭，不知该如何接话。

"你是什么情况，第一次来吧？"大姐盯着李艾的脖子狠狠看了两眼，初步下了结论。

李艾点点头："您是怎么看出来的？"

"咳，久病成医啊。"大姐捋了捋灰白蓬乱的头发，"你脖子上没疤，肯定没做过手术，又这么紧张，多半是才发现，来确诊的。"

李艾惨淡一笑，也无心恭维她观察力敏锐。大姐自说自话起来："你知道我当初是怎么发现的吗？前年冬天嗓子疼，觉得里头长了个东西，手都能摸着，跟个鹌鹑蛋一样大。来医院一检查，那个大的倒没什么事儿，谁想到又在旁边发现了一个还不到一厘米的小结节，大夫一看，马上说不好，直接就给我安排手术了。幸亏发现得早啊，也没扩散，也没转移。"

"小的怎么不好了？"李艾战战兢兢地问。

大姐又回过头盯了她一眼："癌啊！那还能怎么不好。"不生病的人，体会不到那个字有多让人忌讳。

"你是怎么发现的，不舒服吗？"大姐接着问。

"早上体检做 B 超看见的。"

"多大？"

"7 乘 8……毫米吧，好像。"

"那倒是不大。不过这个病和结节大小也没什么直接的关系。一会儿进去就知道了。"

"我看您手术做完恢复得还挺好？"李艾试探着问。

"挺好，上班跳舞都不耽误，"大姐扭扭腰，"就是每天药不能停。"

李艾这才注意到她脖子上有一道黑线，看起来有些吓人。她下意识地摸摸自己的脖子："那您今天来是……"

"半年定期复诊啊，看有没有复发。"大姐顿了顿，"我看你，也就30？"

"33。"

"那也挺年轻的，现在得这病的人真是越来越年轻了。甲状腺这东西跟人的情绪、压力都有关系，千万不能着急，我现在就是跟谁都不生气。得了病你就明白了，什么都没自己的身体重要。不过你这个还不一定呢，也许就是虚惊一场。你看，这老太太就肯定没事儿。"

李艾循着她的声音望去，一个约莫70岁的老太太正由女儿搀扶着从超声室走出来，满脸轻松的笑容，她女儿在一旁低声说："您这下放心了吧，没事！"老太太喜形于色，嘴上还在嘟囔："这儿是没事了，别处呢？到我们这岁数啊，哪有不招病的……"

母女俩还没走远，李艾她们最后五个人被叫进超声室了。房间里很安静，一个文质彬彬的年轻男大夫轻声为大家讲解规则，淡绿色的塑料帘子围个圈，半遮着B超床。一切都是流水线作业，扣子解到第几颗、身体侧多少度、表格放在哪里……人像是生产线上的罐头，等着被组装，被消耗。

房间里很安静，年轻的医生脸上有种不容侵犯的肃穆。因为已经提前说明不许打电话，不许说话，没有人敢随便发出声响。李艾是最后一个，前边复查的大姐得到了"都挺好"的回答，心满意足地走了，临出门时递给李艾一个鼓励的眼神。

李艾躺下来，注意到男医生的白大褂袖口处藏着只很潮的腕表，眼镜的造型也很时尚。他右手移动仪器，慢悠悠地说："嗯，我看到了。"然后就是沉默。病房里的空气仿佛凝固了，不知过了几秒还是十几秒，李艾觉得这段等待宣判的时间长得够她回忆整个人生了。

男医生突然回头看了看，发现B超室里已经没人了："有家属陪你一起来吗？有就叫进来一块儿说吧。"

"没有。"李艾低声回答，心一下子揪到了嗓子眼。

医生看了她一眼，斟酌了一下说道："有一个大概6到7毫米的结节，但是边界不清晰，形态也不规则，看着不是很好。分级 4B。"

"4B 是什么意思？"李艾为自己有点发抖的声音感到尴尬。

"就是至少有两项恶性指征，恶性肿瘤的概率超过 50%。"

"恶性肿瘤，就是……癌，对吧？"她才发觉这个字是真有杀气，光是含在嘴里，就快要张不了口了。

医生点点头，没再说什么。

"那，接下来，我该怎么办呢？"这句话好让人泄气。生平第一次，她这样无助地向一个陌生人求助，原来 CBD 里七寸高跟鞋撑起的铿锵有力其实不堪一击，命运一记闷锤就把人彻底打趴在地板上了。

大概是因为后边没有其他人了，也或许是李艾的形单影只让人同情，医生侧过身对着她，眼神和语气竟透出几分温柔："我个人觉得你这种情况，手术是不可避免了，但也可以先做个穿刺，再确认一下性质。我看你挂的是张主任的号，她在这方面挺权威的，你把结果拿给她看看，听听她的意见。"

李艾木然地点头，系着领口的扣子坐起身来，眼泪却像是受到了万有引力的召唤，毫无征兆就流了下来。

"对不起。"她觉得自己好不坚强、好不得体，努力想冲医生挤出个微笑，却发现根本笑不出来。

"没事没事，有情绪别压着，发泄出来就好了。"小伙子递过来一沓抽纸，安慰她道，"甲状腺癌吧，是癌症里最轻的，规范治疗预后整体还是不错的，手术也快，术后不会对生活产生太大影响。你这个情况从 B 超看，并没有扩散到淋巴，积极治疗，不要有心理负担。"

李艾很感谢他的宽慰和耐心，在他轻声细语的解释中，她渐渐控制住了自己的情绪："谢谢，真不好意思，耽误您时间了，没想到我还有这么脆弱的一面。"她用纸巾拭去泪水，红着眼睛尴尬地笑了笑。

"你这算很坚强的了，谁遇到这样的事也不能笑着出去，那不是没心没肺嘛。不过手术的时候，你还是得有家属一起来，要打麻药的，不能一个人。"

李艾平稳了情绪，客气地退出超声室，坐电梯回到了位于顶层的特需门诊。张主任正在接待别的病人，她没有坐在沙发上等，来到走廊窗口，静默地看着灰蒙蒙的窗外：医院光秃秃的小花园里有几个穿着病号服的病人在散步，提着各种各样饭盒的人从大门鱼贯而入，远处的停车场堵得水泄不通。李艾觉得浑身疲惫，看手机的心思都没有，却渐渐平静下来了。

第二只靴子落了下来，已经没什么好怀疑的了，癌症到底找到了自己，找到了三十出头、正准备大干一场的自己。她是个自信的唯物主义者，并不觉得这是什么报应，就是病了，病了就得治。只是平时连感冒都少有的自己，还不知道该如何与这个将相伴终生的病症相处。她有些落寞，突然就觉得自己老了。

等待的时间并不长，刚刚够她整理好情绪，明天的事明天再说，眼下这关得先闯过去。张主任看看B超结果，扶了扶眼镜："做好手术准备吧，我再给你约个穿刺，活检结果出来有助于咱们细化手术方案。目前看，11月份的手术都排出去了，最近的就是12月1号。先给你约那天吧，穿刺下周一就能做。"

李艾点点头，又突然摇摇头："不行，12月2号我要开个庭，仲裁委已经定好时间了。"

"开庭？"张主任抬头看看她，"你是做什么工作的啊？"

"律师，"李艾勉强笑笑，好像是自己的职业给对方添了麻烦，"也是身不由己。"

张主任摇摇头："你是我这周遇到的第二个律师了，看来你们这一行，也是高危行业，压力大、责任重、工作时间长、生活不规律，是吧？跟我们医生差不多。"

李艾无奈地笑起来，自上午体检发现结节后，这还是她第一次笑出声。笑声吓了她一跳，却也像是猛然给她提了个醒：自己向来是乐观坚强的，那种长在血液里的力量开始苏醒。还能怎么样呢？怎么样不都得面对吗？

"在国外，律师和医生说起来都是最好的职业呢。"她从重大打击中回过神来，尝试着聊天开玩笑。

"那是国外啊，人家的医生、律师，挣得又多，在社会上又有地位，咱这儿可不是这么回事儿。现在医患关系这么紧张，我自己的孩子我都不让他学医，本来还觉得学法律挺好，可看看你们吧，也不是一般的辛苦。做手术这么大的事儿都没时间，是不是？"张主任说着手却不停，在电脑上麻利地录入信息。

"是啊，人生不就是选择嘛，自己选的，就得自己负责。当初也没人逼咱选这条路，既然选了，苦乐酸甜，都是自己的。"李艾像是说给自己听。

"嗯，说得没错。那我给你约 12 月 3 号？得这个病，最怕精神垮了，不过我看你没问题。"张主任扶扶眼镜，"上午有个大小伙子在这儿哭哦，说我没做过亏心事，没害过人，怎么会得这个病呢。你说这不是给自己添堵嘛。得了病，就积极治疗、积极面对，谁这一辈子还不得病呢？你看我，乳腺癌七年了，我自己是医生，救了多少人，按他那个逻辑我才不该得呢。所以啊，咱们专业人士就该信仰科学，我看你没问题，癌细胞打不倒我们这样的人。"张主任透过厚厚的镜片，用眼神递过来一个微笑。

比起 B 超室男医生的温柔劝慰，张主任轻描淡写的现身说法似乎更有力量。李艾知道从此以后自己的人生标签，除了"职场女魔头""单亲妈妈"外，又要多出一条"癌症患者"。她在心底坦然地笑笑。一道阳光穿过云雾照进屋来，照在张主任来不及补染的白色发根上，她微驼着背，低头在病历上写字，白大褂看起来空荡荡的，双肩却显露出硬朗的线条。有一种女人天生带胆，苦难会雕饰她们的灵魂，让她们越挫越勇，命运打不倒这样的人，更别说癌细胞了。

确定了手术日期，剩下的时间似乎就越发宝贵，李艾迅速回复了几个刚才没来得及接听的工作电话，又通知助理预留出下周一下午的时间做穿刺。她步履匆匆地边走边打电话，生命力恢复了一半，脑海里重新挤进了各种时间表。她觉得自己怀揣着一个秘密，需要和这个秘密和谐相处。

10分钟后李艾来到了何欣安父亲的病房门口，她轻轻推开门，何欣安正专心地捧着书伏在病床边。老爷子安静地躺在病床上，身上插着好几条管子，心电监护器传出嘀嘀的声音，黄昏的单人病房里一片静谧，竟有种岁月静好的错觉。李艾轻轻走进去，发现何欣安手里捧着的竟然是一本《雅思写作》。

"看什么呢？"她拍拍何欣安的肩膀，轻声问。

何欣安大约太过于专注，愣了会儿才回过神："嗨，你忙完了，我都没发现你进来。"

"真佩服你，看英语书都能这么投入，学霸就是学霸。"李艾调侃她。

"你别逗我了，我就是随便拿本书解闷。"何欣安看起来还是懒懒的，没什么精神。

"拿英语书解闷啊？你怎么想起来看雅思了呢？"

"云帆让我看的，给我报了个雅思考试，让我办移民，想一出是一出。"

"他让你办移民？"李艾吃了一惊，心里嘀咕，"那他呢？"

"他说他的专业和工作履历不如我有优势，让我当主申请人，他做副申请人。"

这话听来倒也在理，李艾点点头："也是，最近移民的人好多，多个选择也挺好。"

"谁知道呢，走一步算一步吧。对了，你到底来做什么检查，没事吧？"何欣安轻轻搬过把椅子，让李艾坐下。

李艾指指脖子，轻描淡写地说："这儿长了个结节，刚才基本确诊了，甲状腺癌，下个月3号手术，看来以后我要经常来这儿和你做伴了。"

何欣安呆呆地立在原地，笑容僵在脸上，许久没说出一句话。

"看你那表情！"李艾先笑了，"又不是我要死了，就算要死了也不至于这个反应吧？"

"你……你没跟我开玩笑吧？"何欣安看着她的状态，简直不敢相信她刚才的话。

"你见过拿癌症开玩笑的吗？"虽然已足够镇定，毕竟也不是件轻松的事，李艾疲惫地挤出个微笑，"说起来，你还是第一个知道这件事的人啊，看我多重视你。"

"你确定是癌症？"李艾身体里张扬着的生命力，让人无论如何也无法把她和癌症病人联系在一起。

"基本确定吧，最终要做了活检才知道。"李艾微笑着，像是在讨论别人的病情。

"不会的，不会的，你别担心，肯定没事的！"何欣安不停地摇头。

李艾呵呵笑起来："干吗？又不是什么洪水猛兽。不用害怕，不是当然好，是也没关系，正常治疗呗。不过，我刚才看了专家门诊，大概率是。"

何欣安又愣了半天，像是为方才不假思索的逃避态度自责，红着脸问："那你……那你工作怎么办？是不是得辞职休养一段？"

"辞职？倪一冰他们公司那个对赌案还没结束呢，下个月2号我开庭，3号做手术。这个手术简单，医生说休息两周就可以上班了。今年我这么拼，马上要到年底见分晓的时候，哪能辞职？轻伤不下火线。"

看着李艾如此镇定自若的神态，何欣安心底方才涌起的悲哀也渐渐平静了许多："唉，你真行，我真佩服你。要是我碰到这样的事，估计都不知道该怎么办了。"

李艾看着她，连日的操劳让她的皮肤失去了光泽，眼角似乎也多出了几道细密的皱纹，北方冬日寂寥干燥的阳光照在米白色的床头柜上，绿色的加湿器正悠悠吐着白雾。

"你不会的。"她摇摇头，"我早发现了，你才没有看起来那么柔弱。你只是因为有个好老公，依赖惯了，不需要让自己变得更强大，但你的那种韧性和承受力，是一般女人比不了的，真遇到事就能看出来了。"

何欣安莫名有些鼻子发酸，她避开李艾的眼神，有点无措地抚摸着父亲摊在床边的枯枝一般的手指，喃喃道："我的好运气，是不是快要用光了？这个世界上，除了自己，是不是谁也靠不住啊？"

"靠别人有什么意思，人生多被动，有朋友的关心就足够了。"李艾揽住她的肩膀，"我选这家医院做手术可是因为你哦。我做手术时你要来看我，好歹送束花，给我撑撑场子！"

何欣安眼睛有点潮湿，她用力握住李艾的手："不开玩笑，找医生、安排病床这些事儿，你尽管跟我说。陆云帆跟医院的人混得蛮熟的，能说上话。"

李艾点点头："你跟云帆，还好吧？你上次跟我说的那件事，后来怎么样了？"

何欣安的眼神瞬间又黯淡了几分："不知道，就那样吧。他肯定是有事瞒着我，但也许，他觉得瞒着我才是对我最好的保护。有些事情，可能真是糊涂点好。"

李艾咽下嘴边的话，半晌才字斟句酌地说："云帆这个人，我虽然不了解，但他对你的好肯定是真心的，我们都看在眼里。这个世界上的事，很多时候所谓的真相，不见得就是真相；糊涂，也不见得就是糊涂。"

"你是不是听到什么了？"何欣暖抬头问。她温暖的外表下有着常人少见的细腻和敏感。

李艾一愣，连忙摇头，想把话题岔开："没有，我上哪儿去听啊？也没什么交集。倒是听说他们那个基金运作得还不错，已经在张罗着发第二期了。"

"第二期？这我都不知道，章冉又找到新项目了？"

"具体我就不清楚了，周末上课的时候听章冉和几个同学聊起来，好像他们成都项目合作的开发商在绵阳又拿了块地，做得还不错吧。"

何欣安半开玩笑半认真地说："看来云帆现在瞒着我的事越来越多了，以前工作上的事他还经常和我念叨，如今这些八卦我都得从你这儿听了。"

"那个基金主要是章冉在管，可能云帆也不是那么清楚吧。再说你爸这儿病着，他跟你说这些，估计你也没兴趣。"李艾给何欣安宽心。

何欣安淡淡一笑，她倒巴不得此刻有些"闲事"来分散自己的注意力，每天陷落在来苏水气味包围的白色病房里才真的令人绝望。到这一刻，她明白陆云帆阻拦自己辞职的苦心了，也懂得了李艾在工作、家庭、健康中拼命拉扯，咬着牙一个都不想放弃的坚决和勇气。她确实应该给自己找点事，让这大片大片灰白色的时间填进些不一样的颜色。眼下先好好应对月底的雅思考试吧，她迫切地需要一个小小的胜利，给自己打点气。

情深义重

凌晨 1 点半，书房里橘色的小台灯还亮着，李艾打了个哈欠，看看电脑屏幕右下角的时间，才惊觉已经这么晚了。第二天是周六，却不是她的休息日，反倒要比平时起得更早，因为要穿越半个北京城去远在海淀的北清大学上课。明天"证券投资"要结课，从香港聘请的知名教授对时间把控得格外严格，迟到一秒钟都不允许。她连忙起身，关上满屏"亲历甲状腺癌""甲状腺癌预后论坛"之类的网页，摸着黑去卧室睡觉。

彤彤在大床上睡得歪七扭八，李艾跪在床沿边，弯着腰费了好大的劲才把她挪到枕头上。时光如何能不老？女儿越来越重的身体便是最直接的证据。窗外偶尔传来遥远的鸣笛声，更显得夜晚静谧，她紧锁眉头躺在夜色里，越着急便越无法入睡。过去一周，生病的事李艾只轻描淡写和父母提了几句，没有讲肿瘤的性质，饶是如此，父母也已连着几日唉声叹气。彤彤生性敏感，尽管所有事都背着她，她还是在某个夜深人静的时刻，似懂非懂地蜷缩在李艾怀里痛哭一场，嘴里喃喃自语："妈妈不许说老，不许说生病，我不要妈妈去天堂。"

第一次，李艾真切地感到了身上的担了。她当然不能死，甚至都不能倒下，她要照顾年迈的父母、年幼的女儿，要挣钱，要奋斗，还想活得有点意思、有点意义，她连悲伤的时间都没有。过去一周，这个噩梦渐渐真实起来，她不再沉溺于"只患了最轻的癌症"的侥幸中，通过在网络上查找其他病友的经验分享，她逐渐意识到，自己前33年的人生只剩半个月了，半个月后，当她在手术床上睁开眼时，将永远不再是原来的那个自己。抛开手术过程中可能遇到的风险不论，即便手术非常顺利，癌细胞也没有扩散，未来几十年，她面对的也将是需要终生服药、定期复查的自己。她的脾气有可能会越来越暴躁，性欲却可能越来越低，失眠、多汗、月经不调，都可能是她将要承受的。除此之外，她富有磁性的曼妙嗓音将有可能变得沙哑，再无法唱出动人的歌曲。颈部的疤痕纵然可以用美容针掩饰，身体里这些真切的变化却是名牌华服和高跟鞋都藏不住的。

更可悲的是，李艾越来越清晰地意识到，这一切，自己竟不知该找谁去诉说。好几次，沈挚在电话里满怀激情地说起对未来职业的规划时，李艾都欲言又止。癌症的话题，对于情谊尚浅的成年恋人来讲，太现实、太扫兴，亦太沉重了。本来，他们之间敏感复杂的关系就面临着异地的考验，而这个突如其来的疾病会带这段恋情走向何处，李艾全无把握。

连着几天为JHR即将二次开庭的对赌案加班，每次夜深人静时，她路过同样亮着灯的林松杉的办公室，都会不自觉地在门口驻足，却终于又在他礼貌客气的微笑中欲言又止地离开。她明白，他们之间的关系很难再回到曾经无话不谈的状态了，那次争吵只不过是导火索，更深的根源在于他们二人之间的竞争，还有时光带走的、永远无法回头的转变。

周四下班回家的路上，李艾心里憋闷得厉害，犹豫再三，给王妍发了条微信："亲爱的，忙什么大案子呢，最近好吗？"过了两三个小时才收到王妍的回复："亲，我在美国出差呢，马上要开会，回香港给你打电话哈。"

是啊，无论是CBD、金融街、陆家嘴，还是中环，到处都是车流滚滚、步履匆匆。每个人都很忙，忙到容不下闲散，容不下懒惰，容不下软弱，更容不下悲伤。华尔街离金融街其实不远，癌症病人和职场精英却相隔万里。李艾方才醒悟，在这座城中，每个人都是一座孤岛。很多事，爱人也好，朋友也好，都无法为你分担，注定你要独自承受命运无情的打击，或是新生的洗礼。

生活就是这么滑稽，当她下定决心不主动向任何人袒露病情之后，却迎来了第一个诉说的契机。星期五一早，李艾拿着医院的诊断证明去人力资源部请病假。她不想搞得满城风雨，因此直接去找了人事主管王敏英。王敏英在那间狭小的办公室里睁圆了眼睛，嘴唇翕动几下，一把拉住李艾的手臂："哎呀，你这是什么情况？是……癌症吗？"

"算是一种吧，不过是最轻的癌，有些国家已经不把甲状腺癌归到癌症里了。没事儿，我就请半个月的假，做完手术很快就能回来。"李艾轻描淡写地笑笑。

"天哪，你这可得重视，不能再那么加班了！作息时间、饮食、睡眠，对身体的影响都是很大的，别不当回事！你没看前两天朋友圈都在转吗？'四大'又有个小姑娘连轴加班猝死了，才29岁！"

李艾看着她夸张的表情，觉得有些好笑："我也不想加班啊，问题是活干不完怎么办？"

王敏英皱着眉摇摇头，顺手关上了办公室的门，压低声音关切地问："你们部门的人都知道吗？不能再让他们给你加工作量了。你这个手术有医保外的费用没有？有的话把单子都留好，咱们所给员工上的商业保险是包括癌症的，都能报。"

李艾心里涌起些温暖，没想到唯一的 份关心，竟来自曾与自己有几分芥蒂的人，看来此前王敏英也并不是针对自己，只是在尽她的人事管理之责罢了。

"没事儿。一年都熬过来了，现在掉链子，岂不是功亏一篑。"

"呀，我发现咱们所的这些女律师，真是一个比一个好强。你听我一句劝，人这一辈子工作能占几十年？身体才永远是自己的。将来想起来，都不值得！"王敏英拿起李艾的请假申请轻轻拍在她手心里，一时间颇有些大姐姐的姿态，"做完手术就在家好好歇着，别老琢磨工作的事儿。两周假期要是不够，你随时跟我说，我再给你批。"

"好，谢谢！在身体允许的范围内，我一定不耽误工作。"李艾拉开门，犹豫片刻又关上，"另外，尽量帮我保密吧。所里人多嘴杂，别传到客户耳朵里，再吓着人家。"

"你放心吧，这都不是你该操心的事儿。我跟你说，先把身体养好，地球少了谁都一样转！"

"地球少了谁都一样转"，这句再真实不过的话让李艾那份舍我其谁的责任感和奋斗精神显得有些多余可笑，她尴尬地挤出个笑容，退出了王敏英的房间。

暗夜里手机发出幽幽蓝光，已是凌晨4点，自己还是毫无睡意。李艾翻身，第三次给彤彤盖好薄棉被。房间里暖气很足，有些干燥，窗外北风猎猎，在高楼大厦间呼啸而过，吹散了雾霾，也吹散了人的心头杂念，想来明天该是晴空万里吧。

　

深秋再次浸染了北清大学的校园，岁岁年年，迎来送往，不因谁的留恋而驻足，也不为谁的离开而悲伤。商学院那栋设计感十足的灰白色小楼，在一片掩映在金色银杏中的低矮中式仿古建筑里显得卓尔不群。

江姗从那辆嫣红色的保时捷上慌慌张张地跑下来，上午9点过5分，在楼下买咖啡的时间是没有了，江姗钻进电梯，对着反光的门捋了捋头发，早上时间太赶，只化了淡妆，特地戴了副黑框眼镜遮挡有点水肿的眼睛，麦丝玛拉的驼色短大衣搭配巴宝莉的白色长裤、白色跑鞋，衬得自己像大学生一般青春。江姗舒了口气，一会儿进教室时，该找个什么迟到的借口蒙混过关呢？这个香港来的欧阳教授谁的账也不买，不好对付。

江姗蹑手蹑脚地推开门，一眼便瞧见站在讲台边的章冉，背上还挎着学院发的双肩包，看来也是迟到了，正杵在前边"示众"。她微微蹙眉：跟这家伙赶在一起，准没好事。还没等她开口，阶梯教室里的同学们便爆发出一片排山倒海的笑声，不知教授刚说了什么好笑的话。

"哎呀，果真是好事成双啊！"欧阳教授操着生硬的普通话调侃道，"这位女同学，你是什么原因呢？"

江姗飞快扫视着教授和全班同学，希望能得到些有利的信息提示："我，我的车子，刚才来的路上……"她还没说完，教室里便又爆发出一阵更猛烈的笑声。

"你不会也在路上和别人追尾了吧？哇，这样巧，难道是你追了他的尾？"教授指指章冉。"章同学，何苦呢，让人家女生追得这般辛苦！"欧阳教授带着口音戏弄他俩，"辛苦"说得像"幸福"一样。

章冉脸皮厚，满不在乎地和同学们一起哈哈大笑，仿佛置身事外。江姗白了他一眼，打定主意不再解释，只希望这一切快点过去。

"好啦，不耽误其他同学时间啦。章同学迟到3分钟，下午考试成绩扣3分，江同学迟到5分钟，下午考试成绩扣5分，我会多多关注你们的！"教授推推眼镜，伸出右手的食指和中指，指指自己的眼睛，又指指他俩，逗得全班同学一起起哄鼓掌。

江姗拣了个后排的角落坐下，章冉也跟着在旁边落座，教室里又恢复了正常的秩序。

"你最近忙啥呢？气色看着有点差啊。"章冉凑到江姗耳边压低声音套近乎，一股热气涌来。

"不会聊天就别聊天！"江姗本来就还没从方才的尴尬中释怀，又被他这样一句"问候"顶得肺疼。

"嘿嘿，你说你迟到也不能怪我是不是？你应该感谢我，要不是我今天也迟到，谁给你当垫背的？你一个人挂在讲台上才尴尬呢！"

他说的也不是全无道理。江姗摊开笔记本，拔出钢笔，找了个舒服的姿势靠向椅背。

"上次我跟你说的融资的事儿，怎么样，考虑得如何了？"

江姗看了他一眼，心想果然沉不住气："考虑着呢，你们上一个基金还没退出呢，怎么又要发新的？"

"这你就不懂了吧？一个基金退出至少要 5 年，等完全退出了再发新的，好项目都跑了。"

"你这么懂，自己找钱去。"江姗毕竟是个东北姑娘，脾气不是没有，只是藏得妥帖。

"女神别生气嘛，我是嘴臭心不坏，你还不了解我吗？我跟你说，这次这个新项目特别好，项目层面的回报，我们粗算了一下，年化能到30% 呢！这也就是咱们上个基金在成都投得不错，人家才能想到咱，否则这种项目根本流不到市场上。"他看了看江姗的脸色，"这次还跟上次一样，按 1% 给你返点，怎么样？"

"1%？你也太鸡贼了吧。现在市场什么环境，钱荒！哪那么容易找到钱？我这搭上关系给你们融来的钱，你们每年收人家 2% 的管理费，给我拢共才 1%，真当我不懂？"

"哈哈，你这个商学院真不白读，如今咱们干投资的算账都算不过你。你不知道我们那 2% 赚得有多辛苦啊，要养团队、付办公室租金，管旧项目、找新项目，人吃马喂的，要伺候着这些 LP 五六年，还得担责任。哪像你，1% 听着没那么多，可就你一个人啊，何况一锤子买卖，干净利索，日后也没那么些烦琐的事。"他顿了顿，"不过咱都不是外人，这些事情好说，具体提多少回头还是你直接跟云帆谈。只要他认可，我都没意见。"他用手肘顶顶江姗。

江姗面无表情地看着讲台，眼神里有了些不易察觉的变化，半晌，才冷冷地说："你要这么说，这事我还真干不了了。上次帮你们融资就是看陆云帆的面子。你当我真差这点提成啊？最近他连我的电话都不接，看样子不是没把我当外人，是彻底把我当陌生人了。那咱还有什么好合作的？"

"别呀！"章冉一听这话心里犯急，"他最近不是家里事儿多嘛，你没看何欣安都不来上课了。再说，一码归一码，咱犯不着跟人民币有仇，你说是不是？"他看看江姗的脸色丝毫没有转圜的意思，只好接着说，"我跟你说点心里话啊，云帆是我快20年的哥们儿了，我认识他的时候，他连他媳妇都不认识呢。没人比我更了解他。你要说他在感情上有时候有点优柔寡断，这个有可能，但你要说他花心、不负责任、没有担当、始乱终弃，他绝对不是那种人！再说你吧，你当初跟人家好的时候，人家说得很清楚啊，离不了婚，你自己说你无所谓来着，这事我都知道啊。当然，也不是说你不对哈，不过感情这事没人说得清楚。你俩在一起也有两三年了吧，感情肯定会越来越深，但是你想，他真的没法同时对两个女人负责啊，中间还挡着个《婚姻法》呢。他最近躲着你啊，说句公道话，那才真是对你负责呢。既然不会有结果，何苦还耽误你呢？不是有句歌词吗，放手也是一种爱！"

爱情是女人的春药，更是女人的七寸。江姗手撑下颌，目不转睛地盯着讲台上的欧阳教授，却一个字也没听进去。脑海里像播放电影默片一般，一帧帧全是三年里和陆云帆的点点滴滴。陆云帆是那种一眼便会让人动心的好男人，干净、温暖、不世俗、不油滑。与他相识是在三年前的房地产金融论坛上，主办方邀请江姗做主持人，而陆云帆是其中一个论坛的嘉宾。这种场合，坐在五星级酒店宴会厅最前排沙发上的嘉宾们通常会客气地互换名片，建立联系，当然，没有哪个男人会漏掉年轻漂亮的主持人，所以陆云帆向她要手机号时，江姗并没多想，只是看了看他的名片，发现他的职级和这张娃娃脸很不相称。她客气了一句："陆总年轻有为。"眼前的成功人士脸上竟然有了几分羞涩，与方才讲坛上自信的状态判若两人。

"幸会！"陆云帆伸出右手与她轻轻一握，多一句套话也没有，便转身回了座位，反倒引得江姗不自觉多看了他两眼。又过了几分钟，一条陌生短信挤进手机，打开是一张照片。她有点纳闷儿，放大仔细看，心里一惊。那是从侧面拍的一双穿着高跟鞋的纤细小腿，左脚踝上的丝袜滑丝了，顺着腿肚子向上拉出了一个长长的窟窿。她连忙低头看自己的小腿，那个破洞已经悄悄蔓延到了膝盖窝，马上就要接近黑白色小礼裙的边缘。天哪，不知道有没有被摄影记者拍到？江姗匆匆起身去洗手间脱掉丝袜，又前后照照，确定没有其他破绽，才重新走回会场。这条陌生的短信是谁发的呢？那张照片后，还有一张手指挡在嘴前的小脸，像是在说："嘘——保密。"会不会是他？江姗从刚刚收到的一沓名片中直接挑出陆云帆那张，对着手机号码一个个数字比下去，果然。她绯红的脸上绽放出一丝羞涩的笑容，像被人偷窥到了心事一般。偷偷看向陆云帆，他正专心致志地听着讲坛上嘉宾们的演讲，全然没有留意这边的动静，更不像是要跟她讨什么好。舞台的灯光打在那个清秀的剪影上，江姗的心里荡起涟漪。

在江姗的一众追求者当中，陆云帆肯定不是最有钱或最有权的那个，但架不住江姗喜欢。喜欢他的温暖体贴，喜欢他的知性内敛，甚至对他的欲言又止、若即若离都欲罢不能。一开始，江姗确实没想过要跟陆云帆天长地久，甚至在交往初期，她还同时有个做鞋业的男朋友，挥金如土。事情的转变发生在他们在一起两三个月时，江姗在一次活动中晕倒了，送到医院检查后，才发现自己竟然怀孕了。这孩子大概率是陆云帆的，但她也并不十分确定。幸运的是，陆云帆和那个鞋厂老板并不知道对方的存在。江姗把这件事分别告诉两人，老板大笔一挥，开出一张100万的支票，叫江姗先当零花钱用着，然后让助理联系美国的私立医院，哈哈笑着对她说，孩子生下来再给你300万，儿子是老天爷给的宝，必须接着，再多钱我也不心疼！

江姗有点哭笑不得，原来自己在他心中就是个高级一点的生育工具。这老板已经有了五个孩子，原配生了一个，二婚生了两个，还有两个说不清来历的。如果自己还是几年前那个小北漂，什么都没有，跟他也就跟了，可眼下的自己年近三十，名声、地位、钱，好歹都攒了些，不至于那么窘迫，跟这样的人不明不白对付一辈子，就算衬着几个亿，似乎也没多大意思。

她未置可否，转脸把同样的话跟陆云帆说了一遍。云帆蹙眉沉默良久，就在江姗以为他也要像别的男人那样逃避退缩时，他开口了，第一句是"对不起"。

"对不起，江姗，我没照顾好你。"他叹了口气，不敢直视她的眼睛，"你知道我们家的情况，也知道我一直有多想要个孩子。可是，我也明白，你有你的工作、你的生活，这件事肯定不在你的计划中。所以，你是怎么考虑的呢？"

四季酒店行政酒廊里萦绕着轻柔的爵士乐，落地窗外阴雨连绵。"我是怎么考虑的？我怎么考虑你都会配合吗？"江姗不确定他是想迂回撤退，还是真心为自己着想，有心试试他。

陆云帆凝视着玻璃窗上滑下的雨滴，深深叹气，半晌，像是下了很大决心似的回答："如果你想把孩子生下来，我会负责任。"

"怎么负责任？你打算娶我吗？"江姗并不是初坠爱河的小姑娘，心里其实沉着得很，无非想看看男人的反应。

"如果……如果那是你希望的，我可以去争取。"陆云帆面无表情的脸上掩藏着无奈和挣扎。

江姗好奇他要如何去兑现这个看似简单的承诺："你怎么娶我啊，你不是有老婆吗？你们的感情不是还不错吗？"

陆云帆盯着她看了两秒钟，然后把目光移向挂满雨柱的落地窗，又投进了不知深浅的茫茫雨雾之中。这次沉默的时间更长，长到江姗都快要放弃了，他才终于开了口："孩子是无辜的……如果你真的想好了，我会处理好我自己的事，但是江姗，"他转回头来重新望向她，"这件事情是我对不起我太太，如果真要分开，我会把所有的财产都留给她，给她个交代。所以，如果我们结婚，在物质上，一开始可能不会太富裕，但肯定也不会让你和孩子受苦。"

这下轮到江姗沉默了。这男人好奇怪，不算有钱，也缺少幽默感，嘴不甜，更不会玩，一张清秀的面孔，一副金融才俊的做派，却挡不住骨子里的老派气息，仿佛全天下和自己有关的女人他都要负责，就算负不起责任累死了自己，也要把审判权留给对方。

江姗不知该如何答他。连着几日，她照常工作应酬，却总是情不自禁地想起那个左脸颊上只有只酒窝的男人。女人真是矛盾的动物，在遇到你想托付终身的男人时，就会情不自禁地放低身段，骨头都变得柔软。可是越到这样的时候，你就越不确定，自己卸下盔甲委身是否明智，又会换来怎样的结局。胎儿一天天在腹内长大，让人来不及细想，到了必须要做决定的那天，江姗看着自己已经排到了年底的工作表，有点泄气地想：如果现在退出，一年后自己拥有的一切都会被更年轻的面孔抢走，而那时的自己失去了青春、声名、地位，爱情还能留得住吗？无论如何，此刻都不是生孩子的好时机，男人都是虚荣的，成为更好的自己，就不怕留不住他们。

陆云帆尊重了她的决定，看不出是遗憾还是如释重负。他老老实实地陪着她去做了手术，之后的一周更是温柔体贴地细心照顾，没有当逃兵，也没有被复杂的情绪冲昏头脑。意外怀孕是男女关系的试金石，而陆云帆的表现堪称完美。

这件事之后，江姗对陆云帆的感情有了些微妙的变化，似乎更信任也更依赖他了。没过多久，当年一起合租房闯北京的闺密奉子成婚，江姗便免不了多想了几遍故事的另外一个版本。如果把孩子留下来，她知道陆云帆会兑现自己的承诺，那么此刻的她是不是也终于能停下脚步歇一歇，有个知冷暖的男人，有自己的孩子和家？

世事难料，半年后，台里跟江姗谈话，要她把两档财经访谈节目的话筒都交给当年亲手带过的实习生，一个来台里还不到两年的90后女孩。这丫头和主任什么关系，大家都心照不宣。江姗其实早想到有这一天，只是没想到会这么快。台里说要为她量身定制一档新节目，却迟迟没有后文，除了每天的早间新闻和日常的行政例会，江姗的生活突然闲了下来。她开始懊悔：早知如此，当初还不如回家生孩子，过了这村，谁知道什么时候还有这店。

江姗和土豪男友断了，一心一意和陆云帆约会，要面子的她不知该怎么跟他重提结婚之事，只想着如果能再次怀孕，一切就顺理成章了。可陆云帆现在很小心，各种措施都提前做足，还时常以工作忙为借口推掉约会。然而就在江姗以为他要打退堂鼓时，陆云帆又借着她生日之机，送上一辆价值百万的保时捷跑车，还是江姗最喜欢的惹眼的嫣红色。靠着工资奖金吃饭的陆云帆不同于那些出手阔绰的大老板，100万对他来说，虽不至于影响生活，却也不是眼睛都不用眨的小数目。

这男人是真有趣，按说该占的便宜也都占过了，还能如此一掷千金，倘若并不是图什么，似乎就只有一种解释：情深义重。不管什么样的人，说到底都放不下情深义重的人，何况是女人。陆云帆在江姗的心里越发不一样了。女人一动心，步调就会乱了章法，她开始有些急于求成，用力过猛，可陆云帆这种不温不火的性格，最怕烈火烹油。到了第二年春天，他们的关系在江姗越来越用力的追赶中非但没能走得更近，倒变得有些若即若离了。她压不下那颗焦躁的心，没办法沉下心思想他们未来的出路，反倒认定了唯一的阻碍只在于另一个女人——陆云帆的妻子何欣安。

陆云帆鲜少提及何欣安。无论江姗穷追猛打还是旁敲侧击，他都选择缄口不言，似乎在这种见不得天日的关系里提到妻子是对婚姻的一种亵渎。江姗为这种老派的虔诚和保守深深着迷，也更加好奇于那个传说中既不惊艳又生不出孩子的"正房太太"。一个偶然的机会，江姗在饭局上听陆云帆的老同学章冉提起，云帆为了排解太太空虚的时光，推荐她去读北清大学的商学院。她胸口的火苗直往嗓子眼蹿，陆云帆平时对夫人多好，不说她也感觉得到，等他去主动做个了断，怕是要等到海枯石烂。不过话说回来，陆云帆要真是那样轻易就能负了旧情的人，怕也不是自己爱的男人了。

该出手时就出手，幸福还得靠自己争取。将来等他们子女绕膝，一家老小享受天伦之乐时，陆云帆和他的父母说不定还要感谢自己。毕竟也算是公众人物，江姗没太费力就拿到了北清大学商学院的录取通知书。开学典礼上拍大合影时，她不经意地凑到何欣安身边，等照片传到陆云帆手上，他彻底蒙了。

江姗为情人准备的这份厚礼太过惊吓，但她明显低估了陆云帆温文尔雅之下的倔强和笃定。陆云帆强压着心头的不满，并不主动与江姗沟通此事，却在行动上明显疏远起她来。江姗的性格最受不了这种冷暴力，本来两人之间风平浪静的关系突然变得岌岌可危，她找陆云帆解释、哭闹，对方却始终都只有一个表情，成效甚微。她心急如焚，使出撒手锏，要挟陆云帆倘若再这样躲着自己，便要去找何欣安摊牌。

让媳妇去读商学院，本意是转移她的注意力，也好给左右为难的自己一点喘息的空间，可谁承想变成了引狼入室、雪上加霜？陆云帆明显感到自己对江姗的情感发生了变化，之前的青睐、迷恋，甚至愧疚，

334

在她的步步紧逼中消失殆尽，取而代之的是反感、无奈和急于逃避的情绪。这一年，陆云帆过得可谓如履薄冰，不知道埋在太太身边的定时炸弹何时会引爆。好在江姗也算是有点头脸的人，不至于搭上自己的大好前程破釜沉舟；再加上岳父适时地生了病，让何欣安渐渐远离了商学院的社交圈，减少了许多和江姗正面接触的机会，状况总算暂时稳定下来。等何欣安毕业，一定要和江姗做个彻底的了断，陆云帆决心已下，只是静待时机。

午休时间，同学们三五成群地去周围的餐厅吃饭。建在学校东门外高档写字楼底层的那家俏江南，平日里生意寥寥，就靠周末这帮商学院的学生撑场。大堂经理早已和他们混熟，隔着老远便满脸堆笑地迎上来，包间、菜品早就安排妥当。章冉兴致勃勃地讲着四川的新项目，一副机不可失时不再来的样子，周围几个人跟着附和，顺带痛骂A股不争气，房地产又限购，除了PE基金，似乎也再没什么投资渠道。赚钱，是商学院学生们最喜闻乐见的话题，无论男生女生，都永远不觉得乏味。

李艾多看了一眼坐在斜对面的江姗，她今天兴致不高，埋着头玩手机，不知是因为迟到被欧阳教授揶揄得没了面子，还是另有原因。李艾想探探江姗和陆云帆的底细，故意把话题引到了祁安娜创业的事上。

"最近好多人辞职创业啊，响应国家'双创'号召，我周围有些朋友直接做天使投资去了。"

"天使投资？"章冉瞪着眼睛，连连摆手，"那玩意儿最不靠谱，净说几年就能赚几百倍，可你没看他们亏了多少呢！一般人玩不了那个，成功概率比PE基金低多了。"

"是，专业的人干专业的事，早期投资风险大，得懂行才行。前两天，银行的客户经理还给我推荐了一款产品，就是四季投资新基金的募资，四季投资在 VC 里算是业绩很不错的了。对了，安娜那个项目不就是四季投的嘛，听说还是江姗帮忙介绍的合伙人呢！"李艾似是不经意地说。

江姗听到自己的名字方才抬起头来，淡淡地回了句："哦，举手之劳。"

章冉坐不住了，担心这帮有钱的同学被李艾带偏，把钱投去四季投资的基金："这你们就不懂了吧，VC 基金的投资周期多长啊，少说也得有 7 年！国内这些 VC 叫得欢，但你去看看他们的平均业绩，年化回报能做到百分之十几就了不得了。VC 可是正儿八经的风险投资啊，现在上市公司的业绩都不怎样，别说这些初创和成长型公司了，哪有房地产基金稳健？周期短、回报高，还有实打实的土地做抵押品，多安全啊！"

这话李艾没法往下接，大家各有算计，同学们的注意力又被章冉拉回到了房地产基金上。班里的生活委员似乎很有兴趣，追问道："你们这个新基金'启航 2 号'，信元资本还参与吗？"

"当然参与了，这么好的项目！不过这次我不想给他们那么多份额了，现在局面已经打开，想投资的人多得很，让他们参与一下，背个书就行，赚钱的项目咱得自己留着，是不是？"章冉挤挤眼睛。

同学们笑了起来，果然有人接茬："老章，去年投你们'启航 1 号'就没投进去，这次你必须给我留点份额啊！"

"好说，好说，咱同学都是自己人，还有什么不好说的？"章冉得意地笑起来。

然而大家都在一个圈子里混，想忽悠也不是那么容易，饭桌上马上有人问："信元今年还能投基金吗？我上周还见了他们上海总部的头儿，说是今年政策有要求，这种涉及房地产行业的，不管是直接投资还是基金投资都必须叫停。"

章冉面不改色："国家是有这个要求，这还不是为了调控房地产市场嘛。但我跟你说，这些金融机构也难做，业绩压力那么大，房地产项目那是最稳健、收益最高的！不让他们碰房地产，他们做什么，难不成去投VC？咱这项目好就好在，在信元的项目库里，'启航'属于既有项目，不算新增。哈哈，不用再重新上他们的投决会。何况，"他故弄玄虚地顿了顿，"信元北京股权投资部的老大陆云帆，我们20年前就睡一个宿舍，铁磁！衙门有人好办事，这道理过多少年也不变。"

"对对，"马上又有人附和，"就是你们去年基金发布仪式上，代表信元讲话的陆总吧？不是咱们师兄吗？我听说，他还是何欣安的老公啊？"

话题到底还是转了回来，李艾紧盯江姗的脸，不知是不是自己多疑，总觉得她的表情有几分尴尬。

"没错，就是他。他在信元是实权派，分管股权投资五六年了，内部消息啊，马上要提集团副总，前途不可限量。"章冉把右手拢在嘴边，故弄玄虚地压低声音。

"牛啊，老章，你说他是你本科同学？你俩看着怎么跟两代人似的。"有同学打趣，在一片哄笑声中，又有人接着问："欸，欣安她爸怎么样了？我看她今天又没来上课。学习委员不来，作业都不知道抄谁的去。"

没等章冉接话，李艾便先开了口："病情最近还算平稳吧，上个星期我刚去医院看过。欣安状态还行，主要是陆云帆给力啊，事业上干得风生水起，家里也照顾得无微不至，每天下了班就往医院跑，我闺女将来要能找到这样的女婿，我就安心了。"

"你闺女刚多大，这心操得也太远了，有那工夫，先给自己物色一个！"章冉飞快地瞟了江姗一眼，看似大大咧咧地把话题岔开。这一幕被李艾看在眼里，她越发觉得，如果自己的判断没错，这个秘密，在某个小圈子里，可能并不是秘密。

同学们马上嗅到了八卦的味道："人家李艾还愁乘龙快婿吗，追的人都排号呢！欸，李艾，沈挚今天怎么没来？下午考试，班长还带头请假？"

这话不好接，无论怎么回答，都会被唯恐天下不乱的同学们抓到话柄，她只好轻描淡写地回答了一句："他好像出差了吧。"大家的注意力又迅速转移到了新方向："对了，你们听说了吗，沈挚升官了，据说要派到四川去挂职锻炼，人家明年可就是沈副市长啦！"

"哟，这么大的事儿，怎么没听沈挚说呢？李艾，这消息可靠吗？要真靠谱，咱明年的毕业游学就去四川啊，商学院的同学里能出个地方官，那可太长脸了！"生活委员正在琢磨毕业游学的行程，倘若有个市长同学组织接待，自己能省很多心。

这事沈挚自己不愿声张，李艾可不想当他的代言人："你们消息够灵通的，我都不清楚，不过他最近总去四川出差倒是没错。"

章冉迫不及待地追问:，"四川哪儿啊？"

刚才爆料的同学故作神秘地说："我听说是绵阳。对了！不就是你们'启航2号'新项目所在地吗？这下你踏实了，将来有沈副市长罩着，那还不是躺着数钱！"

"可不是？"章冉用夸张的表情和声调掩饰着内心的忐忑，那个子虚乌有的绵阳新项目，不过是几个月前他们收到的一堆纸质资料，当时评估完觉得项目有问题，便没再跟进。如今为解成都项目的燃眉之急，他孤注一掷地包装出这样一个所谓的新项目，企图以此发起新基金，再把钱投到成都项目里去。反正每个基金在募资时准备的招募书，"潜在项目"那一栏都有一行免责的小字——既然是"潜在"项目，投不投还不一定呢。当时选定绵阳，就是看中了它天高皇帝远的地理位置，想着同学们对那里都不熟悉，也不是什么投资热点，信息不对称，好赖都由他一个人说。没想到天下竟有这么巧的事，沈挚在这个节骨眼上要去绵阳挂职！然而话已出口，临时换地方也不可能。倘若沈挚真去了绵阳，有投资人托他去了解项目情况，那该如何是好？

屋漏偏逢连夜雨，想要用谎言去掩饰谎言，可没有那么容易。

一出好戏

　　小雪那天，北京城里也下了场小雪。大地还没冻结实，雪积不住，被过往的车辆和行人一遍又一遍地碾压，化成一路污泥。空气中倒难得升起股清冽，北风吹散了连日的雾霾，苍蓝色的天空终于露出了头。

　　国贸大厦门口沿着甬道铺出去了几十米长的红地毯，以防过往人群雪后打滑。倪一冰的车今天限号，还好如今手机上的叫车应用层出不穷，否则这样的天气站在路边打车，还是去国贸，不挨半个小时冻，必然是搞不定的。

　　李艾约他来金达律师事务所开会，据说是碧城集团又提交了新证据，需要一起讨论。尽管李艾已反复为他宽心，说对方这次提交的证据没有对案件构成实质性影响，无非是拖延时间的策略，倪一冰还是有些不安。这场旷日持久的拉锯战究竟何时才是个头，他已经没有耐心了。

　　国贸大厦中央空调的热风很冲，他脱下杰尼亚大衣搭在手上，汗水还是顺着脖子往下淌，路过楼下那家暗香浮动的鲜花店时，他有点刻意地别过头去，仿佛想借此把几个月前怀揣着忐忑送出黄玫瑰的记忆抹去。可惜，越是想要忘记的，往往记得越深刻。以他的性格，并不在乎这件小事会沦为他人口中的笑柄，只是觉得遗憾，春天里埋下的一颗种子还未发芽，就被初雪的冰晶掩埋。回国两年，眼下的北京城早已不再新鲜，似乎未来也没什么值得期盼，不如等明年春暖花开时给自己换个环境，也换份心境吧。

记不清是第几次来金达律师事务所了，上次来，前台那对石青色洗口瓶里还插着金星绽放的桂花枝，一出电梯，便嗅得到馥郁沉醉的香甜。今日衬着冬日的清冽爽朗，又有一股悠然的暗香浮动。倪一冰循香望去，原先那对胆瓶不见了，换上了素底薄胎的雪景瓶，似是不经意地插着几只紫粉相间的干枝梅，和铅灰色冰裂纹的大理石地板相映生辉。

自打从苏州回来，倪一冰就刻意和李艾保持着距离，他没有像以前那样径直跑去她的办公室，而是先移步前台登记。只见有三五个客人正围着前台女孩问话，每张面孔上都写满了愤懑，甚至有些剑拔弩张。前台女孩不敢怠慢，踩着高跟鞋引他们向靠外的一间会议室走去，又回头嘱咐另一位前台："你赶紧联系叶律师，我先带客人们去7号会议室。"

倪一冰看看那群人，其中一个穿中式棉袍的长发女子颇有几分面熟，那个留在前台的女孩已经电话通传过李艾，抬头对他说："倪先生，请您跟我先到会议室休息下，李律师马上下来。"

倪一冰答应着，跟着她走进了方才那群人斜对面的会议室，不自觉竖起耳朵听对面的动静，忍不住在脑海中搜索有关那个长发女子的记忆，直到李艾带着两个小律师推门进来，他才恍然大悟。

"下雪天还让你跑一趟，真是不好意思啊，倪总。"李艾的热情里透着点亲切，分寸感拿捏得很好。

"跟我还客气啊。"倪一冰随口应着，"对了，你猜我刚才看见谁了？"

"谁？"李艾拉开长会议桌边的真皮椅，一边和倪一冰聊着天，一边低声指示 Jack："投影仪打开，把 PPT 投上去。"

"沈挚他……太太。"倪一冰顿了顿，找不到更合适的措辞，也只好这么说了。

李艾一愣，明显有几分尴尬之色："陈怡吗？你在哪儿看见她的？"

341

倪一冰指了指斜对面的会议室，透过磨砂玻璃，隐约能看到那边的人影："就在那个房间。"

李艾下意识地皱起眉头，扭过身子张望，可惜隔着两层磨砂玻璃和走廊，又背光，看不太真切，只觉得会议室里人头攒动，似乎很热闹。

李艾纳闷儿，陈怡来金达不找自己，还有这么多人同行，是来做什么呢？无论如何，以她现在和沈挚的关系，很难做到对陈怡不闻不问。

"你刚才跟她打招呼了吗？她来干吗啊？"

"没，当时我还没想起来是谁，她应该也没认出我。好像是要找哪个律师吧。"

"哪个律师？"李艾心下一惊，蹙起眉头追问。

倪一冰歪着脑袋回想刚才的场面："没记错的话，应该是找一位叶律师。"

果然是叶惠！李艾一惊，噌地站起身，向那间会议室望去。

每个人都有秘密，每个秘密都像是暗夜里的那束白光，在你毫无防备的时候，在你以为最接近幸福的时候，照亮你心头所有的不堪和不洁。

"不会有什么事吧？"倪一冰看李艾神色紧张，关切地问道。

还没等李艾回答，只听"砰"的一声，对面会议室厚重的木门被重重甩开，有人怒气冲冲地走出来，高跟鞋踩得铿锵有力，原本坐着的那四五个人也一窝蜂追到了走廊上，拉拉扯扯地嚷嚷起来。李艾和倪一冰循声望去，

叶惠的声音因为激动而格外尖利："你松开手，不然我叫保安了！"

相形之下，陈怡就显得弱势很多，人多口杂，听不清她在说什么，但依稀能感觉到她的委屈和愤怒。然而跟在她身后的几个男女可不像她

那么柔弱无力，个个气势汹汹、捶胸顿足，俨然替天行道的架势。

"你不许走，你进来说清楚，当律师就可以这么欺负人吗！"

"就是！当别人小三儿，破坏别人家庭，你这叫知法犯法罪加一等，懂吗！"

此起彼伏的叫骂声在走廊里响起，叶惠寡不敌众，扯起嗓门冲前台女孩喊："还愣着干什么，赶紧叫保安啊！"

话音刚落，陈怡身边一个身材魁梧的中年男子一把扭住叶惠的手臂，也喊道："叫啊，不怕丢人就多叫点人，把你们领导也叫来，咱们好好理论理论！"

倒是倪一冰先坐不住了，他拨开堵在门口看热闹的小律师径直走出去："哥们儿，咱们动口不动手，有什么事好好说，别激动。"他的普通话比刚回国时进步了不少，但听起来还是有点洋腔洋调。

男人的手像钳子一样抓着叶惠，痛得她龇牙咧嘴。"你是她领导吗？"他上下打量倪一冰，口气丝毫没软。

"我？不是，不是，我也是他们所的客户，来开会的。我只是觉得，男人不应该对女人动手，有什么事，你们坐下来好好沟通嘛。"

"你——"人群里的陈怡指着倪一冰，好像想起了什么。

"没错，你好，我是沈挚的同学，你还记得吧？咱们见过一次，你们吃饭的时候。"倪一冰抓住机会，礼貌地自我介绍。

"呃……你，你好。"陈怡万万没想到竟会在这里遇到沈挚的同学，她脸色十分尴尬，伸手去拉那个壮汉的手臂，示意他松手。

到这时还缩在围观人群中不露面就有些说不过去了，李艾深吸了一口气走出来，陈怡和叶惠的眼睛同时一亮。

"陈老师，叶律师，咱们进去聊吧，"李艾指指会议室，"挤在走廊里也不是解决问题的办法。我想你们之间是有些误会，沟通开就好了。"

那个男人还是不依不饶，一步挡在李艾面前："你是谁啊？你是她

343

领导吗？"

李艾看了他一眼，不卑不亢地说："先生，我们这儿没有什么领导不领导的，非要找个领导，叶律师是我们所的合伙人，她就是老板，就是领导。大家都是成年人，不用非得让领导为自己负责吧，何况是私事，跟所里也没什么关系。"

"嘿，你这个女同志怎么说话呢！"男人刚开口就被站在一旁的陈怡悄悄拽了拽衣角。"这也是沈挚的同学。走吧，咱们先进会议室。"她压低声音说。

"Amy，给几位客人倒茶，消消火，一点误会而已。"李艾冲闻讯赶来的行政经理使了个眼色，对方会意地点点头，低声劝散了周围看热闹的人群。叶惠还气鼓鼓地站在走廊上，不肯进会议室。李艾拉拉她，她扬起眉毛厉声说："我不进去，跟他们没什么好谈的！"

李艾叹了口气，凑到她耳边："你不进去，他们就不会走。这样越闹越大，又是在所里，最终受影响的是你。我和倪一冰都是沈挚的同学，有我们在，不至于再像刚才那样。好歹听听他们要干什么，能解释就解释，能打发就打发，免得后患无穷。"

叶惠是聪明人，想想这话在理，便双手怀抱在胸前向会议室走去。

气氛比之前平静了一些，却依然透着剑拔弩张，倪一冰本不想掺和这些是非，却又觉得此时自行退出似乎很不绅士，犹豫间便被人群拥进了会议室。心底里，他也有几分疑惑，眼前这位光彩照人的叶律师为什么会跟沈挚的太太有关系，而这又会不会给李艾带来麻烦呢？

陈怡一方坐在大会议桌的一边，叶惠坐在另一边，李艾环视四周，坐到了叶惠身边，倪一冰也只好硬着头皮挨着李艾坐下，尽管如此，他们这一侧依然显得势单力薄。两伙人互相观望了一阵，陈怡那边的中年男人先开了口。

"小陈，这样，你先把情况说说，也让沈挚的同学们做个见证。"

陈怡看看他，神情有些委屈，但转头迎上叶惠刀子一样的眼神时，就马上又充满了战斗的勇气。她厌恶地转过脸，对着李艾开了口："李律师，上次见过你之后，我回去也想了很多。本来这件事都过去这么久了，我也不想再提，但是她……她跟沈挚一直没断。"陈怡并不直视叶惠，只丢过去一个嫌恶的眼神，"这个，我是有证据的。"她从随身的提包里掏出一个牛皮纸袋，摊在桌上，正是上次给李艾看的那几张照片。李艾看了眼叶惠，还好这事儿她有思想准备。

"你偷拍这些照片是想说明什么问题呢？说明我跟沈挚认识，见过面吗？这些我从来没有否认过。我和沈挚说起来也是快10年的朋友了，这次回到北京，老朋友见见面、聊聊工作上合作的可能，有什么不正常吗？"叶惠不耐烦地开了口。

陈怡并不理会她，单薄的身影透着大义凛然的蔑视："李律师，开始我也没想过要查他们。毕竟这么多年了，我一直以为她在香港，他们没联系。"她顿了顿，低下头，仿佛接下来的内容难以启齿。

"大概一年前吧，沈挚又来跟我谈离婚，还特别坚决。其实我们这几年，关系慢慢地也有所缓和，沈挚还常常陪我父亲喝酒下棋，这一点，我们局里的老邻居都清楚。"陈怡说完，坐在她左右的几个人都连连点头。

李艾心里咯噔一下，一年前，不正是她和沈挚相遇的时候吗？她定定神，接着听陈怡说下去。

"沈挚是个重感情的人，如果没人逼他的话，他也不会来为难我。我的第六感一向很准，所以我才找了人跟拍，结果……"陈怡深吸一口气，眼泪已经在眼眶里打转，半晌才终于平复了情绪。对面的叶惠虽然脸上写满了不耐烦，却也并没有打断她的沉默。

"结果，就拍到了这些照片。我才知道，原来是她回来了。"陈怡淡淡地说，依然不看叶惠的脸。

"陈怡，我好好跟你解释一遍，希望你不带情绪、不带预设地听。"叶惠终于忍不住了，"我回北京之后是跟沈挚有联系，但除了第一次是我们两个人见面，之后每次见面都有其他朋友或者客户，绝对没有别的事情。我不知道你这个私家侦探是怎么拍的，但请你相信我，我跟沈挚现在，就是普通朋友。"

"你居然还让我相信你？我倒想问问，你们第一次见面都聊什么了啊？当年被我拆散，是不是特别委屈？"

"陈怡你要是这样说的话，我们之间就没什么可聊的了。你今天来，到底是要说8年前的事，还是现在的事？8年前的陈芝麻烂谷子早都画句号了，没什么可说的，你要非想提，就叫沈挚过来一起说。如果你是想聊现在的事，"叶惠指指摊在会议桌上的照片，"我刚才已经说过一遍了。当着这么多人的面，我可以郑重地再跟你说一遍，我和沈挚现在就是很普通的朋友，工作上有一些合作，仅此而已。我是什么样的人，陈怡你心里应该有数，当年要不是我主动去找你，恐怕这些事你都不会知道。我向来敢作敢当，做过的事绝不否认，但没做的事，你也别想给我扣帽子。"

陈怡直勾勾地盯着叶惠，眼睛里闪着仇恨的光。坐在一边的李艾心里一直在打鼓，这场角力中，那个缺席的男主角，其实和交战双方都已没有太大关系，却是自己眼下的亲密爱人，而坐在会议桌旁的倪一冰就是知情者，他又会怎么看自己呢？

李艾情不自禁地偷瞄了他一眼，倪一冰托着腮，皱着眉，目光像是对准了会议桌下的什么地方，并不抬头。李艾调整了一下坐姿，打了个圆场："陈老师，你先喝口水，别着急。叶律师我还是比较了解的，我相信她跟沈挚现在就是普通朋友，你拍到的这些照片，也都是在公共场合一些很正常的举止，没什么过分的。叶律师现在也有男朋友，他们感情很好，我想你是误会了。"

陈怡扫了李艾一眼："上次我给你看照片，你就认出她是你同事了，对吗？你当时为什么不告诉我，害我费了好大劲去查她到底在哪里工作。"

"没有，陈老师，我当时真的有点蒙，事后才反应过来是叶律师。而且我也不知道你在找她，我还以为你对她的信息都很了解呢。"

陈怡轻轻摇头："没关系，这事我不怪你，但是我觉得她没说实话，沈挚现在外边一定有人，这个我有感觉，不会错的。"

李艾后背冒汗，不知该怎么回答，还好叶惠先开了口："陈怡，你们俩都分居这么多年了，沈挚有自己的生活，有新的女朋友不是很正常嘛，难道你希望他的下半生都活成孤家寡人吗？"

"沈挚跟我为什么会分开，我们为什么好端端地会走到今天这一步，你不清楚吗？他现在在跟谁交往我也许管不着，但是我们家的事，也轮不到你指手画脚！"。

叶惠不想再跟她争执下去，不以为然地"哼"了一声，扭过头去。会议室陷入沉默，一片静谧中，桌上的一台手机突然振动起来，蜂鸣声敲打在每个人心头。

是李艾的手机。坐在旁边的叶惠不经意瞟了一眼，竟然看到了"沈挚"两个字。李艾有些慌乱，一把摁掉了电话。没过一分钟又有条短信追进来，屏幕上赫然显示着："亲爱的，干吗呢，晚上去接你？"叶惠惊愕地微张嘴唇，旋即露出个似笑非笑的表情，挑起丹凤眼说："好了，误会都解释清楚了，今天没我什么事了吧？一会儿我还有会，得上去准备一下。李艾，我看要不你陪陈老师好好聊聊，我就不在这儿添乱了。"她起身朝李艾看了一眼，转身拉门离开。

陈怡一行人没有思想准备，不知所措地面面相觑着。她指指叶惠的背影，声音却有几分犹豫："欸，她不能就这么走了啊。"可是她自己也并不清楚还能从叶惠口中问出什么来。

一旁的中年男子即刻起身，费力地从一堆靠背椅中往外挤："我去把她拉回来，哪能就这样走了？事儿都没说清楚呢。"

　　会议室的中央空调吐着热风，李艾嗓子发干，一转头，正对上倪一冰望向自己的眼睛。那眼神很复杂，有不解，有怀疑，似乎还有几分怜悯。

　　"陈老师，我单独跟你聊两句好吗？"李艾觉得自己不能再置身事外了，人生有些时刻，即便明知要引起轩然大波，引火烧身，也无法选择退缩。

　　事后，倪一冰常回想起那个不同寻常的下午，原本是来开业务会，却莫名其妙被卷入了这样一场纷争。他始终不清楚李艾和陈怡在小会议室里说了什么，10多分钟后，陈怡有气无力地推开会议室的门，丧着脸，招呼一群人怏怏地走了。经过站在走廊里的李艾时，看都不看她，招呼也没打，和之前的态度判若两人。李艾脸上挂着几分无奈、几分尴尬，欲言又止。等陈怡一行人离开，她很快调整好状态，不住地跟倪一冰抱歉，打电话把两个助理重新叫下来，以最快的速度回归会议。倪一冰想，难道她主动跟陈怡挑明了，把炮火都引到了自己头上？在这种情况下保持沉默可能是大多数人的选择，这也无可指责——她并没有义务在这样的暴风雨中暴露自己。

　　可李艾就是李艾。

　　倪一冰想找机会安慰她几句，却不知该如何开口。何况她似乎也并不需要人安慰，看上去波澜不惊。几个人把对方律师补充提交的证据又过了一遍，还讨论了庭审时可能出现的各种情况和应对措施。李艾好像已经不记得了中午的那段插曲，一直到窗外暮色四合，才胸有成竹地合上了笔记本电脑。看得出来，工作是令她忘记世俗生活种种是非不快的良方。

已是下班时间，倪一冰正犹豫着要不要约李艾一起吃饭，好帮她宽宽心，李艾便又接到了电话，言语中听得出来，对方大约是沈挚，两人相约共进晚餐，倪一冰自然也没机会开口了。李艾送倪一冰到电梯前，精致的妆容中藏着倦意，笑声中也透出几分强打精神的意思。当着两个年轻律师的面，倪一冰不好多说什么，可他心里总有几分放不下，一直到电梯门缓缓开启，他欲言又止地犹豫了几次，到底还是什么也没说。

随着电梯门关闭，李艾叹了口气，卸下了强撑的笑容，跟 Jessie 和 Jack 交代了几句工作，才独自一人往办公室走去。行政部的女孩子们正蹲在旋转木楼梯上张贴感恩节的彩色装饰画，红红绿绿的，看起来喜庆又温暖，冬季漫长肃杀，怕寂寞的人们便想出一个个节日来装点世界。如今的北京城像昔日的香港一般，东西方节日一个都不落下，商家赚足银两，至于空荡荡的人心是否能被节日的热闹填满，就不得而知了。

李艾方才觉得自己疲惫不堪，撑着木楼梯的扶手，还有几分使不上劲。这一天真是折损元气，陈怡写满震惊和嫌恶的面孔又浮现在眼前，向她坦白自己和沈挚的关系，到底是终结闹剧的智慧义举，还是会打开潘多拉的盒子，引来更多冲突，李艾其实也并没把握。她情不自禁地摇摇头，沈挚的短信适时地来了：

我到了，四层汉舍等你。

沈挚去四川出差一周，回来又忙着交接工作，两人已有十来天没见了。都市的恋爱看似便捷，微信电话邮件让恋人之间的距离变得很近，思念也变得很短，可不知是不是因为这些便利，反倒让人没时间沉下心思想念，让激情在心底酝酿成经得起时空考验的绵长爱意。几日不见，便有几分疏离感挥之不去，倘若真是相隔数月，恐怕就是劳燕分

349

飞了。

看着一袭墨蓝色套装的李艾款款走来，正在点菜的沈挚从松绿色的法兰绒座椅上起身，虽然落地窗外的东三环已是霓虹闪烁，但两人明显都还没有从白天的工作状态中调整过来，礼貌拥抱的瞬间，彼此都有些生疏。

打发走了点菜的服务员，沈挚不动声色地看着李艾，眉宇间有种琢磨不透的笑意。李艾不明白这笑始自何处，满脑子想的都是该如何将下午那出好戏以及自己生病的消息，向他和盘托出。

"我怎么觉得你瘦了？"沈挚先开了口。

李艾看了他一眼，心想等下个月做完手术还要瘦呢。"事儿多，心也累啊。"

"哈哈，"沈挚爽朗的笑声响起，"什么事儿能让咱们李大律心累啊，不会是因为我吧？"

他调侃的语气让身心俱疲的李艾有几分不悦，因此也不打算再兜圈子："你知道今天下午谁来我们所了吗？"

沈挚的笑容渐渐自脸上淡去，随着餐厅若有若无的爵士乐，不易察觉地点头。

李艾只好兀自说下去："今天下午我们所真是上演了一出好戏啊，好几个女主角，可惜男主角缺席。"

沈挚不经意地叹了口气，手肘撑在座位旁边摆满绿植的装饰架上。他别过脸，微微蹙眉，方才的爽朗笑意原来也是面具一张。

"陈怡从你们所一出来就给我打电话了，"他左脸的肌肉抽搐了一下，好像牙痛一般，凝视着李艾的眼睛说，"你干吗跟她说咱俩的事儿啊，我有我的安排，你这么一说，反倒麻烦了。"他始终保持着微笑，神态和语气却藏不住几分不解和埋怨。

这下轮到李艾惊愕了。她一向知道沈挚是个沉得住气的，却没想

350

到这般沉得住气，下午打电话约吃饭时他对此只字未提，倘若不是自己主动挑破，大概就算他心里翻江倒海，表面上也丝毫看不出。李艾不知陈怡到底跟他说了什么、怎么说的，但有一点可以肯定，他目前了解的，一定和自己当时的处境完全不同。

李艾皱起眉头，欲言又止。她端起手边的玻璃杯，淡淡的柠檬味道让人头脑清明。她从不害怕冲突或者误解，自己的工作有一大半内容就是解释说服、求同存异、达成共识，可是感情又怎么能和工作相提并论，面对一个已经认定了答案的男人，所有的辩白和解释都是多此一举。

"陈怡其实是去找叶惠的，你知道吧？"

沈挚的表情有了些细微的变化："陈怡没跟我说，不过我猜到了……所以，叶惠的事，你知道了？"

"是的。不过，"李艾看了一眼沈挚，"我知道有一段时间了，上次陈怡来所里找我就说破了，只不过怕你尴尬，我就一直没有提。"

沈挚抬抬眉毛喝口水，自嘲地笑笑："你挺沉得住气啊。我有什么好尴尬的，都是多少年前的事了。"

"话说你这半年是不是特紧张？圈子这么小，我们几个还都认识。"李艾觉得这场对话的主动权正在一点点向自己这边转移，两人之间的气氛却反而愈加紧张了。

沈挚不答话，转而调侃道："别说，你跟叶惠还真有点像，居然会主动跟陈怡挑明这件事，看来女律师都胆识过人。"

李艾不傻，当然能听出他这话里的不以为然。"那应该说是你的审美多年没变啊。下午我要不把咱们的关系挑明，陈怡是不会放过叶惠的，而且叶惠也看到了你发给我的短信，我不主动说，她为了撇清自己，十有八九也是要说的。"

这几句话还是没法让沈挚想象出下午戏剧性的场面，他却突然意识到李艾和叶惠确实有很多相似之处，她们是一类人，不妥协，不放弃，无法被驯服，也不会认输。自己大概一直都被这样的女人吸引，但她们到底是否适合自己，他却好像从来都没有把握。沈挚想起 8 年前那场闹得满城风雨的恋情和两败俱伤的结局，突然像被冰水浇醒般打了个冷战。难道人生总是在不断重复？此刻又是他职业生涯的重要关口，他仿佛已经嗅到了暴风雨来临前的潮湿和躁动。

　　一顿饭吃得十分压抑，两人都各有各的心事，李艾最终也没找到合适的机会说起手术的事。索性就顺其自然吧，自己和沈挚之间似乎总有某种力量在暗暗阻隔，就像是磁铁的同极，越想靠近就越无法靠近。李艾不知道沈挚会如何反思，但她的直觉告诉自己：有些东西，在赢了尊严的时候，便慢慢在越攥越紧的指缝间溜走了。

风雪驿站

因为有"启航1号"基金背书,"启航2号"的设立和融资比想象中快很多。短短半个月已经募集到一千多万,没有机构投资人,都是些高净值客户:同学、朋友,甚至是章冉常去的健身中心的小老板。个体投资人自然比不得投资机构专业,项目可行性如何,估值是否合理,有没有进行充分的尽职调查,拿到章冉的基金管理团队分发的一堆印制精美的宣传材料,他们就全然忘记了这些问题。等钱到了有限合伙基金的账户,很快便由章冉团队打入了在绵阳新设立的一家所谓"项目公司"。这家公司表面上是绵阳项目的股东之一,股权转让协议和房地产项目的资料也都一应俱全,只是深究下去,那份协议并没有在当地工商局完成变更备案,真假不明。

至于这一千多万去了哪里,投资人并不清楚。一星期后,"启航1号"基金根据募资时的约定,开始向投资人们付息了。章冉还大张旗鼓地搞了次投资人会议,在国贸三期新开的大酒店包了个小宴会厅,到会的LP代表们听了基金成立一周年的丰功伟绩,基金市值报告的红箭头像打了鸡血一般一路上扬。其实所谓市值,不过是基于周边新晋土地拍卖价格,以及同类型物业售价预测得来的,并不具备真实的流通性,亦不可作为项目变现的依据,可惜明白这个道理的人不多,而像陆云帆这样的明白人不但不会质疑,还帮着章冉敲边鼓,现场自然一片欢欣鼓舞。

火热疯狂的市场，给足了大家夜夜笙歌的理由，也为他日的倾颓坍塌，烧红了缅怀的天空。

等波士顿龙虾和法国白葡萄酒摆上桌时，已经没人记得基金的事了。酒酣耳热之际，章冉又不失时机地为大家送上了伴手礼——最新款的苹果手机。装手机的袋子里似是不经意地塞着"启航2号"的募资资料，一贯低调内敛的陆云帆借着酒劲拍拍章冉的肩膀说："老章啊，跟着你发财咯。'1号'基金我可没少帮你的忙，这个'2号'，记得给我个人留点份额啊！"

一个人想骗你，你大概还有分辨的能力；一群专业的人做了局存心忽悠你，大多数人就只能束手就擒。这次的投资人会议开得气势恢宏，没多久"启航2号"的募资就像潮水一般源源不断地涌来。章冉悬着的一颗心也渐渐放了下来。这件事似乎并没有他当初以为的那么难，只要资金链不断，钱终归是要连本带利地还给大家。这也是为了投资人的根本利益着想，又没有中饱私囊，有什么可忐忑内疚的呢？夜深人静的时候章冉常常这样自我安慰。

很多时候说服别人不难，难的是说服自己。当自己都信了时，故事就更可以理直气壮地讲下去。所谓庞氏骗局，从一开始就处心积虑想要行骗的其实是少数，大多数人是低估了市场风险，高估了个人能力，在泰山崩于前时，为了成功、利益、面子，甚至是因为一时的怯懦，做出了错误的选择，继而一错再错，直到没有回头路可走。

12月2日，被业界广泛关注的JHR对赌案再上仲裁庭。不知是哪里透出了风声，提前三五天就有好多陌生电话打到李艾办公室，都是各类财经、律政媒体的记者，每个人说起案子来都言之凿凿，好像无所不知。接到第一个电话时李艾还有几分紧张，生怕记者会拿自己的话去做文章，接得多了也就习惯了。根据仲裁规则，案件内容不可以向媒体公开，何况还是在审中的案件。李艾通通只说无可奉告，并表示对仲裁委员的专业性和公正性绝对信赖。刚撂下一个电话，林松杉就敲门探进半个身子。

"我刚听秘书说，你后天要请假，周五那个论坛你赶得回来吗？"

"什么论坛？"年底了，各种活动特别多，李艾一时没反应过来。

"就是上次汪律师让我们去参加的那个 PE 论坛，不是让咱俩代表所里讲讲对赌案嘛。"

"哦，对！"李艾一拍脑门，"不行了，你自己去吧，我要请两周假呢。别说这周五了，下周五都回不来。"

林松杉迟疑了片刻："这个演讲的内容，好多都是从 JHR 的案子中提炼出的精神，你是对赌案的主办律师，媒体和嘉宾都是冲着你去的。你不能晚一周休假吗，这么着急上哪儿玩去啊？"

李艾叹了口气："唉，出风头的大好机会，要不是万不得已，我能关键时刻掉链子吗？"她看着林松杉一脸茫然的表情，招手示意他进来，关上门。

"我不是休年假，我是休病假，身体出了点状况，得去做个小手术，手术完还得歇几天。"李艾压低声音，轻描淡写地说。

林松杉皱起眉头，他了解李艾一贯要强，从来都报喜不报忧，这手术恐怕没她说的那么简单："什么病啊，还要做手术？"

"嗐，也没啥大事，中年妇女常见病。本来半个月前就该做的，这不是为了等明天的开庭吗，就延迟到后天了。"李艾大大咧咧地回答。

一听到"妇女常见病"，林松杉便不好追问了。"你在哪个医院做手术？有人照顾吗？"

"就在中日医院。没事儿，现在找护工都方便得很，比家里人专业。"李艾满不在乎的伪装在林松杉熟悉的眼神前，显得有点底气不足，"这半个月我不在，打电话发邮件都没问题，应该不至于耽误工作。

355

万一有什么紧急的事，就拜托你帮我多盯两眼吧。"

林松杉知道，面对要强的李艾，再追问下去也是徒劳。他点点头，神情严肃地回答："你放心，多盯三眼也没问题，要有什么能帮上忙的，告诉我。"

李艾哈哈大笑，心头升起久违的温暖。

JHR与碧城集团的对赌案再次开庭，让当事人没想到的是，一早便有记者等在贸仲大楼前，显然是做足了功课，目标精准地围住了倪一冰和李艾一行人。

"倪总，您对这次开庭结果怎么看？有胜诉的把握吗？"一个年轻漂亮的女记者握着录音笔挤到倪一冰面前。

倪一冰是第一次经历这样的场面，刚要开口，李艾就在一旁拽拽他的衣袖，用眼神示意他什么都不要说。记者们一波接一波，又有个小伙子冲上来，一步抢在李艾面前："李律师，听说有一位仲裁员和您私交甚笃，您觉得他能够公正公平地裁决此案吗？"

李艾一愣，三位仲裁员，一位是他们选的，一位是碧城集团选的，首席仲裁员是仲裁委指派、双方都认可的，这三个人之前她都不认识，哪里谈得上"私交甚笃"呢？

"三位仲裁员都是经由双方共同选定认可的，我与他们此前都不相识，你这个信息有误吧。"李艾盯了那个记者一眼，隐隐有些不快。

男记者明显还想说什么，就被后边涌上来的记者挤出了包围圈，李艾冷静了一下，觉得不宜再与他们纠缠，拉着倪一冰加快脚步，沿着楼梯一路小跑上去。

仲裁还算顺利，情况基本都在预料之中，委员们围绕着"碧江锦城"项目公司对赌三年的财务状况提出了若干问题：销售收入、净利润、股东公司分红等等，又针对碧城集团这次开庭前补充提交的若干证据，特别是一份《豁免函》进行了质证。这份《豁免函》是"碧江锦城"项目公司对赌第一年，未能根据双方约定及时支付给 JHR 固定收益部分的年利息时，碧城集团要求 JHR 出具的。JHR 为了稳定合作关系，表示可以将该笔收益延期至第二年年底一起支付。碧城集团的律师大概是受到了李艾的启发，这回也把公司高管的邮箱翻了个底朝天，还真找到了一封 JHR 当时的项目负责人发给集团 CFO（首席财务官）的电子邮件。邮件里，倪一冰的前任就延期支付的方式、金额，以及需要追加的罚息，都有非常详细的建议和描述。

但这封邮件只能代表双方曾就该问题进行过讨论，并不意味着形成了正式的合约。看得出来，JHR 在这件事上也动过心眼儿，反反复复，来来去去，一稿一稿讨论得很认真，但《豁免函》却拖着迟迟没有签字盖章。房地产项目公司的管理方式比起国际金融机构还是稍显粗放，日子一久，没人跟进这件事，竟然也就不了了之了。

中间休庭时，倪一冰端着咖啡跟李艾感慨："以后发邮件真得谨慎，说不定哪天就成了别人的呈堂证供了。单词拼错一个看着都怪丢人的，何况是这么敏感的内容。"

"所以你们大机构的风控、合规、IT，包括定期的培训，其实都是很有价值的。前台的人追求高额收益，野马一样往前冲，如果没人拉着缰绳，那就后患无穷了。倘若每个公司都是如此，就该引发金融危机了。"

从国际商会大厦的窗户望出去，天空压得很低，乌云翻卷，风雪欲来，咖啡纸杯冒出的热气在手指尖升腾，让人觉得温暖。

"08 年金融危机的时候，你在哪儿啊？"倪一冰突然好奇。

李艾扬起下巴想了想，竟然已是八九年前的往事。那时的她朝气蓬勃、锋芒毕露，和一群天之骄子厮混在一起，恨不得能荡平世界。

"我当时就在北京，就在金达啊，真是眼睁睁地看着那么多辉煌的公司一夜之间就倒闭了。周围好多朋友都因为各种各样的原因失业了，有些到现在都不知道去了哪里……"她突然陷入了沉思，心底涌起些伤感，这座城从来都不缺少青春、梦想、奋斗，却也同样被一代代人的眼泪、失败、背叛洗礼。

那个时代过去了，岂是轻巧的一句"怀念"便可以缅怀诉说。未来已来，却不再是张开双臂就有拥抱的勇气。所有的背影终将湮没在时代中，我们，也终将只是那翻滚浪潮里的一颗水滴。

"其实北京挺有意思的，生活在这里的时候，总觉得交通啊，天气啊，服务啊，好像哪里都不尽如人意，可真要想离开了，又好像舍不得。"倪一冰兀自笑笑，眼神里有无奈，有感慨。

"最深刻的东西也许都是复杂的吧。"咖啡见底了，李艾突然想，城市和人一样，当你说不清是爱它还是恨它的时候，它就已经住进你身体里了。"一冰，像你这样待过那么多城市、那么多国家的人，有没有想过，会在哪里停下来？"

"这个问题真要好好想想。"倪一冰斜倚着栏杆，把目光投向窗外，已经有星星散散的雪花随着北风飘落。许久，他才开口："不知道，真的不知道。我觉得每座城市都好像是一个驿站，停下来，喝杯热咖啡，看看风景，就又该上路了。也许一辈子都不会停，也许，"他顿了顿，眼神快速扫过李艾的脸，"终于会有一个让我停下来的理由。"

看着李艾坦荡清澈的眼神，倪一冰突然一阵慌乱。他移开目光，匆忙发问："你呢，李艾？会一直待在北京吗？"

"我啊，我生在这里，长在这里，年轻的时候总想着离开，也真的离开过，结果发现还是离不开，因为这儿是我的家。无论你们谁来了、走了，都别忘了有个老朋友一直在这里等着。如果你觉得北京像驿站，那就当我是驿站里的小驿丞吧，在风雪夜里烧好炭火温好酒，等着你们回来，讲讲这一路上的好故事。"

说不清为什么，倪一冰突然鼻子发酸。他夸张地大笑几声，想掩饰自己的情绪，却看到李艾的眼睛也有几分湿润。

雪下起来了，2017年的冬天来了。

当李艾躺在弥漫着来苏水味道的病房里，从全麻手术中苏醒过来时，何欣安正坐在空旷的教室里，用铅笔画下雅思作文的最后一个句点。"宛若新生"，这四个字同时浮现在她们的脑海。上帝关上了一扇门，又打开了新的窗。

此刻的北京城天寒地冻，大雪纷飞，伴随着嘈杂焦躁的鸣笛声，行人们缩着脖子揣着手，吐着白气小心翼翼地吃一口烤红薯；或是瑟缩在地铁口，狼吞虎咽地吞下一套煎饼果子。无数的人涌来，无数的人离开，无数的故事在同时上演，同时落幕。

李艾试着张了张嘴，喉咙里火烧火燎、又干又涩。术前医生就叮嘱过，她大概需要三到六个月的恢复时间，术后这几个月要注意饮食、注意休息，淡化伤口的美容贴也要坚持使用。李艾动了动手脚，一切如旧，好像除了脖子，其他地方都还安好。母亲站在窗口的茶几前，背着身子给加湿器换水，李艾想唤她一声，却发现自己说不出话来，只好默默凝视她的背影。母亲越来越消瘦，背也佝偻了几分。最近家里事太多，她一辈子要强，嘴上不说，心里大概也泛着苦，大把的白发顾不上染，肆无忌惮地从两鬓和头顶生出来。李艾胸中涌起一阵难过，喉头一紧，牵动着伤口也痛起来。

她叹了口气，望向天花板，雪白的房顶上有几条裂纹，不知道上一个看到它们的人是否还活在人间。昨天这个时候，她还穿着名牌套装，踩着高跟鞋，站在仲裁委的落地窗前和倪一冰喝咖啡、看雪景。仅仅24小时后，光鲜的衣着就换成了蓝白病号服，站立着的人也变成了平躺着的人，无论你在外边的世界有多威风，有多少唬人的标签，到这里都会通通被撕掉，只剩一个名字：××床××号。

上次跟沈挚吃过饭没几天，他又出差了。李艾说不清是自己多心，还是有些感情已有了微妙的变化。都是职场中人，忙是一贯的，心思还在不在，与忙不忙其实没有直接的关系。连着几天，想起这件事心里就堵得慌。20多岁时，为了爱情放低身段，似乎还有些孤注一掷的凄美可言，但30多岁的单亲妈妈，倘若还为了男欢女爱自怨自艾、冲动不计后果，那真是要被世人看笑话、被自己瞧不起了。

一个人想转身的时候，另一个人所有的质问、解释、挣扎，看起来都像是卑微的挽留。李艾没那么傻，所以打定主意不去问他，为什么电话越来越少、短信越发越疏。又不是头一回谈恋爱，你原地没动，他走远了，答案还不一目了然。跟沈挚一路走来，两人之间为什么始终若即若离，到这一刻她总算明白了：他们都太患得患失，太过自我，亦太过自尊。都市男女的恋情大抵如此吧，在忙碌中越走越远的大有人在，何况还牵扯到这么多复杂的利益关系。换位想想，如果和沈挚的交往会影响到自己的职业前景和安稳生活，她恐怕也难免要多想两分。

到这个节骨眼儿上，再跟他说生病的事，倒有些乞怜和道德绑架的嫌疑了。有些话，没找到合适的时机说，就永远也别说了。李艾闭上眼，有股温热的泪水倒流进心底，说不清是为这段关系逃不掉的结局难过，还是在怜悯现在的自己。外边的孤城风大雪大，她深感疲倦，无力争取，无力回想，只能瑟缩在三尺病床上舔舐伤口。是自何时起，他的热情像风中的残烛般渐渐熄灭？又是在哪个路口，她自霓虹灯下走过，转头却没了他跟随的身影？好像从伍迪开始，她的恋爱运就急转直下：奋不顾身地去追，却到底还是追不上；顺其自然地观望，横竖也是留不住。在感情中如何放低姿态，李艾没学过，更不懂得要怎样开口挽留。要走便走吧，甜言蜜语、靓丽登对，不过是这繁华都市中的锦上添花，既不持久，也不珍贵。

"不管你的条件有多差，总会有个人在爱你。不管你的条件有多好，也总有个人不爱你。"李艾想起了张爱玲的这句话。还有什么不甘心呢？经过伍迪那一劫，自己就该懂得，该放手时要放手，该认输时要认输。虽然当下谁也做不到云淡风轻，但好在时间会疗愈一切。

一周后，雅思成绩出来了。何欣安正陪着李艾在病房聊天，手机"叮"的一声响，她忐忑地滑开看，正是雅思教育中心的邮件。成绩单一点点显示出来，平均分8.5，听力阅读几乎都是满分，写作口语也均在7分以上。不经意的微笑在她脸上悄然绽放，这世界上你有所失败，必定就有所成功，移民中介已经准备好了其他申请资料，雅思成绩一出，就万事俱备了。

"成绩出来了？"李艾关切地问，她精神状态不错，正张罗着出院的事。

"嗯，overall（平均分）8.5。"何欣安轻描淡写了一句，窗外天色晴朗，连着下了几日的雪把都市装裹成银白色，衬得天空也越发清朗。

"哇，太牛了，咱俩合个影吧。我长这么大，还没见过雅思考8.5分的人呢！"李艾说着拿过手机，凑到何欣安旁边自拍。

何欣安被她逗得哭笑不得："不会吧，真照啊，你用美颜相机好不好？"

"咔嚓"一声，李艾已经按下了快门。何欣安看着刚刚换上日常装束的她，心底暗自佩服。有些人内心真是强大，这场大病在她身上似乎没有留下太多的痕迹，只是不知这几天里，她内心深处是否经历过破茧成蝶的挣扎与疼痛。

"你真不打算跟沈挚说做手术的事了？"

李艾云淡风轻地摇摇头，收拾东西的手都没停下："我没有刻意瞒他，只是这些天他也没有打电话，犯不上专门去说了。"

"你们俩到底什么情况啊？谈恋爱哪有一个星期不联系的。"何欣安试探着问。

"说得是啊，一个星期不联系，肯定不是谈恋爱的路子。"李艾终于靠着床沿坐下，脸上挂着淡淡的笑，"我们差不多结束了。本来也不太合适，他现在一外派，以后怕也没精力再维系下去了。"

都是同学，何欣安也不好妄做评价："不过他自己那头的事如果总也解决不了，拖下去的确也麻烦。"

"其实，他的婚姻也好，外派也好，都只是这个结果的催化剂。本质上，还是我们俩性格不合适。沈挚是个传统男人，事业心重、要强，一切都要以自己的节奏和生活为中心，可是好遗憾，你知道，我也是这样的人。"李艾爽朗地笑起来，看不出强颜欢笑的痕迹。

何欣安也随着她笑起来，在这个传统的男权社会里，她好像从来都不羞于承认自己的欲望，也不惧怕暴露自己的野心。

"欣安，雅思考完了，你不会很快就要走了吧？"李艾换了话题。

"没那么快，中介说，我们专业的申请人比较多，虽然我综合打分还凑合，但竞争也很激烈，半年一年总是要等的。"

"陆云帆办得如何了，到时候他也要跟你一起去吧？"李艾试探着问。

"他是副申请人，只要我通过了，理论上他作为家属就能拿到PR签证，但现在有点麻烦，因为他们是国企，平时因私出国都是要上报的，申请PR这种事，按说是不行的。我也不清楚他到底是怎么考虑的。"何欣安看上去有些迷茫。

"他是不是想大不了到时候辞职呗，反正等你拿到PR，他作为家属，随时申请也来得及吧？"李艾答得心不在焉，她不知道陆云帆葫芦里在卖什么药，催着何欣安申请PR，自己却不紧不慢，把老婆"发配"到境外去，好给女朋友腾地方吗？她想起陆云帆那张温和谦虚、充满善意的脸，心底里打了个冷战，真是知人知面不知心，男人要阴狠起来，大部分女人都不是对手。

"你爸最近怎么样？"李艾始终没想清楚该如何有分寸地提醒何欣安，那些话只要说出，就会像深水炸弹一般，必然引起轩然大波，还是先问问她家里的情况吧。

何欣安的眼神倏地暗淡下去："唉，不太好，我每天跟他说话，说小时候的事，说我妈，以前他偶尔还能拉拉我的手，最近无论我说什么都没有反应了。医生说，春节是个坎儿，就看这两个月的状况了。"

李艾不知该如何安慰她，只能紧紧揽住她的肩膀。几个月的陪床生活，何欣安明显瘦了，脸色也憔悴了很多。

"不说我了，先送你出院，你看阿姨都到了。"何欣安忍住眼泪，李艾的母亲结完了费用，已经站在病房门口，"走吧，走吧，走了就别回来，像你这么强大的人，病魔都要绕着你走的！"

"回来也不怕，无论好的坏的，都是我身体里的一部分，我要和它们和平共处。"李艾拉起行李箱，回头又看了一眼病房，母亲要把行李箱接过去，被她挡住了手："不重，我自己来。妈，你看我浑身上下，哪里像个病人？"

吴老太最懂自己的女儿，知道她要强，便也不再强求。何欣安一直把她们母女送出医院，看着年迈的母亲和刚做完癌症手术的女儿互相搀扶着，一步一滑地踩着积雪上了车，眼睛又潮湿了。生活是一场连着一场的告别，留不住，也不必追。她心里清楚得很，自己和父亲30多年的缘分，也快要到尽头了，过了这个冬天，他们此生将不复相见，来世，也不知是否还能相聚人间。她想让父亲再用粗笨的手指给自己梳一次麻花辫，想挽着他的手臂沿着青衣江再散一次步，她还没来得及学会父亲秘制的泡菜、粉蒸肉，更没来得及再亲口对父亲说一次想念，竟然，就什么都来不及了。

爸爸，你知道吗，云帆怕是也要离我而去了。我们在一起这 10 年，他对我真心实意，无可挑剔，我从来不后悔把青春和爱情交给他，可再不舍，到了尽头，也要学会放手啊。人与人之间，有的缘分长，有的缘分短，即便像你那么疼我，不也只能陪我走三十几年的路吗？他有他的不得已，有他的选择，无论这选择是什么，我都不会怨恨他。我还记得，小时候你常跟我说：你妈妈陪我走了 7 年，留下最美好的记忆和生命中最珍贵的礼物，所以不论她在哪里、过怎样的生活，我都感谢她祝福她，有一天如果她需要，我们也要尽全力帮助她。爸爸，你教给我的，我都记得，我也会怀着感恩和祝福的心情告别的，不会让美好的回忆变成不堪。可是爸爸，我还是有点怕，为什么你们都着急赶在这个冬天离开，往后的日子要怎样过，我该去哪里，追求怎样的生活？认识云帆之前，好好读书、成为你的骄傲，就是我人生唯一的主题；和云帆在一起之后，他的方向就是我的方向，我踏踏实实地过日子，兢兢业业地工作，我的生活是他精心打造的后花园。如今，这花园的围墙要倒了，风雪和野兽都快要撕咬着冲进来。竟然在这个时刻，你也要离开我，从此之后，青衣江畔的那个小城也不再有我的容身之所。爸爸，我该怎么办？你能不能再开口用乡音宽慰我两句，哪怕抬手轻抚我的头？有你的祝福，我想我会走得更勇敢一些，更坦然一些。

你静静地躺在病床上，一言不发，深陷在遥远的回忆里，把整个世界关在心门之外。你看起来安详平静，有时甚至仿佛要露出笑意。爸爸，你想到了什么？那遥远的回忆中是否还有我，还有我们相依为命的岁月？每天，我在床边拉着你的手，为你擦脸梳头，讲每一件我还记得起的小事，每一刻，我都盼望着下一刻，你能睁开眼睛，或者回握我的手。然而每一次，我都只能在越来越深的失望中独自流泪。去年春节，我接你来北京，除夕那天你喝了半斤白酒，兴奋地和云帆讲我儿时的趣事，大多都是讲过很多次的故事。晚上 10 点，我怕你血压升高，催你去睡觉，你意犹未尽不肯离席，最后被我们连哄带骗地送进卧室，我听见你靠在床头喃喃自语：天下没有不散的筵席，天下没有不散的宴席……

在那盏小橘灯的映照下，你红光满面，带着笑意微闭着双眼，眼角密密匝匝的鱼尾纹里藏着潮湿的亮光。我只当你是喝了酒高兴，哪想到竟是一语成谶。爸爸，我为什么要拦着你？现在，我多想再听你讲讲那些老掉牙的故事，可是，你永远都不打算再开口了。

何欣安其实什么都明白，明白父亲的病只是在消耗时间，已无好转的可能；明白无论陆云帆再怎样倾力保护，她的小家庭也即将迎来暴风雨的侵袭。这两件事她都只能被动地接受，没有选择的可能。她只是不明白，自己的明天该怎么办，到了必须离开的那一刻，她该以怎样的姿态告别，该朝着哪里出发。

临近春节的北京城张灯结彩，在何欣安眼中，却是前所未有地凋敝和肃杀。她看到大病初愈的李艾，像是皑皑白雪覆盖之下的荒芜大地，蓄积着力量，充满信心地等待着春风扬起的那一刻，自己心中仿佛也增添了些许温暖。关于明天依旧没有答案，但她厌倦了猜测和忐忑。就顺其自然吧，就像李艾说过的：we learn fearless from doing fear things（我们自恐惧中习得无惧）。

时间会给出所有答案，亦会抚平所有伤痛。

其实才一个星期没回家，推门进屋的一刻，李艾竟生出了种隔世之感：冬日暖阳洒在原木色的地板上，彤彤光着脚丫，自里屋飞奔而来，仰着小脸抱着妈妈的腿不肯撒手。满屋飘散着红枣炖鸡汤的鲜甜，父亲系着围裙，拿着炒勺站在厨房门口，眼里写满了欲言又止的心疼。

"彤彤快松手，让妈妈先洗手换衣服，医院病菌多，你别黏着妈妈。"母亲一边换鞋，一边迅速回归了"一家之主"的角色。"鸡汤炖好了吗？水菜开始炒吧，一定少放盐啊！医生说了，李艾这半年都要尽量少吃盐。"

"呀，那我烧冬瓜里还要放海米吗？"父亲被太太教育得忐忑不安。

"当然不能放！海产品一律要戒，比盐的危害还大呢。我看看你都准备了些什么菜啊？早上出门的时候，不都跟你交代过了吗……"

彤彤搂着妈妈的腰，双脚踩在李艾的脚面上，像跳双人舞一样一刻不分离地黏着妈妈来到卧室。床罩被褥都是新换的，银灰色的立式加湿器悠悠地吐着水雾。

"妈妈，你看！"彤彤指着飘窗兴奋地说。顺着她的手指看过去，一盆葱绿色的水仙在冬日暖阳里亭亭玉立，雪白色的花苞已经露了头，仿佛只等主人回家便要吐露芳华。"妈妈，这是水仙花，姥爷说你小时候最喜欢水仙了，以前每年冬天家里都要买。姥爷说这个水仙盆，是你姥爷留给你的，比他年纪还大呢！"

李艾走到窗边，用手指轻轻摩挲着那只天青色的水仙花盆，盆口初荷一般的淡粉色是她儿时的最爱，均匀的釉质细滑温润，承载着几代人的温度和记忆。恍惚间，仿佛回到了儿时的寒假，期末考试没考好，怕被母亲责难，她便装病，赖在房间里不肯下床，父亲自然不会怀疑，紧张心疼地在灶间忙碌，不一会儿，便有鸡汤的鲜味溢满房间。但好景不长，一会儿工夫，年轻气盛的母亲自学校开完家长会回来，便会一扬手掀开温暖的被窝，拆穿李艾精心的伪装，有时还会有"雷霆霹雳掌"招呼在青春期女儿的后脖颈上……

只一转眼，20年就过去了，我们没来得及变得更强壮，父母就已加速老去。李艾心底泛起潮湿，她舒了口气，揽过彤彤的肩膀，指着水仙花跟她讲起姥爷当年讲给自己听的"金盏银盘"和"玉芙蓉"的故事。

手机轻轻振动，一条微信亮起来，是倪一冰。

你没在现场吗？清科的主题论坛，只看到林律师了。

　　微信后跟着一张照片，是银泰柏悦酒店的宴会厅，舞台上一排单人沙发，穿着深色西装的林松杉坐在其中，正拿着话筒侃侃而谈，背后的巨型 LED 屏幕上有几位嘉宾的照片和简介，个个看起来都风华正茂、成功自信。

　　我今天有事去不了，讲得怎么样？

　　我说呢，brochure 上有你的名字，还以为今天会在现场见到你。讲得还不错，不过换你讲应该会更精彩！

　　宴会厅大堂响起激昂的音乐声，林松杉和另外几名嘉宾刚走下舞台，就被一群参会者围住交换名片，他向倪一冰投来微笑，简单应付了几句周围的人，便径直走过来打招呼。
　　"你好，倪总！"林松杉礼貌地伸出右手。
　　"林律师好，刚才你讲得很好。"
　　"哎，我这也是临时补缺，本来今天应该是李艾讲，她生病住院，只好我来了。"
　　"她生病住院？什么情况，怎么没听她说？严重吗？"倪一冰愣住了。
　　林松杉又想起上午那一幕，杜律师专门把他叫到办公室，一脸沉重地当着人事总监王敏英的面叮嘱："以后工作上的事，你要多承担一些。我也是刚知道，李艾的病没那么简单，是甲状腺癌，即便手术顺利，至少也需要一年半载去调养，咱们得多照顾她。"王敏英在一旁补充："不管怎么说，身体跟以前肯定不能比了，她这个病这辈子都得靠药物维持，不能累着，不能情绪激动。加班啊，出差啊，能避免就避免，你们不要给她再加担子了。"一整天，林松杉的脑袋都蒙蒙的，在这个谈癌色变的年代，他不知道李艾独自承受了多少压力，也无法评估这件事会给她的职业生涯带来多少影响。

"这个……我也是上午才知道。听我们HR说，"林松杉看了倪一冰一眼，犹豫片刻，"李艾得的，是甲状腺癌。你们开庭第二天上午，她做的手术。"

"癌？"倪一冰几乎是喊了出来，他下意识地看了眼手机，还是李艾方才回复的那条微信——"有事去不了"。他实在不能把这条云淡风轻的信息和刚做完癌症手术的人联系起来。"怎么会这么严重，那她还能回金达上班吗？"

他脱口而出的问题也让林松杉一愣，拿不准这个大客户究竟是在担心什么。"她……只要她还愿意回来工作，肯定是没问题的，但我也不太了解这个病预后如何，毕竟健康才是最重要的。不过倪总你放心，即便是李艾需要休息一段时间，JHR的案子我们也一定会负责到底的。"

"不不不，我不是担心案子的事。我跟李艾，我们是同学，是朋友，我只是担心她的身体状况。你知道她这个人事业心很重，也很要强，这个病对她的打击一定不小。"倪一冰急忙解释。

林松杉垂下眼帘点点头："是啊，我跟李艾共事这么多年，很了解她，她确实是这样的人，所以我都……我都不知道该怎么安慰她。她生了病跟我们谁都没讲，如果不是为了请假，我们所的HR估计也不会知道。我想她这么做，就是不想被人同情怜悯吧。"

两个男人同时陷入沉默，终于还是林松杉先开了口："倪总，方便的话，你可以给李艾打个电话，给她宽宽心。有些话同事之间说怕她敏感多想，同学之间就不一样。我看你还有沈总跟李艾相处得都不错，这种时候，再坚强的人也是需要有人开解的。"

倪一冰点点头，自然听出了林松杉的弦外之音，上次在金达无意撞见的那场风波，看来已成了金达律所公开的"秘密"，而风暴中心的李艾、叶惠，以及始终缺席的"男主角"沈挚，想来都成了员工们茶余饭后的热门谈资。

"你放心，林律师，我一定会找个机会去看她。"

"那就拜托倪总了。JHR的案子，我随时在跟进，至少在李艾休假这段时间如果有任何进展，我都会第一时间跟你联系。"

林松杉下午还有会，告别了倪一冰，便提前离场。下过雪，又是周五，东三环上拥堵不堪，长长的车流望不到头。车里暖风太热，林松杉索性脱下羊毛大衣，忍不住又掏出手机看上午杜律师发给他的那条新闻：《碧城集团对赌案裁决在即，JHR美女律师被曝与仲裁委员"私交甚密"》。这种捕风捉影的新闻标题，无非是想博人眼球。怕就怕这件事会对客户JHR集团产生影响，甚至给仲裁委员留下不好的印象。

上午在办公室，说完李艾的病情之后，杜律师便把这条新闻转了过来。

"有人发给敏英的，你怎么看？"杜律师扫了一眼站在一旁的王敏英，问林松杉。

林松杉眉头紧蹙，快速浏览文章内容，低着头自言自语道："纯粹是扯淡！一共就一张照片，还是个大合影，这么一大群人，李艾挨着主仲裁员站能说明什么问题？再说谁知道这是哪年的旧照片？都一个圈子的，碰到过几回太正常了，没准这还是律协组织的活动呢，估计李艾自己都想不起来。"

"李艾跟你聊过她认识这个仲裁员吗？"王敏英在一旁追问。

林松杉歪着脑袋想了想，摇摇头："没有，没听她提过，不过就算是认识又怎么样呢？仲裁员和律师通常不是校友就是前同事，来来回回都能遇到，再正常不过了。"即便正和李艾处于竞争之中，他依然十分讨厌有人用低级的手段在愚蠢问题上纠缠不休。

"是是，林律师说得是，咱们自己倒不怕，就怕客户那边看到了会有不好的想法。毕竟李艾一直做的是非诉业务，这么多年也是头一次独挑仲裁的大梁，别让人家觉得咱不专业啊。另外，我也担心，仲裁委员会不会被这个报道影响，故意刁难咱们。"王敏英的声音压得不能再低，一脸谨小慎微的表情。

林松杉不管那一套："委员们没那么傻，他们最讨厌有人借助媒体给自己施压，特别是还泼这种脏水，不管这事儿谁干的、什么初衷，都太没水准了。"

"那就好，那就好，业务上的事我不懂啦，今天人家把新闻转给我，说你们所红了，吓了我一跳。李艾在休病假，这种事也不好直接问她，我就赶紧来问问杜律师要不要紧。"

"没事，如果李艾真的和这个仲裁员很熟，凭我对她的了解，她不会跟记者说不认识的，而且应该会提前申请回避，这点规矩她还是懂的。所以我看这个记者也不会再翻出什么花来，那张合影，就像松杉说的，估计李艾自己都忘了。"一直没说话的杜律师，不动声色地做了总结。

"唉，所以有时候女律师吃亏啊，尤其是长得漂亮的女律师，容易让人在这些事上做文章。"王敏英跟着感慨。

"男律师也不好说啊，没有权色交易，还有权财交易呢，关键还是人正不怕影子斜。敏英，感谢你的提醒，这事咱们密切关注，如果还有什么新动向，也好有所应对。另外，松杉，李艾休假这段时间，你多跟JHR联系，有什么情况随时沟通，别让人家客户觉得被我们冷落了。仲裁结果出来之前，重点是情绪管理，这样退一万步说，即便将来有什么误会，也有个良好的沟通氛围。"

"明白！"林松杉点点头。杜律师毕竟是老江湖，面面俱到。最近这段时间，他从前一阵的绯闻事件中恢复过来，去美国买了套大房子，准备半年后让太太陪女儿过去读高中，看来是回归家庭了。时间，真的能给出所有答案，不用急，不用慌。林松杉也能明显感觉到，杜文强迫切地希望他们这拨人能快速成长起来，接过他的班。李艾的病对他来讲，一定也是个不小的打击。明年初夏的合伙人大会上，便会宣布新晋提拔的合伙人名单，在自己和李艾之间，杜文强究竟会如何抉择？

等待春天

李艾在家里躺了三天，便有些蠢蠢欲动地想出门。母亲自然是不准的，别说出门，下地溜达的时间都要严格控制。李艾看看镜中的自己，越发消瘦了。一方面手术自然伤元气，另一方面每天定时服药，饭菜寡淡无味，也实在让人提不起胃口。父亲的秘制煲汤一天一换，南北食材应有尽有，花胶、海参、燕窝、冬虫夏草……这辈子从来不碰的昂贵滋补品一股脑招呼上来，补得她气色倒是恢复了几分。不能出门，李艾便下载了健身应用，在卧室的木地板上铺开瑜伽垫，拉开架势准备大练一场。母亲站在门口数落她：没做手术的时候也没见你这么积极地锻炼，这刚做完手术几天，哪禁得住这么折腾！

李艾摆了个拜月式，憋着气回答："生命在于运动，天天躺着，没病都得闲出病来。"

"谁说的？你看这大自然里，什么动物活得最长，乌龟！养生养生，重在静养。老是跟西方学，也不见得就好，我们单位那些姑娘小伙天天跑步，跑得好多膝盖都出问题了。你这刚出院，着什么急呢！"

"妈，我可没盲目学西方，瑜伽是东方智慧。"母女俩谁也说服不了谁，骨子里都一样倔强。僵持中，李艾的手机响起来，老太太可算是找到了机会："赶紧赶紧，接电话去。把披肩披上，别贪凉！"

李艾从瑜伽垫上站起来，走回到床边，来电提示上显示着三个字：谭永辉。

"李师太，干吗呢？"

"待着呢，谭老师有何指示？"

"你这藏得够深啊，在哪家医院呢？我去看看你。"

李艾一愣，皱起了眉头："连你都知道了，这怎么传出去的啊？"

"嘿，这话说的，枉我一直把你当好朋友呢。"

"不是，不是，"李艾不好意思地笑起来，每次跟老谭打电话都有种难得的轻松愉快，"我的意思是，咱俩又不是一个部门的，我也没发过朋友圈，要是都传到了你的耳朵里，估计咱所一半人都知道了吧。"

"那还真没做过统计，目测不止一半。"谭永辉故作严肃地说，"谁叫你红啊，关注度高啊，要是我住院，拿喇叭喊估计都没人搭理。你也是，干吗搞得那么低调呢？这又不是什么丢人的事。我姐跟你一样，5年前做的手术，现在好着呢，该工作工作，该旅游旅游，去年还生了个大胖小子，每天训我姐夫那中气十足的，没事！"

李艾在电话这头舒展笑容，做手术10天了，这还是她接到的第一通关怀电话。"我也没想刻意瞒谁，不是怕给所里添麻烦嘛。"

"天，你也太善良了，被所里剥削了这么多年，还怕给所里添麻烦！我要是你，我就给HR列个单子，人参鲍鱼，都要最贵的，赶紧备好了来看我，花就不要买路边摊的了，最不济也得是咱楼下新开的那个野兽派。这些年咱们给所里挣了多少钱，生个病躺几天太应该了。你得这么想！嘿——"谭永辉突然如梦初醒般叫了一声，"我才反应过来，你是不是担心这一病，眼见到手的合伙人就要飞啦，所以不想声张？"

李艾支吾两声，一时不知该如何回答，谭永辉的声音又从电话里传出来："不会的，你放心吧，这又不是什么要命的病。你回归这两年干了多少活大家心里都有数，在这节骨眼上生病，要我说还是好事呢——谁也不能这时候刺激你啊，你这合伙人稳拿了！对了，你到底在哪个医院呢，我看你去。"

"我早出院了，在家呢，下周一就回去上班了。等我回去你请我吃点好吃的就成。"

"你都回家了啊！得了，那我不去添乱了。对了，问你个正经事啊，你们班章冉新搞的那个基金'启航2号'，你了解吗？"

"这个……不太了解，听他提过几句，好像是绵阳有个新项目吧，怎么了？"

"嗯，也没什么，刘鑫不是投了些吗，他把项目资料拿给我看了，我那天正好在工商局网站上查企业信息，就顺手查了下，发现那个绵阳项目公司的股权信息和基金没什么关系啊。我就有点纳闷儿，还想问问你了解不，到你办公室找你，才听说你病了。"

"难道是签了股权转让协议，还没来得及在工商做变更登记？"李艾也摸不着头脑，她记得上次吃饭时，章冉说他们在当地成立的壳公司已经和这个项目公司的原股东做完股权转让了。

"倒也有可能，有时候地方上的信息更新是慢。"谭永辉像是在给自己宽心。

"应该不至于有问题吧，我们有同学投了'启航1号'的，听说已经拿到第一笔分红了。没看出来呀，小刘老师挺有钱的，一把就甩出100万来。"

"嘻，现在谁手里有那么多现钱啊，也是几个朋友一起凑的，我还出了30万呢。"谭永辉压低声音。

"怪不得你这么上心。谭大律，你这可是'知法犯法'啊，万一亏了，你这钱算是借给小刘老师的，还是送给他的？"

"所以不能亏啊！要不然我们朋友都没法处了。我这不是看到有信元资本做劣后吗，那还是很稳健的呀。市场上这样的投资机会太少了，预期回报12%，还有大资金撑着，赚钱谁不想啊！"

"信元资本在'启航1号'是做了劣后的，至于在'启航2号'还有没有做劣后，我不太确定。信元的陆总不是你们金融部的客户嘛，你方便的时候直接问问他，最清楚不过了。"

"不能问！买基金份额签合同的人是刘鑫，又不是我，这些都属于商业机密，我不是 LP，人家也没义务回答我的问题，问多了还暴露自己。我就旁敲侧击地跟你打听打听，你也别跟别人提这事啊。"

"你放心，估计这么凑钱买份额的也不止你们，有机会，我帮你打听打听。"

两人又寒暄几句才挂了电话。窗边木地板上的阳光已经缩成了一小片，屋里的光线也黯淡下来，父母不知什么时候出门了，大约是去超市买菜，再去幼儿园接彤彤回家。李艾坐在暖烘烘的飘窗上向外看，远处钻天的杨树枯枝嶙峋，树尖儿上挑着糖果一样橘红色的太阳。暮色一寸寸侵蚀，太阳越来越小，温度也越来越低。楼下小区路上却渐渐热闹起来，下班的、送外卖的、接孩子的、遛狗的，在越来越稀薄的天光里若隐若现。

又是四五天没有沈挚的消息，上次通话时他的语气听起来倒很平常，但两个人似乎都有些提不起精神，大段沉默之后，也只好挂了电话。到这个时候，李艾依然没找到合适的时机说生病的事，她也不打算再提了。她知道，沈挚早晚会从什么地方听说，到那时，他会不会有几分懊悔、几分愧疚，李艾不得而知，但如果有，就让他带着这样的情绪走以后的路吧。这个想法似乎有点不善良，却是此刻的李艾对这段关系最后的寄望。

如果我们就这样分手，到底算是谁挣脱了谁呢？李艾靠在窗户上想。这个答案，对于如今的她来说不那么重要了。每天都疲于奔波的职场男女，车流滚滚，霓虹闪烁，一切都纷繁匆忙。分手，实在担不起一句充满仪式感的道别，更配不上一场戏剧化的大秀。

淡了，便是散了。不必留恋，也不必追问。

沈挚去四川挂职的消息在北清大学商学院的同学中不胫而走，虽然当事人还从没正面回应过，已有一帮热心的同学张罗起了送行宴。2016级的课程一转眼也已上完了四分之三，随着"战略管理"的结课，第二学年第一学期也宣告落幕，同学们即将迎来毕业前的最后一个寒假。去年腊月十六的尾牙聚餐李艾还历历在目，二环护城河边的南门涮肉如今又到了门庭若市的季节，可生活竟生出了些物是人非的感慨。去年此刻，她的户口本还没印上"离异"二字，人生的标签中也没有"癌症患者"一项。那时的自己料想不到还有机会和沈挚在茫茫人海中走向彼此，更无法预知在短短数月后，他们便又将失之交臂，背道而行。

　　这座城市原是一片大海，每个人都是漂浮其中的孤岛，在季风吹起时，渴望彼此的丰富繁茂，却永远无法真正跨越波澜壮阔的汪洋，走进对方心中。

　　李艾在教学楼五层的洗手间里对着镜子发愣，依稀听得到走廊里同学们热闹的嬉笑声和脚步声。那声音此起彼伏，渐行渐远，慢慢的，周遭安静下来，李艾这才默默地补了唇彩，擦好护手霜，又把长围巾看似随意地在脖子上绕了两圈小心翼翼地掩饰伤口，终于推开了洗手间的门。

　　沈挚今天没来上课，张罗年底聚餐的是其他几个班委。课间，李艾听到他们打电话给他，说着："课可以不上，饭必须来吃！"想来那边是在推辞，几个人拿着电话轮流说，沈挚才终于松了口。他也是在想方设法地躲着自己吧？李艾暗自思忖，既然如此，我又何必去凑这顿晚饭的热闹？本来就尴尬，还要应付一众不明就里的同学。这样想着，下课时她便故意放慢了脚步，准备等同学们都出发了自己再悄悄溜走。

　　方才还喧闹不已的教学楼此刻鸦雀无声，长长的走廊上只有自己的身影。从一扇扇结着冰花的窗口经过，刚拐到休息区，就看到有人坐在电梯前的沙发上低头看手机。李艾的脚步迟疑了片刻，四下空寂，无处可躲，她正想该如何找托词离开，对方便也抬起了头。

"你怎么还没走？"李艾先发制人。

"着急回个邮件。走吧，他们都已经出发了，你搭我的车吧。"倪一冰把麻灰色的双肩包甩到肩上，站起身，并没有问李艾为什么也耽误了这么久。

李艾未置可否，跟着他走进电梯，一路寻思该怎么不露声色地逃掉这次聚餐。

"杨家火锅真有那么火？下午听海平说，王菲都常去吃？"倪一冰的声音打破了电梯里的宁静。

李艾笑笑："你是王菲的粉丝？"

"我？没有啦，我只是有点担心。你知道，我吃辣不怎么行的。"

"你可以点个清汤锅啊，咱班不能吃辣的也不止你一个。北京的火锅店，两三年就会流行起一家新的，今年'杨家'算是最火的，听说要提前一周才订得到位子。大概班委们觉得，下雪天里吃着火锅唱着歌儿，最惬意不过吧。"

倪一冰转头看看李艾，欲言又止，老旧的电梯门吱吱呀呀地打开，两人走到一楼大厅，随着进出的学生推门关门，一股寒气从门帘缝中钻进来。

"你现在……是不是也不该吃太辣太咸的啊？"倪一冰犹犹豫豫地说了出来。

李艾一愣，抬眼看他："什么意思啊？"

"你不是……你不是刚做完手术吗？我上网查了，这种手术做完，要清淡饮食至少半年的。"倪一冰有点怯生生的。

李艾呆立片刻，旋即浮出礼貌的笑容："哦，消息挺灵通啊，你这是听谁说的？"

"其实，咱们班好多人都知道了。只是你不愿意说，大家也就都不提咯。"

"真是信息时代，什么事儿都传得快。"李艾无奈地笑笑。

"走吧，我知道一个汤煲得特别好的地方。咱们不去吃火锅了，你陪我去喝汤吧，反正我也吃不了辣。"倪一冰的故作轻松里有几分藏不住的忐忑。

李艾没想到他会做出这样的邀请，一时不知该如何作答。犹豫间，已经跟着倪一冰上了车。北四环上残雪消融，夕阳照过，还有几分晃人的眼。金色路虎在车流中东拐西拐，驶上了金宝街，赶在最后一抹天光消散之前开进了金宝大厦的地下停车场。李艾扫了一眼地库入口的招牌，转头问倪一冰："是去利苑吗？"

"对，你来过？我在香港的时候就特别喜欢喝他们家的老火靓汤。现在北京吃东西真方便，天南海北的好吃的，全都找得到。"

李艾点点头："我去过中环世贸那家，他们家的煲汤是好，不过要提前预订。咱现在临时过去，又是周末，恐怕喝不到。"

倪一冰得意地挑挑眉毛："既然是请你来喝汤，怎么可能让你喝不到呢？放心吧，昨天我就打电话订好了。不光是煲汤，他们家的点心也很经典，不过晚餐不卖，我让店里预留了几样招牌，杨枝甘露、雪顶雄峰之类的，就是一般女孩子都爱吃的那些。"他顿了顿，语气有些犹豫，"不过我也不知道你爱不爱吃。"

李艾的心紧了紧，莫名有些潮湿。她若无其事地调侃道："你提前预订，万一我今天不来上课，你准备拖谁来吃啊？"

"我都想好了，万一你今天没上课，或者有事不来吃饭，我就把汤打包了送到你家去。喏，设备我都准备好了。"倪一冰指指车后座，李艾侧身望去，只见一只崭新的乳白色焖烧壶安安静静地躺在黑色真皮座椅上，银色的金属盖子闪着幽幽的光。

"难得生回病，让你也享受一把，将来万一我病了，你要报恩哦！"

地库没有信号，车里的音乐广播变成了嗡鸣声。骤然安静的世界，让倪一冰忐忑起来，想用调侃掩饰内心的紧张。

李艾百感交集。这样的善意和体贴当然不仅仅来自同窗之谊，可自己又当如何报偿这份关怀？电梯升到三层，随着金色铜门缓缓启开，"新春序曲"的音乐扑面而来，利苑门前立着两盆挂满了红包的金橘树，提醒往来客人新的一年已经踩着春风的脚步气象万千地走来。

李艾沉默着，跟着倪一冰走向锈红色的沙发椅，一直到菜品陆续上桌，除了几句工作事宜，两人也没再聊什么。倪一冰拿起汤匙，小心翼翼地为她盛汤。乳白色的汤汁在灯光下泛着光泽，李艾微微颦眉，一向独立的她不习惯被男人照顾，更不喜欢亏欠。扪心自问，她对倪一冰不是没有好感，可眼下身体的创伤、恋情的失落，都仿佛将她推入了一个巨大的深渊，被一种神秘的力量驱使着、裹挟着，虽然此刻的她内心深处比任何时候都渴望温暖，但被动地去接受一份新的关怀，并不是她想要的方式，也注定无法善终。她向往的爱情，应该是两个平等的主体、自由的灵魂，毫无负担地两情相悦，而不是因为感动或者脆弱而接纳，因为同情或者冲动而施予。

尴尬的沉默里只有隐约流动的丝竹音乐，伴着隔壁桌几个老外的低声细语，倪一冰嘴唇翕动，正想该说点什么调节气氛，李艾的手机突然在桌面上振动起来。

是沈挚。

她盯着手机犹豫片刻，终于还是接了起来。他们之间有快半个月没联系了。倪一冰自然也看到了那个名字，他以为李艾的迟疑是因为自己在场不方便，遂摘下餐布，指指洗手间的方向，低声说了句"我去一下"，便起身离开。

几乎同时，沈挚的声音也自听筒中传来。不知是他感冒了略带鼻音，还是太久没联系，那个曾经熟悉的声音如今听来却透着陌生。

"你在哪儿呢？今天怎么没来吃饭？"沈挚的语气听起来倒像什么事都没有发生过。

李艾的手指尖下意识地在盛满热汤的白瓷碗边摩挲，她也像什么都没发生过一样平静地回答："今天有点事，我就先撤了。"

"哦……"

两个人都陷入了沉默，又像是在角力，等着对方先开口。

"你最近，还好吧？"到底是沈挚先开了口。

"挺好的啊，怎么了？"李艾的声音里有几分漠然。

"刚才听同学说，你前阵子住院了？怎么也没跟我说呢？"他的语气有些嗔怪，却也并不理直气壮。

"不是什么大病，就住了一周而已。你一直在四川，就不给你添乱了。"

李艾的话听起来，像是同学之间再普通不过的客套，没有任何怨气，也不留给你任何余地。沈挚穿着薄薄的羊毛衫，举着手机，有点不知所措地站在杨家火锅店门口熙攘的人潮中，寒风吹散了他满头满脸的烟火气，说不清是该如释重负，还是怅然若失。

这一个月，陈怡找他谈过两次，态度比以往平和很多。不知是终于拔掉了叶惠扎在她心头的那根刺，还是日久天长很多执念也渐渐淡了，她闭口不提李艾的事，却主动跟沈挚说："你要是真的下定决心了，那就办手续吧。拖了这么多年，鬓角都拖出白头发了。"

数千个日夜之后，沈挚才终于腾出一道目光重新望向她，那个曾经让自己悸动的女孩，鬓角已有了斑白之色。他有点躲闪她的目光，低着头开了口："我还是那句话，房子归你。这几年咱们虽然分开过，我存的钱里头也还是有你一半。"陈怡摇摇头打断他："你挣的钱，自己留着花。如今你又回了政府，工资奖金肯定不比在企业，何况一个人在外地用钱的地方多。房子我不多要你的，要么你拿去，按市价折一半钱给

380

我，要么就卖了，咱俩一人一半。"陈怡顿了顿，抬眼看看他，"这几年，北京房价涨得快，咱们那套地段户型都好，我劝你还是留着，将来要是……再婚，男人在北京城里没套房子怎么行？该我的那一半，你慢慢还我就是，不急。"

沈挚突然领悟，女人到底是感性动物，咬着牙争了这么多年，无非也只是想要出那一口气。攥紧的时候往往面目狰狞，放下的瞬间也都能云淡风轻。如此说来，换谁过一茶一饭的日子，原本也不会有太大差别。想到这一层，他内心突然涌起种悲凉，好像蹉跎了许多岁月，人到中年才领悟到幸福的出路，可惜为时已晚。

"再说吧，"他对陈怡说，"也没什么可着急的。倒是你，把房子给了我，自己住哪里去？"这些话像小刀一样扎在陈怡心头好久，没想到这辈子还有机会心平气和地同沈挚说话，她觉得胸口里那股怄了许多年的愠气和委屈一点点释放了出来，生命倏忽间也宽阔了。她垂下眼帘喃喃自语："爸妈这几年身体明显不如以前，三天两头跑医院，我搬回去跟他们住，还方便照顾。"沈挚眼前浮现起老丈人喝酒时拧成一团的白眉毛，丈母娘每次看到他时都随着笑容绽放一脸的皱纹，突然像是自己受了委屈般心底发酸。这种情分，比起面目模糊一败涂地的爱情更加真实，更能暖心。

除此之外，沈挚当然还有更现实的考虑。自己刚调去四川不久就办离婚，人生地不熟，传出去不好听，万一再落了话柄，人言可畏，恐怕对仕途不利。如今机缘难得，终于重回政府，年龄经验都正当时，他摩拳擦掌准备大干一场，理想抱负面前，一切都要让位，这些儿女情长想来自己也确实无缘，便也认了吧。

这样想着，加上新官上任忙里忙外，自然也就淡了和李艾的联系。荷尔蒙渐渐退去，李艾在沈挚心里的形象也越发清晰。这个女人，聪明有趣，谈恋爱是不错的选择，过日子可就难说。她有主见、有傲气，性子也倔强，生活和情感都很独立，因此，也很难想象她会为谁真心付出，甚至牺牲。只是一顿饭吃出了嫌隙，她便不再主动联系自己，比男人还要面子、还沉得住气。倘使将来真在一起，自己还不知要分出多少时间精力。累，太累。

沈挚还没有想透彻，新环境、新同事、新事业便一起涌来，刚好麻痹了自己的不舍，想来，这也是老天爷帮忙做了选择。这次回京，本想躲着学校的一干人，架不住大家太过热情，潜意识里也总还想再见见李艾。就这样，被一股说不清的力量半推半就着来聚餐，没见到朝思暮想的那个人，却听到了她得甲状腺癌的消息。沈挚心里咯噔一下，终于明白李艾这段时间不与他联系的原因。他心里涌起懊悔，来不及披上外衣，找个借口躲开众人的敬酒，冲到楼下熙攘的大街上，拨通了李艾的电话。他想，无论她骂也好，哭也好，自己都该听着。如果这段关系因此又重新热络起来，他对结局没有预设，一切顺其自然，也未尝不是心中所愿。

可惜，一切和他想的不一样。对面打擂台的那个女人，里里外外的伤疤还没有痊愈，却不哭不闹，带着得体礼貌的微笑，淡然而决绝地转了身，仿佛他们从不曾接近，仿佛他的忧虑算计也都多此一举。沈挚颇有几分尴尬，但比尴尬更甚的是心底倏地涌起的失落。他想起她的好、她的大气、她的伶俐、她自信而又洒脱的风采，然而他也明白，后悔也好，释然也好，这段关系都已经是过去式了，往后的缘分深或者浅，都不是自己说了算的。

一阵呼啸的北风袭来，他紧紧领口打了个寒战，如果说爱情不过是一个人挣脱了，一个人去捡，那么自己和李艾的这段故事，到底谁是先放手的那个，谁又是不回头的那个，他也说不清。

挂了电话，李艾有几分木然地看着窗外的霓虹闪烁，灯光忽明忽暗拂过她的脸。倪一冰不知什么时候回来了，安静地坐在一边，并不打扰她的沉默。直到服务员上菜，李艾才回过神。苍天在上，她其实并没有看起来那么无所谓，只不过是把惊涛骇浪都压在心底，再用时间和隐忍一点点内化，平复所有的疼痛和不甘。20岁的时候，以为奋不顾身的姿态最动人，经过这么多后才明白，波澜不惊的平静才是真正的力量。

"吃点东西吧，凉了不好吃了。"倪一冰夹起一只冒着热气的奶黄流沙包放到她碗中。

李艾点点头，用一个微笑把情绪拦在心底："别说，还真饿了，闻起来好香。"

两人不咸不淡地聊着天，倪一冰极力想表现出关心，可这种无微不至此刻却让李艾有种透不过气的压迫感。

"嘀"的一声，倪一冰低头看看微信，随即笑起来。

"班级群里在直播聚餐呢，沈班好像被他们灌多了。"他递过手机给李艾看，照片上的沈挚红着脸，被三四个人围住敬酒。

李艾淡淡一笑，把手机推了回去。

"是不是你刚才电话里讲了什么，把人家讲难过了？"倪一冰用开玩笑的口吻试探着问。

"你觉得我口才有那么好？"

"你们俩，到底怎么回事啊？"倪一冰有点按捺不住。

这个问题有些尴尬，仅仅三个月前，李艾才在倪一冰面前默认了她和沈挚的关系，现在却又要另做一番陈述。

"没怎么回事，本来也不太现实嘛，我们都那么忙，他现在又外调挂职，老不见面，慢慢也就淡了呗。"

"异地确实是个问题。"倪一冰给李艾添满茶，欲言又止，"其实，我一直蛮佩服沈挚的。"他喝了口普洱，像是陷入了沉思。

"佩服他？"李艾不解。

"是啊，有那么多看起来不现实、不可能的阻碍，还是勇往直前。我好像……总是欠点勇气，要么就是时机不对。"倪一冰盯着桌面，不停地呢茶，紧张之情溢于言表。

话说到这个份上，已经不是装傻充愣可以躲过去的了，李艾别过头，看着玻璃窗上倪一冰年轻帅气的侧影，不自觉地叹了口气。他的情意不是一时兴起，他对女性的真诚、尊重、欣赏，也让自己如沐春风。只可惜时机不对，一切都不对。

"李艾，其实我……你知道，我一直很欣赏你……"倪一冰吞吞吐吐的表白卡住了，他不知该如何说下去，这半年里，自己说得太多了。

"别，一冰，什么都别说。"还没等倪一冰再开口，李艾打断了他，她立起一只手掌，像是要把所有的爱意都拦在他心底。

"你要说的我都明白，只是现在不是好时机。"李艾坚决地摇摇头，"好比一个人在路上摔倒了，这时候有人伸过来一只手，你说她握住那只手的时候，是希望借此让自己站起来，还是真的想和那个人同行？"

"过去这些年，在感情上，我一直莽莽撞撞的，付出了不少代价，却从来也没吸取过教训。最近不怎么忙，终于能腾出点时间回头看，我发现我最大的问题，就是没有真正聆听过自己的心。在事业上我很清楚自己想要什么，但在感情上，我看起来无所顾忌，其实心里的那面镜子一直蒙着块黑布。在我以前的婚姻和恋爱中，到底我喜欢什么，什么样的人适合我，我竟然都没有仔细想过。总是有点感觉就开始了，然后一段关系还没理清，就又急着踏入下一段，就像那首歌里唱的：从一个怀抱流浪到另一个怀抱。"李艾垂下眼帘摇摇头，"我需要停一停，安静地独处一段，看看自己的心。"

倪一冰下意识地摩挲着手机边缘，不知该说什么。失落是显而易见的，可李艾的话听起来很真诚，不像是为了拒绝他找的托词。他越发不懂面前的女人，只见她深吸一口气，露出个明媚的笑容，眼神里仿佛又重新升起期待。

"前两天，有人给我算了次命，说我过去几年都不太顺利，但明年开春后会大展宏图，连着四年行大运。"她的声音逐渐明亮起来，眼睛闪着光，"其实我是不太信这些的，但听听无妨，就当是心理暗示吧。好像长大后很多年都没这么盼过新年了，明年春天，还真让我有些期待呢！"

李艾释然的笑容让倪一冰也放松了些，同时没来由地对春天也多了分期待。话说到这个份上，再纠结下去就有失分寸，那么就把一切都交给时间吧。

"对了，今天安娜说，明年开春之后，她想请同学们去她公司新上线的茶园民宿玩，据说春天特别美，还能喝到最新鲜的明前茶。拿到投资果然不一样了。"倪一冰压下心中的百转千回，主动换了话题。

"好事啊，这也是市场推广，咱们同学消费能力都不低，在公司也是有话语权的人，去了要是体验不错，再组织员工去团建，对民宿也是好宣传。"李艾打起精神吃饭。

"是啊，安娜说这次融资你帮了不少忙，帮她改合同、谈条款，要送你一张终身 VIP 卡呢。"

"嘻，也没什么，我其实还是觉得她该找家律所，这当中的坑太多了，不能不重视法律合规。但他们确实刚起步，千头万绪的，钱得掰成八瓣花，我也理解。找小律所未必专业，找大律所又确实太贵，创业公司有钱也不想花在这上头。"

"没错，其实我觉得这里头是有商机的，法律服务、融资服务，对创业公司都非常重要，但初创团队多半是技术、市场背景的人，具备法律金融专业知识的人几乎没有，服务外包又很贵。看似不起眼的初创公司总量并不少，这是典型的长尾，要是把它们有效整合起来，用一种更高效的方式去提供服务，市场需求应该是不少的。而且初创公司成长非常快，说不定两三年就能长成独角兽，那业务量可就大了。"说到商机，倪一冰也兴奋起来。

"嗯，有道理。上次帮过安娜之后，她又给我介绍了两家公司，创始人都是她的好哥们儿。帮忙看的合同无非也就是《融资协议》《技术保密协议》之类，内容很集中。我是实在不想接这种私活，就拿给Jessie 了，那些合同对她们这种三四年级的律师来说并不难，晚上少看场电影就搞定了，还能挣个大几千，我看她挺开心的。"

"所以说，这种服务的市场需求和服务提供者都是现成的，我们只需要把两者撮合起来，这件事就能做成啊！"两人聊得投机，方才那一点尴尬和暧昧都烟消云散了。

"我们？难道你真想做这事？"李艾睁大眼睛。

倪一冰伸伸胳膊靠向椅背："没想好，你不觉得这两年有越来越多的人去创业了吗？还是挺让人羡慕的，能趁着年轻为自己的梦想拼一次，会不会很过瘾？"

"你和他们的沉没成本可不一样，JHR 这样的国际顶尖基金，可不是谁想进就进得去的。你要真去创业，新闻标题我都想好了，《国际金融精英放弃数百万年薪加入创业大军》，哈哈，绝对吸引眼球。"

"说真的，如果我去创业，你想不想跟我一起干？"倪一冰身体前倾，充满期待地看着李艾。

"我？"李艾想也没想便笑着摇头，"我跟你不一样。我这个岁数的女人，又拖家带口的，承受不起这么大的风险，哪怕未来的潜在收益再丰厚，我的现金流也不能断啊。再说了，我除了懂点法律知识外别的也不会干，创业是个系统工程，我没那本事。"

"我看你是放不下你在律所的美好前程，合伙人快到手了吧？"倪一冰冲她挤挤眼睛。

"怎么说呢？是也不是。当合伙人确实是我从进所那天就立下的目标，但也不仅仅是为了这样一个 title。其实事业呢，对男人和女人都一样重要，一个职称意味着更广阔的视野、更大的权力、更有意思的挑战，这些才是真正吸引我的。过了年我就快 34 了，彤彤也要上小学了，以我现在的经验、精力，正是可以撸起袖子大干一场的时候，退出岂不可惜？"

"哈哈，到底是什么让你总是这样充满力量？你看你，手术的伤口还没完全长好，就这么干劲十足的，真让我佩服。"倪一冰由衷地赞叹。

"你说这儿啊？"李艾指指脖子，"其实也没什么大不了的，我自己都不当回事。说到底，人总有一死，无非早点晚点，各安天命罢了。活着的时候，够精彩、够尽兴，才是最重要的。"

不负心安

腊月二十八夜里，何欣安的父亲咽下了最后一口气。

快过春节了，住院部楼下张灯结彩，大红灯笼挂上了房檐，军绿色门帘后的玻璃大门上也贴上了红红的福字。院区里本来光秃秃的迎春、海棠树上，不知何时起插满了粉红蜡黄的塑料花，深深浅浅地嵌在灰突突的苍松翠柏中，夜里被五颜六色的小灯泡一绕，倒也有几分姹紫嫣红的错觉。对于父亲的离世，何欣安多少是有心理准备的，可真等到那一刻才发觉之前所有的心理建设其实都无济于事。

那是个星期五。快过春节，又赶上城里下雪，路比平常更堵，陆云帆的宝马开到医院时，天早就黑透了。何欣安没有食欲，晚上对付着吃了只烤白薯，护工6点刚过便来接班了，老公的车没到，她走不了，两人有一搭没一搭地聊天。春节加班三倍的工资是早就谈妥的，护工絮絮叨叨地说老家哪个亲戚生了小孩，多了份红包；哪个亲戚的孩子考大学，托他从北京买学习资料；又说初一到初三，医院的食堂不开门，外面的馆子又贵，闹不好得自己带饭。

何欣安听着，心想是不是该额外再给个红包，毕竟是春节，人家非亲非故地被拴在病床边，不能和家人团圆。中国人除了算经济账，总还要讲究个情分。正琢磨着，就接到了陆云帆的电话，医院里停车特别难，如果不是有事需要上来，他通常会在快开到楼下时就打电话叫老婆下去。何欣安挂了电话，挎上提包匆匆往楼下赶，临出门时又扫了一眼病床上的父亲，他还是那样安静，仿佛陷入了深邃的回忆中，身形比刚入院时消瘦很多，床头的监护器平稳地闪着绿色折线，吊瓶里的营养液也滴滴答答，像沙漏一样计算着时间流逝，一切与往日都没有不同。

何欣安走进电梯，木然地看着红色的楼层数字闪烁，一楼大厅里是夹杂着各地口音的喧嚷，到处都充斥着方便面和盒饭的味道，推开住院楼大门走进冬夜的瞬间，寒风吹得她一个激灵。何欣安从包里翻出手机，立在冷风中给陆云帆打电话，问他在哪儿，一会儿工夫，手指已经冻得不听使唤。她瑟缩着原地跺脚，忽然精神有些恍惚。周围的人和车都像电影镜头一样变得虚幻，四周的灯火也突然急速流转起来，好像有什么东西自身边匆匆经过。她来回张望，有点眩晕，却什么也没看到。

陆云帆已经接了电话，听筒里传出好几声"喂"，何欣安才回过神来。听着丈夫焦躁的声音，何欣安愣了愣，竟然一时失语。两人终于接上头后，何欣安三步并作两步钻进副驾驶位，连车门都没关严，便引来了身后一长串充满戾气的鸣笛声。陆云帆对着后视镜骂了句，就跟着车流往医院大门驶去。

看得出来，他最近情绪不佳，不知是因为工作还是其他。何欣安心底埋着芥蒂，也不想多问，夫妻二人的日子越过越安静，越过越客气，越过越疏离。

"刚才你没事吧？电话接通了也不说话。"关心的语气里分明还藏着几分不满。

何欣安沉默地看着车窗外摇摇头，连着两三辆电动车擦着他们风驰电掣地驶过，臃肿的棉帽子遮挡住送餐小哥的脸。

陆云帆侧脸看看她，媳妇这几个月来的冷漠他当然有所觉察，他也暗自猜想过许多可能性，但何欣安向来沉默隐忍，猜测最终也得不到印证。因此，他便把这种消极归因于岳父的病。

"爸今天还好吧？"

"还是那样，早上主任又过来看了一次，问我们有什么想法。"

"什么意思啊，还是想让我们出院呗？"

"他倒也没那么说，只是说现在这种深度昏迷的状态，基本也就是靠药物维持。我问他，爸现在还有意识吗？他说，应该是完全没有了……"

"不管怎么说，只要还在喘气，咱就不能放弃啊。一个人生存的权利怎么能由另外一个人来决定？"陆云帆对岳父是有感情的，何况即便真要放弃，话也绝不能从他这个女婿嘴里说出来。前车尾灯一闪一闪，医院大门口不知又出了什么状况，车队像蜗牛一样缓缓移动。

"我总觉得，爸还是能听到我说话。有时候，我看他就像在做梦一样，嘴角会微微地笑，还会皱眉。"何欣安失神地望着窗外，对面的车射来一道白光，照得她脸色惨白。

陆云帆没接话，这话何欣安说过不止一两次。他陪床时长久地观察过岳父的脸，却从没有看到类似的表情，他私下问过医生，也说这种情况不太可能。可父女连心，也说不定有血缘关系的人才能体察到别人感受不到的细节。自己和欣安再亲近，终究是没有什么血缘联系，倘若有一天分开了，回想起这十几年，会不会也像梦一场，遥远又模糊？

何欣安的手机在提包里振动起来，她从回忆中惊醒，手忙脚乱地翻找，是护工。

"……你赶快叫医生啊……我没走呢，还堵在医院里，我这就回来，这就回来。"何欣安的声音有些颤抖。电话的内容陆云帆已经猜到了几分，没等她挂机，就在岔路口急转出车队，掉头往住院大楼的方向开。

"怎么了？"他在拥挤的车队中使出浑身解数往前钻，已有司机摇下车窗，对着他们破口大骂。

"护工说，爸心脏停跳了，医生正在抢救呢。"何欣安似乎还没从刚才的惊扰中回过神，她探头看了看缓慢移动的车队，挂上围巾就去拉车门。陆云帆喊起来："欤欤，别动，正开车呢！你要干吗？"

"这要堵到什么时候啊，我跑过去还快点！"她突然带着哭腔喊了起来。

陆云帆看看前面的车流，无奈地皱起眉："你等一下，我靠边停稳了你再下。路上滑，小心点儿别着急，我停好车就上去找你！"

何欣安的背影匆匆消失在夜色里，陆云帆突然想起10多年前，她刚来北京的那一年，也是春节前，岳父第一次从雅安来北京看望他们。那时候他们还没结婚，岳父还只是"叔叔"。陆云帆开着刚买不久的本田雅阁去机场接机。欣安那个时候比现在瘦，刚上班，压力大，又正值年底的审计高峰，常常被"关在"外地的客户公司里，一待就是一周。她算计了好久，挑了个临近春节的周末给老爸买了飞机票，仔仔细细收拾好家里，买了花，又叮嘱陆云帆洗好车。没想到下午买菜回来突然接到公司电话，让她晚上飞成都，审计团队里有个经理阑尾炎犯了，人手不够，派何欣安去救急。何欣安刚工作半年不敢拒绝，挂了电话才想起父亲晚上要从成都飞来，自己却要飞回成都去，仿佛看到两架方向相反的飞机在夜空中擦肩而过，半年没见到父亲的想念和委屈在一瞬间爆发。她一边手忙脚乱地收拾行李，一边低声啜泣。陆云帆揽住她的双肩，搂着她在沙发上坐下，保证自己一定会圆满完成接待任务，而且要跟未来岳父混成死党，带他吃最贵的，喝最贵的，保证他十指不沾阳春水，何欣安这才破涕为笑。

何欣安登机半小时后，准岳父的飞机就降落了，陆云帆站在到达层熙熙攘攘的人群中，心中满是忐忑不安。过了好久，那班机的人都快走光了，才看见个矮胖敦实一脸福相的小老头儿，推着小山一般高的行李车出来，几个不知道装了些什么的大纸箱把推车塞得满满当当。陆云帆一看就知道那是何欣安她爸，一样的蒜头鼻、小酒窝，眼睛里充满了和善笑意。陆云帆急忙上前问好，准岳父却先热情地伸出右手，亲切地拍了拍他年轻消瘦的肩膀。

"云帆，辛苦你咯！"这是准岳父跟他说的第一句话，带着浓重的四川口音。

"不辛苦，不辛苦，叔叔，应该的！"还没等陆云帆客气完，准岳父已经三两步走回到手推车边。他指着那堆纸箱子，用不标准的普通话说："这一回儿带的东西有点儿多，一会儿得辛苦你帮我搬到车上。这两箱是腊肉和香肠，这两箱是泡菜，都是我亲手做的，纯天然，纯绿色，安安从小最爱吃，给你爸爸妈妈也准备了一套！"他顿了顿，扬起手臂抹了把油光铮亮的脑门上的汗，"云帆，我和里所四川话里听得懂不？"

陆云帆一愣："听得懂，叔叔，没问题！"

"哈哈，那就好，我们四川人天不怕地不怕，就怕喊我们说普通话！"他洪钟一般的爽朗笑声在机场大厅里响起，陆云帆也情不自禁地笑了，所有的忐忑紧张在那一瞬间都烟消云散。不同于自己父亲的冷漠淡泊，岳父旺盛温暖的生命力，给了他完全不同的感觉，一种家的感觉。

转眼间 10 年过去了，人说一个女婿半个儿，在独生子女遍布天下的当今社会，这句话更是真知灼见。陆云帆自己的父亲从地质局退休后依然住在西安的老房子里，不赶上逢年过节不来北京。偶尔来了，也是关在书房里上网看书，除了必不可少的那几句话，同别人都没什么交流。

岳父就完全不同，只要他在北京，陆云帆不但心里踏实，嘴上也有了口福，每次都要多长几斤肉。那间 120 平方米的两居，好像突然变小了很多，厨房里永远热气腾腾、香气四溢。家，有了烟火气，就有了生机和温暖。岳父在家的日子总是热闹不断，不是锅铲子在响，就是电视机在响，对门的、楼上的、楼下的，陆云帆小两口住了好久都不曾认识的邻居们，突然间也变得热络起来。隔三岔五就有人敲门，有的是来还饭盒，有的帮着收了快递，也有的纯粹就是来聊天。有一次小两口都出差，远在四川的岳父突然给云帆打电话，问家里还好吧，楼下老刘刚打电话，说咱家里的灯昨晚亮了一宿，没什么事吧？有人惦念着，在这个陌生冰冷的大都市里，是多么不可思议又动人心弦的一件小事。岳父用他的朴实和真诚，轻轻松松就跨越了建在人心之间的藩篱，也走进了陆云帆的心中。

北京城变得生动温暖起来，不只有冰冷的水泥森林、钢铁车队、红绿字跳动的大盘指数，和地铁上那一张张疲惫麻木的脸。陆云帆沉醉在这样的单纯与温情里，却也明白自己心中始终有些角落是不惯向人敞开的。他喜欢和他们父女俩在一起，听他们说家长里短，喝着酒回忆往事。他们开怀大笑，笑容也会浮现在他的脸上，但自己终究和他们不是一类人。他不能对任何人做到完全坦诚，不能没有只属于自己的空间，不能没有秘密，也不能完全相信他人。

何欣安是他最爱的妻子，他很明白，世界上不会再有第二个女人聪明和单纯都恰到好处，能让他踏实自在地守在身边。可他想要的却并不止这些。他的生活中有很多诱惑，有时候他也乐于冒险。征服与坚守对他同样重要，而这种平衡的基础，便是何欣安对他无条件的信任。

遗憾的是这份平衡在这一年的冬天已经渐渐失去。这不仅是因为母亲的不满或是江姗的紧逼，它来自更深层次的动荡。是何欣安心中信念的坍塌？还是悄悄变化的运势？陆云帆没有答案。向来运筹帷幄的他厌恶这种快要失控的感觉，他有种预感，这场暗涌，在他看不见的地方蓄积着更大的力量，而30多年来第一次，他竟自心底生出了些无能为力的感觉。

地库也堵得水泄不通，好容易抢到个车位，陆云帆一把扎进去，三步并作两步往病房赶。灯火通明的病区，流淌着一种隐秘的大节将至的兴奋和惶乱，有陪床人员在饮水间里刷洗饭盒，有病号靠在护士站打听春节的排班，隔壁病房的老头儿正推着输液架沿着走廊散步，陆云帆习惯性地垂下眼帘，避开了他示好的目光。岳父那间病房门口站着不少人，他侧身挤进去，正听到主治医生的声音："7点40，家属确认一下时间，节哀吧。不错了，老爷子没受任何罪，这是善终。"

陆云帆心里咯噔一下，一眼先瞧见何欣安面无表情地趴在病床边，紧紧攥着岳父的右手，仿佛周遭的一切都与她无关。护士长转头看到这个拿事儿的女婿到了，给他递了个眼色，陆云帆点点头，凑到妻子身边，俯身揽住她的肩膀，手掌在她背后轻轻抚摸。像是得到了某种许可，一直压抑着自己的何欣安眼泪控制不住地流下来，身体也跟着不停颤抖。

病房里看起来依然井然有序，没有号啕，也没有发泄，成年人的崩溃大都是悄无声息的。

不知过了多久，医生、护士，还有隔壁病房赶来告别的病友都逐渐散去，陆云帆签完了该签的字，医院也开好了死亡证明，氧气瓶、输液架、监护仪都一一撤去，病房瞬间变大了，又恢复了往日的安静。日光灯在头顶射出白晃晃的光，岳父那张曾经红润鲜活的脸此刻像青灰色的石像一般消瘦无光。准备将遗体送往太平间的工人盯着床边何欣安的脸，不敢轻举妄动。

"小安，要送爸下去了，师傅们都等着呢。"陆云帆贴着妻子的脸耳语。何欣安一辈子谨慎善良，从不为难任何人，她如梦初醒般惊慌失措地站起身，眼里还带着歉意，却依然不舍得松开父亲已经变冷的手。陆云帆想安慰她几句，却发现妻子并不看他，眼神飘散在半空中，只自言自语地说了一句话，

"爸，你走了，这个世界上，我就一个亲人都没有了。"

这话听起来太凄凉，陆云帆心里也不好受，他揽过妻子的肩膀：

394

"谁说的，不还有我呢吗？还有你妈妈啊。一会儿我们要不要给她打个电话？毕竟跟爸也夫妻一场。"

何欣安不再开口，只盯着手脚麻利的工人将父亲抬到另一张担架床上往电梯推去。狭窄的担架床上每一个金属零件都丁零作响，父亲的身体蒙着白布，推过走廊时，有人猛然闪到一边，有人好奇地打量，也有人投来怜悯的目光。何欣安什么都听不见了。她不知道母亲此刻在地球的哪个角落，甚至几乎想不起还有这样一个母亲。所谓夫妻一场，也不过如此，和这医院走廊里经过的路人并无本质区别，无非人生路上或深或浅的相交，终要告别，此生不复相见。

"26床家属！"护士长清亮的召唤声在身后响起。众人停下来回头看，只见她手里捧着个印有医院名称的塑料袋小跑着追来："病人的衣物落在柜子里了，你们收好。"

何欣安伸手接过来，软乎乎的，她缓慢地打开塑料袋，是几个月前父亲从家里走失那天穿的蓝色 T 恤和白色长裤。这是夏天的颜色，是父亲生前最喜欢的颜色，与眼下灰蒙蒙的世界格格不入。何欣安把衣服贴在脸上，依稀还嗅得到那樟脑球混合着四川泡菜的气息，汹涌的眼泪再次夺目而出。34 年，自己同父亲缘尽于此，却连一个体面的告别都不能有。她心里有那么多话要对他说，有那么多困惑想等他回答，可惜，父亲在生命终结之前就已离开了她，就去了陌生的空洞之中，不曾再充满爱意地望她一眼，或是牵肠挂肚地拉拉她的手，更没有留下只言片语，给她的后半生一丝慰藉。

爸爸，你是什么时候忘了我的，忘了你这一生最牵挂的人？

她紧紧抱着那包衣服，绝望地想伸手拉住父亲的身影，却不过是徒劳一场。有什么东西咯了她一下，何欣安打开塑料袋伸手去摸，是一块表，一块看起来眼熟却年久失修的手表：墨绿色的皮表带上一道道黑色压痕磨出了毛边儿，曾经黄灿灿的金属表壳扣也蒙了层锈迹。这不是自己高中时戴过的那只旧表吗？是妈妈有一年寄给她的生日礼物，自己曾经视若珍宝，总觉得那是母亲给的护身符，大小考试都一定要戴着。这只表早不知被自己丢去了哪里，怎么竟会出现在父亲的遗物中？父亲走丢的那天浑身上下连一分钱都没带，怎么会独独攥着这只表呢？

"这是什么？"一旁的陆云帆轻声问。

"我高中时戴的表，当年我妈在美国买给我的。"

陆云帆接过来细看："哦，你说你高考时忘了戴你的幸运表，就是这只吧？"

何欣安一愣，许多久远的记忆浮上心头。那是17年前的夏天，高考第二天上午的科目是数学。盛夏的雅安潮湿闷热，父亲一早送她去考场，拎着水壶，拿着蒲扇，走了一半路，何欣安突然发现自己忘记戴手表了，一下子慌得六神无主，站在路边就流下了眼泪。父亲的汗水也瞬间湿了半身："这样子嘛，你上午先戴我的表去，反正不耽误看时间。"

"我不！我就要妈妈给我买的那一块，那是我的幸运表，没有它我肯定考不好！"17岁的何欣安几乎是在号啕大哭了。这一生，她大概只有在父亲面前才可以这样不管不顾地任性。

"好好好，莫慌！安安，你先往考场走，我马上回去给你取。你放心，肯定搞得赢！"

"搞不赢，搞不赢！这下完了，都怪你，出门的时候也不提醒我！"何欣安在路边的大柳树下跺着脚哭鼻子。

"安安，爸爸以人格发誓，你进考场之前，我肯定把表给你送到手上，而且肯定是你的那一只，好不好！你相信爸爸！你想想看，从小到大，爸爸答应你的事，有哪一件没做到？"年近五十的父亲头发已有些花白，他站在人来人往的马路边，举起厚厚的手掌煞有介事地对着青春期的女儿起誓，丝毫不在意路人的目光。

没有更好的办法了，何欣安不情愿地攥着书包带子往前蹭，父亲已经以百米冲刺的速度往反方向跑去，还不忘回头大声叮嘱："你先慢慢走，不要着急，注意安全！"

后来的记忆何欣安有些模糊了，总之她的确是戴着这块表进了考场，如有神助一般拿到了数学满分。至于父亲后来是怎么赶来的，又跟她说了什么，十几年后的自己已经记不清了，只有一个画面依稀在脑海中萦绕：父亲带着满脸愧疚的神情，那条姜黄色大短裤下是沾着灰尘和血渍的膝盖。爸爸跑来的时候是不是摔过跤？十几年里，自己竟然从没想过要问，如今，何欣安看着被推远的父亲，他再也没机会回答了。

一瞬间，何欣安突然明白了，父亲为什么会在8月那个炎热的下午揣着表走到了那所陌生学校的门口。这件小事，何欣安自己都已忘记，却在他心里藏了十几年。女儿的委屈和眼泪是他心里永远的愧疚、永远放不下的牵挂。即便神志已经模糊，即便再说不出一句完整的话，他心里想着的惦着的还是自己的女儿，这个世界上他唯一的亲人。

呼啸的北风在楼宇间穿梭而过，夜色里传来几声零星炮响，临近春节，每个人都缩着脖子步履匆匆。这座城市每天都有新鲜的主题，多姿多彩，没有人会留意到有个生命已悄然熄灭了。

醉生梦死

　　章冉实在不想在这个时候去打扰陆云帆：他的岳父刚去世，不知是下葬那天吹了冷风还是过于悲恸抵抗力下降，何欣安回家不久便患上流感，发烧咳嗽卧床不起。好好一个春节，陆云帆家里乱作一团，这时候要再拿工作上的事去烦他，实在太不像话。

　　章冉自己的春节也过得心惊胆战、忐忑不安。腊月二十八，成都地产项目公司的财务田大姐打来电话，说大约一周前有几个开着面包车的人来找徐总，在他办公室密谈了半小时就把他带走了。徐总临出门时跟她交代了一句："倘若春节我还没回来，你就赶紧跟北京的章总联系，公司的事请他务必过来盯着。"

　　章冉正坐在自己气派的写字台前签财务审批单，下边附着厚厚一沓员工们的工资、奖金和报销凭证。马上春节了，外边的工作区只剩下一半人，很多都已提前休了年假，踏上了"春节朋友圈摄影大赛"的征程。田姐的话让他心里咯噔一下，又有些莫名其妙。

　　"什么情况？什么人啊，老徐的朋友吗？你没跟徐总直接联系吗？"一连串的疑惑搅乱了他原本放松的心情。

　　"我给徐总打了好多电话，一直关机。这马上要放假了，徐总不来签字，工资都不敢给大家发！现在公司人心惶惶的，大家都在打听呢。"田姐是地道的成都人，语速特别快，说话像蹦豆一样，章冉听来却毫无头绪。

"不是，人找不到，电话都联系不上了，不会是被那些人绑架了吧？这么大的事，你们怎么不报警啊！还管什么发工资！"

"哎呀，章总，不是你想的那样！我和徐总的太太联系过了，她说警察已经通知了他们，说徐总牵扯到一些案子，现在不晓得在哪里配合调查。他不是被绑了，是被公家的人带走的！"田姐的声音充满焦躁。

"啊！"章冉对着电话再次喊起来，"什么案子？这都快过春节了还没放回来？他被带走几天了？"

"差不多有七八天咯，具体我也不晓得，可能还是跟周总的事有关。"田姐压低声音，"咳，电话里头也不好说。主要是现在公司乱成一锅粥了，承包方在闹，我们自己的员工也在闹，刚刚还有几个人来跟我拍桌子要钱。可是按财务流程，徐总不签字，我哪里敢发钱噻，章总你说咋子办嘛！你能不能来一趟成都嘛，徐总都说了，他回不来就找你，好歹把春节对付过去，要不然我怕要出事儿！"

章冉的眉头拧成一团，老徐到底是因为什么事配合调查了这么多天？这对项目的未来又会有怎样的影响？真是一波未平，一波又起。以子虚乌有的绵阳项目作为投资目标的"启航2号"已经完成了募资，5000万人民币转了个圈，神不知鬼不觉地转入了成都项目公司。章冉坐立不安了半个月，担心的事情都没有发生：投资人没想起通过沈挚或其他渠道去考察项目，内部知情人员也都被丰厚的年终奖封住了嘴。2018年刚刚开始，分红付息都还有一整年的时间，按照目前的工程进度，怎么着五一也能开始预售，等预售款回笼，两笔基金的投资就都解套了，还能有不错的回报。

这几日，度过了最初的忐忑与不安，章冉已经开始为自己的"胆识"和"机智"沾沾自喜，想成功就别怕有原罪，既然已经坐上了赌桌，就别老想着全身而退。

基金项目退出还待来年，但"启航1号"和"启航2号"今年

1000万的管理费已安然入账，章冉没含糊，先给自己换了辆宾利欧陆，挂在公司名下。所谓人生得意须尽欢，特别是这种踩钢丝绳的日子，不给自己一点物质刺激，哪能承受得了如此骇人的压力？可惜，刚刚舒坦半个月就出了这样的事，这是老天存心与自己作对呢。挂了电话，章冉让秘书订了张第二天一早飞往成都的机票，在办公室里简单交代几句后，匆匆忙忙开着新宾利，直奔雍和宫烧香。

春节前夕的锦官城阴沉湿冷，雾气重重。章冉一直不怎么喜欢成都，夏天太热，冬天又太冷，别看西南人大多精瘦矮小，可比他这样高大壮硕的北方人抗冻。坐在出租车里，只觉得头发都被冰冷的雾气打湿了，软塌塌地贴在脑门上。长期生活在这样的环境，心情得多抑郁？章冉伸了伸冻得发麻的双脚，好在除了自己，喜欢这里的人不少，房子向来不愁卖，光是他们投资的麓湖项目就有好几个朋友打过招呼，要章冉留点内部房源。

只要项目能撑到预售，市场定不会辜负我们！这是章冉的信念，可这最后几个月的冲刺怎么这么坎坷崎岖呢？出租车拐过路口，刚看到项目公司的小院，章冉就觉察到气氛不对：院子的大铁门紧锁，门口挨着水泥围墙或蹲或站着几十个民工，个个衣衫不整、浑身戾气。两三个领头的正提着红油漆桶，唰唰地在水泥墙上写字。看见几个狗爬一样的大字"还我工钱"落在墙壁上，章冉一阵心疼，情不自禁在出租车里喊起来：

"哎呀，哎呀，这是在干吗呢！"

出租车司机警惕性颇高，远远就停了车，盯着后视镜问章冉："师傅你是走过去啊，还是咋子办？"

章冉扶在车门上拉开一条缝，想了想，这局面还是别逞英雄了，叹了口气又关上门："你等一下，我打个电话。"他应付了司机一句，就气呼呼地拨通了田姐的电话。

田姐得知章冉已经赶到了成都，犹如抓到救命稻草一般。她躲在麓湖小镇商业街的一家咖啡厅里，约章冉在那儿碰面。新开发区的商业街很冷清，大部分商铺都空着，贴着招租广告。又值春节，仅有的几家快餐、火锅店也都挂上了铁锁，店员们都回家过年了。咖啡厅很好找，除了卖咖啡茶水，还有简餐。店里空落落的，田姐猫着腰，站在通往二楼的楼梯口招手。

"章总，章总，这儿呢，快来快来！"她压低声音，又蹲下往一楼的落地玻璃窗外瞧了一眼，像是怕有人尾随，矮胖的身子倒相当灵活。

"你怎么跑这儿上班来了？"章冉皱着眉踩上咯吱作响的木楼梯，这家店一派凋敝之象，灯都舍不得开，怕是也维持不久。

"哎呀，章总，你不晓得呀，我现在哪敢去公司啊？你刚才过来看到没嘛，公司都叫人围了，我现在要是去，不得让他们生吞活剥咯！"

"唉，也是难为你了。现在什么情况？我不是才拨了5000万到公司吗，又没钱了？"

"章总你坐，喝口茶，听我慢慢跟你讲。"田姐面前的木桌子上摆着一壶普洱，旁边还有个开水瓶，她从自助台上取来个玻璃杯，给章冉倒茶。

"钱呢，账上是有，但是不能付！工程队工人的工资，徐总在的时候就付过了，不欠他们的。你看到的门口那些民工，是分包商喊来闹事的，要我们付他们垫的资。哪有这个道理啊？分包商垫付的钱是要工程完了之后才清算的，最快最快，也要等预售开始了才能给他们呀。房开公司哪个不压尾款，不压尾款我们挣什么？这是行规呀！说到底，还不是因为他们听说徐总被抓了，想着公司没有能做主的人，就趁乱来闹事嘛！"

章冉点点头，抿了口已经泡得没味的茶水："徐总到底怎么回事？"

"唉，"田姐长长叹了口气，"具体我也不晓得，徐总被带走那天很突然，我看他自己也是蒙的。后来我听他家里人说，有可能是因为李副市长的事？"

"李副市长？"章冉不解。

"李川晨啊，以前管城建的副市长。成都这几年拆了盖，盖了拆，你晓得我们老百姓都喊他啥子吗？李拆城！去年周总他们出事之后，他也出事了，听说半个成都城的房开老板都被喊去配合调查。徐总应该也是因为这个。"

"老徐认识他？"

"徐总当年跟着周总肯定见过他，但交情有多深，我们也就说不清了。"

"像老徐这样，被带走一个星期还没回来的，正常吗？"

田大姐表情夸张地撇撇嘴："对面项目那个王总，说是进去两个月都没出来呢。反正徐总现在是一点消息都没得，人在哪儿都不晓得。他家里人也在到处打听呢。"

"你跟他家人挺熟？"章冉盯着田姐，突然发现她知道的事不少，不像是个普通员工。

田姐憨憨一笑，有点不好意思："徐总他太太的妈是我表姐，要不然徐总哪敢把网银和公章都交给我？不过公司的人都不晓得，徐总不让我说。"田姐摆摆手，"章总你看到我们公司的人，也不要讲哈，不然他们该防着我了。"

"哦，这样。"章冉点点头，难怪她这么忠诚，原来也算是自己人，"公司员工的工资都发了吗？"

"还没，我们是每个月5号发工资，徐总被带走那天是1号，还没到日子呢。太突然了，也没喊他签字，现在我也不敢发，"田姐说着，从旁边座位上放着的大提包里拿出个厚厚的塑料文件夹，"看嘛，表我都做好了的，还有些报销，这些都是确实该发的。"

章冉接过来看，的确，根据财务规定，前几道流程都签了字，就差最下边一栏的"总经理签字"了。他前后翻翻，不多，加上年底奖金，一共100多万。他伸手问田姐要笔："发吧，我来签。一定要稳住公司的人，这种时候不能内乱。"

章冉作为公司的副董事长，签字也算是名正言顺，何况徐总离开前还专门交代过。田姐忙从文件袋里摸出笔："就是，就是，我也是这样想，要不然内忧外患，着不住啊！章总你来了，我就安心了。"看着章冉一页一页地在财务审批单上签字，田姐试探着问："那些分包商咋子办？"

"公司其他高管呢？特别是分管工程和运营的那几个？"

"晓得在哪儿哦！"田姐翻翻眼睛，"一出事，全跑了，也不来上班。我都怀疑徐总被带走的消息就是他们放出去的！平时吃回扣，关键时刻还要搞三搞四！"

章冉听着，心里也蹿火，所谓人心不古、世态炎凉，大概就是这样，要是各自都有些担当，哪至于自己大过年的还得飞来成都收拾烂摊子？他一拍桌，虎着脸说："这样，你马上给各部门总打电话，就说我来了，叫他们立刻来这里开会。基层员工的工资奖金现在就发，部门总以上的都先不发！"

"好！"田姐的战斗精神十足，似乎就等着章冉来撑腰，好收拾这帮狼心狗肺的。

窗外的阴霾像是能挤出水，下午，各部门的负责人陆续赶到小咖啡馆，章冉威逼利诱，总算暂时稳住了人心。当着他的面，工程老总给分包商负责人打了电话，话说得挺横。章冉也不管他是不是在演戏，总之围在公司外的民工不撤，管理层谁都别想拿到工资。眼见着普通员工都已经领到了工资奖金，大家也觉得有了奔头，纷纷行动起来，一直忙活到晚上10点。咖啡厅早关了门，一群人转战到一街之隔的串串店，总算赶在午夜之前驱散了门前的民工，趁着夜色跑回公司小院儿。

员工也叫来了十几个，从工地上拎来几桶油漆，高管们卷起袖子干劲十足地组织大家洗刷墙壁上的红字。章冉从鼻子里"哼"了一声，紧了紧铅灰色的古驰围巾，手脚已经冻得不听使唤了。这该死的地方，室内比室外温度还低，北方人习惯了进屋先脱大衣，结果越坐越冷，这会儿鼻涕止不住地流，体温也升上来，想来是冻得感冒发烧了。

田姐给章冉订好了市里的酒店，催促他赶紧先去休息。章冉看局面差不多已经稳住，第二天就是大年三十，房地产公司假期长，等这帮孙子回来上班，要正月十五了，想来也不至于再闹出什么幺蛾子，这才拖着疲惫的身躯上了车。车子刚开出送行人群的视线，他便掏出手机打给陆云帆，还没来得及说正题，就听说何欣安的父亲去世了。章冉张了几下嘴，不知这话该怎么往下接，只好强压下火急火燎的心情，安慰了陆云帆几句，说等他们方便时再去祭拜。

陆云帆是何等聪明的人，一听说章冉在这个时候飞去了成都，还半夜三更打来电话，就知道是出了急事。他只淡淡说了一句："没事儿，反正这个春节我们家也过不了了，你回来了随时找我就是，我都在。"

成都市区里的年味已经很足了，章冉看着远处夜空中绽放的烟花，突然升起种久违的伤感。陌生的城市，孤独的人生，自己不是不努力，但通往成功的道路上却总是荆棘密布。回想起20多岁时的踌躇满志，眼下的日子真是憋屈压抑。是什么绑架了自己？金钱？权力？好像都不是。他低头看看脚上沾满灰尘的高档皮鞋，突然一惊——是恐惧！是害怕失去拥有的，是担心被社会抛弃，是唯恐自己沦落成这个时代车轮下被碾压的蝼蚁的恐惧。他付出了巨大的努力，付出了时间、自由和人生，却被更深的恐惧裹挟，不断下沉，仿佛走进了永无尽头的暗夜。

章冉晃晃脑袋，停止了胡思乱想。他只想快些到酒店泡个热水澡，叫一瓶客房送餐菜单上最贵的红酒，把自己灌醉，再好好睡一觉。也许过了春节，一切都会好起来。昨天在雍和宫花了一大笔钱买香火，实实在在是自己的一番心意，佛祖定能感知得到。不不不，这跟项目公司那帮高管可不一样，这不叫功利，这叫功德！

没错，春节过后一定会转运的，一定会的！

春节长假，李艾哪儿也没去，要不是彤彤在家待不住，她真恨不得晒着太阳，在木地板的羊皮垫上躺足7天。新春的北京一派怡人景象，天空湛蓝高远，北风也不似年根儿前那样干冷粗粝，长安街畅通无阻，路两边高耸入云的铜金色灯柱上挂满了巨大的红丝绒灯笼。彤彤是第一次在北京过年，跟着姥姥姥爷和妈妈逛地坛庙会，看到什么都兴奋不已，左手攥着冰糖葫芦，右手还要去抓兔儿爷。孩子的适应能力总是最强的，东莞在她身上留下的印记越来越浅，原本说话时习惯拉长的尾音，现在通通改成了儿化音。

对于女儿，李艾心里总有几分说不出的愧疚，不知是现在的孩子普遍早慧，还是彤彤格外与众不同，她与伍迪分开这件事，彤彤自始至终没有正面问过李艾，好像一切都很自然，她也就自然地接受了这个现实。彤彤过生日那天请了幼儿园几个小朋友去餐厅吃饭，李艾无意中听到她一边玩过家家，一边轻描淡写地对小朋友说："我爸爸不在北京，他跟我妈妈离婚了，不过一大早他就跟我视频祝我生日快乐了，还给我买了全套小马宝莉的玩具。"李艾心里一阵难过，成人世界里的刀光剑影难免会在孩子柔软的内心中留下伤痕，纵然她不问，不代表她不懂，更不代表她不难过。

每天，只要有机会，她就会贴着女儿的脸说："妈妈好爱你啊，你是妈妈最好的朋友，将来不管你去哪里，都带着妈妈好不好？"她想让女儿明白，无论大人间的关系如何变化，你总是被热烈爱护、热烈需要着的那个。纵然人生总有缺憾，她也不希望女儿人生的第一份缺憾源自自己青春时的莽撞和错误。

原来所谓"爱的代价"，有时并不仅仅要自己承担，它还会波及你身边无辜的人，你最爱最在乎的人。李艾心头那个隐隐的伤口伴着喉头的刀疤抽动了一下，北方冬日明媚的阳光，也照不暖藏在阴影里的伤痕。

"妈妈，我可以买一个糖人吗？"彤彤娇滴滴的声音从前方老父亲的肩头传来。

"爸，不是说好了今天让她自己走吗？您的腰不疼了啊？彤彤，都5岁了还让姥爷抱，快下来！"

女儿不说话，瘪着嘴看李艾，反而越发搂紧了姥爷的脖子。

"人多，不抱她看不见，没事，我不累！出了庙会咱就自己走，是吧，彤彤？欸，彤彤最懂事了。"

"妈妈，姥爷答应给我买一个糖吹的小兔兔，可以吗？"彤彤还惦记着糖人的事。

大过年的，谁也不忍扫了孩子的兴，李艾点点头："好吧，不过糖人只能拿着玩，不能吃哈！"

老父亲兴高采烈地带着同样喜笑颜开的外孙女挤进了被人群包围着的摊位，李艾和母亲站在路边的阳光下等待，有一搭没一搭地聊天，母亲突然皱起眉头。李艾顺着她的眼神望去，只见从人群中挤出两个高大的男生，正举着刚吹好的糖猪兴奋地说笑，两手十指相扣。

母亲思想老派，向来不待见这种光天化日之下的亲昵举动，何况是两个大男人。李艾正想劝老妈几句，突然一个激灵。她猛地回头，再次把目光投在两个男人身上——天哪，真是他们！

那两个人穿过步行街上熙攘的人群，也看到了街对面的李艾。他们像触电一般松开手，迅速向两边弹开，足足空出一辆车的位置，尴尬地对视一眼，不知该如何自处。李艾忙垂下眼帘，想装作没看见，却又觉得太刻意，正犹豫着，彤彤攥着只小糖兔从人群里挤出来，偏偏就打两个男人之间穿过，还扬起嗓门一个劲地喊："妈妈，妈妈，你看，我的小兔兔！"

李艾只好硬着头皮迎上去，仿佛刚看到一般，满脸堆笑地打招呼，那份热情看起来也有些用力过猛。

"呀，好巧，你们也来逛庙会！"李艾牵过女儿的手，"彤彤，快说叔叔过年好！"

彤彤敷衍了两句，注意力全在手里的糖兔上，一旁老母亲的脸上满是惊愕和不解，纳闷女儿怎么会和这种人认识。

"妈，这位是我同事，谭永辉；这位是我们北清大学的班主任，小刘老师。"李艾急忙冲母亲使眼色，担心她流露出不以为然的神态。

"阿姨过年好！"还是刘鑫反应快，一脸灿烂的笑容迎上来，谭永辉也跟着点头微笑，但脸上还残留着几分藏不住的尴尬。

母亲有点措手不及，但好歹也是经历过大场面的人，这点儿面子上的事儿还应付得过去，何况对方是"女儿的同事""北清大学的老师"，这些体面的身份和她看不惯的那些举止似乎有些不相容，她顶起几分派头，也算是和善得体地回了礼、拜了年，接着就领着小外孙女和老伴儿一起去了别的摊位溜达，把空间留给了年轻人。

李艾松了口气，随便拣了句话来打破尴尬："过年没回家啊？"

"嗯，今年没回。年年都回，也没啥意思了。"谭永辉的大方脸总算舒展了几分，他很清楚李艾刚才看见了什么，彼此都心照不宣。

李艾一下子明白了许多事，怪不得谭永辉能以"旁听生"的身份无论寒暑几乎每个周末都来教室蹭课，而身为班主任的刘鑫不但不撵他，还常把多余的课件顺手发给他。厘清了这层关系，两人同样颀长的身材、风格相近的打扮、默契的一颦一笑，竟有几分登对的感觉了。

倏地起了阵北风，吹展了挂在路边的彩旗，一片阳光扑面而来，晃过老谭鬓角些许的白发，晃过刘鑫眼角浅浅的鱼尾纹。李艾心底生出感慨——大家都不容易。无论是在茫茫大都市里卑微地藏着爱情的谭永辉；曾将自己的婚姻大事寄希望于他的王妍；还是看起来武装到牙齿，强势又自我，却对朋友的秘密守口如瓶的叶惠，大家不过都是滚滚红尘里的过客，被时光裹挟着漂流，去向自己不曾想的彼岸。

"对了，李艾，我还正想找你呢，"刘鑫好歹找到个话题化解尴尬，"下个月开学后，要安排你们这届最后一次企业走访了，想来想去不知道去哪里好。问了几个同学的意见，大家都说要不去绵阳，沈挚在那儿挂职，可以负责接待，正好大家也都想去看看章冉他们基金在当地投的那个地产项目。咱们好多同学，还有老师，不都是基金的 LP 嘛，也都挺关注的。"

"好事啊，我没意见，一定积极参与！"

"这次你可不能光参与啊，你看咱们每次活动都得有热心的同学来当组织者，上次去苏州，朱海平和江姗就帮了很多忙。这次我想请你来当组织人，帮忙把活动日程啊、内容啊，都给策划策划。"

李艾有点发蒙："这个……给班级出力我肯定没问题，但问题是绵阳我也不熟，怕是使不上劲。应该找章冉啊，咱们要去参访他们的投资企业，他来组织再合适不过。章冉这人也热情，能张罗。"

"嗐，本来是想找他的，那天我给他打电话说这个事，他好像特别忙，没等我说清楚呢，就把电话挂了。章冉平时也不是推事儿的人，我估计他最近可能真的事情太多了。沈班长呢，倒是一口答应下来说没问题，但人家现在也是一方官员，又刚上任不久，这次的活动好几十号人去，中间肯定有不少琐碎的事，咱也不能事无巨细全都去麻烦他。你跟沈挚平时交流多，我想来想去，沈班长当'地陪'，你来当'领队'最合适了。你们沟通起来也方便，是不是？"刘鑫神秘地笑笑，冲李艾挤挤眼睛。

要不是刚刚撞见了那一幕，这话大概会令李艾稍有不悦，然而方才的一幕让她心中有了几分悲悯：谁都不容易，谁都没恶意，刘鑫他们又怎会了解自己和沈挚之间今非昔比的关系呢？

"我跟沈班，也好久没联系了，今年都没见过面呢，还没你们联系得密切。参访这事，你要是让我们俩合作，估计得黄。"

再迟钝的人也听得出其中的微妙。刘鑫欲言又止，和谭永辉交换了一个眼神，终于还是放弃了劝说李艾当活动组织者的念头。

大年初六，章冉带着老婆儿子从三亚飞回北京，"春节朋友圈摄影大赛"总算告一段落。起飞前，老婆在飞机公务舱里转着圈自拍，还逼着章冉给她和儿子拍合影，精心修图之后发了条朋友圈："大北京，我们回家咯，终于不用再吃喜来登人挤人的早餐。豆腐脑，我来啦！"

整个假期，章冉都过得心烦意乱，本想去碧海蓝天里躲清闲，结果乌泱泱的，满眼都是人和是非。好在媳妇和儿子都挺开心，在喜来登酒店的专属海滩上，找到了比碧海蓝天更踏实的满足感；在朋友圈的点赞中，刷出了比假期本身更幸福的存在感。自己创业做基金后的这两年，一家三口的小日子，过得真有几分"鲜花着锦，烈火烹油"的意思了。以前像春节假期这样的旅游高峰期出去玩，公务舱是舍不得坐的，五星级酒店如果不能用积分兑换也不会住。这一年很多事发生了改变，银行户头的存款还没有明显增加，物质生活的口味倒先调起来了。

章冉感觉有些虚幻，仿佛一只脚迈入了上层社会，另一只脚却还卡在台阶下面迟迟跨不上来，不仅如此，似乎还有种隐秘的力量，使劲拖着那只脚往更深的深渊里拽。这到底是"好事多磨"的考验，还是属于自己的命运，他看不透。只觉得整个人在这道夹缝里撕扯，快要筋疲力尽。章冉本来就爱喝几口，借着春节假期，天天不醉不归。醉眼里，他看着儿子的笑、媳妇的满足，有时竟像是梦境一般。酒醒后想想，所谓醉生梦死，大概就是这个意思。

那条船已经开出去很远，早没有了回头路。

回家擦了把脸，换了身厚衣服，章冉便下楼开上他石墨色的宾利往陆云帆家去。从三亚给老同学带了两箱水果，要趁新鲜送过去。还没出年，北京城里空空荡荡，黄昏时分的北四环在夕阳映照下，像条金色飘带伸向天边。他在《蓝莲花》的歌声中舒了口气，一脚油门踩到120迈，瞬间有种错觉，竟像是在青藏高速上飞驰。读大学时，每次醉酒，他都要和一帮哥们儿勾肩搭背地赌咒发誓：无论谁挣到第一笔钱，都要买辆二手吉普，带上十箱二锅头、一把破吉他，去最远的远方，睡最美的姑娘。10多年过去了，他一猛子扎到了水底，往越来越深的深渊游去，没顾上看兄弟们都在哪里，没顾上看水面上越来越远的天光。

陆云帆没刮胡子，看起来有几分憔悴。他套着宽松的灰色家居服，消瘦了很多，头发也不像平时那样擦着啫喱，乱蓬蓬地塌在额头上。他侧过身示意章冉进屋，房间里倒还是窗明几净、井然有序，只是北墙根儿并排放着的几盆黄白色菊花和墙壁上的黑白遗像，把年节的气氛都挡在了门外。

"何欣安呢？"章冉觉得房间里空旷得很，似乎少了点人气儿。

"卧室睡觉呢。"陆云帆压低声音，示意章冉别惊扰她。

"感冒还没好？"章冉识相地收起了大嗓门。

陆云帆一屁股坐在沙发上，搔了搔头，没有回答章冉的问题，也忘了给他倒水。两人沉默片刻，章冉像突然想起了什么，从身边的手包里掏出个鼓鼓囊囊的信封，"当"的一声放在了原木色的茶几上。

"什么啊？"陆云帆抬眼瞧瞧，不动声色。

"老爷子出殡我也没赶上，这10万就当是我做晚辈的表表心意。"

"不用，你拿回去吧，我也用不上。"

"咱俩多少年交情了，你跟我还客气什么！"章冉一急，声音又大起来。

陆云帆微微蹙眉，做了个"嘘"的动作。

章冉顿了顿，低沉着声音，口吻却不容拒绝："这本来也不是给你用的，这是我表心意的。我现在跟欣安也是同学，冲着你们俩谁，这钱都是应该的。"

就算是再铁的哥们儿，对方岳丈去世时搭上10万也显得过于隆重。陆云帆当然明白，这钱里有兄弟之间的情分，更有"合作者"之间的默契。客厅里又陷入沉默，陆云帆清楚章冉也是个犟脾气，决定不再在这件事上纠缠。

"老徐那边有信儿了吗？"这几日在电话里，章冉已经把节前去成都的来龙去脉都一一讲给了陆云帆听。老陆一向谨慎，在电话里什么也没说，反倒让章冉越发坐立不安，迫不及待地赶回北京与他面谈。

"没有，我找人打听了下，这种协助调查说不清要多久，有的三四个月都回不来。"章冉垂头丧气地说。

"春节后，你还是多去成都盯着，而且要从你们基金派一两个可靠的人过去常驻，有什么风吹草动，咱们得提前做预警。这种时候公司不能乱，咬住牙，坚持到5月预售，就算是过了这一关。账上的钱够撑到那时候吧？"

"只要一切按原计划推进，就够。我是担心老徐这个事儿，会不会演变成新的麻烦？"

"担心有什么用？只能兵来将挡水来土掩。所以我要你去盯着，公司不能一日无主，特别是这种时候。"陆云帆顿了顿，看了章冉一眼接着说，"跟你说件事，我们董事长上个月被'双规'了。"他的语气很平静，在静谧的房间里听来却让人禁不住打了个冷战。

"啊！什么情况？你们董事长不是后台很硬吗？是为啥事呢？"章冉嗓门又大起来。这一次，陆云帆并没有制止他。

"现在是什么年代，后台硬才更要收拾你。"陆云帆冷笑一声，"我估计节后新闻就会有报道。具体什么事儿，我们也不清楚，反正工作组已经进驻信元了。"

"那……那这个事儿，对咱们基金会有影响吗？"章冉坐立不安。

陆云帆迟疑了片刻："说不好。信元投咱基金，是经过我们投委会集体决策的，流程上没问题，但现在有个说法，只要是他牵头的项目，都要全部重新审查。投'启航1号'，是老头子在办公会上重点指示过的，十有八九要重新审查，我担心审计会延伸到项目层面。"

"啊，那岂不是完蛋啦！"章冉噌地坐直身子，就差没跳起来了。

陆云帆最不喜欢人咋咋呼呼，他斜了章冉一眼："你慌什么，'启航2号'信元并没有真投，挑不出毛病；'启航1号'的钱只要能平安回来，一切都能大事化小，小事化了。退一万步说，即便成都项目黄了，'1号'基金退不出来，那也是不可抗力，赶上了，谁能想到徐老板会被抓起来，这是你我能控制的吗？基金的钱都进了项目，我们也没有中饱私囊。"

"可是……"章冉吭哧半天，终于还是没憋住，"可是，毕竟我们中间也拿了好处啊，不出问题则已，出了问题一查，肯定跑不掉啊！"他只觉得后脖颈上的汗都冒出来了。

"你怎么那么沉不住气！募资里抽的中介费，合同上是付给朱海平他女朋友公司的，和我们都没关系，提成比例也是行规，没什么问题。项目这边，当时是老徐亲自给的现金，也没别人在场，现在他都进去了，谁还知道？你呀，自己稳得住，就什么问题也不会有。不过话说回来，眼下关键之关键，就是要把成都项目盯住了，无论如何钱不能烂在里头，不然就真不好交代了。"想来这些问题已经在陆云帆脑海里捋过了好几遍。

章冉垂头丧气地瘫在沙发里，本想来陆云帆这儿吃点定心丸，这下越发不淡定了。

"你移民办得怎么样了？"陆云帆突然没头没尾地抛出一句。

"哪那么容易！投资移民要 500 万澳币，我一下子上哪儿找这么多现金来？技术移民雅思要考够 7 分，还有一堆职业评估要做，我哪有那本事？"章冉心烦意乱地摇摇头，仿佛陷入了绝境。过了片刻，他猛地抬头问："何欣安办得怎么样了？"

"材料已经递上去了，就等移民局通知了。她还是厉害，最近家里这么多事，也没见她怎么复习，雅思随便一考就是 8.5 分。"陆云帆嘴角牵起一丝难得的笑容，让这间充满肃杀之气的屋子似乎又重现了几分往日的温馨。

"欸，你这媳妇真是个宝，这下你们有后路了。"章冉叹了口气，蔫蔫地低下头。

陆云帆讪笑两声："这次没办我的，只办了她自己的。我们公司在这个节骨眼上连护照都上交了，办移民太敏感。所以你放心，真出了什么事儿，有兄弟我陪着你，跑不了。"

章冉抬眼望着老陆，还是笑不出来，他回头瞟了一眼卧室的门，压低声音问："这些事，你媳妇知道吗？"

陆云帆坚定地摇摇头："怎么可能跟她说这些？"

"那你让她办移民，她不奇怪吗？"

"有什么可奇怪的？现在移民的人这么多，她事务所好多同事都走了。欣安自己身体一直不好，本来也应该出去换换环境。"

章冉点点头，猫着腰凑到陆云帆身边说："江姗大年初一晚上还给我打电话呢，说给你打了两天电话你都不接，发微信也不回，连拜个年的面子都不给。我听着她是有点喝多了，电话里还哭了。好嘛，挂了她电话，被我媳妇好一顿收拾，非让我解释是什么关系。"

"你没跟你媳妇说什么吧？"陆云帆警觉地盯着他。

"那绝对没有。我只是觉得，人家一个女孩，也挺不容易。说到底，她又不图你钱财，不就是感情那点事儿嘛。你也别太绝情了，女人啊，逼急了比男人还狠呢！犯不着，是不是？"

陆云帆深深叹了口气，隐隐觉得卧室有动静，冲章冉摆摆手说："不说这个了，你吃晚饭没有？我去下点速冻饺子，咱俩对付一顿？"

章冉搔搔头，本来还真想跟哥们儿开瓶二锅头，像大学时那样，冷饺子就凉酒聊会儿天，但猛地抬头看到墙上的遗像，又想到女主人还睡在床上，想必老陆也不能陪自己一醉方休，只好悻悻地告了别，竖起领口，缩着脖子，一跺脚钻进了风雪交加的夜色中。

从12楼的窗户望去，章冉小小的身影像蚂蚁一样消失在大堂透出的昏黄灯影里，依稀看得到楼前地面的大理石砖上已经铺上了层薄雪。北风卷着雪花在钢筋水泥的森林里翻飞，有一丝掉队的寒风钻进窗缝，站在漆黑卧室窗前的何欣安禁不住一个冷战，连眼泪也跟着落下来。

父亲，此刻你正在天国看着女儿吧？看着孤独城市中的万家灯火，看着曾经温暖的心房吹进风雪，看着人间的伤害与无奈。听说南半球那个海边的城市不会下雪，像镜子一般倒映着这座北方城市的春夏秋冬。如果真有那一天，爸爸，你会随着我漂洋过海，在那个没有故人也没有往事的地方陪着我，孤单地走未来的路吗？

蠢蠢欲动

　　春节七天假，林松杉飞了三座城，搞得比出差还忙。先和叶惠飞去广州，陪她妈妈外婆过年三十儿，大年初二又飞上海陪她的富豪爸爸，初五一早两人马不停蹄地赶去长春，去见眼睁睁盼了自己一整年的父母。飞机在中国版图上由北向南，又由南返北，仿佛画了一对不规则的蝴蝶翅膀。羊绒大衣穿了脱，脱了又穿，折腾了好几遍。林松杉的胃经历了虾饺、肠粉、叉烧包的洗礼，又迎来鳝丝、鳜鱼、油爆虾的厚待，最终回归了大粉条子大炖肉、鲅鱼饺子黏豆包，大年初八回到北京，对着国贸大厦锃亮的电梯铜镜照了照，人似乎都油腻了三分。他无奈地摇摇头，叶惠走到哪里，都是蜂蜜水、维生素，外加几片蔬菜叶，以"豪吃"来宽慰长辈关切心情的重任，全都落在自己头上了。

　　第一个工作日赶上立春，假期空空荡荡的写字楼大堂被顶着黑眼圈的年轻人填满，穿戴着用年终奖置办的新行头，像披挂着新战袍一般，踩着铿锵有力的步伐问候新年。北京城又恢复了车水马龙，大厦落地窗外扬起干燥的北风，天光明媚了几许，似乎有那么点春天的味道了。

　　开工第一日，千头万绪的工作扑面而来。林松杉把自己关在办公室里回复了若干邮件，打了两通漫长的电话，就到了正午时分。他伸个懒腰，推门出来，发觉公共区域里热闹非凡，一群助理、秘书都围在李艾的办公室门口叽叽喳喳。

"林律师，今天立春，中午咱们叫春饼，您吃什么菜？"Jessie 远远地冲他喊。

"吃什么都行，"他顿了顿，"酸辣土豆丝有吗？春节吃得太横了，得来点素的。"

"土豆丝啊，您也太给李律师省钱了吧！"Jessie 打趣道。

林松杉端着咖啡杯踱到李艾办公室门口，看见她正拿着手机点外卖，小年轻们七嘴八舌说着自己要吃的菜。

"今儿什么日子，李律师请客？那我得整点硬的啊！"

"是啊，必须不能放过师太，"一旁的 Jack 挤眉弄眼，趁着李艾心情好，把平时背地里叫的绰号都用上了，"李大律这一单挣了上百万吧！春饼太便宜了。可惜今天不是情人节，不然咱们得要钻石！"

"差不多行了哈，几百万又没揣我兜里，还不是给所里挣的。"李艾冲 Jack 翻了个白眼，满脸藏不住的笑意。

林松杉有点发蒙："什么几百万？"

"JHR 的仲裁案哪！裁决书今天上午下来的，咱们赢啦！这家伙，给 JHR 找回来一个亿，咱所的律师费也能提个几百万了。"Jack 坏笑了一下，转头又对 Jessie 说："你赶紧准备个花瓶，我估计倪总下午又要来给李律师送花了！"

大家哈哈笑作一团，李艾挥着手机佯怒。林松杉的第一反应自然是为李艾高兴，也为所里高兴——律所的同事就像战友一样，无论谁打了胜仗都是团队的荣耀，但紧接着又涌起点小失落。这个案件意义重大，非常有代表性，自己却没能参与其中，擦肩而过的感觉多少有点可惜。另外，凭着这份辉煌战绩，李艾无疑离提合伙人的目标又近了一步。自己还能不能赶在 5 月份宣布结果之前挤进去，越发不确定了。林松杉的心情有点复杂，笑容也有些许牵强，他默默退出人群，想到晚上叶惠一定又会拿这件事来敲打他，不觉皱起了眉头。

看着林松杉略显黯然的身影悄悄消失在拥挤的人群中，李艾突然意识到自己有点太张扬了，只不过赢了一桩仲裁案，还有一大半的功劳在诉讼仲裁部，此刻这么高调地请全房地产部吃饭，难免要遭人非议。她低头思忖片刻，下了单付好款，像是突然想起了什么似的对 Jack 说："完了，刚想起来中午约了个朋友吃饭。你看看，过节过晕了，人家都到楼下了。"

"啊，那怎么办啊，我们可都饿着肚子等春饼呢。"Jack 一脸哭相。

"不耽误你们吃，单我都下好了，留的是你电话，一会儿餐送到门口，你们自己去取就好。"

"那没问题。不过李律师，咱不是要给你庆祝嘛，你不在，我们哪好意思吃啊！"Jack 嬉皮笑脸地说。

"给我庆祝什么啊，不就是想找个机会打牙祭，我还不了解你们？得了，新年新气象，这顿饭就当是我提前慰劳大家，以后干活都别推三阻四的！"李艾拍拍 Jack 的肩膀，路过林松杉的办公室时，特意探进脑袋跟他打招呼："我约了人在楼下吃饭，有事给我电话哈。"

"中午大家不是要给你庆祝吗？"林松杉有点不解。

"你听小朋友们瞎起哄，今天立春，他们馋春饼罢了。"李艾俏皮地眨眨眼睛，两人默契地一笑。

中午 12 点 1 刻，李艾踩着浅灰色的高跟羊皮短靴，披着沙滩色的羊绒大衣，步履轻盈地朝电梯走去，脖子上的珍珠项链恰到好处地遮住了那道越来越浅的伤痕。

电梯驶到一层，李艾穿过写字楼大厅熙攘的人群，沿着挂满照片的长长走廊往旁边的国贸大酒店走去。春节刚过，喜庆的桃花和金橘已不见踪影，取而代之的是大大小小的粉嫩桃心，还有空中花园里用新鲜玫瑰拼成的巨型"LOVE"字样。再过一周就是情人节，不知沈挚还会不会送来只言片语，李艾情不自禁地猜测，又摇摇头，强迫自己打消这个无谓的念头。原来所谓成熟的恋情都如此克制，开始时没有电光石火，结束时也不用山崩地裂，甚至连"分手"两个字都不必说，更没有"老死不相往来"，或者"相忘于江湖"的力气。

刮了一上午的风，天空格外清朗，正午温暖的阳光透过酒店大堂的落地窗照进来，额角竟有细密的汗珠渗出。何欣安凭窗而立，静静地看向窗外，仿佛周遭喧嚷的一切都与自己无关。她微微颔首，松懈的姿态里透着倦怠和漠然。

"欣安，"李艾走得很近了，轻轻拍她的肩膀，她才如梦初醒般转过头，"等着急了吧？走，咱们去 The Lounge。"

"没事，不着急。80 层啊？就咱们俩人，楼下随便吃点呗。"

"今天立春，闺密局也不能太随便。走吧，说好了今天我买单啊！"李艾挽起她的手臂。

何欣安的脸尖了一圈，原本光滑细嫩的皮肤也暗沉无光，说话间眼角已现出几道浅浅的鱼尾纹，倒显得一双眼更黑更亮了。她的黑大衣看起来松松垮垮，里边套着白色羊绒衫和黑色西裤，在喜庆喧闹的节日氛围中素净得有点不合时宜。父亲过世的事，何欣安没有通知任何人，要不是李艾去医院复查时顺道去病房探望，也不会知道。

李艾向来不太会安慰人，特别是父母离世这样沉重的话题，好像离自己的生活还太远，很难感同身受。两个人在电梯里沉默着，感受着身体抗拒地心引力的挣扎和极速上升的虚无感。也就是几十秒的工夫，电梯已稳稳地停在了国贸三期 80 层，随着电梯门"叮"的一声徐徐开启，开阔又舒畅的气氛扑面而来，半个北京城尽收眼底。开工第一天，这里的人却不少，落地窗边的位子都坐满了，每个人看起来都踌躇满志，笑语盈盈。何欣安原本话就不多，此刻更是无精打采，点单的事自然就由李艾操办。她叫了海南鸡饭、龙虾意面，在新上的"胆固醇清理沙拉"和"腌啤梨沙拉"之间犹豫片刻，又直奔甜品。

"够了吧，我没什么食欲，别点多了。"

"不多啊，没点什么菜。你气色不好，要多吃点。"李艾正是春风得意时，盼着能有人分享胜利的喜悦，可惜面对神情颓丧的闺密，她只能压抑兴奋，把劲儿都使在吃上。

"唉，吃什么都没味儿。"何欣安叹了口气，把目光投向熙攘的人群，仿佛眼前的一切都与自己无关。

李艾合上菜单，打发走了笑容灿烂的混血服务员，思忖片刻，才避重就轻地拣了个话题："你移民办得怎么样了？"

"资料都提交了，在排队等消息。"

"那……陆云帆跟你一起走吗？"李艾还在犹豫该不该把陆云帆与江姗的事儿告诉她。

何欣安垂着眼帘摇摇头："他们集团的大领导年底出事了，现在各级子公司的高管都上交了护照，办移民还要开好多证明资料，本来就敏感，现在彻底不行了。云帆的意思是我先办，过了这段他再办。"

李艾抿了口冰凉的薄荷水，不知这是陆云帆调虎离山的招数还是真有苦衷："那你办下 PR 来，真要一个人去澳洲？"

何欣安抬起头，眼神里突然涌起几分难以名状的淡漠，看得李艾都升起阵寒意。"其实人生不就是这样嘛，说到底都是独来独往，谁能陪谁一辈子？早晚都要独自上路。"

"你也别因为叔叔的事太消极了，等到春暖花开的时候你就不会这么想了。"李艾把手搭在她肩上。

何欣安再次垂下眼："我爸走了以后，我想起好多小时候的事。以前，我 直觉得我妈挺自私的，那时候我才 5 岁，她怎么舍得把我丢给爸爸就走了呢？你知道一个男人带女孩子长大有多不容易。可是最近，我突然觉得，我妈是对的。人世间的事儿，其实没有什么放不下，也没有什么舍不得，六根清净，才是最难得的境界。"

李艾看着冬日暖阳下的何欣安，方才明媚的心情也起了层雾：她瘦了很多，原本圆润的脸颊凹陷下去，头发看来是久未打理，随意在脑后挽成一个髻，刘海儿已经能遮住眼睛了。她说的那些能舍得、能放下的事到底所指何物？是父女恩情，还是夫妻缘分，李艾猜不透。她只是本能地觉得，今天临时起意约何欣安吃饭是个正确的决定，此刻的她太需要和人说说话了，哪怕只是无声的陪伴。

　　"那次你说，陆云帆好像有情况的事……"李艾迟疑片刻，到底还是问了出来，"有什么后文吗？"

　　何欣安低垂的眼神滑落到角落里，她微微侧过头，脖子梗起的线条在默默传递着一种逃避，对那个答案的逃避，或者是对整个话题的逃避。

　　"无所谓了，如果我真去了澳洲，这些纷纷扰扰，不过就是些回忆罢了。或者，根本也不会想起来，就好像谁都没有离开，谁都没有变。"

　　落地窗外的天边一片流云游走，阳光倾泻下来，晃了李艾的眼。那一刻，她突然意识到，何欣安可能什么都知道，什么都明白，她的沉默、回避，以及刚才那番不着边际的话，无非是给岁月静好的假象留一点美好念想罢了。李艾心里抽搐了下，告别这座城的姿态有许多种，当年的自己冲动决绝，去年的王妍不甘舍，然而最戳人心窝的，竟然是何欣安这样屏息静气地悄然退场，却还努力微笑帮背叛的人粉饰太平。李艾想起陆云帆那张斯文清秀的脸，想起他们夫妻二人对视时眼中的光，又想起自己和沈挚之间若即若离不清不楚的情分，心头一阵寒凉袭来。人心是变得最快的，无论是相伴数载，还是萍水相逢，谁又能说真的懂谁？这样想着，一上午的好心情都变得索然无味。

　　这一年的情人节过得悄无声息，忙碌的电话会议间隙，去洗手间补妆的片刻，李艾还是会情不自禁点开沈挚的微信对话框，那个绿色小格子安静地停在大年初一，最后一条微信是自己客客气气回复他的问候短信。人真是矛盾。沈挚那条微信是 00:01 发的，很短，只有三个字：还好吗？

李艾还清晰地记得那一刻的情景：父亲轻手轻脚从沙发上抱起已经睡熟的彤彤，母亲戴着老花镜，认真地回复着一条条拜年微信，李艾在春晚的背景音里反反复复翻看沈挚为数不多的几条朋友圈，手机一颤，这条微信就来了，让新年的热闹和孤独染上了几分隽永温情。她盯着那条微信，心有点颤抖，他是不是还在乎？这个在心里憋着闷着、撕扯纠结了数月的问题，让李艾不敢大声呼吸。终于，她还是放下手机，去厨房下饺子了。那一夜，李艾辗转反侧，想起他们之间的种种，某个瞬间，留恋甚至战胜了那些莫名的隔阂，让她有立刻给沈挚打电话的冲动，可直到第二天上午，她才终于客客气气地回复了一句：挺好的，给你拜年啦！

口是心非，是成熟的标配，还是自我保护的本能？对于都市里的恋人而言，是爱情重要，还是输赢重要？在这个人人都忙碌的世界，豁出去的真情告白未必有人相信、有人懂，谁又有耐心和勇气，去猜、去赌呢？

三月初，一个晃神儿的工夫冬天就走了。春天来得突兀得很，巴宝莉新一季的香槟色超薄羽绒服还没有机会穿，午后的气温就冲向了 15℃。李艾坐在办公室的阳光里，对着电脑边看腾讯新闻边吃沙拉。最近流行健康餐，Jessie 中午排队帮她从网红餐厅带回一份，放眼望去，绿油油一片。李艾把各种"青草"胡乱吞进肚里，味同嚼蜡，一脸怀疑和不屑，难道现在的年轻人都流行从狮子到绵羊的蜕变？她摇摇头，把精致的一次性餐盒扔进垃圾筐，邮件系统传出"叮"的一声。李艾擦擦手，关了新闻页面，跳回工作邮箱。新邮件的发件人一栏只有两个字母——HR，她的心一下子绷紧了，快速点开，看到邮件标题处赫然写着四个字——"晋级申请"。

晋级申请！咽了一半的藜麦瞬间卡在食道里，她屏住呼吸，急不可耐地按下鼠标，这封她等了多少年的邮件终于来了。

李艾您好：

鉴于您过去几年的卓越表现及贡献，我们高兴地通知，您已列入金达律师事务所 2018 年度"合伙人晋升计划"。请根据您的个人信息和既往业绩，于本周五 18:00 前填写完成所附的《晋升申请表》，并邮件提交至人力资源部。

金达的成功，离不开每一位金达家人的努力和奉献！

人力资源部

李艾盯着屏幕一个字一个字地反复看，手心里都渗出了汗，脑海里像过电影一样浮现出一幕幕过往：12 年前，自己第一次走进金达办公室，那时律师事务所还在国贸桥南的建外 SOHO，22 岁的她夹着花里胡哨的个人简历来面试，烫了个比现在还老成的卷发，穿着从 G2000 买的人生中第一套黑色套裙。她太喜欢金达那个古香古色的办公室了，还有那些看起来自信成熟的年轻人。当年的自己有点用力过猛，看到人力资源部负责叫号的女孩都满脸堆笑地点头哈腰，引得周围侧目一片。那一天李艾就知道，自己一定会留下来，留下来还不够，她要做这个帝国的主人，做这里的合伙人。

12 年前心底种下的种子，就在这样一个静谧的中午悄然开花了。为了这封一百来字的邮件，她加了几千天的班，飞了上百个城市，无数次在接到猎头电话时迟疑后最终拒绝。过去两年，为了证明"单亲妈妈"的身份不是职场负担，她承受着比以往更大的压力，在女儿和工作中一次又一次艰难地做着选择。这一天原本可以再早几年到来，却因为自己年轻时的莽撞冲动失之交臂。李艾不愿说后悔，可在夜深人静时也无数次自问：如果此刻的艰难痛苦皆是在偿还当日错误，那么这条偿还之路何时才是终点？很多东西都是失去了才懂得珍惜，可当你想要寻回最初的梦想时，却又谈何容易。

好在这一天，到底是来了。

电脑又轻轻一声响，是杜文强，他发来的邮件里只有简单的一句话：久等了。杜老大是懂得自己心结的，他轻描淡写的一句话瞬间击溃了李艾的金盔铁甲。她鼻子一酸，眼睛湿润了。

三下急促的敲门声打破了午后的安静，李艾还没来得及调整好状态，来人便迫不及待地推开了她办公室的门。

"李艾，出大事了！"谭永辉神情严肃，刻意压低的声音竟有些发抖。

李艾心中升起几分不悦。自从在庙会撞破了老谭的秘密，两个人在所里遇到时，他总是躲躲闪闪、态度僵硬，李艾理解他的为难和尴尬，也并不挑理，然而此刻他这样莽撞地夺门而入，实在不太礼貌。

"怎么了？"她挑起眉毛，故意淡淡地问。

谭永辉随手带上门，拖过靠背椅坐在李艾对面，两只手握在一起摩挲许久，好像正在脑海里费劲地组织着语言，双眼低垂，并不看她。

"嘿，醒醒，大中午的，您这是梦游呢？"

谭永辉这才抬头看了她一眼："不是，咳，我整理一下思路。"他仰头深吸一口气，定了定神，用一种很奇特的、有点哀伤又很笃定的语气说："你们班章冉搞的那个地产基金，真的出事了。"

"啊？"李艾一惊，"什么情况！"

老谭似乎并不急于回答她的问题，依然沉浸在自己的思绪里："我早就有预感，上次我在工商局网站上没查到股权信息的时候就应该警

423

惕。正常来说，基金投完项目，会很关注股权变更登记的，不可能不看这个公示信息。我至少应该飞一趟绵阳，去项目实地看看。替客户做了那么多次尽调，怎么轮到自己反而糊涂了呢？"他神经质地捋着自己的头发，语气里充满了自责。

李艾意识到事情的严重性："到底怎么回事？"

谭永辉熬枯了的眼睛从黑色镜框后瞥了她一眼，叹了口气："昨天下午，刘鑫接到银行的电话，详细地问他当时投资到基金时打款的情况，包括后来基金有没有定期发过投资报告之类，还反复跟他确认是不是自有资金。他一开始还以为是骗子呢，谁知对方说'启航2号'基金涉及一些非法运营的状况，账户已被关停，他们是受相关部门的委托和投资人沟通。刘鑫当时就蒙了，挂了电话给我打过来，我问他银行电话里还说了什么，他也说不清。我赶紧给章冉他们基金打电话，没人接，就让刘鑫去他们公司看看。刘鑫赶到的时候已经6点半了，说办公室锁着门，不知道是下班了还是怎么回事。昨晚一夜没睡踏实，今天一早我就先去了他们公司，还是锁着门。我等了半天，陆陆续续又来了三四个人，大家情况都差不多。问了大厦的物业，说上周还有人正常办公，他们也不清楚是怎么回事。"

"那到底涉及什么非法运营呢？"

"人家电话里没说啊。刘鑫毕竟不是干律师的，当时也没想起来问。我昨天晚上还说他呢，电话都接不明白。唉，别提了，刘鑫那100万里还有我们另外两个朋友的钱，他们还不知道呢。"情急之下，谭永辉也顾不得遮掩他和刘鑫的关系。

李艾想了想，一把拿起手机给章冉拨过去，关机。

"打不通，"谭永辉不耐烦地摇摇头，"昨天刘鑫打了无数遍，一直关机。微信朋友圈最后一条是上周参加什么行业峰会，现在发信息也没人回。"

"你们联系陆云帆了吗？他可能了解情况。"李艾快速转动脑筋，这件事太震撼，方才接到合伙人晋升邮件的喜悦已被抛到了脑后。

谭永辉眼睛一亮，仿佛看到了一线希望："对对，应该问问他。不过我和他没私交，要不你给他打个电话吧。"

李艾二话不说给陆云帆拨了过去，很长时间都无人接听，一种不好的感觉涌上心头。她打开陆云帆的朋友圈，发现他早就设置了"三天可见"，也无法判断具体情况。她本能地翻出何欣安的电话，刚摁下拨通键，又迅速挂断了。不合适，何欣安刚刚经历了丧父之痛，又和陆云帆处在微妙的关系当中，为这个事去打扰她太唐突了。没想到半小时后，李艾刚送走了愁容满面的谭永辉，手机便在办公桌上振动起来。她带上办公室的门，走近一看，竟然是何欣安拨了回来。

李艾的寒暄里透着几分尴尬，最终还是何欣安主动开了口。

"你是不是听到什么事了？"

"……是啊。"李艾答得吞吞吐吐，不知该怎么往后接。

"我今天都接了十几个电话了，没想到有那么多同学投资，你自己没投吧？"

"我没有，我要投了怎么会不告诉你呢？我刚才给云帆打电话一直没人接，他没什么事吧？"

何欣安深深叹气："我也不清楚他跟章冉搞了些什么名堂，前天他们公司纪委就找他谈话了，这两天一直在配合调查。他跟我说，他也不知道章冉搞了鬼。谁知道呢？我现在对他说的话，也不敢全信。"

"章冉搞什么鬼？基金到底出什么状况了？"

"'启航2号'是个空标，绵阳项目根本不存在。"

何欣安的声音还是淡淡的，李艾却觉得自己后背的汗毛都竖了起来。

"那陆云帆怎么可能不知道！"话一出口李艾又觉得有些不妥，毕竟人家是两口子，"我的意思是说，这不好瞒吧？陆云帆是信元派到基金管理公司的副董事长，绵阳项目是真是假，他总能听到风吹草动吧。"

"谁知道呢，信元只投了'启航1号'的成都项目，尽调、评估、审计，这些该走的流程都走了。'2号'基金是独立的项目基金，信元没参与，不了解项目情况也有可能。云帆这个副董事长就只是个名头，并没有在基金公司里参与日常经营管理，要是公司团队刻意瞒他，他也有可能不知道。我只是觉得，"何欣安顿了顿，"他和章冉这几年走得很近，好像藏了很多秘密。这件事到底什么情况，我心里也没底儿。"哪怕是在说自己丈夫的事，何欣安依然保持着客观和冷静。

"那章冉人呢？我打他电话都关机了。"

"听云帆说，被拘了。"

"天哪！"李艾惊呼一声，她做律师已经十来年，但还从没接触过刑事案件，经济犯罪好像是件十分遥远的事。

"被拘了也没准儿是好事，他们那个'2号'基金好像还跟一个P2P公司融了钱，那些小投资人要知道项目标的是假的，不知道会怎么样呢。在派出所，反倒还安全点。"

李艾一时不知该说什么，憋了半天，才问出一句："你怎么样，还好吧？"

"我？"何欣安仿佛自嘲地笑了笑，"我这周末本来准备去上课的，去年因为我爸的事落了好多课，想着最后一学期了要好好珍惜，这下，看来是又去不成了。"

是啊，北清大学FMBA课程的最后一个学期，已经在这个急不可耐的春天里拉开了帷幕。

最后一学期了，当初所有的陌生、新鲜、矜持与期待，都已不复存在，取而代之的是亲切与习惯，以及诸多复杂纠葛背后的尴尬和默契。这学期的第一门课是"商业谈判"，从美国康奈尔大学聘请的台湾女教授妩媚干练，娇小的身材裹在薄荷绿色的套裙里格外玲珑有致。她铿锵有力地踩着 7 厘米高跟鞋，讲课的间隙就坐上课桌跷起腿，风采奕奕。一众男同学的眼神都被她吸引着，舍不得移开半寸。教室里不时爆发出欢快的笑声，似乎并未因任何人的缺席而徒增伤感。

李艾悻悻地坐在后排，眼神扫过教室：沈挚没来，何欣安没来，章冉自然是来不了，江姗也不见踪影。刚开学时那个热热闹闹的大集体缩小了，彼此之间却像是疏远了。沈挚的缺席名正言顺：在外地挂职，不便回京上课，申请休学。同学们也都有默契，几个月前还会拿李艾和沈挚的名字起哄，现在却都已闭口不谈。也有个别或许是不知情的，课间时凑到李艾桌前问："沈班长怎么没来，咱们今年的企业走访还去四川吗？"

李艾颇沉得住气，30 多岁的女人，也不是第一次分手，这样的场面还远不至于令她无地自容。只是还没等自己找到个戏谑的方式开口，不远处的刘鑫就迫不及待地给出了回应。

"还去什么四川啊？章冉出事了，你们不知道吗？"刘鑫眉头紧皱，口气里带着明显的情绪。

大家很快议论起来，有人惊愕，有人气愤，还有人嘴上说着宽慰的话，神情里却有着抑制不住的"可赶上大事了"的兴奋。从他们七嘴八舌的描述中，李艾也得到了更多的信息。原来"启航 1 号"投资的成都公司老总被查，导致项目现金流突然绷断，章冉情急之下就编造了一个绵阳项目来融资，以解成都项目之围。

那些投资了"启航 1 号"基金的同学原本还存有侥幸心理，听到这个信息也都坐不住了。

"那成都项目还能正常退出吗？"

"想什么呢？就是因为成都项目先出事了，才有了'2 号'这个骗局，'1号'基金肯定很快也要关停了。"有人说。

"那凭什么？基金是独立核算的啊，成都项目不是五一就要预售了吗，最近房地产市场回暖迹象这么明显，卖得肯定不会差。对了，年前'1号'基金还派过一次息呢。再说'1号'基金有信元资本做劣后，我们的投资是安全的。"

"独立核算不假，但是基金有一笔非正常融资啊，那算'债'还是算什么？你还提信元呢，信元自己都出事了，据说咱们14级那个陆云帆也被查了，企业领导都换了，将来新班子谁还认劣后的事？"

大家都是专业人士，分析起来个个有理有据、头头是道，站在自己的立场不肯退让，无非是心理上还接受不了这样的事实。商学院同学们一起做的第一个发财梦，就这样无声无息地破灭了。

人群里有人嘟囔："那个陆云帆，不就是何欣安她老公吗？"正好上课铃声响起，刘鑫也意识到这个话题不适合再继续发酵，他拍拍手，让大家先回座位上课。

李艾的心脏怦怦直跳，上次跟何欣安通话还只听说陆云帆在配合调查，难道现在已被"双规"？也没准儿是这帮同学以讹传讹，要不要打电话问问？她双手捧着手机，犹豫不决。

"唉，你说谁能想到是这个结果？"坐在她旁边的祁安娜低声感叹，"绵阳项目虽然是假的，好歹融到的钱是去补成都项目的窟窿，没有用在个人消费上，也不算性质太恶劣吧？"

"章冉也是够倒霉，成都项目老总被抓这样的事，他哪里控制得了？不过法律不管你是什么动机啦。"李艾轻声回答。

"你觉得章冉会被判刑吗？"

李艾看着她的眼睛点点头："不清楚这里还会不会牵扯到其他问题，反正现在的基调是：保护中小投资人的利益，维护社会稳定，如果章冉真拿了P2P公司的钱，那就更悬了。"

祁安娜撇撇嘴，做了个惊恐的表情。"真可怕！"她四下看看，凑到李艾耳边说，"你知道这事是怎么爆出来的吗？"

李艾摇摇头。

"我听说，本来项目都过了最难的时候了，基金也没到期，按说是不会爆雷的，"她抬起一只手挡在嘴边，"没想到，有人实名举报。"

"啊！"李艾惊呼一声，以为自己听错了。前排有同学回头看，两人不好意思地点点头等那人转过去，李艾侧过身子，紧皱眉头低声问安娜："你刚才说……举报？"

祁安娜用手指顶着下巴，盯着李艾的眼睛，凝重地点点头："听说是举报到信元资本的，信元的董事长年前不是被抓了吗，有人实名举报纪委工作组，说信元的这笔投资出问题了。"

"为什么？"话一出口，李艾就觉得多余。这还用问吗？实名举报，图不着名，图不着利，还容易引火上身，肯定是仇恨深重啊。

果然，祁安娜耸耸肩膀："谁知道，得罪人了呗，而且肯定还是很亲近的人，不然不会知道那么多信息。"

李艾深深叹气靠向椅背，脑海里浮现出许多回忆，最后的画面定格在立春那天坐在国贸大厦80层餐厅光影里的何欣安。李艾想起她苍白的面色、眼睛里那令人生寒的漠然，还有她说过的话："其实人生不就是这样嘛，说到底都是独来独往，谁能陪谁一辈子？早晚都要独自上路。"

"独自上路"。李艾一个寒战，只觉得后背的汗毛都竖了起来。桌上的手机突然轻轻一振，一条微信映入眼帘：

"中午一起吃饭？"

她侧过头，坐在斜后方的倪一冰正冲着自己微笑。

"好啊，叫上安娜一起。"

"没问题，我订个三人位。"

初春的温度忽高忽低，刚穿了两天单衣，呼啸的春风又开始肆虐京城。李艾双手抱在领口，紧紧揪着风衣衣领，耸着肩在北清大学的楼宇间穿行。

赶上开学季，北清大学东门大大小小的饭馆都人满为患，还好倪一冰提前预订了"醉爱"餐厅的座位，三个人挤过等位的人群，用双手梳理着被春风吹乱的头发，坐在了窗边一个四人桌上。一落座，倪一冰便兴致勃勃地跟祁安娜讲起了李艾在 JHR 对赌仲裁案中的精彩表现，到底是隔行如隔山，李艾觉得稀松平常的工作，经他渲染加工后，真好像是"比电视剧还精彩"。仲裁结果下来后，倪一冰约过她一次，说是代表公司庆功，因为身体，李艾现在有局就躲，找了个借口推掉了。今天这个场合好，同学之间吃个课间午餐，清清淡淡，也不必费心费力。

两个月前跟倪一冰单独吃过那顿饭后，李艾还是第一次见他。看他朋友圈，春节回了趟美国，最近又爱上了长跑，整个人看起来更加阳光健康了。李艾看着他神采奕奕地侃侃而谈，心想美国长大的孩子是不一样。上次表白被拒并没有影响二人的友谊，他依旧坦荡，毫不避讳地表达着对李艾的欣赏，既没有因为尴尬而疏远，也没有反复纠缠，这样的分寸感着实难得。可惜感情这东西真是不讲理，他清秀的五官、健美的身材，引得周围的女生都频频投来目光，李艾却丝毫找不到心动的感觉。

春日午后的阳光穿过淡紫色的纱帘照进来，祁安娜漂染过的灰白色短发闪出紫色的光泽。话题已经转到了她的创业项目上，听起来推动得挺顺利。但凡创业成功的人都有个特质：投入。无论什么场合、什么对象，三两句就能引到自己的项目上，不放过任何一个推广公司的机会。原本潇洒的安娜现在也明显地沾染上了这种气息，三句不离本行，虽然听多了有几分无趣，却也令人敬佩。

倪一冰倒是对这个话题很感兴趣，详细询问她最开始是怎么下定决心创业的，又是如何找到了第一批合伙人和核心团队。安娜认真地一一回答，两人中英文不停切换，说了很多听起来玄而又玄的专业名词，倒衬得李艾像是个局外人。

"你问得那么详细，不会是真打算创业吧？"李艾按捺不住，找机会插进一句。

倪一冰转过头，冲她狡黠一笑，眼睛里闪出光芒："李艾你有没有听过 Levi's 的故事？"

"李维斯？没有。"李艾摇摇头。

"美国西部淘金热的时候，李维斯也跟着很多人去那里，可他去的时候人已经很多了，淘金并不容易。不过他发现了一件事：淘金的人衣服都很容易磨破。那时的西部到处都是废弃的帐篷，他于是想到了一个点子：如果把这些帐篷收集起来，洗干净，再缝成裤子，肯定特别耐磨。于是，世界上第一条牛仔裤诞生了。当年那些一窝蜂去淘金的人发财的并没有几个，李维斯却从此开创了他的牛仔裤王国。"

"所以呢？"李艾盯着他，眼睛眯成一条缝，等着后文。

倪一冰歪着头摊开双手，做了个非常美式的动作："所以我也要准备创业了！你看现在创业的人这么多，能存活下去其实是很不容易的事，但是每位创业者都需要法律、财务、融资的专业支持，需求总量很大，而且有延续性。就像挖金矿的人都需要牛仔裤，而且一条还不够。"

"这不是年前你跟我提过的那个商机吗？"李艾问道。

"是，但这次不是提提而已，我已经准备干了，公司也在注册中了。"

"那 JHR 的工作呢？"祁安娜也瞪大了眼睛。

"上周一我已经递交辞职信啦，月底就可以正式离职。"

"哇哦！"祁安娜夸张地惊呼一声，"那是不是意味着以后我不能白问你问题了？"

"口头咨询都免费。你这一轮融资，我来做你的 FA（财务顾问），绝对友情价。"倪一冰冲她眨眨眼睛，"但你要帮我在创业圈多宣传！"

"那必须啊，欢迎你踏上创业不归路！对了，明天晚上四季创投就有个德州扑克的局，很多创业者都会去，你要不要一起？"

"好啊，德扑我可是高手，你们要小心了！"

创业真是有神奇的魅力，能让见过大世面的倪一冰如此激动，也能让原本酷酷的安娜变得喋喋不休。有那么一瞬间，他们的热情点燃了李艾，让她也激动起来，想要纵身一跃，跳入这燃烧着梦想和自由的创业大潮。李艾心想，如果她年轻 5 岁，没有孩子，一定也要和他们一样，孤注一掷地纵情燃烧一次，让人生没有遗憾。

"今年的戈壁挑战赛，你们报名了吗？小刘老师刚刚在班级群里问了。"安娜的话打断了李艾的遐思。

"戈壁挑战赛，什么东西？"倪一冰和李艾都拿起手机。

"这是全亚洲商学院每年规模最大的活动，已经办了 10 多年。每年 5 月初，组织学生重走唐僧当年的取经路，徒步穿越甘肃敦煌的无人戈壁。长江、中欧、北大、清华、台湾、香港，还有新加坡的很多商学院都会参加，很有意思。我关注很久了，今年咱们都报名好不好？"

"哇，三天走完 117 公里，还是在戈壁！"李艾看着手机里的报名页面不住感叹，"这得是专业运动员才行吧。"

"不是运动员，参赛者都是商学院的学生，年龄都在三四十岁。A 队和 B 队要走完全程，我们报名 C 队就行了，单日体验，徒步 28 公里。"

"28 公里也很夸张啊，相当于从国贸走到香山了，还是在戈壁。哇，我觉得我一年都走不了 28 公里。"李艾笑着摇头。

三个人哈哈大笑，倪一冰的手指还在屏幕上滑动，翻看报名须知："这个好玩欸，我觉得我可以挑战下 A 队。"

"今年你是没希望了，AB队都要选拔的，特别是A队，提前一年就要开始准备了。这几年各商学院争夺冠军很激烈，听说去年有个女孩最后一天摔了一跤，跟腱断了，但退赛会影响全队成绩，她就用双手撑着地蹭到了终点。"

倪一冰咧着嘴角倒吸一口凉气，好像痛在他身上似的："干吗这么拼？"

"这就是玄奘精神啊，也是中国创业者的精神：理想、行动、坚持、超越，还有团队的荣誉。我是一定要去感受下的。咱们都报名吧，人多了有意思！"祁安娜的眼睛里闪着光。

"我发现你创业之后思想境界提升得不是一星半点儿啊！"李艾调侃她，"这种跟自己过不去的事还是你们年轻人去吧，我年龄大了，凑不了这个热闹。"

"你不就比我大两岁嘛，总是以老年人自居，好多五六十岁的人都报名走戈壁呢！报吧，咱俩还可以住一个房间。"

李艾笑而不语，还没等她开口，倪一冰倒先发言了："安娜你别忽悠她了，她得悠着点。"他看了李艾一眼，欲言又止。

祁安娜莫名其妙地看着他，突然如梦初醒般地吐吐舌头："抱歉，抱歉，我忘了你做手术的事了。唉，其实也没太大意思，确实是跟自己过不去。"她憨憨一笑，带着几分遗憾和歉意。

李艾看着他俩——原来他们是在说自己的病。气氛有几分尴尬，刚才她拒绝安娜的邀请时倒真没有想到这一层，此刻却突然意识到，自己在别人眼中已经不再是个健康有活力的年轻人了。

整个下午的课程都变得索然无味。知道自己生病，和知道自己在别人眼中是病人，是截然不同的感受。李艾怏怏地倚在课桌上，耀眼的春光也无法让心情明媚起来。这个春天的教室有点诡谲：沈挚消失了，章冉被抓了，何欣安避开了，自己虽然还强撑在舞台上，终究也只是个不完整的姿态。还好，还有那个她等了许久的振奋人心的晋升机会在无声无息地酝酿。此刻，她多么需要这样一场胜利来向世界宣告：无论遇到怎样的困境，我都是那个打不垮的李艾。

尘埃落定

　　每年 4 月底，北半球最温暖和煦、充满生机的仲春时节，就是金达律师事务所召开一年一度合伙人大会的时候。按照惯例，全球各地14 个办公室的 100 多位合伙人，还有事务所中后台的高层管理人员都会推掉繁忙的工作出席会议，而大会最重要的环节之一就是宣布这一年的新晋合伙人名单。这个被年轻律师们戏称为"老板俱乐部"的盛会是身份和成就的象征，能参加这场大会，意味着你从"被剥削的雇员"成功逆袭成了"雇主"，金达律师事务所也不再只是你履历中的一段经历，而已经成了你自己的事业，利益共享，风险共担，风雨同舟，荣辱与共。

　　这一年的合伙人大会选在泰国芭堤雅召开。提前半个月，李艾就收到了行政部门的邮件，通知她预留时间。她压抑着心中的兴奋和喜悦，去办公室外的格子间跟秘书核对工作时间表。

　　"最好就是 24 号上午国航这一班。总部的人基本都坐这班，所里包了大巴，就在曼谷机场，什么心都不用操，直接就开到芭堤雅了。如果您有其他安排，不能跟大家一起走，那就要飞到乌塔堡机场再打车过去，比较折腾。"

　　李艾看着电脑屏幕上的各趟航班信息，未置可否，秘书也不敢催她，屏息静气地等她的反应。

　　"我现在还确定不了，24 号上午可能要安排个会，还得等客户那边的回复。"李艾查看着手机邮箱，客客气气地回答。历史的经验告诉她，越是得意的时候，就越要夹紧尾巴。

"那要不我先帮您订上？不行再退，免得到跟前没票了。林律师也还确定不了，我都帮他先把票占上了。这一班是小飞机，票没那么多。"小秘书看着李艾的脸色问。

"林律师？"李艾愣了愣，"他……他也还确定不了？"

林松杉也要去？李艾把冲到嘴边的疑问咽了下去。这话没法问出口，尤其她不能问，否则就会成为旁人茶余饭后的谈资。可林松杉为什么也会去呢，难道房地产部今年要提两个人？自半个月前收到 HR 那封邮件后，李艾遇到林松杉时还总是觉得心里有些莫名的歉疚。她一直在想，等到正式宣布提职那天，松杉会是怎样的反应，自己又该如何面对？

一切似乎回到了 10 年前，那时的林松杉刚从上海分所调到北京总部，坊间传言他是为了逃避一段失败的感情。他每天戴着游戏人间的面具，背后却藏着不想让人觉察的温暖和敏感。那也是李艾第一次和伍迪分手的时候，长那么大她还是第一次被人甩，再不甘心也只能把愤怒、疼痛和挫败感都发泄在没日没夜的加班中。原本，这只是一场平凡的相遇，可那些并肩作战休戚与共的经历，那些熠熠生辉的才华碰撞出的火花，让他们之间有了比所谓的爱情更深刻的默契。她还依稀记得，当年他们告别时，林松杉写给她的那封信：

> 坐在耶路撒冷哭墙对面给你写这封信，阳光很刺眼，有幻觉的光影浮现。我已经到了这里，到了曾经出现在我们对话里的"另一个世界"。从这里走出去的人，眼里都带着深深的忧郁。没人记得时间的概念，今天、明天，或者昨天，无非是遭遇平行时空里不同的自己。北京、上海、重庆，还是你此刻停留的城市，

藏在这些地名背后的，是同样的生命和感动。

　　所以，无论你的选择是什么，我都祝福你。

　　一转眼，10 年过去了，他们又在同一个战场相遇。李艾已经不像当年那样冲动自负，林松杉也沉稳内敛了许多。生活的轨迹没有按照他们以为的方向前进，兜兜转转、起起伏伏，如今的他们不仅是老同事、老朋友，更是狭路相逢的对手。李艾回到自己的办公室，进门前朝林松杉那边看了眼。那是她曾经的办公室，比现在这间大，景致也更好。刚回金达时，她经常对自己说，要把失去的一切都夺回来，包括那间办公室，可现在胜利就在眼前，她却犹豫了。如果自己的成功意味着要为难另外一个人，一个她忠诚的朋友、动过心思的爱人，那胜利的意义又何在？

　　现在看来，林松杉一定也收到了 HR 的邮件，早知道房地产部今年有两个升合伙人的名额，他们之间会免去多少龃龉和尴尬？怪不得这半个月碰到林松杉时，他的眼神也总有些闪躲，他一定不知道自己也收到了邮件。想到这里，李艾释然地笑起来。她有点兴奋，恨不得立刻去林松杉的办公室捅破这层窗户纸，他一定也会替自己高兴的，就如同自己一样。

　　正想着，桌上的电话响起，是杜律师打来的。

　　"喂，老大？"李艾立刻接起来。

　　"这会儿有时间吗？"杜律师的声音听起来很严肃。

　　"有，我过去找你。"

　　"不用了，10 分钟以后楼下 9 号会议室见吧。"

　　"哦，好。什么事儿啊？"李艾有点纳闷。

　　"好事，HR 有个例行谈话。"

　　这就是传说中的升职谈话？提合伙人的事她没有经验，不清楚到底有哪些流程要走，更没法跟老板们打听。李艾之前就猜测人事部门应该会有个正式谈话，看来就是此刻了。她噌地站起身，关上办公室的门，对着落地窗户理了理头发，又掏出唇彩补了妆。她有点惊讶于自己的忐忑，一会儿一定要稳住情绪，不要太激动，让人觉得不成熟。可是，又如何忍得住呢？这是自己过去十几年里，唯一的梦想。

李艾深吸一口气，朝会议室走去。

那是个小型会议室，乳白色的圆桌，四把乳白色的真皮转椅，黑色的 LED 屏幕嵌在米白色的软包墙壁上。素净的环境中，桌上那一瓶烟粉色的樱花格外引人注目。不同于大型会议室，这里的氛围很轻松，只有内部会议才会选在这儿。李艾到早了，她在最里边对着门的转椅上坐下，想想又觉得这是上座，赶紧移到了侧面的椅子上，她没意识到自己的嘴边挂着笑，脸颊上也泛着红晕。

不多时，有人推门进来，是人力资源部的总监王敏英，还跟着个小专员，怀里都抱着笔记本电脑。李艾条件反射似的起身，热情地同她们打招呼，给她们让座。小专员看起来有点紧张，王敏英倒笑得格外灿烂。

"你坐呀，李艾，跟我们客气什么！"

李艾应着，笑着坐下。这么重要的场合，不能乱开玩笑，别失了分寸。三人都落座后，小会议室安静下来，静得有点尴尬，还是王敏英先找到了话题。

"怎么样，身体恢复得怎么样了？"

李艾愣了下，没想到会是这样的开场白。想想也正常，当时自己跟王敏英请假时，她还是所里的第一个知情人呢。

"挺好的，没什么事了。你看我，你要不提，我都快忘了自己生病的事了。"她爽朗地回答。

王敏英也附和着笑起来："是，我看你精神挺好的，你还是身体底子强，一般人做个手术哪还能有你这样的状态啊！不过，毕竟不是感冒发烧之类的小病，还是不能大意，要多休息，千万别熬夜。"

"对，我现在挺注意的，尽量 12 点前睡觉，当然有紧急的工作除外，工作永远第一位。"李艾揣测她们什么时候才能进入正题。

王敏英大概也觉察到了彼此言谈间的尴尬，她看看表，自言自语道："杜律师知道是这间会议室吧。"

始终把脸埋在电脑屏幕后的小专员连忙接话："知道，我出门前又跟他说过一次。"

"嗯。"王敏英点点头，对着李艾讪笑了一下，拿出手机给杜文强打电话："喂，杜律师，您什么时候下来？我们都到了……哦，最好还是您也在场吧，我们等您，晚点儿没关系……那要不换个时间？哦，行吧，那我们先聊着，您那边的工作结束了，就快点过来呗……好，杜律师再见。"

"怎么了？"李艾被她们搞得有点紧张。

"哦，没事儿，杜律师说他临时有个电话会要开，让我们先说着。"王敏英笑得不太自然，小专员死死盯着她的脸。

"行，那咱们就先说吧。"李艾倒是迫不及待了。

"嗯，好啊。其实，也就是个例行程序。上次我们发给你的邮件，大概情况也都介绍过。你是 2016 年入职的，到今年也满两年了。"王敏英笑得很和蔼，就像个邻家姐姐。

"2006 年。"李艾拧开桌上的矿泉水。

"2006 年？"王敏英不明白她的意思。

"我 2006 年就入职了。金达是我的第一份，也是到目前为止唯一一份工作。"李艾的笑容里带着几分笃定和虔诚。

"对，没错，但中间你不是辞职离开了 4 年吗，时间就得重新起算了。"

李艾点点头，这些细枝末节，除了自己的那点情怀外，对别人无非也就是数字而已。

王敏英接着说下去："你的工作能力，不管是杜律师，还是其他合伙人，大家都非常认可，包括你的工作态度，虽然有那么多的个人困难，家庭方面、身体方面，但始终都是以工作为先，这些大家都看在眼里。"

李艾听她一再强调"个人困难"，隐隐有些不舒服，但在心里劝说自己，别太敏感，人家说的也是实情。

"优秀的员工一定要得到肯定，经过管理委员会的讨论，大家一致同意，从下个月，也就是 5 月 1 号开始，你的职级和待遇都将有所调整。小刘，把具体情况给李律师看一下。"

李艾又喝了口水，从那个面无表情的小专员手中接过一只雪白的信封，信封右上角，印着金达律师事务所的全称和红蓝色标志。

尊敬的李艾：

　　您好！根据您入所以来各项工作的卓越表现，经由管理委员会讨论并一致通过，自 2018 年 5 月 1 日起，您的职位将由资深律师，晋升为高级顾问；基础年薪将由六十万元每年，调整为八十万元每年（税前），奖金另议。

　　感谢您对金达律师事务所的热忱与贡献，希望您再接再厉，勇攀高峰！

金达律师事务所

人力资源部

2018 年 4 月 14 日

李艾盯着那封信默读了三遍，笑容渐渐凝结在脸上。高级顾问？这是什么意思？薪水倒是有了不小的涨幅，可似乎与合伙人的 title 相去甚远。李艾记得当年刚入所时，房地产部有个高级顾问，是位香港大姐，论年龄和工作经验都该升合伙人了，但因为没有内地的律师执业资格证，普通话也讲不好，除了两三家跟了她许多年的香港客户外，也打不开新的市场资源，一直是半吊子的状态，没几年就辞职移民加拿大了。那时候，李艾以为所谓"高级顾问"就是给那些没有执照的资深律师专设的 title，没想到过了这么多年，自己会在晋升信上重新看到这四个字。

　　"高级顾问，这是……什么意思啊？"她有点蒙。

　　"你听我解释，是这样的，高级顾问呢，职级比资深律师要高，薪酬待遇和初级合伙人一样，但压力要小得多。咱们所的合伙人，有30%的年薪是在年底根据绩效发放的。你也知道，一旦成为合伙人，就有业绩要求了，如果完不成业务量，80万并不能全部拿到手。有些一年级的合伙人，还没有做资深律师时挣得多呢，更别说跟高级顾问比了。"

　　李艾侧过头，皱着眉想了想，还是有点摸不清状况："咱们所有多少高级顾问啊？"

　　"有不少啊！"王敏英瞪大眼睛，"你们房地产部原来就有一个，现在证券部有一个，嗯，知识产权部还有一个。"她掰着手指头算了算，"总部就有七八个呢。"

　　七八个。一家在全球拥有2000名律师，光是北京总部就有500多名员工的大律所，却只有七八个高级顾问，如此低的存在感，让李艾觉得有点诡异。

　　"我们房地产部原来那个王律师是因为没有内地的职业资格，总部的这七八位也是这种情况吗？"

　　"这跟职业资格也没有必然的联系。"王敏英逐一说了几个名字，都是在所里待了许多年的老人儿，她们之间唯一的共性就是——女性。

"怎么全是女的？"李艾皱起了眉头。

"哎呀，你知道有多少人想当高级顾问还当不了呢。钱一分不少挣，还不用承担压力，做好自己的专业就行了，也不用出去跑客户、应酬。干得好，薪酬每年也有相应的提升。特别适合女人，尤其是有孩子的。"

"那不还是高级打工仔吗？"李艾渐渐回过味来。

"打工仔有什么不好的？合伙人多半是看着风光，特别是刚提拔的，那你是知道的啊，大老板使唤起来就跟使唤普通律师一样，活一点不少干，还得找机会拓展自己的客户，有时候激进点吧，抢了别人的客户还容易有矛盾，每年这么闹的还少吗？高级顾问哪有这些压力？"

李艾的笑容凝固在脸上，她盯着王敏英的眼睛："我不怕承担压力啊。"

"李律师，"王敏英拉长腔调，"我知道你很能干，也勇于承担压力，可所里也不能不考虑你的具体情况啊。你看，你是单亲妈妈，家里有老有小，刚刚又生了这么大的病，让你来抗业绩压力太不人道了吧，万一身体再出点状况，我们也不敢承担这个责任啊。"

这话听起来似乎合理，李艾却有种哑巴吃黄连的感觉。全所上下都知道她想当合伙人，当她铆足了劲准备往前冲的时候，裁判却剥夺了她的比赛资格。

"杜律师知道这个决定？"李艾只觉得胃里翻江倒海，连客套的微笑也装不出来了。

"当然知道，这是管理委员会共同的决定，是很慎重的，真的是所里对你的照顾。"王敏英看李艾皱着眉头不说话，只好兀自说下去，"李律师，咱俩认识也这么多年了，我知道你很要强，但女人真的没必要把自己逼得那么累。你现在毕竟也不像刚毕业那会儿，很多问题很现实的。女人和男人还是不一样。"

李艾终于明白杜文强躲着不露面的原因了，她抬起头盯着王敏英的眼睛一字一句地问："女人和男人哪里不一样？"

王敏英愣了片刻，李艾脸上的线条僵硬起来，她已经能觉察到李艾眼中的杀气。王敏英垂下眼帘，尴尬地笑笑，避免和她正面冲突，支支吾吾地说："那……还是不一样嘛。你看咱们所，每年校园招聘的时候都是女孩多男孩少，可到最后当了合伙人的，还不绝大多数都是男人？这是……社会现实。"

李艾喉头有点发紧，她一口气喝完了瓶中的矿泉水，平复了一下情绪："男人和女人没什么不一样，我们一样都受了最好的教育、最专业的训练，加班熬夜出差的时候，从来没有谁说过你是女人，这些活儿可以不用干。这个社会里有多少女人被这样的言论洗了脑，仅仅因为性别就被不公平对待，自己还觉得理所当然。敏英，你是 HR，也是女人，如果连你都这样想，金达这些没日没夜奋斗的女孩子，她们的出路在哪里？"

王敏英一听这话也急了："李律师，你不能这样跟我上纲上线啊！我从来没说过是因为性别才不提你啊，毕竟你家里情况特殊，孩子那么小，你是单身，还得了重病，我们是想多照顾照顾你嘛。"

"敏英，咱们所这 200 多个合伙人里，有孩子离了婚的男合伙人，光我知道的就不止一两个。我想问问你，所里怎么不'照顾'他们呢？说到生病，我有因为生病耽误过一天的工作吗？去年我是休了 15 天的病假，可我还有 15 天的年假，一天都没休过，一心都扑在工作上。回金达以后，我接了多少案子，开拓了多少客户，给所里挣了多少钱，那些时候为什么没人要'照顾'我？你说的这个'高级顾问'如果真有那么好，人力资源部培训新人的时候，怎么从来没有让他们把'成为高级顾问'作为自己的职业目标？如果是我的能力和业绩没有达到提拔初级

443

合伙人的水平，那我二话不说，但如果你说不出什么道理，也别拿'照顾'来忽悠人，我不需要你们照顾！"李艾意识到自己的声音因为激动而有些颤抖，她努力控制着自己的情绪，却始终无法平静下来。

王敏英在人事部多年，也是老油条了，她知道和李艾这样的刺头明刀明枪地正面冲突，自己是占不到便宜的。她向小专员使了个眼色："杜律师的电话会开完了没有？你去楼上请一请他吧。"小专员早巴不得从这场硝烟中撤出去，噌地站起身消失了。

两个人的会议室越发显得安静，气氛十分尴尬。王敏英不动声色地打开随身携带的保温杯，吸溜吸溜地喝着红枣枸杞水。李艾觉得自己好像一拳打在了棉花上，她最受不了这种肉头阵，但转念一想，一个新问题涌上心头。

"松杉呢？林松杉这次提的是高级顾问，还是合伙人？"

王敏英看似温和地笑笑，却并不抬眼，俨然置身事外的态度："这个，还是等杜律师来了，一起聊吧。"她的回避和沉默分明在传递着冷漠和不以为然。

李艾已经知道了问题的答案，她冷笑一声，捏扁了手中的空矿泉水瓶，咬咬牙站起身："不用等杜律师了，我先上去，还有工作要处理。"

"欸，李艾，你的东西——"王敏英先是一愣，随即抄起桌上的白信封，朝着她的背影喊了起来。

整整 12 年了。

12 年前的大北窑，完全不是今天这番高楼林立的景致。那时这里最高的楼就是国贸一座，如今直插云霄的银泰中心、国贸三期、中央电视台总部大楼都还只是一片片沉寂的荒地。那些年的夏天好像特别热，李艾记得有一次一个新升职的合伙人请所里的年轻律师们聚餐，去国贸桥东北角的中服大厦吃小肥羊，看着近，十来个人从西南角的建外

SOHO 穿过国贸立交桥过去，愣是走了快 20 分钟。桥下被烈日炙烤的柏油路面隐隐渗出了黑油，高跟鞋踩在上边软软的，留下一串小坑。国贸桥的路口特别宽，红绿灯也特别长，马路对面聚集起越来越多的人群，有的打着遮阳伞，有的戴着墨镜。地面蒸腾起的热气和着空气流动，隔在滚滚热浪对面的人群也变得扭曲起来。二十出头的李艾抬手摸摸自己被晒得发烫的头顶，心底暗暗抱怨：大热天的，还要走这么远去吃火锅，真抠门儿，等我将来提合伙人了，一定要请大家吃国贸的夏宫！

国贸夏宫是那个时候混迹大北窑的人能想到的最高级、最好吃的餐厅。不知不觉间，34 岁的李艾穿过汹涌的人潮，竟然再次走到了这里。下午两点，夏宫大厅里空荡荡的，服务员带着礼貌的笑容迎上来。

"您好，女士，请问您是用餐吗？"

李艾还陷在回忆里，神情有点恍惚："对，用餐。"

"不好意思，我们还有半小时就打烊了，您看您是……"

李艾看了服务员一眼，难道今天所有事都要和自己对着干？她不甘心："没关系，有什么吃什么，我就简单吃两口。"说完径直走了进去。

猩红色的地毯厚实柔软，卡座上铺着金色绸缎，空荡荡的大厅里流淌着轻柔的音乐，四下望去，只剩一桌客人还在用餐。训练有素的服务员们轻手轻脚，仿佛是怕惊扰了午后渐渐弥漫开的慵懒气息。李艾把自己扔进沙发，机械地翻看菜单。主厨已经下班，粤式点心也不全了，她用指尖轻轻敲击着菜单上的图片，不言不语，大约前半生话说得太多，此刻终于累了。服务员小心翼翼地提醒了两次她已点得太多，见客人没有任何反应，也不便再多言。餐厅是个江湖，每天都有春风得意的人来赶早场，自然也少不了落寞失意的人来晚场久坐。

虾饺皇、叉烧包、黑松露烧卖、豉汁蒸排骨……冒着热气的竹蒸笼和白得透亮的瓷盘都一一端上了桌，松软清甜的香气迎面扑来。李艾中午赶着看合同没来得及吃饭，此刻才突然觉得胃空虚极了。她深吸一口气，拿起乌木筷子囫囵往嘴里塞，就好像所有的失落和挫败都只能用食物去填满。她脑子很乱，任凭味蕾把记忆带回到 6 年前：不过就是趁着去广州出差的机会参加了一场校友会，谁知道觥筹交错间，命运暗藏在那里的幽深暗黑的路口会突然出现，还没等她看清，掌心的线便拐了弯。倘若不是那天和伍迪重逢，倘若不是为了较劲赌气，为了自以为是的爱情，她不会在事业最红火的上升期冲动辞职，更不会就此告别北京，在潮湿闷热的梅雨季节里，把自己的日子过得形单影只。

如果不曾离开，会遇到谁，会度过怎样的人生？日子或许平淡无奇，或许精彩纷呈，可若干年后的自己又会不会在深夜后悔，当年没有鼓足勇气去东莞找伍迪？她不知道。后悔，是李艾前半生最不屑的词汇。她永远不想面对的这个词，此刻却排山倒海般压上心头，如果真有时光机器，她大概会毫不犹豫地回到那天，阻拦那个莽撞不计后果的自己。

手机的振动声在安静的餐厅里格外刺耳，李艾盯着屏幕上杜文强的名字犹豫许久，还是接了起来。

"你在哪儿呢？"

"在楼下吃点东西。"李艾使劲咽下塞了一嘴的食物，尽量轻描淡写地回答。

杜文强当然听出了她声音里的异样，在电话那头一个劲儿地宽慰："哎呀，不至于嘛，今年情况特殊，你说你跟松杉也是这么多年的老交情了，人家在所里这些年，能力、态度都不差，得给他一个交代啊。何况他毕竟是个男的，今年又准备结婚，混不上去，压力比你大。"杜文强顿了顿，那边没有声音。他挠挠头，自己最怕女孩哭，特别是李艾这种从来不掉眼泪的硬碴儿。"而且这个高级顾问也不是盖棺定论，顶多算个缓兵之计，明年我肯定给你推上去。我觉得他们 HR 的考虑也不是没有道理，今年你好好调养身体，顾问压力小，钱又不少挣，明年状态调养好了咱们再出发，不是一样嘛。"

李艾灌下大半杯冰凉刺骨的柠檬水，声音也变得冷冷的："老大，刚才你为什么不露面，让王敏英她们跟我谈？"

"我……不是我不去，我刚才真有个电话会，这不她们刚跟我说你拍桌子走了，我就赶紧给你打过来了吗？"

"老大，我不跟别人比，就问你一句，我跟你这么多年，我的能力、业绩，够不够当合伙人？"

"咳，没人质疑你的能力，这两年你项目做得不错，JHR 的案子也办得漂亮。问题是今年咱们部门就只有一个名额，你说怎么办呢？何况你中间毕竟离开了几年，需要时间重新证明自己啊。行了，李艾，别为难我啦，赶紧回来，我还要跟你商量去芭堤雅的事呢。你看看，合伙人大会顾问一般是没资格参加的，但为什么安排你去呢，说明所里对你重视啊！你相信我，合伙人这个 title 就是时间问题，沉住气，这种时候越表现得稳定，越说明你成熟，对不对……"

杜文强还在电话那头说着什么，李艾慢慢把手机从耳旁移开，不停往嘴里塞东西，眼泪还是不受控制地流了下来，顶得喉咙一阵阵发紧。餐厅里淡淡的音乐声突然停了，阳光穿过屋顶的水晶灯，在雪白的餐布上投下五彩斑斓流转的光斑，像时光的倒影，隐隐映在红尘之中。巨大的悲哀和无力犹如潮水一样将李艾湮没，不是身体的疲倦，是她无法对抗的命运的无常，还有这个世界为女人戴上的、看不见的桎梏。

重新出发

密码锁上幽幽的蓝光闪烁，林松杉推开新城国际公寓的家门，藏青色的西装上有细密的压痕，手里的黑色真皮电脑包鼓鼓囊囊。客厅关着灯，木地板上倒映着对面摩天大楼的霓虹，光影静静地流动。林松杉下意识地转动脖子，换上丝绒拖鞋，朝里屋探身，书房透出鹅黄色的光。

难得叶惠比自己回来得早。林松杉挂好西装外套，趿拉着拖鞋往书房走。这一天过得五味杂陈，下午 HR 例行谈话后，提合伙人的事就只差正式宣布了。对于这个结果，林松杉并没有太多惊喜，差不多半个月前，叶惠就欣喜若狂地给他透过风。当时他的第一反应是：那李艾呢？叶惠对男朋友的问题不以为意，冷着脸说：我又不是管委会的，汪律师那是给面子，悄悄告诉我你今年没问题了，难不成我还要追问一句李艾的情况？

这半个月，林松杉一直在猜测，他们俩的这场角逐，等着李艾的会是怎样的结局。他心里有种企盼：房地产部今年是双黄蛋，尽管这份期待看起来希望渺茫。他始终不知道该如何面对那种残酷的结果，特别是看到洋溢着期待的李艾，内心总会莫名不安。

今天，一切都尘埃落定。他丝毫没有感受到晋升的快乐，却在必须要直面李艾的结局时选择了逃避。是的，他匆忙地给自己安排了一场不太必要的客户见面，只是为了避免在办公室遇到她。

"你今天回来得还挺早。"林松杉打了声招呼，去对面的卧室换衣服。等他换好家居服，看到叶惠还默默地坐在电脑前，那盏从布拉格买回来的白色玻璃台灯在落地窗上留下模糊的倒影。

"看什么呢，这么专心？"他走过去，搂着叶惠的肩膀俯下身。苹果电脑的大屏幕上是一篇充斥着各种晦涩医学名词的文章，出现频率最高的词汇是"胆囊癌"。林松杉下意识地皱皱眉，扭头望向叶惠，才发觉她双眼通红，托着腮的左手里还紧紧攥着一张已经被揉成团的纸巾。

"怎么了？"林松杉一惊，声音透出紧张。

叶惠似乎并不想回答他的问题，又抽了张写字台上的纸巾，擤擤鼻涕，才自言自语地说："你说我这个人，是不是一直都特别自以为是？总觉得自己是对的，安排这个，安排那个，其实我什么都不懂。"

"没有啊，到底怎么了？你看这个胆囊癌干什么？"林松杉索性蹲在她身边。

"我爸的体检结果出来了，胆囊癌二期。"

林松杉也愣住了，半晌才结结巴巴地说："怎么……这么突然？去年体检不是还挺好的吗，怎么就胆囊癌了呢？"

叶惠瘪着嘴摇摇头，眼泪又流下来："而且你知道吗，今天跟我说这件事的不是我爸，是他以前的一个女朋友。不知道她从哪里搞到了我的电话，要我回去多陪陪他，要不然还不晓得我爸要瞒我到什么时候。他得了绝症，第一个想要告诉的人竟然是她，难道一直都是我错了吗？"

林松杉隐约记得叶惠曾向自己讲述过这段过往，说起父亲和这个女人的旧事，满脸的不屑和不原谅。"唉，看来你爸对那个人还是有感情的。不过你也不用自责，这些事是讲缘分的，也不是你一个小姑娘能拆散的。"

"我觉得我爸好可怜，我一直都不在他身边，跟他怄了那么多年

449

气。他没有再婚，也没有别的孩子，就连这个女的都结婚了，剩下他一个人孤苦伶仃，生了这么重的病，都不知道该跟谁说。"叶惠终于泣不成声。

"好了，好了，不哭了。"林松杉起身把她揽进怀里，"我陪你回上海，这周末就回去，好好陪陪咱爸。"

叶惠把脸埋在他胸口，点点头，又摇摇头："不能就这么放弃了，我要带他去美国治病。如果真像医生说的，只有一两年时间了，我怎么能让他一个人待在上海？我要回去陪他。老公，你跟我一起回上海好不好？"她抬头望着他，满脸是泪，像个无助的小女孩。

林松杉一时不知该如何回答："你是说……要去上海工作吗？"

叶惠想了想，坚定地点点头："要是能调去上海分所最好，不行的话，咱们就辞职。我爸就剩这么点时间了，再不跟他和解，再不好好地尽孝，我一辈子都没办法原谅自己。"

林松杉抚摸着叶惠的长发，一脸茫然地点点头。

李艾沉寂了几天，又回归了忙碌的状态。杜文强一开始担心她会消极怠工，默默观察了一段时间，发现她还是跟往常一样兢兢业业，才放下心来。到底是个聪明人，何况还拖家带口，谁会跟钱、跟生活过不去呢？

很快就到了4月底，金达律师事务所的办公室里暗暗流动着兴奋：管理层要去阳光沙滩愉快地开会，留守在北京的年轻律师们也能安排点儿约会聚餐，偷偷喘口气了。出发那天，杜文强一早就到了机场，在国航贵宾休息室和平时都没什么机会碰面的各地合伙人亲切拥抱。当年一起创办金达的这帮老伙计如今都过上了"人模狗样"的生活，有的退居二线了，有的又冲在全球扩土开疆的第一线，竟然比当年创业时梦想的还要美好，真有种各路英雄江湖重聚的爽快。

老板们聊得热火朝天，机场第二次广播通知公务舱的旅客们登机，大家才陆续起身往外走。武汉分所的一个合伙人拉着杜文强聊案子的事，杜文强这会儿没什么心情听他讲业务，有一搭没一搭地应和着，突然发觉手机在西装内袋里振动，拿出来一看，是王敏英。

"杜律师，您登机了吗？你们那个李艾到现在还没来，我们都已经登机，就差她了，给她打电话也不接。什么情况，要不您打给她问问？"

"啊？"杜文强的眉头拧成一团，心里咯噔一下，连忙给李艾拨了过去。电话响了很久，终于接通了。"喂，你在哪儿呢？到机场了吗？"

"我在机场。"李艾的声音听起来很正常，还透着点兴奋。

"哦，"杜文强松了口气，可隐隐还是觉得有什么地方不对，"那你快登机吧，要起飞了。"

"你们飞吧，我跟你们不坐一班机，我不去芭堤雅了。"

"你不去芭堤雅了？什么意思，你到底在哪儿？"杜文强急了。

"你们去海边晒太阳，我去敦煌的戈壁滩晒太阳，一样。你就当我休几天假吧。不多说了，要起飞了，拜拜。"

"喂，喂——"杜文强冲着电话喊，对方却已经收了线。他气愤地挂了电话。就知道这个刺儿头不可能乖乖服软，到底被她耍了。

甘肃，敦煌，瓜州。

李艾还是第一次踏上西北这片神秘苍凉的土地。三个半小时的飞行把她从尘世的纷扰中硬生生拉拽出来，脚下的北京城像个热闹喧嚣的派对现场，输赢、名利、诱惑、情谊……全都抛在身后，渐行渐远。河西走廊的天空清澈高远，空气里带着干燥的气息。敦煌机场建在一边荒芜的戈壁之上，素净得有点苍凉。从候机厅的落地窗望出去，目光所及都空旷寂寥，晴空万里之下，就只有细小突兀的树木零零星星点缀着水泥和天空的颜色。

这就是古诗里"西出阳关无故人"的地方了。李艾戴上墨镜，长长舒了口气，是不是古往今来所有失意的人，都要来这里放空自己，跟往事告别，才能重新出发？来敦煌参加戈壁挑战赛纯粹是一时冲动。提升合伙人失败的事情像块巨石，压得她透不过气来。有那么几天，她不想去所里，不想接任何和工作相关的电话，可每当有客户找到自己时，已经渗透在血液里的职业精神又让她没办法全然置之不理。李艾觉得自己仿佛陷在了一张蛛网里，想挣脱，却又有千丝万缕的关系绑着自己。

几天前，倪一冰打来电话，他的创业项目——互联网金融法律一站式服务平台"金法王"开始招募律师了，想请李艾帮忙介绍愿意利用空余时间赚外快的年轻律师。李艾立刻想到了几个合适的人选，又推荐倪一冰和法学院校友群的群主联系，以便让推广更加精准。两人在电话里聊出了许多好点子，李艾也给出了不少有价值的建议，最后倪一冰又旧事重提："唉，你要是能跟我一起干该多好啊，不过我也明白，你现在是大律所的老板，看不上我们这样的初创公司。"李艾迟疑片刻，本来不想聊这个话题，可倪一冰既然这么讲，不解释反倒要引起误会。她轻描淡写地澄清了现状，可倪一冰突然的沉默让她无所谓的伪装瞬间土崩瓦解。好在片刻的尴尬后，倪一冰主动转换了话题："对了，我们周五就飞敦煌了，你要不要一起来？不一定要走完全程，感受一下氛围也是好的。"

谢绝的话都涌到嘴边儿了，李艾脑海里却突然浮现出了合伙人大会上注定会出现的景象：她举着香槟酒杯在一群西装革履、志得意满的成功人士间强颜欢笑，感恩戴德地接受别人对自己这个失败者的安慰。面对那些虚情假意的问候，她不但不能发作，还要得体大度地保持微笑，感谢他们给了她"高级顾问"这样一个充满体恤和关怀的慰问奖，感谢他们对女士、对病人，特别是对单亲妈妈的理解和照顾，否则，她就是不懂规矩、不识时务。

浮华世界的一切突然倒了她的胃口，那些虚荣的装扮、虚伪的腔调，甚至是充满咸腥味的海风、甜腻的鸡尾酒，就像爆炸的调色盘，五颜六色的油彩洒满整个世界，纷繁、油腻、肮脏。既然不想要，为什么要强迫自己去当别人的陪衬，当他们精彩故事里的路人甲呢？

"你答应我两件事，我就去敦煌。"李艾到底把这句话说出来了，突然觉得捆在心脏上的那张网崩开了一条线。

电话那头的倪一冰一愣，立即回答："你说吧，任何事我都答应。"

"不要跟别人提我的病，不要拦着我走完全程。"

三五秒钟的沉默之后，倪一冰的声音传来："好，我答应你，但不管你要走到终点还是放弃，请都让我一直陪着你。"

就这样，她来了，迎着初夏的风，闯进了这片沙漠。

北清大学商学院的 FMBA 项目是第一次组队参加"玄奘之路"戈壁挑战赛。之前学校的宣传不多，李艾也没太关注，等真正站在广袤戈壁滩上的点将台前时，她才被彻底震撼了。傍晚时分，来自全球各地 60 多所商学院的近 3000 名挑战者，齐聚在占地 4000 亩的敦煌文博园。参赛院校列队入场，壮观的阵势、震天的口号，人潮声浪此起彼伏，冲破高大的汉代建筑群落，冲向远处被落日染红的戈壁滩。点将台外为赛事服务的越野车阵气势如虹，伴随着阵阵激越的鼓声，60 多面队旗在风中猎猎飞扬。

1000 多年前，玄奘法师在这里经历了九死一生，立下铮铮誓言：宁可就西而死，岂肯归东而生。千年之后，他当年留在茫茫戈壁上的精神——坚忍执着、永不放弃，依然在八百里流沙之地传扬。芸芸众生之中，总有些人不肯向命运低头，一次次撕烂生活的桎梏，一次次冲破安全地带，挑战自己的极限。这些人，也许带着同常人一样温情世故的伪装，也许生就一副要和命运死磕到底的叛逆模样，可无论走到哪里、有怎样的境遇，他们都有一颗不死的赤子之心。

李艾所在的C队是单日体验队，要在开拔当日8小时内走完28公里的沙漠戈壁。李艾平时忙工作、忙孩子，几乎不锻炼，再加上大病初愈，28公里对她也算得上是严峻的挑战。上午刚走出七八公里时，腿就已经像灌了铅，膝盖也开始隐隐作痛。日头爬上来，清晨还刮着小刀似的寒风的戈壁滩，此时就像炙烤的炭盆一般。

汗水顺着额角、耳背、脖颈一串串往下淌，被围巾包裹的脸颊也被汗水浸透，隐隐发痒。背包里的水已经喝光了，倪一冰把自己备用的那瓶也给了李艾。早晨组委会发的士力架早就化在了背包里，李艾却丝毫没有饥饿感，缺水和疲惫让她的胃部停止了工作。行程过半时到达了第一个补给站。李艾顾不得形象，一屁股坐在地上，觉得自己快要虚脱了。补给站挤满了人，清晨出发时各个院校五颜六色的队旗和队服，此刻都蒙上了厚厚的灰尘。发放补给的桌前排着长队，李艾看了一眼，实在没力气起身，正犹豫着，只见倪一冰不知从哪儿弄来个西瓜。她感激地冲他笑笑，用手背擦去满脸的沙尘和汗水，混着泥污狼吞虎咽地吃起来。

"你……怎么样？上午我看到有人上救护车了，身体要是吃不消，千万别硬撑。"倪一冰欲言又止。

李艾抹了抹嘴，朝停在补给站旁的救护车望去，正巧看到人群里一阵骚动，三五个穿着橘黄色急救背心的志愿者抬着担架跑了过去。

"怎么啦？"一个晒得黝黑的老大哥扯着嗓门问。

有人从围观的人群里走出来，冲他摆摆手："没大事，中暑虚脱了。"

倪一冰转过头，意味深长地看了李艾一眼："要不就到这儿吧？15公里了，我陪你先回去，明年咱们再来。"

一阵风吹来，李艾微微闭上双眼，汗水浸湿的 T 恤衫被风吹皱了，通体清凉。

"都走了一半了，现在放弃多可惜。"她冲倪一冰笑笑，戴好帽子手套，撑着拐杖一咬牙，重新站了起来。

后半程有点像是机械运动，倪一冰虽然一直陪在李艾身边，两人的对话却越来越少。李艾的脚底起了水泡，右脚小脚趾的趾甲也隐隐松动，她的步伐开始有些不成章法，膝盖痛得也越来越明显，每一步都是对意志力的考验。中午 1 点，正是烈日当头时，戈壁滩上突然狂风大作，天光立刻暗淡下去，地平线上黄沙翻卷，衣服被吹得贴在身上，即便戴着脖套，鼻腔和口中还是灌进了沙土，塞外的八级大风裹着鸡蛋大小的沙石滚滚而来，打在人腿上生疼。霎时间，能见度只剩十几米，风阻之大，寸步难行。前边带队的同学手忙脚乱地收起了旗帜，大家三五人一组，紧紧挨在一起，手挽手并肩前行。李艾和祁安娜被倪一冰和刘鑫护在中间，四个人调整步伐，互相搀扶着，在黄沙漫天的茫茫戈壁间摸索着前进。旅程虽然艰辛，但同行路上有了伙伴们的支撑，终点也不再遥不可及。

28 公里，李艾用了 6 小时 12 分走到终点。倪一冰兑现了自己的承诺，始终陪伴在她的身边。被沙尘暴肆虐过的戈壁滩又恢复了平静，那一夜繁星漫天，夜空下的茫茫戈壁上，整齐的帐篷方阵透出微弱又温暖的灯光。已经完成了单日赛程的李艾回到宾馆，泡了个热水澡早早上床。这一觉，好像把前 30 年的恩怨都涤荡干净，身体和精神皆在全速更新。

一夜无梦。

四天的戈壁之行匆匆结束，除了八百里流沙的苍茫戈壁，队员们还参观了莫高窟、月牙泉，千年不变的何止是"大漠孤烟直，长河落日圆"的风景，还有人性。从敦煌回到北京，李艾的状态好了很多，心头的包袱卸下来，人自然也就轻松了。天地其实宽广得很，是自己让逼仄的摩天大楼憋出了心病。也别怪别人当自己是病人，甲状腺癌手术这半年来，李艾缄口不言，对谁都回避不面对，其实也是种怯懦。和自己和谐相处，正视自己所有的弱点和残缺，才有可能走到更远的天地。

没有什么不可能，人生不过就是一场旅程，所谓时间成本，其实也是另一种体验。

李艾把这句话发在朋友圈，配了张苍茫戈壁的照片，第一个来点赞的是何欣安。

戈壁之旅颇为尽兴，同学们聚在一起，常常秉烛夜谈，自然少不了各种八卦。很明显，越来越多的人都知道了何欣安家中的风云变幻，其中更不乏消息灵通者，把江姗也挖了出来。在那些传言中，有的说何欣安面慈手狠、工于心计，有的说江姗为情发疯，抱定了决心要玉石俱焚。李艾不相信他们说的这些传言，看到何欣安在朋友圈点下小桃心，立刻发微信约她见面。

何欣安把约会地点定在了国贸商城北区新开的 Greybox Coffee，五一小长假结束，CBD 的金领们换下了运动装、休闲服，又西装革履地回到了这片灯红酒绿、车水马龙的疆场。

何欣安穿着淡绿色的衬衫坐在咖啡店角落的灰色沙发椅上，凝神望着墙角一株巨大的灰绿色仙人掌发呆。和上次见面时相比，她的气色恢复了很多，但身形依旧消瘦。李艾突然回忆起两年前在北清大学考场上一身红裙丰腴滋润的她，这两年，生活的变故给了她多少磨砺，又在她心中留下了多少伤痕，恐怕只有她自己知道。

直到李艾落座，何欣安才回过神来，有点不好意思地说道："哎哟，都没发现你过来。那个，我刚点了一杯脏脏咖啡、一杯瑰夏，据说都是他们家的网红产品。"

说话间，服务员端上来两杯咖啡，一阵馥郁甜蜜又略带清苦的香

456

气扑面而来。

"你的状态比上次见面时好多了。"李艾默默凝视着她的一举一动，不知道从前那个聪慧细腻、单纯乐天的何欣安还在不在。

何欣安叹了口气，淡淡地笑了："不然怎么办呢，日子不还得过吗？"

"怎么样，你们最近忙吗，出差多吗？"李艾有一肚子的话想问她，又不知该从何说起。

何欣安看了她一眼，似乎能洞察她的心思："不忙，我下个月要transfer（调动）到悉尼办公室去了，最近就是把手头的工作交接一下。"

这下轮到李艾错愕了，她微张着嘴："啊，怎么这么突然，之前都没听你提过。"

"也不算突然吧，我不是一直在办移民吗，没想到 PR 下来得很快。我跟公司申请了内部调岗，就批准了。"

"哦，"李艾定了定神，"你们公司还挺人性化的。你去澳洲，那陆云帆呢，他现在怎么样了？"

何欣安拿起餐巾纸，仔细擦拭着嘴角的咖啡沫："他……还在调查中，我觉得应该没有外边传得那么严重，不过我也不懂，等结论吧。"

"他在调查中，那你现在还能出去吗？"李艾试探着问。

"能吧，前几天我去了趟香港，边境上也没人拦我。"何欣安低着头把用过的餐巾纸叠得方方正正，犹豫了很久，用极低的声音说，"我们，春节后……就离了。"

"离了？"刹那间，李艾以为自己听错了，虽然多少也知道这对人人羡慕的恩爱夫妻生活中其实暗藏危机，可这个结果还是让人有些猝不及防，"什么情况啊？"

"他提的。我爸过了七七，我们就去办了。"

"那……你没问他为什么吗？"

何欣安垂着眼帘摇摇头:"没有。这些年,我总担心会有这一天,既然他提了,也没必要再问为什么。"

李艾望着何欣安,下意识地用茶匙搅动着咖啡。陆云帆在那个时候提离婚,是怕连累了何欣安,还是急于要给江姗一个交代?大概这就是何欣安绝口不问为什么的原因。这个世界上的确有些事,不知道答案比知道答案好。至于何欣安此时决绝的离开,是为了惩罚爱人的背叛还是为了成全他,恐怕也只有她自己才知道。

沉默,让咖啡店里的背景音乐清晰起来,是王若琳的《I Love You》。何欣安喉头有点发紧,她扭过脸,看着商场里衣着光鲜的男女在浪漫都会里信步穿行,窗外 Tiffany 三层楼高的巨型广告牌正是曾经照亮她心底的那抹蓝色。世界上真有爱情这回事吗?那是荷尔蒙驱使下的冲动,还是日复一日的忍耐?抑或不过是无聊的人类社会里最大的骗局?

何欣安接了个电话,得回办公室了。两人匆匆告别,转身往相反的方向走去。李艾走出十几米,听见何欣安在身后唤她,回头,只见她站在熙攘的人流中冲自己微笑:"多保重!"何欣安的声音听起来还是柔柔的、轻轻的,却多了些岁月沉淀的坚韧。天井里的一抹阳光正好落在她肩头,仿佛舞台的追光,照着她谢幕的身影。莫名的伤感排山倒海地涌上李艾心头,告别的时候到了,可她还不想说再见。

"干吗,又不是不见了?你走之前咱们再聚聚,我要去机场送你哦!"

何欣安的眼眶红了,她努力微笑着点点头,嘴角有一丝不易察觉的抽动,不知道未来独自穿梭在悉尼市中心的高楼大厦中时,会不会想起北半球的这座城,还有留在这城中的十几年光阴。

有个问题一直盘桓在李艾心头,可她没有问。到底是谁实名举报了陆云帆?是她,还是她?抑或女人根本就是这个杀场中的替罪羊,和

"爱情"两个字一样，只为了让坊间传闻更加活色生香。李艾想起自己刚回北京最灰暗的那段日子里，是陆云帆与何欣安夫妻间的默契、信任、包容、支撑，让她相信了爱情或许也有恒久的一面。直到今天，她依然相信他们夫妻之间输在了人性的弱点、机缘的错付，却并没有输给爱。无论答案如何，都随它去吧。

何欣安要走了，李艾突然意识到，这个热热闹闹的北京，这座驿站一样的城市中，她又少了一个朋友、多了一段回忆。

这半个月，金达律师事务所的同事见到李艾都有些刻意的疏远。不难想象，自己缺席芭堤雅的合伙人会议后，所里流传了多少闲言碎语。敦煌之行，李艾把一腔怨气和委屈都留在戈壁滩上了，此刻的她已经平静了许多。李艾理智地分析过眼下的局面，选择无非两个：要么再忍一年，明年再冲合伙人，胜算应该会比今年大，但依然有很多不确定因素，多少有些被动；要么立刻给猎头打电话，有个规模和地位都略逊于金达的律所半年前就向她抛来橄榄枝，非常欣赏李艾的能力和作风，当然也看重她的客户资源。这家律所有意将房地产业务从公司组独立出来，希望能由李艾来担任合伙人组建。那家律所正处在上升期，广阔天地大有可为，只是不清楚他们内部什么情况，文化氛围、工作理念是不是合自己的胃口，另外，如果真的要走这一步，必须得把自己手头的客户都争取过去，少不了要和金达兵戎相见。

走出校园，李艾就一头扎进了金达，中间离开的那段也没有去其他地方工作过，这10多年来，金达律师事务所就像是她的家。家里有矛盾、有辜负，但真要离开，去对手那边，也不是个容易的决定。

Jessie轻轻推开门，探头探脑地往李艾办公室里望。

"干吗？"李艾盯着她。

小姑娘看李艾闲着，满脸堆笑地凑进来："李律师，就是上次，您让我问问有没有同学对倪总那个平台感兴趣，我在我们政大的年级群里发了信息，有好多人有意向，下一步该跟谁对接啊？"

李艾回了回神，才想起来这桩事："哦，一会儿我问问倪总。一共有几个人啊？"她顺嘴问了句。

"现在有八十多个，还有一些正在考虑，没有最后确定，估计能有小一百吧。"

"一百？"李艾以为自己听错了，"你们年级群里有多少人啊？"

"嗯，三百来人吧，有些毕业就转行了，没做和法律相关的事，做律师的基本都报名了。"

这大大超出李艾的预期："你们同学应该都在大律所吧，不好好上班，怎么都想着去接私活儿呢？"

"好好上班，怎么能不好好上班呢！就是利用休息时间赚点外快嘛。您说我们学法律的也没别的一技之长，好不容易有个知识变现的机会，得好好把握啊。"

"知识变现"，李艾笑着摇头，这些年轻人的脑筋是比自己当年灵活，张嘴闭嘴都是流行语。"能挣多少钱？"

"那不一定，上次您让我帮着写的那个融资协议，最后他们给了三千，还送了我一套兰蔻护肤品。其实我不想要兰蔻，还不如再给我折一千呢。要是有个平台可以持续接活，大家也不用搞这些虚的，我一个月写 10 份这样的合同，就跟上班挣得差不多了。业务量再大点，没准我都可以不上班了，一边旅游一边挣钱，那才叫真正的自由职业者呢。"

"你们这代人有意思，读那么好的学校，来这么大的律所，不琢磨着规划自己的职业生涯，就想着挣点小钱，然后到处玩是吗？"李艾笑笑，有点不以为然。

"李律师，这个世界的成功标准没那么单一吧，非得功成名就、出人头地吗？干吗把自己搞得那么苦大仇深啊？现在有个流行的词叫斜杠

460

青年，您听说过吗？要在有限的时光中尽可能多地体验人生。您不知道吧，我还有个当摄影师的梦想呢，早晚我得把它实现了。要是所有当律师的都奔着合伙人这一条道儿挤，路上那么多风景没人看，那才没劲呢。"Jessie说到一半，突然想起"合伙人"是近期办公室里的敏感词，撇了下嘴角戛然而止，有点不好意思地推门出去了。

李艾眯着眼睛，知道她是无心，却还是被有些话戳中了。Jessie小自己8岁，同样学法律、读名校、进大所，可她的世界观却在不知不觉中与自己有了很多不同。李艾下意识地看了一眼落地窗上自己的倒影，在那些"小朋友"眼中，她这样不舍昼夜地加班，顾不上身体、顾不上孩子，一门心思地争合伙人，一刻不敢懈怠，一步不敢走错，即便成了"弃子"也要忍辱负重，积极争取下一个机会，大概就是"苦大仇深"的代言人。可是不对啊，当年的自己也是敢爱敢恨、不循规蹈矩的"女战士"，究竟自何时起，她开始越来越在乎得失？到底是经历让人成熟，还是现实让人妥协呢？

李艾用手指按压着太阳穴，决定先放过这个哲学命题，她的脑筋又快速转到了另一件事上：没想到会有那么多年轻律师愿意售卖自己的专业和空闲时间，在"金法王"的平台上注册，等着被客户翻牌子。可这件事，其实并没有看起来那么简单，这其中会不会有潜在的利益冲突？法律服务出了问题，相关的责任又该由谁来承担？挣外快的年轻律师大概不用考虑那么多，可作为朋友，这些问题她必须要提醒倪一冰。

李艾抄起电话，立刻打了过去，戈壁之行让两人的距离更亲近了，半年前倪一冰表白被拒的尴尬也随着时间消失殆尽。他们互相理解、彼此体恤，仿佛跨越了激情阶段的恋人，进入了平稳的新境界。李艾转达了Jessie报告的情况，倪一冰笑得很得意，好像一切都在意料之中。

"Supply（服务提供）方面的确很顺利，来注册的会计师也很多，比我们预期的还快。你那个主意很棒，在校友群里推广容易建立信任，蔓延得很迅速。只是还有一个问题"

"Demand（客户需求）不够多？"

"No, no, no，我让几个创业公司的朋友帮着在圈子里推广，因为我们价格有优势，服务方式也灵活，有非常多人感兴趣。现在最大的问题倒不是市场需求。"

"那是什么？"

"匹配和鉴别，或者说运营管理。"倪一冰顿了顿，"比如说律师，现在来注册的人很多，如何根据他们的专业领域分类、评级、定价；客户第一次来访后如何匹配到合适的专业人员，流程如何最有效，服务质量如何监管，还有之后的评价体系，唔——"倪一冰呼了口气，"这可是个系统工程啊。"

李艾起身走到落地窗边，外面云淡风轻、天气晴好，初夏的阳光让城市一点点躁动起来，比起倪一冰刚刚所说的那一堆重要又紧迫的工作，自己刚刚担心的"潜在利益冲突"似乎也并没那么紧迫了。创业真不是件容易的事，光有勇气不行，还要有耐力、有信念。

"李艾，说真的，我现在有太多事情需要你帮忙，可我也不能总是这样白白占用你的时间。我有个想法，请你来做公司的 consultant（顾问）好不好？这样以后我有问题咨询，心里也踏实。"

李艾有点犹豫："原则上讲，我们是不可以在外边兼职做任何非公益性质的商业服务的。"

"真的吗？照你这么说，我们平台上那么多律师、会计师，也都不可以来注册兼职咯。"

"原则上是这样的，这其实也是我今天打给你的原因，会有potential conflict of interest（潜在利益冲突）。"

倪一冰顿了顿："有那么严重？"

"嗯，怎么说呢？你现在手头肯定有一堆紧急又重要的事情，这件重要但不算太紧急的事就交给我去考虑吧。"

倪一冰握着电话沉默了几秒，李艾给予他的不仅仅是专业上的无偿支持，更是无条件的信任和理解。虽然李艾不求回报，他却不能接受得理所当然。不知不觉中，李艾已经为项目做了很多贡献，未来还有许多需要她支持的地方，倪一冰决定再努力一次，不论结果如何。

北清大学商学院为期两年的 FMBA 项目已经接近尾声，2016 级的同学们终于迎来了属于他们的最后一课。

头天夜里下了场雨，清晨的校园弥漫着淡淡的水雾和泥土清香。临近期末考试，小树林、自习室、图书馆中又多了许多晨读的身影。三五个男生骑着自行车从李艾身边疾驰而过，清脆的铃声划破空气里的静谧。穿着牛仔裤小白鞋的她轻盈地跳过路边的小水洼，仿佛又回到了 10 多年前上学的时候。

自戈壁回来后，李艾重新捡起了健身的习惯，利用各种碎片化的时间锻炼。运动加速新陈代谢，不仅缓解了她肩颈、膝盖的酸痛，整个人也都从内到外地散发出光彩。早上赶着上课的人多，弘毅楼的电梯前排起了队，李艾径直走向楼梯，一口气爬上五楼。额角微微渗出汗时，心情越发明媚了。

教室里人不少，很多许久未见的面孔又重新出现。刘鑫老师给提前到场的教授买来了咖啡，有两三个男生站在讲台前，请教授对中国经济下半年的走向提供一些专业意见。和善的教授笑而不答，客客气气地谢过刘鑫后，反问那几个同学："你们在市场第一线，对后市怎么判断？"教室中间很热闹，十来个同学正神情严肃地讨论着什么。李艾隐约觉得有道目光注视着她，穿过人群，正对上沈挚的眼睛。

果然是最后一课，该来的都来了。

早晨清凉的微风从窗口吹来，她冲他微微一笑，往教室另一边走去。祁安娜老远就扬起手臂，笑容灿烂地招呼李艾过去坐，路过的一众同学都热情地和她打招呼，就连平时最沉默的男生也主动伸开手臂给了她一个结实的拥抱。两年的同窗之谊，到此刻已接近终点。空气里流动着淡淡的伤感，还有孕育着饱满离愁的那一点兴奋。

李艾脑海里浮现起第一次走进弘毅楼的情景，那时的陌生、期待，此刻都不复存在，取而代之的是由缘分系起的情谊和眷恋。她暗暗庆幸自己和沈挚的关系和平终止，没有引起太多波澜，也没有让同学们因他们而感到尴尬。围着沈挚的那群人情绪略显焦虑，不用多听，就知道是为了基金的事。利益，能驱散所有的浪漫和离愁别绪。

"那我们难道就只能这样被动地等吗？"人群中有个声音问。

"是不是应该请学校出面施点压啊？"

"同学们冷静一下，"刘鑫不知何时也围了过去，"这个事情我已经跟学院汇报过了，但这毕竟是同学们自己的投资行为，学院在这种问题上的态度一向也很明确，不鼓励大家在就学期间有任何形式的经济往来。这件事呢，学院一直在密切关注，但确实也没办法从官方角度给出任何态度。"

"那章冉他们的基金当初开幕的时候，夏教授还去站台了呢，要不是有他背书，我们哪里会投资？"有人埋怨。

"大家别着急，"沈挚的声音响起来，"这件事，司法已经介入了。刚才我把我了解到的情况跟大家都介绍过了，学校表不表态，其实对整件事的发展不构成任何影响。当时夏教授去参加开幕式，更多是基于和同学之间的感情，和大家去聊聊天、聚个餐，确实谈不上站台。现在的当务之急是成都项目的正常运转，上周已经有处置不良资产的团队在对接了，大家要是有这方面的资源可以推荐。这个节骨眼儿上，切忌不冷静。毕竟投资本身就是有风险的事，特别是基金。想要追求更高的回报，必然意味着要承担更大的风险，这不就是咱们这两年里每节课都在强调的内容吗？"

　　围着他的人依然一脸愁容，并没有因为沈挚的几句话就豁然开朗。倒是刘鑫向沈班长投去了感激的眼神——自己投资基金亏了钱就已经够糟心的了，前几天还被学院点名批评，说他没有维持好中立原则，要是班上的同学再闹起来跟学院抗议，他这个班主任的工作恐怕也就要干到头了。

　　上课铃响起，同学们陆续回到自己的座位，李艾感觉沈挚又向她坐的方向投来目光，不过这一次她没有转头。踩着铃声冲进来了好几位同学，最后一个是身穿阿玛尼黑白真丝连衣长裙的江姗。她在第一排靠窗的位置坐下来，又转头向后排张望两次，像是在找人。

　　她在找谁，何欣安吗？李艾看着她的背影，心头涌起种复杂的情绪。

　　"何欣安今天不来吗？"一旁的祁安娜突然问。

　　李艾吓了一跳，差点以为祁安娜学会读心术了，定了定神儿，才耸耸肩低声说："到现在还没出现，应该是不来了吧，欣安从不迟到的。"

　　"唉，"祁安娜一脸感慨地摇摇头，"love makes people crazy（爱让人疯狂）。"

　　"Love？"李艾皱起眉头，以为自己听错了，"你是说她？"她用眼神指了指江姗。

　　"我听说她来参加咱们这个课程，就是为了跟原配谈判，但欣安一直躲着不面对她。现在可好，出了这么大的事，自己工作也丢了。"祁安娜顿了顿，"你看，无论什么样的女人，都有可能为爱情疯狂。"

　　"所以你认为那是爱？"李艾眯起眼睛。

　　"江姗什么也没得到啊，还付出了那么大代价，鱼死网破，不该是理性的选择吧。至于是不是爱，只有他们当事人才明白。"祁安娜右手托腮沉思片刻，"或许，即便是身处其中的人，也未必明白吧。"

李艾正欲辩驳，一个念头突然涌上心头，在别人眼中，她自己又算什么呢？在商学院借着读书名义乱搞男女关系的失婚人士？逼宫重组不成，又企图吃嫩草的心机女？我们生活的世界充满了荒诞暴力，你的疼痛委屈，坚持或者失落，顶破天也就是一条网络热帖，所谓事实，有谁真正关心，有谁真正懂得，又有谁有资格评价？李艾嘴唇翕动几下，终于还是选择了沉默。江姗的妆容似乎比之前更浓了些，墨黑的眼线、炽烈的红唇，也难掩满眼的仓皇和疲倦。

最后一堂课是"领导力"，氛围热烈，全班同学根据事先填写的性格测试问卷被重新分成了六组。其中一个环节，是以时间为横轴、人生状态为纵轴，画出自己的人生经历折线图，跟小组成员们一起分享。不少人在讲到自己的人生低谷时都落泪了，也有人说得云淡风轻，却让听者唏嘘不已。轮到李艾时，她看着自己手中的那张折线图，突然觉得没什么可讲的。她没有在大年三十到处借钱，只为了给一起创业的兄弟们发放微薄的工资；没有一天只喝一瓶矿泉水、吃两个干馒头，在40℃的夏天顶着烈日走街串巷，只为了完成业绩要求；没有体会过少年丧父，陪着母亲凌晨4点钟起床做凉皮，一边还要抓紧时间写作业的生活；也没经历过一夜之间资产蒸发了几个亿，被债权人追着东躲西藏的日子。听完同学们的分享，她突然觉得自己过去这两年，事业、情感、健康上所有的挫败，都只不过是一些平常的经历，被放大了痛楚而已。30岁以前，她被保护得很好，幸运地走在一条快车道上，而30岁之后的生活，也无非就是见识了真正的人生。人生这条路很漫长，有很多可能，我们也远比自己想象的要坚强得多。

课程连着上，没有午休，下午的课提前半小时结束，学校便安排了一场足球友谊赛，场地就定在北清大学的足球场。下午6点，白天的暑气开始退去，远处操场上的哨声、笑声，都随着夏季的晚风徐徐而来。商学院的男生悉数换上了新定制的队服，女生们也戴好了统一准备的花环，拉起了横幅。看着彼此重返青春的模样，大家勾肩搭背地相互开着玩笑，这一天课上的分享让他们想要靠得更近。

临上场前，倪一冰把李艾拉到一边，一脸严肃地递给她一只文件袋。

"什么啊？"李艾侧脸看看他，夕阳擦着远处的红楼照过来，铺满整个操场，把倪一冰的发梢染成金色。

"你看看吧。不管你怎么说，我都已经决定了。"他穿着蓝白相间的阿根廷队服，双手插在腰间，好像随时要奔跑起来。

看着他笃定的模样，李艾疑惑地抽出文件，上方赫然印着"股权赠予协议"。她迅速翻了翻，原来是倪一冰把"金法王"公司的股份无偿赠予了李艾5%。

"这是什么意思啊？"李艾抬头问他。

"就是你看到的意思啊。你帮了我很多忙，我要是一直装糊涂，那不是占你便宜吗？"晚风吹起他额前的碎发，李艾突然觉得他严肃认真的表情里藏着忐忑。

"你是不是傻啊？5%的干股，都可以在市场上招到一个不错的CTO了。"

倪一冰故作轻松地耸耸肩："自己开公司还不能任性一把，那么辛苦为什么啊？我刚才说了，不管你怎么想，反正我已经决定了，这样以后我有事再请你帮忙，也能理直气壮一些。"

操场上响起裁判的哨音，同样穿着球衣的沈挚冲这边招手："一冰，别聊了，开赛啦！"

"来啦！"倪一冰回头应了一声，一边倒退着往赛场中跑，一边对李艾说："你看看有没有要改的，没有的话，就拜托签字吧，我是真的需要你！"

467

最后这半句话被球场上的男生们偷听了去，大家跑过来揽着倪一冰的脖子起哄：哟，快毕业了才想起表白，早干什么去了？哈哈！沈挚看着倪一冰通红的脸，板着面孔转过了身。

这场球赛是长江商学院与北清商学院的联谊赛。长江商学院在坊间素有"长江体育学院"之称，学生们平时都很重视锻炼，实力不容小觑，一直压制着北清的球队。事关荣誉，又是北清主场，一旁的女生嗓子都喊哑了，眼见前锋受伤，场下又无人可换，坐在看台上的祁安娜噌地一下站起来，拆开一件小号的新队服套在身上就冲上了场。对方的球员们哄笑起来，裁判也围了过来。

"不行不行，女生怎么行？你们没人可换了吗？"

"女生怎么不行？我读中学的时候一直是足球队的，我们校队在加州很有名的。"

沈挚看着她，有点拿不准："你真行吗？我得对你负责，可不能让你受伤啊。"

"哈哈，放心吧队长，我不需要你负责。倒是你要当心哦，踢完这场，没准你就没机会再做队长咯！"祁安娜甩甩短发，像重回天空的飞鸟一样，小小的身体里蕴藏着巨大的能量。

笑声、掌声、口哨声此起彼伏。在对方球员的起哄声中，北清商学院的男生们个个面露尴尬，没人敢把球传给祁安娜。她不声不响地跟着跑了几圈，挤不进球门前的争夺中，像半个旁观者一样，在充满了雄性荷尔蒙的舞台边缘周旋。赛场外的女生也收起了几分钟前的尖叫欢呼，从来没有过这样一场比赛，她们中的一个人突然纵身跃入了男人主导的赛场，她们对她充满了期待，却比场内外的男人们更没有信心；她们希望她能创造奇迹，却又不敢相信她真有这样的力量。

漫长的半小时过去了，祁安娜已不再是球场上的焦点。比赛只剩最后几分钟，对方球员找准机会射入一球，在欢呼呐喊声中，胜局已然锁定。毕竟不是专业运动员，年纪也不轻了，连续奔跑了将近90分钟的商学院学员们此刻都筋疲力尽，渐渐松懈下来。天边成片的灰色快速吞噬着一层层晕染开的紫色和橙色，大地上也只剩最后一抹天光。场外观战的同学们陆陆续续站起身来，踢腿转腰，开始商量晚上聚餐的地点，场内的球员有人跑到场边要毛巾擦汗，也有人已经和对方球员攀谈起来。祁安娜站在暮色里，看起来越发瘦小，她死死盯着有点心不在焉的传球的队员。球到了倪一冰脚下，却被对方两名球员看得很死，祁安娜突然抬起右手，坚定地向倪一冰挥动，却没发出任何声响。球还在中场，倪一冰也没有更多选择，找个机会把球传给了她。紧接着，谁也料想不到的一幕发生了，茫茫暮色中，小小的足球像是和祁安娜的身体连在了一起，她带着球快速移动，直冲着对方的球门杀去。倪一冰和几个男生也追上来，急不可耐地示意她把球再传回来，祁安娜像没看见似的，注意力都在控球和过人上。很多人还没回过神儿，祁安娜就已出脚了，球场冲天的白炽灯也几乎同时启明，照亮了整个天际。对方门将被这突如其来的攻击搞得措手不及，眼见着小小的足球飞出一道刁钻的弧线，几乎擦着门柱射进了球门。

倪一冰率先高呼起来，北清商学院的足球队员们都惊呆了，门将冲出来激动地拉着后卫沈挚的胳膊问："进了吗？真进了吗？是安娜踢进去的？牛×！"暮色中，终场结束的哨音响起，双方一比一打平。场下的观众没看清发生了什么，七嘴八舌地打听。北清商学院的足球队员们已经冲到了祁安娜身边，把她高高抛向天空。北清大学啦啦队的女生们尖叫着冲进场内，场边突然又涌起一阵清脆的欢呼，对方啦啦队竟然也跑进了场，挥动着手中的彩球，为人群中心那个唯一的女生，那个充满勇气和力量、相信自己、冲破层层阻力证明自己、在男人的游戏中最终取得胜利的女生呐喊欢呼。

校园广播响起来，北清大学商学院FMBA2016级的全部课程，在这个晚风习习的夏夜画上了句号。大汗淋漓的足球队员和所有观战的同学们席地而坐，举着啤酒庆祝，恋恋不舍地享受着最后的校园时光。来操场锻炼的学生陆续多了起来，青春的气息和夏夜的惬意，让所有人都变得柔软。

"我刚上大学的时候，比那个女生还胖呢，都没有男生跟我说话。"江姗用下巴尖儿指着跑道上一个喘着粗气奔跑的女生说。

李艾转头看她，晚风正好撩起她额角的一缕碎发，立体的五官在夜色中美得像幅油画。

"怎么可能？你这样的大美女，肯定特别多人追才对。"

"真的。我们东北人骨架大，稍微多吃两口就很明显，藏不住肉。那时候我特别羡慕班里那些南方孩子，清清秀秀的，上镜也好看。"江姗目不转睛地看着操场，像是在回答李艾，又像是自言自语。

这好像还是江姗第一次主动说起自己的故乡，李艾觉得她和平时不太一样，卸下的不仅仅是骄傲，还有盔甲。

"我上大二那年，有个县级市的电视台来挑实习主持人，估计是嫌我胖没选我，把我刺激到了。从那个时候开始，我就拼命减肥，每天晚上也是这么绕着操场跑圈，说起来有十几年了吧，"江姗自嘲地摆摆手，"再没吃过一顿饱饭。"

李艾情不自禁地感叹："真是一行有一行的不容易。"

"是啊，都不容易。"江姗双手拢住膝盖，像猫一样弓背伸了个懒腰，"李艾，你说以后我要是不做主持了，还能干点什么呢？"

上午听祁安娜提过一嘴，江姗和台里闹翻丢了工作，看来是真的。

"你这么好的条件不做主持人多可惜啊。现在时代变了，又不是只有电视这个平台，互联网那么多节目都需要主持人，机会其实比过去还多呢。"

江姗低头笑笑："不一样的，我们这些走传统路线的，没有那种，怎么说……'网感'。我都这个年龄了，现在换个风格从头开始，不太容易。"她顿了顿，转头看着李艾，"我要是真找不到吃饭的地儿了，去给你当助理好不好？"

"你别开玩笑了！"李艾没想到一向和大家保持距离的江姗会这么说。

"真的，我其实很羡慕你们当律师的，特别自信，特别有力量，而且你们这碗饭可以吃一辈子，越老越值钱。"

"哈，我就当你是在恭维我啦！"李艾喝了口啤酒，想到自己在所里面临的尴尬处境，"其实我……下一步怎么样，也都不好说呢。家家有本难念的经。"

刘鑫不知何时走到她俩身后，坐在李艾旁边看台的石阶上："两位美女聊什么呢？李艾，跟你商量个事儿呗。"

"刘老师请指示。"李艾笑着回答。

"嗐，啥指示，是有个工作需要你支持！你看咱们的课程今天就全部结束啦，下个月底毕业典礼，需要选个学生代表这届毕业生发言。我和班委们商量了一下，大家都觉得你最合适。怎么样，支持一下？"

这其实是项荣誉，刘鑫这么一讲，责任的味道也更重了。

"我？不合适吧，我也不是学霸，这两年工作上也没什么特别大的……变化，"她想了想措辞，"班里这么多优秀的同学，我代表哪合适啊！"

"怎么不合适？你很优秀啊！我一直觉得，当今社会，女人能做到和男人一样的位置其实是更难的。要平衡工作、学业、家庭各方面的关系，承受更多的压力。咱也不避讳地说，你的情况更特殊，一个人带孩子，还生了病，但是这些都完全没有影响到你的状态，你还是那么乐观坚强，真的太不容易了。我觉得，这比取得一个世俗意义上的成就更值得被宣扬。我们这几年招生，明显感觉到优秀的女生越来越多了，你这样的前辈应该站出来做个表率。来吧，李艾！"刘鑫扬起下巴，"Lean in，向前一步！"

"去吧，李艾！"还没等李艾回答，坐在一旁的江姗也顶顶她的肩膀，"你看我都想投奔你呢，你真的最合适不过了。开学的时候，学生代表是沈班长，毕业的时候不能又让他们男生代表吧？虽然咱女生人数少，可也不能这么没存在感啊。"

李艾没想到连江姗都会这么说。她从来没觉得自己有什么过人之处，拼尽全力争取了两年的合伙人最终还是花落别家。然而，在别人眼中，这些暂时的挫折似乎并不重要，他们看重的，似乎是自己身上散发出的生命力、乐观、坦然，以及百折不挠的精神。

夏夜的风吹响了李艾心中的号角，她盯着书包里那个装有《股权赠予协议》的文件夹，有些东西在心底蠢蠢欲动。

北京再会

林松杉走出杜文强办公室时，突然有种如释重负的轻松。

自从 5 月初在芭堤雅合伙人大会上正式宣布升任合伙人后，两个多月里，他一直在努力适应自己的新角色，然而这种职位的转变显然没有想象中那么自然而然，特别是当他必须和李艾在工作中有所交集时。林松杉从不认为自己当合伙人是名不副实，他在金达房地产部已经兢兢业业地干了小十年，论能力论威信绝对无可指摘。然而，李艾的能力业绩并不在自己之下，论起在金达的资历甚至还在自己之上。那么，凭什么这个 title 是他，不是她？这大概就是命，没什么道理。

他和李艾是那么不同，他个性里的那份淡泊，与名利和成就天然相悖。他能感觉得到，李艾在尽力掩饰着失落，也在努力配合着他无论是作为同事还是"上级"的工作安排。当所里的年轻律师改口叫他"林趴"时，李艾有时也会跟着起哄。他当然明白，以她的个性，绝不会这么快就放下这件事，可她的态度也无非是想向他传达：不管我对这个结果有多么不认可，我对你并没有意见。

无论是想起他们当年的亲密无间，还是李艾这两年中的坚持与不易，林松杉都没法单纯地为这样一个晋升感到快乐。所以当叶惠第一次向他提出回上海的想法时，他几乎没有犹豫就答应了。自体检查出癌症后，准岳父的身体每况愈下，叶惠隔三岔五就会回上海，拼了命和死神赛跑，想要弥补与父亲过去十几年间的疏离。她把以往敦促未婚夫事业晋升的那股执着转移到了给父亲治病这件事上。凭着强大的自学能力，叶惠几乎一夜之间就成了半个胆囊癌专家，甚至下载了全英文的医学论文研究，最终笃定地得出结论：不能在中国手术，要带爸爸去美国治疗。很快，她就联系好了海外就医的一系列事宜，只等老爸点头。林松杉听到过几次叶惠和准岳父在电话里的争吵。女儿的性格是父亲的翻版，两个人都一样倔强强势，叶惠在这边蹦豆子一样地讲上海话，态度比在谈判桌上和对方律师吵架时还蛮横生硬。林松杉凑到她跟前使眼色，示意她控制情绪，不要癌症还没怎样，先把老头儿气出个心脏病来。

挂了电话，叶惠坐在沙发上抹眼泪。林松杉端着杯热牛奶去安慰她，她盯着地板笃定地自言自语："我不管，绑也要把他绑到美国去！"

"你们父女俩就不能好好商量吗？"

"怎么商量！你没听见他怎么跟我说话，跟训他的下属一样！我还不是为他好呀！"

林松杉坐在沙发扶手上抚摸着叶惠的后背，忍住了不合时宜的笑意，这对父女就像两只刺猬，努力想要靠近彼此，却从来不得要领。"是啊，那是为什么呢？老爷子又不差钱。"

叶惠喝了口牛奶摇摇头："他是不放心公司。我爸就是个事必躬亲的性格，这几年虽然也从市场上挖了很多人，但大事情都是他自己盯着。他说他要去美国住半年院，公司得叫职业经理人掏空了。"

林松杉到底笑起来，看来疑心重的毛病也遗传："不至于吧，职业经理人真要这么干，说明你爸用人也有问题啊。"

"有什么问题！"叶惠白了他一眼，虽然天天和父亲斗气，却听不得别人说父亲半句不好，"毕竟人心隔肚皮，非亲非故的，你知道人家怎么想？你状态好的时候别人还算计你呢，别说生病了。问题是他现在这个身体状况，无论在上海哪家医院做手术，预后都好不到哪里去。我不想把话讲得那么明，他呢，又总是盲目自信，觉得自己身体底子好、命好，每次都能逢凶化吉。这不是在拿自己的健康开玩笑嘛，真是气死我了！"

"那……最后怎么办？去还是不去？"林松杉小心翼翼地问。

"去，必须去！办法嘛，只有一个了。"叶惠抬起小脸，突然神情庄重地看着林松杉。

"你说。"林松杉已经预感到未婚妻要宣布考量许久的决定。

"你跟我一起辞职回上海，我陪爸去美国治病，你盯着公司。"她笃定地说。

林松杉挤出个笑容站起身，在客厅里踱了一圈。

"我知道你特别不想掺和我爸公司的事，我也不想，但现在不是没办法吗，我半个兄弟姐妹都没有。你就帮我盯半年，最多一年，我答应我爸了，只要他肯跟我去美国治病，回来我就去公司接班。到时候你想留在公司帮我最好，如果你还是想去做律师，去金达的上海分部也好，去别的地方也好，我保证不拦着你。"

"唉，"林松杉无可奈何地摇摇头，"我还在这儿热心劝架呢，到底中了你们父女的圈套了。"

"什么圈套啊，难道有谁愿意生病吗！"叶惠拖起撒娇的腔调，"那你到底答不答应呀！"

林松杉明白，叶惠真遇到解不开的难题了。他咬咬牙："行吧，行吧，你跟老爷子商量吧，只要他肯听你安排，我也听你号令。哟，怎么还哭了啊？没事儿，有我在呢，不管你需要我做什么，我都支持你。"

叶惠收起铠甲，把头埋进林松杉怀里，眼泪糊了一脸，那只张牙舞爪的老虎又变成了温柔的小猫："老公，咱们早点把婚礼办了吧，爸心里也踏实些。"

"好，都听你的。"林松杉轻拍她后背。

叶惠是行动派，很快就安排好了一系列后续工作，自己也在第一时间递交了辞呈，仿佛她的努力和父亲病愈的可能性成正比，谁也别想在这件事上阻挠她。林松杉说服自己去未来岳父的公司只是权宜之计，无论最终结果如何，凭叶惠的个性，也不会让他这个"外人"长期执掌公司。如今他有金达律所合伙人的身份，过几年重回战场，起点也低不到哪里去。至于上海，虽然始终谈不上有多喜欢，但冥冥之中也算有缘，只是就此要告别北京，心里还是升起颇多不舍。

杜文强下意识地转动着手机，脸上哭笑不得。李艾离开的那几年，幸亏有林松杉这个得力助手帮忙。表面谦和的他骨子里却很清高，跟自己从来不像李艾那样交心，但距离感的背后也有着隐隐的默契。这次合伙人之争，杜文强犹豫很久，还是把自己最关键的那票投给了林松杉。这个决定与两个下属的综合能力其实没太大关系，只和退路有关。以林松杉的个性，如果他落选十有八九会离开金达，30岁出头的男律师，在市场上有很多选择；李艾就不同，30多岁的单亲妈妈，自己再要强，机会也屈指可数。何况今时不同以往，李艾再冲动也要为孩子着想，换个新环境总要拼搏一段，哪有在金达自在？杜文强赌她不会轻易跳槽，何况凭二人的交情，关键时刻自己的话她多少还是会听的。

可谁又能想到，刚当上合伙人两个半月的林松杉竟然来辞职了，理由更让人无从劝说。你怎么不早说呢！这句话涌到杜文强喉头，到底咽了下去。确实也挺没道理的，人家哪预料得到准岳父什么时候会生病？他停止摆弄手机，抬头问道：

"那你，打算什么时候过去呢？"

"我们准备月底就搬回上海，不过也看咱们这边的工作安排吧，要是一时交接不完，我就两边飞，没关系。"

杜文强叹了口气，无可奈何地摇摇头，脸上浮起苦笑："行吧。婚礼打算什么时候办，别忘了告诉我，我也要去捧个场啊。"

"那是一定，"林松杉有点腼腆地笑笑，"主要看叶惠她爸爸手术的情况，下周他们飞美国，顺利的话秋天就能回来，到时候如果办，我一定提前跟您说。"

杜文强明白，碰上这样的事儿，说什么也没用了。他起身送林松杉出门，拍拍他的肩膀，彼此道了珍重。转身回到办公桌前，没等坐稳，就急不可待地抄起了桌上的电话，打给了王敏英。他简单说了林松杉辞职的情况，进而话锋一转。

"敏英啊，像我们部门这种情况，是不是可以赶快把李艾提起来？不然手底下没人干活了。"

"哎呀，杜律师，这个事真是太突然了。您也知道，咱们所一般都是一年提一次，情况特殊的话，最多也是半年提一轮。现在才7月，确实有点早。这样，我们去研究一下，也问问汪老板的意见，尽快给您答复。"

"行，你们抓紧研究，如果要上管委会也赶紧组织。这次没提李艾，本来就对她的积极性有打击，万一她也不干了，我这儿可就麻烦啦！"

挂了电话，透过办公室的磨砂玻璃，杜文强依稀看到林松杉清隽的背影朝李艾的办公室走去，不自觉地皱了皱眉。他心里不踏实，又掏出手机，直接给律所的创始合伙人汪律师拨了过去。

李艾刚刚结束一个电话会议，抬起头，看到门口的林松杉，便招呼他进来。

"林趴来视察工作啊！"她笑着调侃。

林松杉不接茬，默默坐在她办公桌对面的转椅上。一只印着白色羽毛的墨绿色精巧盒子被李艾推了过来，里面躺着七八块独立包装、色彩诱人的小点心。

"这什么啊?"林松杉凑近看看。

"Jack 前几天休年假去日本玩给大家带的点心,挺好吃的,你尝尝。"

"留着你吃吧,我不吃零食,你知道的。"林松杉摆摆手,重新靠向椅背,"Jack 这家伙,有好东西光想着你,怎么从来没想着我啊?"

"那可不能怪他,你跟我们不一样,现在是领导了。给领导送东西有贿赂之嫌,你要主动接近群众才对。"

林松杉自嘲地笑笑,沉默片刻才又开口:"其实我……是来跟你告别的。"

"告别?"李艾一惊。

他点点头,把辞职的前因后果简单说了说,还有更多的情绪,都压在心底了。李艾有点发蒙,默默看着他,一时不知该说什么。恭喜他大婚即成?感谢他曾在自己最困难的时候出手相助?还是安慰他别为准岳父的病症太过伤神?抑或只是和他一样,在微笑里沉默着,过去十来年里有那么多没说出口的话,像被流水冲刷过的沙砾,泛着时光的底色,却已不见踪迹,那么,就都算了吧。

在彼此静默的对视里,回忆中一帧帧的画面在他们心底浮现。他们是同事,是朋友,是曾经的亲密爱人,也是狭路相逢的对手。这些复杂的关系背后,是几千个日夜里一起加班、一起学习,同仇敌忾地和对方律师据理力争,为一个判例争得面红耳赤。20 多岁时,在摩天大楼的楼梯间抽烟,比赛耍酷吐烟圈;人近中年时,叮嘱彼此少熬夜、少喝酒、多锻炼,眼看着对方再也塞不进当年常穿的那条牛仔裤,不再听得懂时下流行的段子和语词。2008 年地动山摇的那个时刻,他们曾紧紧相拥,世态安稳的日子里却放开了彼此的手,走向了命运的另一端。可无论经过多少岁月,关系如何改变,他们依然惺惺相惜、互相体恤。不

478

是每一个人，都能幸运地在生命中遇到这样的同路人，如今要分别了，两人之间那点微妙和敏感都已不见。该用怎样的笑容和姿态告别彼此，向人生的那个阶段说再见？也许，什么都不必说。

李艾心头堵了很多情绪，过去10年间的那些片段在大脑里不断闪烁。她突然庆幸，自己和林松杉的这场合伙人之争，两人都很得体地控制了分寸，没有互相伤害，否则此刻回味起来会多么懊悔。她曾经那么想赢，那么在乎的那个结果，和恒久的人生相比，也不过是一段笑谈。这些日子，盘桓在她心头的那个问题又再度浮现：赢有多重要？而你，到底是想赢过谁？

林松杉凝视着对面同样陷入沉默的李艾，终于用纤长的手指叩叩桌面："行了，就是来跟你说一声，以后想喝酒，来上海找我。"他起身时迟疑了片刻，浑身的肌肉僵硬了一下，终于还是点点头，走出了办公室。

李艾呆坐在写字台前，嘴唇翕动，眼看着他离去的背影消失在喧嚣的办公区那些青春的面孔和身影之间，就如同10年前自己第一次看到同样风华正茂的他人群中走来。她深吸一口气，目光落回到电脑屏幕上。林松杉进门前，那封辞职信刚写了个开头，此刻，竟不知该如何继续了。

盛夏的北清校园蝉声不断。弘毅楼一楼的阶梯教室空调已经开到最大，屋内还是透着股燥热。乌泱泱的全是人，猩红色真皮靠背椅上座无虚席，穿着黑色硕士袍的是毕业生，余下的老师和家属，也都是清一色的西装礼裙。彤彤和另外两个小男孩在楼梯上兴奋地跑上跑下，像模像样地穿着纱裙，满头大汗。下午两点整，担任主持人的刘鑫老师登上讲台，会场安静下来。毕业典礼第一项流程是院长致辞，然后是表彰优秀毕业生，紧接着就是毕业生代表发言。

李艾套着宽大的硕士袍坐在第一排，说不清是闷热还是紧张，手心渗出汗来。她下意识地向后张望，两个班100多名毕业生全都穿着同样的礼袍，戴着同样的帽子，只觉得黑压压一片，也分辨不出谁是谁。她从随身的小包里摸出手机，不知道这是第几次查看了，上午发给何欣安的微信还是没有回复。院长致辞已经结束，项目主任夏教授登台为优秀毕业生颁发毕业证书，第三个念到的名字是何欣安。她本人没到，也没有家属来代领，大家望着两侧空荡荡的楼梯，不禁生起唏嘘。李艾垂下眼帘，突然想到应该把这一幕录下来发给何欣安。手机屏幕有点摇晃，李艾有点生疏地拉了个特写，镜头落在电子屏幕中何欣安的名字上。10秒钟的视频发出去后，微信终于有了回音。

何欣安发来了一张照片：一片波澜不惊的海面在灿烂的阳光下透着瑰丽的蓝绿色。

李艾点开图片，心里一惊。

"你已经到澳洲了？"

屏幕上方显示着"对方正在输入"，却许久没有内容传来，讲台上是刘鑫的声音："接下来，让我们以热烈的掌声欢迎2018届毕业生代表李艾女士发言。"

这个时刻到来得有点突兀，李艾在一片掌声中站起身，她向后张望，在一张张相似的笑脸中仿佛看到了自己一路走来的样子。她整了整硕士帽檐上深蓝色的流苏和胸前紫色花纹的垂布，面向座席深深鞠躬，然后深吸一口气，转身向讲台走去。

"各位老师，各位同学，各位亲人们，大家好！接到这个任务的时候，我一直在自问，为什么是我？今年我们有128名优秀的毕业生，难道我是作业交得最不及时的那个吗？其实到现在我也没有答案，所以我没有准备讲稿，我想用最简单最真实的方式，和大家分享这一路走来的感受。

"两年前那个夏天报名的时候，我其实是有点茫然的，初衷也比较功利。我是一名律师，在国内一线的律师事务所工作。和在座的绝大多数同学一样，在 CBD 冷气开得很足的摩天大楼里，我有一间属于自己的办公室，很小，像咱们会场摆的这种大型绿植，也就只能放下三五盆。"

李艾指了指讲台两侧巨大的发财树，台下响起笑声。

"两年半前，作为一位回归职场的单亲妈妈，我给自己设定的第一个目标，就是换间大点的办公室。为了达成这个目标，除了努力工作，我想我至少还需要一张硕士文凭，特别是在今天这样一个人人都在谈论复合型人才的时代，金融方向的在职工商管理硕士是非常适合我的选择，于是我就来了。

"时光流逝总是比我们感受的更快，700 多个日夜就这样转瞬即逝了。今天中午，当我离开办公室，准备来学校参加毕业典礼时，我下意识地回头看了一眼。嗯，我还是在那间可爱的小办公室里，那间有我就没有绿植的办公室。是的，很遗憾，两年前我为自己立下的职场目标，如今看来，并没有实现。

"那么这 700 多个日夜的价值到底在哪里呢？来的路上我认真反思。两年里，无论寒暑，每个周末我都穿城而过，态度端正地上了绝大多数课程，可我们到底学过什么？果然应了'公司财务'教授的那句话，除了那个段子——财务报表就像比基尼美女，看似穿着暴露，但没露出来的那部分，才是人真正想看的，其他的好像都不记得了。"

台下爆发出默契的笑声，有人鼓起掌来。李艾自嘲地笑笑，接着说：

"职业目标没有达成，专业课上的知识也没记住多少，我是上了个假的商学院吗？

"可是我也的确记住了一些事。'统计与概率'考试前的那天晚上，大家自发地留下来，在教室里复习、讨论，理科基础好的同学，主动帮助我们这些连高数都没学过的文科生。11点教学楼关灯，还在热火朝天讨论着的我们，在走出弘毅楼大门的瞬间都安静了：不知何时起，天地已是白茫茫一片。我们也不知自己已经多久没有单纯地为了一道题的对错而全情投入，沉浸在一种简单的世界观里坚持黑白。去SOS儿童村做公益的那个儿童节，当那些失去家庭的孤儿和我们做互动游戏时，我旁边那个虎背熊腰的大汉弯着腰低着头，使劲忍着眼泪，背像筛糠一样发抖。嗯，虽然他今天不能来到这里，可能永远也拿不到毕业证，可是那一幕，也曾真实地打动过我，而我愿意把那个时刻、他最单纯善良的样子，留在我心中。还有去青岛游学的那个夏天，夜空中绽放烟花的时候，大家刚好唱到'朋友一生一起走'，咸腥的海风吹得满天啤酒沫，那一刻我突然意识到：天哪，如果没这帮朋友，我的生活会少了最温暖的底色。当然还有三个月前，在敦煌参加戈壁挑战赛，那天风沙特别大，吹得人站不住，活了30多年第一次知道了什么叫作'飞沙走石'。前半程我一直咬着牙自我鼓励：你不能输不能输，走过一半的时候，这么想已经没有用了，上亿年的茫茫戈壁，自我的输赢在它面前渺小得毫无价值，所谓的终点、所谓的成就，似乎也没有了任何意义。那个时候我才明白，我之所以能坚持走下去，只是因为有同路人，有你们的陪伴。无论是在茫茫戈壁，还是在孤独坎坷的人生，因为有了同路人，我们才不会放弃，不会偏离，才能在艰难的旅程中感受到温暖，感受到理解，感受到爱。我想，这是北清大学过去两年里，给予我们最珍贵的礼物。

"回头看，20多门课、700多个日夜，那些时光在我们每个人心中留下的痕迹会像种子一样生根发芽，有朝一日开出最灿烂的花。所以，我要感谢北清大学，感谢FMBA，拓宽我们眼界和知识体系的同时，更为我们续起了一段温暖的缘分，对抗人生的孤独和无常，共同谱写岁月的华章。

"旅途比终点更重要，同行比输赢更重要。这是两年来我最深的体会和领悟。所以，衷心祝福在座的以及未能到场的每一位同学，相信我们的明天会比昨天更精彩！

"一切过往，皆为序章。以梦为马，未来可期。谢谢大家！"

在一片经久不息的热烈掌声中，李艾深深鞠躬。待她回到第一排座位，掏出提包中的手机时，发现有两条未读消息。

第一条是何欣安："是的，亲爱的，走得急没来得及跟你告别，不过我们一定还会再见。你看，邦迪的大海多美，原来这才是我的 Tiffany Blue。"

李艾盯着手机发了会儿呆，终于还是没有回复。何欣安已经找到了她需要的平静安宁，而她心中永远不灭的善意，无论走到哪里都会自然地流淌出来，温暖周遭，也温暖自己。

第二条是倪一冰："特别精彩，特别感动，请求共进晚餐！"

李艾情不自禁地笑了，她回复道："你那份协议我看了，股权赠予的话，潜在赋税太高了。"

消息发出去 5 分钟，倪一冰还未回复，李艾虽不清楚他此刻坐在哪里，却完全能想象到他茫然失措的表情，决定不再逗他了："你公司缺不缺合伙人？不如我们一起干吧，也免得我拿人手短。"

倪一冰大约是蒙住了，还是没有回复。毕业典礼正好也宣告结束，李艾和所有学生起身鼓掌，摄影师要大家站在原位向天空抛硕士帽，一片欢笑声中，李艾正要抛帽子，就看到有人沿走廊飞奔下来，正是倪一冰。没等她开口，他先迫不及待地问道：

"你刚才说的是认真的吗？不是在逗我吧？"

李艾呵呵笑起来："一会儿出去说，出去说。"

"哎哟，什么悄悄话要出去说啊！"祁安娜从后排挤进个脑袋，夸张地喊起来，"一冰你着什么急，先照相好吧！"

一片哄笑声中，李艾回头，猛地对上了另一双眼，其中有几分落寞，几分尴尬。他无声地冲她笑笑，似有千言万语，又像是时过境迁。李艾也冲他礼貌地点头，人生就是一段一段的缘分，相伴过，比终点更重要。

2018年初秋，经过两年的辛苦学习，北清大学商学院FMBA2016级的学生们终于毕业了。星期五下午，李艾捧着学校寄来的毕业照和学位证发了会儿呆，把一周前已经写好的辞职信打印出来，深深吸了口气，起身向杜文强办公室走去。

最近几天，杜老板对李艾格外热情，她当然明白是为什么，可是没办法，时机就是这样微妙：在我最想要的时候你没有给我，它对我也就不重要了。李艾轻轻叩开杜文强的门，他刚放下座机，挂着神秘的笑容伸手招呼她进去。

"快来，快来，我正要找你呢！"

李艾略带局促地坐定，杜文强觉得她有点反常："怎么了，你找我有事？那你先说。"

"嗯，没事，没事，您先说。"

杜文强看看她，旋即喜形于色："我有个好消息要告诉你！你进来之前，我刚跟HR打完电话，给咱们部门破格争取到了一个合伙人名额，而且不用等到年底，下个月就能任命。你知道这个名额是给谁的吧？这帮家伙一开始还跟我打官腔，这不对那不行的，前两天我为这事专门找了趟老汪，这次是他亲自盯着的，HR溜溜儿地给办了。怎么样，我早跟你说过吧？只要不放弃，一定会等到自己的机会。"

李艾脸上挂着微笑，却不知该如何回答。

"怎么不说话，这是大好事啊！"杜文强调整了下坐姿，有种不祥的预感，"你刚找我什么事啊？"

李艾低头从手中的文件夹里抽出一张纸，双手递了过去，不太敢直视杜文强的眼睛，这是他们之间第二次经历这样的场景，上一次发生在6年前，她为了爱情奔赴广东时。

果然，杜文强扫了一眼开头的"辞职信"三个字，就"啪"的一声把纸扣在桌面上，皱着眉头问："这次又是为什么啊？"

"老大，是这样，JHR的倪总您记得吧？我们是北清的同学，他辞职创业了，做了个互联网金融法律服务平台，叫'金法王'。他一直动员我跟他一起干，我观察了一段时间，觉得这个项目有市场，真可以干，所以就……决定加入他们了。"

"创业？太不靠谱了吧！创业这事都是忽悠年轻人的，你看这满大街创业的，最后能活下来的有几个？你别跟着瞎凑热闹了，还有家要养呢。"

"对呀，就是因为创业的人多，我们这个事才有机会啊！"李艾把"金法王"的商业模式和潜在市场都一一说给杜文强听，重点讲了讲公司开业这几个月快速增长的客户量。

杜文强托着下巴，似乎有点兴趣，但是一想到自己即将面对的烂摊子，又坚定地摇摇头："哎呀，说一千道一万，你现在不是赌的时候，万一这条船沉了呢！"

"是啊，您说得对，我要跟他干，就得保证它不沉啊！所以我今天找您，其实还有件更重要的事。"李艾打开手里的文件夹，又拿出一份装订好的商业计划书，"这是'金法王'的BP，我听说这次合伙人大会上管理委员会提出要设立金达自己的创投基金，金达已经有非常多的成熟企业客户，但绝不应该放弃快速成长的本土创业公司。投资'金法王'，是投资金达最熟悉的法律服务领域，看得懂是投得准的前提，还不会和所里的内部业务造成冲突，再合适不过了！我从毕业到现在就只有金达这一个东家，如果金达投资了，我代表投资人去'金法王'工作，一定会尽职尽责，开拓出一片新天地来。"

李艾顿了顿，杜文强摸着脸颊未置可否，李艾接着说下去："咱们部门的事您不用担心，如果金达不投，我肯定会妥当地把工作都交接好再走。如果金达投了，那就更好办了，我就可以兼顾着这边的工作，直到您招到合适的人选。"她考虑得很周全，但显然已没有商量的余地。

杜文强翻了翻"金法王"的 BP，他太了解李艾，她决定的事，十匹骆驼都拉不回来，她说的这个项目听起来确实有点意思，倪一冰能离开 JHR 这么好的平台去做这件事，想来也不是全无把握。

"金法王……"杜文强自言自语道，"都是'金'字辈的啊，你们是算好了要拿金达的钱吗？"

"哈哈，"李艾笑起来，"那倒不是，这也许就是缘分吧。"

"不是，你怎么知道我们刚做了创投基金？这事所里只有少数合伙人知道，还没对外宣传哪。"杜文强眯起眼睛问。

李艾低下头，嘴角牵起弧线："松杉去上海前，我请他和叶惠吃了顿饭，感谢他们之前给我帮那么多忙，也跟他们聊了聊这个项目。是叶惠告诉我金达刚成立了自己的基金，她说这个项目很符合金达的投资策略，如果是我去做，那就是好事成双、亲上加亲。"

杜文强笑着摇头，午后的艳阳渐渐退去，橘色的晚霞透过落地窗洒进来，给屋里的一切都涂上一层金。他还清楚地记得 12 年前，22 岁的李艾意气风发地来金达报到的样子，那时的办公室还在国贸桥南，少女的眼睛里写满了初生牛犊不怕虎的勇气；他当然也不会忘记 6 年前的年会上一袭红裙光彩夺目的李艾，在火一样燃烧的爱情和怀揣多年的梦想间艰难地做着选择，眼含泪光跟自己辞职的模样……她是什么时候从那个热血澎湃咋咋呼呼的小姑娘，变成了对面这个聪明稳重气场全开的女人？她到底还是不一样，无论经历了什么，永远不会向平庸的生活低头，不被世俗的成功收买，所以她眼中一直有光，永远明亮清澈，从未改变。

其实他心里清楚，这是一场早晚要面对的告别，而自己心中的不舍，除了工作安排的难处外，当然还有岁月积淀下的深厚情谊。这么多年，他看着李艾，看着林松杉，看着他们一个个成长起来，结婚生子，然后离开。他们中的大部分在尘世间逐渐沉默下去，也有的始终挥洒着旺盛的生命力，这么多年过去，好像只有自己还坚守在这里，如果不是一次次地和他们告别，都感觉不到时光的痕迹、生命的流逝。

杜文强深深叹了口气，带着遗憾和感慨说："行啊，我知道你决定的事说什么也没用。这个 BP 留给我看看，我会尽快约负责基金投资的同事们谈。你也别着急走，我看你这个项目还是很需要律所支持的，不管金达投不投，我也可以给你出出主意，对接些资源。唉，看着你们一个个飞出去，才觉得我大概也老了吧……"杜文强止住话，对面的李艾也低下头，她没有像上次辞职时那样号啕大哭，眼圈却还是红了。

办公室静得让人透不过气，杜文强盯着李艾，犹豫许久才开了口："之前提合伙人的时候，我把票投给了松杉，不知道你能不能理解，但是希望你不要怪我。我从来不认为你不如林松杉，只是希望你们都不要离开，结果……唉，谁能想到会是这么个结果。"

听到这句话，李艾并不惊讶，这个答案她早就猜到了几分，此刻，亦师亦友的他用这样的方式向自己坦白，她心里的结一下就解开了："我当然理解，怎么会怪您呢？过去这十几年，要感谢您的太多了。咱别搞得这么伤感，我还指着您当我的金主爸爸，继续指导我的人生呢。"李艾用调侃的笑声压下眼泪。

杜文强还不甘心："我问你，如果上次合伙人提的是你，你还会去做这个项目吗？"

李艾收敛笑容，看着杜文强的眼睛说："您不是总说这个世界上没有如果吗，这都是命中注定的，只不过我们身处其中的人看不清。"

"命中注定"这样的词从自己嘴里说出来，李艾都有点诧异。可她大概就是这样想的，相信命运，却不服从命运，既然凡人皆看不透因果，那就遵从自己的内心吧。她起身告别了杜文强，已是晚餐时间，格子间里的年轻律师们依然热火朝天地忙碌着。林松杉那间办公室空了出来，当所有人都以为"李师太"终于要搬回自己的"道场"时，他们哪里猜得到，她已经再次出发了，告别了阳关大道，走上了一条没人走过的路，一条充满荆棘的小路。

尾声

林松杉和叶惠的婚礼定在 2018 年 11 月 12 号于上海举行。日子有点尴尬——光棍节后的第二天,按照叶惠的解释是:告别光棍,成双成对。更重要的原因是,叶爸爸在美国做完胆囊癌手术后恢复得一般,急于办妥女儿的终身大事。

日子定得仓促,再加上父亲的病情,叶惠没有心思大操大办。好在不是周末,小两口一商量,就在家门口的万豪酒店包了个小宴会厅。婚庆公司是临时找的,一切流程都中规中矩,没什么新意。林松杉心里有点过意不去,好在未婚妻通达大气,并不介意。

连着下了几天秋雨,淮海路上湿答答的,12 号一早却开始放晴,街道上的小水洼映着天空的湛蓝,路两边的梧桐叶也在阳光下泛起金色。李艾站在万豪酒店的后花园前,看着身着燕尾服和长裙的小乐队在晨光中调弦。同样是秋日的江南,她脑海中蓦地回想起一年前苏州移动课堂的情景,只道是时过境迁了。

外地的客人们头天晚上就到了,大部分住在万豪,难得有个轻松开怀、不用回家的夜晚,林松杉北大的那帮同学拉着新郎从一个酒吧喝到另一个酒吧,起着哄要让他过一个终生难忘的单身之夜。叶惠复旦的伴娘团也毫不示弱,扬言谁敢灌新郎就让谁明天下不了床。李艾没怎么喝酒,不时走出喧闹的酒吧打微信电话。刚上小学的彤彤课业量不轻,数学语文还好,英语姥姥姥爷辅导不了,只能当妈的远程指导。挂了电话，她立在酒吧廊檐下，对着夜雨中的城市发呆，背后突然传来"咚咚"的敲窗声。回头，只见一脸通红的林松杉正冲自己招手，还没说出话来，就又被端着威士忌冲上来的同学们拖了回去。李艾笑了，隐隐约约记起很多年前属于他们的那个秋雨夜。时光流转，在经历了错过、分别、竞争之后，他们难得地没有走散，一路同行、相互支持，更见证着彼此的成长。

上午 11 点 28 分，婚礼正式开始，叶惠穿着修身的白色婚纱沿着花园小径走来，白皙的皮肤在阳光下几乎透明，身畔头发稀疏的叶爸爸拉着女儿的手，身体在略显宽大的西装里晃荡，定制礼服的速度已赶不上他消瘦的速度了。叶惠的笑容中有几分局促紧张，林松杉倒是一贯温和淡然的样子，从岳父手中接过新娘的瞬间，他下意识地蹲下去把妻子的裙摆理顺，又轻轻提起她的拖纱，担心沾上花园中的污泥。一众来宾哈哈大笑，都说新娘的家庭地位可见一斑。

大提琴拉出低沉的前奏，小提琴华丽的音色也呼之欲出，踏着《卡农》的音乐声，新娘挽着新郎的手臂向宴会厅走去，宾客们也纷纷带着笑意向内会合。李艾在侍者的托盘中放下空了的香槟酒杯，手机在黑丝绒手包中振动了一下，掏出来看，一张照片映入眼帘。那是一份合同的签字页，甲乙双方的落款分别是"金达（杭州）创业投资合伙企业"和"金法王（北京）信息技术有限责任公司"。隔着屏幕，两枚红色的印章散发着光泽，油墨似乎都还没干。跟着是倪一冰的微信："报告李总，融资协议已全部搞定，金达的天使轮投资预计将于下周五前到账。顺便替我向一对新人问好！"

这是几个月来最令人开心的消息。李艾情不自禁笑了起来，她抬头四下张望，看到杜文强远远落在人群后边，独自端着酒杯在冷餐区徘徊，背影嵌在秋色里竟有几分落寞。她快走几步凑过去，拿起手机给他看那张照片。

杜文强扶扶眼镜，又把李艾的手推远了一些，不知自何时起，他的双眼已有些花了。

"哈，速度挺快嘛，"他笑着点头，由衷感叹了一句，"这下好了，又是一家人了！"

"缘分啊，打也打不散！"李艾冲他挤眼睛。

杜文强拖住她的手肘，贴在她耳边低声说："我原来一度以为你俩能成，看来还是缘分不到啊！"

"我跟谁？林松杉？"李艾爽朗地笑起来，原来办公室里的一切都没逃过他的法眼，"老大你也太后知后觉了吧，这都哪年的老皇历了？"

杜文强一贯精明洒脱的脸上，竟然浮现起憨厚的笑容："你们都升级咯，我怎么能不老呢？我看那个小倪总挺不错，你可以考虑考虑。"

"老大，我跟他要是开成了'夫妻店'，你们投资人不介意吗？"李艾很自然地挽起杜文强的手臂，慢悠悠地往宴会厅走。

"那有什么关系？只要能挣钱，你们开黑店我都不介意。你这么年轻，不能一直单着吧！送你去念商学院，那是我给你创造机会找对象呢，哪想到你给我整出一个项目来？不过说到这个项目啊，我倒是有些想法想跟你聊聊，也许对你有些启发……"

杜文强絮絮叨叨地说下去，一股暖流在李艾心头流淌，10多年前刚入所时，一群少女心目中的"魅力大叔"也就比今天的自己大不了几岁。而6年前在东莞举办的那场众叛亲离的婚礼，她也是挽着杜文强的手臂，忍着泪走向红毯。如今，命运兜兜转转，他年近半百，自己也走过了那么漫长的一段路。还好，大家都一直同行，没有走散。

岁月何曾饶过谁，可时间也在创造价值，它让智慧更通达，让勇气更坚定，让苦涩泛起光泽，让笑容里流淌出生命的平静。

1200公里之外的那座北京城，像个舞台，更像个驿站，每天依然有故事轮番上演。有人离开，自然也有新鲜的生命逐梦而来。它承载着理想，承载着欲望，更承载着爱，钢筋水泥中浸入情谊，灰霾的苍穹之下也有鲜活生命里透出的光。

后记
凡是过往，皆为序章

这本书写完的时候，正好是我自长江商学院 EMBA 项目正式毕业的时候。

"凡是过往，皆为序章"，这八个字也取自三年前，我们 2017 年春天开学典礼时的主题。当然，这句话并不是长江人的原创，它来自莎翁的著名戏剧《暴风雨》。

What's past is prologue.

其实相比这句话，长江校友更有共鸣的一句是：因为向往大海，所以汇入长江。

三年前的那个春天，就是抱着这样的信念，我走进了北京城最繁华却又最幽静之处——位于东方广场写字楼的长江商学院。去商学院读书，大概是商业社会中每个逐梦者早晚都会遇到的课题。你掌舵前行时，无论驾的是一叶扁舟，还是一艘航母，总有困惑和迷茫相伴，关于方向、关于未来，你有时找不到答案。夜幕下，那片深蓝色的大海像无边宇宙一样将你包围，你看着远方的灯塔一处处熄灭，却不知所谓胜利的彼岸在哪里，身后浩渺烟波，也湮没了归家的路。越来越强烈的巨大的孤独感，就这样紧紧捆住了你，你挣脱不了，唯一的希冀，就是在这茫茫海面上遇到另一艘船，遇到同路人。

除了那些点亮你智慧明灯的教授之外，同路人，大概是商学院里最美好的相遇。或许有媒体会戏谑地称之为"中国好同学"，但只有身处其中的人才会懂得，这个世界上的确存在着"相信"的力量，而相互扶持的温暖，是人类在今天这个光怪陆离的物质社会中，可以仰赖的最后的高尚。

就像我借李艾之口，在她的毕业典礼上说出的那段话："我之所以能坚持走下去，只是因为有同路人，有你们的陪伴。无论是在茫茫戈壁，还是在孤独坎坷的人生，因为有了同路人，我们才不会放弃，不会偏离，才能在艰难的旅程中感受到温暖，感受到理解，感受到爱。"

当然，最初启发我创作一个以商学院为背景，又与城市的中央商务区有着千丝万缕联系的故事的，是另一段经历。

长江商学院，并不是我就读的第一所商学院。11年前的金秋时节，我和另外70张更青春的面孔，走进了清华大学经管学院。彼时，FMBA 在国内兴起不久，清华大学和香港中文大学联合创办的这个项目，算是业内的"开山鼻祖"。而它在学术上的高要求，以及闻名于江湖的极大的作业量，我在多年后的今天回想起来依然心有余悸。作为一名法学院毕业的文科生，我是如何点灯熬油地闯过了"概率与统计""金融工程"等课程的作业以及闭卷考试，还同时应付着投行没日没夜加班、马不停蹄出差的工作，如今想来，在拼尽洪荒之力后，也算是没有让青春留下遗憾。

清华-港中大的 FMBA 和长江商学院的 EMBA 课程有所不同，却也有着许多共通之处。最重要的便是，这样两段居于不同时空的经历，都教给了我关于人生的智慧，也送来了同路人的温暖。

自 FMBA 项目毕业已快 10 年。当年我所在的学习小组"自由组"，如今依然保持着每年聚会的传统。大家虽然遍布世界各地，也走过了人生的不同阶段，但只要欢聚一堂，就总能敞开心扉无所不谈。从政治经济，到家长里短，观点有时激烈碰撞，有时心照不宣。坦诚相待的知心朋友，与你在世界脉搏的律动中一起思考、一起进步，还有什么比这更加畅快和幸运呢？作为"自由组"中年纪最轻的人、唯一的女性，小组每年的定期大聚，是我越来越清淡的社会活动中最不肯缺席的那场。

而创作这篇小说的过程，正好就是我在长江商学院学习的过程。这所学院的光芒之盛大，常常会在无意中引来坊间许多心存芥蒂的窥探。然而，回首两年的学习时光，却是我人生中收获颇丰的一段经历。所谓山不在高，有仙则名，水不在深，有龙则灵，每个周末，在那些享誉全球的知名教授的娓娓讲述中，你能清楚地感觉到自己正蹬着巨人的肩膀，上下五千年，纵横八万里，天下都尽收眼底。实践中的迷茫、学术上的谜题，甚至是人生中难解的困惑，也都在他们举重若轻的引领下，在厚重历史和浩瀚宇宙的映衬下，变得云淡风轻、豁然开朗。

教授们的丰富、豁达、智慧，都颇具大家之风。而面对不同门派的百家之言，长江商学院的兼容并蓄绝对称得上独树一帜。正是这种自由和博大的精神，让众多学子有机会独立思考，从完全不同的角度触达更广阔世界的同时，也试图探究更深刻的认知。

顶级商学院的学术之渊博已经足够令人振奋，但我没有料想到的是，短短两年的求学经历，竟然从细微处改变了我的生活。

加入长江商学院之前，就听说过它在江湖上的一个诨号——"长江体育学院"。据说从这所学院走出来的人，无论男女，最后都变成了运动达人。我当时只当作玩笑话。我是个好静且懒散的人，又天生带着几分固执，从不认为自己会轻易被环境改变。然而，在写下这段文字时，我保持每个月 60 到 80 公里的跑步距离已经一年有余。要知道，在"长江体育学院"，这个量仅仅是及格水平。

2019 年 4 月底，二女儿出生不到半年时，我和同学们一起组队，参加了商学院圈子里最负盛名的"玄奘之路戈壁挑战赛"。这场戈壁滩中的徒步挑战赛，已经举办了 10 年有余。全球 60 多所华语商学院汇集此地，3000 多名操着各地口音的运动员瞬间填满了曾经刀光剑影历经沧桑的瓜州小城。这是一场交流的盛宴，你能看到台湾的商学院把妈祖和三太子都请了来，热热闹闹地在开幕式上敲锣打鼓；而来自四川的商学院抛洒了漫天的麻辣豆腐干和熊猫手伴，得到了最热烈的欢迎。这也是一个庄严神圣的竞技场，平均年龄 43 岁的企业家群体，为了捍卫自己所在院校的荣誉拼尽全力，"流血流汗"已不是形容词，而是随处可见的风景。

我已记不清自己有多久没像少年一样，为了一场简单的输赢而心潮澎湃。如果不是身临其境，我也无法想象在灯火阑珊的敦煌夜市，只要身着蓝色运动服，陌生的面孔就会瞬间变成同路人，尽可以与他们从街东头喝到街西头，大醉三千场。烤肉、啤酒、馕、亘古不变的大漠和星空，你可以在醉梦里诘问古人，也可以喊出豪言壮语。

是的，统一的运动服，会抹去现代社会赋予你的所有标签，让你尽情释放，回归人性最本真的形态。而蓝色是戈壁挑战赛中长江商学院的专属色，我们那个四百余人的最大方阵，早已成为黄沙漫天的戈壁滩上最醒目的"长江蓝"。

戈壁挑战赛的经历，自然也被我当作故事情节写进了小说。和女主人公李艾不同，挑战赛当日的大部分时光，我是独自前行的。因为担心一旦坐下休息就再也站不起来，我没有和小队的同学们一起走走停停。用队友的话说，只见我"一骑绝尘，直逼天涯，在大漠上留下一个孤独的背影"。

但是孤独，特别是浩瀚天地间只有一人的孤独，却更能让我们听到内心许久不曾听到的声音。的确，就是在酷热和沙尘暴轮番来袭的那天，就是用双脚在布满碎石的戈壁和滚烫的沙漠上走了 23 公里的那天，我穿越时光，回望了一切的起点，然后突然有些怀疑：我们每天不辞辛劳汲汲营营的拼搏，只是为了出人头地，取得世俗意义上的成功吗？我是否还真心相信，今天所做的每一点努力，都是为了让明天变得更好？

在这个周遭越来越嘈杂、思想却越来越贫乏的世界，我们每天貌似见证着繁复的变化，其实只能眼睁睁地看着智慧在萎缩，能量在消减，丰富的生命最终被非黑即白的标签简单定义，人类曾经突破了某些桎梏，却又在巨大的惯性中慢慢滑向"不听不说不看"的深渊。

世界变得更好了吗？心中隐隐约约似有答案，却又没人真的愿意去探究。

从戈壁回来后，我开始坚持锻炼，某种程度上也为我的生活按下了暂停键。我读了很多一直想读却没时间读的书，也终于写完了这部拖了很久的小说。我越来越清晰地意识到，我们不可以靠惯性生活。巨大的惯性会裹挟着你停止思考，方向模糊地度日，并给你一种依然在进步的假象。于是，我悄悄退出了很多微信群，在收到各种社交活动的邀请时，会在心底多问一句：这将是一次有趣的观点碰撞，还是浪费生命的无意义社交？

因为懂得了生命的短暂和不可重复，才越发觉得每分每秒都弥足珍贵。

而让所有人始料不及的是，2020 年春天伊始，全世界因为一场疫情也被按下了暂停键。这场疫情，让各种嘈杂言论甚嚣尘上，也让某些人性中的狭隘、愚昧、暴戾显露出来。让人备感无力的是，即便是在科技发达的今天，面对这样一场疫情，我们仍然是那么渺小。

很显然，这个世界正处在转变的隘口，明天是否会变得更好，仰赖于每个个体的信念和努力。平凡如你我，如果一时找不到行动的出口，至少可以尝试向内探索：去运动、去读书、去观察、去思考。

希望我们的子女，能像我们这代人一样，成长于向往且相信自由、平等和爱的世界；而他们未来会面对一个怎样的地球，其实正取决于我们脚下的每一步。

凡是过往，皆为序章。

最后，想要感谢在疫情中为了本书的顺利出版仍然坚持工作的编辑杨爽，以及中信出版社的其他同事。我们在小说书名的选择上耗费了许多时间，如今看来却十分值得，从《守望浮城》到《独自返场》，最后落在了《妈妈的复出》。刚刚过去的这个夏天，还有很多李艾一般的女性，重回聚光灯下乘风破浪。女性不该只是女儿、妻子、母亲，而提到"妈妈"，我们也不该只想到"付出"。过去一百年，女人终于鼓起勇气去拓展自己的边界，虽然这样的尝试总是面对着巨大的质疑和阻力。而更大的勇气，其实是向内探索，直面我们的欲望和野心，也接受我们的复杂和怯懦。

中秋佳节已过，不知不觉中，这个特殊的庚子年便走完了四分之三，有些忘却比我们期待的更快，有些背影却比我们担忧的更长。

写于疫情中的悉尼

2020 年 4 月 29 日

二次修订于 2020 年 10 月 7 日